UN PUÑADO DE AMIGOS Y DOS CEREZAS

Rosa Grau

UN PUÑADO DE AMIGOS Y DOS CEREZAS

SUMA de letras

Primera edición: septiembre de 2016

Printed in Spain – Impreso en España

ISBN: 978-84-8365-892-5
Depósito legal: B-11817-2016

Impreso en Liberdúplex, Sant Llorenç d'Hortons (Barcelona)

SL58925

Penguin
Random House
Grupo Editorial

A mis amigos.
A los que están y a los que se han ido.
Sin vuestra presencia mi vida hubiera sido mucho
más triste y anodina.

CAPÍTULO 1

Sábado, 20 de agosto
Hora: once y media de la mañana

Te has despertado alguna vez empapado en sudor, con el corazón latiendo desbocado y una indeseada y del todo innecesaria parálisis en las piernas?

Si tu respuesta es sí, has sufrido una pesadilla.

Si tu respuesta es no, eres afortunado.

¿Que si desearía no padecerlas? Seré clara: ¿los gatos calvos pillan pulgas?

¿Crees que no preferiría tener sueños tipo: «Anoche soñé que había regresado a Manderley», como la siempre preocupada y flemática protagonista de la conocida obra de Daphne Du Maurier? Al fin y al cabo... ¿de qué tendría que quejarse? Sus lamentos serían totalmente injustificados. Tratar con un ama de llaves lunática, tropezar con el halo fantasmal de un fiambre malvado, vicioso y corrupto y, como colofón, asistir en vivo y en directo al devastador incendio de la maravillosísima mansión que durante generaciones ha pertenecido a la familia de su no menos admirable marido es, desde mi punto de vista, quejarse de vicio. Mis sueños son de un género más realista y actual: un imbécil y un asqueroso se han pasado toda la noche dándome disgustos.

Vale, está bien, los suyos son peores, ¿contenta? Esa pobre huérfana, por no tener, no tiene ni nombre.

Yo sí. Me llamo Cristina, aunque todo el mundo me llama Crisi. El uso del diminutivo no tiene nada que ver con las razones habituales y sí mucho con que no aprendí a vocalizar hasta bien mayorcita. Ya me lo advertía sor Ascensión: «Cristina, eres una buena niña, pero la gramática no es lo tuyo. Lo que quiero decir es que no aprenderás a hablar bien en tu vida».

¿Me estoy yendo por las ramas? Creo que sí.

Pero aun con nombre y todo, mis sueños son horribles.

Es duro despertarse con la cara llena de arrugas de cansancio, pero aún es peor cuando están provocadas por las sábanas que, hartas de tantas vueltas, terminan rebelándose y dejan su impronta en mi rostro.

Voy a ponerte un par de ejemplos de pesadillas horribles, así, a bote pronto, y después me dices cómo te sentirías en el hipotético caso de que, pongamos por un casual, has nacido y te has criado en la playa de San Juan. Que a los diecisiete años tenías una pandilla con la que te lo pasabas de miedo (todos chicos, menos una amiga y tú) y que algunos días preparabais barbacoas nocturnas. Que bajo la luz de las estrellas y el resplandor de una hoguera pasabais las mejores noches de tu vida. Y que ellos se dedicaban a reír, beber, gastar bromas y al sexo, mucho sexo. Y que tú te sentabas a un lado y escuchabas sus risas, sus bromas y los gemidos ocasionales que provenían de algún rincón oscuro. Y que, desgraciadamente, tú nunca pisabas ese rincón.

Imagínate que tienes un hermano cuatro años mayor, llamémosle, por llamarle de algún modo, Carlos. Y que, aunque a Carlos se le morían hasta las piedras del acuario, tu padre le obligaba a apechugar contigo todas las noches, porque el lema familiar era: «El chico puede hacer lo que le dé la gana. La niña, no».

Y que tu hermano Carlos era de los que más desaparecía y una noche te armaste de valor y le preguntaste: «Carlos, ¿estáis haciendo lo que imagino que estáis haciendo?».

Y que su respuesta siempre era la misma, mientras tú te preguntabas hasta qué punto podía llegar a ser idiota, el idiota de tu hermano.

—Si te imaginas que le estoy chupando a mi amiga el veneno de un pez araña, imaginas bien. Si tu imaginación te dice otra cosa, estás totalmente equivocada.

Dicho esto, daba media vuelta y se dedicaba al bello arte de chupar el veneno de pez araña.

Y ya puestos, imagina que Carlos tenía un amigo del alma, John Forner Donally. Padre español, madre irlandesa, residencia habitual en Londres y veraneante asiduo en la playa de San Juan. Que estabas loca por él y él pasaba de ti como de la mierda.

Y que tu corazón se saltaba un latido cada vez que él te miraba.

—¡Crisi!, tú no puedes beber cerveza.

—¡Crisi!, que no te vea yo fumar.

—¡Crisi!, como me entere de que te ha picado un pez araña, te la cargas.

Que esas eran sus frases preferidas. Que las repetía como un mantra, el muy asqueroso, y después se reía contigo. Aunque analizando su comportamiento desde la sabia perspectiva que ofrecen los años, no sabes muy bien si era contigo o de ti.

¿Sabes qué te digo? Que hablar hipotéticamente es un rollo y que me has pillado. Esa era mi vida. Y lo que te voy a contar a continuación me ocurrió a mí.

Dejo que los recuerdos campen a sus anchas por el camino de los recuerdos, que es por donde suelen campar los recuerdos, y me retrotraigo a la noche que marcó un antes y un después en mi vida sexual. Considerando que a lo que haya tenido después se le pueda llamar así, claro. Estábamos sentados en la playa, como casi todas las noches. Una vez terminada la barbacoa, todo el mundo desapareció. ¿Todo el mundo? Yo no. John tampoco. La noche era preciosa, como todas las noches que podía pasar un rato a su lado (de haber estado lloviendo a cántaros y con el aire impregnado de olor a alcantarillas desbordadas, también me habría parecido una noche preciosa). ¡Menuda lela!

John se acercó a mí con paso vacilante. Llevaba una camiseta blanca y unos vaqueros rotos que, aún no sé por qué razón, me tenían totalmente hipnotizada. Me pareció tan... inseguro. Más tarde identifiqué el paso como el típico andar de borracho. Se dejó caer desmañadamente junto a mí. No, eso tampoco me dio ninguna pista. Una vez acomodado, cruzó las piernas, apoyó los codos sobre las rodillas y dejó caer la cabeza hacia delante.

Me quedé muy quieta, aunque no había nada que deseara más que preguntarle cosas sobre él. ¿Qué tal estaba pasando el verano? ¿Cuándo tenía pensado regresar a Londres? ¿Le importaría mucho... dejar de acostarse con otras? No dije nada. No quise inmiscuirme en sus pensamientos, que yo, en mi ignorancia, imaginé profundos y trascendentales.

Cuando ya creía que nos íbamos a pasar toda la noche mirándonos en completo silencio, volvió la cabeza y me sonrió.

El cielo se abrió ante mis ojos y los ángeles tocaron sus..., sus..., bueno, lo que sea que toquen los ángeles.

—Vaya, parece que nos han dejado solos, Crisita. —Me lanzó una mirada de borracho encantador.

No me di cuenta, vale. Hacía mucho que bebía los vientos por él y dejé que la irracional atracción que sentía actuara por cuenta propia y me entonteciera. Más todavía.

—Cuéntame cosas de ti, preciosa. ¿Hay alguien que te interese? Siempre estás aquí, tan solita... tan... —Esto lo dijo mirándome fijamente a los ojos y parpadeando. Sí, lo sé, sin diferencias significativas con el lobo feroz cuando le hace la pelota a la abuelita.

A pesar de que su constante parpadeo me desconcertaba, pensé que por fin estaba tonteando conmigo. Un tiempo después relacioné el incontrolable parpadeo con los andares inseguros y la mirada vidriosa. Por lo visto, vienen incluidos en el *pack* de borracho.

Su mirada viajaba de mi boca a mis pechos y viceversa. Mi boca es bonita. Como una ciruela roja, decía siempre mi padre. Mis pechos son pequeños pero muy tersos. Bonitos también si no tenemos en cuenta su escasez.

Darme cuenta de que mi cuerpo delgado y pequeño despertaba interés en John me insufló valor. Tartamudeando y roja como un tomate maduro, lo miré a los ojos.

—Hay un chico que me gusta. Creo que yo también le gusto —le contesté con coraje de héroe condecorado en la Segunda Guerra Mundial—. Me miró los pechos y la boca. —Acompañé el sutil comentario, después de pensarlo detenidamente, con una caída de ojos sensual y una sonrisa que consideré enigmática y sofisticada.

—¿Estás hablando de un niño de tu edad o de alguien de la mía? —me preguntó con voz seductora y arrastrando las palabras. Ese tono de voz me llegó directamente al corazón y a otras partes un poco más al sur.

Le eché un vistazo rápido, impresionada por su habilidad para parpadear a tanta velocidad. Las piernas, como siempre que me encontraba cerca de él, inexistentes.

—Es posible —contesté con desparpajo antes de preguntar—: ¿Puedo beber una cerveza?

Sí, créetelo, pedí permiso para beberme una cerveza.

Algunas veces, todavía recuerdo todo lo que dije esa noche y yo misma me asombro de lo increíblemente vergonzosa que era. Con los años he mejorado; ahora ando sobrada de desparpajo. Ligar, lo que se dice ligar, no ligo mucho, pero desparpajo... a montones.

John me miró durante unos segundos que se me hicieron eternos, y luego se concentró de nuevo en mis labios.

—Me alegro de que nos hayan dejado solos. —Se inclinó sobre mí y me lanzó el embriagado aliento a la cara—. Y... no te preocupes, no hace falta que tomes alcohol para entrar en situación.

¿Situación? ¿Ha dicho entrar en situación? Si es una situación incómoda no me apetece nada, pero... si es una situación comprometida..., eso son palabras mayores. ¡Estoy dispuesta! ¡Muy dispuesta! Se diría que he nacido para entrar y disfrutar de esta situación.

Me removí inquieta en mi sitio, como una niña obligada a aguantar visitas domingueras.

—¿Estás nerviosa?

¿Nerviosa yo? Pero ¿no ha visto que acabo de comportarme como una avezada seductora?

Negué con la cabeza.

—Perfecto, entonces.

Y como por lo visto no era persona de perder el tiempo entrando en detalles como el cortejo y los preámbulos, bajó la cabeza y posó sus labios, suaves y duros a un tiempo, sobre los míos.

Piel de gallina. Corazón desbocado. Inevitable.

Fue muy bonito. En ningún momento me puso en la temida situación contra la que tanto me había advertido una amiga experta en estas lides, cuando en plena euforia bucal: «¡Oh, nena, qué bien besas! Tus labios me vuelven loco. ¿Sabes lo que de verdad me gustaría?», te preguntan con gesto inocente mientras tú niegas con la cabeza. «Lo que de verdad me haría feliz es que me besaras por todo el cuerpo». Y entonces, te sujetan la cabeza sin muchos miramientos y te animan a agacharla para que te amorres al pilón; después te dicen con voz entrecortada: «Besa, besa. Bueno, si chupas un poco tampoco me importa», cuando en realidad lo que te están pidiendo es que les succiones hasta las ideas.

John no hizo eso. John fue especial. Hizo un uso magistral tanto de manos como de boca. Su cuerpo se movió como debía hacerlo. Sus palabras, cariñosas, expresaron lo apropiado en estas ocasiones. Sus suspiros se acompasaron a los míos en una sinfonía magistral de placer. Aun siendo consciente del peligro inminente de enamorarme por atontolinamiento, me aferré a él y suspiré. Y volví a suspirar (ahora que lo pienso desde una cierta perspectiva, creo que le dediqué demasiados suspiros). En fin, notaba su aliento en mi mejilla, su boca en mi oreja, su cuerpo esbelto cimbreando sobre mí.

—Crisita..., eres preciosa. Mi dulce Crisi... —susurraba una y otra vez mientras se movía con lentitud.

Yo no... yo no... vamos a ver... ¿cómo lo explico? De verdad que fue muy novedoso y especial, pero ¿has oído alguna vez el dicho: «Puedes llevar la vaca al abrevadero, pero no siempre puedes lograr que beba»? Pues algo así.

Fuera como fuese, era mi primera vez y fue la mejor noche de mi vida, aunque no llegase a... a beber del abrevadero. Lo que me conmocionó fue su comportamiento «pos». Es decir, el «pos» para él, el «traumático» para mí. No tardó mucho en aparecer el tarado con personalidad múltiple que tan bien ocultaba.

—¡Joder! ¡Joder! ¡Qué mal! ¡Qué mal! —exclamó de pronto con cara descompuesta.

¿A qué se refería con eso de «qué mal», «qué mal»? ¿Y con lo de «joder», «joder»? ¡Pues claro que habíamos jodido! ¡Yo también estaba allí! ¡No sabía cómo se hacía, vale! Tampoco era para ponerse así por un polvo mediocre.

Lo miré asustada. ¿Dónde se había metido Matahari cuando más la necesitaba?

—Adiós, John. Ya nos veremos. —Necesitaba largarme de allí cuanto antes. Él siguió sentado, con la cabeza inclinada entre las rodillas. Posiblemente maldiciendo y lamentándose. Muy caballeroso por su parte.

¡Psicópata!

Pensé en el asesinato. Luego lo sustituí por la indiferencia. Sale más barata.

Se acabaron las barbacoas para mí ese verano. De repente desarrollé un inusitado interés por la pintura y la lectura. Intenté esquivarlo durante todo el verano. Sabía que el inevitable encuentro sería de todo menos agradable. Solo una vez me tropecé con él, pero el muy asqueroso procuró evitarme.

Ahora ya no me importa. Puede que si lo repito mil veces llegue a creérmelo. Tengo un mantra que me ayuda cuando pienso en él: «Cabrón. Cabrón. Cabronazo de mierda». Me relaja. Mucho. Muchísimo.

Bueno, ¿qué me dices a eso? ¿Es o no es un buen ejemplo de pesadilla?

Suspiro profundamente e intento incorporarme. Lo habría conseguido si no tuviese una sábana con complejo de serpiente pitón enroscada a mi alrededor, empeñada en mantenerme en estado de inmovilidad permanente. Lanzo un par de contundentes patadas al aire, tan solo para demostrarle quién manda en esta cama. Cierro los ojos de nuevo con la esperanza de sumergirme en un sueño sustitutivo y reparador de mi anterior pesadilla.

Imposible.

Cuando más cómoda me encuentro, unos suaves y rítmicos golpeteos bajo la mandíbula se empeñan en llamar mi atención.

—¡Mierda! —me quejo cuando uno de esos persistentes golpecitos provoca que me muerda la lengua.

Con un profundo suspiro, abro un ojo. Una bola negra, suave y peluda, me mira con ojos redondos y brillantes.

—Hola, *Mimosina* —saludo con voz ronca.

Mimosina es mi gata. Es guapísima y tiene un ojo azul y el otro verde y..., y..., y nada más. ¡Ah, sí!, y es negra. Bueno, el caso es que se llama *Aurora*, pero yo la llamo *Mimosina*. Y, aunque la elocuencia no sea su fuerte, es mi mejor amiga. Nunca se enfada conmigo ni yo con ella. No importa que se suba a mi cama y me despierte a horas intempestivas. No importa que se empeñe en tumbarse sobre mi barriga justo cuando acabo de comer. No importa que me dé unas noches de aúpa cuando se pone juguetona y me mordisquea todos los dedos de los pies. No importa. Es mi *Mimosina* y siempre, siempre está conmigo. Y nunca, nunca ha desviado mis fondos bancarios a su cuenta corriente particular.

Lo que me lleva de vuelta a la segunda de mis pesadillas.

Olvidada ya toda pretensión de volver a dormir, empiezo a acariciarla mientras ella me relaja con su suave ronroneo.

Vamos a ver, ¿cómo explico lo ocurrido y por dónde empiezo?

Procuraré ser breve, aunque no es fácil.

Hasta el verano pasado, yo era la feliz medio dueña de un negocio de antigüedades. Por fin le sacaba provecho a la licenciatura que tantos esfuerzos me costó obtener. Entre ligues esporádicos y borracheras asiduas, mi capacidad de atención quedó un pelín mermada. Aunque me especialicé en los rusos —esos no, los otros, los del arte—, tanto a mi socio como a mí nos daba igual la temática o el lugar de procedencia de las piezas que adquiríamos. Desde un mosquetón de las guerras napoleónicas hasta un grabado del siglo xv, pasando por algún que otro instrumento de tortura de la época de la Inquisición; piezas muy solicitadas estas entre algunos de nuestros clientes más fieles.

—¡Anda, Sebas! —exclamé un día, deseando enterarme del funcionamiento exacto del artefacto en cuestión, una especie de jaula colgante llena de correas de cuero por todas partes, después de que un cliente tiquismiquis soltara un resoplido al escuchar mi explicación.

Reconozco que me marqué unos cuantos faroles muy convincentes, diciendo que el BDSM era lo «más» para, como sus propias siglas indicaban, «Body Demasié con nuestro Sistema Maravilloso».

Bueno, pensé que era un aparato de gimnasia de la época de antaño. Suposición nada descabellada si tenemos en cuenta el culto al cuerpo que impera en nuestra sociedad actual.

—Ya te lo he dicho, Cristina, para el BDSM. —Y pasó a explicarme concienzudamente, y sin importarle el rubor que cubría mis mejillas, el funcionamiento interno de esta clase de sexo alternativo por el cual él sentía una extraña fascinación.

Reconozco que a mí también me ocasionó algún que otro cosquilleo inesperado en cuanto me enteré realmente de lo que significaban esas siglas.

Aparte de los aparatos de tortura reciclados en instrumentos de placer, me encantaba todo de mi trabajo. Me encantaba viajar y buscar piezas originales para nuestra tienda. Me encantaba contemplar dichas obras de arte, aunque algunas veces no tuviera ni idea de lo que tenía entre manos. Me encantaba venderlas. Me encantaba nuestra pequeña galería. Me encantaba todo. Todo. Todo.

Bueno, pues así estaban las cosas, hasta que el verano pasado el cielo se desplomó sobre mi cabeza. Metafóricamente. Una desafortunada mañana, nada extraordinario, he tenido muchas (mañanas quiero decir), me desperté con un terrible dolor de estómago. Creyendo que era una indigestión, no hice caso del agónico dolor. A media tarde ya no podía más y, por fin, advertí que este no iba a desaparecer así como así. Encorvada como un viejo con artritis me acerqué a casa de mi vecina Mari Luz.

Mari Luz, aparte de mi vecina, chica de los recados, paño de lágrimas particular, es dueña de una buena mata de pelo negro y un brío agotador. Y es la madre de unos gemelos de cuatro años, siempre dispuestos a hacer la competencia a los Ángeles del Infierno.

—Mari Luz..., me encuentro fatal... —Un quejido lastimero salió de mi garganta antes de poder explicarle cuál era el origen de mi malestar.

—¿Qué te pasa, vida mía? ¡No me asustes, corazón! —exclamó, alarmada.

A pesar del dolor, puse los ojos en blanco.

—No sé. Es como si me estuviera desgarrando por dentro —dije, con un quejido verdaderamente lastimero—. ¿Puedes llevarme a urgencias, por favor...?

—Claro que sí, cariño. —¡Y dale! Mari Luz me llama de todo menos por mi verdadero nombre—. ¡Vamos, vamos al coche! —me apremió con ansiedad—. ¿Puedes caminar o te ayudo?

—¿Y los niños? —Solo imaginarme la que podían liar esos dos diablillos en el hospital me arrancó una sonrisa.

—Ah, no te preocupes, los enanos están con tu madre. Les encanta quedarse en su casa a dormir.

Bajamos al aparcamiento como buenamente pudimos. Nos dirigimos al hospital de San Juan saltándonos todas las normas de circulación. En realidad, Mari Luz dirigía y se las saltaba mientras yo me lamentaba, sudaba, jadeaba entrecortadamente y maldecía en el asiento del pasajero.

Al llegar a urgencias, me ingresaron inmediatamente (se da por bueno «inmediatamente» si solo tienes que esperar dos horas a que te atiendan). Una vez realizados todos los trámites y pruebas pertinentes, un médico de muy buen ver se sintió obligado a comunicarme, sin emoción alguna en la voz pero muy amablemente, que mi dolencia no tenía nada que ver con los calamares encebollados que había cenado la noche anterior.

—¿Calamares? ¿Qué calamares? —interrumpió Mari Luz, a todas luces alterada—. Pero ¡¿si está pariendo?! —le espetó, lanzándole una mirada ansiosa, a la que él contestó con otra cortante como un bisturí.

Ese comentario me dolió casi tanto como los calamares encebollados. ¿Qué pretendía decir con semejante observación? ¿Que estoy gorda? Aun estando tumbada, me entraron ganas de darle un par de sopapos: así aprendería a reprimir la lengua en momentos tan delicados.

—Señora, tiene usted pancreatitis. Ahora prepararán su ingreso en planta. Que se mejore.

—¡Oiga! —Intenté incorporarme—. Pero... ¿eso es grave, no? —le pregunté al doctor macizo mientras el color me desaparecía de la cara y me bajaba hasta los pies. «Mira el lado bueno, Crisi, si no estuvieras tumbada en esta cama te hubieses caído de culo. Imagínate el ridículo», me dije a mí misma.

—Pues sí —me contestó muy escueto y, sin explayarse más de lo necesario con detalles sin importancia sobre qué tipo de extraña dolencia era una pancreatitis, dio media vuelta y se marchó.

Por supuesto, me ingresaron en planta y convalecí como correspondía hacerlo ante un caso de pancreatitis aguda. Como soy una chica afortunada, dos meses después abandonaba el hospital con:

Una vesícula de menos.

Siete kilos de menos.

Un negocio de menos.

La pérdida de mi negocio fue un daño colateral. Me explico: durante mis obligados dos meses de convalecencia, mi socio y «amigo» decidió, muy acertadamente, que mientras yo estuviese ingresada en el hospital no valía la pena correr riesgos innecesarios. Puesto que yo no servía ni para taco de escopeta, lo mejor y más sensato era dejar que él se hiciera cargo del negocio hasta el día de mi recuperación. Aun estando sumida en mi mundo particular de dolor, vómitos, pérdidas de conciencia ocasionales y grandes dosis de morfina, coincidí plenamente con él. Agradecida, eché unas cuantas firmas aquí y allá para cederle poderes en todo lo referente al negocio y las cuentas bancarias. Eso era todo. Fácil y de agradecer.

Ahora sé que nunca debería haber confiado en él. Nunca tendría que haber echado tal cantidad de firmas. Fue una estupidez por mi parte. Pero en mi descargo diré que ni me imaginaba que pudiera ser tan condenadamente ladrón.

¿Qué clase de sádico se aprovecharía de una persona en semejante situación? Pues Sebas, que al parecer era ajeno al hecho de que uno no debe aprovecharse de sus socios cuando están a un paso del otro barrio.

En fin, cuando pude ver de nuevo la añorada luz del sol, ya no tenía ni negocio ni dinero, y mi socio se había largado vete tú a saber adónde.

Vale, esa es la segunda de mis pesadillas. La del imbécil. Horrible, pero al fin y al cabo solo se trataba de dinero, de abuso de confianza, de avaricia, de comportamiento rastrero…

Lo llevé muy bien. Mi madre iba contándome lo sucedido el día que me dieron el alta médica, mientras nos dirigíamos de camino a su casa, y yo asentía una y otra vez con voz serena. Tan solo el pequeño detalle de empezar a arrojar vasos contra las paredes de su cocina al tiempo que ella se agachaba intentando esquivar los proyectiles y me gritaba enronquecida: «¡Si sigues así, vamos a tener que beber a morro!», me hizo darme cuenta de que, tal vez, no me lo había tomado con el aplomo que pensaba.

Luego perdí el sueño. Durante un mes me resultó imposible conciliarlo. Entonces mi madre se empeñó en que necesitaba terapia. Fui a terapia. Mariaje, la psicóloga maravillosa que me atendió, aparte de recomendarme unas pastillas geniales de última generación, que te sumergen en un profundo sueño sin sueños, me dio un consejo muy sabio que me quitó la depresión de un plumazo, justo un minuto antes de darme con la puerta de la consulta en las narices: «Crisi, tú no necesitas terapia. Estás sana como una manzana. El que debería ir a terapia es tu exsocio. Sinceramente, tu comportamiento es normal; es él el que no anda bien de la cabeza. ¡Menudo sinvergüenza!».

¿Es o no es maravillosa?

Desde entonces he estado trabajando en El Triunvirato. Es una panadería-pastelería-cafetería. En realidad se llama La Flor de Almidón, pero yo le he puesto ese apodo; no en vano soy historiadora. La dueña de El Triunvirato, la Pepi, me ofreció el empleo por hacerle un favor a mi madre. Desde entonces he estado labrándome una exitosa carrera como camarera y endeudándome cada vez más.

Ah, me olvidaba. Una vez también tuve un extraño sueño lésbico con una amiga de mi madre (su nombre no viene al caso). Me sacaba treinta años y no disfruté nada. Se me quedó grabado en la memoria durante meses, pero por lo menos no hizo de las suyas ninguna noche más. De todas formas, para curarme en salud, cada vez que me cruzaba con la habilidosa mujer de mi sueño, agachaba la cabeza y farfullaba un saludo rápido.

Vaya, ahora que ya te lo he contado todo, me encuentro mucho mejor.

Me obligo a incorporarme un poco, lo justo para recostarme contra el cabecero. Paseo la mirada por mi blanca habitación y me quedo contemplando los dibujos a carboncillo que reposan sobre la cómoda: una trilogía de árboles secos con los que me siento plenamente identificada. Ya sabes: soledad, baja autoestima, seca por fuera pero deseando renacer bajo los tiernos cuidados de un alma caritativa y pura…, en fin, todas esas zarandajas.

Me vuelvo un poco hacia la puerta y, como cada día, lanzo un suspiro de satisfacción al ver mi pequeño refugio de paz. Y digo pequeño, porque mi casa es como la de los enanitos, pero más encogida.

Compré el apartamento cuando mi padre falleció. Mi padre era un hombre tierno y cariñoso que nos dejó demasiado pronto. Le gustaba charlar con sus hijos. Disfrutaba de nuestra compañía. Siempre se mostraba entusiasta y lleno de vida. Le encantaba aconsejarnos (darnos la tabarra, decía mi hermano). Pecaba un poquito de controlador (solo con la niña, yo) y ponía mucho empeño en educarnos «bien». Lo normal en cualquier padre que ame a su familia. Él aconsejaba y nosotros hacíamos lo que nos daba la gana.

Un buen día, o no tan bueno si lo pienso bien, salió a dar una vuelta con sus amigos por la playa. Cuando regresó a casa, entró en la cocina, le dio un beso a mi madre en la mejilla, se metió la mano en el bolsillo, sacó las monedas que llevaba sueltas y las arrojó a la sartén.

—¡Daniel!, ¿qué haces? —protestó mi madre.

—Pues poner las monedas al fuego para que se vayan cocinando poco a poco —contestó él tranquilamente, como si el hecho de arrojar las monedas al fuego fuera un acto rutinario en su vida.

En ese momento, yo, que entraba en la cocina, lo miré y él me devolvió la mirada. Algo extraño sucedió. Había visto a niños perdidos, indefensos, cuando se extravían en la playa. Esa misma sensación de pérdida, indefensión y confusión afloró a los ojos de mi padre. Como no es mi intención entrar en detalles escabrosos, tan solo diré que se desvaneció tan lentamente y con tanta serenidad, que cuando su cuerpo quedó desmadejado sobre el suelo de la cocina ya nos había dejado para siempre. Fue un golpe muy duro del que hoy todavía me resiento. Sí, lloré aquel día y sigo llorándole desde entonces.

¿Estoy yéndome por las ramas otra vez? Sí, creo que sí. Pero ¿acaso tengo yo la culpa de haber sido bendecida con una serie de rasgos característicos, entre los que se incluyen una cierta tendencia a la torpeza, el don de la visualización y un marcado, inoportuno y genético déficit de atención? ¿Tengo yo la culpa o qué?

Sin atreverme a hacerle frente al atributo de la torpeza, porque el sueño me ha dejado las piernas más tontas de lo habitual, activo el don de la visualización y me proyecto en la terraza. Intento relajarme respirando profundamente y me da un ataque de tos. Los fumadores no deberíamos respirar profundamente por las mañanas. No es sano. Tal vez no deberíamos ni respirar. Con esfuerzo supremo, abro el cajón superior de la mesilla de noche y cojo un caramelo de menta. Lo chupeteo. A medida que mi tos se va calmando también mi cuerpo se va relajando. Dejo la mente en blanco y me relajo contemplando el mar Mediterráneo. Tener la facultad de la visualización es como poseer el don de la ubicuidad, pero sin necesidad de levantarte de la cama. Genial. Le saco mucho provecho.

Ya más tranquila, me doy cuenta de que necesito un zumo de naranja, una tostada con mantequilla y nicotina. Y no necesariamente en ese orden.

Permanezco pensando en los pros y los contras sobre qué decisión tomar. No tengo por costumbre levantarme con las piernas temblorosas. Los resultados podrían ser catastróficos.

«Prioridades, Crisi, prioridades», me recuerdo a mí misma.

Dicho y hecho. Enciendo el cigarrito.

Doy una calada. ¡Dios, qué gusto!

La *Quinta* de Beethoven me devuelve a la realidad. Mortuoria. Lúgubre. Genial.

—¡Diga! —contesto de mal humor por tener que interrumpir mis pensamientos.

—Buenos días, señorita. —Es Juanfran, uno de mis mejores amigos. Ese suele ser su saludo habitual.

—¿Qué quieres? —le pregunto imprimiendo a mi voz un tono impaciente—. Estoy muy ocupada ahora mismo. Di lo que tengas que decir y déjame seguir con lo mío.

No me hace caso. Mis comentarios casi siempre son mordaces, pero él no me hace ni caso.

—¿Vas a estar en casa esta mañana? —pregunta.

—Depende.

—¿De qué?

—De lo que vayas a decirme —contesto, al tiempo que me remuevo en busca de una posición más cómoda.

—Sobre la una estoy ahí y... —Sin darle tiempo a decir nada más, corto la llamada. No tengo el cuerpo para que me ponga la cabeza como un bombo a estas horas.

Me incorporo lo suficiente para poder ver el despertador digital que descansa sobre la mesilla de noche. La una menos veinte. Todavía puedo vaguear un rato. Al fin y al cabo... hoy empiezan mis vacaciones. Estoy cansada. Aguantar a tanto pesado durante el verano no es fácil. Se necesita una fuerza interior superior que solo unos cuantos privilegiados poseen. Me gustaría ser uno de ellos.

Concentro cada fibra de mi ser en incorporarme, bostezando y desperezándome. Me calzo unas chanclas negras y me pongo una camiseta blanca y un bóxer, imitación libre bandera canadiense, con el dibujo de un alce comiéndose la hoja de arce en el culo. Compré un *pack* con distintos estampados de banderas en el mercadillo. El de barras y estrellas es una pasada; el de la luna también me gusta.

Seis bóxers, diez euros. Un chollo.

Me encamino a la cocina trastabillando. Posiblemente consiga llegar a la barra de la cocina sin matarme. Lo único que tengo que hacer es cruzar el salón y no tropezar con los múltiples obstáculos que se interponen en mi camino. Tampoco son tantos: un sofá, una mesa de centro, dos macetas de hierbabuena y una lámpara de pie. No cabe mucho más en el pastillero. La casa de los enanitos consta de una habitación, un baño y salón con cocina americana. Ya está. Se acabó. Antes de llegar a mi destino un ruido lánguido y funerario me obliga a parar en seco.

Cojo el teléfono y contesto.

—Hola, mamá. Buenos días —intento que mi voz suene animada y cantarina, como la de un ruiseñor en época de apareamiento. Me temo que se parece más a un alce en época de berrea. A mi madre no le gusta que fume.

—Buenos días, cariño —me saluda—. Te oigo muy animada esta mañana. Me alegro.

—Sí, mamá. Estoy... ejem, ejem —carraspeo—, muy bien.

—No fumes tanto, ya sabes que no me gusta —me amonesta. Pongo los ojos en blanco, pero no la contradigo—. Tu hermano me ha telefoneado desde Londres para decirme que llega mañana.

¿Mi hermano? ¿La ameba? ¿Va a venir? No tenía ni idea.

—Vais a tener una especie de reunión de amigos y pasaréis juntos toda la semana que viene, recordando viejos tiempos, en una señora casa cerca de la costa, no sé muy bien dónde. —¿Ah, sí? Primera noticia—. Cariño, ¿por qué no me habías dicho nada? —escucho el reproche en su voz.

¿Qué contestar a esa pregunta? ¿Que adolezco de pérdidas de memoria como quien adolece de pérdidas de orina? ¿Que sufro de memoria selectiva? ¿Alzheimer? ¿Que no tenía ni idea? ¿Que algunas veces, cuando mis amigos me están hablando, mi cabeza tiene la mala costumbre de irse de paseo? Ella sola. Sin contar con mi permiso. Y que justamente lo hace en los momentos más inoportunos.

—¿Y bien? —inquiere—. Carlos me ha dicho que lo tenéis todo planeado.

—Conque eso te ha dicho, ¿eh?

—¿Y bien? —repite.

—Mírate la cabeza, mamá, que los despistes se te acumulan. A mí nadie me ha dicho nada de nada.

—¿Estás segura?

—¿Te mentiría yo? —contesto de inmediato, cruzando los dedos.

Compruebo de nuevo la hora en el reloj de la mesilla. La una menos cinco. Con el teléfono pegado a la oreja entro en el salón y me repantingo en el sofá. Me enciendo otro cigarrito.

Un día de estos lo dejo. Lo juro.

—Bueno, pues ahora ya lo sabes. —Lanza un suspiro—. Ay, tienes razón, cariño. Mi cabeza ya no es lo que era. ¿Quieres que comamos juntas? ¿Nos vemos un rato y aprovechamos para despedirnos? —propone, entusiasmada.

Pobre mamá desde que murió papá se encuentra un poco sola. Carlos vive en el extranjero, como dice ella. Y, aunque mi apartamento no se encuentre lejos de su casa, no voy a verla tanto como debería. La quiero, pero me vuelve loca con su cháchara sobre todos los talleres a los que está inscrita. Talleres de costura, de pintura, de escultura, de cocina... Menos a un taller mecánico, está apuntada a todos los demás. Por suerte tiene a los pequeños delincuentes de Mari Luz para entretenerla. Y encima se portan con ella como los angelitos que sé que no son.

—Claro, mamá, nos vemos dentro de... —Hago una pausa, simulando que pienso, antes de proponer lo de siempre—.

¿El Calamar Borracho te parece bien? ¿Sí? Genial. Luego te veo. —Le mando un beso y me despido de ella.

De repente, decido que voy a arreglarme un poco más de lo normal. Lo normal es no hacerlo en absoluto. Antes de mi ruina, mi armario estaba a rebosar de ropa de diseño: pantalones de hilo con blusas a juego, vestidos preciosos que se ajustaban a mi cuerpo como las manos de un adolescente a su pareja durante su primer baile lento, pañuelos maravillosos... Tuve que venderlo todo a precio de saldo para poder pagar lo más elemental (agua, luz, teléfono, gasolina, pizzas). No me importa, bueno, no demasiado. Algún día averiguaré dónde se esconde el cabrón de Sebas. Cuando dé con él, lo mataré. Lentamente y con mucho, muchísimo sufrimiento. Pero primero le haré la corbata colombiana. Y antes de eso, le daré una patada donde más duele.

Me arrastro hasta la magnífica terraza sumida en mis pensamientos y, como casi siempre en este último año, con una sensación de fracaso alarmante. Clavo la vista en el mar. Maravilloso, relajante e hipnótico en cualquier estado en el que se encuentre. Me fascina. Ya empiezo a notar sus efectos relajantes; eso, o me estoy quedando adormilada sin darme cuenta. Me concentro de nuevo en el guardarropa. ¡Ya sé qué voy a ponerme! Tengo un vestidito negro que me regaló Mari Luz por mi último cumpleaños. Discreto sin llegar a ser *monjil* y lo suficientemente seductor sin llegar a parecer *putil*.

Juanfran se retrasa. Si no aparece pronto, me meto en la ducha y que le den. En ese momento suena el timbre. Me dirijo a la puerta completamente abatida. Espero que Juanfran me anime. Por mi autoestima, porque lo necesito, y también porque cuando me vea con estas pintas me obligará a meterme en la ducha. Entre la camiseta vieja, las chanclas, el bóxer y los pelos, que parecen un nido de ratas, parezco salida directamente de una pesadilla. Sí, reconozco la ironía.

—Juanfran, ya era hora. Llegas tarde —le increpo.

—Hola, señorita. Déjame entrar, que tengo una sorpresa para ti —me dice sonriendo.

Mi aspecto no le impresiona lo más mínimo. No sé si empezar a preocuparme. Sin embargo, el suyo sí me impresiona a mí. ¡Por Dios! ¡Se ha teñido el pelo! La semana pasada tenía toda la cabeza llena de hebras plateadas y ahora es... ¿castaño-caoba-rojizo?

—¡Anda! —exclamo sorprendida al ver de nuevo al Juanfran de..., de... Bueno, parecido al de hace quince años—. Estás genial. —Le paso la mano por la cabeza, alborotando un poco más su ya de por sí asilvestrada melena. Se le ilumina la cara y mueve la cabeza de un lado a otro—. ¿Qué me has traído? —pregunto, emocionada, mientras doy pequeños saltitos. No me atrevo a darlos más altos por si me caigo. Las piernas todavía no me sostienen del todo—. Entra y dame un beso. —Le hago gestos con las manos, apremiándole a entrar en casa. Vuelvo a reír y le toco el pelo por segunda vez.

Él, muy obediente, entra y me da un beso. También me abraza. Me dirige una sonrisa de felicidad. Eso debería haberme alertado, pero no lo hace. Desde que Juanfran se ha separado (de su mujer, claro, no vayas a pensar que ha sido del perro) no se le ve muy feliz. Me mira y sonríe. Le devuelvo la mirada y la sonrisa, aunque no sé muy bien el porqué. Debe de ser por algo relacionado con eso de la interacción; se lo oí decir un día a una de las pesadas que meriendan en El Triunvirato.

Por la forma en que me tiene abrazada, no consigo ver la puerta de la calle. Se aparta un poco y me sujeta por los hombros, presionando levemente. Se le nota nervioso. Me mira a los ojos, me vuelve a sonreír y separándose de mí exclama:

—¡Mira, Crisi! ¡Mira a quién te traigo!

¿A quién? Clavo la mirada en la puerta mientras mi cerebro intenta procesar lo que acabo de oír. ¿Ha dicho «a quién», no «lo que»?

¡Achís! Una serie de estornudos encadenados salen con fuerza por mi boca. Imparables. Como presos fugados en busca de su ansiada libertad. Me tapo la nariz con fuerza. Con un poco de suerte, quizá la reducción de oxígeno cumpla con su cometido y la palme.

¡No, por favor, Señor! ¡Esto no puede estar pasando! ¡No, por favor!

Mis súplicas no son escuchadas. Mi peor pesadilla acaba de materializarse en la puerta de mi casa. Rectifico: mi pesadilla más horrorosa acaba de materializarse en la puerta de mi casa, y le acompaña una morena explosiva vestida con un modelito rojo bombero a la que solo le falta un cartel en la frente que diga: «Sexo andante».

Y justo ahora, en este mismo instante, en medio de un ataque indiscriminado de estornudos veraniegos, tomo plena conciencia de que John está ante la puerta de mi casa y yo voy vestida como para que me den limosna.

CAPÍTULO 2

Sábado, 20 de agosto
Hora de batirse en retirada

John está ante mí. No me lo puedo creer. Después de trece años sin verle está ante mi puerta. Parpadeo. El corazón me late enloquecido. La mandíbula se me descuelga y las piernas me flojean. Respiro hondo y me recompongo de la impresión como buenamente puedo. Pongo en mi cara la sonrisa más falsa y empachosa de todo mi repertorio de sonrisas falsas y empachosas (la que suelo utilizar cuando estoy trabajando en El Triunvirato) y me dirijo hacia ellos. Alargo la mano y estrecho las de la visita *non grata* y, con el cinismo que me caracteriza, al más puro estilo Clint Eastwood, exclamo:

—¡Encantada de conoceros, pero pasad, pasad, no os quedéis en el rellano!

Si por mí fuera, les daba con la puerta en las narices y a otra cosa, mariposa.

El asqueroso me mira, suelta su arrebatadora sonrisita de medio lado y me da un toquecito en la nariz con aire de complicidad.

—Vaya, Crisita, eso ha sido impresionante. Por cierto, bonito bóxer.

Me quedo plantada frente a él, planteándome volverme a la cama cuando, en uno de esos momentos de inspiración matutina, decido que lo mejor es fingir que no le conozco de nada.

—*Peddona, pedo* ahora no *decuerdo* muy bien quién *edes. Tendás* que *disculpadme.* —La satisfacción al ver su cara de desconcierto me anima y me alegra la mañana, pese a que todavía tengo la nariz taponada, los ojos llorosos y hablo como una pirada—. *¿Juanfan, cadiño,* me *pesentas* a tus amigos?

—¡Joder, Crisi! Es John. ¿No me digas que no recuerdas a John? ¡El amigo de tu hermano Carlos! Y esta chica tan guapa es... —Extiende los brazos con ansia infantil—. ¡Miranda! —La mira y sonríe como un niño el día de Navidad esperando abrir sus regalos.

¿Acaba de darme un vahído? Debe de ser porque estoy en ayunas. Sigo con los buenos modales de colegio de monjas y la sonrisa postiza en la cara. Carraspeo con fuerza y sorbo con más fuerza aún.

—Pues... no, no te recuerdo, lo siento —me disculpo ante John con voz bastante clara—. Pero pasad, por favor, y sentaos un momentito en la terraza. Perdonadme, vuelvo enseguida. —Dirigiéndome a Juanfran, añado—: Juanfran, sírveles algo de beber, por favor.

Traspasan el umbral y miran a su alrededor con curiosidad.

—No, gracias —dice la explosiva. Se echa el pelo hacia atrás con un movimiento estudiado y mil veces practicado y pasa de mí. Como si yo no estuviera, dedica toda su atención al género masculino.

Parpadeo, confundida.

—Un poco más tarde tal vez, Crisita. —El asqueroso esboza una sonrisa y la mantiene durante unos instantes antes de inclinarse hacia mí y añadir—: ¡Vaya, Crisi, has crecido mucho!

Ya no somos unos niños. He pensado mucho en ti durante todos estos años. Carlos me ha tenido informado. —Me quedo petrificada. ¿Informado? ¿Informado de qué? ¿No se habrá atrevido a hablarle de mí? O lo que es peor, de mis exnovios. ¡No habrá sido capaz! Cuando coja a Carlos se va enterar—. Estoy muy contento de que vayamos a pasar esta semana juntos. —Me mira desde arriba y se pasa una mano por el pelo, echándolo hacia atrás, en un acto inconsciente que ya empleaba cuando éramos unos críos—. Por fin vamos a tener una relación de adultos. Va a ser genial, preciosa. Tenemos mucho de lo que hablar.

¿Relación de adultos? ¿Se alegra de verme? ¿Va a ser genial? ¡Por el amor de Dios, me dejó plantada! ¡He sufrido *neuras* nocturnas! ¡Durante años! De hecho, acabo de tener una esta misma noche. No me importa lo que diga ni lo que opine, es un asqueroso y le voy a castigar con el látigo de la indiferencia. En cuanto las manos dejen de sudarme.

Justo antes de empezar a insultarle como una tarada, mi sentido común hace una corrección y elevo una plegaria: «Por favor, Señor —ruego por segunda vez—, que Carlos no le haya hablado de mis ex. Prometo ser mejor persona de ahora en adelante. Escucharé todo el tiempo y con buena cara al pesado de mi vecino. Visitaré a mi madre todas las tardes. Dejaré de fumar. Bueno, no, borra lo de dejar de fumar, pero lo demás, todo».

—Carlos me ha contado que has tenido un par de novios pero que las relaciones no terminaron bien. —Me mira atentamente. Si espera que le conteste, que espere sentado. Como ve que no digo nada y además eludo discretamente cualquier tipo de contacto visual, continúa hablando—: Te has hecho toda una mujer. De verdad que me alegro mucho de verte.

Otra sonrisa, otra caricia y salen todos a la terraza.

Cinco minutos más tarde, sigo plantada en el salón como un pasmarote. Con una inesperada punzada de dolor en el pecho, intento atraer la atención de Juanfran.

—¡Chiss! ¡Chiss! —le chisto con disimulo.

No me oye. Bueno, quiero creer que no me oye y que su repentina sordera es consecuencia de las greñas, que le tapan los oídos.

—Juanfran —susurro. Ni caso—. Juanfran. —Lo intento con un poco más de fuerza. Sigue sin hacerme caso. Está atontado con el coche de bomberos—. ¡Juanfran! —Esta vez ya sin cortarme mucho. Nada. El sentido de la vista lo conserva, pero lo que es el del oído parece haberlo perdido misteriosamente—. ¡Juan Francisco! —exclamo a voz en grito, con la sonrisa forzada todavía puesta. Se vuelve sobresaltado y me mira. Le hago una seña con la cabeza para que venga a mi lado. Se encoge de hombros. Repito el gesto con más énfasis; tanto, que casi me provoco un esguince cervical. Ahora sí se da por aludido. Debería enfadarme con él, pero no puedo. ¿Qué culpa tiene el anormal si las neuronas le han emigrado a los pantalones?—. A mi habitación, deprisa —le ordeno cuando está lo suficientemente cerca.

—¿A tu habitación? ¿Para qué? —pregunta con cara de no entender nada.

—¡A mi habitación! —Lo miro con expresión amenazadora y no le doy más explicaciones. Una vez fuera de la vista de las visitas y con cara de malas pulgas, le espeto—: ¡¿Se puede saber qué coño estás haciendo trayendo a la pareja perfecta a mi casa?! ¡¿Se puede saber en qué estabas pensando?! —Le chisto para que no me replique—. Ya sé en qué estás pensando. —Hago el gesto de sopesar mis pechos con las manos—. ¿Qué hacen estos dos aquí? —Me cruzo de brazos. Mi pie repiquetea contra el suelo, síntoma de que estoy nerviosa—. Estoy esperando.

—Pero… si habíamos quedado, Crisi. —Juanfran parece desconcertado.

—¿Se puede saber en qué habíamos quedado?

—En que una pareja se aloje en tu casa esta noche. Hoy es sábado, Crisi. —Me habla como si yo fuera lenta de entenderas—. Ma-ña-na, do-min-go. Huy, señorita... ¿dónde tenemos la cabeza?

Si le doy a un amigo cuatro bofetadas bien dadas, ¿se considerará como malos tratos o como lo que realmente son: un correctivo justamente merecido?

Una serie de recuerdos quieren abrirse paso entre la pasta de boniato que ha tomado posesión de mi cabeza. Me concentro todo lo que puedo y consigo recordar frases del tipo «noche en tu casa», «todos juntos» y..., y... nada más. Debió decírmelo en uno de esos momentos de fuga cerebral.

Vale, lo admito, ni me acordaba. Pero hay unos edificios preciosos que se llaman hoteles ¿Acaso no han oído hablar de ellos? Suspiro. Me resigno. No sé cómo vamos a arreglarnos en una casa tan pequeña sin sufrir las incomodidades que vamos, sin duda, a sufrir por tener a estos dos alojados aquí. Rectifico: no sé cómo me las voy a arreglar yo; el asqueroso me importa una mierda.

—De todas formas, no estaría de más que hubieras tenido la deferencia de comunicármelo cuando hemos hablado por teléfono —le amonesto con voz melosa.

—Me has colgado.

—¡Eso no es excusa! —Sonríe y no me discute. Sabe que llevo razón—. Bueno. Vale. ¡Ve con ellos! —Elevo la voz. Juanfran se ha metido en el baño a atusarse el pelo—. Voy a ducharme, no tardo nada.

Sin perder tiempo, lo empujo de malas maneras hasta el salón; luego cierro de un portazo la puerta de mi habitación y arrastro mi cansado cuerpo hasta el cuarto de baño. Una ducha bien caliente, eso es lo que necesito para verlo todo con mejores ojos. Me enjabono todo el cuerpo con el gel de olor a canela. Me repito a mí misma, una y otra vez, que lo estoy haciendo por mi madre. Le gusta mucho el aroma de la canela en mi piel. «Te hace parecer más femenina». No quiero ni imaginarme lo que pretende insinuar cuando dice eso. Me lavo y me seco el pelo. Por mi madre, sin ninguna duda. Cuando termino con el interminable ritual de: exfoliación, nutrición, hidratación y todo lo que se me ocurra que termine en «on» (no me avergüenza reconocer que también he soltado alguna que otra maldición), me envuelvo en una toalla y me acerco hasta el espejo. Lo que veo reflejado en él me desmoraliza. Sigo siendo delgada y pequeña y las curvas, que tan bien quedan en otras, en mí brillan por su ausencia. El pelo, castaño claro y lacio, tiende a inclinarse en las puntas. Lo llevo cortado a la altura de los hombros. No tengo nada de especial excepto los ojos, del mismo color verde terroso que comparto con mi hermano, herencia de mi padre. Con las cejas enarcadas, me miro en el espejo e intento averiguar lo que el resto del mundo ve en mí. Los años no me han tratado mal. ¿Cómo estarán los demás?

De repente, me invade el pánico. ¡Cielo santo! Yo no puedo hacer este viaje. No puedo pasar una semana seguida en compañía de John. Eso sería, como poco, masoquista. Pero, por otro lado, recuerdo a todos los amigos de la pandilla y, y... ¿por qué tengo que ser yo la que se quede sin verlos?

Sumamente confundida, las imágenes de todos ellos brotan a borbotones. Mis amigos. Mi pandilla de verano. La de mis diecisiete años. Les quería. Eran especiales. Eran únicos. Eran... mis amigos.

Mejor te los describo para que te hagas una idea.

Rosa, la única chica además de mí. Rubia, divertida y poco dada a manifestaciones tiernas o sensibleras. No podían con ella ni las arañas ni las avispas ni Jose. Un poco chicote y, como tan acertadamente la definía Luciano, «esta chica está hecha de otra pasta».

Carlos, mi hermano. Alto, guapo, abundante pelo castaño, un poco desgreñado y unos ojos verdosos que quitan el hipo. A ellas, el hipo, las bragas y el sentido. Veintiún años y estudiante de arquitectura. Un chico perfecto con la sensibilidad de una ameba.

Juanfran es un año mayor que yo. Vaqueros y camisetas viejas eran su indumentaria habitual. Pelo castaño y alborotado de tal manera que parecía que no había visto un peine en su vida. Sigue igual. Sus ojos castaños y su personalidad reposada conseguían que chupase más veneno de pez araña que ningún otro.

Kris. Belga, alto, muy alto. Raro, muy raro. Políglota. Hortera (chanclas con calcetines. No hace falta que diga más). Risueño, a ratos. Mosqueado casi todo el tiempo. No fumaba. No bebía. No follaba, a no ser que fuera con alguna extranjera a la que considerase su alma gemela.

Luciano. Lo llamamos Luci. Moreno, ojos negros agitanados. Atontado hasta decir basta. Manazas. Un desastre cariñoso, divertido y encantador.

Jose. Guapo, moreno también. Ojos oscuros y un pelo tan abundante que te quedabas con las ganas de meter la mano entre sus mechones para comprobar si eran tan suaves como parecían. También le daba al chupeteo cuando se terciaba.

Kiri. Uno de mis preferidos. Alto, guapo, rubio, juerguista y ligón. La melena le alcanzaba los hombros y, a sus veinte añitos, salía con una devoradora de hombres unos cuantos años mayor que él. Cuando ella aparecía, yo miraba e intentaba asimilar todo cuanto podía sobre el arte de la seducción (de poco me sirvió, la verdad).

Miguel. Uno de los guapos oficiales. Lo mirabas y suspirabas. Lo mirabas y suspirabas. Siempre era así. Pienso en él y suspiro. Inteligente, amable, alegre y encantador. Maravilloso. ¿He dicho ya que era guapísimo?

Y había más, muchos más. Andi, Vicente, Diego, Juan el Canario, Manolo, Jesús, Pedro… y un largo etcétera. Mientras mi memoria hace un barrido rápido por toda la gente que trataba en esos tiempos, desde los mencionados anteriormente hasta los que yo llamo aves migratorias, que se dejaban ver un verano tras otro y cuya relación conmigo era prácticamente inexistente, la imagen del asqueroso aparece de pronto, sin haber sido invitado. De hecho, no solo campa a sus anchas por mi cabeza; también lo hace por mi terraza.

Odio horrores que se pasee por mi terraza.

Me preocupa no dar la talla frente a Miranda. Parecer demasiado insegura. Así que voy a intentar que eso no suceda. No es que me importe, pero una tiene su orgullo, ¿no? Al fin y al cabo me considero una persona bastante inteligente. No es que me considere un cerebrito pero, en fin, recursos no me faltan.

Con energías renovadas, me acerco al armario a grandes zancadas. Dos, teniendo en cuenta el tamaño de la habitación. Asalto el armario con desesperación y grandes aspavientos. Busco el vestido negro como quien busca el Santo Grial (por mi madre). Tras una inspección épica en el armario tratando de encontrar unas sandalias de tacón, me doy cuenta de que yo no utilizo ese tipo de calzado. Suspiro. Quedar con mi madre me estresa hasta extremos insospechados (no, no tiene nada que ver la visita inesperada). Me pongo unas sandalias planas, me persigno y, sin hacer ningún ruido, me dirijo al salón.

Al llegar al sofá, freno en seco. Estoy a unos cinco metros de distancia de John y me permito el placer de observarlo durante un rato. ¡Sigue igual de guapo, el condenado! Es posible que incluso lo esté más ahora. Si a Aquiles lo sumergieron sujetándolo por un talón en el Estigia, el río de la inmortalidad, el tío que está sentado en mi terraza debe de haberse caído de cabeza en el pozo de los deseos. De los deseos de cualquier otra, no míos. Yo ya probé sus encantos hace mucho tiempo y, la verdad, quedé bastante decepcionada. «Repítelo cien veces y a lo mejor te lo crees», me digo a mí misma.

¡Ay, Señor! Su cuerpo ha dejado de ser el de un joven para dejar paso al de un hombre alto, de espaldas anchas y caderas estrechas, como a mí me gustan. Claro que para lo que me sirve... bien podía haber regresado hecho un espantajo. El sol se refleja en su pelo moreno y corto, pero no lo suficiente como para impedir que se curve un poco a la altura de la nuca. El rostro, adusto, de perfil recto y sensual boca, le confiere un aire demasiado... perturbador para mi paz mental y tranquilidad de espíritu. Sé que sus ojos son color miel. Los ojos más bonitos que he visto en mi vida. ¿Y por qué tiene que tener esas pestañas? ¡Por el amor de Dios, pero si cada vez que parpadea parece que provoca corrientes de aire! Bajo la vista a sus antebrazos, de piel dorada y cubiertos por vello oscuro, y la dejo vagar hasta llegar a sus manos, fuertes y masculinas.

¡Mierda! ¡Está como un tren! Lo que me faltaba.

Camino hasta la terraza procurando reducir al mínimo mis movimientos; el pulso me late con fuerza en los oídos. Tengo que tranquilizarme o en cuanto lo tenga delante le voy a dar una bofetada de las que hacen época. O lo que es peor, podría caerme redonda al suelo por la impresión, como las heroínas de las películas mudas pero sin galán de turno para sujetarme. Respiro hondo y carraspeo antes de hablar.

—Oye, Juanfran. —Le doy un golpecito en el brazo para llamar su atención—. ¿Te importaría enseñarles la casa y responder a todas sus dudas? Acomódalos en mi habitación. —Sigo con la sonrisa congelada en la cara. Si no la quito pronto, igual me quedo así para toda la vida. De repente, me doy cuenta de que la he dejado hecha una leonera—. No, no se la enseñes, que aún no la he recogido —le susurro.

—Pues si no quieres que les lleve a tu habitación, ya me dirás dónde coloco las maletas. ¿Y qué más quieres que les muestre? Ya está todo visto.

—¿Y a mí qué me cuentas? Los has traído tú, ¿no? Pues búscate la vida. Llévatelos por ahí, pero no los devuelvas hasta esta noche. Tengo que recoger la habitación y poner sábanas limpias. Bueno... —Me dirijo a los otros dos con cara de abatimiento—. Yo tengo que marcharme. Lo siento. Una cita ineludible —explico, sin concretar detalles—. La cambiaría si pudiese, pero... —Hago una pausa para respirar y después carraspeo—. Me resulta imposible.

No digo que la cita es con mi madre; no lo considero oportuno.

Les dirijo otra sonrisa al tiempo que me llevo la mano hasta la nariz y la toqueteo con disimulo solo para comprobar que no, que todavía no ha empezado a alargarse desmesuradamente después de todas las falsedades que he dicho en un espacio tan corto de tiempo.

—¡Que lo paséis bien! —les deseo, conservando la sonrisa congelada en la cara—. Os dejo en buenas manos. —«Tú sí que estás buena», me digo a mí misma—. Aquí os dejo unas llaves. —Las deposito encima de la mesa de la terraza—. Esta noche dormiréis en mi habitación.

Acaba de darme otro vahído solo de imaginarme a estos dos en la cama. Como oiga un solo gemido durante la noche no respondo de mis actos. Si los asesinase en medio de una orgía sexual desenfrenada siempre podría alegar trastorno mental transitorio. Tantos ruidos y gemidos pueden volver loco al más plantado. Cualquier juez justo lo entendería.

Siguiendo con mis modales de colegio de monjas y con los nervios a flor de piel, sigo hablando sin descanso.

—Cuando regrese cambiaré las sábanas y podréis pasar la noche en mi, ejem, cama —repito con la boca pequeña. Tengo que sujetarme al respaldo de la silla; estos mareos matutinos me empiezan a mosquear.

—Muchas gracias, Crisi —contesta Miranda con la vista puesta en el mar.

Creo que no tiene nada más que decir. ¿Eso es todo? ¿Me está despidiendo como se despide al servicio doméstico? Ni un «No te molestes, Crisi, no podemos dejarte sin habitación, y por ende sin baño». O, «No, Crisi, no. Somos nosotros los que estamos invadiendo tu intimidad. Yo dormiré en el sofá, el asqueroso puede hacerlo en el suelo».

John me observa con los ojos entrecerrados, como si me pudiera adivinar el pensamiento. ¿Habrá desarrollado poderes con la edad? Sigue sin abrir la boca. ¿Se habrá quedado mudo, ahora que es mayor, pero no más sabio? Ando metida en mis sesudas reflexiones cuando, de pronto, esa voz profunda que tanto me aturdía en otro tiempo me saca de ellas.

—¿Nos vemos esta noche, Crisita? Podemos cenar juntos. Yo invito. Iremos donde más te apetezca.

Doy un respingo. Me ha pillado desprevenida. Me aturullo y solo acierto a contestar:

—Ahhhh... pueggggg... psssss.

Chasqueo la lengua con disimulo. Pero ¿qué me pasa con este hombre, que siempre tengo que comportarme como si me hubiesen practicado una lobotomía?

Suena el timbre de la puerta y aprovecho para hacer mutis y abrir, resolviendo de ese modo lo violento de la situación.

¡Joder!, el que faltaba.

—Hola, Jose. —Me sorprende verlo en mi casa. Me acerco y le doy dos besos—. ¿Has venido solo? —Recorro el rellano con la mirada—. ¿Y Rosa?

En lugar de contestarme, se me queda mirando y con cara de sorpresa exclama:

—¡Hombre!, hoy vas bien.

—¿Cómo «bien»?

—A estas horas siempre parece que vayas a darle un susto al miedo.

Ese es mi Jose, siempre dispuesto a dedicarme los halagos más frustrantes.

—A ti esa chaqueta tampoco te hace más gordo —le replico con una sonrisa.

—Muy graciosa. —Baja la vista a toda velocidad y, moviendo los hombros como si le picara la espalda, se ciñe la cazadora al cuerpo—. Me envía Rosa; quiere que le prestes el bolso de loneta azul. —Antes de que me dé tiempo a contestar, añade—: Si es muy grande no me lo llevo, que voy en moto.

—No te preocupes, es pequeño. Ahora te lo traigo. ¿Pasas? —Le hago un gesto con la mano.

—No. Tengo prisa.

Jose es escueto. Directo. No se anda con formalismos ni con medias tintas. También se ha hecho mayor. Su pelo negro de antaño ahora aparece salpicado de hebras plateadas. Precioso. Sigue teniéndolo espeso y corto. Los ojos, los mismos: inquisidores. Unos ojos que parecen fríos, pero que esconden una sensibilidad que muy pocos conocemos. Jose envía señales contradictorias. Por un lado, es seco, cortante y nada cariñoso. Por otro lado, es cortante, seco y nada cariñoso, a no ser que andes a cuatro patas y estés cubierto de pelo. Dotado de un sentido del humor y una ironía no aptos para autoestimas frágiles, una de sus afiladas observaciones podría borrar de un plumazo los colores al arcoíris. Ejemplos aclaratorios: «¿Ibas vestido así al colegio? ¡Joder!, te harían una cara nueva, ¿no?»; o «Toma, nene, cómete tú la hamburguesa que estás creciendo, pero no hace falta que nos muestres todo el proceso en vivo y en directo. Sabemos cómo se hace»; o «¡Jesús, qué zafiedad!», en relación a las mujeres que se exceden a la hora de maquillarse y colgarse todo tipo de artilugios ornamentales.

La noche que conocí a Jose, Rosa y yo nos encontrábamos cómodamente sentadas en una de las sillas de madera del cine de verano; refresco, palomitas y almohada bajo el culo con los pies apoyados sobre el respaldo de la silla que teníamos delante (pura felicidad) cuando, sin previo aviso, una pandilla de modernos zarrapastrosos aparecieron frente a nosotras decididos a taparnos la pantalla con sus cabezas. El moreno de ojos oscuros nos lanzó una mirada especulativa antes de dirigirse a nosotras con una sonrisa y una original frase de presentación: «Esos pies no cantarán, ¿verdad?».

Fue todo tan sorprendente y ordinario que inmediatamente nos sentimos atraídas por él. Para serte sincera, Rosa cayó rendida a sus pies; mi cabeza estaba demasiado ocupada adorando los pies de otro.

Siempre me ha llamado la atención cómo un ser tan carente de dotes sociales puede presumir de tantos y tan buenos amigos. Lo que me lleva a pensar que su genuina y desinteresada generosidad y que no exista ni un solo miligramo de malicia en todo su cuerpo tienen algo que ver en ello. Es capaz de ponerme cardíaca hasta el punto de querer asesinarlo para, a continuación, sorprenderme con algún acto desinteresado. Peculiar. Me tiene comiendo de su mano… O mordiéndosela.

Y aun así, si todavía mantenemos algún contacto unos con otros, es porque él es el amigo de todos, el planeta alrededor del cual giramos el resto de los satélites.

Lo miro y me doy cuenta de que su atención ya no está puesta en mí. Está más allá, en la terraza. Lo observo con el ceño fruncido y lo que veo me deja helada. Me fijo bien, no quiero perderme ni un detalle de los gestos que hace este retrasado. Abre la boca. Solo un poco. Saca la punta de la lengua y la pasa muy lentamente por la comisura deslizándola por todo el labio inferior hasta terminar chasqueándola contra el paladar.

Doy un pequeño respingo cuando termina con su vergonzosa exhibición de..., de... No sé de qué, la verdad, pero me ha dejado impresionada.

—¡Madre mía!, qué lozanía. Supongo que después de todo, sí puedo perder un momento.

Pero ¿qué narices...?

A pesar de que sigo hablándole, compruebo con estupor que también sufre de ceguera y sordera selectiva. Se encamina a la terraza con paso decidido y aprovecho para mirarle el trasero. Si no le gusta que no se hubiese exhibido de esa manera tan soez con la lengua.

Contengo un suspiro de impaciencia y observo cómo el andar chulesco de este atontado le lleva directamente frente a mi indeseada invitada. Tengo el honor de presenciar en directo, por tercera vez en el corto espacio de media hora, el irracional comportamiento masculino: unas buenas tetas y los ojos les hacen chiribitas.

—Hola a todos —exclama—. ¡Hombre, John, cuánto tiempo! —Lo saluda con el gesto internacional de la palmadita en la espalda y se gira hacia su otro amigo—. Juanfran, trae una cerveza. Gánate el sueldo. —Después suaviza la expresión y le lanza una sonrisa a la explosiva que me dan ganas de borrársela de un guantazo—. ¿Y tú quién eres, bonita? —Se inclina un poco y la recorre de arriba abajo con la mirada.

¿Ha cambiado el tono de voz? Estoy segura de que ha sonado más ronco.

¿¡Será posible!? Se va a enterar de lo que vale un peine cuando se lo cuente a Rosa.

—¡Adiós! —Me despido con los dientes apretados a causa de la frustración. No me hacen ni caso. La bombera está riendo con una risa gutural horrible y los demás le ríen las gracias, encantados de la vida. Si esos sonidos, mitad burro asmático, mitad hiena majareta, salieran por mi boca, me la taparían sin miramientos con cinta americana.

Conclusión: puedes reírte como las locas de las películas de miedo, siempre y cuando tengas pechos.

—¡No sé si volveré algún día! —Vuelvo a gritar—. ¡Tal vez me fugue con el psicópata asesino de jóvenes vírgenes!

No se gira ni una sola cabeza. Suspiro. Cuando regrese limpiaré la terraza. Seguro que me la dejan toda llena de babas.

CAPÍTULO 3

Sábado, 20 de agosto
Y ahora ¿qué?

Doy un portazo y al salir al rellano me tropiezo con Mari Luz. Hace unos cuatro años que la conozco. Desde que se compró el apartamento de enfrente cuando acababa de dar a luz. Es una de las mejores personas que conozco. Es decir, es buena. De buenos sentimientos. De buen corazón. Ella y Rosa son mis mejores amigas, aunque las tres seamos muy diferentes. Siempre viste de una manera... ¿cómo lo diría?... transgresora, y... en fin, los detalles no vienen al caso. La cuestión es que siempre va un poco... disfrazada. Hoy va de tomate en rama. Pantalones rojos. Blusa roja. Sombrerito de rafia verde. Ganas te dan de alargar la mano y darle un buen mordisco. Sorprendentemente, cuando se trata de aconsejar a los demás tiene un gusto exquisito.

Pero lo importante no es el envoltorio, sino lo que este esconde. Y además, debo decir en su defensa que Mari Luz suele ir de esa guisa porque es alérgica al sol y siempre, repito, siempre debe ir tapada de la cabeza a los pies. Lo que ocurre es que algunas personas, que son unos imbéciles y unos desconsiderados, se meten con ella porque no saben nada de nada y les gusta hacer daño gratuitamente. Aunque debo reconocer que hoy se ha superado a sí misma.

—¡Hola, cariño mío! Pero qué mona vas hoy. —Se acerca y me estampa dos besos en las mejillas.

—Mari Luz —digo—, esta tarde te necesito.

—¿Para qué?

—Tienes que llevarme de compras.

—¿Para qué?

—Tengo por delante una semana de regreso al pasado o, como dice el moderno de Luciano, una semana de *remember the old good days,* y necesito unas cuantas prendas de vestir seductoras.

—Vale.

—He quedado con mi madre para comer. Sobre las cuatro regreso y lo organizamos, ¿te parece?

—Perfecto.

—¿Te pasa algo? —le pregunto, preocupada por su escasa locuacidad.

—No, nada. ¿Por qué?

—No, por nada. —Me encojo de hombros y le digo adiós con un movimiento de mano.

Bajo corriendo los tres tramos de escaleras que me separan de la calle. El edificio en el que vivo solo consta de tres plantas y en cada planta hay dos viviendas, una grande y una caja de cerillas. El piso de Mari Luz es de los grandes y el mío una miniatura que me tiene enamorada, aunque no tengamos ascensor.

Veinte años más y este palacio será mío.

Mientras me dirijo hacia al restaurante, siento como si el tiempo se hubiera detenido y, sin embargo, han pasado ya tantos años... ¿Cuántos de mis antiguos amigos acudirán a la cita?

¿Qué habrá sido de sus vidas? ¿A quiénes les habrá ido bien y a quiénes la vida les habrá dado la espalda, como a mí? Si soy sincera, de algunos ni me acuerdo. Sigo caminando despacio y dejo que los recuerdos de todos ellos revoloteen en mi mente. A Kiri hace por lo menos seis meses que no lo veo. A Luciano… ¿tres años ya? Rosa, Laura y yo quedamos casi todos los domingos, que es cuando el raro sale a montar en moto con Jose. A Juanfran le veo más, porque es como un hijo postizo de Jose, siempre está en su casa, así que seguimos manteniendo muy buena relación. Perdón, me he expresado mal, tengo muy buena relación con todos y seguimos tan unidos como siempre, pero es una relación a través del éter. Lamentable. Y no es que no les quiera, les adoro, lo que ocurre es cada uno se mete en su rutina diaria y… el tiempo pasa sin darnos cuenta. Pero sí hay uno en especial al que echo mucho de menos, Miguel, nuestro chico perfecto. No es que fuéramos amigos del alma ni nada de eso; vivía en Madrid y solo lo veíamos en época vacacional, pero estábamos muy, muy unidos; y luego, cuando consiguió la plaza de notario, perdimos el contacto…

Sonrío al recordar aquella tarde en que me lo encontré sentado sobre el murete de nuestra terraza preferida. Las luces y sombras de la palmera bajo la que se cobijaba de un sol refulgente le arrancaban a su cabello destellos dorados. Como siempre, escondía su esbelto cuerpo de jugador de rugby bajo un polo blanco y unos pantalones cortos con aberturas a los lados. Antes de que me diera tiempo a llegar a su lado, levantó la mirada y me sonrió con esa sonrisa suya franca y preciosa.

—Hola, Miguel —recuerdo que dije con la vista fija en sus pantaloncitos de tenis azul marino.

—Hola, Crisi. Ven, siéntate conmigo un rato.

—¿Todavía no ha llegado nadie?

—Ya se han marchado. Me temo que tenía mucho que estudiar y he llegado tarde. —Se encogió de hombros y sonrió.

Muy típico de él. Ni una mala cara, ni una queja. Esperaba así, sin prisas y sonriendo como si tuviera todo el tiempo del mundo. Me senté junto a él y saboreé la sensación de tener a un amigo para mí sola, sin gritos, sin tener que decidir qué hacíamos o dejábamos de hacer, y muy consciente de que estaba disfrutando de su compañía y rogando para que no empezara a disertar sobre temas de profundo contenido intelectual ante los cuales no me quedaría más remedio que poner cara de enterada y preguntarme de qué demonios me estaba hablando.

No tuve suerte.

Al cabo de unos quince minutos de jerga incomprensible, en los que yo no podía dejar de pensar: qué ojos más bonitos tiene; qué sonrisa más preciosa tiene; qué piernas y qué brazos más bien formados tiene; qué boca más perfilada tiene; qué pena que no entienda ni la mitad de lo que dice, la chica del chalé de enfrente asomó la cabeza por encima del seto y le hizo un movimiento de cabeza muy discreto. Entonces, Miguel comprobó la hora y se giró hacia mí con gesto conspirador. Me quedé mirando ese rostro inteligente, bello y de mirada profunda y pensé: «No es posible. No será capaz de largarse a las seis de la tarde para..., para...». Y vaya si fue capaz, porque para mi sorpresa dijo:

—No te vayas, preciosa, vuelvo en media hora.

—¿Quieres que te acompañe?

Echó la cabeza hacia atrás y soltó una carcajada.

—No, cariño, hay cosas para las que, aunque parezca mentira, no necesito a toda la pandilla detrás. —Saltó del muro, se sacudió las manos y se las pasó por el pelo, antes de esbozar una sonrisa ladeada y dirigirme una mirada enigmática—. Y no creo que quieras conformarte con la teoría. Te perderías uno de los mayores placeres de la vida —dijo en un suave tono doctrinal de hermano mayor.

Y así, dejándome pasmada, se marchó a practicar uno de los mayores placeres de la vida, como quien va a por un helado, y, fiel a su palabra, regresó a la media hora.

Muy típico de él también.

Cinco minutos después entro en El Calamar Borracho. El local está casi vacío y localizo a mi madre enseguida. Se encuentra al fondo, sentada a una mesa junto al ventanal con vistas al mar. Lleva puesto un vestido de tirantes estampado que la hace parecer mucho más joven. Mi madre se mantiene delgada y en forma. No aparenta más de cuarenta y cinco. La gente dice que parecemos hermanas. Ese comentario siempre la hace reír encantada. A mí, en cambio, no me hace tanta gracia. Me gusta comer con mi madre, siempre tenemos muchas cosas de las que hablar. Es una persona extrovertida y locuaz que hace un uso muy creativo de nuestro idioma.

—Buenos días, mami. —La saludo con dos besos y me siento—. Cuéntame cosas. —Le hago una seña al camarero para que me traiga una cerveza.

Entra a saco. Como un miura.

—Me he enterado de que tienes en tu casa al bombón de John Donally. —Sin darme tiempo ni a abrir la boca, pregunta—: ¿Te lo vas a tirar? Yo lo haría —sentencia—. Cuerpos como el de ese hombre no hay que desaprovecharlos. Todo en él es comestible, como el cerdo. Desde la oreja hasta el rabo. —¡Jesús! Me atraganto con la cerveza. Toso y toso sin parar. Los ojos me lloran. Mi madre, imparable como un jugador de rugby en plena carrera, continúa en su propia jerga—. Esa panza que se gasta es inefable. Solo con echarle un vistazo te alegra el día. Tanto músculo... y tan duro. En una puntuación del 1 al 10 yo le daría un 69. —Mi tos se agudiza—. Imagínate, que lo que no se ve lo tiene igual de duro que todo lo demás. Cuando termine de ventilarse a una mujer estoy segura de que la susodicha cantará *La Traviata*.

Doy un golpe en la mesa con la mano esperando dos resultados. Uno, que repare en mi situación de indefensión ante una muerte segura por ahogamiento. Y dos, que se calle de una vez, porque es innegable que, si no muero ahogada, lo haré con toda probabilidad del bochorno.

En cuanto repara en mi apuro reacciona rápidamente y se levanta de la silla para, como una buena madre, rescatarme de las garras de un deceso prematuro. Se coloca frente a mí. Me sujeta la cara entre sus manos y sopla con toda la fuerza de sus pulmones. Ese es el remedio que utiliza para todo. Tanto da que lo que te aqueje sea una tos persistente como un ataque de hipo. Incluso es efectivo contra la apnea del sueño.

Empiezo a dar manotazos en el aire; con tanto soplido solo está consiguiendo que mi tos empeore. Se separa de mí unos centímetros y me mira con ansiedad. Poco a poco empiezo a respirar con más facilidad. El ataque de tos cervecera va desapareciendo. Me llevo una mano al cuello y carraspeo.

—¿Has visto, cariño? Ya estás bien. No hay nada como un buen bufido. —Sonríe satisfecha, sabiendo que tiene en su poder la panacea para solucionar la mitad de los males que aquejan al mundo. «¿Cómo coño lo sabe?», me pregunto asombrada, mientras le doy un sorbito cauteloso a la cerveza. Pues claro que lo sabe. Esto es un pueblo—. Bueno, ahora que ya no toses, cuéntame qué hace John en tu casa —insiste, y me lanza una mirada penetrante.

—Solo se queda esta noche —le digo, sin querer entrar en detalles. Aunque tampoco tengo mucho más que decirle. No sé nada—. Mañana nos vamos unos cuantos a pasar unos días fuera. Todavía no sé adónde…

—Yo sí —me interrumpe—. Tu hermano me lo ha contado. Tu hermano me llama y me cuenta cosas, ¿sabes? Tu hermano recuerda que tiene una madre —enfatiza demasiado en lo de «Tu hermano».

Si pretende que me sienta culpable, no lo va a conseguir.

No contesto de inmediato, sino que aprovecho para dar otro sorbo a la cerveza, escogiendo con cuidado las palabras que voy a decir a continuación.

—No tenía ni idea del viaje, ni de que iba a venir. Solo se queda esta noche —repito—. Además, ha venido acompañado. De su novia.

¿Es amargura lo que he notado en el tono de mi voz? Imposible.

—¿Y qué? Seguro que tú eres más guapa, más inteligente, y se lo sabes hacer mucho mejor —replica con orgullo.

Me da un ataque de risa; eso es una madre y lo demás son tonterías. Más burra que un arado, pero… así es ella. La miro con cariño y sonrío pero no puedo dejar que siga por ese camino.

—¿Cómo van tus lapsus de memoria, mamá? —le suelto a bocajarro, esperando que la maniobra de distracción funcione. Lo hace.

—Ay, hija. Voy a tener que visitar a un neurólogo —me contesta con el ceño fruncido por la preocupación—. Carlos también se ha dado cuenta de mis lapsus de memoria en alguna que otra ocasión.

¡Será idiota, la ameba! ¡Mira que hacerle esa faena a nuestra madre! Si lo hago yo es diferente. Yo le tomo el pelo con todo el cariño del mundo.

Nota mental: hablar muy seriamente con Carlos, aunque no me entusiasme la idea. Lo más probable es que se ponga tonto y se empeñe en hablar también muy seriamente conmigo.

—Venga, mami. No hagas caso, que eso no es nada. A mí también me pasa. —No le miento. Es verdad—. Venga, vamos a pedir, que tengo hambre.

—Sí, sí, hija. Vamos a pedir que yo también estoy *desmayá.* —Coge la carta y echa un vistazo—. Yo voy a pedir ensalada de salazones, pero solo si lleva *bonítol*. Es exquisito —puntualiza con esa forma de expresarse tan característica.

—¿Cómo dices?

—*Bonítol*. ¿No sabes qué es *bonítol*? —pregunta sorprendida por mi desconocimiento de algo tan de nuestra tierra.

Mi madre se refiere a una clase de salazón: bonito seco. Ella suele llamarlo «bonito en seco» que, abreviado, se convierte por obra y gracia de su singular hablar en *bonítol*.

No me puedo resistir a la tentación de provocarla un poco.

—Pero... ¿*bonítol, bonítol,* del *bonítol* de toda la vida? ¿Ese piropo que suelta el portero cada vez que vas a la peluquería? ¿Qué es lo que dice...? —Finjo que me concentro en recordar—. Pero ¡qué *bonítol,* señora Beatriz! ¡Ah!, perdona, mami —me disculpo al ver la cara de pasmo que se le está poniendo—. ¿Tú te refieres a ese que es pariente del atún, no? ¿Es eso lo que quieres comer?

—Pero ¡¿tú eres tonta o te has dado un golpe en la cabeza de buena mañana?! —exclama indignada—. Pues claro que voy a pedir eso. *¡Bonítol!* ¿¡Es que no me expreso con claridad meridiana!?

—Sí, claro. Perdona, mamá —me disculpo de nuevo, aguantándome la risa.

En ese momento, un camarero joven, al que no había visto antes, se acerca a nuestra mesa y nos pregunta qué vamos a tomar. Mi madre le mira y con una plácida sonrisa dice:

—Yo tomaré ensalada de salazones. Pero solo si lleva *bonítol*.

—¿Cómo dice, señora? —pregunta el camarero, confundido.

Resopla y lo mira enfadada. Me encojo de hombros. ¿Qué piensa, que me he compinchado con el camarero para tomarle el pelo? Antes de que le dé tiempo a poner al camarero a caer de un burro, el señor Ignacio, el dueño del restaurante, se acerca a saludarnos y de paso salvar a mi madre (o al camarero, según se mire) de otra conversación surrealista.

—Ya atiendo yo a las señoras. —Se aproxima a nuestra mesa y se queda de pie, entre las dos, esperando.

El señor Ignacio, Nacho, como se empeña en que lo llamemos, es un sesentón de muy buen ver. Alto, rubio, de ojos claros y con todo el pelo en la cabeza. Un detalle de naturaleza intrascendente pero... de vital importancia, según mi madre.

—No sé, Nacho. ¿Tú qué me recomiendas? En esta carta hay tantas cosas... —Se pasa la mano por el pelo con coquetería y suelta una risita.

Sorprendida por lo que estoy viendo, clavo la mirada en mi madre y me doy cuenta de que sostiene la carta al revés. No creo que pueda leer sin sus gafas, y menos boca abajo. De repente, al mirar a uno y a otra, la verdad se abre paso en mi obtusa cabeza. ¡Ay, qué gracia!, a mi madre le gusta Nacho. Mi sorpresa es mayúscula cuando veo que él no para de echarle miradas mal disimuladas, que mi madre le devuelve sonriendo ensimismada. ¿Por eso nunca pone pegas cuando venimos aquí? Bueno, últimamente sí ha puesto muchas pegas con eso de que está muy liada con los talleres..., y que si tal..., y que si cual... ¡Vaya por Dios!, ahora ya sé a qué talleres se dedica todo el santo día. Debe de estar muy ocupada sonriendo como en un anuncio de pasta dentífrica y procurando que las pestañas no le salgan volando. Y yo pensando que si comíamos aquí era por darme el gusto. Regreso de mi ensimismamiento intentando ocultar la cara de idiota que se me ha puesto y compruebo que sigue riendo con coquetería; tiene las mejillas coloradas y, por suerte, las pestañas no le han salido volando.

Nota mental: sacar a relucir tema Nacho cuando se ponga muy pesadita.

—Mamá, ¿no querías la ensalada de salazones? —Trato de que espabile.

—Buena elección, Beatriz. —¿Beatriz?—. De segundo, si te parece bien, te voy a poner un poco de arroz con verduras. —Le lanza una mirada de lo más sugerente—. Está para chuparse los dedos.

¡Eso lo ha dicho con clara connotación sexual! Hasta yo me doy cuenta de esas cosas.

Los miro muda de asombro.

—¿Y tú, Crisi?

—Lo mismo, Ignacio... Eh..., gracias —le respondo, visiblemente turbada.

Con un suspiro, renuncio a entender lo que pasa por la cabeza de mi madre. No tengo muy claro si me apetece saber lo que hace con Nacho. Comemos con tranquilidad mientras charlamos y oímos a nuestro alrededor los sonidos del ajetreo del restaurante en plena hora punta: el murmullo de conversaciones ajenas, el tintineo de las copas y de los cubiertos y las risas esporádicas del resto de comensales. No vuelve a sacar el tema de mi obsesión. Después de despedirnos de Nacho, me susurra al oído con uno de sus múltiples giros lingüísticos:

—¿Está bueno el salazón, eh? —Me mira con su típica expresión socarrona y añade—: Tú lo que tienes que hacer es eso que tanto mencionan las personas muy leídas.

—¿Y qué opinan las personas muy leídas?, ¿darle que te pego al salazón? ¿No sabes que eso sube la tensión? —le pregunto, esperando que pille el doble sentido.

—Ya sabes —me contesta, distraída—, lo de Julio César y el Rubicón.

No entiendo nada. No sé qué pinta Julio César en nuestra conversación. Sigo caminando entre las mesas llenas de gente, sin hacerle caso, hasta alcanzar la puerta. Ella me sigue con prisas; no quiere que me largue y la deje con la palabra en la boca. Ni se me ocurriría cometer semejante estupidez. Luego habría que oírla.

—Sí, mujer, ¿qué dijo? ¿*Veni. Vidi. Vici*? ¿*Alea jacta est*? —Me mira esperando que la saque de dudas. Paso olímpicamente. No me apetece entrar en un debate con ella. Y menos sobre Julio César—. Bueno... —continúa sin hacer caso de mi obstinado silencio—, tú tienes que hacer lo mismo con John. Si Julio César pudo cruzar a nado el Rubicón, con armadura y todo, tú puedes ventilarte a ese tiarrón.

Tan solo una persona como mi madre puede relacionar el Rubicón y que su hija se ventile a alguien en la misma frase.

Me vuelvo hacia ella con un suspiro.

—Ya, mamá, pero ni yo soy Julio César, ni esto es el Rubicón. No es tan fácil conquistar a John. Además —añado demasiado deprisa—, no me interesa.

—Deja las mentiras para quien no te conozca y espabila, ¡que se te está pasando el arroz!

Eso es justo lo que necesito para animarme, que me recuerden la decadencia de mi femineidad.

Decido enfocar el tema hombres desde una perspectiva distinta.

—¿Y qué? ¿Cómo se lo monta Nacho?

Me mira con ojos atónitos y me cuesta un esfuerzo no echarme a reír. ¿Avergonzada por intentar avergonzar a mi madre? En absoluto. Y, para mi sorpresa, no reacciona como cabría esperar. Su rostro adquiere un favorecedor sonrojo y su boca se ensancha en una sonrisa que tan solo se puede calificar como... ¡empalagosa!

—Cariño... —Suspira y se pasa la mano por el pelo—. Espero de todo corazón que algún día tu hermano y tú os deis cuenta del potencial tan enorme para ser felices que mantenéis escondido debajo de tantas capas de cinismo y mala leche. —Al percatarse de que voy a protestar, añade rápidamente—: Porque sois maravillosos y yo estoy muy orgullosa de vosotros.

Mi hermano y yo somos dos personas muy normales, con algunas virtudes y muchos defectos, pero ella nos adora y cree que somos mejores de lo que en realidad somos. Su referencia a nuestra mala uva ha sido una broma... Su intención era tocar las narices. Eso también se le da bien.

Me despido con un beso, prometiendo que la llamaré en cuanto llegue a donde sea que vaya a ir, y me dirijo a mi apartamento. Bueno, al de Mari Luz, en el mío hay okupas.

CAPÍTULO 4

Sábado, 20 de agosto
Hora de pasar las cabras

El calor es sofocante y la humedad ambiental tan alta que las gotas de sudor me chorrean por la espalda, como riachuelos montaraces (los términos de esta comparación los he aprendido de los documentales sobre naturaleza que echan por la tele. «Riachuelos montaraces». Me encanta cómo suena). El cielo azul, límpido, brillante y sin una sola nube. El chirrido de las cigarras está dejándome sorda. Las calles no están flanqueadas por árboles altos y con densas copas que proporcionan frescor. Un día precioso, sin duda alguna. Solo le encuentro una pega, ¡¡¡que me estoy friendo viva!!!

Cuando llego al portal de mi apartamento suelto un suspiro de alivio. Enfilo los tres tramos de escaleras que me separan de mi destino, decaída y a velocidad de tortuga inválida. Al llegar al tercer piso, miro con pena la puerta de mi casa. Lo que daría por echarme un rato en mi sofá y dormir una buena siesta. No puedo. Pasar la tarde con esos dos se me hace tan cuesta arriba como participar en la maratón solidaria. Sudada, desanimada, bastante agotada y con un ataque de nervios esperándome a la vuelta de la esquina, llamo al timbre de Mari Luz.

Con agilidad impropia para una persona de su envergadura, Mari Luz sale al rellano a toda prisa.

—Venga, espabila si quieres que vayamos de compras —me apremia—. Los niños quieren ir un rato a la playa y les he prometido que los vas a llevar tú en cuanto volvamos. Así que ¡hala!, mueve el culo.

Sin darme tiempo a poner un pie dentro de la casa, los petardos salen corriendo y se lanzan a mis piernas con tanta fuerza que casi me tiran al suelo.

—¡Crisi!

—¡Crisi! ¡Crisita!

—¡Crisi! —David me tira del vestido—. ¿Hace *arie?*

—No, cariño. —Me inclino y lo cojo en brazos—. ¿Por qué quieres saberlo?

—Para bajar la cometa a la playa y volarla. —Me pellizca las mejillas y tironea de ellas, para después soltarlas y acariciarlas con mimo.

—No. —Niego con la cabeza—. Hoy no puede ser. No hace aire. —Esos expresivos ojos consiguen de mí lo que quieren cuando me miran de esa manera. Lo que quieren, menos volar una cometa—. Pero podemos llevar otros juguetes y pasarlo muy bien. No necesitamos la cometa.

¡Ni fumada pienso volar la cometa con estos dos! La última vez casi le sacan el ojo sano a un tuerto. Y no, tampoco pienso dejar que me asalten repentinos y amargos cargos de conciencia por mi negativa. ¿Acaso no tengo derecho a un poco de tranquilidad?

—Si os portáis muy bien y sois muy buenos mientras vamos de compras, os haré un regalo muy bonito para que juguéis en la playa cuando volvamos —les chantajeo sin ningún remordimiento.

—¿Un *degalo* bonito, Crisi?

—Sí, muy bonito. Pero tenéis que portaros muy bien.

—¡Sí! ¡Sí! ¡Vale! ¡Vale! —gritan como energúmenos.

No hace falta ser veterinario para saber que tengo por delante una tarde de perros.

Los dos angelitos tienen buenos sentimientos. El problema es que cuando intentan hacer una buena obra casi siempre termina alguien o algo perjudicado.

A lo largo de los años he tomado muchas malas decisiones pero, sin ningún género de duda, la vez que me quedé con ellos fue una de las peores de mi vida. Luis, el marido de Mari Luz, acababa de regresar de uno de sus viajes (Luis es camionero y por eso está tan poco tiempo en casa, y por esa misma razón ayudo a Mari Luz con los niños y ella a mí con todo lo demás) y me ofrecí, en un acto desinteresado y temerario por mi parte, a cuidar de sus retoños para que ellos pudieran salir a cenar. ¡Una y no más, santo Tomás! A la mañana siguiente, después de pasar toda la tarde anterior pensando que no sobreviviría mientras ellos seguían tan frescos, tenía el cuerpo entumecido y la mente embotada. Me encontraba fatal y encima mi apartamento había dejado de ser la zona segura que recordaba. Como cuando compras una propiedad y no te dicen que está situada sobre un antiguo cementerio indio. O cuando reparas en que los hombres no te miran a partir de los treinta.

En un momento dado, *Mimosina* quiso salir a la terraza, que es donde tengo su arenero. La dejé salir y, a continuación, acomodé a los Niños extraviados de Satanás en la barra de la cocina para que desayunaran tranquilamente mientras yo me daba una ducha. Con la paciencia propia del Dalai Lama, escuché su cháchara incesante y sus absurdas exigencias:

—Yo quiero tostadas con gambas —exigió Juan.

—¿Qué? De eso no hay.

—Pero… ¡esto es un restaurante! —protestó David.

—Esto no es un restaurante —contesté, como ya he dicho, con infinita paciencia. En esos momentos me pregunté cómo podía estar tan mareada. Me decanté por la inanición que sufría desde la noche anterior. Aunque lo más seguro es que se debiera a tener que tratar con dos torbellinos que no paraban de hablar y de quejarse desde que habían abierto los ojos.

Me senté frente a ellos y esperé tranquilamente a que terminaran de disparatar.

—Sí que lo es, pero muy malo —le explicó Juan a David con la experiencia de un niño de cuatro años que ha acudido a muchos restaurantes en su corta e inexperta vida.

—Si no tienes tostadas con gambas, quiero mantequilla de cacahuete.

—No tengo mantequilla de cacahuete —repuse con calma.

Pero ¿es que estos niños no pueden ser normales y pedirme una pizza o, mejor aún, no desayunar?

—Todo el mundo tiene mantequilla de cacahuete. Lo dicen los Simpson. ¿Por qué tú no? —me reprochó David con la boca torcida hacia abajo y la barbilla contraída un segundo antes de empezar a berrear a todo volumen—: ¡¡¡Yo quiero mantequilla de cacahueteeee!!!

Y continuaron y continuaron con sus protestas y exigencias extravagantes durante lo que a mí me parecieron horas.

—Bueno, ¡se acabó la tontería! —les regañé cuando mi paciencia emigró a tierras más serenas—. Os vais a tomar la leche con cereales y no se hable más. ¡¿Entendido?!

—Que sepas, Crisi, que a este restaurante no volvemos nunca más —me amenazó Juan, muy digno.

—Pues mira tú qué pena.

Cuando conseguí que empezaran a desayunar en silencio y me metí, por fin, en la ducha, dejé correr el agua por mi cuerpo. Estaba tan cansada que no sabía si estaba medio muerta o muerta del todo. No me importaba. Solo quería que Mari Luz se llevase a los niños venidos desde el infierno para torturarme por los pecados cometidos en otra vida. Salí de la ducha con pesar y me vestí con lo primero que encontré. Me disponía a volver con ellos, cuando un olor a pollo asado invadió mis fosas nasales. Sorprendida, me pregunté: «¿Y ese olor? ¿Me he dejado algo en el horno?» (como mi cerebro tiene vida propia y todo eso...). Con cara de espanto, salí corriendo de la habitación y la imagen que apareció ante mis ojos atrajo de inmediato mi atención al tiempo que me hizo gritar de horror.

—Pero ¡¿qué estáis haciendo, desgraciados?! —vociferé, presa del pánico.

El fuego de la encimera estaba encendido (funciona con solo apretar un botón) y sobre él, como una mártir en la hoguera, mi gata. Los descerebrados le daban vueltas y más vueltas sujetándola firmemente por las patitas delanteras y traseras, ajenos a las tribulaciones de la pobre *Mimosina*. Corrí hacia ellos, saltando cuanto obstáculo se interpusiera en mi camino, derrapé y les arrebaté a mi gata con ímpetu controlado. Comprobé, aliviada, que no había sufrido ningún daño digno de lamentar. Tan solo unos cuantos pelos chamuscados. La cola era otro cantar. La tenía pelada del todo. Nunca había visto algo tan..., tan ¡pelado!

Aún hoy, no entiendo cómo no me maté en mi loca carrera. La única explicación lógica que se me ocurre es que el espíritu de Jesse Owens debió de poseerme en un momento de empatía.

—Mira, Crisi, hemos secado a *Mimosina* —dijo dulcemente David—. Se iba a poner mala. Estaba toda mojadita, pero no te preocupes, que ya la hemos secado nosotros.

—Creo que nos la vamos a llevar a casa con mamá —reflexionó Juan—. No la tratas bien, Crisi —me regañó con su tierna vocecita mientras alargaba un bracito y acariciaba a la gata con dulzura—. Si no la cuidas bien se va a morir, como le pasó a *Bolita.*

Bolita era su hámster. Murió a consecuencia de un empacho de frutos secos que estas dos almas caritativas se empeñaron en hacerle tragar para que creciera grande y vigorosa. Pero cuando estaba tomando aliento para cantarles las cuarenta, reparé en sus caritas esperanzadas. Estaban muy quietecitos, mirándome expectantes, con sus preciosos ojitos abiertos de par en par. Ni siquiera pestañeaban esperando mi decisión.

Ay... Qué ricos son... En un ataque de locura mental transitoria, pensé que yo quería dos de estos. Igualitos. Con sus rizos de angelitos y todo.

Tras unos segundos en los que estuve a punto de tentar a la suerte, se impuso la necesidad perentoria de proteger a mi gata a toda costa y les contesté como haría cualquier adulto que se precie.

—Lo pensaré, ¿de acuerdo?

¿Y qué más podía decirles? Por nada del mundo iba a dejar a mi *Mimosina* en manos de semejantes trastos, me reafirmé en mi decisión mientras acariciaba a la gata, chamuscada pero feliz de estar tan calentita.

Cinco minutos después, vamos los cuatro acomodados en el coche y Mari Luz se incorpora al tráfico.

—¿Para dónde tiramos, nena?

—Pues... no sé. Tú coge la general y cuando llegues al cruce, tira para Alicante.

Con la música del coche a todo volumen para no oír los pitidos de los demás conductores, hace lo que le mando. Inicio una charla insustancial. No tengo ganas de hablar de John y sé que Mari Luz lo está deseando. Yo no tendría que estar aquí.

¿A mí qué me importa la maldita reunión de amigos? Ya quedo con ellos y los veo cuando quiero. No tengo que pasar por esto si no quiero. No necesito una semana de reencuentro con el pasado. El pasado, pasado está, como su propio nombre indica, intento convencerme a mí misma. Tengo un terrible dolor de cabeza. Me pellizco el puente de la nariz y recuesto la cabeza hacia atrás. Como era de esperar, ella continúa hablando sola.

—¿Qué te ocurre, cariño? —me pregunta con amabilidad cuando se da cuenta de mi deplorable estado—. Cuéntaselo a tu mejor amiga y verás que pronto solucionamos lo que sea que te pase.

—Me duele mucho la cabeza. La tengo como un bombo. Necesito un paracetamol y silencio —digo secamente, con los dientes apretados y los ojos cerrados.

—Eso ya lo veo. Lo que quiero que me cuentes es «por qué» te duele la cabeza.

¿Qué hago? ¿Se lo cuento? ¿No se lo cuento? ¿Se lo cuento? Cuando termino de deshojar la margarita, sé que lo voy a hacer. Nunca le he contado a nadie lo que pasó aquella noche. Cuando las demás chicas de mi edad contaban su primera vez todo eran palmaditas, saltitos y felicitaciones.

Repugnante. Asqueroso. Parecía que todas competían por ganar algún tipo de reconocimiento postsexo primerizo. No sabría decir a ciencia cierta cuál de todas había experimentado más orgasmos. Dadas las circunstancias, yo callaba y asentía con la cabeza como una experta en el tema y aseguraba, enfatizando y moviendo mucho la cabeza, que por supuesto que la experiencia había sido trascendental. Un antes y un después en mi vida. Bueno, eso sí era cierto.

Antes de poder pararme a pensar, las palabras se deslizan de mi mente a mi lengua con facilidad. A medida que el relato va avanzando me siento más liviana, como si hubiese dejado caer la mochila cargada de piedras que llevo a la espalda. Cuando termino de contarle al detalle todos mis males, una lánguida sonrisa me curva la comisura de la boca.

—¿Y por eso estás tan disgustada? ¿Tú eres lerda o qué? —Su tono de voz no refleja el matiz comprensivo que esperaba—. Si yo te contara mi primera vez se te pondrían los pelos como escarpias —añade, risueña.

—No me has entendido. —Me incorporo de un salto y me coloco de manera que pueda ver mi gesto de disgusto. No lo consigo. Va conduciendo y ni me mira—. ¡Las demás cantaban alabanzas! ¡Todos sus ligues habían sido muy cariñosos después! ¡No las dejaban tiradas! Y, por supuestísimo, ¡¡¡NO MALDECÍAN!!!

—Anda, guapa, chilla un poquito más que todavía no estamos sordos.

—Ups. Perdón, niños.

—Te mintieron. —Baja la voz a ras de la alfombrilla—. La primera vez no es agradable. Todos, repito, todos terminan en dos minutos a esa edad y después se largan a casa de su mamá porque les está esperando la cena. Nena, un polvo solo es un polvo, pero la cena de mamá… es sagrada.

Se interrumpe para lanzarle unos cuantos improperios a un ciclista daltónico que se acaba de saltar un semáforo en verde. Verde para él, rojo para el resto de la humanidad.

—Eso que me estás diciendo, ¿es verdad? —pregunto, incrédula.

—Como que si no es verdad cojo a Luis y lo estrangulo con mis propias manos.

—¿Te casaste con el primero? ¡Ay!, esto es buenísimo. ¿Con el primero? —repito añadiendo comillas en el aire para dar mayor énfasis a mis palabras. La mirada asesina que me lanza me hace callar—. Vale, no es de mi incumbencia que te casaras con el primero que te la metió… —Cambio bruscamente de tema en cuanto me percato de que va a arrearme—. Pero lo que a mí me interesa saber es... ¿por qué, si la mayoría de las veces es un fiasco, como tú misma has dicho, a mí sí me gustó?

—Y si te gustó, ¿por qué protestas tanto?

—Bueno... No tengo queja del acto en sí. Y John fue muy cariñoso. Pero después..., después... ¡Ya sabes lo que hizo después!

—Eso tendrás que hablarlo con él. Yo no le daría mayor importancia. ¿Y ese detalle intrascendente te ha tenido amargada todo este tiempo? —pregunta, a punto de echarse a reír a carcajadas. Se corta en seco en cuanto le lanzo una mirada de advertencia.

—Pues sí. Bastante. Creía que era rara, ¿sabes? Eso era lo peor —digo, un poco avergonzada por haber hecho, según ella, una montaña de un grano de arena—. ¡Joder, Mari Luz! ¡Tengo pesadillas!

—Lo que yo te digo. Tú eres lerda. —Al darse cuenta de mi estado de estupefacción, me da unas palmaditas en la mano con cariño—. No tienes que sentirte mal, preciosa. Es normal que pensaras de esa manera. Tu primera vez y crees que es una mierda... Probablemente fuera una mierda...

Hace otra pausa en su perorata consoladora. Esta vez para dedicarse a increpar a una anciana del año de Jesucristo Nuestro Señor, empeñada en suicidarse cruzando todos los carriles de la rotonda en línea recta.

—¿Por dónde íbamos? —pregunta, recuperada la compostura.

—Podría haber hecho una seña... Haber dicho algo.

—¡Sí, mujer! Y hablar con el cura del confesionario, ya puestos.

Pero ¿de qué habla? ¿Qué pinta un cura en medio de una disputa de tráfico? ¡Ah, claro!..., por lo de los Santos Sacramentos y eso...

—Tienes razón, pero no hacía falta ponerse de ese modo, ¿sabes? Una mujer tan mayor tiene sus despistes. No puedes esperar que se maneje con la soltura de una experta. No me hubiera costado nada darle una serie de indicaciones...

—¿A quién? —pregunta de manera distraída.

—A la anciana.

—¡¿También te acostaste con una vieja?!

—¡¿Qué?! ¡¿No?! —Escupo el cigarro que acabo de encender, manifestando de esa manera mi protesta más absoluta.

—Me he perdido. ¿No decías que podías haber hablado con ella? E-lla —enfatiza, como si yo fuera corta.

Pongo los ojos en blanco y le explico a qué «ella» me estaba refiriendo. Después de escucharme, guarda un perplejo silencio y a continuación se echa a reír.

—¡Mecachis! —Señala con el pulgar a los niños al darse cuenta de mi elevamiento de cejas ante semejante cursilería de expresión—. Por un momento me habías asustado. —Sonríe ladinamente—. Creí que por fin tenías algo jugoso que contar.

La miro embobada durante un minuto entero antes de echarme a reír.

—Está en mi casa, ¿sabes? —le digo con voz jovial una vez superado el ataque de hipo que me ha dado de tanto reír—. John —le aclaro, antes de que saque conclusiones erróneas—. Ha llegado esta misma mañana, acompañado de una morena explosiva.

—¿Es ese tío tan, tan, taran, tantán que me he cruzado en el rellano esta mañana? —pregunta, una vez recuperadas sus dotes deductivas, al tiempo que intenta aparcar en un hueco en el que no cabría ni un ciclomotor.

—Sí, está muy taran tantán, ¿verdad? —Le doy la razón un segundo antes de cerrar los ojos y contraer el gesto al oír el chirrido de la chapa del coche al rozar contra una columna.

—¿Te gusta todavía? —inquiere Mari Luz, impertérrita ante el desaguisado.

—No, de repente me he vuelto ciega y medio idiota.

Abro el bolso y saco la cajetilla de tabaco. Tengo que encenderme otro y fumármelo antes de entrar en el centro comercial. El de antes no cuenta. Ha salido disparado por la ventana.

—Sí, qué pregunta más tonta. Muy bien —dice, animada—. Cariño..., ¡esto se merece un plan de acción de película! Vamos a entrar en el centro comercial y vas a comprar todo lo que necesites para estar lo más mona posible. —Me lanza una mirada especulativa—. Ese tío se va a arrepentir de haberte tratado tan mal. ¡Torres más altas han caído! —Cuando Mari Luz toma una decisión es como un general de artillería. Arrasa con todo. No se amilana ante nada. Niego con la cabeza varias veces—. Sí —me contradice—. Vamos a comprar todo lo que necesites para estar preciosa —repite con convicción—. La semana próxima lo pasarás muy bien. Estarás contenta y feliz de la vida. Puedes convivir con el tío ese una semana. Para ti es pan comido. —Hace una pausa y su expresión se torna pétrea—. Cristina. —¡Joder!, me ha llamado por mi nombre. Esto es serio—. Tú te creces ante la adversidad.

—¿Ah, sí? ¿Y eso cómo lo sabes? —Achico los ojos y le lanzo una mirada suspicaz.

—Tu madre. Siempre anda con la cantinela. «Crisi se crece ante la adversidad». Se lo dice a todo el mundo.

Me río. Le echo valor y me desabrocho el cinturón de seguridad dispuesta a plantarle cara a la adversidad. Si lo dice mi madre... Estoy dispuesta a..., a..., a... ¿todo?

Rastreo en mi interior en busca de la Crisi de este último año. La amargada. La que siempre está de mala leche. La que planta cara a todo el mundo (una vez superado el pequeño episodio de agorafobia que me dio la lata un par de meses), y si se siente demasiado agobiada les escupe a la cara. Metafóricamente. La encuentro. Lo único que tengo que hacer ahora es no dejar que me abandone de nuevo. Me centro en el problema más inmediato: ir de compras. Eso puedo hacerlo.

—¡Vamos, Mari Luz! —Mi tono es firme. Seguro. Como el de un soldado bien entrenado bajo el mando de su general.

Con el bolso bien sujeto bajo un brazo y uno de los petardos agarrado al otro, nos dirigimos con paso firme y seguro al interior del centro comercial. Lo primero que tengo que hacer es..., es...

—Mari Luz, ¿qué es lo primero que tenemos que hacer?

—Lo primero de todo es ir a la juguetería.

¿La juguetería? Claro..., ¡qué tonta! La juguetería es fundamental. Aunque no entiendo muy bien por qué. Yo creía que necesitaba ropa sexi. ¿Acaso en la juguetería vamos a encontrar algo especial que me haga parecer más..., más...? ¡No entiendo nada!

Vacilo, aunque solo unos instantes, antes de exclamar:

—¡Muy bien pensado, Mari Luz!

Hace un gesto afirmativo con la cabeza y acelera el paso, dirigiéndose con zancada segura a la primera juguetería que ve. La sigo sin decir nada. La curiosidad me puede..., pero ella es la experta en compras. Una vez en el interior, estoy emocionada. ¿Qué habrá pensado la loca esta que...?

—Venga, David, elige algo —oigo que dice. ¡David! ¡Cómo que David! ¡De qué demonios está hablando! ¿Acaso me he perdido algo importante en uno de mis lapsus de memoria? La miro, sin comprender nada—. Cuando los niños tengan un juguete cada uno estarán entretenidos y podremos dedicarnos a lo tuyo tranquilamente.

Ah, eso. Las mejillas se me colorean. Asiento con la cabeza confirmando mi... conformidad. Chasqueo la lengua. Error mío.

—Eso también lo había pensado yo —miento con descaro—. Tú con David y yo con Juan. Así terminaremos antes —ordeno, en un intento por parecer toda una entendida en estas lides. Cojo a mi correspondiente gemelo y corro por toda la tienda. En diez minutos, Juan ha elegido un *macaleón* de plástico, para poder enterrarlo en la arena. David elige una colección de moscas, también de plástico, para que el *macaleón* pueda comérselas.

A las cinco menos cuarto estamos comprando tres vestidos de verano, fresquitos y cómodos, que me sientan muy bien. ¡Ah! Y cortos, muy cortos. A las cinco y diez le toca el turno a dos pares de pantalones cortos muy sexis. A las cinco y media, camisetas de tirantes y sin tirantes. A las seis menos cuarto, unas sandalias de cuero, también sexis e inútiles que «van con todo», según ha afirmado la experta. A las seis, toca lencería. Otros tres conjuntos de braguitas y sujetador que me cuestan un riñón y el empeño del otro. Y, por último, unos cuantos tangas que según mi asesora de imagen «son de vital importancia» para el plan de acción.

Me encuentro eufórica. Lo que no tengo claro si es por las compras maratonianas o porque no sé qué comeré el mes que viene, cuando los cargos de la tarjeta empiecen a amontonarse sobre mi cuenta corriente como las hojas en otoño sobre las aceras.

Una vez de vuelta en casa me enfundo un bañador rojo, cual vigilante de la playa. Tan solo la escasez de pechos me delata. Recojo a los niños, que están esperándome con el bañador puesto y una bolsa con la merienda que les ha preparado su madre, y enfilamos escaleras abajo.

—Vamos, Crisi, que la playa se acaba —me apremia David cogiéndome de la mano y tirando con todas sus fuerzas.

Cuando llegamos a la playa me repantingo en la toalla y les doy a los niños los sándwiches de jamón y queso y los juguetes. Tengo que quedarme sentada; no puedo permitirme el lujo de perder a los niños diabólicos de vista.

Una voz recientemente conocida, pero no por ello bien recibida, suena por aquí cerquita. Giro la cabeza y escudriño por toda la playa. Unos pechos enormes enfundados en un verdadero bañador de vigilante de la playa atrapan toda mi atención. Lo primero que pienso es: «Mierda, la bombera». Y sin querer, me viene a la cabeza: «Postizas». Busco instintivamente por toda la playa y descubro a John con el agua hasta la cintura y el teléfono pegado a la oreja. Y, sin querer, lo primero que pienso es: «Ojalá se le oxide la armadura de caballero andante que tanto le gusta lucir».

La bombera se levanta y se coloca bien el bañador. Los rayos del sol le han regalado un bonito tono dorado que yo tardo en conseguir por lo menos un mes.

—Joooohhhnnn... —le llama, y su voz resuena como un carrillón por toda la playa—, si no me das crema en la espalda me voy a quemar.

Qué barbaridad... Pero ¡qué manera de apresurarse! ¿De verdad es necesario que salga del agua tan deprisa?

Sentirá que tiene que protegerla contra las maquinaciones diabólicas de un sol abrasador. Siempre ha sido tan caballeroso...

Un sudor frío me recorre todo el cuerpo cuando veo cómo le pasa la mano llena de crema solar por la espalda, al tiempo que tomo una decisión trascendental. Si sufro una especie de apoplejía y muero justo el día que empiezan mis vacaciones, regresaré de entre los muertos para hacerles la vida imposible. Entonces entenderán el tormento que me están haciendo pasar.

Esta noche, ya en mi sofá, intento relajarme. No he tenido ganas de salir a cenar con la parejita. De todas formas, John no me lo ha vuelto a pedir. Mejor. He preferido cenar en casa de Mari Luz. Después hemos visto una película y, cuando ha finalizado, he tenido que decir que quería tomar unas cuantas copas porque ya era hora de regresar a mi casa y no me apetecía nada. Y para que conste, que no deseara cruzarme con mis invitados no ha tenido nada que ver con mi decisión de ahogarme en alcohol.

Doy vueltas y vueltas pero no consigo dormir.

¿Eso que estoy oyendo es...? Pongo la mano detrás de la oreja y escucho. Solo por si ha ocurrido algún accidente y necesitan mi ayuda. Cuando me doy cuenta de lo que estoy haciendo me digo a mí misma: «Pero ¿qué estás haciendo, Crisi?».

Cojo mi iPod. Me pongo los auriculares. Escuchar música me relaja. Elijo una de mis canciones preferidas, «Somewhere over the rainbow», de Israel, apellido trabalenguas, y su ukelele.

Somewhere over the rainbow
way up high
and the dreams that you dreamed of...

Noto que mi cuerpo va perdiendo la rigidez, los párpados empiezan a pesarme y las extremidades se relajan y, sin darme cuenta, como me ocurre siempre, me quedo dormida.

Como cinco minutos después, me despierto.

CAPÍTULO 5

Domingo, 21 de agosto
Hora de hacerse el ánimo

Abro los ojos. La cabeza me va a estallar. Es probable que el terrible dolor esté directamente relacionado con la cantidad de chupitos de orujo que bebí anoche.

Me levanto del sofá y me froto la frente con cansancio. Yo no tendría que estar aquí, en medio de mi salón, pensando en qué mierda me estoy metiendo. Tengo ganas de atender la llamada de la naturaleza, pero enseguida me doy cuenta de que no puedo utilizar «mi» baño. Tendría que cruzar por delante de esos dos y a saber qué podría encontrarme. Genial. Doy media vuelta y, con sigilo, abro la puerta de la calle, cruzo el rellano y me dirijo a casa de Mari Luz. Llamo al timbre. Nada. Vuelvo a llamar, malhumorada. Pego el dedo al timbre y, al cabo de un momento, una Mari Luz con cara de malas pulgas abre la puerta de golpe.

—¡Aparta! —le digo de malas maneras—, necesito ir al baño.

—¿Tú sabes qué hora es?

—¿Hora de ir al baño? —contesto con voz ronca, aunque nada seductora.

No tengo muy buen despertar y lo sabe, así que solo me mira y hace un gesto con la mano señalando el pasillo. Su casa tiene pasillo como una casa normal, no como la mía, que parece la casita de los enanitos.

Termino de hacer mis necesidades más apremiantes y me lavo la cara. Para los dientes tengo que utilizar un dedo. Regreso por el mismo pasillo (sin lugar a dudas no lo han cambiado en los cinco minutos que lo he perdido de vista) y, sin decir ni una sola palabra, paso de nuevo junto a Mari Luz y le hago un gesto vago con la cabeza, que ella me devuelve con deferencia, y regreso a mi casa.

Una vez en medio de mi salón, como no tengo nada mejor que hacer hasta la sesión «muestras de empalago» de mis invitados, pongo en marcha la cafetera y busco la ropa que me quité anoche. Me la pongo y le doy unos tironcitos para estirar el mayor número de arrugas posible. No se encuentra en muy buenas condiciones, pero no hay otra cosa. Encogiéndome de hombros, vuelvo a salir de casa. He decidido ser generosa y prepararles el desayuno como haría una buena anfitriona. Me acerco a toda prisa al Triunvirato y compro unos cruasanes de chocolate y unas porras recién hechas. En el tiempo que tardo en volver a casa ya me he comido cuatro porras. Le echo un vistazo al paquete y compruebo que todavía quedan otras cuatro. Suficientes. Si quieren más que bajen y las compren ellos mismos. Con la conciencia bien tranquila, sabiendo que les voy a preparar el desayuno, entro en casa de nuevo sigilosamente y apago la cafetera. Mientras me mantengo ocupada dándole a *Mimosina* una charla sobre los inconvenientes de recibir visitas no deseadas, un movimiento en la terraza llama poderosamente mi atención: la bombera está repantingada en un sillón. Estará cansada; la pobrecita habrá tenido una noche muy movida.

Tiene el móvil pegado a la oreja. No me interesa con quién habla. En serio, no me interesa. Lo cual no es sinónimo de que no acabe inclinándome todo lo que permite mi centro de gravedad, antes de besar el suelo con la frente, intentando escuchar su conversación.

—Sí, estamos muy bien —escucho que dice—. Subjetivamente hablando, por supuesto. Con John no tengo ningún problema; dos de dos —explica bajando la voz, a quien sea que la esté escuchando—. Es rico y es guapo, pero sabes que yo me conformaría solamente con lo primero. —Me habría gustado poder decirle algo ingenioso y grosero, pero como no ando a buenas con John no tengo por qué defenderle—. La propietaria del inmueble no es muy allá, pero en su descargo te diré que vive en una especie de cuartucho con vistas al mar —continúa hablando, empeñada en agriarme el buen humor de buena mañana—. No, no creo que lleguemos a interaccionar. —Otro silencio incómodo. Incómodo porque no me entero de lo que dice—. Solo es empática con su animal de compañía, un gato negro al que le pasa algo extraño en el rabo. No tiene mucho pelo, y el poco que tiene parece como si le hubiese pasado una moto por encima. A lo mejor tiene tiña. ¡Uf! ¡Qué asco! —exclama, y se pasa la mano por el camisón de raso color melocotón que le marca todas y cada una de sus perfectas curvas y sus exuberantes pechos.

Sus palabras me tocan la fibra sensible. ¡Mi gata, tiñosa! ¡Que la ha atropellado una moto! ¿Qué culpa tiene la pobrecita si su rabo se llevó la peor parte del secado rápido? ¡No le pasa nada! ¡Será gilipollas! Acaba de quedarse sin porras. Por idiota.

Me vuelvo hacia la barra enfadada. Si no me llego a echar a un lado, habría chocado con el imbécil y no me habría quedado más remedio que darle con un churro en la cabeza.

—Crisi... —empieza a decir—. No hagas caso, Crisi. Miranda es buena chica, pero a veces es un poco...

—¡Gilipollas! —termino yo por él.

Me pongo un vaso con Nesquik. Yo no tomo café. No me gusta. Solo de pensar que le he hecho café a la pedorra esa, me pongo mala. Me rebelo comiéndome las cuatro porras que quedan. ¡Que se jodan! No levanto la vista en ningún momento mientras lo hago. Y mucho mejor así, porque ahora mismo tengo un monstruo creciendo en mi interior. ¡Mierda!, qué dolor de tripa. Me pongo la mano en la boca del estómago con disimulo. A ver quién es el guapo que se zampa ocho porras y un vaso de leche grande y no cae enfermo. Cuando el dolor se calma un poco, levanto la cabeza. Hacía mucho tiempo que nadie había conseguido hacerme daño. No lo voy a permitir. Esta no sabe quién soy yo cuando me tocan las narices. A partir de este momento, queda declarada la guerra entre la bombera y yo.

—Voy a darme una ducha. No hace falta que os despidáis cuando os marchéis —le digo a John con fría imperturbabilidad y pose regia.

La fría imperturbabilidad hubiera sido mucho más fría e imperturbable si a mi boca no le diera por torcerse hacia un lado. Y la pose regia, una pose regia de padre y muy señor mío, si mi ropa no hubiera adquirido tintes de instrumento musical; más concretamente el de un acordeón. Aunque la culpa es de ellos, pienso con rencor. Han tomado posesión de la habitación y ni siquiera he podido entrar a cambiarme. Olvido, muy convenientemente, que nadie me obligó a cedérsela.

John me sujeta por un brazo y me gira hacia él. Me mira con ternura, como lo hacía antes de la «fatídica noche».

He catalogado mi vida cronológicamente conforme a los sucesos que han provocado un cambio importante en mi carácter.

Fatídica noche: la de John.

Desastre natural: la muerte de mi padre.

Suceso desafortunado: mi ruina económica.

—Venga, Crisita, no te enfades. No vale la pena coger un berrinche por tan poca cosa. —Le da un sorbo a su café sin prisas. Saboreándolo, como en los anuncios de la tele—. Además, tú tienes que venir conmigo en el coche. —Suelta una carcajada—. Si me marcho, ¿cómo vas a ir? Sé que tienes el coche en el taller. Me lo ha dicho Carlos.

Estoy empezando a pensar que Carlos tiene la lengua muy larga. A lo mejor tengo que cortársela.

Hace tres días, un diablillo de veintitantos años, alto, guapo y muy mal conductor pero dotado de grandes talentos ocultos, le dio un golpe a mi coche mientras estaba aparcado. Mi pobre Mini sufrió abolladuras en todo el lateral izquierdo y hubo que dejarlo en el taller de chapa y pintura para que le dieran un repaso. No es que me queje, no. De vez en cuando un repaso no nos viene mal. De resultas del incidente yo me quedé en la gloria, pero ahora no tengo coche.

—No te preocupes, no pasa nada. Lo tengo todo controlado. —Señalo el móvil con un gesto—. Voy a preguntarle a Jose si puedo ir con él.

Me sorprende que pueda entender algo de lo que le digo. Tengo los dientes tan apretados que parece que me los han soldado.

—En serio, Crisi. —Su voz irradia paciencia, con lo que consigue que mi nivel de mosqueo ascienda como diez puntos más—. No molestes a Jose; Miranda y yo te llevamos encantados.

Niego con la cabeza y, sonriendo con petulancia, canturreo: «Non, non, non».

Hace una mueca de disgusto y deja el café sobre la barra.

—Seguro que si lo intentas puedes comportarte como una adulta.

—Seguro que sí —replico como una «adulta» de tres años.

¡Será prepotente! ¿Cómo se atreve a insultarme? ¿Que no sé comportarme? ¿Cómo es capaz de semejante desfachatez? ¡Tendrá morro! ¡Yo no me he dejado caer en casa de nadie! ¡No los he tirado de su cama y de su baño! ¡No me imagino a la…, a la…, a esa, saliendo sigilosamente de su casa para ir al baño de una vecina! Pero… ¡si hasta les he preparado café y les he comprado porras! Que me las haya comido yo es lo de menos. Lo que cuenta es la intención. Las monjas nos lo decían siempre. Cuando tenía siete años, y me plantaba delante de la monja y reconocía con cara de culpabilidad: «Sor Asunción, no consigo hacer nada de lo que mis padres me piden, nunca; aunque a mí me gustaría», ella siempre me contestaba con voz de santa mártir martirizada: «No importa, hija mía, lo que cuenta es la intención».

¡Si sabré yo de lo que hablo!

—Entonces… ¿vas a hacer un esfuerzo?

—¡No me da la gana! —le espeto, olvidada cualquier buena intención. Tengo que reprimirme, y mucho, para no ponerme a canturrear: «No te escucho, cara chucho…». No quiero mostrarme inmadura, que igual luego me lo echa en cara.

Da un paso atrás, une las cejas y me mira con dureza, consiguiendo un efecto francamente… intimidante. ¡Ja! Intimidante con otros, no conmigo. Yo ya estoy vacunada contra la intimidación. Debieron vacunarme el mismo día que abandoné el hospital. El día que mi vida desapareció por el retrete.

—¿Tienes algún problema? —le digo, desafiándolo con la mirada.

—Eres insoportable —susurra furioso.

—Gracias, hago lo que puedo.

Me quedo mirándolo con altanería, aunque estoy deseando largarme. ¡Este no me conoce a mí bien! ¡A insoportable no hay quien me gane! Me doy la vuelta, esperando no estamparme contra nada mientras cojo el móvil, y le doy con la puerta en las narices.

La salida de escena no ha estado mal, pero ahora me encuentro tan alterada que no acierto a darle a las teclas del móvil. Me he confundido ya cuatro veces. Hasta he conseguido una cita con el chico de la tercera llamada; decía que le gustaba el tono de mi voz y no he podido negarme. Incluso le he dicho que estaba casada, pero... entonces, y aunque no le he entendido muy bien, me ha gastado la broma esa de «no soy celoso» y... bueno, no he podido negarme. Ha estado muy gracioso. No como otros, he pensado con rencor mientras él intentaba explicarme, en español chapurreado, cómo llegar a la estación de metro de Gamla Stan.

—Rosa, dile a Jose que se ponga. —A la quinta intentona lo he conseguido.

Estoy temblando de rabia. Inspiro, espiro. Inspiro, espiro. Inspiro profundamente, espiro con lentitud. «Vas bien, Crisi. Tranquila», me digo.

—¿Qué hay, Crisi? —contesta Jose al otro lado.

—Jose, tienes que recogerme —le suplico—. Yo voy con vosotros.

—¿Con nosotros? Pero ¿tú no vas con John y su novia?

Todavía no ha terminado de hablar y ya he tenido que tumbarme en la cama. Me cuesta respirar. Si entendiera de estas cosas, me diagnosticaría un ataque de ansiedad en grado máximo. No creo que las ocho porras tengan nada que ver. «Respira, Crisi, respira. No te quedes sin aire. No es sano».

—No me fío de John. Creo que no tiene carné y además... conduce con el culo —suelto la primera excusa que se me ocurre—. Prefiero ir contigo. La seguridad en la carretera es muy importante. —Y ya, a la desesperada, añado en vista de que no me contesta—: Tú eres el mejor, Jose. Yo voy mucho más tranquila contigo. Por favor..., por favor..., por favor... —le suplico.

No le doy tiempo a pensar. Si piensa, igual se niega. Tenemos un ligero desacuerdo con respecto al significado de puntualidad.

—Claro. —Sonrío de alivio al escucharle—. Eso está hecho. Sobre la una estoy en tu casa. ¿Te viene bien? Y, Crisi —me advierte—, la una es la una, no la una y diez ni la una y media, ¿entendido?

¡Cómo me conoce! Hacemos buena pareja. A mí me cuesta llegar puntual a cualquier sitio y él es un obseso de la puntualidad.

Cuelgo y, ya más tranquila, me siento en la cama y meto la cabeza entre las rodillas. Los latidos de mi corazón han ido apaciguándose. Reflexiono como pocas veces hago y me doy cuenta de que, tal vez, solo tal vez mi reacción anterior ha sido un poco exagerada. Poco madura. Refunfuño un poco, no me gusta tener que darle la razón. Me siento mucho mejor cuando es él quien se comporta como un imbécil. Desde que Juanfran apareció ayer en la puerta de casa con la «sorpresa», mi cabeza ha sido un caos. Mi capacidad de raciocinio anulada, como el secundario de esas películas donde una voz en off, sugestiva y misteriosa, se comunica con los confiados humanos desde la estratosfera: «La humanidad ha sido abducida por una inteligencia alienígena superior. Devastada por seres de otro planeta mucho más avanzado que el vuestro. Los terrícolas habéis perdido la poca sensatez que teníais».

Este último año, mi equilibrio emocional ha brillado por su ausencia. Es normal que tenga reacciones exageradas, intento convencer a la voz de la razón que me está dando la vara. Me encuentro en precaria situación financiera desde «el suceso desafortunado». Estoy hecha un lío. Lo único que tengo que hacer es relajarme y dejar la mente en blanco. Eso se me da de fábula.

Después de mirar al techo durante un buen rato, me levanto tranquilamente de la cama y me meto en la ducha. Una buena ducha calentita y relajante es lo que necesito en este momento. Me lavo los dientes otra vez; en esta ocasión con un cepillo y pasta de dientes, no con el dedo como en casa de Mari

Luz. Me enjabono el cuerpo y me vuelvo a lavar el pelo. Cuando acabo el proceso de secado e hidratación corporal, me visto sin prisas con unos pantalones cortos y una camiseta de tirantes. Preparo la maleta y el neceser y echo un último vistazo al armario, por si aprovecho el viaje y tiro lo que ya no me sirve a la basura. Una extraña calma me invade mientras me muevo como una autómata, hasta que unos golpecitos en la puerta me devuelven a la realidad.

—¿Te falta mucho, Crisi? —inquiere John desde el otro lado de la puerta—. Tenemos que ducharnos y recoger nuestras cosas. Miranda necesita arreglarse.

Tuerzo el morro. Miranda esto, Miranda lo otro. Miranda por arriba, Miranda por abajo. Miranda, Miranda, Miranda. Su nombre invade mi mente hasta el punto de soñar con naranjadas. Miranda. Sé que no soy justa. Que no la he tratado con imparcialidad. Tal vez me he precipitado en juzgarla y sentenciarla como persona grimosa tan solo porque habla de una forma muy rara y porque está con él. Suspiro y procuro sonar serena y educada.

—No tardo nada. En un minuto estoy con vosotros. Gracias.

¿Gracias? ¿A santo de qué le doy las gracias?

Antes de salir hago una lista mental con buenos propósitos para el día.

«Haz una lista con buenos propósitos para el día e intenta llevarlos a cabo», aconsejaba siempre sor Esperanza.

1) Ser amable con Miranda.

2) Intentar no ser desagradable con John.

3) Ser amable con Miranda.

4) ¡Que seas amable con Miranda, joder!

—Todo vuestro —les digo con solemnidad y una sonrisa un tanto forzada—. Yo tengo que hacer recados de última hora... —titubeo un poco—. Nos vemos más tarde, cuando lleguemos a..., a donde sea que vayamos. —Todavía no he conseguido enterarme.

—Gracias —dice la petarda. Ay, perdón, Miranda. Se gira, y con una sonrisa hambrienta se dirige a John (creo que he hecho mal comiéndome todos los churros, debería haberle dejado alguno)—. Te espero en la ducha, querido.

¿Se van a duchar juntos? ¿Querido? Respiro. Respiro hondo. «Recuerda, Crisi, propósitos. Buenos propósitos».

Antes de meterse en el baño, John se acerca, me abraza y me susurra al oído:

—Me alegro mucho de verte, Crisita. De verdad. Hacía mucho que no nos veíamos. Demasiado. Cuando te tranquilices tenemos que hablar de muchas cosas.

¿Y ahora de dónde se saca este que yo estoy nerviosa? Con una sonrisa preciosa, sencillamente preciosa, se da la vuelta y se mete en el cuarto de baño. Elevo una mano y me cierro la boca. Por si acaso empiezo a babear sin control. De pronto me aferro a una esperanza casi infantil. ¡Me ha echado de menos! ¡Lo ha dicho! ¡Lo he oído! Quizá todavía no sea tarde para nosotros. Quizá siente algo por mí. Quizá... ¡Ja! Y quizá mañana no haya paro y todo el mundo perciba un sueldo justo. Con tristeza, me doy cuenta de que he empezado a fantasear. De que soy como un aventurero extraviado en el desierto, que cree ver agua donde solo hay arena y sequedad.

—Cuando os marchéis dadle vuestra llave a Mari Luz —les grito a través de la puerta—. Es mi vecina.

Al momento, me acerco a la puerta del baño y vuelvo a pegar la oreja. «Gracias, no esperaba menos», oigo a la bombero. Escucho más atentamente. «No me toques la... ¿*Mimosina*?». No he entendido muy bien lo que le ha contestado John. «Vamos, vamos a hacerlo ya». ¡Eso lo he oído con claridad meridiana! Oh, Dios mío, ¿acaso no saben lo que es la piedad?

Aturdida y furiosa, compruebo la hora y veo que son las once de la mañana. Tengo tiempo de hacer unas llamadas, despedirme de mi madre y pasar por casa de Mari Luz.

Maldiciendo para mis adentros, salgo al poco iluminado rellano y bajo un tramo de escaleras a trancas y barrancas. Me siento en el último escalón con el móvil en la mano. Le doy al botón de llamada rápida y espero.

—Hooоola, Criiiiisi. —Es Laura, la mujer de Kris. Siempre arrastra las palabras como quien arrastra los pies. Su forma de hablar es lenta y cansina. Debe de ser porque es venezolana y, aunque ha vivido más tiempo en España que en su país de origen, no termina de abandonar ese deje vagoneta que la caracteriza.

Mientras la escucho, estoy sonriendo. Me gusta Laura. Es pequeña, muy delgada, luce media melena negra y rizada que hace juego con sus ojos oscuros, y es la dueña de una mente esotérica que transmite tranquilidad y del culo más estupendo que he visto en mi vida. Aunque la conozco desde hace muy poco (cinco meses, exactamente), me gusta hablar con ella. Anda sobrada de sentido del humor. Ríe y sonríe muy a menudo y, lo que es más importante, sabe escuchar. Lo que me viene de perlas, porque a mí me encanta hablar. Como mi forma de expresarme de un tiempo a esta parte es un poquito brusca, le espeto:

—Laura, ¿tú sabes adónde vamos? Porque a mí nadie me ha dicho nada.

—Ayyyy, Criiiisi. Sí. Lo sé. Tengo entendido que tu hermano se ha encargado de todo, para darte una sorpresa e intentar animarte un poco. —El silencio que se hace al otro del teléfono me pone los pelos de punta ¿Y ahora qué?—. Porque... ¿tu madre te avisó con tiempo, verdad?

—Sííí —digo son sorna—, hará unos cinco minutos. Y en su línea, por supuesto... —refunfuño en voz baja.

—Bueno..., ¿en serio? —Suelta una alegre carcajada—. Vale, te cuento. Ha alquilado la casa a un *conosido* suyo de Londres,

¿sabes? Un tal señor Kellerman... no sé qué. Creo que es una casa *presiosa.* Está situada en la costa y dispone de *acseso* privado a la playa. Exactamente dónde se encuentra, no lo sé. Pero eso no tiene importancia, ¿no? Lo vamos a pasar fenomenal. Estoy *emosionada.* Vas a volver reunirte con tus amigos de juventud. ¿No estás nerviosa? Yo lo estaría. Y *felis,* estarás *felis.*

Tanto como un árbol con una plaga de carcoma.

—Humm..., sí, un poco —le contesto en cambio, mientras me recuesto en el escalón superior—. Oye, y por casualidad... ¿tú sabes a cuánto salimos por barba?

Acabo de caer en la cuenta de que mi supervivencia depende en gran medida de los costes de este viaje.

—No lo sé con *sertesa,* pero no creo que el importe sea muy alto. Somos muchos a dividir. Kris no me comentó ese tema. —Suelta una risita—. Pero si el coste fuese muy elevado, Kris no habría dicho que sí tan *fásilmente.*

Kris no es agarrado, es lo que antes se llamaba «mirador de la peseta».

—He hablado con Jose —le digo mientras cambio de postura. El escalón se empeña en pulverizarme los riñones—. Voy con él en el Land Rover.

—¡Qué bien! Así Rosa, tú y yo podemos ir *hasiendo* planes durante el camino. —Pues claro, cómo no he recordado que Laura le tiene pánico a las motos. Pobrecita. Me solidarizo con ella. Mira que ir a casarse con uno de esos obsesos de los carburadores...—. Será divertidísimo. Pero... —duda un momento—, ¿tú no ibas a ir en el carro del tío ese? Ese que está tan bueno —puntualiza.

Como si no lo supiera y necesitase recordatorio.

—Sí, pero no me fío de él, no sabe conducir —digo, ciñéndome a mi propio guion—. No necesito un accidente de coche en mi currículum. Mi vida ya ha sufrido suficientes altibajos.

Todos mis amigos están al tanto del «suceso desafortunado», y todos se solidarizan conmigo y me apoyan.

—¡Sí! ¡Qué cabrito! ¿No has vuelto a saber nada de tu *sosio?*

—No, ni ganas. Si me encontrara con él no sé lo que haría. Bueno, sí sé qué haría, pero no quiero espantar a Laura.

—No le des más vueltas. Además, a cada *serdo* le llega su San Martín. Ya verás como al final el karma le pasa factura —dice con vehemencia.

El comentario de Laura me obliga, sin querer, a recordar el día que salí del hospital hecha un cascajo. Al fin y al cabo, el desarrollo de mi enfermedad fue: «incompatible con la vida» (es el término médico para lo que el resto de los mortales definimos como: estar a punto de irte para el otro barrio). El aturdimiento y la incredulidad cayeron sobre mí tan inesperadamente como la cagada de un pájaro con diarrea. Me quedé hecha polvo. Estuve en ese estado de ensimismamiento durante todo un mes. Una vez superada mi afición a romper vasos, claro.

No fue una buena época, lo admito. Me he quedado un poco tocada.

Me despido de Laura, no sin cierta brusquedad. Tengo que hablar con Kiri. Tal vez él me saque de dudas.

Acto seguido, repito la operación del dedito en el teléfono. Esta vez contesta enseguida.

—Hola, Crisi —me saluda, como siempre feliz de la vida—. Lo vamos a pasar de maravilla. ¿Estás preparada?

Ahí me ha pillado. ¿Estoy preparada? ¿Lo voy a pasar bien? No creo estar preparada para aguantar bromas, risas, payasadas y algún que otro mosqueo de macho con problemas de autoestima y orgullo mal entendido.

—Preparadísima —miento, adoptando un tono jovial—. Seguro que lo vamos a pasar muy bien. ¿Kiri?, yo quería preguntarte a cuánto asciende el importe del alquiler de la casa.

Señor, Señor, ruego mientras cruzo los dedos. Que no sea mucho, por favor. Espero que a la tercera vaya la vencida, porque por ahora no me ha hecho mucho caso hoy.

—Precisamente tú, no tienes que sufrir por eso. Tu hermano se ha hecho cargo de tu parte.

Gracias. Gracias. Gracias mil.

—¿Mi hermano? —No puedo evitar la sorpresa y el alivio que me provoca enterarme de que Carlos se ocupa de todos mis gastos—. Pero… ¿por qué?

Me siento aliviada, pero también un poco avergonzada. ¿Acaso piensa que no puedo afrontar mis gastos? Evidentemente, no puedo afrontar este contratiempo ahora mismo. Porque para mí estas vacaciones son un contratiempo, pero ya había decidido no comer en todo el mes. *Mimosina* también tendrá que apretarse el cinturón.

—Eso tendrás que preguntárselo a él. Me parece que dijo algo de un cumpleaños atrasado.

Debe de referirse a mi primer cumpleaños. Que yo recuerde, Carlos nunca se ha olvidado de mis cumples.

—¿Sabes adónde vamos?

—Sí, a un sitio precioso entre Denia o Xátiva o Altea. No sé, por ahí.

Pues sí que me ha sacado de dudas este también.

—¿Te acuerdas de Trinidad Gómez? —pregunta de pronto y sin venir a cuento.

Pestañeo. ¿Trinidad Gómez? ¿Y esa quién es?

—Pues no.

—Sí, mujer. Trinidad estaba casada con Juan Ruiz. Vivían en la calle Altamira. En un piso precioso, enorme. Abarcaba toda una planta. Decorado con muy buen gusto, por cierto. Tienes que acordarte —insiste con paciencia.

Sigo sin contestar. Tan solo pestañeo, arrugo el entrecejo y me caliento los cascos.

—Juan era hermano de Pedro Ruiz. Los de la fábrica de harinas. ¿No sabes quién te digo? Que se dedica a importar vinos.

—¿Quién? —inquiero totalmente confundida—. ¿Juan o Pedro?

—¡No, mujer! Trinidad.

—¡Ah, claro! —digo, como si supiera de qué me habla.

—Bueno, pues Trinidad tenía de vecino a Gonzalo Reolí. De los Reolí de textiles al por mayor. Esos que exportaban tanto a Rusia... —Sigue bombardeándome con datos, intentando que se me encienda la lucecita y de repente recuerde a toda esta gente que no tengo la menor idea de quiénes son—. Que la hermana mayor, Elena, se separó del marido y se marchó a vivir a Canarias. ¿Me sigues?

—Sí, sí. Ahora me acuerdo.

Levanto la mano y compruebo que mi nariz sigue en su sitio.

—Pues bien —continúa, incansable—, Trinidad, por lo visto, es muy amiga del dueño de la casa, que a su vez es muy amigo de Carlos.

—¿Y...? —dejo la pregunta en el aire, confusa.

—¿Cómo qué y...? Pues eso, te lo acabo de explicar.

Abro los ojos como platos. Nunca en toda mi vida había estado tan aturdida.

—¡Ah! ¡Claro!, por supuesto. Es que a veces soy un poco corta de entendederas. ¿Y tu mujer va a venir? —pregunto en un intento por ordenar mis ideas.

—No, ya sabes que a ella estas cosas no le gustan. Se marcha unos días a Madrid. Va a pasar la semana con su madre.

La mujer de Kiri es una chica muy tranquila que prefiere dedicarse a pasar su tiempo leyendo antes que meterse en estos saraos. Chica lista.

—Sí, claro. Lo pasará muy bien y a la vez estará muy tranquilita.

Con la cabeza dividida entre Trinidad y la siguiente llamada que tengo que hacer, me despido.

Me incorporo con lentitud; es extraño, pero tengo la espalda hecha polvo. Compruebo que todavía tengo una hora por delante hasta que Jose me recoja y luego me sacudo los pantalones, preguntándome por qué me encuentro tan incómoda.

¡Dios! ¡Cómo se me está clavando el tanga este en el culo!

Bueno, este y todos los demás. Yo no tengo costumbre de utilizar tangas, soy más de braguitas de algodón, me parecen mucho más cómodas, pero la pesada de Mari Luz es muy insistente: «¡¿Que no tienes ningún tanga?! Así vas muy mal por la vida, nena». No pude negarme y cargué con una colección de tangas muy monos, que maldita sea la hora. «Por si surge algo», fue toda la razón que necesitó la loca de mi vecina para hacerme cargar con ellos.

Al ponérmelo, cuando me he vestido, no me molestaba casi nada y pensé que podría llevarlo tan ricamente durante todo el día. «Vaya, Crisi, no es incómodo para nada», es exactamente lo que pensé. Ilusa.

Ya es muy tarde para acercarme hasta casa de mi madre, y seguramente no estará. No sé qué hacer. Volver a mi apartamento queda, fuera de toda duda, descartado. No me apetece intentar entablar una conversación «seria y madura» con mis invitados. Me quedo un rato parada en el escalón sin saber para dónde tirar. Indecisa. Me sabe mal marcharme sin despedirme de mamá en persona, pero no me va a dar tiempo si quiero ser puntual con Jose. Es una cuestión de pura supervivencia: como llegue tarde, me mata. Vuelvo a mirar la hora. Si voy corriendo a su casa y vuelvo a la misma velocidad supersónica, me da tiempo a estar aquí a la una en punto. Según mis infalibles cálculos matemáticos, que tantos halagos me reportaban en mi época estudiantil, estaría de vuelta a la una y cinco exactamente. No es factible. Sigo jugándome la vida.

Y, en el mejor de los casos, no me apetece recibir un rapapolvo tipo: «Lo único que tenías que hacer era estar aquí a la una», o «No me puedo fiar de ti. Siempre, siempre llegas tarde», o «Cuenta..., cuenta qué excusa tienes esta vez. La última fue muy imaginativa». Eso como poco, porque lo habitual es un mosqueo en toda regla. «Es que no lo entiendo. Lo mismo cuesta llegar tarde que ser puntual, y la falta de puntualidad denota falta de respeto hacia la otra persona». Y no nos olvidemos del más espantoso de todos sus sermones: «¿Qué pasa, que te da igual el esfuerzo de los demás por ser puntuales? ¡Eso es ser muy egoísta! ¿Qué más da que los demás se esfuercen, verdad? Tú llegas a la hora que te da la gana y el resto que se joda». Estos reproches pueden llegar a alargarse una hora. Lo sé. Una vez llegué a cronometrarlo.

De repente me decido. Empiezo a subir los escalones lentamente y con sigilo. Desde que tengo a los adultos maduros e inteligentes, pero no por ello menos atractivos, instalados en casa, lo hago todo con mucho sigilo. Al llegar a mi rellano no se oye nada. Miro a un lado y a otro comprobando... no sé qué, pero algo estoy comprobando, seguro; si no, no estaría aquí plantada.

Me acerco de puntillas hasta la puerta de Mari Luz y llamo al timbre con decisión. Me balanceo sobre los pies, impaciente. Punta, talón. Punta, talón. «Venga, Mari Luz, abre la puerta de una vez», me digo, mientras espero mirando de reojo la puerta de enfrente de vez en cuando. «¿Dónde te has metido?». No contesta. Vuelvo a llamar una y otra vez. Nada. Estoy a punto de dar media vuelta y regresar al refugio que me ofrece la escalera, cuando la puerta se abre de golpe.

—¡¿Te has vuelto loca?! Vas a despertar a Luis. ¡Quita esa mano de ahí! —Un golpe seco en mi mano es el acompañamiento perfecto a sus palabras.

—¡Ay!

Mari Luz me inspecciona con la mirada y una sonrisa enorme ilumina su cara.

—¡Anda! Dora la Exploradora.

¿Qué? Me miro de arriba a abajo y dejo salir al diablo que llevo dentro.

—Anda... —Hago una pausa para enfatizar mi moderada burla descriptiva—. El chino más defectuoso que he visto en la vida se ha colado en tu casa.

—¡Ja, ja, ja! ¿Lo dices por el sombrero? Cuando le cuente a Luis lo que has dicho se va a reír un montón.

Hoy va vestida con unos pantalones negros y un blusón amarillo de manga larga y cuello mao y, por tocado, lleva uno de esos sombreros de paja que terminan en punta, como los chinos recolectores de arroz que salen en las películas que tanto le gustan a Laura.

—¿Dónde es la fiesta?

—¿Qué fiesta?

—La de disfraces.

—Pasa, no te quedes ahí fuera. —Se hace a un lado y me hace un gesto con la mano para que entre. Lo hago rápidamente. Necesito esconderme de los vecinos de enfrente, de los cuales me había olvidado por un momento—. No voy a ninguna fiesta de disfraces. Voy al zoo.

—¿Y tú de qué sales, de encantadora de serpientes?

Dándome golpecitos en el culo y riendo, me hace pasar al salón.

—Voy a dejar que te lo cuenten los niños. Les hace mucha ilusión. —Se sienta en un sillón y hace un ademán con la mano indicándome que me siente en el otro. Permanezco de pie—. ¿No te sientas?

—No puedo, tengo el tanga clavado en el alma. —Y para que vea que no miento, muevo el culo de un lado a otro, dándole tironcitos al pantalón con dos dedos—. Tienes que dejarme algún bóxer de los niños.

Me mira como si fuera medio idiota.

—Tienen cuatro años.

—No me importa ir un poco justa, cualquier cosa es preferible a esta tortura.

—Irás justísima, porque no creo que te pasen de una pierna. —Suelta una risita.

—Pues entonces, déjame unos de Luis.

Ahora me mira como si fuera idiota entera.

—Luis mide 1,90 y pesa 110 kilos. ¿Te suena de algo la palabra *burka*?

Esa imagen aparece ante mí y me hace sonreír.

—Vale, ahí tienes razón. ¿Y la solución es...? —la animo a continuar.

—La solución es que te dejes de tonterías, vayas a tu casa y te cambies si tan incómoda estás.

—No puedo —digo como si no poder entrar en mi propia casa fuera lo más obvio del mundo—. No es un capricho —le aclaro—, es una necesidad perentoria.

—¿Tan duro es? —Mari Luz me mira con cariño; con comprensión maternal.

Doy la vuelta y me acerco hasta la terraza, aunque sin llegar a traspasar el umbral. No quiero que vea lo colorada que me he puesto. No me gusta sentirme vulnerable. Es, con mucho, preferible para mi tranquilidad emocional ser dura, desagradable. De esa manera nadie puede hacerme daño.

—No sé a qué te refieres. —Mi voz es casi un susurro. Permanezco de espaldas, mirando el mar durante un rato. A veces, siento que estoy demasiado agotada hasta para moverme. A veces, sencillamente me gustaría tumbarme y contemplar el mar. Durante horas, días, años. Nada más. Cerrar los ojos, dejar de pensar en el desastre en el que se ha convertido mi vida y no volver a levantarme.

—Está bien. No puedo verte en ese estado de melancolía, me ataca los nervios. —La voz de Mari Luz es alegre—.

Voy a ir a tu casa a coger unas cuantas braguitas. Dime cuáles quieres.

Me giro con una sonrisa. Esa es mi Mari Luz. Siempre al rescate, aunque le haga la vida imposible con quejas y malhumores y siempre esté soltándole lindezas sobre su indumentaria. Es la mejor de las amigas. La quiero. Y sé que ella, da igual si va vestida de chino, de berenjena o de platillo volante, lo cual le resta bastante credibilidad a sus riñas, también me quiere.

—Tráeme las de algodón. Las blancas que van rematadas en la parte de arriba con una tira bordada muy mona. Bueno, pilla unas cuantas de ese estilo. ¡Ah! Mari Luz —digo, y esbozo una sonrisa maliciosa—, no hace falta que te cambies de indumentaria, el traje de chino tiene un punto terrorífico que me encanta. Ve y dale un buen susto a la redicha.

—Entonces me voy. Estoy deseando echarle un vistazo al monumento que tienes en tu casa. —Levanto las cejas y pongo ojos desorbitados—. ¡A ese monumento no, mal pensada! Al otro —replica, encaminándose a la puerta de la calle.

—¡Mamá! ¡Mamá!, ¿adónde vas?

Los diablillos que me tienen robado el corazón salen de su habitación corriendo como locos. Qué monos… Con sus pantaloncitos cortos y un polo del mismo azul que sus ojos están para comérselos.

—No gritéis, que vuestro padre está durmiendo —es la única contestación que reciben de su madre—. Contadle a Crisi lo que vamos a hacer hoy. Pero hacedlo en voz baja para no despertar a papá.

La madre de las criaturas da media vuelta y se marcha, guiñándome un ojo por el camino.

Me siento y los niños se encaraman a mis piernas y empiezan a parlotear.

Consciente de que tengo cosas más importantes en las que pensar, como por ejemplo, John cepillándose a Miranda contra las baldosas de mi baño, no les hago el menor caso. Claro que... a lo mejor se han peleado. O, con un poco de suerte, se han resbalado y se han roto un par de piernas y algún que otro brazo y ya no pueden hacerlo apasionadamente, ni de ninguna otra manera, contra las baldosas de mi baño. A lo mejor...

De pronto, cuando más entusiasmada estoy con el tema del brazo roto, escucho a Juan decir algo sobre la finca de su padre que me saca de mi ensimismamiento y presto un poco más de atención a su inagotable cháchara. Pensaba que iban al zoo. No sabía que Luis tuviera una finca... ¿Desde cuándo Luis tiene una finca? ¿Por qué Mari Luz nunca me ha dicho nada? Pero en cuanto empiezo a oír que en la susodicha finca tienen un elefante, leones y un camello que se llama *Selengueti*, es cuando me doy cuenta de que algo no cuadra. Solo caigo del burro cuando les escucho decir que la entrada cuesta un montón de euros y que por eso su padre no les deja quedarse a vivir allí.

¡Almas cándidas!, creen que el zoológico es de su padre.

—¡Qué bonito! —Les doy la razón—. Yo también quiero visitar vuestra finca. ¿Me invitaréis a ir con vosotros otro día? —pregunto, pasando mi mirada de uno a otro alternativamente.

—Sí, sí, Crisi. Será muy divertido. Llevaremos también a *Aurora*. —Juan mueve la cabecita llena de rizos saltarines arriba y abajo. Repentinamente, como si hubiese tenido una especie de epifanía, exclama—: La podemos dejar con su familia, los leones, para que no esté solita mientras te enseñamos la finca, ¿vale?

¡Jesús, qué barbaridad!

Nota mental: no dejar nunca, nunca, que estos dos lleven al zoo a *Mimosina*.

David alarga los brazos, me sujeta la cara con sus manitas y me advierte con seriedad, mirándome a los ojos:

—Solo te llevaremos si eres muy buena y te portas muy bien.

Suelto una carcajada. ¿Será sinvergüenza? Acaba de citarme.

Los miro con ternura. Estos dos diablillos tan guapos me vuelven loca. La mayoría de las veces los estrangularía, pero me tienen comiendo de su mano tan solo con una sonrisa. A veces, cuando estoy en plan melancólico, me pregunto: si yo siento este amor tan profundo por este par, ¿qué sentirá su madre? Un sentimiento tan profundo debe ser incluso doloroso. Me gustaría poder sentirlo por mis propios hijos.

Nueva nota mental: decirle a Satanás que su próximo hijo extraviado me lo quedo yo. Decidido.

Ya con las braguitas cómodas puestas, suelto un suspiro de alivio. Me despido de Mari Luz y los niños dándoles un abrazo muy fuerte. Aún no me he marchado y ya los echo de menos. Al llegar a la puerta giro la cabeza y vacilo un momento. Les digo adiós con la mano y cierro la puerta. Al adentrarme en la penumbra del rellano, una especie de morbo malsano me hace pegarme a la pared. Con la espalda apoyada en ella, y sin hacer ruido, me deslizo hasta mi propia puerta con cuidado de que las zapatillas no chirríen y delaten mi presencia. Pego la oreja y escucho como la buena acosadora que puedo llegar a ser. No me siento culpable. Es mi casa, ¿no? Cinco minutos después, la voz de John me llega entrecortada desde el otro lado. ¿Jadea? ¿No estará chingando contra la puerta de mi casa, verdad? Eso sería intolerable y asqueroso. «No debe…». «Es peligros…». «… Habrá terminado».

Me quedo de piedra. O están escenificando el dicho: «Cuando el gato no está, los ratones se divierten», o algo que no soy capaz de discernir está a punto de suceder.

CAPÍTULO 6

Domingo, 21 de agosto
¿Qué hora es?

La una menos cuarto. Bajo al jardín y me siento bajo una jacaranda a esperar a Jose. Hace mucho tiempo que descubrí que hacer esperar a Jose no es buena idea. Consulto el reloj. Otra vez. Cuando quedo con él siempre estoy comprobando la hora; lo que no influye lo más mínimo en mis hábitos de impuntualidad. La una menos diez. En ese momento oigo el motor del Land Rover. Me levanto de un salto y corro hasta la calle.

—¡Ya estoy aquí! ¡Ya estoy lista! Hoy no te quejarás, ¿eh? —Antes de que le dé tiempo ni a parar el motor, me acerco a la ventanilla, le planto un beso en la cara y le pongo unas llaves en la mano—. La maleta está arriba, junto a la puerta de entrada —le indico, como si él fuese el botones de un hotel de lujo. Meto la cabeza dentro del coche y saludo—: Hola Rosa, hola Laura. —Saco la cabeza y le doy unas cuantas palmadas motivadoras en el brazo—. ¡Vamos, no te quedes ahí parado! ¡Date prisa! No quiero llegar la última. ¡Corre! ¡Corre! —le apremio.

Si las miradas matasen, caería fulminada en este mismo instante. Me encaramo a la trasera del Land Rover y nos saludamos con risas, besos y abrazos.

—¿Sabéis ya adónde vamos? —pregunto nada más sentarme en uno de los «cómodos» asientos laterales del coche.

—Sí, a una especie de casa-mansión de esas tan modernas, todo cristal y acero. Ya sabes a qué me refiero; una de esas casas que tienen lo mismo que las demás salvo que esta cuesta un pastón. ¿Sabes qué quiero decir? —me informa Rosa mientras gira la cabeza desde el asiento del pasajero.

—Perfectamente. Una de esas casas enormes, modernas, de pijos ricos. De las que impresionan y el arquitecto que la ha diseñado define como una construcción integrada en la naturaleza, para no dañar el entorno que la rodea y bla, bla, bla, bla. Un pijo —sentencio.

—Exacto, lo has descrito muy bien. Un pijo. —Sueltan una risita.

—Por *sierto,* el arquitecto que diseñó esa casa es tu hermano.

—¿En serio? —pregunto riendo—. Eso nos va a dar mucho juego. La criticaremos de vez en cuando y luego nos reiremos un rato viendo la cara que pone. Con eso le bajaremos los humos. Es por su bien. Para que no se le suba el pavo.

En ese momento regresa Jose con mi maleta, la carga en la parte trasera del coche y vuelve al asiento del conductor. Laura y yo vamos un poco apretadas. El coche de Jose es el modelo corto y, entre lo que ocupamos nosotras y las maletas de los cuatro, vamos un poquito justos de espacio. Un neceser descansa sobre uno de mis pies. Le doy una patada con disimulo y lo apretujo contra el resto del equipaje.

Nada más sentarse y abrocharse el cinturón de seguridad, Rosa y yo nos lanzamos una breve mirada de complicidad. Ya sabemos qué viene ahora.

Cuando Jose empieza con su retahíla sobre cinturones de seguridad, bolsos, llaves y tabaco, le escuchamos con paciencia e intentamos no reírnos (al menos de manera descarada). Lo hace por nuestro bien; y lo cierto es que se lo agradecemos, siempre y cuando no se tire diez minutos de reloj recordándonos todo lo que deberíamos haber cogido. Cuando termina con su conversación unilateral, la mirada que le lanzo podría describirse como grosera.

—¿Habéis cogido las gafas de sol, el tabaco, el monedero...? —insiste.

—Sí, Jose —respondemos como niñas ante un profesor especialmente plasta.

—También hemos hecho pis y nos hemos acordado de los tampones —añado con retintín.

—No hace falta ser tan específico. —Con una sonrisa de complicidad se acerca a Rosa y le susurra—: ¿Los has cogido? A ti no te hacen falta, ¿no?

Rosa sonríe y niega con la cabeza. Jose y Rosa están tan compenetrados que, la mayoría de las veces, con una mirada ya saben lo que está pensando el otro. Es realmente espeluznante a la par que asqueroso. No entiendo cómo pueden estar tan unidas dos personas tan dispares. No se parecen en nada, tanto su físico como su forma de ser son muy diferentes. Jose, exmoreno, fuerte, con un sentido del humor muy irónico y controlador (aéreo no, del otro tipo, del que te toca las pelotas). Es decir, le gusta controlarlo todo en el sentido más estricto de la palabra. Rosa, en cambio, es rubia, pero no una rubia espectacular; demasiado delgada para eso. Facciones suaves y piernas largas. Lo mejor de Rosa es su carácter, extrovertido y alegre. Siempre está sonriendo y gastando bromas. Lo único que comparte con su marido es la ironía. En ocasiones da la impresión de ser frívola y superficial por culpa de su sentido del humor un tanto... retorcido lo llamo yo. Nos conocimos de pequeñas y desde entonces posee la extraña capacidad de ponerme de los nervios. A veces me pregunto cómo sería mi vida sin ella. No me cabe ninguna duda: relajada y aburrida.

Por suerte, mi otra pareja oficial de amigos no son tan… tan desinhibidos en sus manifestaciones amorosas ni te dejan completamente descolocado cada vez que abren la boca. Kris posee la extraña capacidad de ser un misterio y su recién estrenada señora, la mística Laura, es el recato personificado. Su boda nos pilló a todos por sorpresa. Cuando se conocieron, hace seis meses, fue una especie de reconocimiento mutuo. Algo así como raro busca rara. Y en todo este tiempo, jamás les he visto darse un beso ni un achuchón ni un mal pellizco en el culo. Vaya, si ni siquiera se gritan el uno al otro; y ya ni hablemos de los insultos a viva voz. ¿Cómo es posible que fueran mis amigos y no supiera de ellos más que sus nombres y su dirección? Kris y Laura, calle… vale, tampoco sé su dirección.

Entramos en la A-7 dirección Valencia. Vamos escuchando música tranquilamente, con las cabezas apoyadas en los cristales contemplando el paisaje, hasta ahora bastante seco y monótono, mientras Jose conduce en silencio. De vez en cuando le pide a Rosa que le encienda un cigarro. En la radio empieza a sonar la voz de Alaska y los demás se animan a canturrear con ella. Mientras escucho sus voces, me acurruco a un lado dejando caer el cuerpo sobre una bolsa de lona. Me froto la cara con una mano, tratando de alejar el sopor. Por enésima vez me pregunto qué hago yo aquí. Debería haberme quedado en casa. Tumbada. Sin hacer nada. Dedicándome a lo que se suele dedicar la gente cuando está de vacaciones: dormir, aburrirse, tumbarse al sol intentando pillar moreno como si les fuese la vida en ello, lamentarse cuando se acaban… Toda una noche en vela me está pasando factura. Escucho la letra de la canción, pensando que yo tampoco quiero más dramas en mi vida, solo comedias entretenidas. Y antes de que pueda decidir si ponerme a cantar a voz en cuello o pegarme la siesta del borrego, me quedo contemplando a mis amigos, sopesando la idea de que tal vez, solo tal vez, me siento aliviada y alegre por realizar este viaje. Por estar de nuevo todos juntos. Y casi llego a la disparatada conclusión de que, dadas mis circunstancias actuales, su compañía puede alejar los fantasmas que me rodean. Y eso es, con mucho, preferible a la soledad de mi casita de los enanitos.

Vuelvo a abrir los ojos. ¿Me he quedado dormida?

—Vaya sopazo te has pegado, nena. —Rosa siempre tan expresiva... No le hago caso, como le hagas caso estás perdida—. Pero si has roncado y todo —insiste.

—¡Yo no ronco! —protesto abriendo los ojos de golpe. Eso sí que no se lo consiento—. Solo he perdido el contacto con la realidad un momento. —Bostezo y me desperezo, moviendo el cuello de un lado a otro. Se me ha quedado un poco agarrotado durante los dos minutos que he cerrado los ojos—. Además —le digo con indiferencia—, lo que tú digas me importa entre nada y nada de nada. —Echo un vistazo alrededor y no reconozco el paisaje. Dirijo entonces la atención a Jose y le pregunto—: ¿Por dónde vamos?

—Ya no falta mucho.

—Vale. Muchísimas gracias por la información. Me has sacado de dudas.

—Y si te lo digo, ¿dónde está el misterio?

—¡No fastidies, joder!

—Sí fastidio. Y no me llamo joder, me llamo Jose.

¿El comportamiento impertinente de Jose es de nacimiento? ¿Su madre lo malcrió de niño? ¿Tal vez sus hermanos mayores le pegaban? ¿Cayó de cabeza y se estampó contra el suelo al nacer y por ese motivo anda sobrado de arrogancia e inteligencia?

Sigo sin saber adónde vamos. Increíble, pero cierto. Tengo que echar mano de todas mis fuerzas para que no vuelva a entrarme el pánico. Fracaso estrepitosamente. ¿Qué voy a hacer una semana encerrada? Bueno, encerrada no, pero casi. No puedo ir a ningún lado si me da la neura. ¿Y si cuando lleguemos no me gusta? ¿Y si vuelvo a ser una espectadora? ¿Y si todos se divierten y yo me aburro? ¿Y... si John y la bombero se dedican a darse el pico todo el rato y a mí no me queda más remedio que mirar y sonreír? ¿Y si...?

Demasiadas preguntas para una hora tan temprana; al fin y al cabo, acabo de despertarme.

—¿Jose? —pregunto con profunda ansiedad.

—¿Sí?

—¿Luciano va a venir?

—Solo un día —contesta mientras vuelve a centrar su atención en la carretera.

Rápidamente me hago una composición de lugar. Todos tienen pareja menos Juanfran, Carlos y yo. Carlos es mi hermano, por lo tanto queda descartado como acompañante con derecho a roce. ¡Puaj! ¡Qué asco! Juanfran también queda descartado. ¡Uf! Le conozco demasiado, es como un hermano. Kiri también viene solo, pero está casado y también es como un pariente. Sigo dándole vueltas a la cabeza. Probablemente mi hermano aparezca con alguien. Siempre va con alguien. Y Juanfran no tardará en encontrar compañía, siempre la encuentra. Solo quedamos Kiri y yo.

Me veo descolgada, como siempre.

A no ser que... No, no me atrevo ni a preguntar por Miguel, ese siempre ha jugado en otra liga. Si viene, lo hará acompañado de la chica más inteligente que uno se pueda imaginar. Hace años que no lo veo, pero no creo que de repente se haya metido a monje o haya dejado de parecerse a un ángel caído del cielo. Y ni me planteo la posibilidad de que su increíble inteligencia vaya menguando con los años. Porque lo cierto es que nuestro chico perfecto ya tenía dos carreras a los veintidós años y hablaba tres idiomas. Miguel, como dice Juanfran, es tan brillante que a su alrededor solo se ven sombras. Sí, es de esa clase de hombres que te cortan la respiración y la lengua se te traba, sin importar que seas miembro de Real Academia de la Lengua. Y encima no se lo tiene creído. Todo él es magnetismo, dulzura y sencillez. Sí, así es Miguel. Está pillado. Seguro.

—¿Sabéis si Juanfran viene acompañado?—me decanto por la última opción.

—No creo, acaba de separarse —contesta Jose.

—Entonces… —sigo cavilando—, ¿tampoco tendrá ganas de liarse con nadie estos días, no?

—¿He dicho yo eso?

—No, pero… como acaba de separarse…

—Precisamente por eso —me interrumpe Don Todo Lo Sé—. Lo que necesita es distraerse. Ya nos ocuparemos entre todos de echarle una mano. Una chica alegre y divertida con quien pasarlo bien y sin complicaciones. Unos cuantos polvos y se olvida hasta de su nombre.

Estos le encuentran compañía, fijo, como si el otro no se bastara él solito para llevar a buen término esa empresa. Si Jose ha decidido movilizar a la caballería en ayuda de su buen y recientemente divorciado amigo Juan Francisco, ni un muro de hormigón lo va a parar. ¿Y yo qué? ¿Sola, como siempre?

Me inclino hacia Jose. En plan colegas de toda la vida.

—Me parece muy buena idea —carraspeo—. Hay que ayudar a los amigos en estos trances tan amargos. No dejar que se sientan abandonados. Es muy loable por tu parte. Dice mucho de lo buen amigo que eres. Sería cruel no ayudarle en esa situación de soledad y desamparo.

Continúo hablando y hablando y soltando indirectas al cabeza cuadrada que va conduciendo. Creo que hace un buen rato que ni siquiera me escucha, pero yo, cubierta de peloteo hasta las cejas, no voy a darme por vencida. En el momento en que voy a abrir la boca por milésima vez, Rosa me mira, levanta las cejas y niega con la cabeza.

Me callo y la miro confundida. Vuelve a negar. ¿Qué? Miro a Laura, que se encoge de hombros. Tampoco entiende nada. ¡No, no tienes que negar! ¡Tienes que afirmar! Tampoco es tan difícil, tiene un cincuenta por ciento de probabilidades de acertar. ¡Lo ha entendido todo mal!

—¡Oye, tú! —me encaro con ella—. ¿Por qué niegas? ¡¿A ti qué bicho te ha picado?!

De repente empieza a reírse. Estoy a punto de enfadarme, cuando le dice a su marido:

—Contéstale, por el amor de Dios. ¡Mira que te gusta, eh!

No entiendo a estos dos. Miro a una y a otro alternativamente pero no hay nada en su actitud, condenadamente inmisericorde, que me revele de qué van.

—¿Se puede saber de qué vais?

—No vamos a buscarte a «alguien», Crisi. Tú estás bien como estás.

¿Desesperada y mal acompañada?

Salvo porque casi me caigo de culo y pongo cara de estupefacción, encajo sus palabras con la tranquilidad y el aplomo que me caracterizan. No sin antes lanzarle una mirada deseosa, deseando que se le caiga todo ese pelo tan abundante del que se siente tan orgulloso y se le forme una coronilla tipo monje de esas que tanto acomplejan a los hombres. Me centro en lo importante.

—¡¿Qué?! ¡¿Por qué?! ¿Acaso Juanfran es mejor que yo?

Miro de reojo a Laura, que no ha abierto la boca excepto para dejar escapar alguna que otra risita. Parece que está muy interesada en nuestro intercambio de opiniones.

—No —contesta Jose.

—¿Entonces?

—¿Entonces, qué?

—Mira que puedes llegar a ser tocapelotas cuando te lo propones.

Haciendo honor a su apodo, responde impasible:

—Yo hago lo que quiero, siempre y cuando no cueste dinero. —Se gira un momento y me sonríe.

Mantén la calma, Crisi, mantén la calma. Este va colocado de algo, solo tienes que averiguar de qué y podrás sonsacarle respuestas coherentes. Me rindo. Roto los hombros. Me relajo. Desde ayer por la mañana he hecho más ejercicios de relajación que en los últimos once meses juntos. La clave está en la discreción, la serenidad y las buenas maneras.

—Puedes explicarme, por favor, ¡¿por qué coño eres tan machista?! —Me pongo una mano en el pecho y compruebo que no me ha salido mal del todo. Estoy casi casi relajada.

—No es lo que piensas. No es igual para Juanfran que para ti. —Su actitud es sosegada. Mis palabras le han entrado por un oído y salido por el otro—. No creas que no me importan tus sentimientos —añade mirando al frente tan fijamente que me da la sensación de que, efectivamente, no le importan mis sentimientos.

Sin darme cuenta de lo que hago, alargo una mano y le acaricio la coronilla. La aparto, me la miro y veo que no se le ha caído ni un solo pelo. ¡Vaya, lo tiene bien agarrado! Ya le echaré luego la maldición para las calvas. Ahora tengo cosas más importantes de las que ocuparme, como por ejemplo, averiguar de qué va puesto. Me ha dejado pasmada y envidiosa. Miro a Rosa, esperando ver en su cara algún signo que me indique, no sé, algo, pero la muy guarra solo sonríe mientras se mira las uñas. Parece que tiene algo muy interesante entre ellas. Bajo la mirada hasta sus manos, como si haciendo eso pudiese encontrar la respuesta. Nada. Me acuerdo de toda su familia mentalmente y, realizando un ejercicio de paciencia digna de encomio, le grito:

—Joder, tío, ¡no entiendo nada!

—Rosa, explícaselo tú, que esta parece tonta.

No hago caso de su impertinencia. La impertinencia es un rasgo entrañable de su personalidad.

—Crisi... —dice Rosa y se vuelve hacia mí con un brillo de complicidad (complicidad con él, claro) en la mirada—, lo que Jose quiere decir...

—¿Y tú quién eres? —la interrumpo, enfadada—. ¿Su Pepito Grillo particular?

Rosa continúa con su verborrea y con la mirada extraviada en el infinito, como si tan solo una mosca solitaria y especialmente pegajosa la hubiese interrumpido con su molesto revoloteo. Pero bueno, ¿qué pasa aquí? ¿Soy invisible? ¿La mujer sin sombra? Últimamente nadie me ve ni me oye. Una cosa es poseer la capacidad de evadirme, pero de eso a desaparecer por completo... Si no, ¿cómo se explica que hayan organizado este viaje sin que yo me entere? ¿Eh, cómo? Porque puede que últimamente esté un poco despistada, pero anda que ellos, mira que darle el encargo de comunicármelo a mi madre... Pues porque no les interesa mi opinión, por eso.

Sigo con mis cavilaciones hasta que un sonido molesto y repetitivo me saca de ellas.

—Rosa llamando a Crisi. Repito. Rosa llamando a la Tierra. ¿Crisi, estás ahí?

La miro aturdida, por un momento mi facultad se ha activado ella solita y ha puesto el piloto automático, evadiéndome de cuanto me rodea.

—¡Pues claro que te escucho! ¿Crees que me he quedado sorda de repente? Repite lo que has dicho, que me entere yo bien. Porque hasta ahora lo único que te he oído decir han sido tonterías.

No me he enterado de nada, pero... gracias a esta maniobra de distracción magistral, estoy convencida de que aprovechará la oportunidad para empezar de nuevo.

Nota mental: atar a mi cabeza en corto. Últimamente me hace quedar en mal lugar.

—Te decía —me comenta asomando la cabeza por entre los asientos delanteros—, que tú no estás preparada para una relación sin ataduras. Bueno, ataduras no —se corrige ella sola—, que parece que tengan que atarlos para que estén con nosotras. —Se para a pensar un momento—. Para una relación en la que solo quieras pasarlo bien y con fecha de caducidad anunciada. —Asiente, satisfecha consigo misma—. Juanfran... —continúa hablando mientras yo pienso que si se descuida un poco, podría ver los engranajes de su cerebro en pleno funcionamiento— ha tenido una pareja estable hasta hace poco y no quiere ni se siente preparado para otra relación de larga duración. —Respira hondo y vuelve a asentir con la cabeza—. En resumidas cuentas, él es perfectamente capaz de tener un..., un..., un lío de tres días y después decir adiós sin mirar atrás.

Hasta el momento, lo único que ha conseguido con toda su cháchara de consultorio sentimental de pacotilla ha sido marearme a mí y conseguir que Laura entre en éxtasis, intentando analizar, con perspectiva espiritual, la sarta de tonterías que acaba de soltar por esa boca que Dios le ha dado. Parece que se va a dar por vencida y descansar de tanto sinsentido (y de paso dejarme descansar a mí también) cuando de repente, con renovadas fuerzas, toma aire y continúa:

—Lo hace mucha gente, ¿sabes? Lo de tener *affaires,* digo. Creo que casi todo el mundo. No es que yo hable con conocimiento de causa, no... —Parece que duda—. Bueno..., estoy con Jose desde los quince, tampoco estoy preparada para tener una... —farfulla algo incomprensible y se muerde la uña del pulgar. Le dedico toda mi atención, intrigada. No término de discernir adónde quiere ir a parar.

—¿Qué?

—Mira, Crisi, cariño. Te lo voy a decir alto y claro. —Pues ya era hora. Se inclina un poco más, me coge una mano, la aprieta con fuerza y se aclara la garganta—. Tú y yo no estamos hechas para follar como locas durante una semana con un desconocido y después si te he visto no me acuerdo. Ojalá fuera así, pero... —Su rostro se contrae en un gesto de profunda concentración—. Lo que te digo es que tenemos cierta propensión a enamorarnos. —Voy a meter baza, a todas luces molesta, cuando me corta levantando un dedo—. Espera. Déjame terminar. No puedes disfrutar teniendo sexo con una persona a la que no amas. Para nosotras el amor y el sexo van unidos. Como..., como... ¡Ah, sí! —exclama con la dosis adecuada de entusiasmo—. ¡Como los perritos calientes! —Levanta las manos a la altura de sus orejas con las palmas hacia arriba y empieza a interpretar una danza extraña, elevando las manos e inclinando la cabeza a un lado y otro alternativamente. Mucho me temo que esta se ha metido el mismo chute que su marido. No creo que consiga sacar nada en claro con esta conversación. De pronto, empieza a canturrear como los del hare-hare—. Pan, salchicha. Pan, salchicha. ¿Entiendes, Crisi? —Lo que entiendo es que está como una cabra—. Nosotras queremos un tándem perfecto, no una bicicleta pinchada.

Acabo de quedarme anonadada. Para que luego digan que yo estoy como un cencerro. ¡Pues anda que ella...! Apoyo la espalda contra el lateral del coche y siento alivio al darme cuenta de que las funciones neuronales de Rosa están hechas aguachirri. Está loca, mañana, tarde y noche.

—¡Déjalo ya, Rosa, que así no ayudas nada! —El tono cabreado de Jose nos hace dar un salto—. Mira, Crisi, es fácil. Tú eres una mojigata. No te va el sexo esporádico; a Juanfran, sí, ¿está claro? Y tú —dice dirigiendo su atención a Rosa— baja los brazos y deja de hacer el indio.

Me quedo un momento pensativa y al final opto por una táctica diferente.

—Tenéis razón —digo, encogiéndome de hombros, como si no me importara su opinión. No puedo dejar que vean lo mucho que me afectan sus palabras. No soportaría que me compadecieran—. No importa, solo pensaba que..., no sé..., tal vez..., yo también podría tener compañía y pasarlo bien durante estos días. No me importa quedarme sola viendo cómo todos los demás disfrutáis de otra persona. Estoy acostumbrada a la soledad. Y, bueno... —añado con sarcasmo—, pensaba que a lo mejor habíais oído hablar de algo llamado igualdad de sexos.

Tras un momento de reflexión, Jose respira hondo para, por lo visto, aclararse las ideas y se dirige a Laura.

—Díselo tú, Laura. Dile que lo va a pasar muy bien. Y quizá cuando regresemos se haya hecho justicia... —farfulla misteriosamente antes de cerrar la boca.

—Claaaaro. Te vas a cansar de vernos. Te vas a cansar tanto que tendrás ganas de quedarte sola y que te dejemos tranquila. Mira —se inclina hacia delante y me da un golpecito cariñoso en la pierna—, lo vamos a pasar genial. Además, ¿no viene ese amigo vuestro que está tan bueno? —Sonríe con picardía y levanta las cejas varias veces.

—Viene con su novia —gruño.

—¿Su novia o su mujer?

—¿Hay alguna diferencia?

—Sí. Muchas. Si es su mujer es intocable. Si es su novia no sería ético que le tiraras los trastos. Pero... si solo es una amiga con derecho a *rose*... ¡a por él! —Suelta una risa contagiosa, bueno, más bien una risita de las que hacen que se le salten las lágrimas.

—¿Qué quieres decir? —Es una pregunta tonta, pero es la única que se me ocurre—. ¿Insinúas que me entretenga ligando con John? ¿Que intente levantárselo a la pedorra de Miranda? Pero ¿tú no sabes que John y yo estamos a matar?

—Eso sería genial, ¿verdad? —dice Rosa desde el asiento delantero mientras le da un codazo a Jose—. Ayer la conocimos y no me gustó mucho. Demasiados aires para tan poco globo. —Gira la cabeza y empieza a reírse de su propio chascarrillo—. Venga, Crisi —me anima—, vamos a organizar un plan de acción. ¿Qué tienes que perder?

—¿Mi orgullo? ¿Mi autoestima? —replico con sarcasmo.

Hace un gesto despectivo con la mano.

—Eso ya lo perdiste el día que aceptaste trabajar como una burra por 680 euros al mes y un contrato basura.

Vale, ahí lleva razón.

—Yo..., yo..., yo no puedo hacer eso —tartamudeo—. No sé cómo hacerlo. ¿La habéis visto bien? —Niego con ímpetu, mientras un cosquilleo de anticipación me recorre todo el cuerpo.

Laura tiene razón, puede ser divertido. Siempre y cuando sea yo quien lleve las riendas del asunto. No quiero salir tan mal parada como la última vez.

—¿Cómo puedo hacer algo así? Con el monumento que lleva al lado no creo que se dé cuenta ni de que existo.

—En eso tienes razón —murmura Jose.

—Calla, *seniso.* —Laura le da un golpecito en la nuca—. El físico no importa demasiado...

—Eso lo dirás tú —interrumpe Jose, en voz alta.

—Lo que de verdad importa —dice, sin hacer caso de las pullas de Jose— es... la sensualidad que desprenden algunas personas. —¡Pluf! Acabo de pincharme como un globo entre las zarpas de un gato. No soy sensual. Nada. Torpe y bruja, sí. Sensual, no—. Es lo que atrae a los hombres —dice con, por lo visto, pleno conocimiento de causa—. *Conosí* a algunas mujeres, allá en *Venesuela,* que sin ser *espesialmente* bellas, tenían un montón de admiradores tras ellas. Si quieres yo te enseño.

Lo dice con tal seguridad que por un momento casi me engaña. Echo una miradita a Rosa en busca de algún signo de mofa y chufla, pero no detecto nada. Al contrario, parece estar sumamente interesada en todo lo que dice Laura. De hecho, lo hace con la boca abierta de par en par. Reprimo el impulso de cerrársela de un golpe.

Mi gesto de duda debe de expresar... mis dudas, nunca mejor dicho.

—Lo conseguirás, lo sé —continúa Laura con aplastante seguridad—. Solo se trata de tener *cofiansa* en uno mismo y poner en práctica unos cuantos consejos. Ya te diré cuáles. En una semana lo tendrás tras de ti como un tiburón tras una foca, como un *sorro* tras la gallina.

Las analogías no me disgustan, pero el papel que me adjudica en ellas... Me parecería más apropiado que dijera algo así, como una abeja tras una orquídea o un león tras su leona. No sé, alguna cursilería de esas que están tan de moda en los culebrones. ¡Jesús! Yo sola me sobresalto. ¿De verdad estoy pensando estas cosas? Por favor, parezco la madre de Jose, que no se pierde una telenovela ni loca, aunque ella se empeñe en intentar convencernos de que se encierra en su habitación a dormir la siesta. Mi lapsus de antes debe de ser de tipo hormonal. «La alegría de la huerta», que no va a tardar en llamar a la puerta.

Pongo cara de concentración y tamborileo con los dedos sobre el agradable asiento de metal. Imagino que la línea que separa la locura de la genialidad es tan fina que, a lo mejor, con un poco de suerte, el disparate que vayan a organizar sale bien y todo. Reflexiono con tranquilidad y sin prisas lo que tardo en coger la botella de agua y beber un sorbo.

—Vale. Vamos a hacerlo. —Es una pregunta más que una afirmación.

—Esto va a ser superdivertido —aplaude Rosa—, ¿verdad, Jose?

—Divertidísimo —contesta este, sarcástico.

No sé qué pensar. Estoy como aturdida. La verdad es que ya me había mentalizado para pasar unos días «difíciles». Ser espectadora es lo mío. No tomar parte activa es aburrido, pero da seguridad. Lo que yo esperaba era no amuermarme demasiado. Unas cuantas risas, unas cuantas pullas colocadas estratégicamente aquí y allá... Para entretenerme un poco, no por fastidiar. Eso nunca. Era a lo máximo que aspiraba. Pero la idea de tontear con John y de paso fastidiar un poco a Miranda...

No sé si me he precipitado en aceptar tan rápidamente. Pienso. Dudo. No me gusta dudar. La cobardía y la indecisión no es lo mío.

Excepto si un asesino en serie me persiguiera con un machete.

Eso sí me acobardaría.

Eso acobardaría a la mismísima Niña Pelos de *The Ring*. Al fin y al cabo solo cuenta con sus largas y chorreantes greñas. Todavía no consigo entender cómo se carga a la gente. Yo, por mi parte, nada más verla salir del televisor me dan ganas de cogerla y meterla de cabeza en la secadora. Definitivamente, llevaría todas las de perder frente a un machete manejado por un asesino experto. Creo que Niña Pelos llevaría todas las de perder incluso frente a un asesino armado con un peine de púas.

«¡Por el amor de Dios! ¿De qué tienes miedo, Crisi? ¡Trabajas en El Triunvirato!», me recrimino.

—¡Sí! Va a ser muy divertido. —Me bebo el resto del agua y arrugo la botella con un fuerte ¡crash!—. ¿Nos vas a ayudar, Jose?

—No. —Su lacónica contestación deja lugar a un resquicio de esperanza. Suelto un suspiro de satisfacción al saber que ya lo tenemos medio convencido—. Dejaos de tonterías y decidme si veis una cancela por algún lado, flanqueada por dos pinos enormes. La finca se llama *Over the sea*. —Va mirando fijamente el camino y no se muestra tan entusiasmado como nosotras—. Ah, y por cierto, no pienso cambiar de opinión con respecto al «no» que os he dado. No, no y no.

Un hombre muy expresivo a la par que pragmático, mi amigo.

Abro la ventanilla trasera y saco toda la cabeza. Lo único que veo son árboles y más árboles. El olor a pino, romero y tomillo me impregna las fosas nasales con su penetrante aroma. El trinar de los pájaros se superpone al chirrido de las cigarras. Me quedo ensimismada con las vistas; parece que nos hemos adentrado en un lugar lejano y mágico. De repente, en el siguiente recodo, aparecen dos pinos gigantescos y, entre ellos, una cancela. Está abierta. Me fijo en que el sendero está sin asfaltar mientras disfruto de la sombra que proporcionan los pinos. Probablemente, porque hace un calor de mil demonios. Más adelante, un movimiento llama mi atención. Vuelvo a asomar la cabeza y repentinamente la luz del sol me ciega. Acabamos de entrar en un claro. Un jardín inmenso de estilo mediterráneo nos rodea. Al frente, la casa más grande y bonita que he visto en mi vida. Toda ella de cristal y piedra, tiene forma de ele y dos plantas de altura. Al fondo, el mar. Espectacular. Me sorprendo al comprobar que se encuentra a tan poca distancia. Jose dirige el coche hacia la izquierda, donde una especie de pérgola cubierta de buganvillas hace las veces de aparcamiento con capacidad para media docena de vehículos. Ya hay dos coches aparcados: un BMW todoterreno azul oscuro casi negro y otro todoterreno gris. La moto de Kris también está aparcada, pero no se ve ni un alma por aquí fuera.

Laura y yo bajamos a trancas y barrancas. Menos mal que me deshice del tanga en el apartamento de Mari Luz. Levanto la vista y esbozo una amplia sonrisa. Dejo que la naturaleza ejerza su fuerza reparadora. ¿Eso dicen, no? Que la naturaleza ejerce una «fuerza reparadora». Espero. No noto nada. Lo intento de nuevo dándole, tanto a mi mente como a mi cuerpo, una segunda oportunidad. Humm..., parece que siento algo en la espalda, una especie de... presión que me empuja con suavidad.

—Mueve el culo, Crisi, que molestas. —¿Desde cuándo las fuerzas reparadoras dan órdenes?—. Si no te quitas de en medio no puedo bajar el equipaje. —Y, con otra ligera presión en la espalda, Jose me aparta a un lado y empieza a descargar las maletas.

—Sí, claro, perdona.

Laura y yo nos hacemos a un lado. Porque todavía estoy en modo yin-yang con la naturaleza, que si no le hubiera soltado una fresca a la fuerza reparadora.

—¿Cómo tienes el culo? —me pregunta Laura mientras se masajea el suyo.

—Redondito y respingón.

Me encanta la cara de desconcierto que se le pone a Laura cuando escucha algunas de mis contestaciones absurdas. Hace ya bastantes años, me di cuenta de que dar contestaciones sarcásticas e insolentes consigue atraer la atención sobre mi persona un poco más de lo deseado. Únicamente pretendo salir un poco de la monotonía en la que me muevo. La vida sería inimaginablemente aburrida sin esos ligeros toques irritantes tan necesarios. Ante semejante dilema (si quiero o no que me presten atención), lo único que hago es elegir a mis víctimas con cuidado: amigos y familiares. La única vez que intenté entretenerme un rato en El Triunvirato, la Pepi me lanzó una mirada nada sutil de advertencia, en la que se podía leer la amenaza subyacente de: «O te callas o estás despedida». Ante semejante perspectiva, que podía ser devastadora para mi inestable economía, opté por la primera opción.

También tuvo algo que ver con mi decisión de «solo familiares y amigos con sentido del humor» una señora en exceso atildada que una mañana me preguntó amablemente: «¿Sabe usted qué hora es?», a lo que yo contesté, muy encorsetada: «Perfectamente». No se lo tomó con sentido del humor y, al pasar por mi lado, me dio un golpe con el hombro y soltó algo así como: «¡Que te atropelle un camión, so sinvergüenza!». Decidí que de ahí en adelante solo mis seres queridos serían el blanco de mis incomprendidas bromas. A esos no les queda más remedio que aguantarme. Y yo, por suerte, tengo muchos seres queridos a los que martirizar.

—Jose, cariño —me dirijo a él con una sonrisa de oreja a oreja—, mi equipaje puedes dejarlo en el recibidor. Cuando sepa qué habitación voy a ocupar te avisaré para que lo subas, ¿vale?

Me fulmina con la mirada antes de empezar a cargar con los bártulos y hago como que no lo he notado. Podría empezar a reír, y entonces sí sería mujer muerta.

Una voz familiar y adorada llega hasta mis oídos. Nerviosa, miro en todas direcciones.

—¡Crisita!

Veo acercarse a Carlos. El corazón me martillea en el pecho; hace mucho que no veo a mi hermano mayor. Desde Semana Santa. Hace cuatro meses..., pienso, mientras lo miro embelesada. De repente me siento más fuerte, más segura y mucho más alegre. Tal vez la naturaleza se haya decidido a currar por fin. Lleva puestos unos chinos crudos, un polo negro, mocasines y gafas de sol. Lo miro rebosante de orgullo. Cuando me besa y abraza, riendo, la naturaleza ya ha efectuado toda su fuerza reparadora. Cierro los ojos y río mientras él me levanta en brazos y me hace girar por los aires. Soy feliz. Inmensamente feliz. Poco a poco nos paramos y Carlos se separa, sujetándome por los hombros. Sigue sonriendo.

Debo añadir que, aunque Carlos y yo nos adoramos, el código de conducta entre hermanos dicta que siempre nos estemos o bien abrazando o bien peleando.

—Ya veo que sigues tan canija como de costumbre —se burla mientras me examina rápidamente el culo y las costillas.

—Llevo una dieta nutritiva y equilibrada. Mucho chino, mucho italiano y mucho helado. Verduras, pan y lácteos. ¿Qué más quieres Baldomero si eres guapo y con dinero? Ah, Carlos, te presento a Laura. —Con tanta emoción ni la recordaba.

—Hola, Laura. Dame un beso...

—La mujer de Kris —le aclaro, antes de que empiece a hacer de las suyas.

—Encantado de conocerte, querida. Siento mucho no haber podido asistir a la boda, pero Kris no me invitó. —Le da la mano, y después se anima y le planta dos besos—. Id eligiendo habitación, que enseguida os subo el equipaje —añade, encaminándose hacia la casa cargado con un montón de maletas.

Carlos es muy cariñoso con todas las mujeres. Demasiado. Él fue uno de los que me advirtió, de adolescentes, que los hombres solo quieren una cosa. Y yo le contesté que no tenía que preocuparse de nada, que no pensaba dejar que me picara ningún pez araña.

—¡Qué bueno está tu hermano, hija mía! —exclama Rosa con convicción, uniéndose a nosotras.

—Sí que está bueno, sí —confirma Laura, que también parece estar dándole un buen repaso.

Me giro y lo examino con meticulosidad y yo lo único que veo es al peñazo de mi hermano.

Una vez dentro de la casa no tardamos nada en orientarnos; aunque es grande, está muy bien distribuida. Carlos es un arquitecto buenísimo, y no lo digo porque sea mi hermano. Opinaría igual aunque no lo fuera. La planta baja consta de: un salón enorme, que da a una terraza igual de impresionante. Una biblioteca. La espaciosa cocina, que también da a la terraza a través de unas puertas correderas de cristal. También hay dos habitaciones con vistas al pinar y un cuarto de baño enorme. En la planta superior: cinco habitaciones con sus respectivos cuartos de baño y una sala de juegos con mesa de billar y todo.

Nota mental: recuerda, Crisi, que en tu próxima vida tienes que pedirte ser el señor Kellerman.

Mi única preferencia, si es posible, y ya me encargaré yo de que así sea, es poder contemplar el mar desde la habitación. Voy abriendo puertas y me quedo con la primera que cumple ese requisito. Me quito las zapatillas y las deposito sobre la cama, bien a la vista de cualquiera que asome la cabeza. Así sabrán que esta ya está pillada. Aunque no sería la primera vez que semejante panda de desatados ha cogido la ropa de alguien y la ha tirado por la ventana.

Una vez, se hicieron con todas las maletas de una pandilla de buenos chicos del Opus Dei que se encontraban de retiro espiritual en el chalet de un amigo nuestro, y comportándose como enfermos mentales hicieron exactamente eso. Espero, de todo corazón, que hayan madurado un poquito.

Bajo corriendo la amplia escalera (la fuerza de la costumbre) y cruzo la terraza hasta llegar al jardín. Césped, unos cuantos árboles frondosos y unos parterres con flores me separan del seto bajo de lavanda que hace las veces de muro divisorio entre el jardín y la playa, situada unos cuantos metros por debajo. Una escalera estrecha de piedra, que se abre hueco entre la fragante lavanda, desciende hasta la arena. Distingo a Kris nadando a lo lejos. Me da envidia. Si me pongo un biquini puedo estar en el agua en… —miro el reloj— diez minutos o menos. Tal vez, si me remojo las ideas, *moi* consiga olvidarse de *toi* y su roja y boba acompañante… y me lo pase bien y todo.

CAPÍTULO 7

Domingo, 21 de agosto
Hora del reencuentro

Una verdadera algarabía llega a mis oídos. Con curiosidad, rodeo de nuevo la casa. ¡Vaya! Ha llegado todo el mundo. Besos, abrazos, palmaditas en la espalda, algún que otro taco, exclamaciones de sorpresa y risas, muchas risas a tan solo cuatro metros de mí. Me paro y observo. No parecen los adultos responsables que se supone que son. Con los pelos alborotados, las camisetas viejas y los vaqueros desgastados, vuelven a parecerse a aquellos adolescentes que habitan en mi memoria. Me siento como si hubiese retrocedido en el tiempo. Trece años, exactamente. Sonrío. Todo es como siempre fue. Ellos charlando y riendo. Yo, mirando. Vuelvo a sonreír.

—¡Un momento! ¡Un momento! ¡Callaos un momento! —Jose da unas palmadas para llamar la atención de todos. Mira a su alrededor y comprueba que le prestan atención—. Lo primero que tenemos que hacer es organizarnos. —Vuelve a echar otra miradita intimidante—. Alguien tiene que ser «jefe de grupo». —Ya me extrañaba a mí. Mucho ha tardado en sacar la vena militar que lleva dentro—. No hace falta que me lo agradezcáis. Ya me encargo yo.

No espera que nadie le contradiga. Ni se nos hubiera ocurrido.

Mientras le escucho dar órdenes a diestro y siniestro, vuelvo a recordar la primera frase que escuché de su boca: «¿Esos pies no cantarán, verdad?». Con el tiempo, ha resultado no ser tan ordinario como hubiésemos deseado. Pero ahora ya es demasiado tarde para retirarle el saludo. Es una verdadera lástima que con los años se haya vuelto tan... ordenado, tan... responsable y tan..., tan Jose. No puede ver una hoja o una flor en el suelo sin agacharse a recogerla. Menos mal que ese trastorno obsesivo compulsivo lo sufre solo con las plantas de su propio jardín; los de los demás ya pueden estar hechos una guarrería que el tío no mueve ni un dedo. Reminiscencias de su antiguo yo.

—Si vamos a nombrar cargos, yo quiero ser organizador de actividades lúdicas —requiere Kiri.

Lo que me faltaba. Nos va a llevar de cabeza. Este hombre no puede estarse quieto ni cinco minutos.

Mis ojos buscan a Miranda, que ha adoptado pose de suficiencia total, es decir: brazos cruzados por debajo del pecho y gesto de hastío en la cara. ¿A quién me recuerda...? ¡Ah, sí, a la Cara Plato!, la monja encargada del comedor. Tal vez hasta nos dé un toque de atención: «Niñas, dejad de hacer el imbécil y comportaos como es debido, que parecéis salvajes en vez de señoritas». Se da cuenta de que la estoy mirando y cambia la mueca de desagrado por una sonrisa. Se acerca con su sinuoso caminar. Me tiene totalmente hipnotizada.

¡Qué sensualidad! ¡Qué garbo! ¡Qué pena que eso no sea contagioso!

—Crisi, querida, ¿esto es normal? —me pregunta con voz atrayente. Hace un gesto vago con la mano, abarcando a todos mis amigos.

—Sí. —Pongo cara de resignación y muevo un poco la cabeza negando con verdadero pesar—. Una pena, una verdadera pena que unos chicos tan guapos no tengan cerebro.

—¡John no es así! —protesta con contundencia de fiscal con ganas de enchironar a alguien—. Él es serio, culto y sofisticado...

Su voz se va apagando a medida que su vista se centra en el demencial espectáculo que tiene delante.

El susodicho está gesticulando exageradamente con las manos; sus caderas rotando en extraños giros, muy al estilo Elvis.

¡Madre mía! Está para comérselo.

—Sí, ya lo veo. Sofisticadísimo.

—A lo mejor está sufriendo un ataque de epilepsia —señala, esperanzada.

Menuda colgada.

—Me alegra que seas tan positiva, Miranda. —Le doy unos golpecitos solidarios en el brazo—. Te va a encantar estar aquí. Lo vas a pasar tan bien que no querrás marcharte nunca. —Recuerdo la conversación que mantuvo por teléfono en mi terraza y continúo, sin piedad—: Vas a empatizar e interaccionar con todos, sobre todo con Juanfran. —Hago un gesto en su dirección con la cabeza. Ese sí que parece que esté sufriendo un ataque de epilepsia; arrodillado en el suelo y moviendo la pelambrera de un lado a otro da un poco de miedo, la verdad. A pesar de la cara de inocencia que muestro, Miranda me mira con desconfianza.

—Estoy segura de eso —responde con voz brusca. Creo que se ha enfadado.

—¿Qué le pasa a Miranda? —Rosa se ha acercado a nosotras picada por la curiosidad.

—No sé. No entiendo a esa chica. Todavía no la tengo catalogada.

Me gusta hacer eso, catalogar a las personas. Después de tratarlas durante un tiempo, claro, no a tontas y a locas. Las catalogo por sus particularidades más distintivas: amables (de esos pocos), arribistas, desconfiados, dominantes, avariciosos, quejicas, y podría seguir así durante un día y medio.

—Cuando la trate un poco más te diré mi veredicto. Por ahora es «la redicha».

No le digo que también me he referido a ella como: la bombero, la imbécil, la bruja, el monumento, la gilipollas y..., y..., y no sé cuántos adjetivos descalificativos más.

Oigo unos pasos que se acercan por detrás y me vuelvo; Kris ya ha subido de la playa y se ha cambiado de ropa. Como siempre, su indumentaria es... diferente. Una camiseta vieja, pantalones de chándal viejos y cortados por encima de las rodillas, CALCETINES y unas botas, que ya las quisiera para sí mismo el famoso Gato, es el atuendo por el que se ha decantado hoy. Sonrío y no digo nada, ya se encargarán los demás.

—Vamos a pedir unas pizzas, ¿os va bien? —pregunta, contento.

—Perfecto —contesta Rosa—. La mía que lleve de todo.

—Yo la quiero de jamón y champiñones. Por eso de las verduras —les aclaro. Asienten. Me entienden perfectamente.

—¡Miranda! —grita Kris—. Se llama Miranda, ¿verdad? —nos pregunta en un susurro. Asentimos—. ¿Tú de qué quieres la pizza?

—Si no es mucha molestia —responde con afectación—, dile a John que yo tomaré una ensalada César y lenguado meunière.

La cara de pasmo de Kris no tiene desperdicio. Acaba de conocer a Miranda de sopetón, sin anestesia ni nada. Pobrecito.

A las cinco estamos todos sentados alrededor de la mesa de la terraza atacando las pizzas como desesperados. Pizzas, cerveza y el mar de fondo. De vez en cuando se oye algún que otro: «Humm..., esto está que te cagas». «¿Te vas a comer ese trozo?». «¡Sí!». ¡Zas! «¡Ay!, tampoco te pongas así por un trozo». «¡Qué hambre tenía, por Dios!». «¿Quedan cervezas?». «A mí me sobra. Si le apetece a alguien un pedazo...». La pizza de Miranda es de verduras. Por teléfono han dicho no a la ensalada, no al lenguado. Casi no ha tocado su pizza, se ha dedicado a gorronear de la de los demás. Bueno, de la de John. Se nota que le va más el salami que las alcachofas; pero, después de recibir varios gruñidos un tanto intimidatorios por parte de los demás comensales, ha desistido en su intento de gorroneo aleatorio. «No; no, gracias, Miranda. Cométela tú, pero muchas gracias por el ofrecimiento».

Cuando terminamos de comer, Jose, que ha asumido sin ningún esfuerzo su papel de jefe de tropa, nos pide que nos callemos.

—Muy bien. —Nos mira con gesto serio, como un juez a punto de dictar un veredicto desfavorable—. He pensado que esta tarde podríamos dedicarnos a descansar, deshacer el equipaje, el que quiera puede ir a la playa...

—Muchas gracias —le interrumpe Rosa—. Muy generoso de tu parte darnos algo de libertad de elección.

Se oyen varias risitas disimuladas. Después de fulminarla con la mirada continúa hablando:

—Decía, antes de la interrupción de la graciosita, que esta tarde podríamos dedicarnos a familiarizarnos con todo, y esta noche ir a picar algo por ahí. ¿Qué os parece? —Hace un gesto con la mano dándonos permiso para hablar.

—¿Y si a mí no me apetece salir? —pregunta Kris, alias «tocapelotas en sus ratos libres».

—Pues no cenas —contesta Jose, lacónico.

—¿Cabemos todos en un coche? —se interesa Juanfran.

Aquí cada uno a su rollo. Como siempre.

—El mío es de ocho plazas, pero cabemos hasta diez —responde Jose—. Si nos apretujamos podemos ir todos en él.

—Pero... yo quería pasar la noche a solas contigo. —El susurro quejica de Miranda llega a mis oídos. No en vano tengo la antena puesta a toda potencia. Todo el rato.

—Pero... yo quería pasar la noche a solas contigo —me burlo, dándole un codazo a Juanfran, que me mira y sonríe.

El comentario ha llegado a oídos de John. Por lo visto también ha sacado a pasear la antena. Me está mirando muy serio y yo le devuelvo la mirada con un leve encogimiento de hombros. Muy en plan: «Tío, me importa una mierda lo que opines».

—Bueno... —Jose vuelve a reclamar nuestra atención—. Luego decidimos cómo y dónde vamos a cenar.

—Podríamos pedir que nos vendan un poco de café y unos panecillos para poder desayunar mañana. Y algo de fiambre —propone Kiri, que se inclina sobre la mesa, decidido a tomar las riendas de la salida nocturna.

—¡Oye!, que a mí no gusta el café —protesto—. Yo tomo leche con cacao. —Las carcajadas resuenan en toda la mesa—. Díselo, Carlos, diles que si no desayuno leche con cacao no soy persona. Lo necesito —insisto—. Tenemos que pedir que nos vendan un brik de leche y un sobrecito de esos de cacao. Me da igual la marca, no penséis que no soy flexible.

—¿Recurriendo al hermano mayor, Crisi? ¿Todavía no sabes solventar tus problemas solita? —La pulla de John me pilla desprevenida. Debe de ser en revancha por la burla a Miranda. Pero mi mala baba es tan legendaria como mi retorcido sentido del humor. Mi hermano puede dar fe de ello.

Nunca me he visto en la desagradable tesitura de tener que defender mi postura ante nadie. Suelo optar por no hacer caso e ir a mi bola. Tampoco tengo ningún deseo de hacerlo ahora. No obstante, si me dejo intimidar estaré poniendo los cimientos para nuevas muestras de abuso por parte de John. ¿Quién sabe lo que puede pasar por la mente de semejante idiota?

Al final, después de devanarme los sesos durante un minuto, le contesto.

—Resuelvo todos mis problemas yo solita. Desde hace trece años. —Pretendo que el dardo dé en el centro de la diana. Me reclino en la silla con parsimonia. Si se cree que me voy a achantar, va dado—. Hace trece años, un impresentable me enseñó, por las malas, que si necesito consuelo, mejor me consuelo yo sola. Si necesito ayuda, no hay mejor ayuda que la de uno mismo, y si necesito desahogarme con alguien me dirijo a un confesionario y le cuento mis penas al cura. —Para eso están, ¿no? Aunque lo estén deseando no pueden largarse y dejarte con la palabra en la boca—. Además —añado con altanería—, ¿a ti qué te importa? No te ha importado nunca —murmuro.

¡Ay, Señor! ¡Le he plantado cara! Le he plantado cara y no me he desmayado ni vomitado ni nada. Si no tuviese tanto público y fuese un poquito menos torpe de lo que soy, me pondría a dar volteretas de alegría. El corazón me late desbocado, me tiemblan las piernas y las manos me sudan. Sigo manteniéndole la mirada, sin parpadear. No es fácil, suelo parpadear mucho. Los ojos me empiezan a escocer, pero yo aguanto. Al final es él quien baja la vista.

¿Se ha puesto colorado? No puedo creerlo. El corazón se me vuelve a acelerar, pero ahora por otro motivo. No he visto nunca, nunca a John ruborizarse. Qué mono... Qué tierno... «¡Qué imbécil eres, Crisi!..., este egocéntrico no tiene sentimientos. Recuerda, y no lo olvides jamás, que John no es tierno, no es amable, no es encantador. Es un asqueroso egocéntrico sin sentimientos que solo utiliza los ojos para mirarse el ombligo».

—¿Me he perdido algo? —pregunta Carlos con la mosca detrás de la oreja.

—No, nada. ¿Veis? —me dirijo a los demás, que se han quedado con cara de no entender nada, con una sonrisa torcida—, así es como me pongo si no hay leche con cacao para desayunar.

—Hija del amor hermoso, sí que te tomas a pecho lo del desayuno —comenta Juanfran, impresionado por mi respuesta.

—Sí —contesto tan tranquila—. Leche con cacao. Imprescindible para mejorar el carácter.

Suelto una risita y miro a John de reojo, que parece estar a mil años luz de distancia.

—Vale, chica, no te pongas nerviosa, tendrás tu desayuno —dice Kiri.

Jose carraspea desde la otra punta de la mesa.

—¿Podemos continuar con lo que estábamos? Ya sé que el desayuno de la nena, aquí presente —me señala con la cabeza—, es un tema de máxima prioridad, pero me gustaría que acabáramos hoy. Si no te importa, claro. —Me vuelve a señalar con la cabeza. ¿A que como vuelva a hacer eso se la corto?, la cabeza, quiero decir—. También convendría dividirnos las tareas de la casa. Formar dos grupos sería lo mejor. Un equipo se encarga de cocinar y recoger la cocina un día, y el otro, los lugares comunes. Al día siguiente intercambiamos tareas.

—¿Por qué no cocinan unos y recogen la cocina los otros? —pregunta Kris con la mano en alto.

—Porque algunos son muy espesitos —le contesta con sorna—. Cada uno que recoja su mierda. ¿Entiendes lo que quiero decir? —Le echo un vistazo rápido y empiezo a contar con los dedos. Tres..., dos..., uno...—. ¡Me estoy cansando de tanta interrupción! —¡Lo sabía!—. ¿Alguna pregunta más?

—Oye, Jose. —Juanfran levanta un dedo—. ¿Y si alguien no sabe cocinar ni limpiar?

La mirada furibunda que le lanza le hace dar un salto en la silla antes de soltar una risita nerviosa.

—Espero que no hables en serio.

—No, por supuesto —responde, lanzándome un guiño.

—Esto es muy divertido. —Aplaude Laura mientras se endereza en la silla—. Venga, vamos a formar equipos.

—Elige, Crisi —me ordena Jose.

¿Yo? Por un momento no sé qué hacer. Y lo que es peor, casi me traiciona el subconsciente y elijo al imbécil. ¡Será posible! Dudo. Sigo dudando. Me estiro y cojo un cigarrito. Les dedico una sonrisa maligna. Me hago la interesante; aunque, por supuesto, eso implicaría que tengo algo de interés en mi interior…

—¡Crisi, espabila! —me apremian.

—Que elija otro, que esta está en las nubes —replica Rosa con impaciencia.

—Vale, me quedo contigo —le digo a Rosa.

Sabe cocinar. Es una bocazas, pero sabe cocinar.

—Laura, tú conmigo.

¡Mierda, qué fallo! También sabe cocinar y no es una bocazas.

—Humm…, Kiri, tú con nosotras. —Lo elijo con reservas.

Kiri no sabe ni freír un huevo, pero es muy escrupuloso; seguro que limpia bien la cocina. Si estuviese su mujer aquí esto le parecería un chiste.

—¡Crisi! —protesta mi hermano—. ¿No me piensas elegir?

—No.

Mi hermano no ha movido un dedo en su vida. No sabe ni cortar un tomate. El manejo de la escoba o el mocho le debe de resultar más complicado que pilotar una nave espacial. Cuando vivía en casa de mis padres, mi madre y yo nos encargábamos de todo. Cuando se marchó a la uni, el colegio mayor y la cervecería que más a mano le pillara, nos sustituyó. Solo una vez, de adolescentes, intentó hacer una tortilla de patatas y el resultado fue un arma nuclear no identificada. Y además, se le cayó dos veces al suelo mientras la volteaba.

En la actualidad, como por fortuna es un arquitecto muy bien remunerado, se las ha apañado para encontrar y retener a su lado, por el módico sueldo de, calculo, como medio millón de euros al mes, a una señora filipina llamada Marian que posee la extraña habilidad de preparar sus comidas preferidas; mantiene la casa como una patena; la ropa impoluta y planchada al milímetro y dispuesta en los armarios por colores. De más oscuros a más claros. Por temporadas: primavera, verano... Y parece ser que hasta por diseñadores. En fin, le mima y le cuida como a una flor en peligro de extinción. No me extrañaría nada que le limpiase la boca después de cada comida.

—¡Nena, que soy tu hermano! —protesta como si estuviese explicando algo muy sencillo a alguien muy cortito. Me sujeta la mano y juguetea con mis dedos cariñosamente. Esa es una de las tácticas a las que suele recurrir cuando pretende salirse con la suya. Se muestra cariñoso y sabe que no puedo decirle que no—. Crisita..., Crisita... —canturrea, sonriendo y confiado.

A otro perro con ese collar. A mí ya me lo ha puesto demasiadas veces.

—No. He dicho que no. Eres un inútil. —Me mantengo firme en mi decisión y le miro con gesto triunfal antes de apartar la mano de un tirón—. Solo te escogería en el caso de que hubiese un terremoto y derribase la casa. No insistas.

Se echa hacia atrás, se pasa la mano por el pelo y deja escapar una palabra malsonante mientras murmura por lo bajini:

—Ya me pedirás algo, ya. Te vas a enterar. Dejarme con Jose es una crueldad y lo sabes —se queja, poniendo cara de circunstancias.

—Kris con nosotros —elige Jose con rapidez.

—Juanfran. —Le hago un gesto con el dedo.

—Miranda, tú con nosotros —dice Jose.

Esto parece un duelo en O.K. Corral.

Tan solo quedan John y Carlos. Es significativo, porque en otras circunstancias estos dos hubiesen sido los primeros en ser elegidos. Sus honorarios rozan la indecencia cuando uno es tan buen arquitecto como ellos, o tienen la suerte de trabajar para una gran empresa constructora japonesa con sede en Londres y todo ese rollo. Físicamente son los más atractivos. Los dos tienen abundante cabello, espaldas anchas y ojos capaces de atraer a la más reticente de las mujeres. El triste hecho de que tanta gente superficial solo se fije en ellos por su aspecto y sus ingresos me apena y me pone de muy mala leche, pero no tanta como para elegirlos.

Miro a Carlos, indecisa.

—Por favor, Crisi, por favor —suplica, juntando las manos como si estuviera orando—. No me dejes con... —Señala a Jose con un dedo—. Me hará fregar hasta las juntas del suelo de la cocina —bromea.

—Carlos, sabes que te quiero más que a nada en el mundo pero... tú a tu jardín y yo al mío. John, tú a nuestro equipo.

Carlos suelta un suspiro de resignación, le dirige a Jose un gesto con los pulgares levantados y a mí me guiña un ojo.

Qué buen perder tiene para lo poco que acostumbra a hacerlo.

John elige ese preciso instante para inclinarse hacia mí y sonreír con sorna. No sé qué tal cocinará, pero tocar los huevos se le da de maravilla.

La bruja que llevo dentro aparece montada en su escoba.

—¿Y tú qué sabes hacer, querido? —le pregunto con un gesto que considero muy británico: espalda estirada hasta lo imposible y nariz apuntando al techo.

—Ya comprobarás tú misma «todo» lo que sé hacer —contesta, enfatizando el «todo».

Vale, con esa contestación no contaba. Ahora la que se pone colorada soy yo.

Una vez en mi habitación me tumbo en la inmensa cama boca arriba y cierro los ojos intentando, en vano, relajarme. Demasiadas emociones en un espacio muy corto de tiempo. Este último año mi vida ha dado una serie de giros inimaginables. Debería estar acostumbrada a las emociones fuertes y no dejar que un simple cambio en mi rutina me afecte de esta forma. Cuatro palabras, cuatro, le han bastado para ponerme cardíaca. ¡Será posible! No podía haberme callado, no. Tenía que intentar quedarme con él y aún tengo ese «todo» clavado en el alma. ¡Menuda mierda!

Enciendo un cigarro y me siento a pensar. No sé qué hacer. Vuelvo a pensar. Sigo sin saber qué hacer. Me quedo un rato mirando el techo, totalmente confundida. Por más vueltas que le dé, no le encuentro sentido al origen de mi malestar. ¿Tanta importancia tiene una palabra? O, ¿acaso no tiene nada que ver una cosa con la otra? ¿Quizá es el reencuentro con mi hermano lo que me afecta tanto? A Carlos le veo poco, no viene casi nunca por Alicante. Él y John trabajan para el señor Yamamoto, un japonés dueño de un imperio de la construcción que, según mi hermano, se pasa el día ladrando órdenes y no les deja tiempo ni para respirar. Menos mal que son dos de sus hombres de confianza (John un poquito más que él, lo que creo que no le supone ningún trauma), y por lo menos puede coger algunos días de vacaciones en fechas señaladas: Semana Santa, Navidad y algunos días durante el verano. Normalmente los mismos días que la prima modelo de Mari Luz. Pura coincidencia. Lo que sí hacemos es hablar por teléfono casi todas las semanas, así que no entiendo por qué el corazón me anda a saltos todo el día.

No quiero ni pensar que los síntomas que me aquejan sean por culpa de Miranda. Ahora soy una persona madura, seria y responsable. Con ese positivo pensamiento bien anclado en mi cabeza, me inclino a pensar que mis vaivenes emocionales tienen más que ver con el encuentro en sí que con la ingrata compañía. También es muy posible que sean las vacaciones en sí mismas lo que me pone tan nerviosa. No estoy acostumbrada. Me paso el día currando, y no tener nada que hacer excepto pensar en mí misma es lo que me desconcierta y me descentra. Ya me siento mucho mejor. Y es que no hay nada como la verdad. Y además, de tanto pensar, se me ha levantado un dolor de cabeza...

Un golpe en la puerta, seguido de una cabeza rubia que asoma inmediatamente después, me hace dar un respingo. Pero ¿qué me pasa? ¡Yo no doy respingos!, los provoco. «Memorízalo, Crisi, y que no se te vuelva a olvidar: Tú haces que los demás salten, no al contrario».

—¡No hagas eso, Rosa! ¿Quieres matarme del susto? Cuando llames a una puerta, espera a que te den permiso antes de entrar, ¿vale? —le digo a modo de reproche—. ¿Y si llego a estar haciendo algo?

—¿Como por ejemplo...? —Me lanza una mirada sarcástica.

—Bueno, ahora no se me ocurre nada, pero... algo importante.

—¿Más importante que verme a mí?

La miro como si molestara. Molesta.

—Pues sí.

Debe encontrarse en fase de negación, porque no me hace caso.

—No seas pesada —replica. Y sin ningún respeto por mi privacidad entra en la habitación, seguida de cerca por Laura. Me doy cuenta de que llevan puestos los biquinis.

—¡Venga, levanta! —Me da una palmada en el muslo. Muy fuerte—. Ponte un biquini, que nos vamos a la playa.

—El agua está bueníííísima. En calma y cristalina. Es una *penitensia* no aprovechar un agua tan maravillosa. —Veo, impotente, cómo Laura rodea la cama y abre la maleta, rebusca en ella con cuidado y saca el biquini color «verde otoñal con sutiles toques invernales, que más que una prenda de veraneo es una obra de arte». Eso fue lo que aseguró la dependienta que me lo vendió antes de decirme el precio prohibitivo y escandaloso de la prenda de arte en cuestión. La mayoría de las veces, no sé si ponérmelo o enmarcarlo y colgarlo en la pared.

¿Ahora tengo que bajar a la playa? No tengo muchas ganas, la verdad. Anoche dormí muy mal. No se puede descansar con una oreja pegada a la pared, empeñada en enterarme de todo lo que ocurría en la habitación de al lado. Fue una experiencia interesante, pero nada recomendable. Agotadora.

—Laura, ¿cuándo vas a enseñarme a ser atractiva? —le pregunto, mientras me siento en la cama con las piernas cruzadas y apoyo las manos en las rodillas, tamborileando los dedos. No pienso bajar a la playa.

—Ya mismo, si quieres. —Arroja el biquini a un lado de la cama y se sienta frente a mí—. Rosa, ven. —Da unas palmaditas en el colchón—. Siéntate con nosotras. —Rosa no se lo piensa dos veces y de un salto se acomoda a mi lado—. Vamos a ver, Crisi… —Me mira fijamente, parpadea varias veces seguidas y, al final, cierra los ojos con fuerza antes de volver a abrirlos y mirarme con expresión de absoluta concentración. Se la ve muy mística y espiritual en su postura de flor de loto, con las manos descansando lánguidamente sobre su regazo. Respira hondo y pregunta—: ¿Tienes alguna *relasión* sexual estable?

Debe estimar la cuestión como pertinente. Yo no entiendo mucho de estas cosas, pero… si tuviese una relación estable, ¿qué pinto yo aquí haciendo un curso de seducción acelerado?

—No —contesto.

—Perfecto. —Parece muy satisfecha con mi inexistente vida sexual. ¡Será cabrona!—. Ahora... —Hace un gesto de ánimo con las manos—. Es *nesesario* que me cuentes cuántas, cómo, con quién y qué tipo de *experiensias* has tenido.

¿No hablará en serio? Observo su gesto de concentración total. Empiezo a ponerme nerviosa y me remuevo incómoda en la cama. ¡Mierda, mi vida sexual es un desastre! Podría definirla como fantasmagórica. Parece, pero no es. Un sucedáneo, eso es lo que he tenido. Como la achicoria para el café o la margarina para la mantequilla, o... Me hace un gesto con la mano y adopta una actitud relajada; después inclina la cabeza hacia un lado de una manera muy rara. Creo que me está pidiendo que empiece a hablar de una forma muy mística. Trago saliva y empiezo:

—Yo..., yo..., eh..., no, no ten... tengo mucha experiencia —tartamudeo—. Yo..., yo... solo he tenido... tres relaciones —confieso en voz baja—. No creo que sean dignas de mención.

—Muy bien. —Asiente con la cabeza y, cosa extraña, no se ríe, más bien parece pasmada—. Y, cuéntanos... ¿cómo fueron?

¡Jesús! ¿No ha oído que no son dignas de mención? Me dejo caer de espaldas sobre el colchón mientras Rosa se acomoda junto a mí.

—No te avergüences, Crisi —me anima Rosa—. Yo tampoco tengo mucha experiencia. Bueno, experiencia, lo que se dice experiencia, sí tengo. Lo que quiero decir es que soy muy experimentada, pero con una sola experiencia. No, lo que pretendo decir es... que Jose... —Ella solita se está liando, como de costumbre. Nos mira y sonríe—. Ya sabéis lo quiero decir, ¿no?

Tras pensarlo durante un par de minutos, decido ceñirme a los hechos más obvios.

—Si queréis detalles escabrosos los vais a tener, pero... antes necesito un chupito —anuncio, frotándome el sonrojo de la cara. Con tal de hacer callar a Rosa soy capaz de cualquier cosa.

Mi amiga salta de la cama con agilidad y corre hacia la puerta como alma que lleva el diablo.

—Voy corriendo. ¡No empecéis sin mí! —grita desde el pasillo.

Laura sostiene el biquini delante de mi cara sin decir nada. Lo cojo y lo vuelvo a guardar; no pienso ponerme el biquini de diseño para que se estropee con la sal del mar. Saco el amarillo del mercadillo y me lo pongo. Me siento sobre la cama y espero a que vuelva Rosa. Hasta este momento, no me he dado cuenta de lo mucho que deseo saber los secretos de seducción que Laura atesora. Estoy en ascuas.

—Ya he vuelto. —Rosa entra jadeando. En una mano lleva tres vasitos y en la otra una botella. Sujetando ambas cosas con fuerza da un salto, que me levanta ampollas de envidia, y se vuelve a sentar en la cama—. Solo he encontrado licor de melocotón. Lo siento, Crisi, no había orujo —se excusa mientras llena los tres vasitos—. Empieza —me apremia, expectante.

—Vale. —Doy un trago y me armo de valor—. La primera vez fue... —Pienso; me cuesta encontrar la palabra exacta que defina con exactitud mi primera vez. Pienso. Pienso...—. Decepcionante —digo por fin—. El asunto duró unos veinte minutos y no fue como para echar cohetes. Yo tenía diecisiete años y él estaba borracho.

Asienten, comprensivas. Como si el hecho de que la segunda parte implicada en el asunto estuviese pedo explicase el consabido fracaso.

—Vaya. Eso no me ayuda demasiado a la hora de tomar una *desisión* con respecto a tus habilidades. —Pone cara de entrar en trance y se bebe su chupito de golpe—. No importa.

Cuéntanos tu segunda *relasión.* —Mueve el culo, gira las manos en el aire, espantando a las inexistentes moscas, y se dispone a escuchar algo un poco más jugoso.

Sonrío. Es muy graciosa.

—Bien. —Me pellizco el labio y frunzo el ceño—. Mi segunda relación fue en la universidad. Él era un deportista nato. Nadaba, corría, hacía surf, montaba en bicicleta y competía en triatlones. Durante los seis meses que salimos juntos, yo intentaba nadar, intentaba correr, procuraba no caerme de la bicicleta y limpiaba la tabla de surf. Lo de los triatlones no merece ni un comentario. Cuando finalizaba una de estas sesiones «purificadoras» para el cuerpo y la mente, como las llamaba él, me informaba con voz grave: «Voy a pegarte un polvo que va a ser como ganar una medalla olímpica». —Hago una pausa para crear suspense y enciendo un cigarro—. Me duele tener que deciros... —reanudo mi relato ante sus miradas expectantes. Son un público entregado— que ninguna de las veces que me acosté con él ganó ninguna medalla. Ni siquiera una de papel maché. —Levanto el brazo y me trasiego otro chupito—. Me hubiera conformado con una medalla de consolación, pero ni eso. —Me encojo de hombros y me bebo otro chupito..

—Vaya...

—Qué fuerte...

Se han quedado sin habla. Me miran con los ojos como platos. Se sirven otro vasito de licor y se lo beben, también de golpe.

—Por ahora no puedo aconsejarte nada. —Laura permanece muy seria, en sintonía con su papel de consultora sentimental—. Me lo estás poniendo muy *difísil.*

—¿Ni una sola vez? —Rosa está atónita. Todavía anda dándole vueltas a lo que acaba de escuchar—. ¡Qué fuerte! —repite, pasmada.

—Aún queda una *relasión* más, ¿no es *sierto*? Venga, cuéntala —me ánima Laura en tono motivador.

—Sí, sí. Pero... no sé si vale la pena mencionarla... —Agito una mano en el aire. Al ver sus caras de desilusión me animo a contárselo. Total, de perdidos al río, como decía mi abuela—. Vale, está bien. Salí con un profesor de filosofía. Se llamaba Darío y le gustaba pensar que era poeta. Era horrible. Lo peor de todo no eran sus poesías. Bueno sí, eran de lo peorcito. —Me sale una risita tonta y sacudo la cabeza al acordarme de Darío. Hacía mucho tiempo que no pensaba en él—. Horrorosas. Lo que quiero decir, es que se empeñaba en recitarlas antes de, antes de..., de eso.

—¿Antes de qué? —me apremia Rosa.

—De eso... De... tener relaciones —le explico avergonzada.

—¿Antes de echar un polvo te recitaba una poesía? ¡Ay, por Dios! Yo también quiero a un Jose poeta. —Se echa a reír y se toma otro chupito. Le acerco mi vaso para que lo rellene—. Antes hace voto de celibato que recitar una poesía. —Suelta una risotada nada femenina.

—¿Cuántas veces os acostasteis? —pregunta Laura con curiosidad.

—Joder, tía, pues mogollón. ¿Cómo quieres que lo sepa? Llevamos juntos desde los quince años. Tú misma. Saca cuentas —contesta Rosa en mi lugar.

Laura la mira asombrada. Aguantando la risa.

—Le preguntaba a Crisi —aclara.

—Lástima. —Rosa chasquea la lengua y se sirve otro traguito.

—Dos veces —respondo; y hago una mueca al recordar aquellas dos veces.

—¿Solo dos veces? ¿Solo te acostaste dos veces con un hombre que te *resitaba* poesía? —Laura da un hondo suspiro de conmiseración—. ¿Qué pasaba, que te ponían triste?

Llegados a este punto, ya no puedo más y estallo en carcajadas. Me río tanto que tengo que sujetarme las costillas y los ojos se me llenan de lágrimas. Recordar a Darío con varias copas encima siempre me causa el mismo efecto. No es caritativo, pero no puedo evitarlo.

—¿Queréis que os recite alguna de sus poesías? —propongo mientras me seco las lágrimas.

—Sí, por favor. —Laura ha dejado en el olvido su lado místico-sentimental y me mira con aire expectante.

—Os advierto que son un antídoto contra la lujuria. Luego no os quejéis.

—Empieza ya, pesada. No te hagas de rogar, que nos tienes en ascuas.

Intentando contener las risas, que me atacan a traición cada vez que voy a decir algo, consigo, por fin, ponerme de rodillas y llevarme una mano al pecho. No es fácil. Parece que el colchón tiene vida propia.

—Bueno, empiezo ya. Luego no os quejéis —les repito de nuevo con expresión deliberadamente inexpresiva—. Esta fue la primera que me recitó: «Pío, pío, pío / cantaban los pajarillos cuando salen de los huevos. / ¡No gritéis! ¡Que no hace frío! / Si gritamos, es por cantar, ¡que *pa* eso hemos *nacío!*».

Después de un silencio total, durante el cual son incapaces de mover un solo músculo del cuerpo, aunque la vida se les fuera en ello, estallan en unas carcajadas tan estruendosas que deben oírse desde la playa. Por una vez, Rosa ha perdido el equilibrio y se ha caído de espaldas. La mística es más discreta, simplemente llora y ríe a la vez. Interesante dicotomía.

—No... No... me digas ¡Ay! No puedo hablar. Ay... Ay..., qué risa.

—Uff. Uff. —Laura intenta tranquilizarse abanicándose con una mano—. No tendrías un orgasmo, ¿verdad?

—Pues no. Y aún no me explico el porqué —contesto con sarcasmo—. Ninguna de las dos veces. Huelga decir, que ya no hubo una tercera ocasión.

—Por favor, por favor, recítanos la otra poesía —suplica Rosa desde el suelo.

—Si lo hago, mejor te quedas ahí; no quiero que te vuelvas a caer de culo. Además, tenéis que prometer que lo que voy a contaros siempre, siempre —insisto para que no haya ninguna duda—, quedará entre nosotras. —Me encanta ser la reina del suspense.

Entre risas y chupitos me lo prometen. Les puede la curiosidad, o las ganas de juerga; no lo tengo muy claro.

—Muy bien. Allá voy. —Adopto la posición adecuada (de rodillas y mano al pecho) y comienzo a declamar, intentando mantener el esquivo equilibrio que se niega a dejarse dominar—: «Crisi, Crisi, Crisi. / Tus ojos, tus ojos, maravillosos. / Tu boca, tu boca, besa como una loca. / Tu chichi, ¡ay, Crisi! Tu chichi. / Tu chichi es como una fruta, *capisci?*». ¡Y a continuación se lanzaba a comerse la fruta! El interludio amoroso duraba lo que se tarda en comer dos cerezas —consigo decir entre lágrimas y ataques de hipo.

Durante un buen rato no hablamos, solo reímos y nos sujetamos las costillas. Mañana tendré agujetas, seguro. No tenía ni idea de que nos lo íbamos a pasar tan bien. No es cuestión de ir por ahí contándole a la gente mis aventuras amorosas con Darío, sin más ni más. Se necesitaba un clima de…, de… de intimidad y copichuelas para prestarme a ello. Me avergüenzo un poco en nombre de Darío pero, después de pensarlo un momento, me digo a mí misma: «¡Bah!, esto es lo mejor de toda nuestra relación».

—Deduzco que tampoco tuviste final feliz —dice Rosa, que continúa destornillándose en el suelo.

—Deduces bien.

—Bueno... —Laura lanza un suspiro exagerado y se seca las lágrimas—. *Entonses*, lo más probable es que cuando un hombre se te *aserque* salgas corriendo en *direcsión* contraria. —Mueve la cabeza, compungida—. *Pobresita*, no has tenido mucha suerte con los hombres. Eso no es bueno —murmura—. No es nada bueno. Pero... este John es distinto. Lo siento aquí. —Se toca el ombligo y sonríe.

—¡Vaya! —dirijo una mirada asombrada a su ombligo, como esperando encontrar en él todas las respuestas del Universo. ¿Quiénes somos? ¿Adónde vamos? ¿De dónde procedemos? ¿Cómo es posible que los chinos tengan esos precios?

Laura lleva razón. Ya sé que John es distinto. No hace falta que ella me lo diga. Es un imbécil de tomo y lomo. Pero ¿cómo lo sabe ella? ¿Su ombligo es clarividente o... solo posee una gran intuición? Demasiadas preguntas para un Universo tan ocupado. En cualquier caso, me tiene muy intrigada.

—¿Tu ombligo sabe cosas? Eso es un chollo. Pregúntale cuándo va a tocarme la lotería.

—Esto no *funsiona* así.

—¿Y cómo funciona, entonces?

—Es una *sensasión* que me invade. Siento cosas.

—¿Y qué siente cuando le preguntas por la lotería? —Me interesa mucho la contestación del ombligo con poderes.

—No siente nada.

—¿No es jugador, solo casamentero?

—¡No digas tonterías, Crisi!

—¿Tu ombligo es adivino y la que dice tonterías soy yo? ¡Explícate! —le exijo levantando un dedo y señalándola de manera acusatoria.

—No hay nada que explicar —replica, cansada de mis preguntas—. Venga, vámonos a la playa. —Se levanta y baja de la cama—. *Empiesa* el plan.

¿Qué plan?

CAPÍTULO 8

Domingo, 21 de agosto
¿Me muero ahora o luego?

La problemática de «creo que vamos borrachas» queda claramente despejada desde el mismo momento en que estamos totalmente desorientadas, caminar en línea recta se convierte en todo un reto y, por alguna razón que no termino de comprender, vamos sorteando los distintos parterres de amarilis, vincas, azucenas y verdolaga con pasmosa lentitud, intentando no pisotear las flores que se cruzan en nuestro camino. Y cada vez que fallamos y aplastamos alguna sin querer, nos quedamos mirándola y su sola visión nos parece histéricamente graciosa.

—Está por allí.

Al cabo de un rato (la noción del tiempo también se nos escapa), señalo con un dedo el lugar exacto por donde debemos bajar. Me giro hacia mis amigas con una sonrisa de triunfo y les guiño un ojo. Una vez en lo alto de la escalera, escudriño detenidamente el horizonte. La visión que aparece ante mis ojos me deja sin respiración: cientos de hipnóticas lucecitas brillantes se acercan a nosotras. Desprenden mil destellos de colores, y su movimiento es lento y cadencioso.

—¿Habéis visto eso? —pregunto, hechizada ante semejante belleza.

—¿El qué?

—Las lucecitas —aclaro.

—¿Qué lucecitas? —Me prestan toda su mermada capacidad de atención.

—Las lucecitas que vienen hacia nosotras —les aclaro a mis tambaleantes amigas—. Mirad, mirad qué bonitas son. —No sé si apunto en la dirección correcta, pero lo intento con ganas.

Un momento de silencio. Luego otro. Y otro; toda su atención puesta en la dirección que tan inestablemente señalo.

—¡Madre de todos los santos! —exclama Laura a mi espalda—. Eso no son…

—¡Corre, idiota! Son avispas —chilla Rosa—. ¡A la piscina, a la piscina!

¡Qué mal beber tienen, por Dios! Las avispas no brillan de esa manera.

¡Ay! Trastabillo cuando noto un dolor agudo en el brazo y otro en la pierna, que me hacen perder el equilibrio. Caigo escaleras abajo, cual abejaruco derribado por águila experta y cabrona (lo sé, veo demasiados documentales de naturaleza salvaje). Los golpes se suceden uno tras otro. Cadera, codo, costillas, cadera y costillas de nuevo, rodillas; no se salva nada, ni los dedos de los pies, y por último, nariz. Cuando paro de rebotar escalones abajo, siento una extraña sensación por todo el cuerpo que no termino de identificar. ¿Dolor, tal vez? Parpadeo, confusa, y veo el azul intenso del cielo y el rojo brillante de mi nariz, que sangra profusamente.

¡Ay, sí! ¡Dios, qué dolor! ¡Duele! ¡Duele! ¡Duele mucho!

En medio del aturdimiento oigo voces. Literalmente. Permanezco inmóvil y mantengo los ojos cerrados. Me estoy mareando más de lo que ya estaba antes de darme el trompazo.

—¡Crisi! ¡Crisi! ¡Jesús, qué hostia! Se ha matado.

Siento manos que me toquetean por todas partes, pero me resulta del todo imposible tranquilizarlos. Creo que a esto se le llama conmoción. Cuando unas manos grandes me aprietan las costillas suelto una especie de gemido casi imperceptible que, contrariamente a lo esperado, me espabilan de sopetón.

—Ay… ¡Mis costillas, joder! ¡No me toquéis las costillas! —exclamo, dolorida—. La nariz tampoco. ¡Mierda! ¡Que duele un montón! —me quejo cuando noto que alguien me oprime el tabique nasal.

Abro los ojos y parpadeo. Atisbo el rostro de John. Vuelvo a parpadear varias veces, confundida. He muerto. He muerto y estoy en el cielo. Los engranajes de mi maltratado cerebro empiezan a conjeturar: «Si estuvieses en el cielo, so boba, contemplarías a un ángel de rostro bondadoso y aura luminosa, que te hablaría con voz melodiosa mientras suenan las trompetas celestiales, dándote la bienvenida a un mundo de felicidad y sosiego. Si, por el contrario, te encontrases frente a las puertas del infierno, estarías acompañada por un diablo atractivo y caliente que te sonreiría diabólicamente mientras te arrastra, con poca o ninguna delicadeza, hasta las llamas eternas del inframundo».

Como estoy ante el imbécil y únicamente escucho exclamaciones de conmiseración, debo encontrarme en el mismo purgatorio de siempre.

—Deja que te ayude. —Unos brazos fuertes me levantan con cuidado, sujetándome por la espalda y bajo las rodillas—. Vamos a la casa. Hay que curarte esa nariz. No parece rota, pero… —John me da el parte médico con cariño.

¿Mi nariz? ¿Qué le pasa a mi nariz? La verdad es que no la noto. Bueno, no tengo ninguna sensibilidad en la cara. Como si hubiese ido al dentista y se hubiese pasado con la anestesia veinte pueblos.

—¿Dónde está? —pregunto con miedo.

—¿Dónde está el qué?

—Mi nariz… —lloriqueo. Solo de pensar que puedo haberla perdido me descompongo.

—En tu cara.

—Pero… ¿a qué altura?

—¿Cómo que a qué altura? —pregunta John, mirándome desconcertado.

—Sí, a qué altura. ¿Está en la frente, a un lado, sobre la oreja? ¿A qué altura?

—Está donde siempre ha estado, pero de colores. —Suelta una risa nada contagiosa—. No te preocupes, ya te he dicho que no parece que esté rota. —Baja los brazos y me deposita sobre una tumbona.

—¿De colores? Qué bonita…

—Pero ¿qué dice? —murmura Rosa.

—Parece que el golpe la ha atontado —escucho la voz de alguien.

—Tenemos que *inspecsionarle* las costillas y la *narís,* con cuidado de no causarle más daños.

Esa es Laura, la reconozco por sus eses arrastradas. Son inconfundibles.

Intento decir algo, pero con tanto jaleo no me oigo ni a mí misma. Tener una manaza enorme sujetándome la mandíbula, mientras otra manaza igual de enorme me oprime el tabique nasal, tampoco ayuda. Me mantengo quieta y relajada; que te soben tres docenas de manos no es tan desagradable, más bien todo lo contrario. Me traen un vaso de agua y me incorporan un poco. Me estoy encontrando mal y empiezo a sentir náuseas, justo antes de que mi hermano haga la pregunta del millón:

—Bueno, ¿cuál de todas esas brillantes luces te ha picado? ¿Y dónde? —Se ríe. El muy insensible se ríe. No me lo puedo creer. Lo miro. Los ojos se me llenan de lágrimas y la mandíbula me tiembla. Empiezo a llorar desconsoladamente—. No, Crisi, no llores. Sabes que no sé qué decir cuando lloras —suplica, agobiado. Me agarro con fuerza a sus manos. Si tuviera uñas se las clavaría por hacerme llorar y comportarse como una ameba—. Ya, pequeña, ya —me consuela con cariño, acariciándome la espalda—. No ha sido nada. No te has roto nada. Solo ha sido el susto. —Duda un segundo, antes de añadir con su malicia habitual—: Y la cogorza. —Lo miro con inquina, pero como soy la mujer invisible ni se entera—. En mi maleta llevo ibuprofeno. Te tomas uno y dentro de un rato te encontrarás como nueva. —Me deja caer sobre la tumbona sin miramientos y, antes de irse, me da un beso fraternal en la frente (algo es algo, dijo un calvo cuando vio un pelo en la sopa)—. Vuelvo enseguida.

—¿Qué os parece si la dejamos descansar un poco? —propone John—. Somos demasiados y la estamos confundiendo más todavía.

—Buena idea —acepta Laura con demasiada rapidez—. Vamos pues a dejar tranquila a la *acsidentada* un ratito. —Me guiña un ojo y hace la señal de la uve con los dedos. Gesto que pasa tan inadvertido como un moscardón tamaño familiar en la leche. Es muy buena actriz. Se sale.

Rosa, Laura y los dos o tres más que estaban conmigo se dan la vuelta y se van a la playa dejándome a solas con el causante de mis melancólicos suspiros y mis monumentales cabreos.

John se sienta a mi lado con cuidado, me coge una mano y empieza a acariciarme el dorso con el pulgar.

—¿Quieres contarme qué ha pasado, cariño?

¿Ha dicho «cariño»? Ay, Dios... Escucho alucinaciones. Me he dado más fuerte de lo que creía. Esto es grave. Gravísimo. Un raro caso médico. Humm... El tono cadencioso de su voz, junto a las suaves caricias, consiguen, sin proponérselo, que los ojos se me vuelvan a llenar de lágrimas y baje la guardia.

—Me he caído por las escaleras. Una avispa me ha picado y he perdido el equilibrio.

—¿Dónde te ha picado, Crisita?

Que utilice el diminutivo del diminutivo acaba de darme el puntillazo.

—En el brazo, en la pierna y en..., en el culo... —Y empiezo a llorar de nuevo desconsoladamente. El llanto se me corta de golpe. Se está riendo a carcajadas—. Ríete, ríete —animo al muy traidor—. Por lo menos que alguien lo pase bien con mi desgracia.

—Lo siento, lo siento —se disculpa, apretando mi mano. Lo cual no es sinónimo de dejar de reír—. La pierna y el brazo están bien. Date la vuelta, por favor.

Me percato de que ha sustituido la risa por una sonrisa y una mirada pícara.

—¿Para qué? —pregunto en voz baja, recelosa.

—Hay que comprobar que el aguijón no se haya quedado clavado; podría provocar una infección —me explica en un tono de voz similar al del médico buenorro de urgencias—. El corte de la nariz ya no sangra, es hora de echarle un ojo a la retaguardia.

Sí, hombre; si se cree que le voy a enseñar el culo..., va de culo. Con esa excusa tan tonta no va conseguir que me dé la vuelta.

Su mano sube y baja por mi brazo, con calma, hasta que por fin se anima y da un salto hasta mi muslo, donde sigue acariciando arriba y abajo. Insinuante. Hechizante. Una caricia suya logra dejar en muy mal lugar mis anteriores relaciones. ¡Jesús! Si solo ese contacto superficial es mucho más satisfactorio que mis tres o cuatro últimos polvos. La última vez que John me acarició de esa manera fue hace trece años. Entonces era una cría. Ahora soy una adulta. Seguro que no es para tanto que le deje inspeccionar la picadura.

Me giro con lentitud de foca varada en la playa; el dolor de las costillas me impide hacerlo con mayor fluidez. Medio segundo después, sus nudillos se deslizan por mi espalda con suavidad y recorren poco a poco todo mi cuerpo hasta alcanzar su objetivo: la parte superior del muslo. Casi casi sobre la nalga derecha.

—¿Qué haces? —Giro un poco el cuerpo y trato de parecer indignada. No me resulta tarea fácil con esa mano paseándose libremente por… ¡por ahí!

—Nada —responde con expresión inocente—. Comprobando lo del aguijón.

—Vale —acierto a contestar antes de tumbarme de nuevo.

Lo sabía. Sabía que no era una buena idea. Una buena idea es cuando decides dejar de fumar. Te ahorras una pasta y ganas en salud. Una buena idea es cuando le dices a una amiga: «¿Quieres que vayamos al cine y después a picar algo?». Y ella te contesta: «Buena idea». Mi cabeza vuelve a hacer de las suyas. La muy zorra se ha largado y pretende que mi corazón la siga. Reacciono de inmediato ante la inminente deserción en masa de los más rebeldes de mis órganos internos. La llamo al orden. «¿Cómo se te ocurre largarte de esa manera y dejarme a merced del asqueroso? ¿No sabes que no tengo fuerza de voluntad frente a sus caricias? ¿No te importa dejarme sin defensas en un momento crucial en mi vida?». Y mientras él toquetea, yo sigo recriminándome. «¿No te acuerdas de lo que pasó la última vez? ¿Has olvidado lo colgada que estabas y lo mucho que sufriste? ¡Vuelve inmediatamente a tu sitio!», le ordeno.

Ya con la desertora de nuevo en su puesto, giro un poco la cabeza y, de reojo, atisbo un hombro ancho y moreno unido a unos bíceps fuertes y bien formados a los que le siguen un antebrazo velludo capaz de acelerar el corazón de *moi;* al final, una mano preciosa y masculina que reposa con languidez sobre mi cadera.

De repente, doy un brinco que consigue que se me resientan de nuevo las costillas. Me doy la vuelta más rápido que inmediatamente.

—¿Qué ha sido eso? ¿Acabas de besarme el culo? —le pregunto, incrédula.

—Sí —contesta, impertérrito.

Ah, vale. ¿Un beso es normal en estos casos?

«Céntrate, Crisi, céntrate, ¡por Dios!». Su contestación me ha descolocado. Estaba segura de que iba a negarlo. Me parece que he dicho una tontería, pero por un momento no he sabido cómo reaccionar ¿Qué se dice a alguien que acaba de besarte el culo a traición? ¿Que se ha saltado la primera parte? ¿Que dónde se ha dejado eso de «sana, sana, culito de rana»?

—No vuelvas a hacerlo. —Eso ya está mejor—. No me gusta —añado para que quede constancia.

—No te creo —me contradice con ofensiva seguridad.

Sus manos siguen sobre mis caderas. Su cabeza inclinada sobre la mía. Demasiado cerca para mi tranquilidad de espíritu. Y esos ojos, maravillosos y seductores, clavados en los míos, me provocan sensaciones que preferiría no sentir.

—No creo que a Miranda le guste mucho lo que estás haciendo —digo a la defensiva, pero dándole un ligero toque casual.

—Miranda no...

—¿Qué te ha pasado, señorita? —le interrumpe Juanfran.

Ufff. Salvada por la campana.

—¿Con quién te has pegado? —Kiri rodea a Juanfran y se inclina sobre mi cara—. Chica, te han dejado la nariz nueva.

¿De dónde salen estos?

—¿Dónde estabais? —Me incorporo un poco y los miro con curiosidad.

—Montando en moto de agua. El amigo de tu hermano tiene dos motos que son una pasada. Hemos estado haciendo carreras. —Me sonríe feliz.

—Perdona —interrumpe Kris—, Jose y yo hemos corrido, Juanfran y tú no tengo ni idea de lo que habéis hecho. No sé cómo llamar a eso. —Me mira y añade—: He ganado yo. Este —señala a Jose con el pulgar— ha mordido el polvo. No, perdona, no has mordido el polvo —se corrige ante la mirada asesina de Jose—: ¡Has mordido el agua!

Se ríe a carcajadas de su propia broma mientras señala a Jose con un dedo.

—En tus sueños, tío. Todavía tienes que comer mucho para conseguir que yo «muerda el polvo». Te he dado una paliza.

Estos dos son un coñazo. Siempre tienen que estar compitiendo por todo.

—Bueno... y entonces... decidme... —intento parecer interesada—. Si os lo habéis pasado bien, ¿qué importancia tiene quién gane?

Si les hubiese llamado hijos de mala madre no me habrían mirado tan mal.

—Pues a mí me ha parecido que ha estado muy igualado, ¿no? —interviene Juanfran.

—¿Y tú qué sabes? Si lo único que hacías era caerte al agua —replica Jose.

—Juanfran también ha ganado —dice Kiri rodeándolo por los hombros.

—¿A quién? —pregunto, interesada de verdad.

—¡A la medusa! —exclama Kiri entre risas—. Tendrías que haber visto cómo nadaba.

Van mojados, llenos de arena, despeinados y no paran de meterse unos con otros. Me gusta verlos así, atacándose verbalmente sin malos rollos. Son tremendamente infantiles, pero... es a lo que suelen jugar cuando están juntos. Qué se le va a hacer...

Escuchar sus chascarrillos es gracioso, pero después de la bofetada que me he dado estoy cansada. Necesito ir a mi habitación y tomarme el maldito ibuprofeno que, por lo visto, Carlos ha olvidado por completo. Como si acabara de invocarlo con el pensamiento, aparece con la pastilla en la mano.

—Aquí tienes, cariño. —Me la acerca junto con un vaso de agua—. ¿Quieres que te lleve a tu habitación?

Le disculpo la tardanza. No solo me ha traído el remedio, sino que también me ha adivinado el pensamiento.

Intento incorporarme sujetándome el costado. Me siento un poco humillada. No entraba en mis planes pegarme semejante tortazo. Compruebo que las extremidades funcionan correctamente. ¡Bien! Brazos y piernas en perfectas condiciones. Teniendo en cuenta la caída tan aparatosa que he sufrido, no me puedo quejar.

—Tómate una copa de coñac —me aconseja Juanfran—. Es buena para templar los nervios.

—¡No le hace ninguna falta! —resopla John—. Ya tiene los nervios demasiado templados.

—Ha sido por culpa de una avispa —me defiendo con voz débil.

—Ha sido por culpa de la bufa que llevas —me corrige mi hermano, malicioso.

—¡Qué vergüenza, Crisi! Las siete de la tarde y ya borracha. —La burla de Kris es inocente pero, aun sabiéndolo, le contesto con muy malas pulgas.

—Pues espera a ver a tu mujer. —Y ya que estoy en racha, me vuelvo hacia Jose y le espeto—: Y Rosa no se ha quedado atrás. Iban las dos haciendo eses dobles. Deben de estar durmiendo la mona en la playa. Eso, si no se han desnucado al caer por las escaleritas asesinas.

—¿En serio? —No les debe de afectar lo más mínimo mi observación puesto que siguen riendo—. Eres una mala influencia, Crisi, mira que emborrachar a la pobre Rosa tan temprano.

Si supiera que la primera cogorza la pillé con su inocente mujercita a los catorce años y que el primer porro me lo ofreció también ella, se ahorraría los sermones.

—Muy gracioso —refunfuño. Y sacando fuerzas de flaqueza me levanto con la intención de tumbarme un rato en mi cama—. Por si os interesa saberlo, me voy a tumbar un rato —les informo con el ceño fruncido.

Parece ser que no les interesa en absoluto puesto que ya andan todos juntos, en amor y compaña, a mitad de camino de la playa.

—¡Ah!, por cierto, Crisi… —Kiri se gira hacia mí—. Deberías ver una casa preciosa que hay un kilómetro más allá. —Levanta un dedo y señala a nuestra izquierda—. Es preciosa. Vale la pena darse un paseo para verla. Cuando se te curen las costillas, claro.

Antes de que me dé tiempo a empezar a despotricar, John se coloca a mi lado y me sujeta por la cintura. Excitante, muy excitante.

—Te acompaño. Me gustaría hablar contigo.

—¿De qué? —pregunto una octava más alta de lo normal. ¡Mierda!—. ¿De qué quieres hablar? —le pregunto, modulando mi voz para que parezca que estoy supertranquila.

—En tu habitación. Es privado —es su escueta respuesta. Sonríe, pero con la típica sonrisa que solo abarca la boca y no se refleja en los ojos.

Me quedo callada y lo miro durante un largo e incómodo silencio. Al final asiento con la cabeza. A regañadientes, empiezo a subir la escalera. Estoy aturdida. ¿De qué quiere que hablemos? O mejor aún, ¿de qué tiene que hablarme después de tantos años? Nada más entrar en la habitación me dejo caer en una butaca situada junto a la ventana. Lo miro con cautela. Tengo las manos sudadas. ¿Tendrá esto algo que ver con lo que ha ocurrido en la terraza? ¡Por Dios!, solo ha sido una caricia y un ligero beso en el culo. Ni siquiera ha sido un calentón en condiciones. No pretenderá quejarse y parlotear absurdeces sobre lo que se debe o no hacer, ¿verdad? Tendría que aplicarse el cuento antes que nadie. A menos que... La cabeza me da vueltas sin parar. ¿Por qué no dice nada? ¿Esto es una nueva forma de tortura japonesa? Los orientales son expertos torturadores. Lo sé de buena tinta. Todo el que haya visto la película *El cazador* lo sabe. Y John pasa mucho tiempo en Japón... Seguro que se las conoce todas (las torturas).

Me palpita la cabeza, la nariz y tengo un nudo en el estómago. Permanece plantado a dos palmos delante de mí, sin mudar la expresión ni abrir la boca. Mejor así. Para que diga cualquier gilipollez tipo: «¿Cómo se te ocurre pillar una cogorza a las... —¿qué hora es?—, a estas horas?», o «No se te puede llevar a ningún lado, siempre tienes que dar la nota», o «¿Cuántas veces tengo que decirte que tú no puedes beber?», mejor que no diga nada. Creo que voy a vomitarle encima. Cuando estoy a punto de levantarme y ponerme a dar vueltas, como un pobre animal enjaulado, para no hacer el ridículo de vomitarle sobre los pies y de paso quemar adrenalina por un tubo...

—Crisi, quiero que me perdones —dice de sopetón.

Aprieto con fuerza los reposabrazos. ¡Hasta aquí hemos llegado! No estoy dispuesta a escuchar ni una grosería más por su parte. ¿Qué? ¿Qué ha dicho? ¿Ha hablado en cristiano? Creo haber entendido que ha pedido disculpas. ¿A mí?

—Únicamente ha sido una caricia. No tiene importancia —digo atropelladamente—. Si lo que te preocupa es que se lo diga a Miranda, no lo voy a hacer —me apresuro a añadir.

—Pero ¿de qué hablas? —pregunta, asombrado.

—De la caricia.

¿Es que no hablamos el mismo idioma?

—Crisi… —Se acuclilla junto al sillón y me coge una mano, que yo, muy fina, le aparto de un guantazo—. Vale, como quieras —asiente con aire sombrío—. Tienes toda la razón. —¿Ah, sí? Se endereza y me mira muy serio—. Quería hablarte de lo que ocurrió entre nosotros aquella noche. Te debo una sincera disculpa. Ya sé que todo lo que pueda decir a estas alturas es insuficiente, pero espero que me escuches y no me interrumpas hasta que termine. —Al ver que efectivamente no le interrumpo, más que nada porque acabo de perder el habla, continúa nervioso—: Yo, yo no… —titubea (vaya, se ha quedado sin palabras. Es la primera vez que veo que John no sabe qué decir. Bienvenido al club)—. Está bien, lo diré lo más rápido que pueda. Es lo mejor. —Me da la impresión de que habla más consigo mismo que conmigo. Empieza a caminar por la habitación de un lado a otro mesándose el pelo y echándome algún que otro vistazo rápido—. Siempre me has gustado, Crisi. —Su tono es desafiante—. Cuando cumpliste los doce años ya sabía que ibas a romper muchos corazones. —Arquitecto será muy bueno, pero desde luego como adivino no sacaría ni para un café—. Eras la niña más guapa y más cariñosa de toda la playa.

—¿Qué? —¿Está hablando en serio?—. ¡Claro que no! —exclamo, estupefacta.

—Por favor, Crisi —me reprende desde su posición junto a la puerta—. No me interrumpas y no me lleves la contraria. Esto ya es bastante incómodo. Lo digo en serio. —Se calla y sus labios se fruncen en una mueca pensativa—. Te tenía muchísimo cariño. Eras como una hermana pequeña para mí.

Hay algo muy desconcertante en el modo en el que se comporta. La desconfiada que llevo en mi interior se pone en alerta.

Sin perderlo de vista, veo que respira hondo y sigue dando paseos. Puerta..., ventana..., rodea el sillón..., puerta..., ventana..., rodea el sillón. ¡O para o lo paro poniéndole la zancadilla! Me estoy terminando de marear con tanta vuelta sin sentido.

—No sé exactamente cuándo empecé a mirarte con otros ojos. A sentirme atraído por ti. Eras preciosa.

Si me pinchan no sangro. ¿Yo era atractiva? ¿Estaba loco por mí? Alucinante. Bueno, no ha dicho exactamente eso, pero de «atraído» a «loco por ti» solo va un paso sin importancia.

No va para adivino, pero como abogado defensor sería un crack.

Me ha gustado escucharle decir que yo era atractiva. Bueno, para ser precisos ha dicho «preciosa». Pero ser preciosa es mucho mejor que ser atractiva. A ver cómo lo explico. Atractiva puede ser una fea que se sepa arreglar bien. Sacar partido, que diría mi madre. Preciosa, es simplemente preciosa. Da igual cómo te vistas o cómo te peines. Eres preciosa. La única duda que me asalta es: entonces, ¿por qué no me comía ni un rosco? Aunque no le creo, le agradezco que me viera con esos ojos. A esa edad, una tiene sus prioridades. La primera es tener más pecho. La segunda, gustar a los chicos. Y la tercera, sacar buenas notas para que tu padre no te castigue y así poder salir por ahí para poder gustarle a los chicos.

Mientras escucho sus múltiples y atolondradas explicaciones, junto las manos en mi regazo y asiento de vez en cuando con las cejas levantadas, en sospechosa similitud con un cura en el confesionario. Tengo que reprimirme con todas mis fuerzas para no darle unos golpecitos consoladores en lo alto de su atractiva cabeza o de sus bien formados hombros, tanto da, no tengo preferencias. Está tan serio, tan guapo y tan compungido, que prácticamente tendría que ser una bruja para no perdonarle hasta las deudas que pudiera tener por ahí.

Vagando entre mis desperdigados pensamientos, y haciendo honor al déficit de atención que me caracteriza, he perdido un poco el hilo del monólogo. Aunque la culpa es suya, si se estuviera quieto un ratito no me marearía tanto. Estoy por hacerle un favor y darle una patada en la espinilla.

—Pensar que cualquier imbécil... podía acercarse a ti, besarte y hasta incluso llegar a tocarte, me ponía enfermo y furioso. —Camina con decisión y se sitúa a mi lado. Me sujeta la barbilla con cariño y me mira fijamente a los ojos—. ¿Estás bien? ¿Te estoy agobiando? —me pregunta con su mejor gesto de preocupación.

Si no tengo en cuenta que está a punto de darme un jamacuco, sí, estoy más que bien.

Para demostrarle que no miento, le dedico una sonrisa de esas que van de oreja a oreja.

Parece aliviado por mi reacción.

—Estupendo. Entonces sigo —afirma con gesto serio. Le hago un gesto de aquiescencia. Estoy muy metida en mi papel—. Esa noche... —carraspea—. Esa noche yo estaba un poco nervioso. —Las cejas ya se me han acostumbrado a subir y bajar con voluntad propia. ¿Nervioso? John siempre era como un témpano de hielo. No le vi nervioso jamás. Borracho, sí; nervioso, no. Ligón, sí; nervioso, no. Pendenciero, sí; nervioso, no. Podría seguir así un buen rato. Carraspea de nuevo—. Solo quería sentarme contigo un rato. Simplemente... estar a tu lado, ¿sabes? Estaba convencido de que era demasiado mayor para ti. Al principio no supe cómo comportarme ni qué decirte. Pensé, pensé y pensé. Lo único que me venía a la cabeza era si te gustaba algún chico. Te había visto con algún que otro amigo de Carlos y no sabía cómo preguntártelo. Cuando por fin lo hice, tú... —Empieza a pasear de nuevo—. Tú me contestaste que había uno que te miraba la boca y el pecho. —¡Ay, sí! Eso lo tengo grabado en la memoria. ¡Qué bochorno!—.

Y yo, bueno... —Se lleva una mano al pecho y se rasca nervioso—. Fue como un jarro de agua fría.

La tipa esa de la Biblia que se volvió y se convirtió en estatua de sal..., nada, nada comparada conmigo. Pero ¿qué dice este insensato? ¿Que yo le eché un jarro de agua fría? Estoy tan impresionada que no solo me he quedado de piedra, también me he quedado muda para todo el día de hoy y parte de mañana. Lo miro descompuesta y veo que se acerca a la ventana, los músculos de la espalda en tensión. Lanzo un suspiro de admiración.

—Después, cuando me pediste la cerveza y te la di...

—¿Qué? —chillo, una vez recuperadas las cuerdas vocales de golpe—. ¿Me bebí una cerveza?

—En realidad fueron tres cervezas y dos chupitos de orujo —me corrige, sin volverse—. Y... cuando me miraste con esa caída de ojos tan sensual... Yo, yo... ya no pude pensar con claridad. —Carraspea otra vez—. Pensar que otro te miraba de esa manera me volvía loco de celos. Y después, cuando me acariciaste la pierna, bueno, me excitaste muchísimo y mi autocontrol se fue al garete. Lo siento.

¿Me bebí tres cervezas y dos lingotazos de orujo? ¿En serio? ¿De ahí viene mi afición por dicho licor? ¿Mi caída de ojos fue en verdad sensual? ¿Le acaricié la pierna y no me acuerdo? Eso sí que tiene delito. Y lo más importante de todo: ¿se excitó con mi caricia? ¿Y yo me lo perdí todo?

Lo que sí recuerdo claramente es que a la mañana siguiente yo estaba de muy mal humor y Carlos se me acercó y me dijo: «Vaya cara llevas, hija. Si no sabes beber, no lo hagas». A lo que yo contesté, muy ofendida: «¿Por qué no te vas a la mierda un rato?».

—¿Y por qué dejaste de venir por casa? —pregunto, un poco temerosa de la respuesta.

—Estaba avergonzado. —Se gira lentamente y clava sus ojos en la pared de enfrente.

—¿Y por qué empezaste a decir tacos cuando terminamos de hacer... eso?

Ya no me acordaba de ese detalle tan importante. Precisamente por eso he sufrido pesadillas.

—Por un momento me sentí como un canalla. —Baja tanto la voz que casi no puedo oírlo—. Me sentí como si... Bueno, como si me hubiera aprovechado de mi hermana. Y cuando fui a disculparme..., tú ya te habías marchado.

—Tú no tienes hermanas.

—Eso ya lo sé —contesta, con esa sonrisita de medio lado que me vuelve tarumba.

—¿Y por qué no me hablaste cuando nos cruzamos por primera vez después de..., de..., ya sabes?

—Fuiste tú quien salió corriendo en dirección contraria.

¿De verdad hice eso? No apostaría mi vida pero... Retrocedo en el tiempo y me sitúo en la calle de El Calamar Borracho. Pantalones cortos color chocolate, camiseta blanca y chanclas. Ojos hinchados, que procuraba tapar con unas gafas de sol enormes, y pelo recogido en una coleta. ¡Mierda! Creo que sí. Tenía tanto miedo a que me rechazara que no quise darle la ocasión de hacerlo. Cuando lo vi caminando hacia mí, antes de llegar a su altura, me metí en los jardines de unos apartamentos y me escondí tras un seto de cipreses. Levanto la mirada desde el cómodo sillón y lo observo con detenimiento. Sigue de pie, a unos dos metros de distancia, y me mira cargado de ansiedad.

Es entonces cuando comprendo, con verdadero asombro, que he estado haciendo el canelo todos estos años. Odiando a una persona que no se lo merece. Es más que evidente que fui tan responsable como él de lo ocurrido. No solo de que mantuviéramos relaciones sexuales, también de nuestra posterior separación. Lo único que nos diferencia es el pequeño detalle de que él no se ha dedicado a ponerme verde durante todo este tiempo.

—Por favor, Crisita —añade con cariño—. Siempre hemos sido amigos. Sabes que siempre te he querido —insiste, ante mi inusual mutismo.

¿Y ahora qué digo? John es «el asqueroso», y el muy asqueroso acaba de romper todos mis esquemas establecidos. No puede comportarse como un caballero andante. No es justo. Debería ser ilegal. En mis fantasías más fantásticas imaginaba este momento: John se disculpaba, repleto de remordimientos, y yo le mandaba a tomar el fresco cargada de razón y satisfacción al verlo derrotado ante mí. Suspiro con fuerza. Si él ha podido dar semejante paso, yo no voy a ser menos.

—Estás perdonado —musito, consciente de la sospechosa similitud entre mi reacción y la de una anciana a la que acaban de pisar un pie y que al disculparse el infractor, la anciana señora le contesta automáticamente y con educación que no pasa nada, que no sufra, porque ella no sabe ni sabrá nunca lo que es un ojo de pollo, aunque por dentro esté acordándose de todos los antepasados del torpe en cuestión—. Con una condición —exijo, sonriendo con cierta amargura al darme cuenta de mi error de todo este tiempo—. Que tú también me perdones.

—¿Ya está? Así de fácil. —Su cara refleja incredulidad y alegría—. Nada de... «John, eres un capullo», «John, no quiero verte por mi casa», «John, tu cara me asquea» y todas esas cosas tan bonitas que has ido proclamando por todas partes estos años. ¿Volvemos a ser amigos?

Mientras se acerca y me abraza, contento, lo único que puedo pensar es: «¡Mierda!, cuando coja a Carlos lo mato».

Eso no es del todo cierto, también pienso en lo bien que huele.

Durante unos segundos permanezco callada. Este ser, perfecto a mis ojos, posee esa irritante facultad. La de dejarme sin habla, quiero decir. Carraspeo.

—Pues sí —le digo, intentando transmitir una sensación de calma que no siento ni por asomo—. Yo, ¡ejem!, ¡ejem! —Vuelvo a aclararme la garganta—. Yo también era muy joven y, y... creo que no me tomé muy bien tu... Bueno, lo que erróneamente consideré en su día como un rechazo. A partir de ahora solo diré cosas buenas de ti. Siempre y cuando tenga cosas buenas que decir, claro.

Hay que dejar el asunto bien clarito. Poner todos los puntos sobre las íes. Seguramente la cagará y yo me veré obligada a perdonarle de nuevo. Eso es lo que hacen los amigos, ¿no?

—Hecho —acepta con una sonrisa mientras se incorpora y compruebo, con tristeza, que ya echo de menos sus abrazos—. La verdadera amistad se basa en la confianza —dice estirando los brazos y cruzando los dedos tras la nuca, intentando aliviar la tensión acumulada—. Si algo te molesta debes ser franca conmigo y decírmelo, y si...

—Hay algo que me molesta —le interrumpo. Bueno, si vamos a ser sinceros y francos... Hace un gesto afirmativo y me mira con atención—. No me gusta Miranda. No me cae demasiado bien. —Ya está, ya lo he dicho—. Si dices en serio lo de volver a ser amigos no intentes forzar una relación entre nosotras, porque no va a colar. De hecho, no la soporto. Procuraré ser amable con ella —casi me atraganto con esa afirmación—, pero no esperes nada más. ¿Te parece bien? Cuanto más lejos se mantenga Morticia de mí, mejor.

—¿Morticia?

—¿Qué Morticia?

—¿Has llamado a Miranda «Morticia»? —Sonríe, divertido.

—No. Para nada. Yo no hago esas cosas. Ponerle motes a la gente, ¿sabes? No es de buena educación —protesto fingiéndome ofendida—. No me han educado así.

Qué poco ha durado la franqueza. Si la confianza va a salir igual de rana, mejor que ni aparezca.

—Perfecto, entonces te he entendido mal y tú no pones motes a la gente. Se lo diré a «los bobos» cuando me los encuentre.

Me dirige una sonrisa maravillosa y, dando media vuelta, camina con lentitud hacia el pasillo. ¡Qué guapo! Qué guapo está con la camiseta blanca, el bañador negro y descalzo. Suspiro resignada. Qué lástima que no pueda ser para mí. Sí, una verdadera lástima. Ay, belleza desaprovechada.

—¿Oye, John? ¿De verdad estabas loco por mí? —No puedo evitar preguntar antes de que desaparezca por la puerta.

—Hasta las trancas. —Suelta una carcajada ronca y profunda, que me hace anhelar imposibles, y levanta una mano en señal de adiós.

Bueno..., no está mal. Trece años de odio eterno se han borrado de un plumazo con una simple charla. Una de las consecuencias de volver a ser amigos es que debo cambiar de registro. Nada de insultos. Nada de sarcasmos hirientes. Nada de insolencias. No sé qué pensar ante semejante perspectiva. No estoy acostumbrada a ser amable con John. Me hago el firme propósito de enmienda de ser amable con él, por siempre jamás, en compensación por el trato tan injusto que le he dispensado durante los últimos trece largos años. Compruebo, sorprendida, que el peso de mil setecientas toneladas que acarreaba sobre la espalda ha desaparecido. La verdad es que me siento bien, feliz, casi casi liviana.

Son las nueve y media de la noche y me observo en el espejo, intentando reparar lo irreparable. Me he duchado, lavado y secado el pelo. Eso ha sido fácil. Llevo puesto un vestidito blanco cómodo y favorecedor, que insinúa más que enseña y, además, al ser holgado no me oprime las costillas. El contraste entre el blanco del tejido y el tono dorado de mi piel me gusta.

Bueno, ahora queda lo más espinoso: decidir qué hago con el proyecto de berenjena que tengo por nariz. Luce amoratada por los lados y un corte fino la cruza de lado a lado. No está tan mal, me consuelo, el corte parece hecho a propósito para rellenar la berenjena. Decido que lo mejor es usar una buena capa de maquillaje. No me considero una experta maquilladora, todo lo contrario, no he usado maquillaje en mi vida, aunque comprarlo lo compro; nunca se sabe cuándo va una a partirse la nariz. Procedo con eficacia y precaución. Me examino de nuevo ante el espejo con incredulidad. ¡Ay, por el amor de Dios! Ahora parece una berenjena disfrazada de patata. Vale, no me queda más remedio que lidiar con las consecuencias de mi caída etílica. Me lavo la cara a conciencia y me aplico un poco de brillo en los labios. Vaya, me sorprendo. Estoy mona. El tono amoratado que se expande desde la nariz hasta debajo de los ojos y el corte que la atraviesa me da un toque de *femme fatal* muy atractivo (sí, he dicho atractivo, no precioso). Una vez convencida de semejante disparate, me dirijo, feliz como una perdiz, a reunirme con los demás.

CAPÍTULO 9

Domingo, 21 de agosto
Hora de tomar una decisión

Entre apreturas y empujones nos embutimos como podemos en el Land Rover. Jose va conduciendo y el espabilado de Kris ha pillado el asiento del pasajero. Hace un calor que torra, pero nos apiñamos en los asientos laterales unos encima de otros, como en el camarote de los hermanos Marx. Yo voy sentada sobre las rodillas de Juanfran. Rosa va sobre mi hermano; no me atrevo a mirar dónde va sentada Miranda. No estaría bien visto cometer un crimen en horas tan tempraneras y con el estómago vacío. También me costaría explicar ante la policía cómo dos adultos, sin aparente estado de embriaguez, han salido disparados por la ventanilla.

Según me han contado, vamos a un restaurante tipo Casa de campo-Comida casera-Después de cenar no podrá dar un paso.

—Jose, ¿falta mucho? —Si tardamos mucho más voy a tener que bajar del coche. Con tanto bote las costillas me están matando.

—Ya hemos llegado —anuncia, al tiempo que aparca debajo de un árbol y tira del freno de mano.

Desciendo del Land Rover sujetándome las resentidas costillas. Al levantar la mirada, la rusticidad del restaurante llama mi atención.

—Vaya. Esto sí es *typical, typical spanish* —exclamo con sorpresa.

La verdad es que no esperaba encontrarme algo tan rústico. De hecho, es casi demasiado representativo para mi gusto. Las paredes y el techo están a rebosar de ristras de ajos, chorizos, jamones y fotos de toreros y gitanas. Es mucho más típico de lo que creía. Estoy anonadada, desde que era una niña no entraba en un restaurante de este tipo. Curioseando alrededor, cruzamos el enorme comedor y nos sentamos en una gran mesa cuadrada de madera maciza.

Mientras veníamos hacia aquí he llegado a una sólida conclusión: que John y yo volvamos a ser amigos conlleva una gran responsabilidad. O sea, que es absolutamente prioritario para mí intentar todo lo imaginable, y algunas cosas inimaginables, para verle feliz. No es que piense que donde hubo llamas quedan los rescoldos o algo así, no, eso sería imposible lo mire por donde lo mire. Y ya que estoy en plan mirón…, miro de reojo a John. Se ha sentado junto a Miranda. Cómo no. Me acomodo lo más cerca que puedo de ellos, respetando las cabeceras, que ya sabemos todos por tácito acuerdo a quién pertenecen (a Jose y a Carlos). Cojo a Juanfran de un brazo y de un tirón lo siento a mi lado.

—¡Ay!

—No seas quejica y siéntate aquí. —Le doy un palmetazo en la nuca.

—Con que lo pidieras sobraba, ¿sabes? —me reprocha frotándose el cuello.

—Eso he hecho, ¿no? No quiero que se entere nadie de lo que voy a decirte —le susurro.

Levanta la vista, resignado, hacia los jamones y no dice nada más. Juanfran es un chico todoterreno. Me hace reír. Si le digo que haga algo lo hace sin hacer preguntas y ahora mismo lo necesito como pareja postiza. Es el único hombre disponible que tengo a mano. No es que mi intención sea poner celoso a cierto moreno, no, eso sería del todo mezquino. Lo que pretendo es incomodarlos con mi presencia. Escuchar su conversación y hacer algún que otro comentario mordaz e inteligente. Con esta actitud quiero demostrar algunas cosas, todavía no sé cuáles, pero ya lo averiguaré durante la cena.

No debería meterme en medio de una relación de pareja y no lo voy a hacer. Después de debatir conmigo misma durante aproximadamente tres segundos, he llegado a la conclusión de que esto lo hago, exclusivamente, por ayudar a un amigo. Un buen amigo que confía en mí. Es mi deber impedir que siga cavando su propia tumba; que es precisamente lo que está haciendo relacionándose con una persona como Miranda. Estoy plenamente convencida de que estropeándole el rollo le hago un inmenso favor. Es por una buena causa: la felicidad. Para ser sincera, no tengo muy claro si la de él o la mía. En el amor y en la guerra toda guarrería es buena.

Cojo una aceituna gazpacha y me la echo a la boca distraídamente mientras analizo con detenimiento la estrategia a seguir.

—¿Te parece bien, Crisi?

—¿Eh?

—Que si te parece bien lo que hemos pedido —repite Kiri.

—Sí, perfecto; a mí me gusta todo menos algunas cosas.

Las voces de los demás me vuelven a sonar lejanas mientras como una aceituna tras otra.

—Mira y aprende. —Juanfran me da un codazo y hace un gesto discreto con la cabeza.

Sigo con la mirada la dirección en que apunta su pelambrera y la respiración se me corta de golpe, provocando que el hueso de la aceituna que me estoy trasegando casi me parta una muela. Miranda está pegada a John como un herpes zóster. Tiene las manos metidas por debajo de la camiseta y le restriega las tetas por el brazo mientras le besuquea la oreja sin cortarse ni un pelo.

Mi frágil sensación de bienestar da un tropezón y cae al vacío. ¡Será lagarta! Y ¿cómo se atreve John a comportarse de esa manera? ¡Acabamos de hacer las paces! Me estremezco de indignación. ¡Esas cosas no se hacen delante de una amiga! (Esta es una nueva norma que acabo de inventarme). ¡No es correcto ni cortés!

—Hacen buena pareja, ¿verdad? —me pregunta Juanfran en voz baja.

—¡Qué va! ¿Es que no ves cómo sufre? —le contradigo mientras cojo otra aceituna a ciegas y me la echo distraídamente a la boca.

Miranda ha descendido en su exploración y ahora está practicándole una autopsia en el cuello. Noto con horror que uno de mis ojos empieza a guiñar sin control. Giro la cara hacia un lado procurando ocultar el delator parpadeo. El camarero que tengo enfrente me devuelve el guiño con una sonrisa y hace el gesto de rotar un dedo. Le devuelvo la sonrisa, avergonzada, mientras me froto el ojo como si estuviera invocando al genio de la lámpara. Al volver la cabeza de nuevo, me fijo en que John parece más interesado en la conversación que mantiene Jose sobre los visigodos que en la vivisección a la que está siendo sometido.

Eso me anima.

—Yo no veo que sufra mucho —dice Juanfran, titubeante—. Mira la cara que ponen los tíos de las otras mesas.

—A ti el divorcio te ha hecho perder el contacto con la realidad. Confundes miradas de lástima con miradas de envidia. Vas a ayudarme —le exijo—. Bueno, vamos a ayudar a John —me corrijo. Alargo la mano y pillo otra aceituna. La dejo en el plato. No conviene correr riesgos innecesarios en momentos tan delicados—. Vamos a sacarle de ese pozo de desgracia y desesperación en el que ha caído.

—No sé... —duda, cogiendo una aceituna—. A mí no me parece que esté muy desesperado.

Al oír estas palabras, tan faltas de veracidad, doy un respingo de horror.

—¡A ti no tiene que parecerte nada! —¡Dios mío!, Juanfran es un desastre—. Cuéntame algo gracioso —le apremio con firmeza.

—Crisi —dice mirándome a la nariz—, no me metas en berenjenales.

El muy idiota se ríe.

—¿Preferirías que te dejase solo, a tu suerte..., con el soliloquio que mantiene Jose sobre los visigodos? —le amenazo, ceñuda.

Tal y como esperaba, la advertencia ha surtido efecto. Pone cara de susto y acepta mi propuesta sin rechistar.

—¿Qué quieres que haga?

—¡Y yo qué sé! Tú eres el hombre, ¿no? Tócame. Insinúate. Méteme mano con disimulo. No tanto como para que los de enfrente no se enteren, pero tampoco te pases, no queremos que esto parezca un calentón barato. ¿Entiendes lo que te quiero decir?

Me mira con desconcierto y algo de recelo.

—Vale, pero los demás se van a dar cuenta.

—¿Quién?, los de la derecha con los visigodos, o los de la izquierda con las múltiples formas de morir rápidamente y sin sentido que tanto le interesan a Kiri.

Con disimulo, echa un vistazo a derecha e izquierda para comprobar que no miento y, a continuación, se vuelve hacia mí y sonríe con complicidad. ¡Este es mi chico! Sabía que podía contar con él. Se acerca a mí lentamente y, con disimulo, me pasa un brazo por los hombros. Espero. Nada. ¿Ya está? ¿Eso es todo lo que piensa hacer? ¿Hasta ahí llegan sus artes de seducción? Lo miro por el rabillo del ojo y levanto las cejas hasta el infinito. Envalentonado, o acobardado por el chorreo que le caerá cuando lo pille a solas, posa su boca en mi cuello y me da un besito de abuelo cariñoso.

—Esto es muy raro, Crisi —me susurra en la oreja—. ¿Voy bien?

¿Qué puedo decirle? Si sus besos son tan insulsos no entiendo qué le ven las mujeres, la verdad. Sigue con la boca debajo de mi oreja, esperando pacientemente una contestación que no llega. Cuando creo que ya ha pasado un tiempo razonable, le doy un pellizco en la pierna y lo aparto. Dudo que vaya a esforzarse mucho más.

—¿Es necesario que me maltrates? —se queja, el muy quejica.

Me muerdo el labio con remordimiento, pero solo hasta que me doy cuenta de que John nos está observando fijamente, con el ceño ligeramente fruncido, antes de separarse con disimulo de Miranda.

Bien. Ya me siento mucho mejor.

Con la Tierra girando de nuevo sobre su eje vuelvo a dedicar toda mi atención a las aceitunas gazpachas.

Entre platitos de jamón, ensaladillas, *pescaíto* frito y calamares a la romana, montaditos y cervecitas frías, seguimos charlando animadamente. Miro a mis amigos y respiro hondo. Me embarga una felicidad inusitada. Haber recuperado la amistad de John es uno de los motivos. El estar todos juntos, de nuevo, también aporta su granito de arena. Mientras murmuro en silencio unas cuantas palabras de agradecimiento, la voz de Jose me saca de mi estado de ensimismamiento.

Presto atención, y me doy cuenta de que este tema parece más interesante que el de los visigodos. Aguzo el oído y la vista, y escucho y veo todo lo que me permite el uso de una oreja y un ojo, ya que los otros los tengo ocupados en misión de vigilancia.

—La evolución no es cosa de un día —oigo que dice—. Son necesarios miles, millones de años, para apreciar un cambio significativo en el desarrollo de las cosas o de los organismos en su marcha imparable hacia formas superiores de vida.

—¡Oye! —llamo su atención levantando un brazo—. ¿Podrías hablar en español?

—¿Y en qué estoy hablando?

—No sé, ¿en redicho?

—Eso que dices es una... ¡falacia! ¡Una tontería de falacia! —nos interrumpe Miranda con pedantería (no creo que sepa ni lo que significa esa palabra)—. Un ejemplo claro de evolución es que las mujeres, hasta hace unos años, tenían hijos a la edad de veinticinco años. En la actualidad... —continúa con su disertación como una catedrática cutre, mientras come almejas a la marinera como si fuesen el último alimento sobre la faz de la Tierra—, podemos tener hijos a los cuarenta. Hijos sanos. Con partos felices. —¿Partos felices?—. Eso significa, como hasta incluso tú podrás apreciar —cabeza de chorlito—, que el cuerpo de la mujer ha evolucionado en los últimos quince años.

¡Hala!, acaba de soltar semejante perla de sabiduría y se ha quedado tan ancha.

—Eso no es evolución —interviene Rosa, contenta de poder corregir a Miranda—. Estás completamente equivocada. Eso... —dice, inclinando el cuerpo sobre la mesa—, ¡es tecnología! —afirma con gesto triunfal—. Disponemos de una avanzada tecnología que nos permite visualizar el desarrollo de un embarazo de principio a fin, ¿sabes?

—Existen las ecografías, la monitorización, las cesáreas programadas. —Jose ha tomado el relevo—. Confirmamos, por medio de una simple prueba, si existe alguna anomalía en el cromosoma 21 que, como bien sabrás, es el responsable del síndrome de Down.

¡Ay!, qué gracioso. Esta qué va a saber nada. Solo hay que ver la cara de sospecha que se le ha puesto.

—¡Huy, qué barbaridades dices! —Se tapa la boca con una mano, escandalizada—. ¿Me estás tomando el pelo, verdad? ¿No hablarás en serio?

—Jose y Rosa tienen razón —interviene Carlos desde la otra punta de la mesa—. El cuerpo de la mujer no ha evolucionado en quince o veinte años. Es imposible. Por algo se le llama embarazo de riesgo cuando pasas de los cuarenta.

Eso también lo iba a decir yo.

—Tener un hijo a los veinticinco, cuando el cuerpo es joven y sano, no debe suponer ningún problema. Pero a los cuarenta y dos... es otra historia. —Kiri también aporta su granito de arena en nuestro infructuoso intento por convencer a Morticia de que su teoría sobre la evolución es el mayor disparate que hemos oído jamás.

—Parece mentira —dice Miranda sin convencerse— que vosotros, que vais de inteligentes por la vida, digáis semejantes disparates. —¡Huy, huy, huy!, se está rifando algo gordo y Miranda tiene todas las papeletas...—. Hasta el más tonto sabe que la evolución es imparable. ¡Imparable! Las mujeres nos hemos subido al carro antes que otras «especias» y nuestro cuerpo envejece muchísimo más tarde. En los últimos veinte años —insiste con cabezonería—, hemos evolucionado. Solo tenéis que ver que antes una mujer de cincuenta años era una anciana y ahora, mirad, están agiles y no tienen casi arrugas. —Nos lanza una mirada desafiante.

Parpadeamos, incrédulos. ¡Qué exaltación, Dios mío! Y qué simpleza de pensamiento.

Me tengo que morder la lengua para no echarme a reír ante tanta insensatez. A «la más inteligente de la clase» no se le ocurre pensar, ni por un momento, en los gimnasios, los tintes para el pelo, las cremas faciales y corporales y la ropa informal que utilizan con asiduidad las mujeres de esa edad.

—¿Qué edad tienes, Miranda? —se interesa Carlos.

—Veintitrés. ¿Por qué?

—No, por nada, solo es curiosidad.

—Me dejas impresionada, Miranda —le digo al fin, sonriendo—. Y todo eso sobre la teoría de la evolución lo has aprendido en… —la animo a que conteste.

—No hace falta estudiar nada. Basta con aplicar el sentido común. —Ya te digo yo que esta petarda no lo aplica muy a menudo. En cierto modo es refrescante encontrar un ser tan simple. Ganas me dan de decir: ¡Que levanten la mano los que piensen como yo!—. Pero te diré —ay, Señor, qué va a soltar ahora por esa boquita— que estoy en primero de psicología.

La cara de Jose no tiene desperdicio. No me gustaría estar en el lugar de la psicóloga. Le va a soltar una fresca que va a hacer estragos en la autoestima de la pobre chica. Casi casi me da pena. Como no puedo imaginarme cuál será la reacción de John en el momento en que Jose suelte la bomba y le cante las cuarenta a la redicha, y tampoco sé si se sentirá en el deber de tener que intervenir en defensa de su amada…, lo que probablemente ocasionaría un serio altercado entre dos de mis chicos preferidos, le lanzo a Jose una mirada de advertencia para que dé la conversación por terminada.

Debe de estar enfermo, porque me hace caso.

—Tienes toda la razón, bonita. No entiendo cómo podemos estar tan equivocados. Disculpa nuestra ignorancia. —El sarcasmo rezuma por todos los poros de mi cuerpo—. No estamos acostumbrados a tratar con mentes superiores.

—No pasa nada —contesta, magnánima—. Todo el mundo puede equivocarse.

Y tú, más que nadie.

Se oyen algunas risitas disimuladas y algún que otro resoplido. Tal vez debería explicarle lo del sarcasmo; parece que también anda un poco verde en esa materia. ¿Lo hago? Este es tan buen momento como cualquier otro. Siento curiosidad por comprobar su reacción. Aunque, tal vez..., proceda de un mundo muy, muy lejano, donde no conocen el sarcasmo y la ironía. Seguro que es de la Conchinchina, continúo cavilando. O de Tayikistán, o del Congo Belga. Misterio resuelto. Pobrecita, qué vida tan poco emocionante.

—Bueno, chicos, dejad ya la discusión y escuchadme. —Kiri mira al grupito—. Tengo algo organizado para esta misma noche. Vamos a ir a las fiestas de un pueblo.

—Qué *efisiensia.* —Laura lo mira sorprendida.

Laura conoció a Kiri hace poco. Todavía no sabe que es el hombre multifunción. Lo mismo te recita la guía telefónica de memoria que te da una clase magistral sobre los distintos tipos de mercadillos medievales, haciéndote un resumen rápido y eficiente de la variedad de productos que puedes encontrar en ellos mientras se dedica a mandar un mensaje a su mujer por wasap.

Abandonamos el local con, efectivamente, la tripa demasiado llena. Mientras caminamos hacia el coche me coloco al lado de Miranda.

—Miranda —llamo su atención—. Y... de dónde vienes tú... ¿Tayikistán..., no?

—Crisi. —John me coge de un brazo y me aparta a un lado—. Tú te sientas conmigo.

—Ah.

Sin ninguna explicación por su parte, nos dirigimos al coche, abre el portón y, sujetándome todavía por el brazo, me ayuda a subir y me sienta en sus rodillas. Levanto las cejas y pongo cara de inocente.

—¡Ya está bien! ¡No seas tan borde! —me reprende en voz baja.

Lo miro con el ceño fruncido.

—Si va de marisabidilla por la vida, por lo menos que tenga motivos para ello —susurro—. Me lo ha puesto a huevo. ¿La evolución, John? ¿Veinte años?

—Sí, ha tenido gracia, ¿verdad? —Aunque pongo bastante en duda la veracidad de esas palabras, me inclino por no decir nada—. Tiene unas salidas...

Menudo ojo clínico. El Señor se lo conserve.

Por el rabillo del ojo veo a Juanfran darse una palmada en el muslo, gesto inequívoco dirigido a Miranda. Ella niega con la cabeza y se sienta sobre las rodillas de Carlos.

Me ofendo en nombre de Juanfran. ¿Qué se cree la tonta esta, que le va a sacar un ojo con la melena? ¿Que va a sobrepasarse? Juanfran es demasiado bueno para ella. Me acerco y pongo la boca sobre la oreja de John. En el momento en que lo hago, su brazo se tensa alrededor de mis costillas.

—Cuidado —gimo—. Me duelen un montón.

—Perdón, perdón —se excusa mientras afloja el abrazo.

Con la boca pegada a su oreja, inhalo lo poco que mi maltrecha nariz me deja. Qué bien huele el condenado.

—No solo es tonta —digo pegándome con disimulo un poquito más a él—, también es maliciosa. Mira. —Giro la vista lo más que puedo hacia atrás sin romperme el cuello—. No ha querido sentarse con Juanfran, que es buenísimo, el pobrecito.

Kris y Laura intervienen ofendidos.

—Crisi tiene *rasón*. Me contó que insultó a su gata y la llamó tiñosa.

—No entiendo por qué tiene que decir esas cosas. Aunque fuera cierto, que no lo es, ¿qué culpa tendría el animalito de estar enfermo? —Kris parece enfadado.

Esta pareja tan dispar es amante de los animales. Tienen seis, y si ofendes a uno de ellos es como si ofendieras a sus propios hijos.

Es reconfortante contar con alguien que te apoya incondicionalmente cuando se trata de gatos.

—Crisi, a ti Juanfran te daba miedo cuando le conociste —me recuerda John con muy poca sutileza.

—¡No es lo mismo!

Mi sólido argumento le deja mudo de la impresión.

Las palabras de John me traen a la memoria el día que conocí a Juanfran y a Kiri. Cualquiera diría que fue ayer y han pasado ya quince largos años. Una noche, subí al autobús de línea de la playa de San Juan y allí, en la última fila, estaban sentados unos chicos con unas pintas espantosas. Pelos largos, vaqueros rotos, camisetas viejas y miradas insolentes. No paraban de decirme cosas inquietantes como: «Ven, bonita, ven y siéntate con nosotros, que no te vamos a comer», antes de estallar en estruendosas carcajadas. Sus miradas iban de los relojes de sus muñecas a mí y no paraban de moverse en sus asientos. Parecían dos delincuentes que estuvieran de vuelta de todo. O que necesitasen un chute de algo. Yo, por el contrario, todavía iba al colegio de monjas. Y ya se sabe lo que eso significa: «Los chicos solo quieren una cosa que le corresponde, única y exclusivamente, a vuestro marido. No os la dejéis arrebatar. ¡Acordaos de santa Úrsula! Os exhorto a que sigáis su ejemplo». El autobús, vacío a excepción de esos dos inadaptados, se convirtió ante mis ojos en la cueva de los horrores. Preferí sentarme junto al chófer, un tipo lleno de tatuajes de calaveras que olía a *eau de sobac* (emular a santa Úrsula no entraba en mis planes. Todavía). Durante la larga y peligrosa distancia de dos paradas de autobús que me separaban de mi destino, no paré de rogar para que ellos siguieran de largo. Tuve suerte. Se apearon a la vez que yo. No tardé mucho en adorarles.

—Kiri, ¿adónde vamos? —Se me da bien cambiar de tercio.

—A las fiestas de un pueblecito precioso. En la plaza va a actuar un grupo en directo. Hay música y barra libre. A la entrada tenemos que pagar una pequeña cuota y podemos beber lo que queramos. Lo vamos a pasar genial. Las fiestas se celebran en honor a santa… bla, bla, bla.

—Kiri, tú me indicas —le interrumpe Jose.

—¿Sabes dónde tienen la casa de veraneo los García-Solera?

—¡¿A que te doy?!

—Vale, coge la primera bifurcación que encuentres a tu…

Ya no puedo oírle porque la mano de John se desliza por mi pierna con suavidad. Distracción suficiente como para no enterarme de nada más.

—Me prometiste ser amable con Miranda. Los amigos cumplen las promesas que se hacen —susurra con voz hipnótica.

Vale, ahí me ha pillado.

—Lo intentaré, otra vez. Te lo prometo.

—¿Otra vez? —repite con sorna—. No he visto mucha amabilidad por tu parte hasta ahora.

—Bien, tienes razón. Esta vez va en serio. Seré amable con Morticia. ¿Contento?

Pone los ojos en blanco, dándome por imposible.

La fiesta debe de ser por aquí cerca. Ya escucho la música. Nerviosa y con ganas de bajar del coche, me inclino hacia Jose.

—¿Falta mucho?

—¿Alguien te ha dicho alguna vez que eres peor que un niño?

Me callo, ofendida por su incierto comentario.

—Sigue las flechas indicativas —le dice Kiri, que ha sido más rápido que Kris y ha pillado el asiento del copiloto—. El ayuntamiento ha acondicionado un campo como aparcamiento.

Olvidada la ofensa, lo miro con curiosidad. ¿De dónde se saca todos esos datos? ¿Estudia por la noche, como los ladrones, con nocturnidad y alevosía, para después poder impresionarnos? ¿Lleva un microchip implantado en el cerebro que le va canturreando todo lo que sabe? Alargo la mano y le doy un pellizco en el hombro. Fuerte.

—¡Ay! ¿Qué haces?

—Nada, estoy comprobando una teoría.

No es un robot, si fuera uno de esos no habría sentido dolor. Hay que ser muy lerda para no darse cuenta de esas cosas. He visto *Terminator* tres veces por lo menos. Estoy bien informada. Ya averiguaré su secreto.

Esto me recuerda al día que descubrí los regalos de Navidad bajo la cama de mis padres y mi madre se empeñó en hacerme creer que Papá Noel se había colado en su habitación porque le gustaba mirar (no supe a qué se refería hasta muchos años después), y que por eso no le había dado tiempo a dejar los regalos bajo el árbol. ¿Qué era eso tan entretenido que había despistado a Santa Claus hasta el extremo de olvidarse de nuestros regalos navideños? En aquella ocasión no paré hasta que descubrí la verdad. Fue un shock, pero lo averigüé. Y ahora pienso hacer lo mismo con Kiri. Cuando algo se me mete en la cabeza soy como un perro con su hueso, aquejado de un espasmo mandibular.

Una vez aparcado el coche en lugar seguro (a Jose no le gusta dejar a su «niño» en cualquier sitio. En ese aspecto es muy quisquilloso), damos un paseo hasta la plaza donde se celebra el festejo en honor a la santa. Unos antiguos y frondosos pinos, iluminados por miles de lucecitas blancas, nos indican que ya hemos llegado. Pagamos la cuota al chico que se encarga de la recaudación y nos adentramos en la plaza. A nuestra derecha vemos una pequeña plataforma; sobre ella, los músicos. A nuestra izquierda, la barra de las bebidas y, en el centro de la bonita plaza, una fuente preciosa. Echo la cabeza hacia atrás y contemplo, ensimismada, cómo las enormes copas de los árboles centenarios conforman una cúpula natural, verde y estrellada, sobre nuestras cabezas. Es un espectáculo maravilloso. Mágico. A regañadientes bajo la cabeza y compruebo que todos los demás están tan impresionados como yo.

—Es bonito esto, ¿eh? —confirmo lo que todos están pensando.

—Sí.

—Mucho.

—Flipante.

—Cojonudo.

Después de esta muestra de fluidez dialéctica, seguimos nuestro instinto natural de bebedores noctámbulos y giramos hacia la barra hombro con hombro y paso firme. No hay demasiada gente; todo el mundo se encuentra al otro lado de la plaza, bailando y viendo actuar al grupo.

—Hola —nos saluda una chica muy maja desde detrás de la barra.

Se maneja con soltura, se nota que el ayuntamiento ha contratado profesionales para el evento. Me animo inmediatamente. La última vez que acudí a una fiesta de este tipo en vez de un orujo con mucho hielo me pusieron un café corto con mucha leche.

—¿Habéis visto a la cantante? —pregunta Kiri mientras nos entrega nuestras bebidas.

—No, pero por aquí dicen que está muy buena. —Juanfran señala con el pulgar detrás de él.

—Daos prisa, coged vuestras copas y vamos a echarle un vistazo —nos apremia Kiri.

Hacemos lo que nos pide y nos situamos junto a la fuente. No se ve nada. Hay demasiada gente.

—Desde aquí no se ve nada —se queja Rosa, antes de proponer con cara de alegría—: ¡Vamos a subirnos a la fuente!

En el momento en el que estamos todos con un pie en alto para colocarnos en una posición más elevada sobre la bonita piedra que rodea la antiquísima fuente, oímos la voz de la cantante que nos llega alta y clara a través de los altavoces.

—Y ahora, queridos amigos, vamos a tomarnos media hora de descanso.

Haciendo honor a la tolerancia de la que solemos hacer gala los españoles con este tipo de interrupciones inesperadas cuando estamos de marcha, se escucha lo que es de esperar en estos casos: pitidos y abucheos por todas partes.

Volvemos a bajar el pie al suelo. Se oyen ruidos de altavoces y empieza a sonar «Impossible» de James Arthur. La fluidez lingüística no es nuestro fuerte, pero movernos al son de una canción… se nos da bien. Le echo una mirada de reojo a Miranda; su andar será sinuoso, pero el ritmo de la música lo sigue con la gracia y la delicadeza de un tanque Sherman.

Sonrío aliviada.

—Yo me pierdo un rato —dice Juanfran de pronto.

—Espera, nosotros vamos contigo. —Carlos y Kiri se acercan a nosotros al oír a Juanfran.

—¿Adónde vais? —pregunto, temiéndome que ya no les voy a ver el pelo en toda la noche.

—A mezclarnos con el personal —contestan los tres al unísono.

—¿Has visto alguna chica que llame tu atención? —Miranda no puede evitar poner cara de alivio cuando se dirige a Juanfran. Se nota que está deseando que se largue. De los tres es el que da más miedo, con esos pelos y esa sonrisa… No, un momento, Kiri da más miedo, con esos pelos y esa sonrisa…

Reprimo una carcajada y le echo un vistazo rápido a la cagueta de Miranda. Si ahora le dan miedo, debería haberlos conocido cuando lo hice yo. Pobrecilla, no sabe lo que se pierde. No intenta conocerlos, no bebe alcohol, no fuma y pretende hacernos creer que no come. Por lo visto ella solamente folla. Con arquitectos guapos y ricos. ¡Ay, viciosilla!

—Ni un pelo —contesta Juanfran, escuetamente.

—¿Ni un pelo de qué? —pregunta, confundida.

—Ni un pelo de nada. Todavía —añade con sorna.

Con el cubata en una mano y un cigarro en la otra, da media vuelta y se aleja acompañado por Kiri y Carlos.

La música sigue atronando en nuestros insensibilizados oídos y nosotros continuamos bailando, incansables.

Un buen rato después regresan los tres desaparecidos, acompañados por dos jovencitas muy animadas. Deben rondar los veinte añitos. Vaya, estos no pierden el tiempo.

—Vamos a por unas copas —nos informa Carlos, que lleva a su nuevo ligue bien pegada a él, no se le vaya a escapar—. ¿Os traemos algo?

—Un cubata —contesta Jose, que tiene una capacidad para tragar alcohol similar al de una alcantarilla en días de lluvias torrenciales. Kiri niega con la mano, al igual que Kris. Laura, John y yo misma alargamos la mano y le entregamos nuestras copas vacías, en inequívoca señal de que pretendemos seguir pimplando.

—¿No has bebido ya bastante? —me recrimina mi hermano.

—¿Yo? Pero si solo me he bebido un orujo.

Pone cara de asco.

—Y todo lo que te has trasegado esta tarde, ¿no cuenta?

Cuando se pone en plan hermano mayor le daría de bofetadas.

—El último. Te lo prometo.

—Fíate tú de las promesas de esta —murmura John por lo bajini.

—Te he oído.

—Es lo que pretendía.

—Déjala que beba lo que le dé la gana. —Sonrío ante la defensa de Jose y le hago a mi hermano una mueca burlona—. Si se cae redonda, la dejamos aquí tirada. Así aprenderá para la próxima vez.

—Muy gracioso.

—No es lo que pretendía.

Mira que pueden llegar a ser gilipollas cuando se lo proponen.

—¿Me vas a traer la copa, sí o no? —le digo de malas maneras a mi hermano—. Estás empezando a mosquearme, Carlos.

—Es interesante comprobar las reacciones tan extremas que puede ocasionar la falta de alcohol en el organismo interno de algunas personas —añade Miranda.

Esta sí que me está ocasionando a mí un cabreo de tres pares de narices. Estoy hasta el moño de los insultos descarados que intenta colarnos a través de insinuaciones sutiles. Si cree que no me he dado cuenta de que me ha llamado borracha, es que es más corta de lo que pensaba. Me giro hacia ella a la velocidad de una cobra. Teniendo en cuenta el estado de mis costillas, mi percepción de la realidad puede haber sido un poquito errónea con respecto a la velocidad alcanzada. De lo que sí me siento totalmente segura es de la mirada asesina que le lanzo: «Estás muerta, muerta y enterrada para siempre en lo más hondo del pozo más profundo, negro y maloliente que puedas llegar a imaginarte, del cual, jamás, jamás podrás salir. Redicha».

Sí. Lo sé. Soy capaz de transmitir un memorando con una sola mirada. Estoy muy orgullosa de esa capacidad.

Kris y Rosa intercambian una mirada aturdida.

—Increíble.

—Si no lo veo, no lo creo —murmuran al unísono.

John se acerca con paso rápido y, cogiéndome de la mano, tira de mí sin miramientos.

—Ven, vamos a bailar antes de que hagas o digas algo de lo que luego puedas arrepentirte.

Me extraña mucho.

Empieza a sonar la canción de Pablo Alborán, «Te he echado de menos», y nos abrazamos con torpeza mientras la música nos envuelve.

«Te he echado de menos, / he pensado en tu sonrisa y en tu forma de caminar».

Me encanta esta canción y, al sentirme rodeada por sus brazos, un anhelo ya olvidado me sacude con fuerza. No hablamos, tan solo escuchamos y sentimos..., bueno, yo por lo menos lo hago.

«Te he echado de menos, / he soñado el momento / de verte aquí a mi lado / dejándote llevar. / Quiero que siga así. / Tu alma pegada a mí».

—Recuérdame que no te provoque nunca. —John me amolda un poco mejor a su cuerpo. Al no tener mucha libertad de movimiento, por culpa de las dichosas costillas, nos estamos abrazando más que bailando; pero a mí me vale así—. No sabía que tuvieses tan mala leche.

—Eso es porque tienes mala memoria.

Mi enfado se ha esfumado a la misma velocidad que ha llegado. El no verle la cara a la bruja ayuda lo suyo. No es que me caiga mal, es que sencillamente no la soporto. ¿Qué hace John con semejante petarda? Bueno..., hacer, lo que se dice hacer, ya imagino lo que hace. Como no quiero pensar en «lo que hacen», le sujeto con un poco más de fuerza por la cintura y levanto la cabeza para poder contemplarlo a placer.

—Tengo muy buena memoria —dice, mirándome a los ojos—. Tú eras una niña muy dulce y nunca, nunca te vi de mal humor.

—Estás mal informado. Pregúntale a mi hermano lo dulce que era. —Su sonrisa me hace desear muchas de esas y, antes de que me interrumpa, le advierto—: Es la última vez que me insulta. No pienso pasarle ni una indirecta más. Me tiene hasta los mismísimos coj…

—Ni un taco más —me interrumpe, sin dejar de sonreír.

—Cállate y déjame terminar. —No puedo evitarlo, le sonrío como una boba antes de ponerme seria de nuevo—. Me saca de quicio. No me insulta directamente, siempre lo hace utilizando dobles sentidos. Como… como si se preocupara…, pero… pero luego es mentira, ¿sabes? Estamos ante un caso claro de acoso y derribo. Morticia me acosa y yo no pienso dejarme derribar.

En ese momento hago una pausa para hacer más efectivas mis siguientes palabras. En las pelis de mafiosos dan muy buen resultado. Entrecierro los ojos y frunzo los labios, proyectando la mandíbula inferior. Considero que ese gesto tan estudiado, unido a mi nariz amoratada, debería ser amenaza suficiente como para que tiemble de miedo y se anime a dirigirle unas palabras de advertencia a su amiga. Aquí subyace algo más profundo que una simple animadversión mutua, y me da la sensación de que como no tome las riendas del asunto con eficacia y rapidez… ¡Vaya, qué chasco! Temblar, tiembla, pero de risa.

—Ja, ja, ja. —Sus carcajadas me desconciertan—. Qué graciosa eres. Hacía tiempo que no me reía tanto. —Me abraza con más fuerza—. Desde que te he vuelto a ver me lo estoy pasando en grande.

Pero ¿qué dice? ¡Mi estilo mafioso no es gracioso! ¡Es letal! ¡Incluso un sociópata despiadado y sanguinario se lo pensaría dos veces antes de meterse conmigo!

Lo miro, y lanzo un suspiro de resignación. Es obvio que no me hace caso porque todavía arrastra un gran sentimiento de culpa. Apoyo la cabeza en su pecho y me dejo mecer de un lado a otro. Al cabo de un segundo pregunto:

—¿Oye, John?

—Humm...

—¿Por qué estás con Miranda? Ya veo que es... —decido, por una vez, ser discreta en mis apreciaciones— muy guapa y todo eso, pero..., ejem, ejem, tú eres inteligente y ella..., bueno..., es un poco tonta del culo, ¿no?

Sí, no ha estado mal, creo que he sido muy... comedida. De repente me siento orgullosa de haber estudiado en un colegio de monjas, donde se mostraban siempre tan exigentes con todo el rollo de la discreción y las buenas maneras. Como no parece que mi pregunta le haya molestado, me callo y espero, ilusionada, una contestación lógica y razonable.

—¿Y por qué no iba a estar con ella? —Se encoge de hombros.

La estupefacción me deja sin palabras por un momento. Lo intento de nuevo.

—Pero ¿a ti te cae bien? —insisto.

—Ni bien ni mal. Yo no le doy tantas vueltas a las cosas como tú. No sé qué quieres que te diga.

Si sus respuestas siguen siendo tan vagas e imprecisas, voy a darle un sopapo.

—¿Y... no es muy cara? —pregunto con la esperanza de hacerle reaccionar y de paso que advierta mi sutil referencia a las pilinguis.

—El dinero no es problema —contesta, impertérrito. Me separa un poco de su cuerpo y, mirándome a la cara, vuelve a estallar en carcajadas—. Qué graciosa eres, Crisita. —Me vuelve a abrazar con cariño.

¡Pues qué bien! Acabo de descubrir una faceta de comedianta desconocida que no sabía que poseía. En ese momento aparece mi hermano con las bebidas.

—Venid a la fuente, deprisa —nos apremia mientras nos tiende las copas—. Acaba de regresar la cantante.

—¿¡Queréis venir!? ¡Que nos van a quitar el sitio! —grita Kiri desde la fuente.

—Pero ¿ya empieza? ¿Seguro? —Me pego a él con más fuerza, rumiando cómo permanecer en esa posición sin que se note demasiado. Al final, como no se me ocurre nada, no me queda más remedio que separarme. Aunque a disgusto, que conste.

—¿Estamos todos? —pregunta Kiri—. Ven aquí conmigo. —Me tiende una mano—. Yo te ayudo, guapa.

Al ver a John acercarse a Miranda con la intención de ayudarla, oculto mi decepción tras una sonrisa y me sujeto a la mano de Kiri.

—No entiendo por qué tenemos que subirnos a una fuente —protesta la Quejica—. Objetivamente...

—¡Ay! Por favor. Que alguien la haga callar —murmura Rosa entre risas.

—¿Tú has visto *Abierto hasta el amanecer*? —le pregunta Kiri, que sin esperar contestación, prosigue—: Bueno, pues Estrella matutina, Estrella fugaz, Luz de oriente o como coño se llame esta tía, es mucho más... sugerente que Salma Hayek. —Ondula el cuerpo como si de una serpiente se tratara. Y yo, ante semejante y fascinante imagen, me obligo a sacudir la cabeza y beberme el chupito de un trago.

—Y está bastante más buena —apunta Jose—. ¿Verdad, Rosa?

—Verdad, verdad.

—Está infinitamente más buena —comenta Carlos con gesto apreciativo.

—Pues no, no la he visto. ¿Es una película de amor? —pregunta Miranda torciendo el gesto—. Es que a mí me van más las películas de autor subtituladas.

—Es de Tayikistán —les aclaro al ver sus caras de incredulidad.

Varios gestos de asentimiento, algún que otro ¡Ah! y un ceño fruncido me indican que me han comprendido.

Con la pierna en alto, tomamos impulso y nos encaramamos encima de la piedra que rodea la fuente. Bueno…, esto ya es otra cosa. Desde aquí arriba disfrutamos de unas vistas inmejorables del escenario.

—¡Joder! Pero si va en pelotas —exclama Kiri.

La cantante ha aparecido sobre el escenario contoneándose como pocas personas saben hacerlo. Va vestida con una especie de gasa azulona que muestra más que oculta. Claro, pienso en cuanto la veo, con ese cuerpo de escándalo ya puede, ya. Yo, desde luego, no sería capaz; las piernas flacuchas y la ausencia de curvas no quedarían demasiado bien en medio de un público tan entregado. Público que, nada más verla, grita enardecido y, por qué no decirlo, también un poquitín salido.

Una vez repuestos de la sorpresa inicial, el sonido de su voz nos vuelve a pillar desprevenidos. Tiene una voz bella y potente, como un salto de agua sobre el lecho de un río, como la caricia de un ángel. Preciosa. La escuchamos en silencio mientras nos balanceamos de un lado a otro y de adelante hacia atrás, intentando mantener el equilibrio sobre el murete de piedra.

Cuando más emocionados estamos escuchando cantar a… la tía buena del tanga (han decidido apodarla así, ya que ninguno sabe cómo se llama en realidad. Eso ha sido después de que Miranda les diera a los chicos una conferencia sobre lo irrespetuoso que resulta dirigirse a una señorita por el apelativo de «tía». La han escuchado durante un buen rato, con educación, y después han pasado de ella. P.D.: Yo no me he alegrado en absoluto), un ruido sordo y la pérdida momentánea de nuestro preciado equilibrio nos obliga a bajar la vista. Hasta aquí ha llegado la diversión. El muro se desmorona bajo nuestros pies. No es posible. No pesamos tanto.

¡Crack!

Sin lugar a dudas, las piedras están desprendiéndose y el agua empieza a filtrarse a través de ellas. Contemplamos el desaguisado con ojos como platos y risitas nerviosas.

Rosa me da un codazo.

—Huy, mira, como los ríos montaraces que tanto te gustan.

—No podemos haber roto la fuente. Data del siglo XVII —nos aclara Kiri, mirándonos con la boca abierta y un brillo nervioso en los ojos—. El año pasado la restauraron. Costó un pastizal. —De repente, y sin motivo aparente, empieza a reír con ganas. Cuanto más intenta contenerse, más se ríe.

—¿Qué *hasemos*? —pregunta Laura, nerviosa.

—Vaya pregunta. Pues largarnos de aquí antes de que se den cuenta —contesto riendo. Kiri me ha contagiado y ya no puedo parar.

—Pero ¿cómo se ha roto? —Juanfran, asombrado, también ha empezado a sonreír.

—No me hagas mucho caso, pero debe de haber sido por tener que soportar como quinientos kilos de peso extra —le contesta Jose entre risas—. Aunque... si hubiese estado bien construida no se hubiese venido abajo con tanta facilidad, ¿verdad, Carlos? —Se vuelve hacia mi hermano, buscando la confirmación del experto.

—Pues sí. Tienes toda la razón. Está hecha con el culo.

Pues vaya con el experto, como utilice ese vocabulario tan técnico en todos los proyectos en los que participa apañado va.

Nos hemos ido alejando poco a poco y con discreción de la fuente de nuestras inquietudes. No queremos arriesgarnos a que nos relacionen con el desaguisado y alguien pueda llegar a entablar una relación directa entre un montón de tíos subidos a la fuente/desmoronamiento inevitable de la misma. Discutimos a gritos qué sería preferible, si marcharnos corriendo o marcharnos disimuladamente.

—¿Es que vosotros no sabéis dialogar como las personas normales? —nos interrumpe Miranda, bastante irritada.

—Perdona, bonita —la corrige Rosa con falsa dulzura—. Nosotros dialogamos y debatimos como las personas normales, solo que lo hacemos a gritos.

Seguimos discutiendo cuando, de pronto, me doy cuenta de que una anciana encantadora con la cara llena de arrugas y el pelo rosa viene hacia nosotros. Me provoca un sentimiento de protección inmediato. Qué dulce. Qué graciosa, tan etérea con su pelo rosado. A medida que se va acercando, distingo sus facciones con mayor claridad. Y es entonces cuando percibo, asombrada, que su expresión luce amenazante.

—Vosotros… —Levanta su huesudo brazo y nos señala con un dedo—. ¡Sinvergüenzas! ¡Habéis roto la fuente! —nos acusa en voz más alta de lo que nos gustaría, mientras tomo conciencia de lo errado de mi análisis anterior.

—Chiss. Señora, no se sulfure que la pueden oír por ahí y malinterpretarla —me apresuro a darle unos golpecitos tranquilizadores en el brazo.

Y de repente, casi sin darnos cuenta, hemos rodeado a la anciana y estamos defendiéndonos como buenamente podemos ante un adversario tan imponente.

—No, señora, nosotros no la hemos roto. Se ha roto sola —apunta Kiri.

Esa sí que ha sido buena.

—Está muy mal restaurada. Por lo menos el murete que la rodea.

—Soy arquitecto, señora, y le puedo asegurar… —Carlos le da una patada a una piedra— que esto es una chapuza.

La anciana, que en sus años mozos debió de ser inspectora de la Gestapo, nos observa con una expresión amenazadora y el ceño fruncido. Yo, a mi vez, compruebo asombrada, y muy interesada, que ese gesto deja al mío a la altura del betún.

—No sé quién se habrá encargado de la restauración del muro, pero quien lo haya hecho no tenía ni puñetera idea de albañilería.

Parece que ya tenemos a la ancianita medio convencida. Parece. Es un hueso duro de roer y todavía está indecisa.

Con una expresión seria y formal en la cara, John le endilga no sé qué milonga sobre los pantanos, los muros de contención y las obras de defectuosa manufactura.

La abuelita de la Gestapo nos lanza una última mirada especulativa.

—Ya sabía yo que el hijo de la boticaria no era de fiar —dice entornando los ojillos con agitación febril.

Deducimos, sin necesidad de ninguna explicación por parte de la anciana señora, que no debe de andar en muy buenas relaciones con la boticaria. Ni con su hijo.

Hace un gesto muy característico con la cabeza y, dando media vuelta bruscamente, se dirige hacia su siguiente objetivo a pasitos cortos y el pelo rosa lanzando destellos de luz alrededor de su cabeza.

La decisión está tomada: nos largamos como alma que lleva el diablo.

CAPÍTULO 10

Lunes, 22 de agosto
¿Hora? Tardía, muy tardía

Abro los ojos y veo una habitación que no reconozco. Intento orientarme, pero solo consigo marearme. Vuelvo a cerrar los párpados y, con lentitud, los recuerdos de la noche anterior se abren paso a través de la pasta espesa de boniato que es mi cerebro.

Aunque no consigo hilar ningún pensamiento coherente, sé que salimos a cenar; que fuimos a las fiestas de un pueblo; que hubo mucha bebida y que bailamos como locos. ¡Bailé con John! Me estremezco involuntariamente. Sonrío feliz, sin abrir mucho la boca, no vaya a ser que se me caiga la baba y todavía vomite.

Vaya, lo que cambia la vida en veinticuatro horas. Ayer a estas horas sufría de un ataque agudo de parálisis en las extremidades inferiores, que hoy se ha extendido por todo mi cuerpo. Lo cual me plantea dos opciones: o padezco de un nuevo y raro caso de parálisis selectiva o últimamente bebo demasiado.

No importa, las palabras mágicas son: mi animadversión hacia John ha desaparecido. Trece años de maldecirlo se han borrado de un plumazo gracias a una disculpa y un abrazo. Lo cual me plantea otras dos cuestiones: ¿Tan inestable soy? ¿Qué fue lo que inclinó la balanza, la explicación o el abrazo?

Frunzo el ceño y pienso. Se me hace raro (pensar no, eso es normal). Se me hace rara la nueva situación. No estoy acostumbrada a estar en buenas relaciones con John. A que no sea «el asqueroso». A que mis pesadillas se conviertan en sueños tórridos de alto contenido sexual.

Permanezco tumbada, decidiendo cuál es exactamente mi estado de ánimo. Decido, dadas las circunstancias, que es inmejorable. Estoy contenta de estar con mis amigos, me gusta haber hecho las paces con John y puedo soportar la ingrata compañía de Miranda un día más. Me siento benevolente. De repente mi corazón empieza a latir con la fuerza de un caballo dopado con alguna sustancia psicotrópica al recordar el desastre de la fuente. ¿Nos largamos de la plaza como cacos? ¿Nos ofrecimos a pagar la restauración? No creo, las ratas tienen más poder adquisitivo que yo. Lo suyo sería pagar el arreglo. Claro que, por otro lado, si el hijo de la boticaria hubiese hecho bien su trabajo… ¿se habría desmoronado el muro? ¿Había un elfo de pelo rosa con muy mala leche? La cabeza me va a estallar. Demasiadas preguntas y muy pocas respuestas. Estoy casi segura de que no pagamos nada y nos largamos corriendo como vulgares ¡sinvergüenzas!

Lo que sí recuerdo con claridad meridiana es que al llegar a la casa íbamos dando tumbos. Piripis perdidos. Nos dimos las buenas noches a pie de escalera, y a mí se me pasó la bufa de golpe cuando vi a la bombera coger a John de la mano y arrastrarlo hasta su habitación. Porque lo llevaba a rastras, no me cabe la menor duda. Se le notaba que era experta en estas lides (en llevar a hombres a rastras). Hice todo lo que pude por mantener la vista apartada de ellos, pero una fuerza externa muy persistente dirigía, sin yo quererlo, mi vista hacia la pareja una y otra vez.

—Buenas noches, Crisi. —Miranda me dedicó una sonrisa fingida en cuanto se percató de mi mirada—. Que duermas bien. Espero que mañana no te duela la cabeza.

¿Se puede ser más considerada? Yo, en cambio, espero que esta noche te venga la regla. *Quid pro quo.* John también me dio las buenas noches, pero sin volver la cabeza. No quise hacer caso de lo que consideré una ofensa en toda regla. Preferí pensar que sufría de un ataque de tortícolis repentino, agudo y violento, y concentré toda mi atención en llegar a mi habitación antes de caer inconsciente, presa de un coma etílico, en mitad del pasillo. No es que mí me guste ser la reina del drama, pero ¡maldita sea!, ni siquiera se dignó mirarme a la cara. «No vayas por ese camino, Crisi, o terminarás en el mismo lugar que hace trece años. Y eso, no es sano», me recrimino.

Lo que tengo que hacer es cultivar una bonita amistad. No como la de mi abuela, que era de cascos ligeros. Mi abuela materna se beneficiaba al magistrado local. Cuando mi madre la reñía por llegar a casa con pinta reveladora de haberse dado unos cuantos revolcones, ella siempre contestaba muy seria: «Su señoría y yo tan solo mantenemos una bonita amistad».

La amistad que voy a cultivar con John va a ser sincera y altruista, como deben ser las verdaderas amistades. Si me tengo que tragar a Miranda, lo sufriré en silencio y confiaré en no vomitarla después. «Propósitos, Crisi. Buenos propósitos».

El golpetazo que da la puerta contra la pared al abrirse de par en par interrumpe mis elucubraciones. Laura, Rosa y Juanfran entran como Pedro por su casa.

—Hola, Crisi —saluda Rosa—. ¿Podemos pasar?

—Ya estáis dentro. ¿Qué queréis?

—¿Cómo has dormido? —pregunta Laura, mucho más solícita que la otra.

—Sola y mal.

Abro bien los ojos y me doy cuenta, pasmada, de que van todos vestidos como los muñequitos de Pin y Pon. Con vaqueros cortos y camisetas blancas.

Juanfran se acerca rodeando la cama y, después de contemplarme un momento, se sienta a mi lado con cuidado.

—¿Te duele mucho la cabeza? —se interesa amablemente. Ese es mi chico, siempre tan atento—. Ayer te pasaste, tía. —El atento me da un golpe en la espalda, se recuesta a mi lado y se apoya en el cabecero de la cama.

Le sonrío con la esperanza de que capte en mi gesto el sufrimiento al que lo someteré más tarde.

—Te traemos el desayuno —dice en tono de disculpa.

—¿Ese desayuno consta de leche con cacao?

—Sí. Kiri consiguió un *sobresito* anoche y John también trajo uno. No tengo ni idea de dónde los sacaron, pero se acordaron los dos de ti. —Laura agita el sobrecito en el aire.

Vaya, no sé qué decir. El detalle de Kiri no me extraña. Es un tío superconsiderado que siempre piensa en los demás. Que se acordara John es lo que me ha dejado sin palabras.

—Gracias, sois muy considerados.

—De considerados nada. —Rosa se sienta también en el borde de la cama y empieza a rebotar con saña—. Ya puedes ir contándonos de qué hablasteis el guaperas y tú mientras bailabais. ¿Te metió mano?

—No.

—Qué pena. Sería un buen tema de conversación. —Sigue botando, incansable, durante al menos cinco minutos más. La odio. Juro que la odio. De repente se para sin ningún motivo aparente—. Tenemos que hablar en clave. Por si nos escucha quien no debe. Ah, y tenemos que buscar un alias para John —añade muy ufana.

Después de tomar su propuesta como lo que es: una locura, doy un trago a mi vaso de leche antes de contestar:

—¿Y eso por qué?

—Sí, ¿por qué? —Parece que al único hombre de la estancia también le interesan los desvaríos de Rosa—. Ya tiene nombre. ¿Por qué quieres cambiárselo?

Rosa lo mira como quien miraría a un extraterrestre corto de entendederas.

—Porque... —explica con voz melosa—, si estamos hablando de él, no queremos que se entere nadie. Si le ponemos un alias nadie, repito, nadie sabrá a quién nos referimos. ¿Entiendes, Juan Francisco?

—¿Y por qué no queréis que nadie sepa que habláis de él? —Se remueve inquieto, buscando una posición más cómoda.

—Porque no. ¿Lo entiendes ahora?

—Sí, ahora sí —dice sonriendo.

—Bueno, *empesemos* —propone Laura, animada—. Yo creo que podríamos llamarle «Me *seduse*».

—¿Qué? ¡No! Suena a bicho que pica. ¿Estás zumbada o qué?

En su cara aparece un gesto dolido.

Me encojo de hombros y miro a Rosa, esperando que diga algo.

—¡¿Qué?! —espeta, levantando bruscamente la cabeza—. Yo no tengo imaginación. Yo lo llamaría «Tío, estás más bueno que el pan. Eres un pecado con piernas». Di tú algo, Juanfran. —Le da un golpe en la pierna.

—¿Yo? —pregunta el aludido mientras nos lanza una mirada perpleja—. Es que no entiendo por qué queréis ponerle un mote. —Al darse cuenta de nuestras miradas airadas contesta—: Pues... ¿John no es irlandés? Pues ya lo tenéis.

Se ha quedado tan a gusto.

—Eso, que así no se nota nada de quién hablamos. —Rosa vuelve a golpearle en la pierna. Con mucha fuerza.

—¿«El Pecado»? —propone Laura con miedo.

Le doy un bocado a mi tostada mientras pienso en la propuesta de Laura.

—Humm. El Pecado está bien. ¿Está buena, eh? —Señalo la tostada—. De pecado —contesto yo sola, riéndome de mi propio ingenio.

—Practiquemos —propone Laura—. «El Pecado ha bajado a la playa con Miranda». ¿Qué tal?

Rosa la mira con seriedad.

—Me parece que nuestro código secreto funcionaría mejor si nos ahorramos «con Miranda», ¿no crees?

—Huy, sí. —Laura suelta una risita al darse cuenta de su error—. Probemos otra *ves*. «El Pecado está desayunando». ¿Así sí?

Movemos la cabeza con indecisión, no nos termina de convencer. Esto de hablar en clave es complicadísimo.

—Escuchad —exclama Rosa, nerviosa—. ¿John no se llama John Forner Donelly?

—Sí. ¿Y?

La miramos con curiosidad, convencidos de que el disparate que va soltar va a ser, con mucho, superior a todos los demás.

—¿Por qué no lo llamamos por sus iniciales? —Le pone emoción al asunto—. Si JFK era JFK, John puede ser JFD. ¡Tachán!

—A ti todavía te dura la cogorza de anoche, ¿verdad? ¡No! —la interrumpo levantando una mano—. Déjame pensar un segundo. —Intento concentrarme con todas mis fuerzas, hasta que un latigazo de dolor me recorre el cráneo de lado a lado y me lo impide—. Dame un cigarro, Juanfran —ordeno—.

Si no fumo no puedo pensar con claridad y coherencia. —Mi amigo preferido enciende un cigarrito y me lo pasa. Entrecierro los ojos y doy una profunda calada, decidida a poner fin a esta conversación de besugos en cuanto exhale el humo—. ¡No hacéis más que decir tonterías! —La contundencia de mis palabras les hace dar un respingo. A Juanfran, no; creo que se ha dormido—. Lo vamos a llamar por su nombre y vamos a dejar el espionaje a los profesionales del gremio.

—Pero... —intenta replicar Rosa.

—No hay peros que valgan —la interrumpo con expresión amenazadora—. Lo que tenemos que hacer es hablar en voz baja. Cuando nos refiramos a él, diremos John o en su defecto, Señor D., de Donally —les aclaro por si no lo han pillado.

—Eso es lo que yo decía y no me habéis hecho ni caso —dice Juanfran, abriendo un ojo.

Me vuelvo hacia él y le acaricio la mejilla como lo haría con un niño.

—Muy bien. Tenías razón. ¿Estás contento, cariño?

—Mucho.

Me retuerzo para dejar la bandeja en el suelo y me incorporo, aún aturdida. No hago caso. Animada, pregunto:

—¿Qué plan tenemos para esta mañana?

—No cambies de tema. Te paso lo de las claves, pero tienes que contarnos qué ocurrió anoche. ¿De qué hablasteis? ¿Se te insinuó? ¿Te metió mano?

¡Jesús!, qué obsesión. Les cuento, palabra por palabra (más o menos), mi conversación con John. Incluida la referencia al fulanismo de Miranda y mi faceta de comedianta aún por descubrir. Una vez satisfecha su curiosidad y despejada mi cabeza, organizamos el plan de la mañana.

—Nosotros, y por nosotros me refiero a Jose y a mí, vamos a quedarnos aquí esperando a Luciano, que llega a media mañana —me informa Juanfran—. Lo que no sabemos es a qué hora exactamente. Los demás ya tenéis el resto de las tareas repartidas.

Eso de las tareas repartidas me da mala espina. Existen dos tipos de tareas, las gratas y las ingratas. Ejemplos aclaratorios: «Corta unas cuantas rosas del jardín y monta un ramo», tarea grata. «Limpia los cuartos de baño a conciencia. Si lo haces de rodillas, mejor», tarea ingrata.

—¿Y a mí me toca...? —pregunto con suspicacia.

—Tú tienes que encargarte de los vegetales. —Cuando Rosa ve que voy a protestar, levanta una mano haciéndome callar—. No tan deprisa, bonita. Kris, Laura y yo vamos a agenciarnos las bebidas, los productos de limpieza, el pescado y la carne. También traeríamos las hortalizas, pero Kiri se ha empeñado en que hay que ir a un mercadillo de frutas y verduras soberbio, donde todos los productos son «recién arrancados de la tierra». Él va a ir a un sitio donde los embutidos son caseros. —Vuelve a levantar la mano—. No me preguntes cómo lo sabe. Lo sabe. —Y, por tercera vez, vuelve a levantar la mano. Le doy un manotazo—. ¡Ay!

—Si no dejas de levantar la mano en plan dictador, te la corto de un hachazo —la amenazo—. Deja de dar por saco y dime de una vez qué tengo que hacer yo exactamente. —Ya se han repartido todas las tareas divertidas. ¿No me habrán dejado a cargo de la limpieza, verdad?—. ¿No me habréis dejado a cargo de la limpieza, verdad?

—No, boba, ya te hemos dicho que te toca ir al mercadillo de las verduras.

—¿Yo sola? —De repente me acuerdo de que en la ecuación faltan dos mosqueteros y una mosca cojonera—. ¿Y Carlos, John y la bruja Morticia, qué?

—*Mortisia,* como tú *dises*, se va a quedar en la playa tomando sus bañitos de sol. *Dise* que está de *vacasiones* y no va *desperdisiar* una mañana *presiosa* yendo de compras. Pero... que *cosinará* cuando tenga que *haserlo* —añade Laura al ver mi cara de espanto.

—Tendrá morro la gorrona.

Laura se inclina hacia mí, dotando de suspense a sus siguientes palabras:

—John ha *resibido* una llamada *hase* un rato que lo ha puesto de muy mal humor y, después de gritarle algo a tu hermano, se han marchado los dos corriendo y *disiendo* que no sabían cuándo regresarían.

Por un momento me viene a la cabeza el polvo que se pegó contra la puerta de mi casa. Una sensación de inquietud desconocida me altera. No consigo identificar el qué. Eso me inquieta todavía más.

—Da gracias, nena —dice Rosa empezando a botar de nuevo—. La intención de algunos era que Morticia te acompañara. Ya sabes, para que no fueras tú solita. Les sabía mal.

—No sabes lo que tuvo que insistir Laura para que te dejaran tranquila. —La voz de Juanfran me llega desde el colchón. No se ha cortado ni un pelo y anda todo despatarrado.

—¿Estás cómodo?

—Mucho.

—Bueno, escuchad un momento que ahora viene lo mejor. —Laura se echa a reír—. Aunque ella no quería ir contigo, John la presionaba, así... que Rosa tuvo que *convenserla* para que se quedara en la playa. ¿Que cómo lo *hiso*? —continúa orgullosa—. Halagándole el ego. No *hiso* falta insistir demasiado. Le dijo que era un *desperdisio* que una persona tan inteligente y cultivada perdiera el tiempo yendo a comprar verduras en compañía de una *safia* como tú.

Mis defensas se elevan hacia el cielo a la velocidad del rayo.

—¿Cómo que con una zafia como yo?

—Lo siento. Lo dijo ella. Por lo visto no tiene muy buena opinión de ti.

—¿Semejante cateta me llama a mí zafia? —Esa sí que es buena. No salgo de mi asombro.

—Déjame terminar, por favor. —Suelta su característica risita y añade—: Con una *safia* como tú, cuando su otra *opsión* era pasar la mañana en la playa cultivando su intelecto y, para eso, nada mejor que leer *Guerra y pas*.

—La acompañamos a la biblioteca —interviene Rosa—. Para que eligiera, ¿sabes? Unos leves comentarios oportunistas y tendenciosos bastaron para que pensara que lo había hecho por voluntad propia. ¡Pringada!

Vaya, eso ha sido magistral. Le lanzo una mirada de admiración. ¡Qué poder de persuasión! ¡Qué manipulación! Ha actuado como un consumado ilusionista. O un maldito político.

—Eres muy, muy mala —la regaño riendo con ganas.

En cuanto salen por la puerta, me levanto de la cama, con un salto bastante defectuoso, y me meto en la ducha esperando que el agua caliente arrastre con ella lo que queda de mi dolorido costado. Me seco, me recojo el pelo en una coleta y me pongo unos vaqueros cortos y una camiseta blanca (para terminar de formar el equipo de los Pin y Pon).

Con una vitalidad inusual en mí, bajo los escalones de dos en dos, sin que se me crucen los pies, y busco a Kiri.

Lo encuentro en la cocina. Lleva puesto un bañador azul marino y un polo celeste. De pronto me embarga un sentimiento de cariño tan profundo por él que, mucho me temo, se me van a llenar los ojos de lágrimas.

—Gracias, guapísimo. —Me acerco y le doy un abrazo cargado de afecto, o tal vez sensiblero. Tanto da.

—De nada, chica. No ha sido nada. —Sabe, sin yo decirlo, por qué le doy las gracias—. Comprar un sobrecito de cacao no es ninguna molestia. No tienes que darme las gracias —responde, devolviéndome el abrazo.

Me separo de él y me estiro la camiseta un tanto avergonzada y con la vista clavada en las baldosas. No se me dan bien estas muestras de ternura. ¿Mi excusa?: estoy tan acostumbrada a verle que a veces me olvido de lo mucho que le quiero y, cuando lo recuerdo, me pongo tonta.

—Indícame dónde está el mercadillo ese al que tengo que ir —le pregunto una vez recuperada de mi ataque de cursilería.

Doy saltitos y estoy nerviosa por la emoción de la aventura. «¿Está muy lejos?». «¿Me has hecho una lista?». «¿Cómo te enteras de todas estas cosas?». «¿No te sorprende saber tanto?». «¿Verdad que es perturbador?». «¿Crees que Jose me dejará el coche?». «Yo sé conducir muy bien».

No paro de hacer preguntas con la curiosidad de un estudiante de sexología.

Me mira con incredulidad; luego se echa a reír y me explica el camino hasta el mercadillo ese.

—¿Crees que lo encontrarás?

—Por supuestísimo —contesto con más seguridad de la que en realidad siento.

—¿Cómo vas a ir? ¿Quieres llevarte mi coche?

—No, gracias. Ya te he dicho que se lo voy a pedir a Jose.

—Qué insistente. No te lo va a dejar. Quiere a ese coche más que a su madre, a su hijo y a su mujer. Juntos. —Y para terminar de animarme, añade—: Si le haces un solo arañazo te descuartiza.

Este último comentario ha conseguido minar mi confianza.

—Eso no es cierto —salgo en defensa de Jose, al tiempo que intento convencerme a mí misma de la generosidad de este—. Jose es muy generoso.

—Con su coche, no. —Y para rematar la faena—: Y sabe que tú eres muy despistada.

Si dejo que siga hablando me va a desmoralizar por completo. Todavía animada y un tanto consternada, le digo:

—Voy a hablar con él. Seguro que me lo deja.

—Toma. —Se mete la mano en el bolsillo y saca unas llaves. Alarga un brazo y me las tiende—. Aquí tienes las llaves de mi coche, por si acaso Jose no te deja el suyo.

Sin dejarme amedrantar por las agoreras palabras de Kiri me despido de él y salgo en busca de Jose. Mientras voy pensando en qué decirle para convencerle, el móvil empieza a tronar con su mortuoria musiquita. Miro la pantalla. Es Rosa.

—Dime.

—El Señor D. ha dejado el mochuelo y se dirige al olivo. Repito, el Señor D. ha dej...

Le cuelgo sin miramientos.

Doy media vuelta y regreso a mi habitación lo más rápido que puedo. Tengo que llamar a Rosa y averiguar lo del mochuelo. Me ha dejado intrigada. Por el camino finjo no ver a Kris ni a Juanfran y me hago la sorda cuando Jose me saluda. Nada más cerrar la puerta tecleo en el móvil a toda velocidad.

—Rosa, soy yo —susurro, nada más contestarme—. ¿Qué querías decirme?

—Ah, hola. Sí, es importante. Te lo digo. El mochuelo se ha reunido con el búho y le ha dicho que mantenga los ojos bien abiertos y que no diga ni pío. —Toma aire y prosigue con su incoherente diatriba—. A continuación ha pillado al topo por banda y le ha recomendado que escarbe todo lo que pueda sin desviarse de su rumbo. ¿Qué te parece?

Que yo sí que tengo que cogerte a ti por banda y aclararte las ideas de una vez por todas.

—Lo que me parece es que deberías hablar en mi idioma; no es por nada importante, solo para que te entienda, ¿sabes? Y rapidito, que me tengo que ir de compras.

—Vale, pero que sepas que así no tiene gracia —se queja—. He oído a Jose hablar con John en la biblioteca y, después de decirle lo que te he contado, Jose le ha contestado: «No te preocupes, las pardillas no saben nada».

Deduzco con brutal claridad, y sin necesidad de que nadie me lo explique, que las pardillas somos nosotras y que Jose debe ser el búho. ¿Quién será el topo?

¡Ay, Señor!

¡Qué poco me gustan los acertijos!

CAPÍTULO 11

Lunes, 22 de agosto
Pero… ¿tú sabes qué hora es?

Voy conduciendo por… Vale, no sé dónde estoy. Carezco por completo de sentido de la orientación. Nulo. Lo que me induce a pensar que me he perdido. Bueno, no importa, todos los caminos llevan a Roma. Encontraré el dichoso mercadillo de la fruta y la verdura y haré la mejor compra de mi vida. Alucinados los voy a dejar. Me siento bien conduciendo el Defender que Jose me ha prestado.

No ha sido tan difícil convencerle; tan solo he tenido que suplicarle, rogarle, ponerle ojitos y morritos y asegurarle que mi sentido de la orientación es excelente, y que cualquier comentario en contra que hubiera podido escuchar al respecto era un bulo difundido por mis detractores, que me tienen una envidia que te cagas por mi magnífica conducción. Cuando por fin ha consentido casi no me lo podía creer. Sin embargo, he de admitir que no ha sido tan sencillo como pensaba. Antes de soltar las puñeteras llaves me ha hecho prometer que tendría muchísimo cuidado; que si surgía algún problema debía llamarlo sin pérdida de tiempo y que: «Por favor, por favor, Crisi, te dejo lo que más quiero en el mundo. Ten mucho cuidado». Mientras decía esto, se le ensombrecían los ojos y su mirada se ha tornado vidriosa. Cuando he conseguido que se callara, prometiéndole el oro y el moro, he subido al coche sin perder ni un segundo, he arrancado y me he largado sin mirar atrás ni una sola vez. No las tenía todas conmigo de que no me siguiera corriendo, como uno de esos poseídos por el diablo dotados de una fuerza sobrehumana que, al llegar a la altura de la ventanilla, meten la mano, te sujetan por el cuello y te zarandean sin ninguna consideración para, a continuación, sacarte por dicha ventanilla y lanzarte por los aires mientras gritan: «¡Devuélveme mi coche! ¡Choriza!».

Me encanta este coche. Yo prefiero los coches cómodos, pero este tiene un *ne se cua* que saca la vena masoquista que llevo dentro. Hace un ruido de mil demonios y no tiene aire acondicionado, lo que me obliga a ir con las ventanillas bajadas; lo que provoca que los pelos se me arremolinen por toda la cara y tenga que pasarme el rato apartándolos si pretendo ver por dónde voy. El agua, que circula libremente por mi espalda (sí, como ríos montaraces), termina de darle el punto gore.

Tras un rato sentada de cara a la interminable y silenciosa campiña que me rodea, con la vana esperanza de que se me encienda una lucecita que me indique por dónde debo seguir, creo que es hora de poner en práctica las enseñanzas de los expertos.

Sin pestañear y frunciendo levemente el ceño, intento recordar las instrucciones que me dieron Jose y Kris para orientarme en el hipotético caso de que me perdiera.

—El este queda a tu izquierda y el oeste a tu derecha. ¿Entendido?

—Sí.

—Tú te diriges al sur. Nosotros estamos al norte. Mientras te diriges al mercado, el sol siempre a tu izquierda. ¿Entendido?

—Sí.

Aquí, llegó el relevo mientras yo intentaba poner cara de brújula de última generación.

—A la vuelta, al contrario. Como regresas al norte, el sol debe quedar a tu derecha. ¿Te has enterado, Crisi? ¿Lo has entendido bien?

—Sí.

—Es fácil. No tiene pérdida.

Bueno, ¿y qué iba a hacer? Decir que no me estaba enterando de nada no era una opción. Dejar que repitieran lo mismo una y otra vez, una pérdida de tiempo. Total, habría seguido sin enterarme de nada por muchas veces que me lo explicaran...

Decido poner en práctica sus simples instrucciones. Estiro el cuello y levanto la vista a través del parabrisas delantero y... ¡Joder! ¡Me he quedado ciega! Me pongo las gafas de sol y con la mano, por si acaso... hago visera y vuelvo a asomarme lentamente intentando atisbar, sin quemarme los ojos, dónde se encuentra situado el puñetero sol, si a mi derecha o a mi izquierda.

¡Será cabrón! Está situado justo encima de mi cabeza.

Retrocedo y pestañeo. No contaba con semejante contratiempo. A los catedráticos, por lo visto, también se les ha pasado por alto este imprevisto cuando han estado dándome el coñazo con la derecha y la izquierda. ¿Y el centro qué? Se han olvidado del centro. ¿Es que el centro no tiene ni voz ni voto?

Vuelvo a mirar, por enésima vez, en todas direcciones, totalmente desorientada. De pronto algo me llama la atención poderosamente. ¿Eso que ven mis ojos son... melones? —Entrecierro los ojos con el fin de obtener una mayor agudeza visual—. No pienso, actúo con rapidez y eficacia. Me bajo del coche antes de que mis ojos me engañen (a veces son muy traidores) y centro la atención en lo que me interesa. Me encuentro rodeada de campos a rebosar de árboles frutales y sembrados de...

verduras. ¡Una ingente cantidad de verduras en distintos grados de madurez!

Lista de la compra en mano, y preparada para enfrentarme a toda una turba de vegetales de todos los colores, me acerco a ellos a toda prisa. Si hasta parece que los oigo susurrar mi nombre. Como la improvisación es mi fuerte, improviso y arranco un par de berenjenas y luego otro par. Esto es como el Nirvana de las hortalizas. No creo que encuentre productos más frescos que estos. Ni más baratos. Una punzada de inoportuna buena conciencia me atraviesa. En cuanto termine de hacer la compra le dejaré al…, al… ¿Cómo se denomina al dueño de un campo de melones? ¡Ah, sí, el pueblerino del melonar! Bien, le dejaré una nota con el dinero al pueblerino del melonar explicando el porqué del expolio al que he sometido su campo. No le importará que arramble con unas cuantas piezas, intento convencerme; tiene muchas frutas. La gente de campo es buena gente. Lo entenderá.

Empiezo a caminar, ya más calmada, entre las zanjas que dividen los distintos cultivos. Voy llenando la cesta de la compra y repasando de vez en cuando mi lista mientras canturreo: «Te he echado de menos, en todo este tiempo he pensado en tu sonrisa y en tu forma de caminar».

Por primera vez en mucho tiempo mi corazón está donde debe, y no paseándose libremente por ahí como tiene la mala costumbre de hacer.

He hecho cuatro viajes al coche y parece que la que va a poner un puesto en el mercadillo soy yo. Estoy cansada y sudorosa. Repaso la lista de la compra: pimientos, sí. Berenjenas, sí. Patatas, sí. Cebollas, sí. Fruta, sí. He cogido dos melones y dos sandías, unos melocotones, unos albaricoques y unas cuantas peras. Suficiente. Al que no le apañe que venga y haga la compra personalmente. Suspiro, feliz. Si hubiera recibido un Premio Nobel después de un descubrimiento vital para la humanidad, no me sentiría más orgullosa.

Me limpio el sudor de la frente con el borde de la camiseta y me acomodo sobre una piedra con el fin de ponerme a sacar cuentas. Pero lo primero, llamar a la experta.

—Mari Luz —digo nada más oír su voz—, ¿a cuánto está el kilo de pimientos? Y lo que es más importante, ¿cuántos pimientos caben en un kilo?

—Buenos días a ti también —me saluda—. ¿Para qué lo quieres saber? ¿Te vas a dedicar a cultivarlos? Te advierto que con eso no te haces rica, guapa —contesta riendo.

—Muy graciosa. Mira, te voy a leer la lista que tengo y tú me vas dictando los precios. Tengo que sacar unas cuentas. —Es todo cuanto le explico.

Empiezo a recitar todo lo que he cogido y voy anotando a toda prisa en mi libretita los precios que Mari Luz me va diciendo. Cuando por fin terminamos le pregunto:

—¿Esos precios son venta al público en un centro comercial, verdad?

—Sí, corazón. ¿Se puede saber para qué quieres saber todas esas cosas? —me pregunta, muerta de curiosidad.

—Ahora mismo no tengo tiempo. Ya te lo contaré cuando nos veamos el domingo. —Antes de colgar me acuerdo de mis niños extraviados—. Dale un beso muy, muy fuerte a los gemelos y diles que les llevaré un regalo. Adiós.

Puede que haya sido un poquito brusca al despedirme, pero es eso o dejar que me crezca barba. Y no me queda bien la barba. Me vuelvo a secar el sudor del cuello con la camiseta y empiezo a sacar cuentas en la libreta. Menos mal que solo es sumar y restar, si además tuviera que dividir tendría un serio problema entre manos.

Bueno, ya he terminado. Casi. A la totalidad del importe, le resto el intermediario, los portes, las tasas de impuestos, lo que considero que le carga el centro comercial y... Pienso durante un momento cuánto puede cobrar un peón que trabaje en el campo. Decido que diez euros por la hora y media que he tardado en recolectarlo todo es un salario justo. No pretendo abusar de mi patrón.

—¡Caramba! —exclamo sorprendida al ver el resultado—. Este tipo me debe dos euros.

Cuando por fin me doy cuenta de que lo único que me queda es pagar, me levanto para buscar una piedra grande donde dejar el dinero. Sigo teniendo muchísimo calor. Si no fuera tan pudorosa me quitaría la camiseta y me quedaría solo con el sujetador. Total, aquí no hay nadie. Sería como quedarme en biquini. Me levanto y sujeto la camiseta por los bordes inferiores, dispuesta a sacármela por la cabeza de un tirón. Pero cuando estoy a punto de levantar los brazos y despojarme de la innecesaria prenda, un movimiento inesperado llama poderosamente mi atención. Me bajo la camiseta con rapidez y me giro para ver al intruso que tan inoportunamente ha interrumpido mi intento de refrescarme.

Un chico vestido con un mono de trabajo azul, el pelo negro alborotado y tez tostada por el sol conduce un pequeño tractor que, a su vez, arrastra un minúsculo remolque cargado con botes de..., achico los ojos, parecen botes de mermelada. Rápidamente saco el monedero. Pienso pagarle las verduras al melonero del tractor. Aunque teniendo en cuenta mis cuentas anteriores, si además de los dos euros que me debe, le aplico el descuento por pronto pago, me tendría que quedar con el tractor en prenda (no lo digo yo, lo dice el gobierno). Mientras camino hacia el chico, reflexionando sobre lo arbitraria que puede llegar a ser la vida en general, y la de los trabajadores por cuenta propia en particular, me doy cuenta de que ya he llegado junto a él.

—Buenos días —saludo, balanceando la cesta de la compra—. ¿Podrías echarme algo? —le pregunto con una sonrisa radiante, señalando con un gesto de cabeza la cesta y a continuación los botes de mermelada.

El chico no contesta, tan solo me estudia de arriba abajo con los ojos abiertos de par en par sin decir ni media palabra. Al cabo de un momento, me dedica una sonrisa de…, de… ¿sátiro?

—¡Un polvo te echaría yo a ti, guapa!

Un pelo me ha faltado para esbozar una sonrisa exultante al escuchar el cumplido, antes de que el sentido común se impusiera. Y como no pretendo darle alas…, compongo en mi rostro la expresión de mafioso y, esta vez, sí da resultado. La boca se le abre de par en par por la impresión y recula asustado en su asiento. Qué pena que no haya podido verme John. Hoy no se habría reído tanto.

—¿¡A ti qué puñetas te pasa!? ¿No te enseñan educación en el colegio? —le increpo—. ¡Joder con el niñato! —Acabo de saltarme a la torera eso de que la mejor educación es un buen ejemplo. Al ver la cara de susto que se le ha puesto, me arrepiento de mi arrebato con rapidez—. Bueno, no te asustes —le tranquilizo mientras echo mano al monedero—. Solo quería pagarte por el servicio que me has prestado. —¡Qué mal ha sonado eso, por Dios!—. Perdón, me he expresado mal —me disculpo—. Por el servicio que me ha prestado tu campo. —Eso tampoco ha sonado mucho mejor. Aturullada, saco un billete de cincuenta euros y se lo pongo en la mano. Antes de dar media vuelta y marcharme, me animo a darle un buen consejo—. No vuelvas a decirle esa grosería a ninguna chica a la que acabas de conocer. Otra cosa sería que ya la conocieras, entonces…, claro, la cosa cambia, ¿sabes? Entonces… —«¿Entonces qué, Crisi? ¿Puede permitirse el lujo de ser todo lo grosero que le dé la gana?». Noto que me estoy desviando del tema principal y rectifico antes de que sea demasiado tarde y termine aconsejándole cualquier tontería—. No vuelvas a hacerlo o te encontrarás con dos bofetadas bien dadas. —Sin dejarle contestar y, estimo, agradecido por el consejo que acabo de darle, doy media vuelta y enfilo hacia el coche a paso ligero.

El móvil empieza a sonar por tercera vez. No contesto. Ya sé quién es.

Me subo en el coche y conduzco sin saber hacia dónde me dirijo. Ni mucho, ni poco; no lo sé. Me animo y levanto la vista al cielo. Bien, ahora mismo tengo el sol a mi izquierda. Supongo. Así que tengo que…, que…

—¡Oiga, señor! —le grito a un ciclista que circula unos metros por delante de mí.

—¿Yo? —pregunta sorprendido, parándose a un lado del camino.

No me imagino a quién cree que llamo a gritos, si aquí no nadie más que él y yo.

—¿Sabe usted, si para ir a… —le digo el nombre del pueblo— voy en la dirección correcta? Estoy alojada en una finca enorme junto al mar que se llama *Over the sea*.

—¿Se aloja usted en «Oberdesi»? —pregunta a gritos desde la bicicleta. Estamos separados unos tres metros y no parece que tenga intención de acercarse. Pues yo tampoco pienso bajar del coche. No después de la experiencia que acabo de vivir en el campo de melones—. Yo trabajo allí de jardinero a veces. —Se le alegra el semblante—. ¿Cómo están las azucenas? —eleva todavía un poquito más la voz.

Chafadas.

—Una verdadera maravilla —contesto en cambio.

—¿Y las petunias?

—¿Las petunias están plantadas junto a las azucenas?

—Sí. —Su cara rebosa emoción.

En las mismas condiciones.

—Preciosas, preciosas —las alabo con una sonrisa—. Una verdadera maravilla también. —Sin perder tiempo, desvío el tema a lo que de verdad me interesa—. No termino de orientarme. Me he perdido un poco, ¿sabe? ¿Podría indicarme el camino, por favor?

El ciclista-floricultor me da una serie de indicaciones, que yo sigo al pie de la letra rogando por no volver a perderme. De repente aparecen ante mí los dos enormes pinos. Suspiro aliviada. Giro la muñeca y compruebo la hora: las tres y media. No está mal. Ha habido momentos en los que he llegado a pensar que regresaría como tres o cuatro días después. Eso con suerte.

Acelero, y recorro el camino que me lleva a la casa con una sonrisa y levantando una polvareda del demonio. Un comité de no-bienvenida me espera a la puerta de la casa. Se me borra la sonrisa de la cara en menos que canta un gallo. Sin darme siquiera tiempo a aparcar, Jose se acerca y abre la puerta del conductor de un tirón.

—¿Dónde te habías metido? —grita. Grita mucho—. Estábamos muy preocupados. ¡¿Tú sabes qué hora es?!

—Sí, sí, acabo de verla. No te enfades. —Le palmeo el hombro con suavidad—. No ha sido culpa mía. Verás, es que han cambiado el mercadillo de sitio, ¿sabes? —miento con tranquilidad; luego compongo una mueca de pena—. Me ha costado encontrarlo un montón, y luego el sol no estaba donde se supone que debía estar. El muy cabrón.

—¿Qué?

—El sol... —Le sonrío con cariño—. No estaba donde me dijisteis, ¿sabes? El muy puñetero se colocó justo encima de mi cabeza, y eso..., bueno..., me confundió un poco.

Suelta una carcajada.

—¿Le has hecho algo al coche? —pregunta, ya más calmado.

—No, está perfectamente. —Le doy unos golpecitos al volante—. Este coche es una pasada. Yo también estoy bien, gracias —añado con retintín.

Como de costumbre, no me hace caso. Está demasiado ocupado dando una vuelta alrededor del vehículo, comprobando que no haya sufrido ningún desperfecto.

—Baja. Yo lo aparco —me ordena.

Los demás eligen el momento en el que pongo un pie en el suelo para someterme al tercer grado. La mayoría parecen preocupados. John está, sin lugar a dudas, enfadado. Y Miranda, sin sentimientos visibles, nos observa desde la distancia. Colijo que estudiando el comportamiento del ser humano en una más de sus múltiples y enigmáticas facetas. No en vano estudia primero de psicología.

Está claro que ha llegado la hora de aguantar una oleada de preguntas incómodas, aunque todas ellas previsibles: «¿Qué te ha pasado?». «¿Le has hecho algo al coche de Jose?». «¡Joder, Crisi!, ¿no te cansas de darle disgustos a tu hermano? Que, dicho sea de paso, soy yo». «¿Has ligado con alguien?». Y yo contesto la primera ocurrencia que se me pasa por la cabeza, confiando en que no me pillen en falta: «Ha sido el sol. Es un engorro que siempre ande jodiendo la marrana». «El dichoso mercadillo está en busca y captura; no me ha quedado más remedio que buscarme la vida». «Sí, sí. No he tenido ningún problema para encontrar otro mercado»... «¿Perdida yo...? ¡Ja!, esa sí que es buena».

—¿Por qué está toda la compra tirada de cualquier manera, ensuciándolo todo de tierra? —Los ojos se me abren del susto y pego un bote de un palmo casi imperceptible al ver a Jose a mi lado—. ¿Es que no les quedaban bolsas para meter la compra en ese mercadillo al que has ido?

—Eh..., ¿no me han puesto bolsas? No me había dado ni cuenta. ¿De veras? Eh... —Abro la boca con intención de decir algo coherente mientras me froto la frente en busca de alguna idea creíble y novedosa. La que sea. Nada.

Tras unos momentos de tenso silencio, damos un respingo sobresaltados al escuchar el motor de un coche y la música atronadora que lo acompaña.

CAPÍTULO 12

Lunes, 22 de agosto
A esta hora ya deberíamos estar comiendo

Luciano acaba de salvarme por los pelos. Ha llegado un poco más tarde de lo que le esperábamos. La puntualidad no es su fuerte. Le estaré eternamente agradecida por ello. En el momento en el que baja de su coche, dejándolo en medio del camino sin molestarse siquiera en aparcarlo bien: «¿Para qué? Ancha es Castilla», me doy cuenta de que lleva el pelo negro y engominado repeinado hacia atrás. No era ese el *look* que lucía hace trece años. Me gusta. Le queda bien. Le da un toque maduro que le viene de perlas, dada su tendencia natural a provocar desastres carentes de toda premeditación.

Un conato de sonrisa se dibuja en mi cara al reparar también en su indumentaria: camisa hawaiana, pantalones cortos y chanclas componen su atuendo. Lo remata con unas gafas de sol ultramodernas. Me encantan. Es un hombre que está de muy buen ver. Tan moreno de pelo y piel, siempre se le han dado bien las chicas. Nosotras (con nosotras me refiero a Rosa y a mí) somos inmunes a sus encantos. Le conocemos desde hace demasiado tiempo y demasiado bien. Impasible a la plétora de miradas curiosas, cierra la puerta del coche de un portazo y, zalamero como es él, se acerca a repartir besos y abrazos a troche y moche.

—Rosita... —La levanta por los aires con un abrazo de oso—. Estás guapísima —le dice mientras le planta dos besos en el cuello—. ¡Joder! Qué ganas tenía de veros, tíos. ¡Hostia! Pero si está aquí el Sucio Belga.

Al Sucio Belga se le ha puesto cara de hueso rancio. No tengo ni la más remota idea de dónde, cuándo ni por qué le pusieron ese apodo, pero no parece que le haga mucha gracia. Por suerte, todo tiene un lado positivo en la vida. Los que ya habíamos olvidado el mote nos estamos riendo a carcajadas.

—¡Cuántos años! —exclama Luciano, ajeno a la reacción que han provocado sus palabras. Le tiende una mano a Kris, contento de volver a verlo—. A los demás sí los he visto en casa de Jose... pero... ¡joder!, a ti hacía por lo menos trece o catorce años que no te veía. Desde..., desde que te pillaste aquel mosqueo con... algo relacionado con... —Chasquea los dedos intentando hacer memoria—. Bueno, tío, qué más da. Te pillabas tantos cabreos que es imposible acordarse de todos.

Le sacude la espalda como quien sacude un saco de boxeo, dejando a un muy sonriente Kris moviendo la cabeza de un lado a otro y farfullando algo así como «pedazo de cabrón», y se vuelve hacia mí con los brazos extendidos.

Por un momento, considero la posibilidad de salir corriendo. Un abrazo de Luciano y mis costillas cascarán irremediablemente. No me da tiempo. Unos brazos fuertes me envuelven y me levantan en volandas mientras me deposita una miríada de besos sobre las mejillas y el cuello. Luciano es un tío fuerte y adorable al que le encanta dar abrazos de oso.

Ahogo un gemido.

—Ten cuidado, Luci —dice John con los dientes apretados—. Le vas a hacer daño. Tiene las costillas magulladas.

Me suelta con la misma rapidez que soltaría a una mofeta cabreada.

—Perdona, cariño, no lo sabía —se disculpa—. ¿Te he hecho daño?

—Tú nunca podrías hacerme daño —le contesto dándole un abrazo, contenta de tenerlo con nosotros aunque sea por tan poco tiempo—. Estoy bien. Ya casi no me duelen —le susurro—. Luego te cuento lo que pasó. Es una larga historia.

—¿Tiene algo que ver con el chorreo que te estaba cayendo al llegar yo? —pregunta en voz baja.

Levanto la vista y me muerdo los labios, reprimiendo la risa. Jose todavía está mosca.

—Esa es otra larga historia. Jose me ha dejado el Land Rover y, no sé cómo, he acabado en el campo de un niño pervertido. Ya te contaré.

—Ven, preciosa. —Me rodea los hombros con un brazo—. Vamos a alejarnos un poco para poder hablar tranquilamente. —Luciano es supercariñoso. Un encanto. Cuando considera que ya nos hemos alejado suficiente me dice—: Así que te has perdido. —Asiento con la cabeza—. ¿Durante cuánto tiempo?

—Aproximadamente... unas tres horas. —Se coloca las gafas sobre la morena cabeza y me lanza una mirada de incredulidad—. Sí. Y eso no es lo peor. Le he dicho a Jose que mi sentido de la orientación no tenía parangón. Y... le he dejado el interior del coche hecho una porquería —añado, después de comprobar que nadie más nos escucha.

De repente mi confesor da media vuelta y grita con toda la fuerza de sus pulmones:

—¡Jose, eres un pardillo! Todo el mundo sabe que si Crisi da dos vueltas sobre sí misma no se encuentra ni los cordones de los zapatos —se chiva, antes de estallar en carcajadas.

Me quedo pasmada. La pequeña parte de mi cerebro que no se ha achicharrado con el sol está muy entretenida buscando una vía de escape.

—Eres un capullo, Luci. —Le doy un golpe cariñoso en el hombro y me uno a él en sus risas.

—La tentación era demasiado fuerte. Además, a esta distancia no puede estrangularte.

Nos damos la vuelta, abrazados, y entramos en la casa. Por el rabillo del ojo veo que Jose también ríe. Suspiro aliviada. John no nos quita el ojo de encima. Tiene cara de mala uva. Me alegro.

Al entrar en la cocina nos encontramos con Laura. Se la ve muy atareada.

—Laura, este es Luciano —la interrumpo.

Se gira con una sonrisa. Mira con atención a Luci.

—Encantada, *Lusiano*. He oído hablar mucho de ti.

—Igualmente, guapa. —Se inclina y le estampa los dos besos de rigor. Esta vez deja el cuello tranquilo. Todavía no ha cogido confianza. No tardará mucho. Sin cortarse ni un pelo, añade—: No fui a tu boda porque tu marido no me invitó. —Sonríe socarronamente—. Claro que yo tampoco invité al Sucio Belga a la mía.

Al ver la cara de pasmo de Laura, suelta una carcajada, a la que no tardamos en unirnos, y, girando sobre sus talones, sale a la terraza.

—¿Todos vuestros amigos son guapos? —me pregunta con ojillos chispeantes.

—No sé —contesto, encogiéndome de hombros—. Los tengo demasiado vistos.

—¿Al irlandés también?

—A ese no me importaría conocerle un poco más. —Sonrío a modo de «Tú me entiendes, ¿verdad?»—. ¿Qué estás preparando? —pregunto cambiando de tercio. No quiero que Luci nos oiga hablar de cierto moreno.

—En la fuente que hay sobre la isla central hay huevos Mimosa. En el horno está *cosiéndose* un asado de ternera, que me figuro ya estará en su punto. Sin salsa. No tenía *sebollas.*

—No te apures. Las cebollas ya están aquí. Humm..., ¡qué hambre! —Ya estoy salivando solo de pensar en el asado—. Me doy una ducha rápida y bajo en cinco minutos. ¡Ve cortando las cebollas en trozos pequeños! —le grito desde la escalera.

Dicho y hecho. La ducha es digna de un récord mundial. Un minuto para subir la escalera, mientras me despojo de la ropa por el camino. Un minuto bajo el agua enjabonándome pelo y cuerpo con celeridad y presteza. Otro minuto para secarme mal y ponerme unos pantalones cortos y una camiseta. Sin sujetador. Un minuto más para plantarme al lado de Laura en la cocina. Total, cuatro minutos. Soberbio.

Me avergüenza tener que reconocerlo, pero nada más entrar en la cocina me lanzo en picado sobre la nevera. Necesito una cerveza helada. Si te refrescas por fuera pero no lo haces por dentro es como si hubieses hecho el trabajo del tonto. Me la termino casi sin darme cuenta y me acerco con entusiasmo a por otra para compensar la poca atención que le he prestado a mi casi deshidratación mañanera. Miro el reloj: las cuatro de la tarde. Laura ya está poniendo la mesa en la terraza. Me acerco a los fogones y remuevo las cebollas. Ya casi están pochadas. Volteo, volteo, volteo y le añado la harina y la nata. Remuevo, remuevo y remuevo y *voilà!*, salsa lista y... pelín grumosa. Apago el fuego. Me termino la cerveza y me acerco a la nevera a por la tercera. Dudo. La cojo. Total... de aquí a la cama.

—¡Laura! —vocifero con toda la fuerza de mis pulmones—. ¡Ya puedes sacar los huevos y la ensalada a la mesa!

Llama a todo el mundo que esto ya casi está. ¡Laura!, ¿me oyes? —continúo llamándola a grito pelado desde la cocina.

—Te oigo yo y medio país. —Asoma la cabeza por la cristalera de la terraza. Va tapándose las orejas con las manos y me mira con cara de guasa.

—Venga —digo palmeando en el aire—, date prisa que estoy muerta de hambre.

Me acerco a un horno que no quiere quedarse quieto. Se tambalea como un barquito en medio de una tormenta. ¿O soy yo? Al llegar hasta él, lo sujeto con fuerza y saco el asado. «¡Quietecito, eh! Si sigues moviéndote así terminarás en el fondo del mar», le aconsejo a la inestable fuente del asado, que se empecina en ir dando bandazos.

—¡La salsa ya está preparada! —voceo de nuevo. Le doy un último trago a mi cerveza, me quito el delantal y me dejo caer, derrengada, en una silla.

¡Qué dura es la vida del ama de casa!

—Esto está exquisito —dice Miranda, y se sirve otro huevo relleno—. Mañana os va a costar superarnos.

Me encanta. Prepotencia pura y dura.

Y todavía me encanta más que Luci no le haya prestado atención cuando se la hemos presentado. Ha estado tan ocupado poniéndose al día con todos los demás que, aparte de un ligero saludo mientras ella cavilaba en secreto sobre las expectativas que se le presentaban, no le ha hecho el menor caso.

—¿Te vas a encargar tú de la cena? —digo con intención. Con intención de tocarle un poco las narices. Ese «nos» que tan alegremente ha utilizado me ha llegado al alma.

—Sí, claro. Por supuesto. No hay problema —contesta, sorprendiéndonos a todos.

Intercambio de miraditas escépticas.

—Como tu amiga nos ponga para cenar comida para conejos, yo me largo —le susurra Jose a John, que pone los ojos en blanco y murmura:

—Yo también.

—Crisi, ¿has traído calabazas?

—¿Humm?

Parece que da mi respuesta por afirmativa.

—Voy a preparar una sopa de calabaza que os vais a chupar los dedos. —Y sin abuela de por medio, continúa—: A mí me sale buenísima.

Si consigue preparar una sopa de calabaza sin calabazas, me como el sombrero.

Ese que guardo junto a las calabazas.

Terminamos de comer y repetimos el mismo ritual del día anterior. Una vez recogido todo, nos sentamos de tertulia delante de un café y nos relajamos charlando y contemplando el suave vaivén del mar que, sin darnos cuenta, nos adormece con su suave balanceo y su irregularidad. Eso o las cervezas están haciendo de las suyas.

—¿Qué te apetece hacer esta tarde, Luci? —pregunta Jose de repente.

—No sé. Nada. Aquí se está de puta madre. Bueno... —rectifica—. No me importaría mucho dar una vuelta en esa moto tan chula que he visto aparcada por ahí detrás.

—Es toda tuya —se la ofrece Jose desinteresadamente.

—¡De eso nada! —espeta Kris, que se ha espabilado de golpe—. Mi moto solo la toco yo.

—¿Eso es una negativa en toda regla o se puede prestar a debate?

Luci se enciende un cigarro, preparándose para una discusión que sé de antemano que va a ganar.

—Es un no rotundo. Aquí no se presta nada de nada.

—Te doy mi palabra de honor de que no me alejaré y tendré muchísimo cuidado. —Eso me suena un montón—. Venga, tío. No seas así. Ya no tenemos quince años. He madurado, ¿sabes? Estoy casado —intenta convencerle—. Tengo hijos. Responsabilidades. Ahora soy muy cuidadoso.

Luciano siempre ha sido del tipo de los que se salen con la suya. No creo que haya cambiado mucho. Kris, en cambio, siempre ha sido más del tipo de los que no dan su brazo a torcer. Creo que se lo van a romper. Puede que el secreto de Luci para salir siempre victorioso esté en hacer como que no te importa lo que diga el otro. Puede que sea por la sonrisa confiada... Puede que por los argumentos que esgrime... No, los argumentos seguro que no son lo que le va a dar la victoria. Es la seguridad en sí mismo que irradia lo que va a alzarle como vencedor.

—¿Qué tengo que hacer para que te calles? —Kris ya está acorralado—. Eres un pesado.

—Déjame la moto cinco minutos y me callo.

—Prométeme —le ordena—, que vas a tener cuidado y no te vas a ir muy lejos.

—Kris...

—¡Prométélo! Si no lo prometes no hay moto que valga.

—Si le dejas la moto a Luci —interviene John guiñándole un ojo a mi hermano—, Carlos y yo también queremos dar una vuelta.

—¡Y una mierda, chaval! Carlos no tiene carné de moto.

—Pues por eso. —Ríe Carlos, siguiendo la broma—. No creo que haya mucha diferencia entre Luci y yo.

Kris le lanza una mirada irritada, no sin antes haberse puesto verde. Creo que va a potar.

Nos levantamos y vamos a por la moto. Rodeamos la casa disfrutando de la sombra de los árboles y el aroma de las flores. Relajados. Charlando y riendo. Todos menos Kris, que parece un reo condenado a la silla eléctrica esperando una descarga de doscientos mil vatios. Va arrastrando un pie delante del otro hacia un destino peor que la muerte. De repente se para. Parece que necesita un momento a solas para mentalizarse y enfrentarse a lo que el destino le tenga deparado con la cabeza bien alta. Eso, o está pensando en dar media vuelta y echar a correr.

—¡Eh! ¡Kris! ¿Qué haces? —gritamos desde el sombraje—. Te estamos esperando.

Nos mira, entre sorprendido y resignado. Su cara se contrae en una mueca de dolor y empieza de nuevo a mover los pies.

Pobre Kris. Me da pena. En esto de prestar su burra todavía es más raro que Jose. Aunque, ahora que lo pienso, me doy cuenta ligeramente contrariada de que Jose le deja sus vehículos a todo el mundo, sin poner pegas, excepto a mí. A micropasos y sacando fuerzas de flaqueza, Kris saca las llaves de la moto de un bolsillo y se las ofrece.

Luci se las arrebata de un tirón, con alegría.

—El casco, tío. Sin casco no puedo montar.

La sola mención de su casco le hace reaccionar con rapidez.

—No. De eso nada. Mi casco es sagrado. Si quieres te pones una cacerola en la cabeza porque no pienso dejarte mi casco. Me da igual lo amigos que podamos ser.

A Luciano, un tío de naturaleza alegre, relajada y bastante pasota, le resbala casi todo. No se ofende.

—Vale. —Se encoge de hombros—. Iré sin casco. Total, voy a dar una vuelta muy corta.

Se sube a la flamante BMW GS1150 blanca, mete la llave en el contacto y la arranca con suavidad. El motor cobra vida y ruge con sus cien caballos de potencia; luego saca la moto de debajo del techado y acelera varias veces.

—¡Qué pasada! Esto es música celestial.

El dueño de la moto hace un gesto afirmativo. Tiene la cara roja como un tomate. Me parece que se ha olvidado de respirar. Intrigada, me doy cuenta de que pasa del rojo al blanco y del blanco al verde, y del verde vuelta otra vez al rojo. Toda una gama de colores indicativo de su estado emocional.

Jose, el otro motero experimentado, se abre paso y se coloca entre la moto y nosotros con la intención de darle algunas instrucciones a Luci. Puesto que el dueño se encuentra indispuesto en estos momentos, ha decidido actuar de padrino.

—Ten cuidado —oigo que murmura con actitud flemática y profesional. O al menos todo lo profesional que se puede ser, teniendo en cuenta que el que va sentado a la moto no le hace ni pajolero caso—. Como te caigas, a este le da un infarto. El embrague suelta al final. No toques el freno delantero, a no ser que sea absolutamente necesario; este bicho tiene mucha potencia. No corras y utiliza solo el freno trasero. Lo único que...

—Me estás dando dolor de cabeza...

Me da la impresión, al ver la cara de impaciencia de Luciano, de que Jose está intentando que un polluelo vuele antes de salir del cascarón. Cuando termina de aconsejar al viento, se aparta a un lado y deja a un sonriente Luciano a su suerte.

—¡Espérame, Luci! Me voy contigo —grita Juanfran de repente. Parece ser que también le ha entrado el gusanillo de la moto.

Empieza a correr, toma impulso y, apoyando las manos sobre el colín, tensa los brazos y da un salto. Consiguiendo que lo difícil parezca fácil, se deja caer sobre el asiento tras Luciano. Se miran en plan cómplices. Se sonríen en plan colegas. Y se acomodan como si se dispusieran a dar la vuelta al mundo.

A estos dos no les volvemos a ver el pelo hasta la hora de cenar. Y gracias.

—No os vayáis muy lejos —repite Kris con expresión demacrada.

Parece ser que el viejo Luciano ha vuelto a las andadas. Tan entusiasmado está que no se molesta ni en replicar. Ya puestos, ni en levantar la vista. Sus ojos muestran un brillo travieso mientras ríe con su compinche. De repente, acelera, aprieta el embrague, mete primera y suelta el embrague, de golpe. La moto se levanta sobre la rueda trasera en un visto y no visto. Un caballito precioso, si no fuera porque acaban de caerse de culo. Como en un rodaje a cámara lenta, contemplamos cómo la moto sigue moviéndose en línea recta sobre una única rueda. Considero que las posibilidades de que la moto se espachurre son altísimas. Casi casi las mismas de que a Kris le dé un infarto.

—¡Estarás contento! No nos hemos ido muy lejos —constata Luci, y rompe a reír, tapándose la cara con las manos. Juanfran, sin saber que está jugándose la vida, le secunda.

Kris lanza un grito angustiado y sale disparado detrás de la moto, seguido de cerca por Carlos. Jose y John también salen corriendo en un intento desesperado por frenarla en su avance hacia la destrucción. No consigo distinguir muy bien, entre tanto barullo, quién se encarga de subirse y pararla antes de que lo haga ella sola. Laura, Rosa y yo aplaudimos como locas; tanta testosterona suelta siempre resulta, cuando menos, novedoso y sugestivo. Mientras tanto, Kiri se ha acercado junto a los accidentados, comprobando que no han sufrido daño alguno.

Esfuerzo inútil. Si no han sufrido daños los van a padecer muy pronto.

Sus risas son contagiosas.

Un minuto. Solo un minuto y podré parar de reír. Lo prometo.

—¡A la puta mierda os vais a ir! ¡A la puta mierda! —espeta Kris con convicción—. ¡Sois unos cabrones! —Eso también lo ha dicho convencido.

—¡Oye! —protesta Juanfran entre risas—. ¡Que yo solo me he caído!

—¡Eres un cabrón, Luciano! —rectifica siseando—. Lo único que te he pedido es que tuvieras cuidado y que no te fueras muy lejos.

—Una de dos no es un mal porcentaje. —Luci se levanta y se sacude los pantalones—. Además, los únicos perjudicados hemos sido nosotros. No te pongas así, hombre.

—Sí, muy perjudicados. —Juanfran hace una mueca de dolor—. Estoy seguro de que me he partido el culo.

La única pega que le encuentro a las disculpas de Luci es que no lo parecen. Sus gestos son de una indiferencia y relajación totales. Este tipo de situaciones son de las que suelen provocar distintas reacciones. Por un lado las risas generalizadas y, por otro, un Kris a punto de ebullición.

—Reíros, reíros, que el que ríe el último ríe mejor —nos amenaza, haciendo gala de una desconsideración total hacia nuestros sentimientos.

Tras un esfuerzo supremo, me aguanto la risa y me quedo mirándole con gesto especulativo. No puede decirse que me haya sorprendido su indignada reacción. Pero tampoco hace falta que resulte tan aguafiestas. Está ahí, de pie, fulminándonos con la mirada y prometiendo venganza. Y de pronto me doy cuenta de que Kris hubiese sido feliz en la época de la Inquisición. Una baza significativa en el equipo de Torquemada, sin lugar a dudas. No me cuesta ningún esfuerzo imaginarle en las cámaras de tortura, obviamente torturando a cualquiera que se atreviese a tocarle su..., a tocarle su... Bueno, a tocarle lo que sea que él considere de su propiedad.

Nunca he conseguido entender por qué una persona sufre tanto por un simple objeto. A diferencia de otros, yo jamás le he cogido cariño a nada material. Tan solo mi pequeño apartamento escapa a este sentimiento de desapego. Pero bueno, hay que tener en cuenta que es lo único que me queda. Es lógico que si, por ejemplo, se incendiara, cogiera un berrinche de padre y muy señor nuestro. Tendría que vivir sobre un banco o debajo de un puente. Y ninguno de los dos, en general, destacan precisamente por su calidez.

Pensando con detenimiento…, sí, cuando era niña le tenía mucho apego a mis canicas de colores. En aquella época, jugaba con mi hermano y sus amigos. Poníamos una canica de las gordas a una distancia prudencial y lanzábamos las otras, más pequeñas, de una en una. El que acertaba a darle se la quedaba. Las perdí todas, las grandes y las pequeñas. Solo con el tiempo me di cuenta de que lo que a mí me parecía una distancia enorme a los cinco años, para los chicos que me doblaban la edad no era más que una manera fácil de apropiarse de las canicas de una niña.

¡Abusones! Mi hermano el que más. Me dolió. Me dolió muchísimo abrir mi bolsito de Hello Kitty y comprobar que ya no me quedaba ni una sola bola.

También se apropiaron de mi colección de cromos de *La guerra de las galaxias*, de los soldaditos de plomo que me regaló mi padre y de mis réplicas en miniatura de maquinaria agrícola industrial. Muy útiles para transportar toda la arena de la playa.

Ni que decir tiene que a fuerza de dejarme sin nada, los muy inútiles no se daban cuenta de que iba sustituyendo los artículos que iban adquiriendo con malas artes por otros que me daba igual perder. A mí lo que me interesaba era la compañía. De esta manera siempre la tenía. Nunca me dejaban sola. ¡Como que iban a dejar pasar la oportunidad de arramblar con todos mis juguetes! Los muy cabrones.

Sin embargo, la cuestión no es cómo se apropiaron de todos mis cachivaches, sino que al final dejara de importarme no tener bienes materiales.

La voz de Jose me saca de mis cavilaciones. Parpadeo, atontada.

—No ha pasado nada grave, tío. Está bien. La hemos cogido a tiempo.

¿Está hablando de una moto o de una paciente con parada respiratoria a la que se han visto obligados a practicarle el boca a boca?

Le hace señas a Kris para que se acerque y compruebe por sí mismo sus palabras.

—¡Nunca más! ¿Me oyes? Nunca más vas a poner tus zarpas encima de mi burra. Ni de nada mío.

Kris coge «su» moto y sin decir ni una palabra más le da la vuelta y se encamina hacia el techado. Lleva un cabreo de aúpa. Su respiración tampoco está muy allá que digamos. Va rotando la cabeza, como la niña del exorcista. Una crisis emocional en toda regla, sí, señor. La cuestión es: ¿cuánto le durará? ¿Un rato? ¿Días? ¿Años? Con él nunca se sabe. Es un rasgo atrayente a la vez que repelente de su personalidad alienígena.

Lo miro con disimulo y hago ademán de seguirle; pero luego lo pienso mejor. A pesar de mis buenas intenciones, le tengo mucha estima a mi cabeza.

¡Bah! No desperdicio el tiempo calentándome los cascos. Ya volverá.

—Yo te ayudaría pero... ¡me duele mucho el culo! —grita Juanfran desde el suelo.

—Finge que está enfadado, pero solo pretende hacerse notar —comenta Luci con la vista fija en la espalda de Kris. Se sacude de nuevo las manos y, como si el mosqueo de Kris estuviera totalmente fuera de lugar y no tuviera nada que ver con él, propone sonriendo—: ¿Vamos a darnos un baño? El agua está buenísima.

—¿No deberíamos ir a ver cómo está? —pregunta Rosa, con un deje de compasión en la voz, en el momento en el que todos nos damos la vuelta para marcharnos.

—No te apures —le aconseja Juanfran con dulzura, pasándole un brazo por los hombros—. Cuando se le haya pasado el berrinche y baje a la playa lo cogemos entre todos y lo tiramos al mar para que vea que no estamos enfadados con él.

Aceptamos su propuesta con ganas. Nos parece una idea excelente. Sin embargo, y por razones de seguridad, decidimos llevar con nosotros las raquetas de tenis no vaya a ser que tengamos que defendernos a raquetazos de un muy dolido y cabreado Kris. Y sin perder ni un minuto (dicen que el tiempo es oro), entramos de nuevo en la casa y cogemos nuestras toallas antes de bajar a la playa.

Sí, lo sé, somos unos amigos realmente solidarios.

—Cuidado con las escaleritas, Crisi —se mofa mi hermano—. Tu nariz no lo soportaría.

—Te crees muy gracioso, pero no lo eres. —Le hago una mueca. Pero por si acaso, no le quito el ojo de encima a los malditos escalones asesinos.

Dispuesta a disfrutar de la tarde veraniega, dejo caer mi toalla sobre la arena lo más cerca de la orilla posible y me deshago del pareo. Pienso echarme la siesta del borrego. Estoy agotada.

—Miiiiraaa, qué mona. —La voz cadenciosa de Laura me hace sonreír—. *Parese* un caramelito de limón.

Llevo puesto mi biquini amarillo limón. Para todo trote. El verde otoñal con ligeros toques... solo lo utilizo para lucirlo en alguna terraza. Si me baño con él, igual se estropea y me da un pasmo.

—Espera que tenga un hijo y en vez de un caramelito parecerá una tarta de limón. —Rosa se palmea la tripa casi plana—. Ya nada volverá a ser igual. —Suspira, nostálgica.

—Mira que eres idiota. Ya quisiera yo, si alguna vez tengo un hijo, estar como tú estás —le contesto mientras me unto un poco de crema solar.

De reojo veo que John ha extendido su toalla junto a la mía. Me recorre de arriba abajo con una mirada... ¿ardiente?

Una de dos, o estoy perdiendo el poco seso que me queda o tengo que dejar de beber. Últimamente veo visiones.

Nerviosa por cómo me está mirando y ansiosa por demostrar una actitud competente, de la que últimamente no he hecho gala, me agacho, recojo la toalla y doy un golpe de muñecas para estirarla sobre la arena. Lo hago con tanta fuerza que, en vez de caer sobre la arena como debería hacer, la muy incompetente me da un latigazo en el culo antes de enrollarse sobre sí misma y volver caer flácida sobre mis rodillas.

—Deja que te ayude —se ofrece John. Posa sus manos sobre las mías y me arrebata la toalla con delicadeza. Da un efectivo y contundente golpe de muñecas y veo, asombrada, cómo la puñetera toalla aterriza sobre la arena como si fuera una pluma. Y para más inri, esquinas rectas y sin un solo grano de arena. La suerte del novato.

—¿Cómo lo has hecho?

—Soy muy hábil con las manos.

¿Eso lo ha dicho por la toalla o está quedándose conmigo?

Nos miramos a los ojos durante unos segundos. Mi mirada es de desconfianza. La suya promete... No tengo muy claro el qué, no soy muy buena en esto de interpretar miraditas. ¿Pasión? ¿Venganza? La cuestión es que me mire cómo me mire me tiene bien atrapada, como una mosca en la miel. Nunca mejor dicho (sus ojos... color miel...), una mosca un poco zumbada y corta de entendederas. Si fuese más lista no habría caído de patas sobre la dichosa miel.

—¿Qué quieres, John?

Mi voz suena áspera, incluso grosera. Me da igual. Tal y como están las cosas no me apetece caer de nuevo bajo el hechizo de esos ojos del color del whisky. Soy idiota, pero tanto, tanto...

Observo con detenimiento y cierto grado de inquietud cómo se inclina hacia mí, con lentitud.

—Me parece que sabes muy bien lo que quiero —me susurra al oído—. Lo mismo que tú. —¿Él también quiere un helado de chocolate? ¿Y para eso tanto misterio?—. Lo pasaríamos genial..., Crisita. —Hombre, apetecer apetece, pero tampoco es como para ponerse a echar cohetes—. Negar lo que sentimos el uno por el otro no conduce a ningún lado.

Pero ¿qué dice este insensato? ¿Qué sentimos? Que yo sepa, nada. Bueno, nada él. Lo mío es otro cantar, que viene ahora mismo a cuento de... nada. Esta declaración de..., de lo que sea requiere una contestación inteligente. Sutil. Ingeniosa.

—¿Y qué sentimos, John? ¿Qué crees tú que sentimos el uno por el otro? —le pregunto con los ojos entrecerrados.

No era exactamente la contestación aguda que pretendía, pero podría haber sido peor.

Me mira con descaro. Me rebelo. Tuerzo el cuello y hago un breve gesto de desdén en dirección a Miranda.

—Miranda no tiene nada que ver con nosotros. Únicamente es una amiga —sigue susurrando en mi oído, y tiene el valor de acariciarme la espalda con la punta de los dedos—. Ni siquiera eso. La conocí hace tres días.

¿Cómo ha dicho? ¿Conoció a la pedorra hace solo tres días? ¿Y la trae a pasar una semana con nuestros amigos? ¿Tres días? ¿Y la lleva a mi casa? ¿A mi cama? ¿Tres días nada más? Pero..., pero... ella se comporta como si fuesen íntimos. Bueno..., indudablemente lo son. Duermen juntos. Qué extraño..., su franqueza no me molesta todo lo que debería. ¿Tres días? Impresionante a la par que desconcertante. Y la tonta esta, ¿por qué no ha dicho ni mu? ¡Tres días! Yo necesito ¡tres días! solo para atreverme a entablar conversación con alguien.

Está claro que John sigue a lo suyo. Debe de ser porque no he abierto la boca ni para coger moscas; la impresión me ha dejado muda. Ahora está acariciándome la mejilla con el pulgar mientras yo ensayo mentalmente palabras y poses que consigan que me ligue a alguien en tres días.

«Vaya, hola, sí, mi nombre es Crisi y, sí, a mí también me gusta todo lo que te guste a ti». «Por supuesto que lo que ves es todo natural…». «¡Qué razón tienes!». «¿En serio? Vaya, eres tan…, tan… sorprendente. No…, calla, calla, por favor —aquí, añadir una risita tonta—, vas a conseguir sacarme los colores».

Estoy casi segura de que tengo el arte de la seducción prácticamente dominado, cuando su voz me devuelve al presente.

—Crisita… —arrastra las palabras—. Siempre me has puesto a cien. Te comería entera. Como un caramelito… —Deja mi espalda y se centra en mi cuello con boca diestra.

Le dejo hacer. Es agradable. Más que agradable. Un escalofrío de placer me recorre con la fuerza de un tornado en grado cincuenta y cinco. Imagino lo que sería tener ese cuerpo de pecado para mí solita. Mis glándulas salivares empiezan a trabajar sin descanso. Trago, y concentro cada poro de mi ser en no permitir que este tenorio de pacotilla me enrede con sus palabras y sus caricias. Levanto la cabeza y, desesperada, intento dar con algo que decir. Algo tajante.

—Esos jueguecitos ya no me valen. Ya no soy una niña, pero tú sigues siendo el mismo irresponsable de siempre. No me esperaba esto de ti, John. Somos amigos —le amonesto como una maestra de secundaria.

Y como a cualquier estudiante, mi opinión se la trae al pairo.

—Me gustas mucho más ahora. —Se inclina y me besa con suavidad, primero un hombro y después el otro—. Si antes me ponías a cien..., ahora me pones a mil.

Mientras mi corazón duda entre pararse definitivamente o largarse de paseo hasta el cielo, y mi mano no tiene muy claro si acariciarlo con suavidad o dejarse caer con fuerza sobre su apuesto rostro, mi cerebro dice que Jose tiene razón: no estoy hecha para aventuras pasajeras. Necesito algo más que sexo tórrido, desenfadado, genial y salvaje. Sexo del bueno. ¡Ay! Suspiro profundamente. Es una pena que sea tan gazmoña. No me importaría caer en ese pozo de placer y lujuria que John promete. Contra todo pronóstico, no me enfado; al contrario, su proposición me halaga.

Decido tratarle como a los Niños de Satanás. Sí, con condescendencia.

Me pongo de puntillas y le estampo un beso en la mejilla.

—Luego hablamos, ¿vale? —Le dejo plantado y me tumbo en la toalla.

No puedo dejar que me atrape bajo su influjo.

Por muy desesperada que esté en dejarme atrapar.

CAPÍTULO 13

Lunes, 22 de agosto
Hora de tomar una decisión o un helado

Necesito dormir la siesta un rato. Demasiados nervios y demasiadas cervezas en un corto espacio de tiempo, unidos a mi falta de sueño, me convierten en una paranoica desequilibrada incapaz de tomar decisiones coherentes. Cierro los ojos y conjuro imágenes recurrentes de John sobre mí. De sus largas manos. De su apetecible boca. De su espeso y brillante pelo. De su maravilloso, maravillosísimo culo.

«¡Joder, Crisi, tú estás mal!».

Sigo aquí, tumbada, dándole vueltas y más vueltas a mi repentina naturaleza libidinosa, cuando la solución a este inconveniente estado de ánimo en el que me encuentro sumergida me golpea con tanta fuerza que la boca se me abre de par en par. Y por más que lo intento, no consigo cerrarla. Tal vez... y digo solo tal vez, debería acostarme con él. Como remedio experimental. Es eso o medicarme con grandes dosis de ansiolíticos. Posibilidad que me niego en rotundo a considerar. Ya lo hice después del «suceso desafortunado» y no me apetece repetir.

«¡Maravilloso, Crisi! Vas a tener que ventilártelo. Como terapia alternativa. El menor de dos males». Empiezo a pensar en los pros y los contras. Para mayor consternación, le encuentro más pros.

Entreabro los párpados y clavo la mirada en el irritante hombre que consigue que mi percepción sobre la realidad de mis sentimientos se tambalee. Ya no sé si lo que siento es encaprichamiento, amor o solo lujuria. Esto es un tema a tratar en profundidad con Mariaje (la psicóloga). Si consigo su número, claro. Se ve que ha cambiado de compañía telefónica y no le han respetado el número anterior, porque cada vez que intento ponerme en contacto con ella salta el contestador.

Antes de poder analizar en profundidad de qué manera puede afectarme emocionalmente el desarrollo de mis lujuriosos planes, y si los acontecimientos posteriores pueden llegar a complicar más mi ya de por sí complicada existencia, el teléfono me hace dar un brinco que ya quisieran las pulgas del circo.

¡Mi madre! Literalmente. Es mi madre.

Estoy tan confundida que hasta incluso me alegro de que me llame mi mami. ¿Quién sabe? Tal vez con alguno de sus comentarios estrafalarios me ayude a aclararme las ideas. Cojo el móvil, me levanto y me acerco hasta las rocas que hay al fondo de la playa.

—Hola, mamá —la saludo mientras me siento y apoyo la espalda en una de las rocas. Darme cuenta de que me emociono al escuchar su voz me sorprende. La echo de menos. Más de lo que imaginaba. Este detalle ya es, por sí solo, un indicativo de mi inestable estado anímico.

—¡Ya era hora! ¿¡Qué pasa, que si no llamo yo ni te acuerdas de tu madre!?

—Pero ¿qué dices? —replico, mosqueada y feliz a un tiempo por haber recuperado a la vieja gruñona que habita en mi interior—. Aunque no lo creas, iba a llamarte ahora mismo.

—No me lo creo. ¿Te parece bonito? Estoy esperando tu llamada desde ayer —me recrimina, enfadadísima—. Tu hermano sí me llamó nada más llegar. De hecho, hablo con él todos los días.

No me atrevo a recordarle que llegamos ayer.

—Mamá, te llamé ayer y no cogiste el teléfono —me defiendo—. Y luego... me quedé sin batería —miento, descaradamente.

—¿Has cargado ya el móvil?

—Sí, mamá. Si no lo hubiera hecho, cómo piensas que podríamos mantener esta conversación, ¿por ciencia infusa?

Vale, he sido un poco grosera. A ella parece que tampoco le ha gustado.

—Niña, todavía puedo darte un sopapo, así que no me tomes por idiota.

Me remuevo incómoda y me rasco la espalda contra la piedra.

—Vale, mami. Perdona. Es que estoy un poco aturdida y no sé qué hacer.

El tono de voz de mi madre cambia por completo.

—¿Es por John, cariño?

Miro sorprendida a un lado y otro. ¿Está aquí? ¿Cómo lo sabe?

—¿Cómo lo sabes? —inquiero.

—Te conozco como si te hubiese parido —contesta desde el otro lado del teléfono—. Cuéntale a tu madre qué es eso que tanto te preocupa.

—Verás..., es un poco largo y confuso, ¿sabes? No sé por dónde empezar. —Dudo un momento. Alargo la mano y cojo un cigarro. Lo enciendo. Me preocupa qué decir y qué callar. No puedo contárselo todo. Selección de datos. Eso es lo prioritario. Al echar la vista atrás y rememorar ciertas actitudes y posiciones, termino de convencerme de que lo mejor es que realice una mínima, ambigua e imprecisa selección de datos y espere a ver por dónde respira mi madre—. Bueno..., hace trece años...

—Al grano, Cristina —me apremia impaciente—. Ya sé que te acostaste con John.

—¿¡Qué!? ¿Lo sabías?

Mi sorpresa no tiene límites. Nunca jamás me acostumbraré a la forma tan directa que tiene mi madre de hablar. Sin piedad. Por un momento me siento como si tuviese de nuevo diecisiete años y acabase de descubrir que yo, su hija, he perdido la virginidad y la vergüenza hace diez escasos minutos. No sé ni por qué me sorprendo. Mi madre es como un murciélago. Posee una especie de radar espía oculto que la avisa de todo lo que sus hijos hacen o dejan de hacer.

Una sonrisa de suficiencia se dibuja en mi cara. Se cree muy lista. Seguro que no se enteró de cuándo me fumé mi primer porro.

—Sí, cariño. Claro que lo he sabido todo el tiempo. Igual que cuando te fumaste el primer porro. ¿Creíste que podías engañarme?

¡Pues sí!

—¿De verdad lo has sabido todo el tiempo? ¿Cómo? Soy muy buena mentirosa. —No salgo de mi asombro.

—Nenita, llegaste a casa con cara de vampiro en descomposición y te comiste todo el potaje que sobró del mediodía. Y ya sabes cómo te sientan las legumbres.

—¡Mamá, por favor!

Mi madre no para de reír a carcajadas. Como siga riendo de esa manera se le van a desencajar las mandíbulas y a lo peor tiene que quedarse calladita seis meses. Bueno, ya me está poniendo nerviosa. ¿Por qué tiene que reírse tanto? ¿Es que no conoce la compasión?

—Ya te vale, ¿no?

—¡Ayyy, qué risa! Ojalá pudiera verte la cara. —Hace una pausa. Fijo que está aprovechando para secarse el río de lágrimas que seguro le chorrean por toda la cara—. Cariño, escúchame y no me interrumpas, por favor.

Me acomodo de nuevo, con cuidado de no volver a rasparme la espalda, y con un pie empiezo a hacer dibujitos sobre la arena, dispuesta a armarme de paciencia y escuchar la sarta de insensateces que mi progenitora tenga pensado soltar por esa boquita de piñón, de la que tan orgullosa se siente.

—Desde que recuerdo, te pasabas la vida dando la lata para que te dejáramos ir con Carlos a todas partes. Cuando lo conseguías, salías de casa nerviosa y regresabas nerviosa y feliz. Tu único tema de conversación era: «John ha hecho esto». «John ha dicho lo otro». «¿Sabes qué ha hecho hoy John?». «John, John, John». —Estoy a punto de abrir la boca y protestar, cuando reparo en que, visto así, sí parecía que estuviera un poco obsesionada—. Y, entremedias de tanto John, soltabas algún que otro suspiro atormentado. Y de repente, un buen día, te dio por leer y dibujar como una loca. Se acabó John. Ni una palabra más. Solo caras de asco y algún que otro bufido despectivo cuando tu hermano lo mencionaba. No soy tonta, ¿sabes?, yo también he sido joven. ¿Lo más lógico? Os acostasteis y él no te declaró amor eterno. ¿Estoy en lo cierto? —pregunta, toda ufana ella. Me he quedado sin respiración, impresionada y abochornada en extremo máximo. Mi madre es una cabrona—. ¿Crisi, cariño, estás ahí?

Estar, estoy, pero de qué manera.

—¿Lo sabías? ¿Lo sabías y no me dijiste nada? —exclamo con mi mejor tono horrorizado.

—¿Y qué querías que hiciera? —Se defiende como gato panza arriba—. Estos temas son delicados, íntimos y personales. No me pareció que fueras a agradecer interferencias por mi parte, la verdad. De hecho, no creo que ninguna adolescente trate el tema de su virginidad, o más bien la pérdida de la misma..., con su madre y se sienta cómoda con semejante conversación.

En eso lleva razón. En este instante, y a pesar de que creo que mi madre no dice más que insensateces, me invade una llamarada de amor tan grande por ella que, por un momento, solo puedo tragar el nudo que se me ha formado en la garganta y me impide hablar.

—Mamá —le digo con cariño—, el dilema en el que me encuentro es que John solo desea sexo esporádico.

Ya está. Lo he dicho. Lo he hecho arrugando el ceño y con la boca pequeña. Y únicamente porque no la tengo delante.

—¿Con quién?

—¿Cómo que con quién? ¡Conmigo!

—¿Y dónde está el problema? ¿Acaso se ha vuelto raro y pretende hacer cosas raras? ¿Acaso sufre problemas de tipo íntimo masculino? ¡¿Acaso le gusta vestir prendas de tipo íntimo femenino?!

Solo mi madre puede conseguir que una conversación trascendente se convierta en un absurdo.

—El problema, mamá —señalo con voz empalagosa, reprimiendo el impulso de soltar algún que otro improperio—, es el sexo sin compromiso. ¿Entiendes lo de «sin compromiso»?

—No, no entiendo qué tiene de malo practicar buen sexo, la verdad. Estoy segurísima de que ese hombre sabe hacer cos...

—¡Mamá! —protesto, mientras cojo otro cigarro y me rasco el muslo sin parar. Como suelte lo de *La Traviata*, cuelgo. Juro que cuelgo—. Céntrate, ¿vale?

—¡Ah, sí! —exclama—. Entonces, lo que tú crees es que chico y chica se conocen, se gustan, se acuestan juntos... Porque se acuestan juntos, ¿verdad? —Le suelto una grosería—. ¡Ay, hija, qué poco sentido del humor! Bueno, sigo, se acuestan juntos y ya tenemos una pareja *in eternum*. Eso es lo que quieres, ¿no?

Dicho así…

—Sí, bueno…, no. No soy tan tonta, ¿sabes? He salido con otros chicos.

—Pero no eran John.

—No, mamá, no eran John. Y… tuve sexo con ellos…

—¡Puaj! ¿Es necesario que seas tan explícita?

—Pero bueno, ¿a ti qué te pasa? Hasta hace un momento no te importaba hablar de sexo conmigo. Tampoco es fácil para mí, ¿sabes?

Se le escapa una risita.

—Tesoro, tú misma has contestado a tu pregunta. Hasta hace un momento hablabas de John, no del poeta fúnebre y melodramático con el que solías salir. Pero… ¿quién soy yo para juzgar? Tal vez esté equivocada y el poeta sabía montárselo de cine.

Suelto un gemido. ¡Dios, mi madre me pone de los nervios!

—Vamos a dejar a Darío tranquilo, ¿vale? Verás, mamá, lo que yo quiero es lo que teníais papá y tú. —¡Ajajá! Ahí la he pillado. A ver qué me contesta a eso.

—Cuando conocí a tu padre él era doce años mayor que yo, se iba a casar con otra y no podía ni verme. Decía que era un peligro para su salud mental.

—¡¿Qué?! —Eso sí que no me lo esperaba—. ¡Mamá!

—¡Calla y déjame terminar! —exclama con vehemencia—. Pero… donde pongo el ojo pongo la bala. Soy muy persistente. En cuanto tu padre cató la mercancía supe que ya era mío para siempre. Era el hombre más interesante y guapo que había visto en mi vida. Como te digo, en cuanto lo vi decidí que tenía que quedármelo. Lo tenía difícil, ¿sabes? Tuve que perseguirlo durante un mes —carraspea avergonzada. Menos mal que por lo menos siente vergüenza por su comportamiento—. Cuando lo normal era que en una semana ya hubiese caído rendido a mis pies.

Sonrío. La seguridad en sí misma de mi madre no tiene límites. Sabía que mis padres se habían conocido y casado en un tiempo récord, pero siempre lo achaqué a la diferencia de edad que existía entre ellos y no a una pasión devastadora. Y, por supuesto, tampoco conocía los detalles de su irregular noviazgo. Aquella vez que le pregunté a mi padre cómo conoció a mamá, lo único que me contestó fue: «Todo era más brillante cuando tu madre apareció en mi vida. Cuando cometí el error de querer apartarme de esa maravillosa luz que desprendía, mi mundo quedó a oscuras. Si alguna vez tienes la suerte de toparte con alguien así, no dejes que se te escape».

Recuerdo nuestra conversación como si la hubiésemos mantenido ayer. Nada más lejos de la realidad. Han pasado ya seis años desde que mi padre nos dejó aquel aciago día. Me cuesta comprender el dolor que debió de sufrir mi madre. Si para mí fue horrible, para ella tuvo que ser devastador. Nunca hasta ahora lo había pensado, tan centrada como estaba en mi propia congoja.

Lanzo un largo suspiro. Ya está bien de lamentarse.

—¿Mamá? —inquiero al tiempo que doy una profunda calada a mi cigarro y mi voz se llena de ternura—. ¿Qué me aconsejas que haga?

—Es tu oportunidad. Pensaba que estarías encantada con su proposición.

Tanto como un náufrago bebiendo agua de mar.

Permanece en silencio durante unos momentos. Parece que escucho todas y cada una de las conexiones neuronales de su cerebro.

—Las mujeres de esta familia tenemos un don —dice al fin.

—¿Ah, sí? —Decididamente, acaba de perder la olla.

—Sí. Somos muy buenas en la cama —confiesa con alegría.

Acabo de convencerme. Mi madre se lía canutos. Y lo que es peor, se los fuma. Un ramalazo de culpabilidad me atraviesa. Si le hubiese hecho más caso no se habría tirado al porrerío.

—No poseemos un físico llamativo —dice, segura de sí misma, mientras intenta explicarme el poder de seducción de las mujeres de la familia—. Simplemente somos... monas. Y graciosas. También somos bastante torpes. —Cada vez se luce más—. Pero... algo en nuestro interior brilla y llama la atención de los hombres. Acuérdate de tu abuela. Yo soy igualita a ella y tú lo eres a mí.

Tras la confesión alucinógena de la madre que me parió, decido que es hora de refrescarle la memoria un poco.

—Mamá, tú no llevabas nada bien que la abuela visitase al magistrado. La regañabas. Muchísimo.

—Si solo hubiese visitado al magistrado... —murmura por lo bajini—. ¡Era mi madre! —protesta de repente elevando la voz—. ¿Qué querías que hiciera? Además, no estamos hablando de tu abuela sino de ti. Tu abuela confundía atracción sincera con promiscuidad excesiva. Mira, voy a darte un consejo. Si quieres lo tomas y si no, lo dejas. —Cuanta discreción. Debe de ser la táctica que utiliza con los Niños de Satanás porque, para mi sorpresa, callo y escucho—. Hija mía, la felicidad es esquiva y efímera. Si tenemos la oportunidad de ser felices, aunque sea solo un día, tenemos la obligación moral de aprovechar esos momentos. ¿Quién sabe lo que el destino nos deparará? Si tú misma pones impedimentos a dicha felicidad, no disfrutarás nunca de la vida. —He debido de emitir algún sonido inarticulado porque de repente empieza a hablar a mayor velocidad—. Tesoro, lo que intento decir es que ahora mismo tú no estás bien. No eres feliz. Si decides pegarte unos cuantos revolcones con un tío que está para parar el tráfico, disfrútalo. No seré yo quien te juzgue. Puede que dentro de unos días te encuentres igual de confundida que hoy, pero que te quiten lo *bailao*. Vive el presente. ¡Suéltate un poco, coño, que te vas a quedar para vestir santos!

Mientras escucho la verborrea superficial e intrascendente en la que se ha enfrascado una vez ha terminado con sus sabios consejos, mis ojos se dedican a contemplar lo que sucede en la orilla de la playa. Me he fijado en que a Kris ya se le ha pasado la tontería y está peleándose y riendo en el agua con los demás. Están armando tanto jaleo que han despertado a la Bella Durmiente. Sin beso. Con agua fría. No debería, pero sonrío. La sonrisa se me borra de la cara y los ojos se me abren de par en par en el mismo instante en el que veo que se levanta, camina hasta donde acaba de tumbarse John, se acomoda junto a él y..., y... la muy guarra le suelta un beso baboso en toda la boca antes de meterle la lengua hasta la campanilla. Ahogo un grito. Les dirijo una mirada cargada de incredulidad aliñada con grandes dosis de animadversión.

—Recuerda lo que te he dicho, cariño. —La voz de mi madre me saca de mi estado de estupor—. Sin cargos de conciencia ni mojigaterías de las tuyas. Yo no los tuve con tu padre y fuimos muy felices.

Suelta una carcajada y yo la imito. Siempre la imito cuando ríe. La risa de mi madre es franca y refrescante. Es contagiosa. Creo que está equivocada con respecto a sus anteriores declaraciones. Seguro que fue su risa lo que enamoró a mi padre.

Sentada sobre la cálida arena, aparto la vista del espantoso espectáculo y la clavo en el horizonte con la esperanza de ahuyentar las inquietantes imágenes que acabo de ver y que, inesperadamente, han despertado a la mujer celosa que llevo dentro. A lo lejos distingo tres barcos blancos. Los imagino como pequeños náufragos sin rumbo fijo. Confiando en que la corriente los arrastre hasta un lugar seguro. Levanto la mirada y veo a los gorriones saltando de rama en rama. Libres para poder posarse o volar a su antojo. Les envidio en secreto. Muevo las piernas y borro con cuidado todas las marcas que he trazado en la arena mientras hablaba con mi madre. Las encojo y, abatida, apoyo la barbilla entre las rodillas. El crepúsculo proyecta una luz suave y anaranjada sobre el mar. Juegos de luces y sombras se expanden ante mis ojos haciendo gala de su serenidad y belleza. El rítmico batir de las olas contra la orilla proyecta en mí su propia placidez, como un relajante natural sobre mi caótica existencia. Me encuentro en uno de los lugares más hermosos que he visto en mi vida. Aprieto los dientes con fuerza a causa de la frustración. La inseguridad es un asco. Lo admito. Paso un tiempo mirando sin ver. Empapándome de sensaciones. Lanzo un profundo suspiro y, en un arrebato de melancolía, pienso en mis amigos; en el tiempo transcurrido desde que los conozco; en el cambio que han experimentado nuestras vidas y, sobre todo, en qué momento la inocencia de la infancia dejó paso a la inconsciencia optimista de la adolescencia, que a su vez fue desplazada por el cínico desencanto de la madurez. Y aun así, todavía puedo conmoverme con un simple atardecer.

CAPÍTULO 14

Lunes, 22 de agosto
Hora de levantarse

Quién dice que las vacaciones son geniales?

Estoy agotada. Física y mentalmente exhausta. Pero bueno... es lo que tienen las vacaciones, ¿no?, que agotan al más plantado. Examino los rostros de los demás en busca de los mismos síntomas que me aquejan a mí. Me consuela comprobar que no soy la única que sufre de cansancio crónico. Ojeras y bostezos por doquier me lo confirman.

Cuando esta tarde he salido del estado nostálgico en el que me había sumergido, gracias a unos brutos empeñados en tirarme al agua, no he tenido tiempo para pensar en nada más que no fuera la manera de hacer aguadillas a los demás y correr para evitar el mismo trato por su parte.

Debería haberme negado. Debería haberme marchado a mi habitación y descansar un rato. ¿Lo he hecho? No, por supuesto que no. Me apetecía pasar con Luci un rato más. Le veo tan poco... Bueno, la cuestión es que me he quedado. No es que le eche la culpa a nadie de lo ocurrido, no. Es solo que, mientras todos los demás seguían corriendo por la playa empujándose y haciendo burradas, yo, cansada de salir siempre perdiendo ante semejante pandilla, me he sentado sin darme cuenta sobre la bolsita de playa donde la bruja guarda todos sus potingues y, sin querer, he derramado un bote de aceite solar sobre la toalla de alguien.

Ellos seguían absortos en sus juegos mientras yo me esforzaba en limpiar el manchurrón de aceite con agua de mar. Que, por cierto, no sirve de nada contra este tipo de manchas. Lo he comprobado en persona después de frotar y frotar durante al menos media hora. He dejado la toalla chorreante y mugrosa sobre la arena, como quien no quiere la cosa, y cuando me disponía a meterme de nuevo en el juego de a ver quién se rompe primero la espalda, el causante de que yo me haya quedado sin siesta ha aparecido a mi lado y, dándome uno de sus abrazos de oso, ha exclamado a voz en grito:

—¡Kris!, Crisi acaba de joderte la toalla, tío.

—No, no; ha sido un accidente —me he excusado con una sonrisa nerviosa en la boca mientras intentaba darle una patada a la toalla y enterrarla en la arena para que no la viera el señor inquisidor—. Me he quedado por ti, ¿sabes? No es muy caballeroso por tu parte chivarte.

—Calla la boca, bonita —me ha contestado con una sonrisa—. No ha sido culpa tuya.

—¿Qué dices? —le he preguntado, bastante desconcertada.

—Que la toalla ya estaba manchada de aceite —me ha susurrado, divertido.

—¿Y tú cómo lo sabes? —le he preguntado curiosa, en parte porque sentía curiosidad y en parte porque necesitaba aclarar el asunto rápidamente para poder evitar en la medida de lo posible una escabechina con mi persona.

Se ha encogido de hombros tranquilamente y me ha contestado:

—Porque yo ya le había dado un pisotón a la botella de aceite hace un rato.

Por un momento no he sabido cómo reaccionar. Luego he reaccionado muy bien y he pensado: «¡Jesús, este hombre no tiene ningún sentido de supervivencia! ¡Qué barbaridad!, es como si estuviese decidido a que hoy nos corten la cabeza. ¿De verdad es necesario ser tan temerario?». Al final nos hemos mirado a los ojos durante unos segundos y, como si nos hubiésemos puesto de acuerdo, hemos empezamos a reír los dos a la vez.

—¿Tú sabes la que me va a caer encima?

—Calla, que ya está aquí. —Y volviendo a bajar la voz me ha susurrado al oído—: A ti no te va a pasar nada. Contigo no se enfada casi nunca y es muy divertido ver cómo intenta desintegrarnos con la mirada.

Efectivamente, Kris no se ha enfadado porque la toalla no era suya. Era de Rosa que, cuando ha visto el estado pringoso en el que ha quedado, no le ha hecho el menor caso y ha dicho, muy pragmática ella: «Ahora ya no necesito untarme con aceite. La toalla lo lleva incorporado. ¡Qué bien!».

Lo sabía. Sabía que iba a echar muchísimo de menos a Luciano. Al igual que el resto de mis amigos, cuando deja las responsabilidades de lado, es divertido, encantador, posee un lado tocapelotas increíblemente atractivo, es relajado hasta rayar el pasotismo y es tan dulce e inofensivo como un oso de peluche. Antes de marcharse le he abrazado con fuerza y nos hemos vuelto a reír del episodio de la moto y el de la toalla. En su momento, al pensar que había estropeado una propiedad privada de Kris, estuvo a punto de darme un ataque de nervios, pero luego, con Lu, no podía parar de reír y sonreír.

—Te quiero, Luci —le he dicho mientras permanecía abrazada a él, reacia a separarnos tan pronto.

—Yo también te quiero, gordita —me ha contestado antes de apartarse y desplazar la mirada hacia todos los demás—.

Os quiero, tíos. Os voy a echar de menos. Nos vemos en Navidad, Jose.

Otra tanda de besos y de abrazos, y se ha metido en su coche y se ha marchado, dejándonos con una sensación de vacío que no se llenará hasta las próximas Navidades. Cuando las luces traseras del coche han desaparecido tras la primera curva, hemos entrado en la casa y nos hemos dado una ducha.

Ahora, poco antes de la hora de la cena, nos encontramos todos sentados en el enorme salón. Jose está entreteniéndonos con un relato incruento sobre cómo las serpientes apretujan y espachurran a sus víctimas antes de devorarlas, en muchas ocasiones, aún vivas. Y las pobrecillas llegan al aparato digestivo del reptil asesino luchando desesperada e inútilmente por sus miserables vidas, deseando que la asfixia o los jugos gástricos del depredador funcionen con eficacia y las conduzcan a la muerte con la mayor prontitud posible.

Lanzo un suspiro de alivio cuando por fin guarda silencio. Pero parece ser que solo lo hace porque considera que nuestro estómago no está lo suficientemente revuelto. El nuevo tema a tratar, y con el cual parece decidido a explayarse durante un buen rato, es mucho más instructivo: el sufrimiento, sin razón, al que son sometidos los gansos para que una panda de desaprensivos puedan degustar una exquisitez «que ojalá se les atragante». Palabras textuales.

Con el corazón encogido por las miserables víctimas de las serpientes, y aún solidarizándonos con el sufrimiento de las pobres ánades, le da un giro a la conversación de doscientos treinta grados para dedicar toda su atención, y de paso descomponer nuestras tripas un poquito más, a las corridas de toros. Pero no sin antes advertirnos: «Luego os entretendré con la manera cruel y bárbara de cómo despellejan a los armiños».

¿En serio?

Evidentemente, en este mismo instante salgo de dudas: de seguir así, la montaña rusa más impresionante del mundo es un tranquilo paseo por el campo en cuanto a efectos secundarios estomacales se refiere. No me cabe ninguna duda al respecto.

—¿Alguien quiere una cerveza? Necesito una cerveza antes de preparar la cena. Para que se me asiente el estómago —aclaro.

Varias manos se elevan al unísono. Algunos incluso levantan las dos.

Jose no se ha molestado en cerrar la boca ni siquiera cuando ha hecho un gesto de asentimiento.

—John, a ti te toca cocinar esta noche —le recuerdo; luego me dirijo a Miranda—: Lo siento, Miranda, tendrás que cocinar otro día, no es época de calabaza.

Miranda levanta la vista y me lanza una mirada de lo más molesta antes de agarrarle la mano con fuerza.

¡Menuda lela!

Doy la vuelta y empiezo a andar sin esperarlo. Confío en que me siga. Le toca currar y no voy a dejar que se escaquee. Entro en la cocina y me dirijo a la nevera. Saco y coloco unas cuantas cervezas en una bandeja. Al girarme lo veo.

Le señalo la bandeja con un gesto.

—¿La llevas tú mientras yo hurgo por aquí y decido qué cenamos?

—Sí, yo me encargo. ¿Has pensado ya en algo?

El corazón me da un vuelco. ¿Se refiere a la cena o a su proposición de esta tarde?

—No —decido ser igual de explícita que él.

—¿Y para más tarde?

—¿Cómo para más tarde? —pregunto, sorprendiéndome de lo poco que le pillo.

Me guiña un ojo y sonríe.

—A lo mejor te apetece algún postre, inusual y picante —dice con socarronería antes de coger la bandeja y volver al salón.

No tengo ninguna intención de calentarme los cascos esta noche. Así que paso por alto su comentario y me concentro en averiguar qué hay en la nevera. La carne queda descartada. No pienso cocinar nada que se haya movido y respirado antes de aterrizar en mi boca. Cojo un recipiente de plástico y lo abro. Chuletas de cerdo. El cerdito *Babe* aparece ante mí cual visión no deseada, mirándome con pánico indescriptible y suplicando: «No me comas, por favor. ¡Socorro! ¡Socorro!». Le dejo caer la tapa en la cabeza con rapidez. Me arriesgo con un segundo recipiente. Ahora son la Sirenita y su plétora de amistades, los acosadores. Es sorprendente lo mucho que grita teniendo en cuenta que es muda. Cierro el recipiente con fuerza. A este paso no vamos a cenar nada. Frunzo el ceño. Las ideas llegan lentas, pero llegan. Brochetas de verduras y huevos al plato. Sin jamón. Ya está. Decidido.

Empiezo a cortar verduras y a ensartarlas con fuerza en los pinchos mientras pienso si estos seres inanimados disponen de terminaciones nerviosas sensibles a las estocadas que les estoy dando. A continuación casco los huevos con recelo.

Nota mental: huir despavorida en cuanto Jose empiece a hablar sobre el sufrimiento de los bichos que nos comemos.

Al ver a John regresar con la bandeja de las bebidas, caigo en la cuenta de que yo no he cogido ninguna. Me acerco a la nevera y pillo una bien fría. Seguro que cuando lleve tres cervezas encima mi insensibilidad hacia los alimentos que ingiero resurgirá con fuerza. Animada por este pensamiento, cojo la cerveza y me la bebo casi de un trago. Tomo aire y me la acabo. Pillo otra y esta sí me la bebo a sorbos pequeños. Termino de preparar la primera tanda de brochetas y las coloco sobre la parrilla. Me acabo la segunda cerveza.

A estas alturas del partido, decido que el cerdito *Babe* habla demasiado y que está más guapo callado y cortado a trocitos sobre los huevos. Corto unos taquitos de jamón y los distribuyo con cuidado de no romper las yemas. Ladeo la cabeza y admiro la obra de artesanía que acabo de crear con unos simples huevos.

La voz de John a mi espalda me sobresalta.

—¿En qué piensas, pequeñaja?

—¿Yo? Yo no pienso. Bueno..., no suelo pensar. No, no, sí que pienso. Mucho. Pero ahora no... —Me estoy aturullando yo sola. Para variar.

Inesperadamente, un pensamiento sí me viene de golpe a la cabeza. La forma que tiene Miranda de tocarlo y la manera en que él se deja tocar, mientras por otro lado se dedica a tirarme los tejos.

Se acerca con su hermosa sonrisa. La cabeza empieza a darme vueltas. Seguramente por la cháchara de Jose.

—¿Otra vez huevos?

La bruja ha entrado en la cocina sin que nos demos cuenta y mira a su alrededor con cara de frustración. Veo cuánta energía cerebral gasta mientras hace cábalas sobre la cena recurrente. El vestido rojo que lleva se le amolda al cuerpo de manera indecente cada vez que se contonea. Se para junto a la isla central con un brillo en los ojos que no presagia nada bueno. Y digo que no presagia nada bueno porque como suelte una de las suyas... en diez minutos va a tener una cena de lo más variada y entretenida.

—Nos va salir cara de huevo...

Sé que no debo... pero el trapo es muy rojo... y todavía tengo grabado en la memoria el recuerdo de su lengua buscando petróleo en las profundidades de la garganta de John.

Entro a saco. Me doy cuenta, con aprensión, de que en ese aspecto me parezco un poco a mi madre.

—¿¡Cargo una escopeta y sales en busca de la madre de *Bambi!?* ¿Eso te gustaría, verdad? —inquiero en tono mordaz.

—¡No, por Dios!

Vaya, parece horrorizada. No me extraña. Yo también lo estaría si tuviese que tratar con alguien como yo.

—¿Qué quieres? —le espeto, probablemente envalentonada por las cervezas. La culpa de que la trate de esta manera es suya. Ella empezó la guerra y esta batalla pienso ganarla yo.

Pone cara de circunstancias. ¡Qué victimismo, por Dios!

—Yo venía a por un vaso de agua.

Ojos como platos. Pose penosa. Boca con mueca de muñeca pepona. Retorcimiento de manos. ¡Será zorra!

—¿Con gas o sin gas? —pregunta solícito el imbécil. Vuelve a ser el imbécil. No lo puedo remediar.

—Sin gas —responde con seguridad.

Eso, no vaya a beberse un vinito y pierda la compostura.

—Siéntate en el salón y descansa, Miranda. Ahora te llevo el vaso de agua.

Me lanza una mirada de soslayo y se va. Ojalá fuera para no volver. ¿Y de qué tiene que descansar esta? ¿De estar tumbada todo el día al sol? Aunque dicen por ahí que el sol cansa mucho. Puede que sea tomar el sol lo que agote, no trabajar de sol a sol, como yo siempre había creído.

En el momento en que la explotada trabajadora sale por la puerta, John se encara conmigo. No parece ofendido ni tampoco desconcertado, parece… malhumorado. Mucho. Da unos pasos amenazantes y se sitúa frente a mí. Intenta intimidarme con su altura.

Eso es madurez y lo demás es tontería.

—¿No puedes ser un poco más amable? —articula, con un gruñido que no presagia nada bueno.

Yo también puedo ser igual de madura.

—¿Las moscas vuelan bajo la lluvia?

Por un momento lo dejo descolocado. Recuperado rápidamente de la impresión, levanta una mano y coloca dos dedos formando una uve frente a mi nariz que, por obra y gracia de la corta distancia, se convierten en cuatro.

—Te voy a pedir dos cosas. —¿Dos?—. No seas tan borde y deja el sarcasmo para otros.

Habla con calma fingida. Lo conozco desde que tenía cinco años. Los músculos de su cara están en tensión y echa chispas por los ojos.

A mí los fuegos artificiales no me impresionan. Soy alicantina. Tenemos las hogueras de San Juan. Estoy más que acostumbrada a todo tipo de manifestaciones explosivas.

Parpadeo frente a los ¿dos? dedos y, haciendo caso omiso de su advertencia, sonrío inocentemente antes de decir:

—Mañana, sin falta, cambio sarcasmo por dos globos aerostáticos.

Creo que se ha encendido un poquito más. Me lo dice uno de sus dedos, que ha abandonado mi nariz, para centrarse en mi esternón y ha empezado a dar una serie de cortos y ligeros golpecitos.

—Se supone... —toquecito— que estamos aquí... —toquecito— para pasar... —toquecito— una semana agradable. —Toquecito—. No para que tú andes tocando los cojones. —Doble toquecito.

—¿Por qué...? —Busco las palabras apropiadas para, como decimos en mi tierra, sentarlo en *carieta*, pero no encuentro ninguna. Al final le grito—: ¡Usa ese dedito para pinchar algo más que no sea mi esternón! ¡Dale un uso más creativo!

Oh, Dios mío, eso ha sonado francamente... incitador.

John se queda mirándome, como si quisiera asegurarse de que ya he terminado con mi exposición de los hechos. No se mueve. Creo que no lo ha pillado. Tan solo contrae y relaja la mandíbula con los dientes apretados. Sus ojos color miel están clavados en los míos. ¡Huy!... Mala señal. Lo admito. Me está intimidando.

¡Maldición!

Inexplicablemente, y sin venir a cuento, rememoro la conversación que he mantenido con mi madre. Siento la excitación rezumando por mi cuerpo. Alguien con buen olfato la olería. Seguro. Dejo volar la imaginación. John y yo en una sauna. Juntos. Acalorados. Juntos. Desnudos y sudorosos. Juntos. Piel contra piel. Devorándonos mutuamente.

¡Jesús! Qué calor. Y eso que todavía no me he metido en la sauna.

Mi madre es una mala influencia. Parpadeo para salir del sueño erótico en el que yo misma me he sumergido y, antes de que se me note en la cara, doy la vuelta y sigo limpiando y cortando verduras.

Él hace lo mismo, no sin antes soltarme un gruñido amenazador.

¡Será matón! Se lo digo.

—¡Eres un matón!

—Y tú una borde.

—¡Chulo!

—¡Mentirosa!

—¡Abusador!

—¡Maleducada!

¿Maleducada? ¿Maleducada yo? Eso ha dolido. Ha sido un golpe bajo. Estoy muy bien educada. Y soy muy fina. Y sensible. Y discreta... Y... Y...

—¡Eres un imbécil!

Finalizado el intercambio de piropos amistosos cada uno sigue, codo con codo, a lo suyo.

Cinco minutos después lo miro de reojo. Sigue enfadado. No dice nada mientras corta las verduras, que no sé por qué me da la impresión de que cada vez hay más, con la eficacia de un cocinero japonés.

Mis enfados vienen y se van a la misma velocidad. Titubeo. Al final me lanzo.

—Oye, John, ¿tú has vivido en Japón, no? —Me contesta con una mirada dura y fría, lo que me induce a pensar que aún anda pelín cabreado. Inasequible al desaliento, lo intento de nuevo—. Yo conozco una palabra en japonés. —No reacciona—. No es la típica palabra que todo el mundo conoce. Ya sabes. Kawasaki. Yamamoto. Suzuki. Sushi. Ya sabes —repito—. La mía es una palabra de verdad. Te la digo y tú me la traduces, ¿te parece?

Nada. Ni me mira. ¡Será orgulloso!

Yo peco de muchas cosas, pero de orgullosa y testaruda, no. Vuelvo a intentarlo.

Empiezo a canturrear la canción de Rosario inventándome la última frase de la estrofa. Dicen que la música amansa a las fieras.

«Ay… Qué bonito cuando me miras. Qué bonito cuando me hablas. Qué bonito estar aquííí… junto a tiii… Qué bonito sería poder tener, un rodillo en la mano y darte con él…».

Noto cómo sus hombros suben y bajan. Se está riendo. Gira la cabeza y, con una sonrisa, me dice:

—Nunca he podido estar enfadado contigo más de diez minutos. Si no hubieras tenido tanta prisa lo habrías comprobado. Has sido más rápida que yo, Crisita.

—Siempre.

—Cuando éramos niños, no.

—Querrás decir cuando yo era una niña y tú un gamberro de diez años.

Una sonrisa que no me gusta ni un pelo se extiende por su apuesto rostro.

—¿Te acuerdas de la que liaste en el décimo cumpleaños de Carlos? Llorabas y gritabas como una loca llamando a tu mamá. Nos fastidiaste la fiesta.

Levanto la mano y me acaricio lentamente la ceja derecha con el dedo corazón.

—Sí, qué poca consideración por parte de una niña de seis años a la que han partido una ceja de una pedrada. Por cierto, todavía no sé quién fue.

Carraspea y no me mira, con lo cual deduzco que fue él.

—Eras muy graciosa.

¿Eso que veo en sus ojos es una mirada dulce?

Me derrito. Decido que tengo que cantar más a menudo. No importa si desafino. También decido que lo quiero para mí. Dos decisiones importantes en un corto espacio de tiempo. Pero yo soy así: aventurera.

Está escrito en el libro invisible del Universo que John es mío desde que apareció por primera vez en casa de mis padres a los diez años de edad. Lucía una herida de unos dos centímetros en una rodilla y me pareció que las posibilidades de que pillara una gangrena y que hubiera que amputarle esa extremidad tan preciosa eran altísimas, así que, sin pensarlo ni mucho ni poco, salí corriendo sobre mis regordetas piernas en busca del botiquín de La Señorita Pepis (herencia de mi madre) y, con la misma celeridad, él me tiró de un mochete mientras me decía alto y claro lo cursi y repipi que era.

Fue amor a primera vista, lo que pasa es que él todavía no se ha enterado.

Doy un paso, me acerco a él y levanto la cabeza con los ojos cerrados. Quiero que me bese. Espero. Nada. Mudo. Abro los ojos. Compruebo que sigue a mi lado. Esto del besuqueo me está saliendo de pena.

Decidido: ponerme a buscar «el don» sin falta. No parar hasta que lo encuentre y lo encierre bajo siete llaves.

Entonces, John se agacha y me acaricia la nariz con el mismo dedo amenazador de antes. Aparta el dedo y posa sus labios con suavidad en el mismo lugar. Se separa. Parece indeciso.

¿Qué pasa? ¿No va a darme un beso como Dios manda? Pero bueno, ¿no quería sexo sin compromiso?

—¿Te pasa algo? —«A lo mejor no me ha visto», divaga mi mente mientras me acerco un poquito más.

—Nada, pequeñaja. ¿Terminamos con las brochetas? —Me da una palmada en el culo y se gira con la intención de seguir cortando verduras—. Tienes el culo esmirriado. Hay que preparar un montón de estas —señala con la cabeza las brochetas— si queremos engordarlo un poco.

Acabo de presenciar otra muestra de la irracionalidad del género masculino. ¿Y cuántas van ya?

Rechino los dientes con frustración. Muy bien. Él se lo ha buscado. Me voy a acostar con él, quiera o no quiera. Así aprenderá a no echarse faroles. Sonrío. No le ha llevado el vaso de agua a la bruja. No seré yo quien se lo recuerde. Por primera vez en muchos años tenemos buen rollo. Me gusta que gaste bromas. Carlos dice que se ha convertido en un hombre adusto. Que ríe poco y gruñe mucho. Me doy cuenta de que ya no le conozco en absoluto. Han pasado demasiados años.

Antes de que me dé por hacer algo de lo que luego pueda arrepentirme, rodeo la isla y enfilo hacia la nevera con paso firme y decidido. Cojo otra cerveza. Cuántas van ya, ¿tres, cuatro?

—Esa es la cuarta.

¿Ha contado las cervezas que me bebo? El seguimiento policial de John me desconcierta. Es cierto que en las últimas... treinta y seis o cuarenta y ocho horas he bebido un poco más de la cuenta, pero yo controlo. Controlo dónde caigo redonda todas las noches. Desde que mi antiguo amor apareció sorpresivamente en la puerta de mi casa, arriesgándose con semejante acto imprudente a ser asesinado o, lo que es peor, a recibir una maldición de por vida, lo que le hubiese provocado una impotencia irreversible, me he dejado llevar por la situación y puede que me haya pasado un poco con la bebida.

—Te pones muy graciosa cuando bebes.

—Yo controlo.

—Cuando bebes y controlas.

¡Ah!, eso está mucho mejor.

—¿Quieres una? —Levanto mi cerveza.

—Sí, gracias.

Animada por la camaradería de la que rara vez disfrutamos...

—¿Oye, John, puedo hacerte una pregunta?

—Por supuesto.

—Verás, tengo una amiga..., Mari Luz, mi vecina. —Pienso durante un momento cómo continuar con la mentira mientras le doy la vuelta a las brochetas—. Está preocupada. Por lo visto su marido ha perdido interés en..., en..., en eso. Ya sabes. Me ha pedido consejo... —No hago caso de la carcajada de incredulidad que suelta. Aunque, si he de ser sincera, es un poquito insultante—. Le gustaría saber qué es lo que os atrae de las mujeres. Bueno..., lo que más os gusta a los hombres... Y he pensado... —carraspeo incómoda— que lo mejor sería preguntarle a uno. A ti. —Le aclaro por si no lo ha pillado—. Así podré aconsejarla mejor —añado sin mucha convicción y sin sentirme culpable en absoluto por mi falta de franqueza.

Se acerca al fregadero con calma y se lava las manos. No tiene prisa por contestar. Yo aprovecho la tesitura para pegarle un buen repaso. Ese hombre tiene el culo más prieto y perfecto que una pudiera desear. Tuerzo el cuello para tener una mejor panorámica. Y los vaqueros que lleva... ¡Por Dios! Eso es pecado mortal, como todo lo bueno. De pronto empiezo a pensar en las afirmaciones del cura del colegio durante los ejercicios espirituales (que yo, inocente de mí, cumplía al pie de la letra):

«La gula no es buena compañera».

Vale. Fuera pasteles.

«El alcohol nubla la mente y nos induce a cometer actos impuros».

Bien. Fuera vinito. Fuera cervecita. Fuera chupitos. Fuera sangría. Fuera...

«El tabaco se convierte en un vicio abominable».

Sin problemas. Fuera cigarritos.

«La fornicación, un pecado mortal».

No pienso tirar los condones por muy tonto que te pongas, aun a riesgo de arder en las llamas del infierno, que me han costado una pasta.

Pobre don Amancio. Si pudiera verme ahora, suspirando por una de las múltiples tentaciones de la carne y deseando arder en las llamas esas, le daría un soponcio.

—¿En qué piensas?

John se ha girado y no me he dado ni cuenta. ¿En qué estaría yo pensando?

—En nada en especial. En el cura del colegio.

—¿Y?

—¿Y qué?

—¿Y qué pasaba con el cura? ¿También tenía problemas?

—¿Ah, sí?, no lo sabía. Cuenta, cuenta.

Enarca una ceja y me mira como si me faltara un tornillo.

—¿Le pasaba algo al cura de tu colegio? —remarca cada palabra a medida que las va diciendo.

—Nada. ¿Qué le iba a pasar?

Creo que no entiende nada.

—Con respecto al problema de tu amiga...

—¿Qué amiga?

Cada vez está más confundido.

—El de tu amiga Mari Luz... Con su marido...

—Ah, sí, qué pena —intento parecer consternada—. Pobre Mari Luz. Tan joven y tan sola. Con dos niños pequeños...

Me mira con curiosidad.

—¿Estás bien?

—Sí, ¿por qué?

—No puedo sacarte de dudas. Cada persona es diferente a otra y cada cual tiene sus gustos. Lo único que puedo aconsejarle es que sea natural. Que no finja. Si le tiene que gustar a su marido que sea por ella misma. Esto no se me da bien. —Se pasa la mano por la nuca, incómodo—. No sé qué más decirte.

Naturalidad. Naturalidad. Eso puedo hacerlo. Mira si soy natural que salgo a la calle vestida de cualquier manera, a cara lavada y muchas veces incluso sin peinar.

—Gracias. Hablaré con ella. Me has ayudado mucho. —Doy el tema por zanjado y añado un pequeño pero osado toque personal—. Le diré también que ponga más entusiasmo en la cama. —Como se entere Mari Luz me retira la palabra. Decido que es mejor no ahondar en el tema Mari Luz. Hay otro que me interesa mucho más—. ¿Y a ti? ¿Qué te gusta a ti? —intento aparentar indiferencia—. Los culos escuchimizados ya sé que no.

Su hermoso rostro me sonríe.

—Estás totalmente equivocada. Un poquito sí me gustan.

Buena contestación. Diez puntos. No, veinte.

—¿Algo más, aparte de los culos esmirriados?

—Que eres como Pinocho.

Ha hablado en segunda persona. Que conste en acta.

—¿Lo dices por mi nariz?

—Lo digo por lo mentirosa que eres.

Habla con suavidad. Su voz es hipnótica.

—¿Te gusta que mienta? —pregunto, sorprendida.

—Me divierte pillarte en una mentira. Y te pillo siempre.

Vaya, a romántico no hay quien le gane.

—¿Eso es todo lo que te gusta de mí? —pregunto, mosqueada.

—Eres graciosa. Me río contigo.

—¿Conmigo o de mí?

Suelta otra carcajada. Todavía está apoyado en el fregadero con los brazos cruzados, las piernas estiradas y un tobillo descansando sobre el otro.

—Contigo, Crisi. Siempre contigo.

Una sonrisa enigmática se extiende por su rostro mientras me examina con detenimiento. Esa clase de sonrisa que me atontó a los quince años y aún hoy sigue causando estragos sobre mi inestable organismo.

No me gusta nada mi reacción, pero nada de nada. Permanecer inmóvil y muda cuando acabo de descubrir que poseo un «don» me está matando. «Bueno, ¿y qué vas a hacer al respecto?», me digo a mí misma. «Pues... algo». Tan solo necesito un segundo de concentración y pensar en lo que hubiera hecho mi abuela. Esa no, la otra, la casquivana.

—¿Falta mucho? —Rosa irrumpe en la cocina como una exhalación—. ¿Os ayudo? Necesito algo fuerte. Muy fuerte. Voy a tener pesadillas toda la noche con abrigos de pieles parlantes. Lo juro. —Camina de un lado a otro de la cocina sin hacernos ni caso—. Y este hombre... ¿Kellerman, no? —Me mira y, sin esperar contestación, sigue hablando sola—. ¿Dónde coño guarda el vino? El bueno. Necesito algo con solera que no haya sido sometido a ningún tormento antes de terminar circulando por mi torrente sanguíneo. —Mientras sigue con su conversación unilateral va abriendo y cerrando armarios—. ¡Estupendo! —exclama al dar con una botella de whisky escocés—. ¿Dónde estabas? ¿Te querías esconder de mí, eh? —le dice a la botella, antes de abrirla y servirse dos dedos del preciado elemento en un vaso. Se lo bebe de golpe. Se sirve de nuevo y de nuevo se bebe el lingotazo de un solo trago. Carraspea. Parece que se ha quemado la garganta—. Esto es lo que necesitaba. El cuerpo me lo pedía a gritos. —Parece que va a decir algo, cuando repara en la fuente de huevos—. ¿Huevos al plato? Yo también los preparo igual. El jamoncito le da un toque, ¿verdad? —John y yo seguimos estupefactos—. ¡Ja! Ya me he enterado de lo de la madre de *Bambi*. —Suelta una risotada—. Me lo he perdido. La cara que habrá puesto la redicha cuando le has soltado lo de la escopeta. —Se acerca a chocar los cinco, cuando repara en John—. ¡Huy!, lo siento John, no te había visto. Si llego a saber que estabas ahí no digo nada —se excusa antes de hacer una mueca con la boca y echarse a reír de nuevo.

No me considero una persona para nada agresiva. Pero cuando Rosa ha irrumpido en la cocina como un sarpullido inesperado y virulento, he sentido un impulso homicida del cual ella era la principal receptora. No esperaba semejante reacción. Menos mal que el cuchillo de las verduras duerme el sueño de los justos en el fregadero. Sin embargo, dadas las circunstancias... bien podría acercarme y sacarlo a pasear un rato. Se trata de un acto justo. Una emergencia. Necesito hacerla callar como sea. Ella sigue hablando, y yo le lanzo una mirada de reojo al cuchillo.

«Pero ¡en qué estás pensando, Crisi! Tú eres pacifista. Las pacifistas no se deshacen de sus amigas a la primera de cambio, por muy molestas que estas sean».

—¿No habré interrumpido nada interesante que no merezca ser interrumpido, verdad? —suelta Rosa de repente entre carcajada y carcajada.

Hacemos un ademán impreciso con la cabeza, al unísono.

Diez minutos más tarde, una desinhibida y achispada Rosa continúa relatándonos los efectos beneficiosos del whisky sobre el organismo mientras yo hago un esfuerzo mental y me recuerdo, una y otra vez, que no debo perder los nervios; que la violencia no lleva a ninguna parte; que soy pacifista. Pero aun así me cuesta contenerme para no soltarle una colleja y me repito, con calma: «¡Paz, hermanos! ¡Arriba *the Flower Power!* Pacifista, Crisi». Pacifista hasta la médula. Si estuviésemos en los agitados y modernos años setenta me sumaría a ese movimiento sin pensármelo dos veces. Adquiriría el pack completo. Greñas. Flecos. Flores, soles y estrellas pintadas por todo el cuerpo. El poder sanador y soñador de la marihuana. Todo, menos las gafas con cristales de colores; demasiado estrafalarias. El olor corporal..., bueno..., lo llevaría a debate. Y las manifestaciones tampoco. No me gustan las multitudes. Demasiada gente. Me hacen sentir enclaustrada entre cuatro paredes de carne que no siempre huelen a *flowers*.

¡No hay nadie más pacifista que yo!

—Pues sí. —Me centro de nuevo en la cháchara de Rosa—. Un lingotazo de esto... —dice señalando la botella de whisky, que ha dejado sobre la mesa—, y a la redicha se le borra la cara de palo seco que lleva siempre puesta de un golpe. Pobrecita —añade riendo—, qué aburrida es.

—¿Quieres parar de reír? —le ordeno, uniéndome a ella en sus risas.

—No puedo. Lo siento, John. No puedo. Es que cada vez que me acuerdo de lo de la escopeta y el pobre *Bambi*... Ha tenido mucha gracia —se disculpa sin ninguna sinceridad—. Tenías que haber visto la cara que llevaba.

—¿Por qué sois así? —pregunta John, intentando mantener una pose seria.

—¿Así cómo? —se sorprende Rosa.

—Así de exclusivistas.

—Define exclusivistas.

—Formáis un grupo reducido y cerrado en el cual no permitís la entrada a nadie más.

—¡Nosotras no somos así! —Casi me atraganto con la cerveza—. Mira a Laura.

—Nene, esto es la sal de vida. Si tenemos que aguantar a la petarda que te has empeñado en traer, qué menos que divertirnos un poco a su costa —dice Rosa encogiéndose de hombros.

—¿Estáis insinuando que Miranda es sosa?

—Yo no insinúo nada, afirmo que es un muermo de tomo y lomo —contesta, dirigiéndose muy decidida al cajón de los manteles. En fin, podría haber sido peor—. ¿Te puedes creer que le ha dado las gracias a Laura y a Kris por recomendarle leer *Guerra y paz* y cuando baja a la playa, lo envuelve en una toalla y lo utiliza como almohada?

Tengo que esforzarme para no echarme a reír de nuevo.

—¿Tú también piensas lo mismo? Ya sé que empezasteis con mal pie pero... —John parece francamente consternado.

¿Con mal pie? Eso es quedarse corto. Más bien diría que chocamos de frente y sin airbag. La colisión nos afectó de la cabeza a los pies.

—Bueeeno... —Disimulo el deje de aprensión en mi voz, e intento no herir sensibilidades—. Yo diría que... habla con la seguridad que únicamente los muy inteligentes, o los muy tontos, pueden permitirse... Y no creo que pertenezca al primer grupo —sentencio, antes de bajar la vista al suelo para que no vea la sonrisita que se me escapa.

—Vale.

—¿Eso es de Groucho Marx? —pregunta Rosa.

—No tengo ni la menor idea. —Me encojo de hombros—. Pero quien lo dijera llevaba más razón que un santo.

Con el corazón y la mente livianos, compruebo que las brochetas están en su punto. Meto los huevos al horno y grito con todas mis fuerzas:

—¡¡¡A cenaaaar!!!

¡Mecachis! He olvidado poner unas flores en la mesa.

Considero que el riesgo de salir a oscuras y ponerme a buscar flores al tuntún, en plan bucólico, no merece que me parta una pierna. Sin flores.

CAPÍTULO 15

Lunes, 22 de agosto
A deshoras

Falta mucho? Me estoy volviendo loco —pregunta Kris, que acaba de entrar en la cocina disfrazado de explorador colonial de principios del siglo XX, seguido de una fascinada Laura.

—Yo qué sé el tiempo que puede durar una de las cátedras de Jose.

—Ya. Bueno. Yo me refería a la cena.

Si no ha oído el grito de tabernera que acabo de dar, es que está más sordo que una tapia.

Le echo a Kris una mirada de reojo, intentando recordar en qué momento le conocí. Por más que me esfuerzo no lo consigo. Siempre ha estado ahí. Bueno, siempre siempre no. A veces desaparece durante un periodo de tiempo indefinido, como el arcoíris, que se deja ver o se esconde según el estado de ánimo de la inestable atmósfera. Mi primer recuerdo vívido de él es verle paseando todo el santo día montado en una moto muy peculiar que tenía en aquel entonces. Una especie de... artefacto rechoncho espacial. Lo cual todavía llamaba más la atención; le sobraban piernas por todas partes. Lo que sí recuerdo es que siempre nos llevábamos bien. Nos reíamos juntos y yo nunca me metía con su inquietante indumentaria. Me pregunto por qué le gustaba tanto vestir de manera tan diferente. Tan... hortera. Sí, la palabra es hortera. En aquellos tiempos de juventud, yo pensaba que todos los belgas vestían igual y no le daba mayor importancia. Por lo visto me equivocaba. Debí de conocerle la misma noche que a Jose, y supongo que fluyó un sentimiento de reconocimiento cósmico porque, aunque no recuerde con exactitud el momento en el que me lo presentaron, siempre he sentido que es como ese pariente que emigró a hacer las Américas. Le conoces, pero no le conoces. Está, pero no está. Le quieres, salvo que no sabes muy bien cómo decírselo. Me da rabia no recordarlo. Debe de ser por el shock traumático. ¡A saber de qué iría disfrazado ese día!

—Ya podéis sentaros —indico, volviendo a la realidad.

Se frota las manos y levanta la vista. Empieza a hablarle al techo.

—Gracias. Gracias.

—¡Ay, Dios mío! Ha sido una experiencia de lo más *esclaresedora* —dice Laura.

—¿Te lo ha dicho tu ombligo? —pregunta Rosa, maliciosa.

—No —contesta muy seria—, lo he notado aquí y lo he sentido aquí. —Se lleva una mano al pecho y después a la frente.

—Eso está bien. Que te diversifiques. No queremos que tu ombligo lo acapare todo, ¿verdad? Sería muy egoísta por su parte —añado con expresión seria un momento antes de soltar la carcajada.

John, que no entiende de qué hablamos, pone los ojos en blanco y sale a la terraza sin intentar siquiera preguntar.

Los demás van llegando y nos sentamos alrededor de la mesa de la terraza. Respetando, como siempre, las cabeceras.

Miranda se dirige a mí y, en un sorprendente gesto de amabilidad que me da que es una trampa, alaba mi cena:

—Estas brochetas son exquisitas, Cristina. Cómo se nota que John te ha ayudado —añade mirando al mencionado con cara de ida (será de beber tanta agua que tiene siempre esa expresión de pirada).

Lo sabía. Sabía que era una trampa. No puedo resistirme a quedarme con ella un ratito.

Me encaro a la bruja con los ojos entrecerrados.

John me lanza una mirada de advertencia y los demás sueltan risitas en distintos grados de intensidad. John puede besarme el culo. Los demás siempre están con la risa floja o peleando, así que no les hago ni caso.

—Y aún estarían mejor si no hubiesen besado las baldosas de la cocina. En varias ocasiones —recalco, antes de darle un buen mordisco a la mía.

Mi hermano suelta su brocheta de golpe, como si se hubiese mordido un dedo a traición; Juanfran ni se inmuta; Jose le da un soplido, y el resto dan ligeros toques con un dedo, como espantando a los invisibles gérmenes que pudieran haber saltado del suelo al pincho para, a continuación, seguir comiendo como si tal cosa.

—¿Os vais a comer esto? —Miranda no contempla la posibilidad de meterse en la boca algo que se ha paseado por el suelo.

—¿Eres aprensiva? —pregunta Rosa, sorprendida.

—Soy civilizada.

Solo Kiri parece dudar.

—Tíos, a ver si nos van a dar unas cagalinas y terminamos en el hospital con gastroenteritis.

—¡Joder, nena! Eso se avisa y yo me hago un bocata —protesta la ameba—. No sabía que eras tan marrana.

Me giro hacia él, ofendida por el insulto y sorprendida por su escaso conocimiento de la más básica de las jerigonzas.

Antes de que pueda explicarles que les he gastado una broma, el imbécil, rebautizado como el asqueroso, re-rebautizado como «el seco sin ningún sentido del humor», tranquiliza a Carlos y a Miranda.

—Podéis comer tranquilos. Las brochetas no han tocado el suelo. Es una broma de Crisi, con muy poca gracia —dice en voz alta, el muy idiota.

Dejo que mi mirada vague de la cara de alivio de Miranda a la cara de sorpresa de mi hermano, pasando por la cara seca de John. Parece ser que por una vez Carlos va a tener razón cuando dice que John ha perdido el sentido del humor.

—Muy graciosa —dice Carlos secamente; luego añade en plan hermano mayor tolerante y comprensivo con las extravagancias sin sentido de su hermana pequeña—: Ya sabía que era una broma, Crisita, pero no quería aguarte la diversión. No vuelvas a hacerlo, ¿vale, cariño? Me asustas. Pareces una desequilibrada. —Se levanta y, dando un rodeo a la mesa, se acerca y me besa en la frente. Muy en plan padre tolerante con niño hiperactivo—. Sabes que te quiero, ¿verdad?

¡Estupendo! Gracias, John. Mi hermano no solo me tacha de marrana, sino que también piensa que estoy loca de atar. Le devuelvo el beso y asiento con la cabeza en señal de comprensión mientras me pregunto, asombrada y un poco incrédula, cómo puedo tener un hermano tan gilipollas.

—Bueno, chicos —Kiri llama nuestra atención elevando la voz por encima de la de los demás—, he pensado que esta noche podríamos quedarnos en casita descansando y tomando una copa tranquilamente. ¿Qué os parece? —No contestamos. Esperamos. Sabemos que todavía no ha terminado—. Para mañana por la mañana no he organizado ninguna actividad —nos informa como el buen maestro de ceremonias que es—. Kris, Juanfran y yo vamos a salir a caminar. Saldremos muy temprano. Es cuando mejor se está, ¿verdad? —Se vuelve hacia Kris, pero no espera contestación—. Hay un pequeño pinar que rodea la propiedad y está repleto de plantas curativas. Creo que la manzanilla prolifera por todas partes. También hay tomillo y orégano…

—¿Y para la noche? —lo interrumpe Jose, impaciente.

—No corras tanto, tío. Tengo un par de planes estudiados, aún sin decidir. ¿Te vienes con nosotros?

—¿Tú me has visto cara de salir a recoger hierbas al campo?

—Vale. No vienes.

Kiri se levanta. Parece que ha dado por finalizada la sesión nocturna y, seguramente, ha llegado a la conclusión de que no va a convencer a nadie más para que se una al bello arte de la recolección de hierbas aromáticas.

Una vez acomodados en el inmenso salón de diseño, con los cubatas en mano de unos y el vaso de agua en mano de otra, empezamos a parlotear de todo en general y nada en particular. Kris, Jose y Juanfran mantienen una conversación interesantísima, de verdad interesantísima, sobre motos, motores, cilindros, motor de arranque, aceleración, cárter (el presidente estadounidense cacahuetero, no; una pieza de moto), chiclés de alta, chiclés de baja, culatas (sí, eso por lo visto también es una pieza de moto). Aunque la conversación es amena y la compañía grata, Rosa, Laura y yo no estamos preparadas para semejante tortura. Hemos ido deslizando el culo, con discreción, hasta la otra punta del sofá y estamos organizando el plan para mañana. Vamos a dar un paseo por la costa. Existe un sendero que la bordea hasta llegar a una ensenada donde, por lo visto, los mejillones y los erizos de mar proliferan a la misma velocidad que las multas de tráfico en la guantera de mi coche. Luego, nos los comeremos.

«Será muy divertido, a la par que nutritivo», oigo que dicen mientras yo pienso que sí, que casi tanto como patearme los campos recolectando tomillo y manzanilla.

Carlos, John y Miranda se han acomodado en la otra punta del salón. Ventajas de disponer de distintos ambientes. No tengo ni idea de qué podrán estar hablando. Que yo sepa, los únicos temas por los que se interesan estos dos son arquitectura y mujeres (lo de las mujeres también es compartido por el primer grupo).

—Voy a sentarme con mi chico —anuncia Rosa de repente.

—Yo también voy a *haserle* compañía a Kris un ratito. ¿Vienes, Crisi?

—No, yo también voy a sentarme con... —por un momento dudo—, con mi hermano.

¿De verdad he dicho eso?

Sin pararme a pensar, porque si lo hiciera me deprimiría, me encamino trotando alegremente a la zona muerta (así es como llamo al rinconcito junto a la cocina donde está el trío calavera. Consta de: un sofá de dos plazas, dos sillones y una mesita de centro). Un muro de frialdad y recelo proveniente de Miranda me detiene. Por un momento, solo por un momento, mi alegre trote se detiene y me planteo dar media vuelta, cansada ya de tanta animadversión sin sentido. No entiendo qué gana actuando de esa manera tan fría conmigo. Mucho me temo que aquí subyace un profundo sentimiento primario de marcaje de propiedad. Lo cual me lleva a pensar que, con las mismas, igual levanta una patita y le echa a John una meadita en los zapatos. Trago saliva varias veces en un intento por calmarme y no soltarle una impertinencia, cuando aún ni me he sentado.

—¿Os importa? —pregunto; y sin hacer el menor caso de la evidente mirada de frustración de la bruja, me acerco a ellos y aposento mi precioso y esmirriado culo en el mismo sillón que ocupa mi hermano.

—Nena..., hace calor —se queja mientras me rodea con un brazo. Apoyo la cabeza en su hombro y me relajo.

—¿De qué habláis?

Es la bruja quien contesta. Y no precisamente lo que esperaba oír. Aunque no tengo muy claro qué esperaba, fijo que no era esto.

—Creo que te vas a aburrir. —Inclina el cuerpo sobre la mesita y me lanza una mirada... ¿desafiante?, que pierde efectividad al despistarme y desviar la mía hasta sus pechos, que en estos momentos rebosan, orgullosos, por el escote del vestido, como seres formidables con intenciones hostiles. De escolta: el sempiterno vaso de agua sobre la mesa; igual que un Renfield a las órdenes de su sanguinario amo.

—¿Perdona?

—Me parece que te vas a aburrir —repite, maliciosamente—. Debatimos sobre psicología. La inteligencia emocional —aclara con petulancia, antes enderezar la espalda y esperar la lógica reacción de inseguridad e incomodidad por mi parte. Pues bien, se va a llevar un chasco; la inseguridad y yo nos llevamos de maravilla—. No entenderás nada y... no quisiera que te sintieras inferior —clava la puntilla.

Siento el brazo de mi hermano tensarse sobre mi hombro en respuesta al insulto no tan camuflado. Le aprieto el muslo con una mano indicándole con sutileza que no se altere. Le agradezco su solidaridad, pero yo libro mis propias batallas. Después miro a John para asegurarme de que está de mi lado. No logro descifrar su expresión.

Aunque me he propuesto, desde esta mañana, ser una persona tranquila y poco dada a ofenderme con comentarios de índole hiriente, lo que está consiguiendo que este sea el día más largo de toda mi vida, Miranda me demuestra que es casi un milagro dejar que dichos comentarios me entren por un oído y me salgan por el otro. También he aprendido, quizá demasiado bien, que la gente hace daño, muchas veces de manera gratuita. Así, que aun con todo lo dicho, y sin querer empañar mi reciente reputación de persona sensible y tranquila, esta vez me he ofendido.

Cojo un cigarro y lo enciendo con mano entumecida. De golpe y porrazo esta situación ya no me divierte. Especialmente si debo tratar con personas tan superficiales como la que tengo delante. Pretenden humillar. Mostrar su superioridad ficticia. Les encanta avergonzar a los demás. ¿Que qué consiguen con esa actitud? Ni la menor idea. Doy una profunda calada y exhalo el humo en su dirección. Sé que le molesta. Mucho.

—Entonces... estamos en igualdad de condiciones. Si tú entendieras algo no estarías todavía en primero de carrera. Un pajarito me ha dicho que llevas... ¿tres años, no? —le pregunto, impasible—. ¿O son cuatro? Demasiado tiempo para entender un concepto tan simple como es la inteligencia emocional. —Le guiño un ojo a John de manera sutil. Insinuando, de esa manera tan poco sutil, que «el pajarito» es él. Me doy cuenta de que tensa la espalda y aprieta la mandíbula con fuerza. La mirada que le lanzo le obliga a no abrir la boca. La mirada que me devuelve me incomoda un poco. He visto perros rabiosos con mejor cara. Como cuando cojo carrerilla no hay quien me pare... —. Te agradezco muchísimo tu consideración, pero hasta el momento no tengo problemas de comprensión. Tengo un puñado de amigos por los que daría la vida. Y da la casualidad de que algunos de ellos son arquitectos, médicos, jueces, incluso hay algún ingeniero y, en-ti-en-do-to-do-lo-que-di-cen, ¿sabes? —concluyo con ironía—. No soy tan tonta. Yo no me tiré tres años en primero de carrera. —Termino mi pequeña disertación con pedantería y una sonrisa jactanciosa—. Yo que tú tendría mucho cuidado antes de denostar mi sabiduría etimológica.

¿Que si sé lo que he dicho? Ni puñetera idea. Lo oí un día en una serie de televisión y se me quedó grabado en la memoria.

¿Que si estoy deseando largarme? Bueno, el agua moja, ¿no?

¿Que si le voy a dar esa satisfacción? Pues... no creo.

Reconozco que la chica tiene aplomo, tan solo un ligero cambio en su perpetua expresión de suficiencia ha delatado que mis palabras la han afectado. Está demasiado pagada de sí misma para reconocer que ha metido la pata hasta el cuello y que lo único que ha conseguido con su solapado insulto ha sido que Carlos me apoye. En su inmensa soberbia, también ha olvidado que es mi hermano y que conmigo solo se mete él.

—Crisi, cielo —dice Miranda con vocecita infantil—, tal vez deberías hacer un curso sobre el control de la ira. No me importa que pagues conmigo tus frustraciones, pero a otras personas puedes hacerles mucho daño. No era mi intención incomodarte.

La miro como quien mira un huevo hervirse: con aburrimiento.

No puedo evitar pensar que, por desgracia, el mundo anda bastante sobrado de personas prepotentes y maliciosas. Pero ¿a este ser superior qué le pasa por la cabeza? ¿De verdad cree que puede engañar a alguien con su falsa apariencia de preocupación? ¿Con sus frases de doble sentido? Si de verdad nos toma por tan inocentes es que es más tonta de lo que pensaba. Me molesta ver su expresión de mártir crucificado. Es obvio que ya la empiezo a conocer. Solo le interesan las personas de las cuales puede sacar algún provecho. Suelta bombas ofensivas con la evidente intención de ofender, y cuando le plantas cara procura cambiar las tornas para que parezca que el ofensor eres tú. Lo peor de todo, es la expresión dolida que muestra ahora y que no se molesta lo más mínimo en ocultar.

Semejante despliegue de emotividad me tiene bastante confundida. Me sigue mirando con cara de huérfano de novela de Dickens, pero en mejores condiciones físicas. Y cuanto más la miro yo, menos me gusta su perfecto cutis; su perfecta melena negra; su perfecta sonrisa de un blanco artificial; su imperfecto aire de inocencia, ni su magistral modo de utilizar su condición femenina para salirse siempre con la suya. Ni su desamparada mirada, ni su sonrisita compungida.

Una mujer guapa y manipuladora, sin duda. No me sorprende que los hombres caigan rendidos a sus pies.

Me tengo que morder la lengua, so riesgo de envenenarme, para no decir lo que pienso.

—Lo que tú digas —contesto, en cambio.

—Bueno, ya está bien, Crisi… —me reprende John.

¿En serio? No me lo puedo creer.

—¿Y a ti quién te ha dado vela? —Le lanzo una mirada ceñuda. ¿Cómo es posible que me eche la culpa a mí?—. ¿No tienes nada que hacer en Japón? O ya puestos, ¿en el fondo de algún océano?

Tras un tenso silencio, John coge su copa y se levanta.

—Voy a unirme un rato a los demás. ¿Venís? —Miranda asiente y le sigue.

—Sí, enseguida —contesto, abatida, pero ni Carlos ni yo nos movemos ni medio centímetro.

Examino mis uñas con atención y después bajo la vista a la alfombra. ¿No hay alfombra? ¿Por qué no hay alfombra? Las alfombras dan mucho juego, con tantos dibujos y colores puedo contemplarla durante horas sin necesidad de levantar la cabeza. Me centro en los listones de madera de la tarima. Son interesantes. Marrones. Lisos. Marrones. Suspiro. El problema de dejarme llevar por el mal genio es que, después del arrebato, no sé qué hacer. Las salidas discretas, triunfantes o de cualquier otro tipo no son mi fuerte. Levanto la vista al techo; los listones ya me aburren. Es bonito. Blanco. Sin una miserable lámpara que me sirva de distracción. Suspiro, y espero un tiempo prudencial y apropiado para mi salida de escena. Me toqueteo el pelo. Me rasco el cuello y la rodilla. Bajo la vista y la fijo en mi hermano. Me está observando y sonríe.

—¿Ha pasado ya el tiempo suficiente?

—Creo que sí. ¿A ti qué te parece?

—Me parece que eres una pequeña arpía de la que me siento muy orgulloso, y que ya es hora de reunirnos con los demás. —Retira el brazo con el que me rodea y se levanta—. ¿Vamos? —pregunta, tendiéndome una mano.

Asiento y dejo que me ayude. Me gusta estar bien con Carlos. Saber que tengo un aliado. No siempre va a comportarse como un gilipollas, ¿no? Me transmite una sensación de seguridad que rara vez siento. Es agradable. Muy agradable. En un arrebato de sentimentalismo impropio de mí, me pongo de puntillas y le doy un beso.

—Sabes que te quiero...

—... aunque lo disimules muy bien —acaba la frase con cariño—. Enana, te la has ganado —dice, volviendo a su estado habitual de hermano insoportable—. Vas a ver el cabreo que lleva John encima. Y tú —me señala con un dedo— serás la receptora de toda esa mala leche. Esto no me lo pierdo. —Se ríe, impasible ante mi desgracia—. Va a ser apocalíptico.

No, si antes me largo. ¡Imbécil!

—No me asusta. Ya he visto a John enfadado —le contesto mientras empiezo a andar cansinamente.

—Créeme. No has visto a John enfadado.

Vamos a paso lento. No tengo prisa. Es más, si nos quedásemos a mitad de camino no me importaría demasiado. Por lo del instinto de supervivencia y eso. El gesto con el que me mira John me hace dar un respingo. Me pego a mi hermano como el sarampión a un niño de tres años. Hasta incluso sincronizo mis pasos a los suyos. Al pasar junto a Rosa me despego de él y me dejo caer torpemente a su lado. Me odio a mí misma por haber hecho eso. Mostrar debilidad es como pedirle a un depredador que se lance contra tu yugular. Me fastidia mucho, pero... a veces no puedes evitar que el miedo te domine.

—¿Ha pasado algo? —me susurra, en cuanto mi codo impacta contra sus costillas.

—No, ¿por qué? —digo en voz baja.

—Esos dos —dice haciendo un gesto con la cabeza— han venido con cara de funeral y cada uno se ha sentado en una punta del sofá.

Habla tan bajito, que casi no puedo oírla. Casi. Me quedo con ella un rato, ahora que ya me encuentro en zona segura y las pulsaciones van ralentizándose.

—¿Qué? —Le meto la oreja en la boca.

—Que esos dos no se hablan.

—¿Qué?

—Que esos... —Me da un golpe con el puño cuanto se da cuenta de la burla—. ¡Crisi!

La cabeza de Jose asoma por encima de la de Rosa.

—Oye, Crisi, ¿quieres una copa?

—Vale.

—De paso me pones un cubata, gracias.

Bien jugado.

—Oye, Kris, ¿te apetece otra copa? —copio a Jose.

—Sí, gracias. Vodka con limón. —Se ríe a carcajadas el listillo.

—Ya las pongo yo —se ofrece Kiri—. ¿Alguien quiere otra copa?

Durante el tiempo que tarda Kiri en preparar las bebidas, me entretengo estudiando el descomunal salón con sana envidia, o con envidia simplemente. Muebles de diseño moderno. Mesa de centro enorme. Sofás enormes. Sillones enormes en colores cálidos y acogedores. Mesa de comedor grandiosa con sobre de cristal. Centro de cristal tallado sobre mesa de comedor grandiosa, esperando que alguien le eche algo. No sé. Algo. Lo que sea. Se le ve tan... vacío. Cuadros (dos) de esos que no sabes lo que ves, pero que aportan un toque de distinción e imprimen carácter a la estancia... Chimenea espectacular junto a zona muerta... Cristaleras de suelo a techo que permiten contemplar el hermoso jardín, iluminado bajo decenas de luces camufladas entre las plantas... En fin, precioso.

¿Dónde se ha metido este hombre?

Entrecierro los párpados. Todavía siento los ojos de John observando todos mis movimientos. No entiendo qué satisfacción morbosa le lleva a contemplarme y no decir nada. A no ser que esté esperando la oportunidad apropiada para lanzarse sobre mí a traición y dar suelta al cabreo monumental que lleva encima. También es posible que suelte alguna idiotez con el fin de hacerme rabiar. Le echo un vistazo. Rápido. Como de casualidad. Me mira fijamente, pero su expresión no revela nada. Nada bueno. Lo vuelvo a ojear de refilón y sus ojos siguen en el mismo sitio. En mí. Me está poniendo nerviosa. ¿Y qué hago cuando me pongo nerviosa? Tonterías. Digo muchas tonterías. Salen de mi boca como las hormigas de un hormiguero inundado. Noto que me ruborizo. ¡Seré estúpida! A falta de chupito tranquilizador, enciendo cigarrito calmante. Mientras tenga la boca ocupada en otra cosa, no hay peligro de parlotear y parlotear sin orden y concierto. ¡Joder! Estoy fumando demasiado. Mañana lo dejo, si deja de mirarme. Palabra. Palabra de honor.

—Bueno...

Oh, oh. No va a haber quien me pare. «¡Cállate, Crisi, cállate! ¡No hables! No te dejes arrastrar hacia el ridículo.

No-di-gas-na-da. Es mejor así. Te lo aseguro. Confía en mí. Te lo dice alguien con experiencia. No-ha-bles».

—¿Por qué no contáis algunas anécdotas? —inquiero, con el firme propósito de mantener mi boca cerrada. No les doy tiempo—. ¿Sabéis qué ha sido de los demás? Yo no sé nada de ellos desde hace un siglo. Claro, que tampoco es me haya molestado mucho en llamarles. Una vez, en Madrid, me pareció ver a alguien; me sonaba su cara, pero no me acerqué lo suficiente como para identificarle. —«¿Identificarle, Crisi? ¿Como si te encontraras en medio de una rueda de reconocimiento?»—. Tenía prisa. Me dirigía a la peluquería y llegaba tarde. Una pena. Tenía que hacerme las mechas, y con las mechas ya se sabe... —«¡Cállate, Crisi, por Dios!»—. Me encanta el jardín iluminado. Si pudiera tendría uno igual. ¿No os gusta? *Mimosina* sería feliz en un jardín como este. Está muy viejecita... Los Niños de Satanás le quemaron la cola... Los tangas..., un martirio... ¿Mi madre? Mi madre es única... ¡Huy!, mis novios, si yo os hablara de mis novios... Podremos aliñar los mejillones con la manzanilla de Kiri...

«¡Que te calles! ¡Que te calles! ¡Que te calles!».

—Ya estoy aquí... —Llega canturreando Kiri con una bandeja en las manos.

Le arrebato el orujo antes de que deposite la bandeja sobre la mesa y me lo bebo de golpe. Genial. ¿Y ahora qué? Cierro los ojos y respiro profundamente. Los vuelvo a abrir, y el asqueroso aún me mira descaradamente. ¿Por qué no aparta la vista? Empiezo a sentir náuseas. Maldita sea. ¿Nadie le ha dicho que hacer eso es de mala educación? Aprieto los párpados con fuerza y reclino la cabeza en el respaldo. No pienso volver a abrirlos ni aunque me aseguren que Colin Farrell está haciendo un *striptease* en mi honor a medio metro de distancia. Bueno, mejor a un metro y medio de distancia.

—A propósito —oigo la voz de Kiri—. ¿Alguno sabe algo de Miguel? La última vez que lo vimos fue hace... ¿siete, ocho años? Deberíamos haberlo llamado. ¿No se le ocurrió a ninguno?

—Yo lo intenté. —Jose parece serio. Como permanezco con los ojos cerrados, no puedo asegurarlo—. Os tengo que dar una mala noticia —carraspea—. No lo dije antes para no disgustaros. Miguel… murió en noviembre del año pasado.

Quizá la mejor facultad que poseemos los humanos sea la capacidad de bloquear el dolor. Ese mismo dolor que acaba de traspasar todas mis defensas y me sorprende con la rapidez y la efectividad de la mordedura de una serpiente. Es certero e intenso y se expande por todo mi sistema anímico a la misma velocidad mientras un sinfín de emociones distintas batallan en mi interior. Dolor. Rabia. Incredulidad. Dolor. Dolor. Frustración y dolor. Impotencia y dolor. Aprieto los párpados con fuerza e intento retener las lágrimas que humedecen mis pestañas. Trago compulsivamente saliva con el único objetivo de aflojar la garra que se cierra sobre mi garganta, consciente de que acabamos de perder a un ser especial.

Pestañeo y, con cada pestañeo involuntario, las lágrimas se deslizan hasta mis sienes. Las exclamaciones de dolor, sorpresa e incredulidad de los demás reverberan como truenos lejanos en la inmensa estancia. Escucho cómo, poco a poco, surgen las inevitables preguntas. Los cómo y los cuándo se repiten con machacona insistencia. Sus voces, aturdidas y angustiadas, me dañan los oídos con interrogantes sin respuesta.

—Cáncer —dice Jose con voz quebrada—. Parece ser que fulminante. No tengo más datos, no he conseguido localizar a su familia.

Su familia… Dios mío, su familia…

—Tan joven… No, no es posible —La voz de Rosa se va extinguiendo hasta terminar en llanto.

Permanezco inmóvil. La imagen de Miguel grabada en la retina. Vital, risueño, divertido, tierno, generoso. Vivo. Hermoso por dentro y por fuera. Inspiro, tratando de ensanchar los pulmones. Vuelvo a respirar lentamente y en profundidad en un intento por calmar los dolorosos latidos de mi corazón. Los recuerdos, que durante años se han mantenido ocultos en mi mente, afloran a la superficie con la fuerza de un torrente. Y veo a un Miguel sonriente montado en su moto. Y veo la última fiesta nocturna a la que acudimos todos juntos. Y le veo con la pierna escayolada, desde la ingle hasta el tobillo. Incapacidad que, por cierto, no le impidió disfrutar de la fiesta como al que más. Decir que estaba eufórico es quedarse corto. Y veo su vitalidad. Sus risas. Sus conversaciones sobre política. Sus ansias de vivir. Vida que ha quedado reducida a los rescoldos de una quimera, al dejarnos tan prematuramente. Y veo, desde mi posición de observadora involuntaria, al resto de mis amigos reír y bailar. Beber y tontear con las chicas. Demasiadas chicas revoloteando a nuestro alrededor. Comprendo que eran jóvenes y que las hormonas hacían de las suyas, pero… ¡menos lobos, caperucita!

Veo a Kiri conociendo a su futura mujer, que entonces creyó que «ese pobre chico, tan guapo y tan enfermo» estaba sufriendo alguna especie de ataque, sin darse cuenta de que llevaba una cogorza como un piano. Y veo a Jose tonteando con una morenita a la que de pronto dejó con la palabra en la boca para salir corriendo y lanzarse de cabeza a la piscina en lo que, en ese momento, me pareció un acto de locura. Y mientras Rosa yacía inerte en el fondo de la piscina, y Jose se apresuraba a sacarla a la superficie, y el resto de mis amigos continuaban con la épica labor de ligar, beber y disfrutar tanto como pudieran sin preocuparse por nada más, la música seguía tronando… Y yo continuaba observando, al tiempo que Miguel, que apenas unos minutos antes había desaparecido con una chica tras un seto, hacía temblar la tierra bajo sus pies. Bueno, bajo los pies no lo puedo asegurar, porque como iba escayolado…

Su recuerdo es una mezcla borrosa llena de risas y cariño. De afecto y de admiración. Es dulce y amargo a un tiempo.

Apenas recordaba todo cuanto había ocurrido (efectos secundarios de un abuso excesivo de sangría; todo hay que decirlo, la mejor que he probado en mi vida), cuando Miguel se reunió de nuevo con nosotros y nos sonrió. Nos lanzó esa clase de sonrisa explosiva, mezcla entre ingenuidad y picardía. Y entonces entendí el motivo por el cual iba dejando a su paso un abrumador reguero de corazones palpitantes: era el chico más hermoso que había visto en mi vida. Un ser de luz.

La amistad es un concepto difícil de definir. Siempre he creído que los sentimientos de afecto, de ternura, de amor, de comprensión y lealtad que se forjan entre las personas durante la adolescencia y juventud son como gruesas cadenas, casi irrompibles. No importa cuánta sea la distancia o cuánto tiempo nos separe. Si tiras de esa cadena tienes la completa seguridad de que al otro extremo se encuentra un amigo. Es duro y difícil reconocer que la cadena de Miguel se ha roto. Es curioso, de aquella noche lo recuerdo todo, sin embargo no recuerdo el día que me despedí de él por última vez. Y también es curioso hasta qué punto ese insignificante detalle puede llegar a afligirme.

Respiro profundamente con la esperanza de no olvidarlo jamás, porque creo que mientras las personas que amamos permanecen vivas en nuestros corazones, no mueren nunca. Siempre nos acompañan.

—¿Os acordáis del día que jugasteis un partido de fútbol con la pandilla de los pequeños?

—Ay, sí, que Diego se rompió un brazo. Qué manera de hacer el ridículo.

—Rosa, bonita, nosotros somos moteros no futboleros.

—No hace falta que lo jures.

—¿Y de aquella noche que encontramos al delfín muerto y varado en la playa y le cavamos una tumba y Miguel se empeñó en hacerle una misa?

—Sí, y después, cuando estábamos pensando qué decir, fue el primero que se largó a darse un chapuzón.

—Yo ese día no estaba, pero me acuerdo de la fiesta en el chalet de Juan. Menuda la que lio.

—No puede ser que nada más llegar se le colgara aquella morena del cuello...

—Por favor, ya me diréis cómo lo hizo, pero si iba escayolado...

—De no ser por la mata de adelfas, que se sacudía de un lado a otro, lo más probable es que ni nos hubiéramos enterado.

—Ay, sí, fue muy gracioso... Él ahí, a lo suyo, y los demás siguiendo el ritmo de las flores...

A pesar de la nebulosa de lágrimas, esbozo una sonrisa y giro un poco la cabeza.

Echo un vistazo a los amigos que todavía permanecen conmigo, a mi lado en todos los sentidos, y que en este momento siguen rememorando y rememorando anécdotas divertidas y entrañables, algunas de las cuales ya había olvidado. Se ofrecen mutuamente la compañía que solo puede ofrecer un amigo. Se apoyan entre ellos, como solo un amigo sabe hacer. Se reconfortan con la clase de recuerdos que solo puede revivir un amigo. Ríen, lloran y respiran, mientras yo le agradezco a la vida que me permita seguir disfrutando de su compañía.

—Le hubiera encantado estar aquí...

—Sí, le hubiera encantado estar aquí...

Miguel, Miguel, Miguel...

Recuerdo, con dolorosa nostalgia, aquella época maravillosa. Las soleadas y calurosas mañanas de verano perfumadas por geranios y el salitre húmedo procedente del mar. Los amaneceres, que teñían el cielo de tonos naranja, a los que seguían los primeros baños en aguas templadas y calmas. Nada podía igualar al brillo plateado del Mediterráneo a primera hora de la mañana mientras recorríamos la solitaria playa en busca de coquinas, con los pies enterrados en la arena. Los grandes espacios, que por entonces abundaban en la playa de San Juan, llenos de cañaverales, algarrobos, olivos y prados cubiertos por miles y miles de florecillas de un amarillo intenso. Para nosotros no existía un lugar más bello y perfecto. Recuerdo las prisas por abandonar la supervisión de nuestros padres y vivir la vida al aire libre, como si nos faltara tiempo para experimentar todo cuanto pasara por nuestra cabeza. Los baños de sol y mar todos juntos, evitando el romper de las olas. Las lánguidas y perezosas siestas. El discurrir de las sosegadas tardes, repletas de charlas insustanciales, sentados en una terraza. Siempre la misma. Punto de encuentro obligatorio. Las inocentes bromas. Los infantiles juegos. Los planes. Las peleas pueriles e intrascendentes. Las sesiones cinéfilas nocturnas en el acogedor y familiar cine de verano, de suelo de tierra y paredes encaladas, donde la fragancia de los jazmineros en flor nos daba noche tras noche la bienvenida. Las alocadas fiestas noctámbulas. Las risas; siempre las risas despreocupadas y bulliciosas que nos seguían a todas partes.

Y las primeras caricias fugaces...

Y los dulces besos robados...

La inocencia perdida...

CAPÍTULO 16

Lunes 22 de agosto
Hora, ¿qué hora?

No voy a aburrirte con una descripción detallada de todo lo ocurrido a lo largo de la noche. De cómo, a las dos de la madrugada, he corrido escaleras arriba deseando dejarme caer sobre la cama. De cómo me he desahogado llorando hasta el agotamiento. De mis inútiles intentos por conciliar el sueño. De cómo me he removido, inquieta, de un lado a otro, y lo único que he conseguido es agobiarme y que se me enreden las piernas y el pelo. De cómo, a pesar de creer que ya no me quedaban lágrimas, estas seguían cayendo. De cómo, de tanto llorar, ahora noto los párpados hinchados y tengo la nariz tan taponada que me resulta imposible conciliar el sueño. ¿Cómo puede el Universo ser tan cruel? ¿Acaso no le basta con engendrar semejante dolor en nuestro interior que además se empeña en jodernos los ojos y la nariz?

Me siento en la cama, lanzo un profundo suspiro de resignación e invoco a mi yo interior. Al de la calma y la tranquilidad. Nada. Parece que está de vacaciones, como todo el mundo en agosto. Abro con lentitud mis inflamados párpados e intento ver la hora a través de dos masas de carne amorcilladas. Las tres y media de la mañana. ¡Bien! Buena hora para acordarme de todos mis muertos. Gimoteo de nuevo. Esta vez por lo que me espera mañana. Bueno, hoy. Solo con pensar que tengo que pasar la mañana hundida hasta las rodillas en un agua repleta de piedras cubiertas de moho, me entra un sudor frío. No me gustan las excursiones al aire libre que me conducen por el camino de las torceduras o roturas de miembros muy queridos y apreciados. Me gustan las que me conducen al teatro, al cine, a cenar, a una exposición de pintura. Las de recogida de moluscos no es lo mío. A los dieciocho me encantaban, pero ahora… Demasiada naturaleza agreste. Demasiados bichos que muerden. Demasiado… peligrosas. Si de natural ya soy pelín torpe, sin dormir en toda la noche y caminando por rocas resbaladizas puedo terminar descalabrada en medio de tanta belleza natural. No, gracias; afearía el paisaje. Aunque… otra opción sería caerme y romperme las dos piernas durante el paseo en plan bucólico. ¿Quién me recogería? ¿Y si se olvidan de mí y muero entre gritos desesperados pidiendo una ayuda que no llegará nunca? Juzgo que este puede ser un asunto excesivamente resbaladizo.

Y hablando de excursiones…, voy a hacer una hasta la biblioteca, coger un muermo de libro tipo *La maquinaria agrícola y sus múltiples y funcionales usos en la cocina molecular: para chuparse los dedos* y dejar que el sopor se apunte a la ley de Newton. Es una pena que Miranda aún necesite *Guerra y paz* para hacerle de almohada en la playa. Deben de quedarle media docena de siestas por lo menos.

Salto de la cama con brío. Me embuto en un bóxer con su correspondiente estampado de lunas y estrellas. Me meto una camiseta de tirantes por la cabeza; lógico, meterla por los pies sería ir contra natura. Salgo al pasillo y me encamino, descalza y de puntillas, hacia el destino elegido: la biblioteca. Bajo los escalones a la velocidad de visita a la suegra. No quiero despertar a nadie. Sería desagradable que me vieran con estos ojos de topo ciego. Palpo por las paredes. Una locura por mi parte, pero ¿qué sería la vida sin estas pequeñas transgresiones? Por fin llego a la puerta que ando buscando. La abro un poco; lo justo para colarme dentro y volver a cerrarla. Extiendo la mano y toqueteo la pared en busca del interruptor de la luz. No lo encuentro. Pienso. Doy dos palmaditas tenues, casi imperceptibles, por si esta casa tan moderna dispone de un sistema inteligente de esos que, cuando aplaudes, la luz sale a escena y nos ilumina con su presencia. Pues no. Me aventuro en la oscuridad y encamino mis descalzos pies hacia las gruesas cortinas. En cuanto las descorra, la claridad de la luna me bastará para encontrar al esquivo interruptor.

En el momento en que doy dos pasos, la sensación de que no estoy sola me genera cierta intranquilidad. El corazón empieza a latirme a mayor velocidad: le tengo miedo a la oscuridad. Desde mi punto de vista no es un miedo totalmente absurdo. El temor a quién o qué pueda ocultarse tras ella... Todo el mundo sabe que tras la oscuridad solo puede haber maldad.

—¿Hay alguien ahí? —susurro con voz ronca y aguzando el oído.

—No te muevas —me amenaza a su vez otra voz ronca a mi espalda.

Suelto una exclamación ahogada y el ligero revoloteo que noto en mi corazón se convierte en un santiamén en una pandilla de buitres enormes golpeándome la caja torácica.

Me quedo quieta. Me han ordenado que no me mueva y yo me quedo quieta. Pero no por la orden. No suelo prestar atención ni obedecer órdenes. El miedo es lo que me mantiene paralizada. El golpeteo de las mil alas de los pajarracos en mi pecho, y que repercute directamente en mis oídos, tampoco es de gran ayuda. Alargo un brazo con disimulo y palpo por delante de mí intentando, en vano, hacerme con algún arma defensiva. Aire. Bueno, da igual, no poseo ninguna experiencia con armas de ningún tipo. Las cucharas de madera no creo que entren dentro de esa categoría. Aunque no tengo muy claro que valga la pena arriesgarse a encontrar un cortaplumas y que el malo me lo arrebate y que, en un estado propio de nerviosismo y crispación por haber sido pillado *in fraganti,* me lo clave en el pecho o, lo que es peor, en un ojo. Ser tuerta en Alicante no me termina de convencer. Humm..., no pega. Tendría que emigrar a los Mares del Sur. Por lo del atrezo y eso (parche en el ojo y... cambio loro por gato al hombro). ¿Y... un bastón?

Con una sonrisa ensimismada en la cara, olvido por un momento al individuo que tengo a mi espalda. Distracción que queda enérgicamente interrumpida en el momento en que una mano enorme se cierra sobre mi muñeca, y un brazo de acero me sujeta alrededor de la cintura y me arrastra hacia atrás hasta chocar contra un sólido muro humano. El alarido más espantoso que mi garganta es capaz de generar se ve interrumpido por otra mano que me tapa la boca de muy malas maneras. «Pero ¿cuántas manos tiene este?», es lo primero que se me ocurre. Lo segundo, «De esta sí que no me escapo».

—Tienes suerte de que no te haya dado un puñetazo. ¿Cómo se te ocurre andar por ahí como un vulgar ladrón? Pero ¡si vas incluso descalza! —dice el muro con aspereza.

¿Los ladrones cometen sus fechorías descalzos? Eso sí que no lo sabía.

Contrariamente a lo esperado, escuchar esa voz profunda me tranquiliza, a pesar de la amenaza, no muy sutil, que acaba de proferir.

—¡Crisi, por Dios! —continúa reprendiéndome—. Y no estaría de más que encendieras las luces cuando entras en una habitación a oscuras. ¿En qué estabas pensando, andando por ahí medio desnuda? Podrías haberte tropezado con algún desconocido. Con algún ladrón de verdad que hubiese entrado a robar. Dime, ¿qué hubieras hecho entonces, eh?

¿Recibirlo con honores? ¿Darle las gracias?

Me retuerzo para que me suelte. Todavía me tiene sujeta por la cintura y me tapa la boca con la mano. ¡Este es idiota! ¿Cómo pretende que le conteste si no me suelta? Debe de percatarse de mis inútiles forcejeos porque, de repente, me suelta como si quemara y me gira colocándome frente a él. La cabeza me martillea y los oídos me zumban tan fuerte que me cuesta oír con claridad. Efectos secundarios de un susto de muerte repentino.

Por unos segundos no digo nada. Pienso en mis opciones más inmediatas: puedo salir de la biblioteca con aire ofendido, sin decir nada, y dejarle plantado como un pasmarote, o puedo acercarme en un momentito a la cocina, coger el cuchillo menos afilado que encuentre y darle uso. Esta última es la que más me atrae.

Respiro hondo una..., dos..., tres..., cuatro veces. Destreza y sutileza. Calma, destreza y sutileza. Levanto el puño y le estampo el tan cacareado puñetazo en medio del pecho, con poca destreza y nada de sutileza.

—¡Auggg! —me quejo al tiempo que agito la mano en el aire y soplo y soplo, igualito que hace mi madre. Irritada por el fiasco del puñetazo y por su sonrisita arrogante le increpo—: ¿¡A ti te parece normal esconderte en la oscuridad!? —Aprieto los puños contra mis muslos antes de que salgan disparados por segunda vez—. Puede que tú no le encuentres nada de malo, pero a mí me parece el comportamiento de un psicópata.

Enarca una ceja y me recorre con la mirada.

—¿De veras? —inquiere sorprendido.

Me dan ganas de bajársela de un tirón (la ceja).

—Sí, de veras —le contesto haciendo una mueca—. ¿Y no me has oído? He preguntado si había alguien. Ji, ji. —Suelto una risita—. Perdona, John, no me había dado cuenta de tu pérdida de audición. La edad, que no perdona, ¿eh?

La segunda ceja se une a la primera con incredulidad.

—Has susurrado, como hacen los ladrones cuando se dirigen a su cómplice —insiste con calma.

—¡Eso no es cierto! ¡Los ladrones no susurran!

—¿Y tú cómo lo sabes? ¿Te has tropezado con muchos? Crisi, experta en ladrones escandalosos —se burla mientras da un paso hacia mí. Se inclina y susurra amenazante en mi oído—: Podría haberte violado y nadie te hubiese oído gritar.

Un escalofrío me recorre la espalda. ¡Qué gracioso es! ¿Quién dice que iba a cometer la tontería de pedir ayuda? Eso no se lo digo, me da la impresión de que no apreciaría mi sentido del humor.

—¿Y me violarías... antes o después de quedarte sin dientes?

Creo que lo he dejado pasmado. ¡Ah!, pues no.

Se acerca tanto que invade mi espacio personal.

—¿Tú y cuántos más? Pesas menos que un mosquito.

A pesar de su perturbadora proximidad, mantengo el tipo.

—Hago tai-chi, ¿sabes? Si tuviese un abanico a mano podría rajarte el cuello en un segundo y no te darías ni cuenta —le amenazo mientras me estiro todo lo que puedo. Tan solo como actitud intimidatoria. No pretendo hacerle daño de verdad. No parece muy impresionado con mi bravuconada. ¿Que cómo lo sé? La carcajada que suelta es una buena pista.

Al inclinarse hacia delante me roza con el pecho. Me doy cuenta de que va descamisado y solo lleva un bóxer negro. Ajustado. Demasiado ajustado. Salto hacia atrás como un mono amaestrado de circo. Le observo. ¡Jesús, qué cuerpo! Alto, músculos definidos, vello negro en pecho, brazos y piernas. Mi madre tenía razón, pienso cuando poso la mirada en su abdomen. Inefable. Mis glándulas salivares se activan por voluntad propia. Solo se me ocurre un adjetivo: magnífico. Levanto la vista con esfuerzo titánico y la fijo en sus ojos.

—¿Has terminado o vas a seguir comiéndome con la mirada? Porque si es así, yo puedo hacer lo mismo contigo, pequeñaja.

Ahogo un grito de indignación, no sin antes ponerme de la mitad de los colores del arcoíris. Le señalo con un dedo.

—Eres un…, un… imbécil —le digo a falta de que se me ocurra un insulto más apropiado—. ¡No estaba mirándote! ¡Pensaba en mis cosas! ¡Eres un arrogante! ¡Pedazo de…!

No me da tiempo a más. Una mano sale disparada y me agarra por la cintura. Clavo los pies en el suelo, pero él es demasiado fuerte y yo, pobre de mí, demasiado débil para resistirme a la tentación de la carne (más exactamente, de su carne). Noto su brazo, duro como una roca, rodeándome, mientras su otra mano se posa sobre mi nuca y su boca desciende hasta posarse sobre la mía y me hace callar de una manera muy efectiva. Mi mundo se pone patas arriba en cuanto pruebo el delicioso sabor de sus labios. No dura mucho la irritación; una mano inquisidora se encarga de ello al bajar hasta mi trasero y apretarlo con fuerza contra él. No doy crédito a lo que está ocurriendo. Después de trece años me encuentro de nuevo en brazos de John. Y no está borracho.

—¿Estás borracho? —Más vale cerciorarse.

Niega con la cabeza un segundo antes de indagar con su lengua en las profundidades de mi boca. Mi primera reacción es de rechazo. Le empujo, sin mucho empeño, por los hombros. Pero el calor que desprende su cuerpo y las sensaciones que recorren el mío al saborear sus labios y su lengua son motivos suficientes para desistir. ¡Qué narices! Me agarro a él como si me fuera a arrojar desde un décimo piso y le apretujo contra mí. Pienso disfrutar este momento aunque sea lo último que haga. «La vida es corta. ¡Aprovéchate, Crisi!», me digo a mí misma.

—¿Tu habitación o la mía? —le hago la consabida pregunta con ojos brillantes.

¿He dicho su habitación? «¡Por Dios, Crisi, ponte el cerebro! ¿No pretenderás participar en un trío?».

—¡Joder, Crisi! ¿Para qué esperar? —Me estrecha contra él y me empuja con decisión hacia el escritorio.

Un momento. Un momento. Me retuerzo intentando soltarme. Esto va demasiado rápido. ¿Pretende hacerlo aquí? ¿Ahora? Pero todavía no estoy preparada. Yo debería seducirle con habilidad venezolana en la intimidad de mi habitación, no aquí, a salto de mata. Laura aún no me ha dicho cómo hacerlo sobre un escritorio con erotismo y voluptuosidad. De hecho, aún no me ha dicho nada. Todo tiene un orden en el Universo. Primero la teoría, después la práctica.

Antes de darme cuenta, ya me ha levantado en volandas y estoy sentada sobre el escritorio, con él situado entre mis piernas.

—John, esto va demasiado rápido —protesto en un susurro.

Vuelve a hacerme callar cuando un par de manos expertas se cuelan por debajo de mi camiseta y acarician con suavidad hasta llegar a mis pechos, en una demostración sublime de meticulosidad, al tiempo que empieza a utilizar la lengua de una manera que debería ser declarada ilegal. Cansada de resistirme, dejo que me bese. Han pasado trece años desde aquella hermosa y aciaga noche. Trece años que no siento esta pasión. No necesito ningún otro incentivo. Acabo de perder la cabeza. Me vuelvo a apretar contra ese cuerpo de pecado y le recorro el cuello con besos cortos y sensuales. Su mano baja hasta mis calzoncillos y se cuela con lentitud indagando entre mis piernas. Yo también le acaricio la espalda con movimientos lentos y sensuales, pero me detengo justo a la altura del elástico de su bóxer.

—¡Mierda, Crisi! No pares ahí.

Sonrío con malicia e introduzco las manos por debajo de la prenda hasta abarcar con ellas esa parte de su anatomía que tan loca me vuelve. «Joder, acero de barcos». Mi lujuria ha alcanzado cotas de alto riesgo.

—Vas muy tapada —susurra mientras me levanta con prisas y tira de los calzoncillos con fuerza.

Le escucho gemir cuando, sin pensarlo, cierro las piernas con brusquedad, lanzo una mano hacia abajo y le sujeto por la muñeca. Levanta la cabeza y me mira de forma interrogativa.

—¿Quieres parar? No me hagas esto, nena. —Entre su sonrisa percibo su nerviosismo.

¿Parar? ¿He dicho yo que quiero parar? No pararía ni aunque un terremoto en grado diez estuviese sacudiendo la casa hasta los cimientos. No pararía ni aunque un incendio devastador arrasara la casa. No pararía ni aunque mi madre se presentase de golpe y... Sí, en ese caso sí pararía.

—Quiero que esto dure. Quiero sentir lo que siente todo el mundo. No quiero que se repita lo de la primera vez —afirmo tajante en voz baja.

¿He dicho yo eso? Debo de estar loca. ¿Y si me hace caso y para? Demasiado tarde me ha venido a la cabeza el dicho: «A falta de pan, buenas son tortas».

—¡Qué susto me has dado, nena! Creí que querías dejarlo. —Suelta una risa nerviosa—. ¿Por dónde íbamos? —Su tono de voz es perezoso y sensual—. Ah, sí, vas muy tapada.

A continuación procede en consecuencia. En un parpadeo han desaparecido las dos prendas que me cubrían. Se deshace también de las suyas. Es rápido, va en calzoncillos. Y vuelve a colocarse entre mis muslos.

—Crisi... —Me mordisquea el cuello.

—Humm...

—Tengo que hacerlo ya. Lo siento... No puedo esperar... —dice mientras me obliga a tenderme de espaldas con gesto juguetón.

«Tienes mi permiso, guapetón», pienso entre la nube de placer que me rodea. ¡Avante a toda máquina!

Y sin más preámbulos, nuestros cuerpos se unen. Le envuelvo con brazos y piernas. Lo necesito más cerca, más profundo. Me sujeta la cara con las manos y me besa con dulzura mientras se frota y se mueve en mi interior con la pericia de un experto.

—¡Oh, Dios! ¡Oh, Dios!

Justo cuando una nueva, íntima y desconocida necesidad se apodera de mis entrañas, noto cómo sus hombros se convulsionan bajo mis brazos y unos ruiditos entrecortados salen de su boca. «¿Ya ha terminado?», pienso, asombrada. Pero ¿si acabamos de empezar? Ni siquiera Darío era tan rápido. Escucho con atención. ¿Acaso está riéndose?

—¿Dónde está la gracia para que me ría yo también? —pregunto con voz dulce, como si fuera lo más normal del mundo hacer un descanso en pleno acto íntimo para echarnos unas risas.

—Lo siento, perdona, lo siento. —Me acaricia el cuello suavemente con sus labios—. Lo estabas diciendo mal.

—¿Qué? —Me separo un poco para poder echarle una buena mirada y de paso ver si le encuentro la gracia por alguna parte.

—Es «¡Oh, John! ¡Oh, John!».

Perfecto, en mi currículum acumulo a un poeta penoso, un deportista de pena y un chistoso que tiene que meterse conmigo hasta en situaciones tan íntimas y... profundas como en la que me encuentro ahora mismo.

Vale. Le doy la razón. No voy a empezar a discutir con él. No cuando estoy a punto de..., de...

—¡Oh, John! ¡Oh, John!

¡Madre del amor hermoso!

Un rato más tarde continúo sentada sobre el escritorio, abrazada a John y pensando que este ha sido el mejor remedio contra la ansiedad que he probado en mi vida.

Lo que quiero decir es que no se ha parecido a ninguna otra de mis anteriores relaciones sexuales. Ya sé que no está bien hablar de ello, pero no puedo evitar comentar que he quedado muy satisfecha. Muy, muy satisfecha.

Aparte del lapsus de las risitas que, por otra parte, ha cumplido con la función de relajar tensiones, todo lo demás ha ido como la seda. Desde las titubeantes caricias, hasta los apasionados besos con los que ha cubierto todo mi cuerpo. Desde la forma en que nos movíamos el uno contra el otro, hasta las palabras, dulces y ardientes a un tiempo, que me ha susurrado durante todo el interludio amoroso. Desde los sensuales lametones, hasta la manera tan tierna en que yo depositaba ligeros besos por todas partes. Desde la forma acompasada de nuestras respiraciones, hasta los jadeos entrecortados cuando hemos acabado, milagrosamente, al unísono.

En fin, que todavía ando reponiéndome de una experiencia... ¿Cómo la definiría? ¿Devastadora? ¿Demoledora? ¿Gloriosa? ¿Sensacional? ¿Espléndida? Es comprensible que quiera encontrar la palabra exacta. Al fin y al cabo es mi primer orgasmo con algo que no funcione a pilas.

—¡Gracias, Dios! —me oigo decir, para mi propia sorpresa, en voz alta.

Me mira y el alivio le hace reír.

—Te has vuelto a confundir. Y, por cierto, la palabra que estás buscando es... «perfecto».

—¿Qué? —Abro los ojos de par en par, preguntándome cómo es posible que sepa lo que estoy pensando y en qué me he vuelto a confundir.

—Es «Gracias, John, por una experiencia sublime». —Se acerca, me besa de nuevo y cuando nos separamos me lanza una sonrisilla maliciosa y exclama el muy ladino—: ¡Sí!, ha sido algo más que dos cerezas, ¿verdad?

Los amigos deberíamos firmar un contrato que nos exonere de cualquier responsabilidad en caso de cometer homicidio voluntario con alguno de ellos. A este me lo cargo ahora mismo, a Rosa mañana a primera hora. Me deleitaré contemplando su expresión, mezcla de asombro y miedo, mientras lo hago. Aún me cuesta creer que no me guardara el secreto. ¡Bocazas!

Empujo al graciosito con todas mis fuerzas y bajo del escritorio con la mayor dignidad posible. Un cometido harto difícil teniendo en cuenta que estoy desnuda y John no para de mirarme con una chispa de diversión en los ojos. Me pregunto cómo harán las actrices para pasearse desnudas de un lado a otro con tanta desenvoltura luciendo únicamente un traje de piel humana. En fin... A saber. Me agacho con intención de recoger mis prendas de dormir, esparcidas por el suelo, procurando mostrar lo menos posible (un ataque de pudor tardío). En cuclillas, con un brazo levantado por encima de la cabeza y sujetándome al canto del escritorio, parezco una bailarina practicando sentadillas. Su presencia es abrumadora y me está poniendo de los nervios.

—¿Te ayudo? —pregunta solícito.

—¿A qué?

—Con los ejercicios gimnásticos.

Noto el tonillo guasón de rigor.

—No, gracias. Esto lo hago siempre después del sexo. —Y para pincharle, añado—: Me lo enseñó un novio deportista que tuve.

—¿El de la medalla de cartón?

Levanto la vista bruscamente y le miro. Su mirada brilla con una pizca de diversión, una pizca de curiosidad y un puñado de orgullo masculino. ¡Será bobo!

—Papel maché —le corrijo, escondiendo una sonrisa—. Y ahora... ¡quieres ayudarme a buscar mi ropa!

—Papel maché —repite con lentitud sin molestarse en ocultar su desconcierto—. ¿Para qué? —pregunta, recuperado de la impresión y sin mover ni un dedo.

—¿Para qué, qué?

—¿Para qué necesitas la ropa?

—Para vestirme. ¿Para qué va a ser si no?

—¿Y para qué quieres vestirte?

Aprieto los dientes con frustración. «¿Por qué, Señor, por qué? ¿He hecho algo horroroso en otra vida y me lo estás haciendo pagar en esta?».

—¿No pretenderás que me pasee por toda la casa desnuda, verdad?

Como no contesta, miro de reojo y advierto que ha salido a la terraza. Por lo visto no tiene ningún problema con su desnudez. ¡Qué suerte! Un minuto después, regresa con algo en las manos, se acerca a una pared y enciende las luces.

Oh, Oh..., ahora se va a dar cuenta de que no soy explosiva, de que mis pechos son... normalitos. Por favor..., como si cuando ha estado acariciándolos y sobándolos se le hubiera pasado por alto un detalle tan nimio.

—Levántate —ordena.

—Pero... la... luz... —balbuceo, nerviosa. No quiero que haga comparaciones. Las comparaciones son odiosas.

—No sé por qué, desde que te conozco, me haces repetir siempre todo lo que digo dos veces. Levántate, Cristina. Voy a cubrirte con una toalla —insiste impaciente.

¡Ah! Eso ya es otra cosa.

Me incorporo y alargo un brazo. Me fijo en que él se ha liado una toalla a la cintura. Muevo los dedos para que me dé la mía. Sus ojos vuelven a posarse en mí y me examinan minuciosamente ¡sin soltar la maldita toalla! Oigo que murmura algo por lo bajo antes de acercarse, rodearme con ella y levantarme por los aires con facilidad.

—¿Qué haces?

—¿Ves lo que te digo? Siempre tienes que discutirme y cuestionármelo todo.

—Yo no discuto, yo... expongo mi punto de vista y aclaro dudas —le argumento desde mi posición.

Levanta las cejas, incrédulo.

—¿Me harías el favor de reservarte tu punto de vista para otra ocasión y dejarme, aunque sea solo por una noche, hacer las cosas a mi modo? —Asiento con una sonrisa de angelito. Vuelve a levantar las cejas, ahora sorprendido—. ¿Y ese cambio tan repentino?

—Cuando discuto... y expongo mi opinión —me corrijo—, suelo llevar ropa encima. Ahora voy desnuda.

Ante semejante argumento absurdo, mueve la cabeza y sonríe.

—Tendré que dejarte desnuda más a menudo.

A grandes zancadas, recorremos todo el perímetro de la estancia. Cada vez que localiza una prenda se inclina y yo, haciendo gala de mis dotes equilibristas, la recojo y la coloco en mi regazo. Cuando terminamos de recoger las tres prendas se acerca al escritorio y con un gesto me indica que las pase por él. No paro de frotar hasta hacer desaparecer todas las huellas del delito. Ni Poirot averiguaría lo que acaba de ocurrir sobre ese escritorio. Levanto la vista y hace un gesto de asentimiento. Con la ropa en la mano, y sin abrir la boca ni para tomar aire, nos dirigimos al lavadero. Vale, hasta ahí llego. Cojo la ropa en un puñado y la arrojo toda al cesto. Entonces, da media vuelta y se encamina a la cocina.

Medio de los nervios por tener que mantener la boca cerrada, y sin comprender en absoluto este comportamiento tan errático, empiezo a hablar (a hablar, no a discutir).

—John, cariño, entre nosotros... —Me sujeto con fuerza a su cuello y acerco la boca a su oído dándole, de ese modo, un toque confidencial e íntimo a mis siguientes palabras—. ¿¡Se puede saber qué haces!? ¿Te importaría dejarme en el suelo? Sé andar, ¿sabes? No tienes que ponerte nervioso. No se lo diré a nadie, si es eso lo que te preocupa. A mí tampoco me interesa que esto se sepa. —Mientras hablo le voy dando unas palmaditas en la mejilla, como intentando calmar a un cachorrito nervioso.

Inclina la cabeza y me mira aturdido.

—¿Por qué no te callas un ratito? No dices más que tonterías.

Me sujeta con fuerza y sale de la cocina con un paquete de galletas, que por supuesto deja caer sobre mi tripa. Tensa un poco más los brazos y se enfrenta a la escalera. Al ver esos músculos tan bien formados me acuerdo de que debo retomar mi tabla de cinco minutos de ejercicios. Mi tripa empieza a resentirse sin los tres abdominales diarios. Abro el paquete de galletas y mordisqueo una mientras pienso: «Vale. Puedo hacerlo. Puedo conseguir que esta bestia parda se digne a decir algo».

—John, amor, puedes dejarme en el suelo —le pido con mi voz más zalamera—. Te vas a joder la espalda. Ya no tienes veinte años, ¿sabes?

Es la segunda alusión que hago a su edad en menos de una hora. Eso tiene que doler.

Se echa a reír, con suavidad.

—Te llevo a tu habitación, pequeña arpía.

Está bien. No me deja elección. Saco mi arma más eficaz, el sarcasmo.

—No necesito un burrito de carga. Ya te silbaré cuando se presente el caso. —Y repito—: Sé andar solita.

Inmune a mi arma de destrucción de autoestimas, me contesta tan tranquilo:

—A veces no lo parece.

¿A que todavía le arreo?

—No me dejarás caer, ¿verdad? Me disgustaría mucho darme otro morrazo.

—Espero no ser tan torpe —replica impasible.

—Comparto tu opinión.

Al llegar a la puerta de mi habitación la abre haciendo malabarismos. No muevo ni un dedo (¿No es tan macho? Pues que ejerza). Se acerca hasta la cama y me deposita en ella sin mucho cuidado. Más bien, me arroja sin miramientos. Lo miro con ojos orientales, es decir, medio cerrados y amenazadores. Él, hermético, me arranca la toalla del cuerpo y la lanza por la ventana.

—Bueno, bueno, pequeña... —Se frota las manos como un avaro y sonríe como tal—. ¿Por dónde íbamos?

Qué puedo decir, excepto: «Gracias, Señor, ¿qué he hecho yo para merecer semejante recompensa?».

Santa Úrsula aparece de improviso en mi cabeza.

¡Está bien! Que nadie diga que no lo intenté.

—¡Eh!, John —procuro sonar alegre y confiada—, la puerta de salida está detrás de ti. ¡Mariquita el último! —Acompaño mis palabras con un dedo indicador.

—Si me marcho ahora... —Se desprende de la toalla que lleva a la cintura—. ¿Cómo vamos a terminarnos todo el frutero?

Sí que lo siento, santa Úrsula. Debería rechazar el amable ofrecimiento pero... estoy perdida, irremediablemente perdida, desde el mismo momento en que este hombre, de cuerpo caliente, labios ardientes y hacedor tanto de pesadillas como de sueños, se acomoda sobre mí.

CAPÍTULO 17

Martes, 23 de agosto
Hora del arrepentimiento

Permanezco tumbada en la cama, preguntándome si alguna vez conseguiré comportarme con sensatez. Por lo visto es más que evidente que no. No es que me queje, no. La noche ha estado muy bien. Demasiado. Cada vez que recuerdo lo cariñoso, comprensivo y generoso que ha sido John, se me encoge el corazón.

¿Que si estoy arrepentida? No.

¿Que si he pensado en Miranda en algún momento de lucidez? Tampoco.

¿Que si me gustaría que la tierra me hiciese un favor y se me tragase un ratito? Bueno... ¿Ruge el león cuando está hambriento? Pues eso.

Anoche..., es decir, hasta hace un rato..., es decir..., anoche. Sí, anoche el nivel de tensión y ansiedad fue en aumento. Me sentí en todo momento como un conejo hipnotizado por una serpiente hipnotizadora experta. Una serpiente muy persuasiva, todo hay que decirlo.

Y por si no la he pifiado ya bastante, no usé protección. Por el pequeño inconveniente de tener que desplazarnos hasta la habitación de la bruja y eso. Utilizamos el tradicional aunque infalible método de «No te preocupes que tendré mucho cuidado». Y yo, pues claro, no me preocupé. De hecho, no estoy preocupada en absoluto. No estoy en esos días peligrosos. «La alegría de la huerta» tiene que visitarme esta semana.

Dándome cachetes tardíos, vuelvo a repasar todo lo ocurrido anoche. En cuanto tuve delante a esa escultura andante debería haberme dado un golpe mental y haber salido corriendo en dirección contraria. ¿Lo hice? Por supuesto que no. Mi cabeza estaba demasiado ocupada dándose un festín por adelantado, mi boca salivando y mis piernas abriéndose por voluntad propia. Noto cómo, al recordar todo lo que hicimos anoche..., esta mañana... no, anoche, el habitual sonrojo sube por mis mejillas. Mucho me temo que esta experiencia va a dejarme marcada. Literalmente. Acabo de descubrirme un chupetón del tamaño de media Europa en un muslo. Lo examino con atención y paso rápidamente al otro muslo. Lo recorro con manos temblorosas en busca de algún otro signo revelador, que pueda delatar al resto del grupo algún indicio sobre mis actividades nocturnas. Lanzo un suspiro de alivio antes de posar la vista en mi «perla». Le dirijo una mirada de advertencia y le suelto la consabida advertencia: «No te acostumbres mal, que esto no es normal. Lo de... ¿anoche? ha sido un extra. Una bonificación. Algo así como unas vacaciones a Eurodisney». Intento parecer convincente. No quiero que le quede ninguna duda al respecto y después se vuelva golosa.

Me dejo caer sobre el colchón y me tapo los ojos con un brazo. Los recuerdos me abruman. Son..., son... únicos e inolvidables. No puedo evitar las comparaciones con mis anteriores relaciones (el diablillo del accidente no cuenta). La sonrisa lenta que se forma en mi cara no tarda en convertirse en una carcajada de felicidad. Suspiro. La idea de cortarle el cuello a John, que por un momento me asaltó... anoche, ha desaparecido por completo. Cada vez que me miraba a los ojos, el pulso se me aceleraba, y cada vez que admiraba su abdomen, se me volvía a acelerar. Y cuando me tocaba, ya estaba dispuesta a todo lo que me pidiera. Al principio, cuando se acomodó a mi lado y pegó su cuerpo al mío, piel contra piel, creí que ardería como la yesca. Me abrazó con tanta fuerza y me besó con tanta pasión que por un momento me sentí un poquito abochornada y activé mi mecanismo de defensa. Pero solo un momentín. Cinco segundos o así.

—Cuando quiera que me asfixies te lo diré.

—Voy a hacer mucho más que asfixiarte. No te quepa la menor duda —contestó, sin dejar de mordisquearme el lóbulo de la oreja—. Cuando termine contigo vas a...

—¡No pienso cantar! —Lo que me faltaba, ponerme a cantar *La Traviata* a las cuatro de la madrugada. Hasta ahí podíamos llegar.

—¿Te has vuelto cantarina de repente? —Levantó la cabeza y una sonrisa seductora cruzó su hermoso rostro—. ¿No pensarás darme con un rodillo, no? —Negué con la cabeza, avergonzada por mi arrebato de espontaneidad—. Vale..., por dónde íbamos...

¡Y vaya que si fuimos!

No es que me guste quejarme, pero... ¡horror de los horrores! Como se entere la bruja, la escoba le va durar dos telediarios. O sea, lo que tarde en partírmela en la espalda. Seguro que eso duele.

Me vuelvo a tumbar, cansada, y aguanto cinco minutos antes de soltar un gemido de arrepentimiento. Esto es un desastre. Un desastre con mayúsculas. La mayor metedura de pata de toda mi vida. Y eso que la he cagado muchas veces. Esto es lo peor. Lo peor. Esto es peor que cuando a los siete años me tocó cambiar el agua a los peces de la pecera que teníamos en nuestra clase. Me dieron tanta pena, siempre ahí, a remojo, que los dejé salir un rato a jugar al jardín. Cuando fui a devolverlos a la pecera los pobres estaban más secos que un desierto.

—¡¡¡Cristina!!! —gritó la hermana Jacinta—. ¡¿Qué has hecho con las carpas!?

—Yo... nada... ¡Han sido ellas! —protesté, sintiéndome de pronto acorralada—. Querían tomar el sol un rato...

—¿Ahora hablas con los peces? —me interrumpió.

No me gustó su tono. No me gustó ni un pelo. Le contesté (mal, por lo visto). Y me castigó en «el cuarto blanco» durante todo el recreo. «El cuarto blanco» era una habitación oscura con un único ventanuco en lo alto de una pared, por el que no se atrevían a asomarse ni los rayos del sol. Allí se guardaba la leche en polvo. Sacos y sacos llenos de leche en polvo. Más contenta que unas pascuas con el castigo impuesto por la hermana Jacinta, mi dedo índice se dedicó a escarbar y escarbar en uno de los sacos hasta que el preciado elemento blanco afloró a la superficie. Me puse morada de leche en polvo. Metafóricamente. Cuando media hora después me levantó el castigo abandoné el habitáculo blanca hasta las cejas.

—¡Cristina! ¡¿Te has estado comiendo la leche?! —Su rostro no presagiaba nada bueno.

—¿Yo? No... Para nada —le mentí descaradamente, retándola con la mirada a demostrar que mentía.

Que mi aspecto fuera el de un fantasma, un cerco blanco enmarcara mi rosada boca y el aliento me oliera a ternero recién destetado no demostraba, a mi entender, nada. Nada de nada.

Me expulsaron dos días.

Bueno, pues esto es peor, peor que aquel otro día que contesté a una inoportuna llamada de teléfono en casa de mi abuela. En mi defensa diré que en esos momentos yo estaba completamente abducida viendo mi serie de televisión favorita donde unos seres amarillos, con un padre tremendamente irresponsable, se dedicaban a hacer de las suyas, y mientras me pintaba las uñas de los pies. Cogí mal el recado. Había fallecido una tal Conchita y esperaban a mi abuela en el tanatorio. ¿La hora del sepelio? Ni idea. Se lo dije a mi abuela a gritos. Eso no fue culpa mía; ella estaba en la cocina y yo en el salón viendo mi serie de televisión favorita donde unos seres amarillos... De pronto apareció a mi lado como una exhalación. Tiró de mí y me llevó a empujones hasta la calle. Cogimos un taxi. Aguanté una reprimenda de órdago cuando llegamos al primer tanatorio y resultó que allí no había ninguna tal Conchita haciendo cola para entrar en el Reino de los Cielos. Cogimos un segundo taxi. Fuimos a un segundo tanatorio. Subimos corriendo al segundo piso, frenó en seco y parpadeó, blanca como el papel, y se llevó una mano temblorosa y escuálida al pecho, tipo Greco y su famoso *Caballero de la mano en el pecho.*

—¡¡¡Conchita!!! —gritó en una especie de balbuceo histérico—. Pero... tú, pero tú... ¡¿no estabas muerta!?

—¡No jodas, Isabelita! —exclamó Conchita, muy elocuente ella.

—Entonces ¿quién?

—Tu prima. Tu prima María —le aclaró la recién revivida Conchita, satisfecha de poder dar ella el parte.

—¡Mi prima! —exclamó, espantada, al enterarse de aquella nueva defunción.

—¡Oye!, cuando pensabas que era yo no se te veía tan afectada —le llamó la atención una muy mosqueada Conchita.

Mi abuela me miró mal. Algo así como: «Ya hablaremos tú y yo al llegar a casa. Esta vez, te has pasado». Pero bueno, ¿y qué culpa tenía yo, eh? ¡Debería haber cogido ella el puñetero teléfono! Sabía perfectamente que siempre he sido bastante distraída. Y resultaba muy difícil coger recados sin perder el hilo de la serie. Por no hablar de las uñas...Y se calló, muy oportunamente, que hacía treinta años que no hablaba con su prima. Me soltó un sermón cuando regresamos a casa que todavía me duelen los oídos cada vez que me acuerdo.

O aquella otra vez, que estando...

Unas voces provenientes de la terraza me devuelven al problema que tengo entre... ceja y ceja.

Me levanto con cuidado. Me duele todo el cuerpo. La cabeza también. Miro la hora. Las dos y media. Buena hora para bajar a picar algo y, de paso, sofocarme un rato en el mismo momento en que me cruce con John. Me levanto y me meto en la ducha. El agua caliente cae con fuerza sobre mi dolorido cuerpo. Viajar es agotador. ¡Cuatro viajes me echó anoche! Lo dicho, agotador. Me apoyo contra una de las paredes de mármol y cierro los ojos, rememorando imágenes inquietantes. Los abro de golpe. Parpadeo y abro la boca con espanto, bebo y vuelvo a beber, como los peces del río, solo que yo me atraganto. ¿Y si uno de esos bichitos que nadan sin orden ni concierto ha hecho diana por casualidad y ha metido un bollo en el horno? Confirmado: acabo de marearme como una peonza.

¡Maldición! No voy a preocuparme ahora por un supuesto. Si lo hago, cogeré el primer vuelo que encuentre y desapareceré para siempre. Probablemente en la madre patria de Miranda: Tayikistán. Pero... ¿y si lo estoy? ¿De qué viviremos? ¿Me matará mi madre? ¿Se lo diré a John? ¿Me llenaré de estrías? ¿Me matará mi hermano? Me froto las manos con nerviosismo al tiempo que tiemblo como una hoja, aunque por razones distintas: el agua se ha quedado helada. Una sensación de espanto y frío me recorre. Salgo de la ducha y me seco deprisa. Ya he tomado una decisión. Voy a afrontar este pequeño contratiempo como hago con todo lo demás: olvidarlo hasta nueva orden.

Envuelta con un albornoz, me acerco hasta el enorme ventanal y me fijo en la posición del sol. Aparte de cegarme, como tiene la mala costumbre de hacer, no consigo averiguar qué hora es. Tardísimo, seguro. Giro la cabeza y deposito mi confianza en el que sé que no me falla, el reloj de la mesilla. Las tres y media. Lanzo un suspiro pesaroso y acaricio mi tripa plana. Pienso en lo que yo quiero tener y él no está dispuesto a dar. Fidelidad. Una relación a largo plazo... «Espabila, Crisi. Ese sueño hace ya mucho que se desvaneció. ¡Cómo has podido fastidiarlo todo de esta manera!».

Me pongo un biquini de florecitas tipo «casa de la pradera» pero en plan minimalista, y bajo a la cocina con los párpados hinchados y un dolor de cabeza del demonio. Oigo voces que provienen de la cocina. No distingo con claridad a quiénes pertenecen. Son voces masculinas. Cuando le he preguntado a John qué iba a hacer esta mañana con tantas prisas, me ha mirado raro. Bueno, no me importa. Con su pan se lo coma.

Arrastrando los pies y con ganas de volverme a la cama, asomo la cabeza por la puerta de la cocina. Me quedo estupefacta. La pequeña parte de mi cerebro que todavía estaba dormida acaba de espabilarse de golpe. Cinco culos como cinco soles me dan las buenas tardes. Busco con curiosidad al sexto. No está. Será pudoroso. Necesito largarme de aquí cuanto antes, pero lo que escucho me lo impide. Parece que por fin voy a enterarme a ciencia cierta del misterio del topo y el búho, que tan intrigadas nos tiene a Rosa y a mí. Inquieta, busco un lugar donde esconderme y poder escuchar sin ser vista. Arrastro lentamente los pies hacia atrás y doy un paso hacia la puerta. Me pego bien al marco y entonces doy otro paso hasta quedar oculta tras la pared y, olvidándome por un momento de la pandilla de posaderas, asomo un poco la cabeza y pongo la oreja tiesa.

—¿Y cómo vamos a hacerlo? —pregunta Jose.

—Con mucho cuidado —contesta el espabilado de mi hermano. Aunque reconozco con un gesto de cabeza que ahí lleva razón.

—No es fácil entrar en una casa con sistemas de seguridad por todas partes —oigo que opina Kiri—. ¿Seguro que no habrá nadie? A ver si vamos a entrar y nos tropezamos con los dueños...

—¿Y cómo sabremos qué objetos debemos coger? Has dicho que son obras de arte, ¿no? —vuelvo a oír a mi hermano.

—¿Obras de arte? ¿Y para qué queremos obras de arte? —pregunta Juanfran, que parece más interesado en el bocadillo que se está preparando que en la charla que mantienen los demás. A mí, por el contrario, el corazón se me va a salir por la boca.

Escucho todo lo que dicen con incredulidad. ¿Van a robar? No es posible. ¿Van a entrar a robar obras de arte en una casa? ¿Ajena? No me lo puedo creer. Me sujeto al marco de la puerta para no terminar dándome otro batacazo.

—No voy a permitir que suceda nada. Entramos y salimos. Simple y fácil. —La seguridad en sí mismo con que se expresa John me obliga a hacer otro gesto dándole la razón.

—¿Y en cuánto está valorado? —le toca el turno de preguntar a Jose.

—Cientos de miles —responde John.

¡Virgen santísima! Eso es mucha pasta. No me queda más alternativa que asustarme. Me asusto. Pero ¿qué dicen estos descerebrados? Si te pillan por algo así en este país te pueden caer por lo menos dos meses de cárcel. Lo que significa que me voy a quedar dos meses más sola que la una. Me consuelo pensando que si en vez de encontrarnos en España estuviésemos en México, por cometer este mismo delito podrían caerles entre veinte y veinticinco años a la sombra y, probablemente, serían sometidos a abusos de índole sexual (unos más que otros, por supuesto). ¡Por Dios!, yo no quiero que sufran ese tipo de abuso. Inmediatamente, suelto un suspiro de alivio al darme cuenta de que no estamos en México. Ni en Estados Unidos, que por lo menos los condenarían a la perpetua. En China decapitación, seguro. Aquí... bueno, dos meses no son moco de pavo.

Mis pensamientos se interrumpen bruscamente cuando oigo que alguien dice: «Ha sido una buena idea». ¿Una buena idea? ¿Quién ha sido el anormal que ha dicho semejante estupidez? ¿Una buena idea?

Yo creo que es una idea horrible. Espantosa. La cabeza me da mil vueltas. El estómago lo tengo contraído. Me han dejado alucinada. ¿De verdad pretenden robar algo? Pero... ¿por qué? ¡Por el amor de Dios! No pueden ir comportándose como delincuentes. Son personas responsables. Pagan sus impuestos. Cobran buenos sueldos. O casi. Deberían dedicarse a hacer el bien social. Pongo los ojos en blanco al darme cuenta de mi desatino.

—¡Buenos días-tardes! —Kiri acaba de darme un susto de muerte—. ¡Qué manera de dormir!

Cinco culos como cinco soles se dan la vuelta al unísono y se me quedan mirando, sorprendidos. Contrariamente a lo esperado, llevar el... asunto al aire les da lo mismo. Por lo visto solo les interesa cuánto tiempo hace que estoy aquí.

Parpadeo, asombrada ante tanto pelo suelto, e intento tragar a través de mis cuerdas vocales en estado de hibernación. Muevo los pies y salgo de mi escondite, antes incluso de darme tiempo a pensar lo que hago.

—Cariño... —Mi hermano se me acerca.

—No avances ni un paso más. Te lo advierto. A distancia las cosas no parecen tan malas.

—¡Huy!, perdona, no me había dado cuenta de que iba en pelotas. —Se encoge de hombros pero no se tapa—. ¿Hace mucho que has bajado?

Observo sus gestos con detenimiento. Conozco sus poses relajadas y sus sonrisas de falso desinterés. Decido impresionarlo con la sinceridad que me caracteriza.

—Acabo de llegar.

Sonríe y se da la vuelta. Puesto que ya ha averiguado lo que le interesa, puede volver a ignorarme. Me quedo con ganas de lanzar un par de insultos malsonantes y de preguntarle en qué demonios está pensando para meterse de repente, a la vejez, a ladrón de guante blanco. No importa. Siempre consigo enterarme de sus secretos. Si algo he aprendido de él es a saber esconderme bien y afinar el oído. Saber es poder. Viene bien para todo tipo de chantajes y extorsiones.

Kiri es el primero en reaccionar o el más atrevido. Se me acerca mostrándome sus encantos y me abraza.

—Buenos días, Crisita.

¿Qué hago? ¿Me voy? ¿Me quedo? Estoy a punto de darme la vuelta cuando la determinación se adueña de mí. Me quedo. ¡Y sin cerrar los ojos!

—Buenas tardes. —Le devuelvo el abrazo adoptando figura-pose tipo bumerán, algo forzada. Vuelvo a tragar saliva. Y, como si desayunar rodeada de tíos en bolas fuese una acción rutinaria en mi vida, intento hablar con naturalidad—. Bueno, chicos, ¿y ahora qué? —Noto otra vez el revelador rubor extendiéndose por mis mejillas. Mierda—. Quiero decir… —murmuro avergonzada—. ¿Qué pensáis hacer ahora? —Bajo, sin darme cuenta, la vista hasta su entrepierna. La miro fijamente, aunque no sea esa mi intención. Quiero decir… que no pretendo ser una mirona, pero…

¡Mierda y más mierda!

—¿Estás bien? —Kiri se separa y me mira fijamente.

—¡Estupendamente! —Me río, llevándome una mano al pecho y busco a la desesperada algo que decir, algo que transmita seguridad—. Solo venía a desayunar. Estoy… famélica.

Un desayuno inglés. —Sí, eso está mejor—. Un desayuno inglés con todo. Huevos, salchichas... —Mi voz se va apagando.

¡Socorro! ¡Socorro!

Miro por encima de su hombro y veo que John sonríe socarronamente desde el ventanal mientras bebe de su cerveza.

—Sal y siéntate en la terraza con los demás. —Kiri señala hacia fuera con la cabeza—. Ahora mismo te llevo un trozo de pizza. Qué envidia —continúa hablando mientras se da media vuelta y coge una bandeja—. Yo no puedo dormir más de cuatro horas seguidas. —Coloca la bandeja sobre la isla central y empieza a poner una servilleta, un vaso...—. ¿Vas a beber agua? —me pregunta levantando la cabeza. Asiento, pasmada, y dejo que él se encargue de preparar la bandeja de mi comida mientras sigue charlando como si tal cosa—. A las seis de la mañana ya estoy despierto. Pero aquí no me importa. Salgo a pasear por el monte o por la orilla del mar, y me quedo como nuevo.

Me fijo en que está moreno, muy moreno. El rubio claro del pelo contrasta con su intenso bronceado. Es guapo. Bueno... en realidad todos mis amigos son guapos (¡qué mal lo pasaríais en México, hijos míos!). Juanfran no es guapo, pero posee un encanto especial. Es muy dulce. Incluso es posible que él también tuviese su propio club de fans en la cárcel.

—Date prisa en comer porque te están esperando para ir de excursión.

Asiento y adopto gesto inexpresivo mientras la cabeza no para de darme vueltas en busca de una solución. Si he entendido bien, tienen intención de asaltar una casa. Lo que tengo que hacer es averiguar cuándo y dónde. Así pues, resuelvo poner la mente en blanco y amontonar este espinoso tema junto a los demás temas espinosos. O sea, en lo más profundo de mi mente. Pero lo primero es no ponerme nerviosa y pensar en otra cosa. La excursión. Me tengo que centrar en eso, y entonces todo irá bien. Dejaré de meter la pata y dejaré de ponerme como un tomate maduro. Y después, les retorceré el pescuezo.

—¡Que aproveche! —Me planta la bandeja delante de la nariz.

—Gracias.

Cojo la bandeja y atravieso las cristaleras sin atreverme a volver la cabeza.

Todavía aturdida y perpleja, veo que Rosa, Laura, Miranda y el pudoroso belga están sentados a la mesa tomando un helado. Y, desde que mi cabecita asomó a este mundo, jamás me he llevado una impresión tan grande. Miranda lleva un pringue verde que le cubre toda la cara. Ya llevo un par de días convencida de que no es normal, pero al oírla soltar frases como: «gramíneas multiflora», «maestros perfumeros», «Cárpatos en Transilvania», «os vais a arrugar como pasas», tengo la prueba irrefutable de ello. Me siento, sin decir nada. Reparo en que tanto Rosa como Kris se esfuerzan por contener la risa. Desvío de nuevo la mirada y la clavo en Miranda. Permanece con los ojos cerrados y la boca abierta, soltando un sinsentido tras otro, mientras yo intento dilucidar qué se esconde detrás de tantas capas de pringue verde.

No es mi intención dejar que mi cabeza se llene de ideas macabras, pero... ¿Transilvania? ¿Vlad? ¿Acaso... eso explicaría su perpetuo estado de lozanía y su perenne deficiencia neuronal?

—Lo compro en una multinacional de esas que te puedes encontrar en cada esquina... —De pronto sus labios comienzan a moverse a través del pringue verde—. No, no recuerdo muy bien cómo se llama. Zeta-zen. La pagoda. Fen-sui. No sé, algo así.

Me da la impresión de haber oído mal. Ya sé que no es muy espabilada, pero de ahí a lo que estoy pensando en estos momentos... No, no es posible. Debo de estar equivocada, ¿qué multinacional te puedes encontrar en cada esquina? ¿Los chinos? ¿Lo compra en los chinos?

Por primera vez en mi vida me alegro de estar más espesa de lo normal.

Me termino la comida sin pensar lo que hago. Cuando me dispongo a levantarme y regresar a mi habitación, porque necesito meditar sobre lo que he oído en la cocina, Rosa me interrumpe.

—¿A qué hora nos vamos de excursión?

Y también, por enésima vez desde que han comenzado estas vacaciones, me alegro de haber estudiado en un colegio de monjas, donde hacían tanto hincapié en la sutileza, el tacto y la finura. Mucho tacto.

—Antes me dejo arrastrar por un caballo desbocado el primer día de rebajas que ir de excursión —replico poniendo mucho énfasis en la palabra «excursión».

En ese momento, Miranda abre los ojos y me mira asombrada. Si hubiese empezado a babear y a decir que procedo de Júpiter no me miraría tan mal.

—Una de las maravillas de la vida son las rebajas. Prendas maravillosas a precios muy objetivos. Zapatos de una manufacturación excelente a una cuarta parte de su valor real. Es —enfatiza con firmeza— absolutamente prioritario. Subjetivamente hablando, claro. De ahí la importancia del conocimiento. La compra, propiamente dicha, está más allá de toda duda prudencial. Elemental.

Vale. Parpadeo. ¿Y ahora qué digo? ¿«Mi querido Watson»?

Vaya, ha conseguido dejarme sin habla. Mi padre siempre decía que la belleza exterior es un valor añadido. Que lo realmente importante son los actos, los gestos y las palabras que tan celosamente guardamos en nuestro interior, y que son, en definitiva, los que definen nuestro verdadero yo; como un bombón, que guarda en su interior lo más delicioso de su sabor. Eso lo entiendo. Lo único que sigo sin entender es qué ha visto John en ella. Ya sé que la chica es guapa. Un bombón, de hecho. Pero tiene una pega decisiva. Cuando habla... ¡Joder!, hay que tener estómago para aguantarla.

—Entonces... ¿aplazamos la excursión para mañana? —propone Rosa entre risita y risita.

—A primera hora. Te lo prometo.

Tras despedirme de la ansiada siesta, intento, en vano, concentrarme en la conversación. Hago un repaso rápido de los acontecimientos de... ¿ayer?, ¿de hoy?, ¿de hace un rato? Un roce... Una sonrisa pícara... Emociones intensas que nunca había experimentado. Empiezo a cuestionarme seriamente qué es lo que les gusta a los hombres de las mujeres. ¿Qué diferencia a una de otra? ¿Por qué algunas tienen tanto éxito y yo no me como un haba? Miranda y yo no nos parecemos en nada y, sin embargo, a John parece darle igual. Aunque sé de buena tinta que esta mañana ha cambiado de habitación. Me lo ha dicho Rosa, que se lo ha dicho Jose, que se lo ha dicho Kiri, que se lo ha dicho Carlos. Un alivio, sin duda.

Aquí lo que se impone es un estudio de campo. Me entero de todo lo que me interesa saber sobre qué piensan los hombres y, en justa reciprocidad, ninguno de ellos se entera de mis oscuras intenciones. Dispongo de un elenco de especímenes varones a mi disposición para empezar a investigar cuando mejor me venga. Un plan genial. Brillante. Maquiavélico. Ganas tengo de soltar la típica risotada maléfica mientras las sombras me envuelven y mi siniestro rostro se desdibuja tras una espesa capa de humo.

Bajo a la playa a media tarde. La cabeza ya no me duele. Efectos secundarios de tomarme dos aspirinas de un golpe. Me doy cuenta de que, por lo visto, el vagueo se ha impuesto a las actividades físicas. Me acerco al primer sujeto de mi investigación.

—Hola, Crisi —me saluda nada más verme—. ¿A ti qué te apetece hacer esta noche? Hoy es el santo de Rosa y pensamos celebrarlo con una cenita. Dudamos entre prepararla aquí y cenar tranquilitos, o salir por ahí.

En vez de contestarle le pregunto a bocajarro. Es lo más efectivo, pillarlos desprevenidos.

—¿Oye, Kiri? ¿A ti qué te gusta de las mujeres?

—¿A mí? —me pregunta sorprendido—. Pues... no sé...

—No pienses. Contesta —le apremio.

—Las tetitas, los culitos. Eso es lo que más me gusta. Esos culitos redonditos. Humm..., me vuelven loco. Con esas braguitas brasileñas..., las que...

¡Nos ha jodido mayo con las flores!

—¿Ya está? ¿Y el carácter?

—¿Qué carácter?

—Vale, vale. —Le hago un gesto con la mano—. Déjalo, ya me hago una idea.

Nota mental: sujeto número uno, humm... En reserva.

La indiferencia y la despreocupación de Kiri sobre un tema que tanto me interesa no me desanima. Al pasar por delante de Laura y Rosa levanto una mano.

—Un momento. Ahora vengo. Tengo que preguntarle algo a Juanfran.

Me aproximo al sujeto número dos. Parece que está durmiendo la siesta. Me acerco a él. Le zarandeo con un pie sin ningún miramiento. No se mueve, y dudo mucho que lo haga, aunque le grite a todo volumen. Le doy más fuerte.

—Oye, Juanfran, ¿a ti qué es lo que más te gusta de las mujeres? —le pregunto en cuanto abre los ojos.

Bosteza y me mira con cara de ido.

—¿Me has dado una patada?

—No. Contesta, date prisa.

Después de poner la esperada cara de asombro, responde a mi pregunta.

—Todo.

—¿Todo? ¿Cómo todo? Especifica.

—Que sean *bonicas.*

—*¿Bonicas?* —Hace amago de volver a dormirse—. Un momento, ¿qué quieres decir con *bonicas?*

—Sí, ¿ya sabes? —Sonríe, somnoliento—. *Teticas bonicas. Culico bonico. Cara bonica.* Ya sabes..., que sean *bonicas.*

Doy media vuelta y me largo, dejándolo con dos palmos de narices.

Nota mental: sujeto número dos descartado como espécimen sometido a estudio. Habita en un universo paralelo.

—Oye, Jose, ¿a ti qué te gusta de las mujeres?

—Depende —contesta rápidamente—. ¿Es para un polvo o para casarte con ella? ¿Para trabajar juntos o para hacer un viaje? ¿Para salir de marcha o para debatir sobre política? Depende de para qué, te gusta más un tipo de persona que otra. ¿A qué te refieres exactamente?

—A nada. Déjalo.

Nota mental: sujeto número tres se muestra pendenciero y poco receptivo. Empeñado en poner trabas a la investigación.

—¡Eh!, Crisi —grita cuando ya me he alejado unos pasos—. Se da por supuesto que están todas buenas, ¿no? Si no están buenas ni te molestes en presentármelas.

Con los ojos en blanco y bastante desanimada por el éxito a la baja de mi estudio-encuesta, me acerco a Kris y le hago la preguntita de marras. Ni me molesto en apremiarle para que conteste rápido. ¡Que haga lo que le dé la gana! A pesar de mi presunción inicial, esta investigación está resultando un completo desastre.

—Bueno..., me gusta que sean atractivas. —Se concentra con un leve fruncimiento de ceño—. No atractivas en plan guapas. Que posean un carácter atractivo. No sé si me explico bien —dice, dudoso.

¡Vaya! Por fin.

—Eso está muy bien —le animo, sintiéndome yo misma más animada. La sola idea de haber encontrado a alguien sensato, después de la conmoción que me ha supuesto entrevistar al resto de mis amigos, me sube la moral por las nubes—, porque por ahora, todos los demás...

—¡Ah!, y los culos. Los culos me vuelven loco. No hay nada comparable a un buen culo.

Pero ¿de dónde ha salido esta pandilla de retrógrados?

Puesto que los sujetos cinco y seis están fuera de mi alcance, se han largado vaya usted a saber dónde sin molestarse en decir un simple «ahí te pudras», doy por finalizado el estudio. Levanto los brazos al cielo en señal de disgusto y grito, llamando su atención.

—¿¡Se puede saber qué os pasa!? —les recrimino—. ¿Dónde se han quedado la inteligencia —aquí le lanzo una mirada significativa a Miranda—, el sentido del humor, la empatía, la generosidad? En fin, las virtudes, los rasgos personales y característicos que nos hacen atrayentes a los demás.

—Vaya... —Miranda se incorpora y se apoya en los codos—. ¿Es que a ti te gustan los feos?

Parpadeo, confusa. Pregunta trampa.

Me dejo caer lentamente de rodillas y clavo la vista en la arena. Un grano en especial parece muy interesante.

—Yo... me fijo en los valores internos de las personas, no en su físico —contesto ante la mirada expectante del resto del grupo sometido a estudio.

Superadlo si podéis.

—Ya, por eso cada vez que veía a Miguel se le caía la baba —murmura Jose, dirigiéndose a los demás.

—¡Te he oído!

No me da tiempo a armar una buena defensa. Los golpes bajos llueven por todas partes.

—Pero... ¿a ti no te gusta John? —Juanfran acaba de espabilarse. Ganas me dan de volver a tumbarlo con la caricia de un yunque.

—¡De eso nada!

—¿Te gusta John? —La bruja se sienta de golpe, como impulsada por un resorte invisible. La furia relampagueando en sus ojos—. ¡Maldita zorra!

—Para nada. Para nada —contesto rápidamente, tratando de aparentar aplomo y seguridad—. Antes prefiero quedarme ciega que poner los ojos en John.

Tal vez me he pasado. Sí, creo que me he pasado. Todos me miran con incredulidad.

—¿Con cuántos feos has salido? No seas hipócrita, Crisi —me acusa la idiota de Rosa.

—Eso es irrelevante y queda fuera de contexto —protesto como el mejor de los fiscales—. Además, Miguel era cariñoso, inteligente, amable y divertido. Y John..., bueno, John es... ¡empático!

—Sí, pero ningún feo en el haber —constata uno de ellos.

—¡No entiendo cómo puedes ser tan hipócrita! —me recrimina otro.

—¿Por eso no has salido nunca conmigo, porque no soy guapo? —pregunta un tercero.

—Qué fácil es hablar sin conocimiento de causa... —murmura un cuarto.

¡Virgen santísima! Menuda jauría.

Es cierto que mis chicos han sido guapetes, pero no empecé a ir con ellos por eso. Bueno..., tal vez sí. Pero corté en cuanto los conocí mejor. Por desgracia, no puedo decir lo que pienso. Moriría a causa de la autolapidación.

—Tienes toda la *rasón* —me apoya Laura—. Deberíamos fijarnos en los valores internos de las personas y no en su bonito *caparasón*.

—¿Verdad que sí? —Veo que por fin me han entendido.

Asienten todos.

—Sí, bueno, eso se da por supuesto. Nadie quiere una bruja, ¿no? ¡Huy!, perdón —se disculpa Juanfran al ver la cara asesina que pongo.

—Lo que tú digas —dice Kiri—. No vamos a pelearnos. Para ti los feos.

—Ya le diremos a John que no tiene nada que hacer contigo —añade Jose, bastante sarcásticamente.

Detesto sentirme impotente ante tanta lógica machista. Casi que me dan ganas de buscar al tipo más espeluznante que encuentre y salir con él una temporadita solo para demostrarles que tengo razón. Echando humo por las orejas, doy media vuelta y me tumbo a tomar el sol un rato. Tal vez, con un poco de suerte, me achicharre el seso y podamos discutir en igualdad de condiciones.

¡Mira que decir que me gusta John por su físico!

¡¿Qué culpa tengo yo de que parezca un modelo de pasarela-dios griego?!

La tarde termina lenta y aburrida. Al final, los demás han decidido salir a cenar al mismo restaurante de la otra noche. Una siesta reparadora, un chapuzón tardío y una ducha revitalizante, y ya estoy lista para irme a la cama. No pienso salir a cenar. Hace un par de horas han reaparecido los que faltaban. Se han duchado y cambiado y han vuelto a desaparecer con la bruja. Estoy que trino. La incertidumbre no es buena compañía. Solo de pensar que «el batiburrillo genético ha desaparecido con los pájaros», como tan correctamente ha expuesto Rosa en su particular informe, me tiene atacada. En primer lugar, no me fío de sus intenciones para con John. En segundo lugar, no me fío de las intenciones de John para con ella. Y en tercer lugar, ya no me fío de nadie.

Ya he hablado con Rosa y le parece bien. No le importa que me pierda la cena por su santo. «¿Estrategia de campo? ¿Tiene algo que ver con el mochuelo?», me ha preguntado de inmediato, y yo he afirmado en silencio con la cabeza. «Perfecto, así podré darte un informe completo cuando volvamos. Y tú, mientras tanto, puedes aprovechar y hurgar por todas partes a ver si encuentras alguna pista de lo que se traen estos entre manos. A ver si podemos sacar algo en limpio».

Como la más infalible de las espías de acción, me he puesto un camisón de tirantes y me he tumbado en un sofá del salón, bien pertrechada, con una copa de vino, un cigarro y un libro. Lo del libro ha sido un fallo. Va de una niña que se dedica a robar libros (y más cosas, claro). Me tiene tan enganchada que no he prestado atención a nada más. Eso sí, pañuelos de papel he gastado un paquete entero. Un mundo nuevo se ha abierto ante mí. Mi percepción de la vida y del género humano se altera capítulo a capítulo. ¿Miranda? ¿A quién le importa Miranda? Me encuentro inmersa en una historia… desgarradora. Tierna y trágica a la vez. Me encanta. Entre lagrimones, tragos de vino y sorbidas de mocos ocasionales, he visto de reojo a mi hermano y compaña cuando han pasado por delante del salón. Él sí me ha saludado con la mano. John ni me ha mirado. No importa, le he devuelto la pelota con mi mejor actuación de «me importa una mierda» y he seguido con la lectura. Que le den.

Muy bien, reconozco que en condiciones normales tanta indiferencia me habría afectado. Pero… como mi intención es pasarme la noche fisgando, me importa un pimiento que la pareja de pedantes estos haya pasado de mí. Aunque la verdad es que sí me ha sorprendido un poco. Aunque la verdad es que no sé de qué me sorprendo. Aunque la verdad es que me he mosqueado un montón. Aunque la verdad es que podían haber dicho algo, ¿no?

Paseo los ojos por el inmenso salón, por los enormes ventanales, por el solitario jardín en penumbra y, de repente, me siento muy sola. Cojo otro kleenex y me vuelvo a sonar con fuerza. ¿Se puede saber qué tiene este hombre que me hace perder la compostura? Es entonces, cuando me sueno por milésima vez, que decido que se ha acabado lo de leer novelas románticas hasta altas horas de la madrugada; tan solo novelas de suspense y crímenes, muchos crímenes sangrientos donde el asesino siempre se sale con la suya.

Veo a Juanfran entrar y acercarse con paso cansino y gesto serio. Le saludo y doy unos golpecitos en el sofá, indicándole que se siente a mi lado.

—¿Te pasa algo? —le pregunto, preocupada.

—¿Qué? No, no. —Se pasa la mano por el pelo repetidas veces. Parece confundido.

—¿Te apetece hablar? ¿Quieres que vayamos a mi habitación? —me ofrezco, solícita.

Me mira y sonríe.

—Si te empeñas...

No hago caso a la sutil insinuación sexual.

—Cuéntame qué te pasa. —Me incorporo del todo y me siento a su lado.

—¿Es verdad que no vas a salir esta noche?

Asiento con la cabeza.

—¿Por eso tienes los ojos hinchados?

—No, es por *La ladrona*. —Al percatarme de su cara de confusión, le digo—: La regla —me invento en un momento de inspiración—. Ya sabes, cosas de chicas.

—¿Ahora se llama así?

Le lanzo una mirada risueña y me encojo de hombros.

—Y tú, ¿por qué llevas esa cara? —le pregunto a mi vez.

Me inclino y sirvo un poco más de vino y con un gesto le pregunto si le apetece un poco.

—Cosas de chicas, también. —Coge la copa y le da un sorbo. Levanto las cejas en señal de interrogación—. Mi ex.

Al ver que se acomoda y enciende un cigarro, yo hago lo mismo. Esto va para rato. Le doy un trago a mi vinito y me dispongo a escuchar.

—Bueno, pues... vamos allá —le animo a que cuente.

Se repantinga en el sofá, levanta las piernas y deja descansar los pies sobre la mesa; después cierra los ojos y le da una calada al cigarro.

—Todo empezó hace diez años...

¿En serio?

Dos horas más tarde y un paquete entero de tabaco, necesito un merecido descanso. Le doy un golpe seco y contundente en el cogote, que lo desconecta por un momento, y aprovecho para ir a la cocina y preparar unos bocadillos de sardinas con tomate y un plato de patatas fritas de bolsa. Regreso con una bandeja y le indico, haciendo girar un dedo, que ya puede seguir a lo suyo. Entre bocado y bocado he conseguido enterarme, por fin, de que le espera una época difícil. Dejando de lado mis expectativas de noche detectivesca, le escucho y aconsejo lo mejor que puedo. Poca cosa, la verdad. No es que no quiera, es que no me deja meter baza. Cuando termina de desahogarse, lanza un profundo suspiro de alivio. Yo también.

Bueno... ahora me toca a mí. Le contaré mis penas e incertidumbres, y después, cuando lo tenga con la guardia baja, le preguntaré muy discretamente, y como quien no quiere la cosa, por la casa que piensan asaltar.

—Dime, preciosa —oigo que dice.

—Gracias por lo de preciosa —contesto con una sonrisa agradecida—. Lo que voy a contarte, no puedes decírselo a...

Se levanta y se aleja con el móvil pegado a la oreja. Pero ¿adónde va?

—¿Lo pasamos bien la otra noche, verdad? —pregunta con voz melosa—. No, nada importante. Hacer compañía a una amiga que estaba un poco depre —escucho, boquiabierta, que dice antes de bajar la voz hasta convertirla en un murmullo—. No sabes qué ojos tenía la pobrecita hace un rato.

Hace un rato, no. ¡Hace exactamente tres horas y media!

—¡Juan Francisco! —le grito desde mi posición de amiga contrariada y un tanto estafada—. ¿Te has quedado satisfecho? —Y sin esperar contestación, añado irónicamente—: Yo estoy bien, gracias, no necesito hablar de nada.

Se gira, me mira y le habla al teléfono.

—Un segundo, cariño. Mi amiga me necesita. —Lo que necesito es una buena cachiporra—. Ha sido divertido, ¿verdad? Cuando quieras lo repetimos. —Levanta el dedo pulgar, da media vuelta y sigue parloteando con su segunda buena obra de la noche.

Tan divertido como caer de cabeza en una centrifugadora y lo repetiremos cuando los cerdos vuelen.

Espero que le quede algo de sentido común y no se cruce en mi camino por lo menos en..., en... dos días.

CAPÍTULO 18

Miércoles, 24 de agosto
Bueno, ¿es la hora de...?

He pasado una noche de perros. Una noche inquietante, sin duda alguna. Manadas de cerdos voladores que, de sopetón, perdían fuelle y caían sobre la ciudad como proyectiles en forma de jamones de Jabugo. Señores vestidos con togas negras que me encerraban en una celda oscura y sin nada que comer. Una señora gordísima que me mostraba un apetitoso pastel de manzana recubierto de suave crema pastelera para, a continuación, abrir una bocaza enorme y tragárselo de un solo bocado... Ha sido horrible y repugnante. Un espectáculo nada agradable, la verdad. ¿Y cuál es el significado de estos inusuales sueños? Pues que anoche me acosté con hambre. No ha sido fácil llegar a esta conclusión. Al principio he creído que era por culpa del imbécil. Por eso... de que pasó de mí como de una mosca cojonera. Esa actitud tan indiferente puso punto final a cualquier esperanza, por nimia que fuera, de que entre el imbécil y yo pudiese haber algún tipo de relación..., de relación... íntima y personal. ¡Lo que hubiera dado por tener a mano un buen mazo! ¡Lo que hubiera dado por tener a mano una botella de vino! ¡Lo que hubiera dado por tener a mano cualquier cosa con la que poder atizarle en la cabeza! Me dolió, no voy a negarlo. Pensé que por fin habíamos avanzado un paso en… lo que sea que tengamos. Aunque ya me he dado cuenta de que no. Lo noté en el momento en que no me dirigió la palabra en todo el día, se mostró evasivo en todo momento y ni siquiera cuando se marcharon a cenar fue capaz de entrar y preguntarme si me encontraba bien. No, no han sido estos pequeños detalles sin importancia los que me han llevado a la lógica conclusión de que mis inquietudes nocturnas han sido consecuencia directa de la gusa que me corroe las entrañas. El rugido ensordecedor de mis tripas nada más poner un pie en el suelo ha despejado cualquier duda al respecto.

Después de ducharme y vestirme con un atuendo acorde para la ocasión (biquini, pareo y cangrejeras), bajo trotando por las escaleras, animada repentinamente a más no poder. Mi madre me ha llamado y le he contado gran parte de lo ocurrido… ¿hace dos noches? Aunque ha insistido en que, como madre, debía saberlo todo, «todo», no me he dejado convencer. Ni siquiera cuando ha apelado a su supuesta sabiduría popular y me ha dicho: «Cariño, tú confía en el maestro por burro que sea». Confío, pero no me fío. Somos amigas, pero no tanto. Bueno, la cuestión es que al terminar con nuestra pequeña charla inquisitorial, le he dicho la verdad.

—Mami, me parece que John cree que soy nociva. Algo así como una especie de barril radiactivo abandonado a la puerta de su casa.

—¡Eso es maravilloso! —ha exclamado contentísima—. Seréis muy felices juntos.

Ni me he planteado el porqué de esta descabellada afirmación. Lo dice mi madre y las madres siempre llevan razón.

—Hola, Juanfran —le saludo, olvidado ya todo mosqueo, al cruzarme con él en el pasillo—. ¿Dónde vas tan tempranero?

—Vengo —me responde, sonriente y somnoliento. Hago un mohín mientras sopeso sus palabras—. Anoche, cuando te acostaste, me fui de marcha con la chiquilla de la fiesta. Vuelvo ahora.

Alzo la vista hasta sus hinchados párpados y me fijo en su descuidada pelambre y en que, efectivamente, lleva la misma ropa de anoche.

—¿Te lo has pasado bien? —Asiente con una sonrisa pícara—. Me alegro. No me gustaría que hubiesen abusado de ti toda la noche.

Retomo mi alegre trote hacia la cocina. Me espera una mañana prometedora y no quiero desaprovechar ni un segundo.

—Buenos días, *tutti mondi...* —canturreo nada más entrar (solo sé decir eso, nada de hacerse ilusiones con respecto a mi supuesta habilidad idiomática). Me acerco a la encimera y cojo un bollo de chocolate. Me lo zampo. Cojo otro y me pongo un vaso de leche fría con cacao. Jose, Laura y Rosa están junto a la nevera hurgando en un recipiente. Me hago hueco a codazos y asomo la cabeza. Pues no, nada fuera de lo normal, solo pescados muertos. Inspiro con fuerza, esperando el olor a podrido. Como de costumbre, me da la tos. Pues no huele tan mal como esperaba.

—Deberías dejar de fumar —me reprende Rosa sin levantar la vista.

El burrito delante para que no me espante.

—¿Qué hacéis? —le pregunto a mi vez, picada por la curiosidad y sin dejarme impresionar por su tono recriminatorio.

—Elegir un pescado.

—¿Vais a desayunar pescado frito? Qué asco, ¿no? —No me contesta. Ciertamente, es bastante frustrante que te ignoren de esta manera—. ¿Está pasado? —insisto, levantando la cabeza y mirando a uno y a otro, esperando confirmación—. Yo no huelo nada. Nada fuera de lo normal —aclaro después de inspirar con fuerza—. Teniendo en cuenta que el pescado muerto no huele a rosas precisamente. —Le doy un codazo a Rosa—. ¿Lo pillas? Huele a rosas… ¿Lo pillas o no?

—Estamos eligiendo un pez que dé el pego —me saca de dudas, no sin antes lanzarme una mirada prometedora: «Te juro que como no te calles te tragas el pescado de un golpe».

—Pues vaya mierda. ¿Y a quién has dicho que le vas a pegar con el pescado?

—Que dé el pego. El pego. No voy a pegarle a nadie con él —me explica Jose, cansado ya de tanta palabrería. Coge un pescado y lo palpa; luego lo sopesa con cara de asco—. ¿Qué os parece este?

Mientras escucho a Rosa disertar sobre los pros y los contras del pez en cuestión, Laura me aclara el misterio del pez muerto.

—Kris y Jose han hecho una apuesta. Van a *busear* y competir por el *pes* más grande. Como Jose se niega a matar ni a una mosca, va a *haser* trampas —le acusa torciendo el gesto.

—No es trampa —se defiende Jose—. Es… equilibrar la balanza. No me gusta arrebatar vidas gratuitamente, odio bucear y además me duele un oído. —Hace una pausa—. A tu marido hay que bajarle los humos. Se cree una especie de 007 del buceo, bueno…, y de muchas cosas más, y eso que no sabe hacer la o con un canuto. Imagínate que ocurre un milagro y gana. No quiero ni pensarlo. —Coge otro pescado y lo levanta en el aire por la cola—. Solo equilibro la balanza de su superdisparado ego. Hay que bajárselo. ¿Qué tal este?

—No sé. ¿El salmonete es de roca? —pregunta Rosa con una sonrisa traviesa.

—¡Y yo qué sé! —contesto bruscamente—. Yo solo me los como.

—¿Y la pescadilla?

—No, eso seguro que no.

—¿Y este? —Laura empuja una palaya con un dedo.

Nos lo quedamos mirando con atención. Imaginándolo nadando entre rocas.

—El salmonete —decido de repente cansada de esta conversación, que va tomando un derrotero que empieza a rayar en lo absurdo.

Jose levanta otra vez el pescado y lo examina con ojo crítico.

—¿Estás segura? No quiero perder. ¿Seguro que es bastante grande? Imaginaos que hago trampas y encima pierdo. Joder, no quiero ni pensarlo. Tendré que aguantar al insoportable toda la vida —añade, con un escalofrío—. Rosa, pilla el más grande —ordena dando por zanjada la cuestión.

Entre Kris y Jose siempre ha existido una especie de competición. La primera vez que se vieron, Jose tenía catorce años y Kris dos más. Me han contado que Kris paseaba con el coche de su padre de un lado a otro del camino sin asfaltar, que por entonces era la calle donde vivía, cuando de pronto se le acercó un chico montado en una Cota 49.

—¿Qué haces? —cuenta Kris que le dijo Jose.

—Pasear en el coche de mi padre —respondió Kris, contento de haber encontrado a un amigo.

—Ya, tú conducirás un coche, pero no puedes salir de esta calle; yo, en cambio, puedo ir donde me dé la gana —contestó el otro con impertinencia.

Sin decir ni una palabra más, aceleró y se largó de allí a toda pastilla.

La segunda versión difiere en algunos aspectos y dice así:

—¿Qué haces? —cuenta Jose que le preguntó a Kris.

—Pasear en el coche de mi padre —respondió Kris con petulancia mientras le lanzaba una mirada de superioridad.

—Ya, tú iras en coche, pero no puedes salir de esta calle; yo, en cambio, puedo ir donde me dé la gana —contestó Jose que, atisbando cierto deje de prepotencia en el chico del coche, pensó: «*Pa* chulo yo».

Aceleró y se largó de allí a toda pastilla.

Fue amor a primera vista.

—¿Qué tal? —La voz de John me sobresalta. Mierda. Me ha pillado desprevenida.

—Nada —contesta Laura con poca naturalidad y una risita delatadora.

Como no hay más ciego que el que no quiere ver, hago como que no le veo.

Noto que me mira con... desconcierto. Tiene el ceño fruncido; yo hago lo mismo, para no ser menos. Apenas ha dado dos pasos cuando Rosa le llama. Me alejo de ellos con disimulo y me quedo frente al ventanal contemplando el mar y esperando. Esperando que se largue. Si él no quiso hablar ayer, la que no quiere hoy soy yo.

—Hola, Crisi. Buenos días —escucho su voz a mi espalda y me giro para encararlo—. ¿Te encuentras bien? —Parece preocupado—. Me ha dicho Juanfran que anoche no saliste porque... —Marca unas comillas imaginarias en el aire y susurra—: «la ladrona» te pilló por sorpresa. No sabía que ahora lo llamaseis así.

¿Qué? ¿De qué habla? Esto es increíble ¿Tanto tiempo pasa con la bruja que se le ha pegado la idiotez?

—¡Ah, sí! —digo al recordar de pronto lo que le dije a Juanfran. Aprieto los labios con fuerza. No quiero reírme—. Fue toda una sorpresa, la verdad. Literariamente.

—Bien.

Espero que diga algo más, pero... me quedo esperando. ¿Ya está? Suspira y no dice nada más, lo cual podría significar unas cuantas cosas: «Gracias, Señor, no voy a tener que cargar con el peñazo este el resto de mi vida», o «Qué lástima, con la ilusión que me hacía ser padre por sorpresa», o «Mira que las mujeres pueden llegar a estar locas», o incluso «¿Qué coño hago yo aquí hablando de libros?». Aunque, definitivamente, creo que ha sido un suspiro de alivio. ¡Será cabrón…!

Acabo de olvidar, muy oportunamente, que yo también suspiraría de alivio si recibiese la visita mensual de «la ladrona», que espero, fervientemente, que no se retrase demasiado.

Deja de prestarme atención y, cogiendo un bollo del plato, se dirige a Jose.

—¿Qué haces, tío?

—Nada. Una apuesta con Kris. —Jose le muestra el pescado—. ¿Qué te parece este para arponearlo?

—Perfecto —contesta tranquilamente entre bocado y bocado.

¿Perfecto? ¿Como nuestra sesión amorosa? ¿Eso he sido para él, un pescado muerto?

Procurando no hacer muchas muecas, miro a Rosa con curiosidad. Mueve los labios y gesticula con las manos, pero no entiendo qué intenta decirme. La ignoro lo mejor que puedo y asiento con la cabeza. Solo para que deje de hacer el idiota.

John nos observa intrigado. No sé qué es peor, que no me preste atención o que lo haga.

—¿Dónde vais a estar? Igual luego me acerco un rato.

Eso no suena nada bien. Si viene me va a aguar la diversión. Seguro que se trae a Miranda y no podré soportarlo. Antes de darme cuenta, protesto.

—¡Pues va a ser que no! —Ante la mirada sorprendida del resto, intento suavizar un poco mis impetuosas palabras—. Cariño… —Me acerco a él esperando que no haya oído el apodo cariñoso (ha sido un lapsus mental que espero no se repita) y le paso una mano por la mejilla—, tenemos mucha prisa.

Somos las encargadas del aperitivo. Si no es por mí, luego no podrás comer mejillón.

¡Jesús, María y José! Pero ¿qué acabo de decir? ¿De verdad he dicho yo eso?

Abochornada, doy media vuelta y salgo escopetada de la cocina, no sin antes arramblar con otro bollo para el camino. La carcajada de John retumba en mis oídos.

Subo a mi habitación a toda prisa, intentando pensar en nada que no sea la maravillosa mañana que me espera por delante, cojo mi mochila de estilo: «¿Dónde vas con ese bodrio?» y bajo a esperar a los demás junto al Land Rover.

Ya sabes, si quiero seguir respirando, más me vale no llegar tarde.

Al llegar a nuestro destino, una cacofonía de sonidos nos da la bienvenida. A los gorjeos de los pájaros se les unen los coros de insectos conformando un estrépito ensordecedor. El ambiente huele a una mezcla única de pino, hierbas aromáticas y salitre. El sol brilla con fuerza, y el calor y la humedad se pegan a nuestros cuerpos como el chicle a una acera. Al descender por la cuesta que nos conduce a la ensenada, mi amado mar resplandece con estelas tan brillantes como diamantes pulidos. Las rocas, medio sumergidas, están cubiertas por una capa del verde y resbaladizo musgo. El agua, tan cristalina, que se atisba a ver todo cuanto habita bajo la superficie. Erizos de mar, caracolillos y lapas se adhieren con fuerza a las paredes de las rocas. Pequeños peces nadan a sus anchas, sin temor alguno, y algún que otro pulpo se deja ver con timidez antes de desaparecer bajo el fondo rocoso. Maravilloso.

Me quedo mirando el agujero por donde ha desaparecido el pulpo y por un momento me recuerda a uno que yo conozco (muchas manos y tremendamente escurridizo). Una vez más ha decidido resolver el problema que le plantea haber tenido sexo conmigo haciendo mutis. No hay quien le entienda. Una parte de su anatomía se alegra mucho de verme. Otra quiere que seamos amigos. ¿Amigos? Pues que vea la reposición de *Friends*. Y una tercera siente un gran cariño por mí. Por mí, perfecto, si no saliera corriendo cada vez que me toca. Por un momento estoy tentada de acercar la nariz a mi axila. En fin... cosas más raras se han visto.

Y hablando de cosas raras, Kris acaba de llegar montado en bici, no se ha subido con nosotros en el coche. Siempre tan deportista. Saluda contento, aparca la bici y, sin perder un segundo, se enfunda el traje de neopreno, a la vez que Jose, mientras yo me pregunto para qué narices se ponen un traje de buzo con el calor que hace. Muestran una imagen... Una imagen que espero no volver a recordar jamás.

—¿Preparado para que te dé una paliza? —le pregunta a Jose con sorna.

—¿Has dicho algo? He oído una tontería y no sabía si habías sido tú —contesta con la confianza del que se sabe ganador.

—Que gane el mejor —dice Kris haciendo una pausa con pretensión de crear suspense—. Y ese seré yo.

—¡No me digas! —contesta Jose fingiéndose ofendido—. Si ganas será porque has hecho trampa.

Vaya. Tiene la cara más dura que el hormigón. Mira y aprende, Crisi.

Como patos mareados, caminan en precario equilibrio sobre las rocas hasta que, por fin, se sumergen. Kris nada y nada como si le persiguiera un tiburón con antojo de *confit de pato* hasta que le perdemos de vista. Jose da media vuelta, se deshace del incómodo, a la par que ridículo, traje negro de neopreno y vuelve a meterse en el agua.

—Me estaba achicharrando —nos aclara girando la cabeza—. Mira que le gusta montar numeritos a tu marido —le dice a Laura—. Con el calor que hace y él dale que te pego con el puñetero traje de goma.

Nosotras le observamos, intrigadas y divertidas.

Parece que Jose ha encontrado un lugar idóneo para la pesca del pez muerto. Con una floritura, lanza el pescado por los aires y cuando el bicho empieza a sumergirse lo arponea. Nada. Ni lo roza. Repite la operación. *Niente*. Una tercera y una cuarta vez. Que si quieres arroz, Catalina. Arponea al salmonete con saña hasta que de repente se cansa, agarra al maltrecho pescado con la mano e intenta clavarlo en el arpón. Parece que se le resiste. Entre maldiciones lo intenta y lo vuelve a intentar sin resultados significativos.

—¿Qué hace? —pregunta una sorprendida Rosa.

—*Parese* que no consigue que el pescado se quede enganchado en la punta del arpón —responde Laura, inclinándose hacia delante.

—Parece que rebota, ¿no? No entiendo por qué no lo ha pinchado todavía —pregunto, incrédula, ante lo que ven mis ojos.

Laura pone cara de asco.

—¡Huy, sí! Es como si no pudiera dominar al pez, y el *pobresito,* más *quietesito* no puede estar… *Parese* como si estuviera hecho de una sustancia blanda y pegajosa —añade, asqueada.

—¿Quién creéis que ganará? —se burla Rosa.

Le lanzo una mirada divertida.

—¿Acaso lo dudas?

Media hora después seguimos sentadas sobre una roca comprobando, fascinadas, que efectivamente el salmonete ha ganado el décimo asalto mientras Jose lo cubre de improperios. Harto ya de la batalla sin sentido que lleva librando desde hace media hora, sale del agua con el pescado en una mano y el arpón en la otra. Se coloca junto a nosotras. Arroja al poco colaborador salmonete sobre la roca y lo atraviesa con tanta fuerza que creo que el arpón se ha clavado en la piedra.

—¡Ya te tengo, cabronazo! —exclama victorioso antes de volverse hacia nosotras y enseñarnos, orgulloso, su captura. De pronto, sin ningún motivo aparente, estalla en carcajadas—. Esto es lo más ridículo que he hecho en mi vida. Ha habido un momento en el que creía que no podría con un pez muerto. —Mueve la cabeza de un lado a otro con incredulidad antes de posar su oscura mirada en Laura—. ¿Has visto lo que me veo obligado a hacer por culpa de tu marido?

—Te ha costado, pero ha valido la pena —me burlo levantando los pulgares—. Bien hecho, campeón.

—¡Ay, sí! *¡Presioso!* —Laura se une a los halagos—. Una pesca formidable.

—¡Ya estoy aquí! —grita Kris desde el agua. Nos giramos y le vemos acercarse con el arpón en alto y una especie de pepinillo flácido de color marrón enganchado en la punta—. He ganado —anuncia orgulloso con una sonrisa al tiempo que nos muestra el pepinillo. De repente se echa a reír—. Te he visto. Te he visto todo el tiempo. Primero en la cocina eligiendo un pescado y..., y... —Las risotadas no le dejan hablar—. Y después me he divertido mucho viendo cómo te peleabas con el tiburón —se guasea, señalando al salmonete—. He ganado.

Jose inspecciona el pececillo como si se tratara de una boñiga de vaca: con aprensión.

—De eso nada —dice, señalando la minicaptura con su mirada más desdeñosa—. Eso no sé lo que será pero, desde luego, no es un pez. Gano yo.

—¿Qué? ¿Cómo que no? Da igual que sea pequeño. Lo he pescado en el mar —protesta Kris, incrédulo ante lo que oye.

—Y yo casi pesco una insolación. Esa cosa —Jose suelta un bufido— no sirve. Gano yo.

—¡Tú has cogido el pez de la nevera! ¡Ya estaba muerto! —La indignación de Kris no tiene parangón. Aunque sería mucho más intimidatoria si no vocalizara las «erres» como «ges». «Mueggggto». Por favor…

—¿En qué parte del contrato se especifica que no podemos pescar un pez muerto? —pregunta con sorna el que desde este mismo instante pasa a ser mi héroe, dejándonos a todos de piedra.

Nos quedamos mirando, embobadas, el cruce de acusaciones y quejas. Kris alucina. Nosotras más.

Kris se nos queda mirando, incrédulo, durante un buen rato. Tanto, que por un momento creo que le ha dado un pequeño ictus y se ha quedado desconectado. Nosotras permanecemos calladas y a la expectativa. Ante nuestro silencio, se da media vuelta y se queda mirando a Jose. Su expresión es una mezcla de impotencia y admiración.

—¿Vosotras quién creéis que ha ganado? —nos pregunta como si acabara de darse cuenta de que somos un jurado imparcial.

En el orden universal de las causas justas, lo suyo sería decir que él. Pero… teniendo en cuenta que, efectivamente, no se especificó en ningún momento que el pez no pudiera encontrarse en perpetuo estado de descomposición en el momento de su captura…

—Lo siento, pero no vamos a cometer semejante estupidez. Apañaos como podáis —contesta Rosa impasible.

—Yo creo que habéis ganado los dos —opina Laura en un momento de inspiración.

Nos volvemos hacia ella, incrédulas. ¡Qué poco conocimiento del género masculino! ¿Y esta es la que me iba a dar clases a mí?

—Pero ¿qué dices? —Jose parece escandalizado—. Tiene que ganar uno. Yo.

—Esto tenemos que discutirlo delante de una Coca-Cola —propone Kris—. Que sepas que he ganado yo. No dejaré que lo olvides en la vida.

—Eso ya lo sé. Que has ganado tú, no; lo otro. Y la Coca-Cola te la beberás tú. Yo quiero una cerveza.

No puedo evitar sonreír. La relación entre estos dos sigue siendo tan... estimulante como el primer día.

Puesto que han decidido regresar a la casa, les pedimos que esperen un poco mientras recogemos los erizos de mar (para la sopa que piensa preparar mi hermano. El Señor nos pille confesados). Antes de marcharse nos explican cómo llegar hasta el lugar donde se crían los mejillones. Me santiguo.

—Id bordeando la costa y, aproximadamente a unos doscientos metros, os tropezaréis con ellos. No tiene pérdida a no ser que te caigas al mar y te ahogues.

¿Ahogarme? ¿Habla en serio? Yo no quiero ahogarme. Ahogarse da mal fario. Estoy intentando no dejarme llevar por el pánico y aducir una buena razón para volverme con ellos cuando me sacan de mis cavilaciones.

—¿Me escuchas, Crisi? —Jose chasca los dedos junto a mi nariz.

Asiento con la cabeza, distraídamente.

¿Ahogarme?

—Cuando terminéis no deis la vuelta —nos aconseja Kris—. Lo mejor es que sigáis bordeando la costa hasta que lleguéis a una especie de mansión enorme. Es más fácil. Subir por el sendero que la rodea y que os conducirá hasta la carretera por la que vinimos. Os recogeremos allí a la... —Baja la vista al reloj—. ¿Una y media?

El cielo ya no es tan brillante. El mar se ha vuelto alarmantemente amenazador. Y los mejillones me parecen una asquerosidad.

—Vale —acepto, con la boca repentinamente seca.

Cuando empezamos a caminar sobre las traicioneras rocas me vuelvo a persignar (se está convirtiendo en una costumbre). Con paso firme (ellas) e inestable (yo) avanzamos, entretenidas, contemplando el paisaje que nos rodea. Mar, rocas y mar. Rocas, mar y rocas resbaladizas. Unos veinte minutos después descubrimos a los primeros bivalvos, como diría Jose. Me acerco y me quedo mirándolos, fascinada. Es la primera vez que los veo fuera del mostrador de una pescadería.

—¿Pudiste enterarte de algo anoche? —pregunta Rosa de pronto.

—De un montón de cosas, hija mía.

—¿Sí? Qué bien —dice contenta—. Cuenta qué averiguaste.

—Que a Juanfran le gusta hablar más que a un tonto un lápiz. Estuvimos toda la noche de palique. Necesitaba desahogarse. ¡¿Qué querías que hiciera?! —le increpo, defendiéndome de un ataque que todavía no ha llegado.

—Nada —responde en tono comprensivo—. Lo que hiciste. Nosotras tampoco averiguamos gran cosa, ¿verdad, Laura?

—Yo me enteré de que a tu hermano hay dos cosas que le vuelven loco. La arquitectura y las mujeres. Lo *persibí* en mis propias carnes. Demasiados arrumacos y demasiados besos de despedida. Y no nos marchábamos a ningún sitio.

—Sí —asiento con una sonrisa cariñosa—. Es pegajosito mi hermano, ¿eh?

—Un peligro —sentencia, sonriendo también.

—¿Y qué tal John? —pregunto demasiado alegre, con miedo a la respuesta.

—Se pasó toda la noche dale que te pego con la bruja —contesta Rosa imperturbable.

Mi cara debe de ser un poema. Reflejo del sinnúmero de sentimientos que me embargan.

—Qué pardilla eres, hija mía —me dice, sonriendo.

Le devuelvo una mirada recelosa.

—Estuvo toda la noche de palique con Jose y Kiri. —Lanza un suspiro hastiado—. Contigo no se puede divertir una. No cuando pones esa cara de cachorro abandonado. Miranda y Laura son mucho más divertidas que tú. Dan más juego, ¿sabes?

—Vale, ya lo pillo —digo levantando una mano para que se calle—. Eres muy graciosa.

—Te lo mereces, por no contarme que has estado jugando a los médicos con John. Esas dos señales que llevas en los muslos no se hacen por tomar el té. ¿Te traes algo con él?

—Es un asqueroso.

—Así que la respuesta es sí.

—¡Eso lo dirás tú!

—Desembucha. —Me da un empujón juguetón que casi me lanza al mar—. ¿Qué dijo? No, mejor, ¿qué hizo? ¿Te echó un polvo furioso? ¿Lento? ¿Brusco pero muy revelador?

Recupero el equilibrio y sigo a lo mío.

—No te pienso contar nada. —Me agacho y recojo un mejillón que se me había despistado. Me incorporo y la miro—. Chascas demasiado. Aunque estuviésemos en un mundo despoblado, ya te encargarías tú de contactar con algún tipo de vida estelar y perderías el culo buscando un altavoz ultrasónico.

—Tienes que contármelo, ¿me oyes? —exige, sujetándome por la camiseta y sacudiéndome repetidamente. Vaya, qué fuerza tiene la flaca—. Detalles, Crisi, detalles. Superficiales o profundos. Cuanto más escabrosos mejor, no importa. Lo toleraré.

—No necesitas detalles sobre cómo se hace. Tienes a Jose.

—No me gusta hablar de mi vida privada. Es mucho más divertido hablar de la tuya.

—¿Has tenido vida sexual? —pregunta Laura como si le costase creerlo. De pronto me siento acorralada. No podía haberse callado la bocaza, no, tenía que largar como una descosida.

No, claro que no. Hubiese sido pedir demasiado. Vale, ¿y ahora qué digo y qué no digo? Vaya, menuda mierda. La voz de Laura es insistente—. Tienes que contárnoslo todo. ¿Pusiste en práctica lo que te enseñé?

Pero ¿qué cree que me enseñó? De verdad que lo del karma es un mal rollo.

—¿El qué? ¿Lo de no lo hagas a salto de mata sobre un escritorio o lo de sobre un escritorio y a salto de mata ni se te ocurra hacerlo?

Miro sus caras de asombro y perplejidad. Solo por eso vale la pena contárselo. Me concentro y empiezo a largar, deleitándome en sus rostros de sorpresa.

Les digo que no podía dormir, que bajé a la biblioteca, que se comportó como un asno, que me besó, en fin, todo. Incluyo, no sin cierto orgullo como participante activa, la maratón sexual posterior.

—Fotos, quiero fotos y un informe completo a dos caras en cuanto regresemos. ¡Joder!, espera a que se lo cuente a Jose. —Rosa lanza un silbido muy poco femenino—. Es broma, es broma —se retracta en cuanto repara en mi mirada de mafioso loco.

Laura parece conmocionada. No para de sonreír y asentir como si le fuera la vida en ello.

—¿Sabéis qué dijo anoche la bruja? —Laura se hace la interesante.

—¿Qué dijo esa lerda? —pregunta Rosa mientras sale corriendo detrás de un escurridizo pulpo—. Que alguien le diga a este maldito animal que su misión en la vida es terminar como pulpo a la gallega un día soleado de verano. ¡Maldita sea! ¡Ven aquí, pedazo de animal! No seas malintencionado, ¡que me voy a matar por tu culpa! Se acabó; tú ganas.

—Que le *paresía* un contrasentido hablar tanto de sexo y a la vez mentar tanto a Dios y a todos los santos.

—¡La Virgen de la pera limonera! —exclamo sin quitarle el ojo de encima a Rosa, que da media vuelta y empieza a silbar con expresión inocente, aparentando no hacer caso del pulpo al tiempo que mira hacia atrás de reojo.

—Rosa le contestó que los dos temas casaban a la *perfección;* que, al fin y al cabo, el sexo era uno de los temas recurrentes de la Biblia.

Le hago un gesto a Rosa en busca de confirmación y ella, sin dejar de mirar al pulpo de reojo, enarca las cejas y asiente con la cabeza mientras levanta una mano para restar importancia a su aguda contestación.

Todavía no tengo muy claro si ese tipo de contestaciones se le han pegado de Jose o viceversa. Tal vez la de la lengua afilada sea ella y lo disimula muy bien, haciéndose la inocente. Desde luego, no se calla ni una. Aunque se exprese con más suavidad que su marido no me cabe ninguna duda de que debajo de esa apariencia, inocente y discreta, habita una verdadera lengua viperina. Eso sin mencionar el instinto asesino que la asalta como alguien hable mal de algún miembro de su familia.

—¿No quieres que te cuente el resto? —le grito, esperando que concentre su atención en mí y se olvide del pobre animal.

—¿Hay más? —Sale del agua a toda prisa.

—Muy astuto —susurra Laura en mi oído.

Rosa llega a nuestro lado y se sienta, dejando que el sol la seque. Espero a que entre en calor antes de continuar con algún relato inventado.

—Cuenta —me apremia, impaciente—. ¿Qué más ocurrió?

Me tomo mi tiempo antes de empezar a hablar. Con calma, me levanto y recojo los bártulos. Me pongo los pantalones cortos y la camiseta y me cuelgo la mochila al hombro.

—Os lo cuento mientras regresamos. —Empiezo a andar por entre las rocas esperando que me sigan sin poner pegas—. Bueno... —Hago un ademán despreocupado con la mano—. He pasado dos noches con John. —Lanzo un suspiro y continúo hablando con sinceridad—. Han sido dos experiencias muy diferentes. Como con dos personas distintas. —Sonrío débilmente—. La primera fue con un psicópata borracho demasiado joven y la segunda con un virtuoso del sexo. No creo que convenga repetir una tercera.

Me callo que ellas tenían razón; que no estoy hecha de la pasta que hace falta para el sexo sin compromiso. Que quiero más. Mucho más de lo que él puede ofrecerme. Que soy una cobarde que prefiere quedarse con un buen recuerdo a arriesgarse a ser rechazada. Ser rechazada es estresante. No es bueno para la salud.

Y sobre todo me callo que lo que de verdad quiero es volar. Volar plácidamente con alguien que me ame a mi lado.

—¿Eso lo tienes grabado en el disco duro? —suelta Rosa con sorna.

Pero ¿qué sabrá ella de discos duros?, pienso, encrespándome por momentos. No sabe ni encender un ordenador. Pero... ¡si por no calentarse los cascos no tiene ni móvil! Y aquí la tengo, tan ancha, hablando de discos duros como quien habla de ponerse a pelar patatas.

—Y con copia de seguridad —le contesto después de asesinarla con la mirada.

Seguimos caminando sin pensar en nada y charlando de todo un poco cuando, de repente, Laura nos detiene con un gesto y levanta la vista. Ya hemos llegado donde se supone que teníamos que llegar. Estábamos a punto de pasarnos de largo. Afortunadamente, el sentido de la orientación de Laura, sin ser como para echar cohetes, es bastante mejor que el nuestro.

—Me *parese* que ya hemos llegado —dice sin mucha convicción, y a continuación señala una casa del tamaño de una catedral que, de no ser por su agudeza visual, ni habríamos visto.

Empezamos a subir la empinada y escarpada cuesta. Menos mal que solo llevamos como siete kilos de mejillones. Si llegamos a recoger todos los que quería Rosa hubiéramos puesto un puesto de venta ambulante aquí mismo. Esto me recuerda que tengo que ir al mercadillo, sin falta. Necesito bragas nuevas. Cuatro son suficientes para salir de viaje si las lavo por las noches, pero no para casa, donde dejo que se acumulen hasta que el cajón me implora que lo vuelva a rellenar y no me queda más opción que enchufar la lavadora. Los tangas se los voy a regalar a Mari Luz en cuanto volvamos. Que se los ponga ella y ya me contará después lo cómodos que son y qué tal le sientan.

Cuando llegamos por fin hasta los pinos que rodean la mansión, nos damos cuenta de que nos hemos equivocado y hemos ido a parar al jardín. Justamente a unos diez metros de la puerta principal. Así que cuando veo a una persona salir de la casa, mi primera intención es acercarme y preguntar por dónde se llega a la carretera. Intención que queda en el olvido en cuanto reconozco a dicho sujeto.

¡Maldita sea! Me giro con rapidez y de un fuerte empujón arrojo a mis amigas detrás de un seto de rosales; luego me lanzo en plancha, sin ningún cuidado, tras ellas. Al caer me clavo varias espinas en las palmas de las manos. Sin hacer caso del dolor, levanto la vista y repaso a mis amigas. Parece que no se han lesionado.

—Rápido —digo, nerviosa debido a la impresión—. Necesito una galleta.

—¿Qué te pasa? —inquiere Laura, sacudiéndose las manos y mirándome con gesto resentido.

—Una galleta —repito, irritada por su escasa diligencia—. ¡Que me deis una galleta!

Rosa me suelta un sopapo por la derecha y Laura lo hace por la izquierda.

—¡¿Qué hacéis?! Pero ¡¿de qué vais?!

—¿No querías que te diéramos una galleta? —pregunta Rosa con una risita.

—¡De esas no, idiota! De las que se mojan en la leche.

Laura le da un codazo a Rosa y sonríe como diciendo: «Ya sabía yo que tanto sexo le iba a pasar factura».

De no haber estado tan aturullada por la impresión que acabo de llevarme, me habría echado a reír y todo.

—¿No habéis visto esas películas donde el Don Nadie enseña una galleta al presunto malo y dice con voz alta y clara: «¡Alto, policía!», y el malo, al ver la galleta, se caga del susto? —Niegan con la cabeza y me miran con cara de disculpa. ¡Huy, por favor!, qué poco mundo tienen estas dos lerdas—. No os levantéis y decidme a quién veis junto a la puerta —les ordeno; luego vuelvo a empujarlas con brusquedad en cuanto veo que tienen intención de incorporase—. Agacha el culo, Laura, que parece un faro en medio de una noche sin luna.

De rodillas y apoyándose en las manos, asoman la cabeza por encima de los rosales.

—Hay un tío hablando con unos señores un tanto... atípicos —dice Rosa tras echar un vistazo.

Pongo los ojos en blanco y me dejo caer en la tierra.

—¿Y cómo es? ¿No te recuerda a nadie? Nariz aguileña... Calvorota...

—Sí *parese* que muestra una calva *insipiente*... *Luse* pelo mocho. —Laura inclina un poco la cabeza y se fija de nuevo—. Pero su *narís* es *patrisia*.

La miro con el ceño fruncido y me animo a asomarme. Me quedo mirando al tipo que me ha dado un susto de muerte con curiosidad y aprensión. Decir que se me ha encogido el estómago nada más verlo sería decir poco. Viste bien. Lleva un traje de chaqueta oscuro y camisa blanca. Zapatos de vestir y corbata. La nariz, efectivamente, es recta, pero su calvorota es inconfundible. La reconocería en cualquier parte. ¡Maldito cabrón! Yo comprándome las bragas en el mercadillo y él ahí, con su traje caro y rezumando prepotencia y seguridad por todos los poros de su cuerpo. Si me habré llevado por la impresión que me dejo caer sobre mis manos ensangrentadas y todo sin importarme.

Levanto la mirada, olvidada ya toda pretensión de hacer justicia. Miro a mis amigas con el corazón encogido y los ojos llenos de lágrimas.

—Ese de ahí —digo con un hilo de voz y el gesto torcido— es el sinvergüenza de Sebas.

CAPÍTULO 19

Miércoles, 24 de agosto
Ahora o nunca

Te encuentras bien? —murmura Rosa mientras me acaricia un brazo.

Frunzo el ceño y la miro; el lapsus mental transitorio ya ha pasado. No en vano se le llama transitorio.

—Perfectamente. Ha sido un lapsus tonto —digo, manteniendo la compostura y recuperada ya totalmente de la impresión—. Tenemos que entrar en esa casa y averiguar qué hace aquí el impresentable de Sebas. ¿Cómo lo hacemos?

Encontrarme al sinvergüenza que me robó con tan malas artes y después me dejó tirada me ha puesto un poco cardíaca. Ha sido tal la impresión que me he llevado y he sentido tal resentimiento, que solo acudía a mi cabeza una palabra: ¡Venganza! ¡Venganza! La de Don Mendo se queda a la altura de un mero eufemismo comparada con la que yo deseo. Sin prestar atención a los arañazos, que me escuecen como demonios, me restriego las ensangrentadas manos en los pantalones. Vale, esta es la situación. Hoy es... miércoles por la mañana. El sábado o el domingo me vuelvo a mi casa, por lo tanto me quedan tres días para averiguar qué hace el chorizo costroso rondando por estos lares. Saber dónde vive. Encontrarle. Asesinarle. Hacer desaparecer cualquier rastro incriminatorio. O, en su defecto, lanzarle la siempre eficiente maldición gitana y esperar que acabe cubierto de prurito y escozor desde la calva hasta el dedo gordo del pie.

—Lo primero es ponerle un nombre en clave —sugiere Rosa, animada—. Moriarty, como el álter ego de Sherlock. Le pega. El señor Moriarty ha llegado. El señor Moriarty no le puede recibir. El señor Moriarty ha sa...

—Vale, te entiendo —la corto rápido—, no nos hacen falta más ejemplos. No vamos a llamarle de ninguna manera. Sebas es Sebas y se morirá siendo Sebas, ¿entendido?

—Podríamos entrar a la casa, a lo mejor averiguamos algo —propone Laura.

Lanzo un hondo suspiro, pero no tan hondo como para que me entre la tos.

—¿Y qué excusa ponemos?

—Tus manos. —Me las sujeta y las palpa con cuidado—. Hay que curarlas. También podemos *desir* que nos hemos perdido. Es *sierto*, no mentimos.

Estoy pensando en los pros y los contras, como siempre me gusta hacer, cuando unos tímidos golpecitos parecidos a un cachiporrazo me sacan de mi ensoñación.

—¿Movemos el culo o qué? No tenemos todo el día —me apremia la voz impaciente de Rosa.

Nos volvemos a asomar por encima del seto y comprobamos que Sebas ya no está. Nos levantamos como autómatas y nos pasamos la mano por los pelos, recogemos nuestras cosas con rapidez y avanzamos por el cuidado césped hacia la puerta principal del caserón. La verdad es que es una vivienda impresionante, toda de piedra color... piedra, con mogollón de ventanas por todas partes y hiedra que se enreda hasta lo más alto por algunas de las paredes. Y chimeneas, muchas chimeneas. Subimos los cuatro escalones que nos separan de la terraza cubierta y con el dedo un poco tembloroso (lo que me da muchísima rabia, porque yo no tendría que ponerme nerviosa ante la perspectiva de volver a encontrarme con Sebas, porque yo no he hecho nada malo) llamo al timbre.

Nada. No contestan, pero como sé que están, vuelvo a llamar. De repente, la puerta se abre de par en par y ante nosotras aparece una señora rubia, alta, de unos cincuenta años y aspecto muy..., muy glamuroso.

—Buenos días —saludamos con educación—. ¿Podría ayudarnos, por favor?

Nos lanza una mirada confiada y encantadora y nos dice, en una mezcla de inglés americano y español:

—Por supuesto, *darlings*.

Con una sonrisa de agradecimiento le muestro las manos y ella, sin necesidad de más explicaciones, nos hace pasar al recibidor y nos encomia a seguirla hasta una cocina enorme de estilo funcional.

Mientras recorremos las distintas dependencias por las que vamos pasando, no puedo evitar fijarme que hay obras de arte expuestas por todas partes. Vaya, esta gente tiene pasta.

Nos hace un gesto para que nos sentemos y mis amigas lo hacen; yo, en cambio, me quedo de pie esperando. No sé qué. Pero espero.

—¡Ah! Esto es lo que buscaba. —Me señala el fregadero. Mientras me lavo las manos, saca una botellita de desinfectante y unas gasas.

—¿Es usted americana? —se interesa de pronto Laura—. Yo tengo familia allí y su hablar es muy similar al de usted. Por *sierto*, me llamo Laura y ella es Rosa —presenta, señalando a la mencionada con la cabeza—, y la que tiene las manos llenas de arañazos es Crisi.

La americana nos sonríe y se lleva una mano al pecho.

—Mi nombre es Elaine y el de mi marido, Travis, y es ese que está tumbado en el jardín observando los pájaros. Somos los señores McNamara —se presenta con una voz que fluye con la lentitud y la dulzura de la miel.

Giramos la cabeza y, efectivamente, en el jardín, sobre una tumbona, hay un señor de edad indeterminada. Indeterminada porque entre la barba negra con vetas grises que le llega a mitad del pecho y la melena negra que lleva sujeta con un pañuelo sobre la frente no nos deja ver nada que no sea el color de sus ojos. Que por cierto tampoco podemos distinguir, porque los prismáticos con los que espía a la naturaleza salvaje nos lo impide.

—Encantadas —contestamos, casi al unísono.

Cuando termina de curarme los rasguños me entra el pánico. No ha preguntado cómo me los he hecho y nosotras no hemos dicho nada. La dejamos usar la imaginación, es mucho más creativo. ¿Y ahora qué? Miro al alrededor buscando un tema de conversación; el que sea. Necesito ganar algo de tiempo. Cambio mi peso de un pie a otro, pensativa. Me muerdo el labio inferior. Bueno, es simple, solo tengo que lanzarme sin pensar. Eso se me da bien.

—Muchísimas gracias. —«Di algo. Di algo, maldita imbécil», me digo a mí misma. Luego me lo pienso mejor y dirijo mis pensamientos a Rosa. No debemos tener telepatía, porque no abre la boca. Para una vez que hace falta que se comporte como una bocazas, va y se calla como una...—. ¿Y cómo es que unos americanos de...? —Rompo el incómodo silencio que se ha establecido en la cocina. Me dirijo a nuestra anfitriona y muevo la cabeza de arriba abajo, animando a Elaine a que termine la frase.

—Wisconsin.

—¡Ah, sí...! —Sigo moviendo la cabeza y afirmando—. Wissscooonsin —repito lentamente al tiempo que tomo asiento junto a la mesa de la cocina—. Muchos... árboles en Wisconsin. Muchos... ríos en Wisconsin. —No tengo ni idea de dónde está Wisconsin, pero lo que sí sé es que Norteamérica está plagada de bosques y ríos. Ya no sé qué más decir, así que doy por finalizada mi disertación sobre Wisconsin—. Precioso. Wisconsin. —Con la impresión de que no he sido lo suficientemente efusiva en mis halagos, esbozo la sonrisa pastelosa—. ¿Echas de menos tu tierra? —me intereso a la desesperada, reprimiendo el impulso de lanzarles un insulto a mis dos acompañantes. Mudas acompañantes.

«¡Jesús, Crisi! Pero ¿tú te estás oyendo? Estás quedando como el culo».

—Muchísimo —aclara, repentinamente feliz de que le haya hecho esa pregunta.

Vale, es todo tan surrealista... Estamos todas aquí, sentadas alrededor de una mesa en una casa en la que nos hemos colado por el morro y con una señora a la que no hemos visto en nuestra vida, mirándonos a las caras sin nada que decir, pero sin ninguna intención de levantarnos y marcharnos hasta que no averigüemos lo que nos interesa. Veo a Rosa ponerse a hacer dibujitos imaginarios sobre la mesa y a Laura abrir la boca y volver a cerrarla. No dejo de repetirme que tenemos que decir algo o marcharnos, cuando de pronto Rosa se anima y le pregunta por su antiguo hogar.

—¿Y allí también vivíais en un chalet?

—No se le puede llamar así exactamente —contesta Elaine con voz soñadora—. Poseíamos una finca de un millón de hectáreas...

¿Ha dicho un millón de hectáreas? Me trago la pregunta que tengo en la punta de la lengua y pongo cara de pensar. De hecho, estoy pensando en cuánto es una hectárea en español. Ella empieza a describir cómo los pájaros acudían en tropel a los bebederos que tenían colocados estratégicamente con esa finalidad; cómo la naturaleza parecía allí mucho más salvaje que en otros lugares; cómo daban largos paseos a través del bosque que circundaba toda la propiedad, mientras yo sigo dándole vueltas a la cabeza y pensando que los cálculos no me salen. Un millón de hectáreas deben de ser algo así como media España. Levanto la vista con la cabeza todavía puesta en la maldita aritmética y la miro directamente a los ojos. Ella continúa disertando sobre su añorada tierra y yo vuelvo a asentir con gesto serio, como una experta en medidas de longitud, de pájaros y de verdes praderas. Porque... ¿las hectáreas son medidas de longitud, no?

Nota mental: preguntarle a Jose qué coño es una hectárea.

—Pues como os decía... —Elaine se para a pensar y cierra los ojos un momento—, poseíamos una finca enorme. Llevábamos una vida sencilla en nuestra casa de treinta habitaciones... —Me tengo que reprimir, mucho, para que los ojos no se me abran de par en par. Me vuelvo hacia Laura y Rosa, fingiendo enseñarles mis vendas y enarco las cejas con asombro—. Éramos dueños de una empresa de fabricación de reclamos para patos...

Vuelvo a levantar las cejas con más ímpetu y miro a Laura, que permanece atenta a sus palabras, pero Rosa..., Rosa es otro cantar. Ha girado la cabeza y mantiene el rostro enterrado entre las manos, aguantándose la risa. Como Elaine se dé cuenta y nos eche a la calle con cajas destempladas... la mato.

—... pero, como tanto Travis como yo misma somos dos almas sensibles y nos encanta la cultura y todo cuanto la representa... —continúa hablando con voz soñadora sin fijarse en Rosa—, decidimos vender la empresa y trasladarnos a Europa. El teatro de París, la ópera de Berlín, los museos... nos encantan. Y... aquí estamos. Esta casa la compramos hace tres años y pasamos en ella dos meses todos los veranos. El resto del año, lo dividimos entre nuestras otras propiedades de París, Londres y Roma.

Vale, ya sabemos que es encantadora, confiada y pastosa. Un caldo de cultivo perfecto para que proliferen los parásitos inmorales como Sebas.

Un rato después nos despedimos. Hemos hablado de todo un poco y nos lo hemos pasado bien, pero el tema que nos interesa no lo hemos rozado ni por asomo.

Justo al llegar a la puerta y darle de nuevo las gracias, Elaine nos tiende una tarjeta. Elegante, en tono crudo e impresa con letra refinada, como todo lo que nos rodea. La leo con curiosidad. Es una invitación para la fiesta de cumpleaños de su marido que, mira tú qué sorpresa, se celebrará mañana por la noche. Genial. Una fiesta de disfraces. La última fiesta de disfraces a la que acudí no conseguí reconocer a nadie. Sería una de esas fiestas monotemáticas, donde todo el mundo se disfraza de lo mismo. En aquella, todos los invitados iban de cuero negro, con collares de pinchos y máscaras también negras. ¡Qué poca imaginación! Hui cual conejo asustado perseguido por cazador experto en el momento en que un látigo restalló ante mis narices.

De vuelta a la realidad, le dedico mi mejor sonrisa dulzona. La he debido de pillar desprevenida, porque ha respingado y ha dado un paso atrás.

Tengo que practicar delante del espejo. Pulirla un pelín más. En ocasiones me sale una sonrisa de chiflada que, sin pretenderlo, asusta.

—¿Elaine? —pregunta Rosa exudando una férrea determinación—. ¿Te puedo hacer una pregunta? Al llegar hemos visto a una persona en la terraza. ¿Era un actor de cine?

Originalidad ante todo. Sí, señor.

—No —contesta, sorprendida—. Ese chico tan apuesto es mi marchante de arte. Su nombre es Ernest Bastian —lo que traducido a mi idioma significa Sebas—, y si algún día deseáis adquirir alguna obra de arte es vuestro hombre.

Inclino la cabeza para que no vea la mueca de asco y le doy las gracias mirando al suelo. Al parecer su marchante de arte favorito también brilla por su originalidad.

El camino que nos separa de la carretera no es demasiado largo; unos diez minutos a pie. Mientras caminamos en silencio y voy pensando en la extraordinaria casualidad que supone el habernos encontrado en este remoto lugar con Sebas, retazos de imágenes y conversaciones me asaltan como fogonazos. El empeño de Juanfran en que viniera a pasar estos días aquí. Ese «peligros...» que escuché a través de la puerta de mi casa. La «casualidad» de que Carlos haya alquilado precisamente esta casa, colindante con la de los pastosos. Los paseos de Kiri y Kris a primera hora, siempre en esta dirección. Las salidas en moto de agua, ídem de lo mismo. El empeño de Kris en que recogiéramos mejillones y no regresáramos por donde habíamos venido. Las piezas encajan una a una en mi cabeza como un rompecabezas.

¡Joder! Esta es la casa que piensan asaltar. De pronto, algo llamado decepción cargado con grandes dosis de furia me oprime el corazón y la garganta al darme cuenta de que esa pandilla de seres preocupados por mí, que se hacen llamar mis amigos, me han tenido engañada todo el tiempo. Quiero cometer una locura. Necesito cargarme a alguien. Desahogarme de alguna manera. ¡Saben perfectamente que no soporto la mentira y el engaño!

Mi primera reacción es asesinarlos, pero... ¿para qué matarlos rápidamente cuando puedo utilizar una estaca y empalarlos?

—¿Lo sabíais? —pregunto con ligero desagrado mientras busco, como buena adicta a la nicotina, un cigarrillo—. ¿Vosotras lo sabíais?

—¿El qué, *presiosa*? —Laura alarga una mano y coge un cigarrito.

—Pues claro que sabía que no era un actor de cine —dice Rosa, risueña, al mismo tiempo que pilla otro cigarrito—. Ha sido una maniobra de distracción. ¿Genial, eh? —Levanta el pulgar.

No me hace falta más que ver sus reacciones para constatar que, tanto una como la otra, están tan en la inopia como yo hasta hace un momento.

—Os lo voy a explicar.

Las pongo al tanto de mis deducciones y me alegro con su indignación. Parece tan real... Me callo la conversación surrealista que escuché en la cocina. No quiero agitar más el avispero. Ya se lo contaré en otro momento.

—¿Lo saben todos? ¿Todo el mundo sabe que Sebas está aquí y no nos han dicho nada? ¿Jose también? —La cara de Rosa es la personificación del desconcierto—. Pero... si es un buzón de correos. No sabe mantener la boca cerrada.

—¿Y Kris? —pregunta Laura, esperanzada.

—Un mentiroso, como todos los demás —digo con frialdad.

—Bueno..., Kris es muy reservado... Él no suele andar contando chismes... Él es... diferente —le defiende con ojos soñadores.

Menuda novedad. Ya sé que Kris es raro.

—Muy bien —digo, imitando a Mari Luz en su rol de sargento de caballería—. Ni una palabra hasta que estemos seguras de esta traición.

No me fío ni un pelo de Rosa, pero conozco un método infalible para salirme con la mía.

—Prométeme que en cuanto veas a Jose le vas a montar un pollo de los que hacen época.

A esta genialidad se la denomina Conducta Inversa Inducida. Me lo enseñó Mariaje.

—Lo siento, Crisi, no puedo prometerte eso. No pienso hablarle en todo el día.

Qué facilona es.

Diez minutos después, nos recoge Miranda a la hora prevista. Durante el trayecto de vuelta no mencionamos nada de lo ocurrido. Al entrar en el salón, veo que interrumpen su conversación y callan todos de golpe. Su actitud reservada confirma mis sospechas.

Considero la posibilidad de empezar a lanzar vasos, pero no tengo ninguno a mano. Dejo caer la mochila con un sonoro golpe mientras me aseguro de mantener la sonrisa intacta y una mirada inocente que no delate mi estado de ánimo. Carlos, Juanfran, Jose y Kiri se giran y me miran fijamente, atentos a mis palabras. Prueba uno: no suelen mirarme y mucho menos prestarme atención. Prueba dos: Kiri no calla ni debajo del agua y, ahora mismo, parece que le han sellado los labios con pegamento extrafuerte. John, conocido también como el caballero de la brillante armadura oxidada por falta de uso, cruza el salón y se sitúa a mi lado. Me mira de arriba abajo y no comenta nada de mi aspecto. Prueba tres: John no perdería la oportunidad de soltar alguna de sus pullas. Es un hecho real e irrefutable que la pandilla de mentirosos que tengo delante me las van a pagar todas juntas.

Tomo una profunda bocanada de aire y les grito a la cara, con voz estrangulada:

—¡Lo sé todo! ¿No pensabais decirme nada?

No parecen muy afectados por mis acusadoras palabras.

—Pues qué suerte —responde mi hermano, sonriéndome.

—Yo creía que el que lo sabía todo era Jose —apunta Juanfran, sonriendo también.

—Y si lo sabes todo ¿para qué preguntas? —suelta el susodicho con ironía.

Bastante sorprendida por sus reacciones, le dirijo a mi hermano una sonrisa vengativa. A situaciones desesperadas, medidas desesperadas.

—Te la has cargado. Espera a que se lo cuente a mamá.

No es un arma que me guste utilizar, tan solo lo hago en casos graves de encolerizamiento agudo. La sola mención de nuestra madre consigue lo que no conseguiría un pelotón de fusilamiento.

Abre los ojos como platos y agita las manos en el aire antes de responder.

—Está bien, te lo diré todo, pero a mamá ni una palabra que luego no sabes cómo se pone. —Y empieza a cantar como un canario aquejado de insomnio—. No estábamos seguros de que Sebas anduviera por aquí. John... —Le lanza una mirada de disculpa—. John empezó a investigar hace unos meses. Contrató un investigador privado y sus pesquisas nos han conducido hasta los McNamara. Lo siento, cariño —dice acercándose y poniendo ojitos. ¡Qué liante! Sabe que no me puedo enfadar si pone esa cara.

Ya incluso desde pequeñita, cuando me susurraba al oído que era adoptada y que algún día mis verdaderos padres, que eran un desecho de la sociedad y estaban en prisión por robar niños, vendrían a por mí y me llevarían a un lugar lejano donde nadie me querría, él me abrazaba, ponía esos ojitos y me decía que siempre, siempre me buscaría y al final me encontraría y me traería de regreso a casa si hacía, condición *sine qua non,* lo que él me pedía. Y cuando mi madre se enteró y lo castigó un mes sin salir con sus amigos, sin postre, sin tele, sin videoconsola y sin bici, me puso esos ojitos y me susurró que ya me había rescatado una vez, pero que no había dicho nada porque a mi padre le disgustaba hablar de temas tan dolorosos. Y él, que era tan bueno, había preferido callar para no destrozarme el corazón. Aun a sabiendas de que mentía como un bellaco, no pude sino intervenir en su defensa y decirle a nuestra madre que nunca, nunca le había creído y que no me había asustado, por muchas pesadillas que su amor de hermano mayor me causaran.

Como John no pone caras, con él sigo enfadada.

—Tenemos que entrar en esa casa y comprobar que Sebas ha estado vendiéndoles objetos robados o falsificados. Para meterlo en la cárcel, ¿sabes? —explica Carlos mientras pestañea con dulzura—. Con pruebas irrefutables. Por ti. Para que se haga justicia, cariño.

Lanzo un suspiro de resignación. Un poco de peloteo nunca viene mal.

Vale, me ha convencido. John..., qué mono, mira que contratar a alguien. Qué atento. Qué dedicación, con el trabajo que tiene. Suspiro embelesada. Me giro y le dedico mi mejor sonrisa pastelosa.

—Le robó al señor Yamamoto una espada samurái del siglo xv de valor incalculable —me informa, el dudoso caballero de herrumbrosa armadura, con gesto serio. La sonrisa se me borra de la cara más rápido que la escritura en el mar—. Yamamoto ha contratado a detectives privados de varios países que, casualmente, nos han conducido hasta aquí. Me ha encargado que sea yo quien dirija toda la investigación con la mayor discreción posible. No quiere que la prensa se haga eco de que le han estafado. Tenemos que entrar en esa casa. Lo que no sabemos es cómo hacerlo —exclama frustrado.

Conque una sorpresa para la pobre Crisi, ¿eh? Sorpresa la que se van a llevar él y el marrullero de mi hermano. La sonrisa regresa a la velocidad de la luz.

—Pues qué pena, ¿no? —Hago una pausa teatral. Me agacho y recojo la mochila. La abro. Saco la invitación. Me abanico con ella—. Yo sí que puedo hacerlo. Estamos invitadas a una fiesta de disfraces mañana por la noche. —Me regodeo contemplando al grupo de mentes pensantes. La invitación me dura en la mano lo que un suspiro en un huracán. Carlos me la arrebata sin ningún miramiento—. ¡Oye, tú! —protesto.

—¡Genial! —exclama mientras la agita en el aire y veo, con asombro, que se la guarda en el bolsillo trasero del vaquero—.

Ahora ya podemos fisgar todo cuanto queramos. —Da media vuelta, me mira con arrepentimiento y concluye con aire despreocupado—. Ah, por cierto, tú no vienes. Sebas te conoce. Podría olerse algo.

—¡¿Qué?! ¡De eso nada! —Me estrujo el cerebro mucho. Muchísimo—. ¡Vosotros no entendéis nada de arte! —chillo, fastidiada porque me van de dejar fuera de juego—. No sabríais distinguir una figurita de los chinos de un jarrón de la dinastía Ming.

Yo tampoco, pero eso no viene al caso.

—¿Por qué no comemos y mientras tanto organizamos un plan? —sugiere el siempre práctico Jose.

—Ya hablaremos tú y yo —oigo que le susurra Rosa al pasar por su lado.

Sonrío.

Un incómodo silencio se apodera de nosotros mientras comemos. «Bueno, Crisi», me digo a mí misma entre mejillón y mejillón, «has conseguido una invitación, el idiota de tu hermano no te ha soltado la milonga de la pobre niña rescatada a la que no quiere nadie más que él y no te has lisiado mientras recogías mejillones».

Después de terminar con todo lo que hay sobre la mesa, hemos discutido durante una eternidad nuestro siguiente paso. El plan a seguir no me entusiasma, es excesivamente estrambótico para mi gusto. El artífice de semejante despropósito ha sido Jose. Ya sabía yo que ser tan culto no traería nada bueno. Pretenden asaltar la mansión de los señores Duck (nombre en clave. «Pato» en inglés. Asombroso por su genialidad) de manera encubierta. Es decir, yo soy la manera y me van a encubrir con una alfombra.

¿He dicho ya que me parece un plan grotesco a la par que nefasto?

Por lo visto, así fue como Cleopatra (la perra de la señora Elena no, la otra Cleopatra, la de verdad) se introdujo de incógnito en la residencia de veraneo que Julio César poseía en Egipto. Un buen día, decidió que su trabajo de reina consorte no le satisfacía lo suficiente y, sin ninguna mala intención por su parte, llegó a la lógica conclusión de que su hermano-esposo Ptolomeo XIII era capaz de todo menos de dirigir al glorioso Egipto. Decidió que el muy bastardo ya había superado con creces el superávit de poder y disfrutado demasiado tiempo de los laureles del mandato y que ahora le tocaba a ella, típica mujer bendecida con unas dotes de mando envidiables, hacerse cargo del control de Egipto. Ni corta ni perezosa, ideó un plan brillante. Le pediría ayuda a Julio César. Pero no lo haría a la manera tradicional, es decir, llamando a su puerta. No, nada de eso. A ella se la podría acusar de muchas cosas, pero no de aburrida y poco imaginativa. ¿Por qué utilizar un método convencional cuando podía enrollarse en una alfombra? («Que se mire por donde se mire, no puso en peligro su salud en ningún momento», ha afirmado mi hermano). Y sin amilanarse ante nada, se enrolló, la introdujeron en la residencia de Julio César, encandiló a quien correspondía y reinó. Pues yo lo mismo, pero sin Julio César y la posterior diversión.

Al principio he pensado que se trataba de una broma. «Tranquilízate, Crisi», me he dicho a mí misma. «Seguro que te están tomando el pelo. Claro que es una broma. Sabes que les gusta quedarse contigo. Se entretienen de esa manera inocente, igual que algunos niños se divierten arrancándoles las alas a las moscas».

He caído del burro cuando Kiri y Jose han aparecido arrastrando una alfombra de tamaño familiar y la han dejado caer a mi lado.

—Hala, pruébatela —me ha animado un sonriente Jose.

Estoy alucinando. Pero ¿es que estos van totalmente en serio?

Vale, que no cunda el pánico. Puedo convencerlos. Echar mano de mi legendaria capacidad de persuasión y persuadirlos para que cejen en su disparatado empeño de meterme en esa trampa mortal.

—Pero ¿por qué no podemos dejarlo para mañana? —protesto por enésima vez.

—Porque no sabemos si cerrarán algunas estancias durante la fiesta —me contesta otras tantas veces la ameba.

Miro en dirección al mar y me sujeto con fuerza a la mesa, tan solo para controlar el irrefrenable impulso de salir corriendo.

—Yo creo que lo mejor sería pillar a Sebas desprevenido y conseguir que confiese. A lo mejor, le sacamos la verdad y reconoce que se apropió de todo lo tuyo con malas artes y consigues que te lo devuelva —señala Rosa, en un arranque de inocencia impropio de ella.

La miro con un gesto de incredulidad. ¿De verdad es tan inocentona?

—¿Cómo, torturándole? —Jose deposita la cerveza en la mesa con un golpe seco.

—¿De qué recursos disponemos? —pregunta Kris de repente—. ¿En qué nos destacamos? ¿Qué sabemos hacer bien?

¡Anda ya!

—Yo hago una tortilla de patatas que te cagas —anuncia Rosa, orgullosa de su buen hacer en la cocina.

Acaba de desatarse el caos más absoluto.

—Yo tengo nociones de electricidad y albañilería —apunta Juanfran—. Pero si es necesario, también cocino.

—Yo sé hacer una especie de maniobra de ataque. En las películas, el malo siempre sale corriendo.

Kris salta de la silla y nos sorprende ejecutando una especie de danza macabra. Imita los últimos estertores de una grulla anfetamínica a la perfección.

Fascinante.

—Yo sé cantar una *cansión* que...

—¡Por Dios, ya basta! —bufo como un gato—. Centraros. La que se juega el tipo soy yo, vale. —Me miran con mala cara. Les acabo de estropear la diversión. Perfecto. Hay que cambiar de tema. Rápido—. ¿Y cómo se dio cuenta el señor Yamamoto de la impostura de Sebas? —pregunto, con la esperanza de que el nuevo tema les haga olvidar el desaire.

—Moriarty *in fraganti*. Moriarty *in fraganti* —me corrige Rosa—. Hay que hablar con propiedad —se defiende al ver la cara que le ponemos.

—Bueno, al principio no sospechó nada inusual. —John se concentra y recuerda con expresión seria—. Hasta que averiguó que se hacía pasar por japonés.

—¿Y qué le dio la pista, sus rasgos faciales? —me burlo arrastrando las palabras.

—No —contesta con gesto adusto.

—¿La nariz curvada, reminiscencia de sus ancestros sefardíes? —Los ojos miel de John me miran con intensidad. De qué tipo, no lo tengo muy claro.

—Tampoco.

—¿Entonces qué? —pregunto mosqueada y muerta de curiosidad.

—Algo que oyó —responde con actitud de superioridad.

—¿Y qué fue lo que oyó? —Me armo de paciencia.

—Nosotros también queremos saberlo —dice Kiri, picado por la curiosidad.

—Sí, venga tío, ¡qué cojones oyó! —le apremia Kris que, por lo visto, también está interesadísimo en lo que le dio la pista al espabilado japonés.

—¡Mierda! ¡Cojones! ¡Me cago en la puta! —exclama John con una mirada divertida, justo un segundo antes de estallar en carcajadas. ¿Qué? ¿Tacos? ¿Lo descubrió porque decía tacos?

Tacos dice todo el mundo, ¿no?—. Se quedó tan sorprendido, que no paró hasta averiguar que esas expresiones eran típicas españolas. Cuando fue a pedirle explicaciones, tanto Sebas como la espada habían desaparecido.

Ahí estuvo fino el japonés, pienso mientras doy un sorbo a mi limón granizado.

Al final de la tarde, después de parar de reír con la ocurrencia de Sebas, empiezan a ultimar, por fin, los detalles que tanta y tan innecesaria desazón me provocan. Me levanto de la mesa y me acerco a servirme otro limón granizado, al que añado un chorrito de vodka. Puesto que no puedo hacer nada por detener esta locura lo mejor será que me una a ella, pero con la realidad un pelín distorsionada.

—Bueno, entonces, ¿estamos todos de acuerdo? —pregunta Jose levantándose también y sirviéndose un cubata.

Todos asienten. Hasta Miranda parece emocionada ante la perspectiva de cometer un delito. Después de cruzar unas cuantas miradas cómplices exponen el plan. No me gusta ser agorera, pero cualquier tipo de maquinación que comience con esa clase de miradas debería entrar en la categoría de funesto. Intento mantenerme interesada y tranquila, cuando escuchándoles me doy cuenta de que cumplir años no es sinónimo de madurez. Suspiro lenta y silenciosamente y espero y confío que todo salga como está previsto.

El plan es el siguiente.

Punto uno: me introducen estratégicamente en casa de los McNamara envuelta en una alfombra persa que el señor Kellerman guarda en el sótano. Alegarán que es un envío del señor Bastian (Sebas) y que no deben desenrollarla hasta que él dé aviso.

En el momento en que esas palabras calan en mi subconsciente me persigno con disimulo a la altura del ombligo esperando, fervientemente, que surta la misma efectividad que si lo hubiera hecho a la manera tradicional.

Punto dos: espero a que los McNamara salgan a cenar y recorro la casa, a la mayor celeridad y eficiencia posibles, en busca de objetos falsificados. Porque si la pieza en cuestión es robada, no tengo manera de saberlo. Después, me doy a la fuga por donde buenamente pueda y huyo a través del pinar que separa las dos propiedades.

«Funcionará», aseguran muy confiados. De repente me acuerdo de Ícaro y sus alas infalibles. «Es un plan infalible», oigo que dice alguien.

¿Qué decía yo? Me vuelvo a santiguar.

Ante mi insistencia de por qué narices no podemos presentarnos y contarles toda la verdad a los amables americanos, me contestan: «No podemos arriesgarnos a que den la voz de alarma y que Sebas se nos vuelva a escapar». La mayoría de las personas sensatas habrían hecho eso mismo, pero ¿lo hacemos nosotros? No. ¿Y por qué? Porque somos unos insensatos. «Además, no sabemos si están en el ajo».

Vale, me están dejando sin excusas.

—¿Y no podríamos entrar una vez se hayan marchado?

—Saltarían las alarmas y no tendrías tiempo de comprobar nada.

—Y por cierto, ¿cómo estáis tan seguros de que la casa estará vacía?

—Porque uno de los detectives me informa de todos sus pasos.

—¿Y… cuando salga no sonarán las alarmas?

Asienten con seriedad, dándome la razón. El gesto, aunque es de agradecer, no me tranquiliza.

Sí, lo sé, estoy un tanto intimidada y un poco… acobardada.

—Sí, pero tú ya habrás realizado la inspección y huirás a través de los pinos antes de que a ellos les dé tiempo a regresar.

¡Maldición! John tiene respuesta para todo. Qué eficiente.

—Huiremos —se corrige a sí mismo, muy en plan solidario con la lerda de la alfombra—. Te esperaremos junto al linde del pinar.

¿Qué puedo alegar?

—Vale.

Asienten todos con la cabeza, satisfechos con la capitulación de la pringada.

La culpa de todo la tiene el de siempre. Y encima ha liado a todos los demás. Ojalá no me hubiera dejado convencer. Ahora podría estar en mi casita, peleándome con los Niños de Satanás tan ricamente. Ojalá tampoco hubiera venido él. Y ojalá no fuera tan seductoramente excitante, ni estuviera tan irresistiblemente bueno. Y ojalá no supiera hacer esas cosas prodigiosas que sabe hacer con la lengua. Y con las manos. Y ya puestos, con todo el cuerpo.

A pesar de que mi intención era dormir un rato, me resulta imposible. Las imágenes vívidas y sensuales de cierto impresentable, unidas a las imágenes turbadoras y nada gratas de lo que me espera esta noche, a las cuales les encuentro un inquietante paralelismo con otras situaciones espinosas en mi vida, me llevan a recordar con notoria claridad un problema que a veces se me planteaba en el colegio: ¿qué hacer cuando una fuerza irresistible se enfrenta a otra fuerza inamovible; sobre todo, cuando dicha fuerza irresistible (la matona del colegio) amenaza con meter la cabeza de la fuerza inamovible (yo) en la taza del váter? Pues lo que haría cualquier persona inteligente ante semejante tesitura. Inspirar profundamente, aguantar la respiración el mayor tiempo posible y orar en silencio para que la Tanque Ruso no haya requerido los servicios del escusado aún ese día.

Mierda.

CAPÍTULO 20

Miércoles, 24 de agosto
Hora de echarse atrás

—¿Estás segura de que quieres hacerlo? —me preguntan desde la distancia.

Levanto la vista, que hasta este momento permanecía inquietantemente abducida por una alfombra enorme, y trago saliva. Me siento como si estuviese delante de un enorme pastel de chocolate. Si no me lo como, malo, y si me lo como, peor. Vamos, el típico caso de descomposición de estómago tomes la decisión que tomes.

—Por supuesto —contesto, intentando aparentar una confianza de la cual carezco.

Intercambio una mirada con mis amigos que me devuelven una sonrisa de apoyo y confianza. Están todos caminando y charlando alrededor de la alfombra asesina esperando pacientemente a que oscurezca.

Voy a hacerlo. En serio. Puedo hacerlo. Me han surgido un par de dudas o tres y algún que otro súbito ataque de pánico, acompañado de manos sudorosas, ligeras arritmias y un par de espasmos en la musculatura facial, pero no tiene importancia, ya está superado. Puedo hacerlo. Nos encontramos en el mismo lugar al que debo regresar una vez haya terminado con las pesquisas. La alfombra extendida en el suelo esperando pacientemente a su presa, como mostrando indiferencia, pero siempre al acecho hasta acabar engullendo al ratón. Respiro profundamente. Puedo hacerlo. Puedo hacerlo.

—Crisi, por favor, no mientas. —Rosa se ha acercado a mí y me habla con seriedad—. Es obvio que estás nerviosa.

—Para nada —le suelto en un arranque de valentía con una sonrisa deslumbrante. O lo hubiera sido si hubiese podido verla. La oscuridad ya nos rodea.

—Pues vale —me contesta, mosqueada por mi falta de sinceridad—. Ahora, cuando te envuelvan como un rollito de primavera, procura que no te entre la paranoia y nos eches a perder en plan —dice alegremente, antes de lanzarme una mirada de superioridad y largarse a hablar con Juanfran.

¡Si será traidora! Le muestro el dedo corazón.

—Crisi, cariño, ya puedes tumbarte —oigo la voz de John a mi espalda.

Un pequeño escalofrío me recorre la columna vertebral al escuchar esa frase que tan buenos recuerdos me trae.

Con un titánico esfuerzo por no dejarme llevar por la desesperación, me subo los pantalones cortos todo lo que dan de sí, que es dos dedos por debajo del ombligo, y me estiro la camiseta negra hasta mitad de los muslos con la finalidad de..., de..., no sé. Es posible que lo haya hecho para eliminar una tensión angustiosa que, estoy casi segura, es del todo inexistente.

Por el rabillo del ojo, veo a Jose acercarse.

—¿Habéis aspirado la alfombra? No queremos que Crisi se llene de ácaros, ¿verdad? —Les lanza a los demás una mirada acusadora.

Gracias, Jose. Ya me está picando todo.

—Bueno, ya sabes lo que tienes que hacer —dice mi hermano—. Entrar, comprobar, salir. Es fácil. No la cagues, nena.

Un poquito de parcialidad no me vendría mal ahora mismo, la verdad.

—Venga, Crisi, ¿a qué esperas? Túmbate y procura no ahogarte —me aconseja la bruja con una sonrisa cruel que no impresiona a nadie. Suelto un resoplido muy poco femenino y la miro con desdén—. Y que no te piquen las pulgas —me desea con una voz que media entre la más pueril de las preocupaciones y el sarcasmo.

Se cree muy graciosa, pero no lo es. Es sosa hasta decir basta.

—Date prisa, Crisi —truena la voz de John tras de mí, con lo que consigue que dé un brinco nada relajado—. Tienes que entrar en esa casa, sí o sí. Ten mucho cuidado y no cometas errores. —Me toca el hombro y doy otro brinco—. ¿Me oyes?

¡Yo qué te voy a oír! Bastante tengo con respirar y no desmayarme.

Vale, no puedo hacerlo. No sé qué pinto yo aquí. Ahora mismo tendría que estar posicionada en lo más alto de mi brillante carrera como camarera y dispuesta a dar mi siguiente paso: conseguir que la cafetera brille como los chorros del oro. Respiro hondo, parpadeo un par de veces y me enfrento a todos ellos.

—No voy a hacerlo. No puedo. —Trago saliva y hablo atropelladamente mientras me rasco los invisibles ácaros de la espalda. Me da igual lo que piensen. No voy a hacerlo—. No sé distinguir un cenicero de culo de vaso, de una lámpara de cristal de Bohemia. —Ya está, ya lo he dicho. Me abro paso a codazos, apartando a todo el que se interpone en mi camino de vuelta a casa—. Además, soy claustrofóbica. —Me giro y les lanzo una mirada reprobadora—. ¡Vergüenza debería daros!

¡Mira que pedirme que me meta ahí! —Señalo la alfombra con un dedo acusador y una expresión de asco.

Justo entonces, que es cuando espero que convengan conmigo, me dejan estupefacta cuando veo que todos me miran estupefactos. Mi hermano reacciona con rapidez y, sujetándome por los hombros, empieza a masajearlos.

—Crisi, cariño, eso que dices son tonterías. —Aprieta un poco más a la altura de las clavículas y me mira como el granjero a la gallina antes cortarle el cuello y empezar a desplumarla. Joder. Estoy perdida. ¡Corre! ¡Corre! ¡No le escuches!—. Eras muy buena estudiante. Terminaste la carrera con notables y sobresalientes —me recuerda.

—Eso no es cierto. Era una estudiante mediocre. Y... sí, terminé la carrera, pero por los pelos. —Doy un resoplido. Lo único que quiero es marcharme de aquí. Tengo las manos húmedas y frías. Si no fuera mi hermano, daría media vuelta y me largaría zumbando, pero intento ser razonable, quiero hacerle comprender que si no me meto en esa alfombra no es por hacerme notar, es que sencillamente no puedo hacerlo—. Tú estás confundido. Las borracheras eran notables y los esfuerzos por llegar a clase a tiempo eran, sin lugar a dudas, sobresalientes.

Oigo a John reprimir la risa.

—Y tú... —continúa con su hipnótico masajeo sin hacer el menor caso de mis objeciones— no eres claustrofóbica.

—¡Porque tú lo digas!

—No, porque yo lo diga no —me contradice con voz melosa, poniendo otra vez los malditos ojitos de cachorro abandonado y masajeando sin descanso—. Si fueras claustrofóbica no dejarías que tus vecinitos te enterraran en la arena. Algunas veces te he encontrado gracias a las cañitas que te colocas en las fosas nasales para poder respirar —añade, con un guiño pícaro.

Buen argumento.

Tamborileo los dedos en mis muslos mientras considero, muy seriamente, la posibilidad de romper cualquier grado de parentesco que me una a mi hermano mayor.

—No es lo mismo —contesto al fin—. Puedo sacudirme la arena cuando yo quiera y solo lo hago por hacer felices a los gemelos.

—¿Y no quieres hacernos felices a nosotros? —Sonríe ladinamente—. Sabes que yo lo haría por ti.

Me remuevo, incómoda. Vale, ahí me ha pillado. Maldita sea.

—Carlos, por favor, ¿y si me ahogo? —suplico con voz mohína.

—Me arriesgaré.

¿Se arriesgará? ¿Cómo que se arriesgará? ¿A qué, si puede saberse, tiene que arriesgarse él? Solo por darle en todo el morro soy capaz de freírme en esa alfombra. Ya llorará después, ya.

Decido volver las tornas. Pongo los mismos ojitos que él y me hago la víctima.

—¿Te ha entrado algo en un ojo? —pregunta, curioso—. Lávatelo, nena, que me está entrando repelús.

Asiento y me suelto de su agarre. Acabo de claudicar. El mundo será más triste sin mí.

—¡Oye, Miranda! Acaba de saltarte un ácaro libidinoso al escote —le grito al pasar por su lado, camino a mi misión suicida.

Sonrío, satisfecha y animada, al comprobar que el dardo ha dado en la diana. La bruja se ha metido la mano hasta el infinito y palpa por todas partes. Qué pena que sea tan lela. Por las caras de intenso placer que muestran los demás, podría labrarse un brillante futuro como *stripper* por horas.

—Nosotros te esperaremos aquí mismo, así que no tienes que preocuparte por nada —me anima un sonriente Kiri.

Le devuelvo una sonrisa torcida.

Me coloco en un extremo de la alfombra y me tumbo.

—En posición decúbito supino —me ordena Jose desde lo alto.

—En castellano, por favor —le corrijo antes de tumbarme.

—Miranda —se dirige a la bruja, que se ha colocado a su lado para no perder detalle de mi incomodidad—, explícale a Crisi qué es en posición decúbito supino.

—Tendrás que perdonarme, Jose, pero yo no hablo italiano.

Noto cómo la tensión acumulada en mi pecho se va deshaciendo poco a poco. No puedo preocuparme mientras me estoy riendo. Miro a Jose con cariño. Sin darse cuenta ha conseguido que me olvide de mi ansiedad. Ya me encuentro mucho mejor.

—Bueno, en posición decúbito… —Se calla al ver la mirada que le lanzo—. Túmbate boca arriba.

Hago lo que me pide y me tumbo sobre la alfombra todo lo larga que soy, procurando dejar la cabeza fuera. Tal vez los McNamara no se extrañen de ver una alfombra con cabeza. Hay alfombras de osos con cabeza. Me pregunto por qué le dejarán la cabeza y no los pies. ¿O también les dejan los pies? ¡Qué asco, por Dios! Quizá, con un poco de suerte, sufran de descerebración aguda y piensen que una alfombra con cabeza humana es otra de las múltiples peculiaridades de este país. Como la de lanzar cabras desde lo alto de un campanario.

—Mete la cabeza, Crisi —ordena Kris con una sonrisa—, que no eres el jinete sin cabeza.

—¿Seguro que te acuerdas de todo? —pregunta Kiri antes de empezar con el papillote.

—¿Se puede sorprender al camaleón por la…?

—¡Calla! —ordena mi hermano, interrumpiendo mi momento zen—. Deja ya de soltar chorradas

—¡Ay!…, yo quiero saber qué iba a *desir.*

—Yo también. —Juanfran me saluda con la mano desde lo alto.

—Y yo —dice Rosa.

—¡Joder! Está bien. —Parece que Carlos está un pelín estresado—. Di lo que ibas a decir.

—Ahora ya me has cortado —me quejo—. Si me cortas no me sale con naturalidad.

Me acomodo a la altura que me indican y les hago un gesto para que empiecen a enrollarme. Sin decir nada me giran con delicadeza arrastrando a la alfombra conmigo. Noto cómo empieza a faltarme el aire y el calor se hace cada vez más insoportable. Ahora entiendo lo que deben de sentir los cangrejos cuando los cueces a fuego lento. Nunca más volveré a comer un cangrejo hervido. Las gotas de sudor empiezan a humedecerme la espalda, el cuello y debajo de los pechos y… ¡No, de verdad! ¡Oye, no! ¡Que me saquen de aquí! En serio; estoy agobiándome un montón. ¡Ay, por Dios! Esta alfombra va a conseguir lo que no consiguió la pedrada, que me desvanezca. Cierro los ojos con fuerza a la vez que intento controlar la respiración y visualizarme en una playa fresquita. Nada. La gruesa mortaja en la que me han envuelto debe interferir en las ondas de expansión de mi cerebro porque lo único que me permiten visualizar es un volcán en erupción. Calor abrasador, falta de aire y pulmones encogidos. Eso es lo único que mi sobrecalentado cerebro es capaz de procesar. Noto cómo me elevan y empezamos a movernos. Caminan en silencio, lo que hace que la sensación de velatorio se incremente un doscientos mil por cien. Inspiro y espiro lentamente, varias veces. No creo que pueda soportarlo. ¡Ay, por Dios! ¡Me pica todo!

Creo, sinceramente, que mi vida está en peligro de extinción.

De pronto se me enciende la luz. ¿Cómo era aquello que me enseñó Mariaje? ¡Ah, sí! Pensamientos bonitos que hacen que te... ¿quieras más? No, así no era. Pensamientos generales... No, tampoco. Piensa en bonito y tendrás... ¿una ensalada de salazones? Ayyy. Mierrrda. ¿Cómo era aquello? Frases positivas que generan pensamientos positivos. Eso es. Frases positivas que generan pensamientos positivos. «Repite conmigo, Crisi: no voy a ahogarme. Puedo respirar. No voy a ahogarme. Tengo frío. ¡Huy, qué algidez! Esto no es un horno, aunque lo disimule muy bien. Qué fresquito hace...».

¡Joder!, grito en mudo silencio. ¡Me achicharro!

—Buenas noches, traemos un bulto para usted. —La voz nerviosa de Juanfran me llega amortiguada. ¿Un bulto? ¡Por Dios!, Juan Francisco, un poquito de profesionalidad, por favor—. De parte del señor... Pastín para el señor... ¿Tavihs?

De esta me oye. ¿Yo me juego el tipo y él no puede aprenderse una simple frase?

—De parte del señor Bastian para el señor McNamara —corrige Carlos inmediatamente.

—¿A estas horas? —pregunta la voz sorprendida de Elaine—. ¿Es una alfombra? ¡Qué atento! Me encantan las alfombras. Pasad, pasad; estoy deseando verla.

Silencio engorroso.

—Perdone, pero... —Carlos habla con tranquilidad, pensando lo que va decir—. Es una alfombra muy especial. El señor Bastian le agradecería que no la desenrollara hasta que él en persona pueda mostrársela. Es una sorpresa —añade, en un arranque de inspiración.

Por favor. Por favor. Por favor. Venga, por favor, di que sí y muéstrales el camino.

—Vaya, sí que es una sorpresa —dice por fin Elaine—. Seguidme, eso debe pesar.

—Pues sí que pesa bastante, sí —se queja Juanfran—. Parece mentira; así a simple vista no diría que pese más de cuarenta y cinco kilos.

Vaya, está en modo gracioso. ¡Qué bien!

—Qué gracioso es usted —le responde Elaine riendo.

Por lo que tardan, deben de estar recorriendo toda la casa. Ya me da igual; total, solo me quedan como dos suspiros.

—Descargadla aquí mismo.

Escucho un gruñido colectivo y, de pronto, desciendo de mi infierno particular y aterrizo en el suelo con un sólido porrazo, y el poco aire que me queda tiene la desfachatez de abandonar mis pulmones perversamente. «Menos mal que voy envuelta en una gruesa alfombra, si no podría haberlo lamentado», pienso con ironía.

En el instante en que escucho cerrarse la puerta me agito, desesperada. La alfombra empieza a rodar por la habitación y yo con ella. Me vuelvo a remover, presa del agobio. ¡Tengo que salir de aquí, joder! Pero ¡¿qué pasa que no se desenrolla?! Esto parece el juego del tira y afloja pero al revés. Yo tiro y la muy zorra no afloja. Justo cuando mi experto juicio de ladrona llega a la conclusión de que este va a ser mi primer y último golpe, la alfombra empieza a extenderse como las alas de una mariposa. Una mariposa muy cabrona, por cierto.

Me arrastro sobre el estómago hasta quedar fuera del nido de ácaros. Me incorporo con esfuerzo y me apoyo sobre rodillas y manos. Agacho la cabeza y respiro entrecortadamente. No consigo que llegue suficiente aire a mis constreñidos pulmones y el corazón me late desbocado. Empiezo a preocuparme de verdad. No consigo llenar de aire mi caja torácica por más que me esfuerzo. Además, creo que voy a vomitar. Noto cómo los brazos pierden fuerza y la visión se me torna borrosa. Dejo caer la cabeza contra el frío suelo, consiguiendo de ese modo aplacar un poco la sensación de náuseas. «¡Dios mío!», pienso de pronto. «¿En qué estado de necesidad de perro callejero estaría Julio César para dejarse seducir por una descompuesta y probablemente maloliente Cleopatra recién salida de una alfombra en un Egipto tórrido y abrasador del mediodía?».

Cuando consigo serenarme un poco, me pongo en pie y consigo aguantar unos cuantos minutos más sobre mis ineficaces piernas. Me paso el dorso de la mano por la sudorosa frente y respiro profundamente. Lo primero que pienso es: «Menos mal que me he duchado antes de salir de casa». Lo segundo: «¿Dónde estoy?».

Intento orientarme mirando alrededor. Es fácil. La luz de la luna ilumina la estancia dándole un aspecto irreal y fantasmagórico. Avanzo dando tumbos por la habitación e intento sortear un sofá. Me hace un placaje perfecto y caigo de bruces sobre él. Me quedo un rato boca abajo y sin moverme. Me quedaría así toda la noche. Se está tan bien… Es tan… delicioso. Por desgracia, no puedo; tengo una misión que cumplir con el único propósito de darle en toda la boca a la panda de desaprensivos que casi consiguen que me ahogue. De Sebas, si he de ser sincera, ya ni me acuerdo.

Me acerco a la pared del fondo. Esta vez sí doy con el interruptor de la luz a la primera. Miro con curiosidad por todas partes y me sorprendo por mi buena suerte. Estoy en la cueva del tesoro. Me fijo en las estanterías repletas de maravillas. Excepto la pared que da al jardín, que la ocupan los ventanales, las demás paredes están cubiertas por librerías y vitrinas abarrotadas de objetos de coleccionista.

Me aproximo a la primera vitrina y la abro. Saco lo que parece ser un huevo de Fabergé. ¡Dios mío! Es lo más impresionante que he visto en mi vida. Sobrecogedor. ¿Cómo pueden tener semejante obra maestra aquí, al alcance de todo el mundo? Hago memoria intentando recordar lo que aprendí sobre Fabergé y sus obras de arte de joyería: símbolo del poder y de las clases sociales rusas, estaban fabricados con oro, plata y piedras preciosas. Examino con cuidado el huevo, identificando su estilo.

Un poco desmoralizada, lo vuelvo a colocar en su sitio con cuidado. Si este es uno de los sesenta y un huevos, creo recordar, que todavía quedan repartidos por el mundo, yo soy la gallina que lo puso.

Camino de un lado a otro, centrándome solo en el arte ruso. Es de lo que más entiendo. No es que sea una experta, pero... algo es algo, dijo un calvo cuando vio un pelo en la sopa. Por ahora he encontrado una falsificación, pero no sé es si es cosa de Sebas o no. No creo que sea difícil de demostrar si efectivamente ha sido él.

—Vaya. —Me detengo ante otra vitrina y repito la operación anterior. Dos iconos bizantinos descansan sobre un pie hecho a medida. Cojo uno. Es pequeño. Lo estudio con atención. Me fijo en todos los detalles. La imagen de la Virgen es exquisita y los azules y los rojos son casi casi perfectos. Esto también es una falsificación. Con un profundo suspiro de pesar devuelvo el cuadro a su sitio.

—¿¡Qué cojones hace usted aquí!?

Un grito sale de mi garganta. Esta vez no lo ahogo, sale en todo su esplendor. El corazón me late... No, no late, me va a reventar de un momento a otro. Pero ¿quién puñetas es este? ¿No iban a salir a cenar? Vale, si no me he muerto de un infarto fulminante ya no la diño de eso jamás. Estoy de espaldas al tío mirando el falso icono, como una pasmada, cuando me viene a la mente que, falso o no, es una imagen religiosa. «Dios te salve, María, llena eres de gracia, el Señor...», empiezo a rezar como no lo hacía desde que iba al colegio.

—Dese la vuelta lentamente y no haga ningún movimiento sospechoso —ordena el americano.

Se le nota que ve mucha peli de acción. Decido no contradecirle y alegrarle el día.

Esforzándome por no echarme a llorar, con el cerebro en parada neuronal (he de reconocer que no me encuentro muy lúcida) y el estómago revuelto (los mejillones no debían de ser muy frescos), hago lo que me ha ordenado. Siento una punzada de alivio cuando reconozco al intruso. Bueno, desde mi perspectiva el intruso es él. El marido de Elaine se encuentra a tres metros escasos de mí y no parece alegrarse de verme. Lo primero que me llama la atención son unos ojos grises, perfectos y bellos, que en estos momentos no tienen otra cosa que hacer nada más que fulminarme; aunque no puedo apreciarlos como se merecen, a causa de la escopeta para cazar elefantes con la que me tiene a tiro. Lo segundo, es la envidiable melena que le cae por los hombros. Con la adrenalina descontrolada corriendo por mi cuerpo, a su libre albedrío, dejo que una leve sonrisa asome a mi boca para que vea mi inocencia y no le dé por pegarme un tiro. Sus ojos, ahora que puedo verlos, son de un gris raro y extraordinario. Ojos capaces de enfriar una hoguera. Y parece que quieren congelarme a mí. Unas marcadas arrugas de expresión surcan las comisuras de su boca. Seguro que se ríe mucho. Oh, sí, no me cuesta nada imaginarlo matando a alguien y riéndose mientras lo hace. Lo observo con suspicacia. Miedo no, suspicacia. Ahora que lo tengo delante es infinitamente más impresionante que tumbado en el jardín, observando pájaros con los prismáticos. Lleva unos pantalones de vestir y una camisa blanca de manga larga arremangada hasta los codos. La barba, ahora recortada, deja traslucir una mandíbula firme y obstinada. Le queda bien, muy bien. La melena le da un sutil toque salvaje que me hace inclinar la cabeza en un acto inconsciente. Vaya, vaya, con el señor McNamara. Qué sorpresa.

—¿Qué demonios está usted haciendo aquí? —repite la pregunta, alterado.

Vaya hombre, ya ha roto el hechizo.

Me quedo callada durante un interminable e incómodo momento mientras me exprimo el cerebro. De repente, recuerdo que mañana es su cumpleaños. ¿Cuántos cumplirá? Parece encontrarse en una forma excelente...

—Lo mejor será que llame a la policía.

De verdad que no entiendo por qué tiene que estropearlo todo el rato. Necesito una maniobra de distracción. Algo que me dé un poco más de tiempo. ¡Vamos, células grises! Vamos. ¿Para qué funcionáis aparte de para darme quebraderos de cabeza?

Tras unos momentos de tensión, en los que me pregunto cuánto dolor puede ocasionar un tiro, recupero por fin la voz y las neuronas.

—Mañana es su cumpleaños, ¿verdad?

Mi pregunta le sorprende, pero me contesta sin disparar primero.

—Sí —asiente con mirada recelosa.

—Vale, pues ahí va. —Y, antes de arrepentirme, doy unos pasos y me sitúo en el centro de la magnífica sala. El lenguaje corporal es fundamental para relajar tensiones. Así que me giro, adopto pose ligeramente sensual, me atuso el pelo y me aliso el flequillo, me mordisqueo los labios y empiezo a cantar con voz ronca, arrastrando las palabras, parodiando a la inigualable Marilyn—: *Happy birthday to... you, happy birthday to... you. Happy birthday, dear...* —Entorno los párpados y lo miro con coquetería a los ojos antes de decir su nombre. ¿Cómo coño se llamaba, Davis, Phillips? ¡Maldita sea!, no recuerdo cómo se llama—... *¡¡¡President!!!* —grito, a falta de recordar su nombre. No me ha salido como debería. Ha sonado más a gallo de lo que pretendía—. *Happy birthday to you...*

Cuando termino mi improvisada actuación doy un saltito y, sujetando una imaginaria falda, hago una inclinación de cabeza que es casi una reverencia. Me incorporo y extiendo los brazos hacia arriba. Espero unos momentos con los brazos en cruz y después los bajo con rapidez, no vaya a pensar que le estoy deleitando con una exhibición de crucifixión y tome buena nota de ello.

Cuando me atrevo a mirarlo a los ojos veo que el pobre hombre se ha quedado espantado. Me mira durante una eternidad sin decir nada.

Me vuelvo a atusar el pelo y compongo una risa coqueta. ¡Jesús bendito!

—¡Feliz cumpleaños! —grito al final como una fumada—. ¿Te ha gustado? —pregunto, pasando al tuteo. Es más difícil que te tiroteen o te manden a la cárcel si los tuteas y saben cómo te llamas. Estoy muy puesta en los *realities: Cómo tratar con el agresor,* que echan por la tele—. Mi nombre es Rosa —me presento con una sonrisa.

Así aprenderá a no traicionarme, la traidora que se ha pasado al enemigo en menos que canta un gallo.

El señor McNamara deja la escopeta a un lado y me mira a los ojos. Ya no parece que quieran congelarme. Solo me miran con incomodidad y algo de… ¿lástima? Bueno, ¿tampoco lo he hecho tan mal, no? Si quería una cantante de verdad que se hubiera rascado el bolsillo. Pasta no le falta.

Incómoda, paseo la mirada por toda la estancia. La fijo en cualquier parte menos en el hombre que tengo delante. Tras respirar hondo, porque ya me estoy pasando de grosera, desvío la mirada hasta los ventanales antes de volver a posarla sobre el señor McNamara. Tengo que esforzarme hasta lo indecible para no lanzar una exclamación indignada. Mis amigos se encuentran al otro lado, mirando y riéndose por lo bajo. De no ser porque son inconfundibles, habría pensado que la falta de oxígeno me está pasando factura. Resoplo, enfadada, y haciéndole un gesto de espera al señor McNamara, que persiste en su mirada atónita, me acerco a las cortinas y las corro con un efectivo golpe de muñeca.

—Bueno..., Travis. —Acabo de recordar su nombre—. Ahora que estamos más tranquilos, ¿te importaría darme un vaso de agua?

¿Por qué pone esa cara de susto? Ni que fuera yo la que le está amenazando con una escopeta.

—Querida —dice suavizando su mirada—, me siento muy halagado, pero... aunque me recuerdes a un cielo estrellado en una noche sin luna...

¡Sí, señor!, así soy yo. Aunque nadie se dé cuenta.

—... no puedo aceptar tu proposición. Amo a mi esposa.

Loable, muy loable por su parte con los tiempos que corren, pero ¿a mí qué me cuenta? Mientras espero que siga hablando la comprensión se abre paso. ¡Por Dios! Me ha confundido con una put... Un regalo de cumpleaños con final feliz de parte del imbécil de Sebas.

Se acerca y me ofrece el vaso de agua. Con una sonrisa se lo cojo y me lo bebo. Estoy a punto de atragantarme un par de veces. La risa no me deja tragar con facilidad. Su mirada parece cada vez más preocupada. Me río a carcajadas.

—¿Te ocurre algo, Rosa? —pregunta alarmado. Al escuchar ese nombre, todavía me río más. Ayyy, mira que confundirla con una puta. No le va a encontrar la gracia por ningún lado—. Si vas a tener problemas con tu... jefe, yo podría ayudarte —se ofrece a sacarme del embrollo en el que cree que me he metido.

Me dejo caer en el sofá y lo miro risueña. Doy unas palmaditas a mi lado indicándole que se siente conmigo y refuerzo la petición con un movimiento de cabeza. Por sorprendente que parezca, decido contarle toda la verdad. Esa mirada que parece que penetra hasta la mismísima alma no puede pertenecer a un sinvergüenza. Algo en mi interior, que no aparecía desde hacía mucho tiempo, me lo está susurrando con tanta fuerza que por un momento tengo que cerrar los ojos y respirar. Es un sentimiento tan intenso que por un segundo la emoción me obliga a parpadear al notar los ojos húmedos. Volver a confiar en alguien a quien no conozco es como el primer día de colegio, donde el miedo, la excitación y la esperanza conforman una confluencia de sentimientos desconcertante a la par que excitante. Solo espero que mi instinto no me falle y volver a cagarla porque, sin más coerción que un vaso de agua, una mirada límpida y una paciencia infinitas, este extraño ha conseguido que vuelva a sentirme tan segura y abrigada como cuando mi padre me protegía, con un enternecido abrazo, de los imaginarios seres malvados que se ocultaban bajo mi cama.

—Siéntate, Travis, tengo que contarte una cosa.

Después de servirse un whisky, se sienta en el sillón que hay frente al sofá. Se le ve tranquilo y seguro. Me mira y espera pacientemente a que lluevan las explicaciones. Da un sorbo a su whisky y se relaja. Parece que no tiene prisa.

A pesar de que parecía tan sencillo, no sé por dónde empezar. Después de perderlo todo, descubrí que era mejor recubrirme con una coraza que me protegiera de los demás. Tan solo he dejado que mi hermano me echara una mano de vez en cuando. Como estas vacaciones, que las ha pagado él. Las confidencias y yo no nos llevamos bien. Parece ser que unos días de insensateces era lo que necesitaba para volver a parecerme a la Crisi de antaño. Volver a estar con los amigos, hacer locuras y cometer disparates, rejuvenece y te licua el cerebro.

A lo mejor no necesitaba terapia. A lo mejor lo que me hacía falta era romperme la nariz al caer por unas escaleras, pillar unas cogorzas con mis amigos, reír despreocupadamente y darle al sexo al estilo ninfómana en periodo de recaída.

Quizá los beneficios no sean a largo plazo, pero a corto plazo han sido milagrosos.

Bueno, vamos allá.

Canto, canto como soprano aquejada de incontinencia verbal. Le cuento la historia de mi vida. Toda. Hasta el más mínimo detalle. Por más que me propongo parar, no puedo. Se ha abierto el dique de contención y todo lo que he callado este último año se derrama como el agua a través de los dedos. Travis me mira y asiente de vez en cuando. Le relato cómo mi socio me estafó. Cómo confié en él y me traicionó. Cómo cogió esa confianza y me la escupió a la cara (ya sé que me repito, pero es que me jodió un montón). Le cuento que trabajo en El Triunvirato; que he venido con unos amigos; que el ladrón de Sebas está por aquí. Menos que me he acostado con John, se lo cuento todo. Y eso porque no quiero que piense que soy promiscua, que si no, vaya que si lo cuento también. Que... (me retuerzo las manos y el pelo antes de decirle lo que estoy a punto de decirle) Sebas le ha engañado y le ha vendido objetos robados y falsificaciones.

Travis asiente, se levanta sin decir palabra y sirve otro whisky para él y uno para mí.

—Toma, lo necesitas. —Me lo tiende con una sonrisa triste y vuelve a sentarse, dispuesto a seguir aguantando todas mis penas. Espero, pero contra todo pronóstico, su estallido de indignación no llega. Solo sus labios forman una mueca de reprobación—. Entonces, ¿no te dedicas a visitar a domicilio? —pregunta aliviado, una vez se ha acomodado de nuevo en el sillón. Vaya, qué expresión más imprecisa. Lo mismo puedes dedicarte al fulanismo que ser médico de urgencias. O bombero. O señora de la limpieza por horas... O fontanero. Sonrío y niego con la cabeza—. Me alegro —dice devolviéndome la sonrisa.

—Lo siento —me disculpo de corazón—. Siento mucho haberme colado en tu casa.

Se inclina hacia delante con el vaso entre las manos.

—Yo no.

¿Está de coña? Acabo de decirle que le han estafado. Que yo misma le he engañado. Tal vez tanta pasta desgaste el cerebro y ahora mismo lo tenga en modo pausa. Lo miro y achico los ojos. No me esperaba esta reacción, es a la vez confortante e irritante.

Espero a que la idea de haber sido engañado cristalice en su mente y llegue el inevitable estallido de furia. No lo hace. Me indigno en su nombre. Pero bueno, ¿cómo puede dejar que le engañen de esa manera? ¿Cómo consiente que ciertos desaprensivos abusen de su generosidad? ¿Cómo se deja engatusar por el primer majadero…? Mejor me callo, no vaya a ser que me meta en el lote.

—Deberías llamar a la policía y denunciarlo. A Sebas —especifico.

—Me alegra que estés aquí —dice, cruzando las piernas a la altura de los tobillos mientras me dedica una sonrisa irónica—. Así podrás examinar todas las obras que he adquirido y averiguar cuáles son falsas.

—¿Quién, yo? —inquiero con incredulidad.

—¿Eres historiadora, no? —me pregunta tranquilamente—. De hecho, esta noche no he salido porque esperaba ponerme en contacto con un experto de la Universidad de Florida. Pero como has aparecido como caída del cielo…

Este hombre me tiene totalmente desconcertada. Espero con todas mis fuerzas que llame al experto americano.

Me pongo a la defensiva de inmediato.

—Sí, pero muy mala —contesto sin pretensión alguna—. No fui un dechado de erudición y responsabilidad durante mi época estudiantil, la verdad. Más bien me dediqué a *la vie est belle*. ¿Sabes qué quiero decir?

Hace un gesto afirmativo de comprensión y sonríe de nuevo.

—Confío en ti.

Le devuelvo una mirada de absoluto escepticismo. Aunque es bueno que alguien confíe, yo no lo haría, pero ¿quién soy yo para contradecirle? No contradigo ni a los testigos de

Jehová cuando se dejan caer por mi casa de visita. Les abro la puerta, asiento a todo cuanto me dicen y reservo los panfletos, que tan amablemente me ofrecen, para cuando llegue el invierno encender la chimenea.

Echo un vistazo rápido a la estancia y hago un gesto pidiendo permiso para mirar por todas partes. Se levanta y me indica que le siga. Me muestra el huevo que ya había visto, los iconos y una reproducción de una daga incrustada de rojos rubíes.

—¿Qué es lo que necesitáis?

—Pruebas. Pruebas concretas, contundentes y definitivas que demuestren que Sebas es un ladrón.

Travis sale de la habitación y regresa al cabo de cinco minutos con un estuche negro y largo entre los brazos. Lo deposita con cuidado sobre un escritorio. La curiosidad y la anticipación me hacen cruzar la estancia trotando, como una colegiala en busca de su profesor preferido. Abre el estuche y, al mirar dentro, veo una espada samurái.

—¡Joder! —exclamo en cuanto la veo—. El sable del señor Yamamoto. Robado. Ahora te cuento —le aclaro girándome hacia él.

—Sí, Ernest no es muy listo, ¿verdad? —Las palabras salen de su boca con furia—. ¿Esto te parece suficientemente contundente? —Mira la espada con ojos glaciales—. Estúdiala sin prisas y dime qué te parece.

Me parece que sí que está cabreado.

—Sebas —le corrijo—. Se llama Sebastián Ben Leví. El de los vaqueros no, ya quisiera él.

Clavo la vista sobre el estuche y la espada. Los recorro palmo a palmo y, de repente, sonrío de puro gozo. Pillado. El idiota de Sebas no se ha dado cuenta de que a un lado del estuche hay una pequeña inscripción que dice: «Propiedad de Kento Yamamoto. Maestro samurái».

Nos miramos y soltamos una risotada cómplice. Me cae bien el señor de los prismáticos. Ha sido todo un descubrimiento. Una agradable sorpresa. El empujón que me hacía falta para finiquitar mi pequeño episodio autocompasivo. Sí, pequeño, muy pequeño. Ínfimo. ¿Qué son unos meses comparado con toda una vida? Y si no, solo tengo que fijarme en Matusalén. Podría haber perdido unos cuantos años compadeciéndose de sí mismo y ni se habría enterado.

—¿Y ahora qué? —le pregunto al hombre que tengo a mi lado, confiando en su buen juicio.

—Muy fácil —replica, echándose la codiciable melena hacia atrás con la palma de la mano—. A mi esposa ni una palabra. —Me gusta cómo dice la palabra esposa. Rezuma cariño por todas partes—. No quiero que se disguste. Ya hablaré yo con ella cuando todo esto haya pasado. —Me pongo seria y compruebo que él también se ha puesto tenso. Es uno de los pocos gestos que ha hecho en toda la noche que deja entrever el grado de enojo que siente—. Me has dicho que Elaine os ha invitado a ti y a tus amigas a mi fiesta de cumpleaños. —Asiento con la cabeza—. Podéis venir todos y tenéis permiso para actuar con plena libertad. Y ahora, dime, ¿qué plan tienen tus amigos? —se interesa, mientras se sirve un tercer whisky—. ¿Tienen ya un proyecto de acción ultimado? ¿Es factible? ¿En qué consiste exactamente?

—Humm... —Frunzo el ceño, aparentando que pienso en profundidad la respuesta—. Sí, más o menos consiste en... Bueno..., en fin..., debo aclararte que en lo tocante al plan de acción sigue habiendo, por así decirlo, un par o tres de flecos sueltos. Vale..., voy al grano. Concretamente, creo... que pretenden darle una paliza y después darle otra paliza y después entregarlo a la policía, no sin antes haberle dado otra paliza. ¡Ah!, y las pruebas, claro, necesitan las pruebas para que lo puedan enchironar.

Vaya, debo reconocer que nuestro plan es de lo más simplón. Y un tanto violento también. Va a pensar que no sabemos llevar a cabo una venganza en toda regla. Como esas obras maestras del celuloide donde le tienden una trampa al malo que, cuando se quiere dar cuenta, su madre, que no es su madre sino una espía preparada para matar, le traiciona. Y su novia, de mente ágil y proporciones perfectas en cuanto a culo/tetas se refiere, que es la vecina de su madre, que no es su madre, también le tiene engañado porque en realidad es una infiltrada rusa que está liada con el chico. Y al final recibe un disparo de su propia pistola, la cual ha sido manipulada con un mando a distancia por su mejor amigo, que no es tal porque se la pega con su novia rusa, la de mente ágil y proporciones perfectas en cuanto a... Y cuando, moribundo y sangrando, se da cuenta de que todo ha sido una trampa preparada estratégicamente por el cojo anodino que se encuentra en todos los escenarios, pero que como es tan anodino e insignificante nadie le ha prestado atención, resulta que él, el cojo, se lo ha inventado todo mirando un simple cartel en un paquete de leche. Asombroso.

Definitivamente, nuestro plan es burdo. Muy burdo.

Me acerco a la mesa y cojo el vaso de whisky. Le doy vueltas aparentando ser una experta bebedora y me hago la interesante. Necesito convencerle con una exposición inteligente e ingeniosa de que, tras tanta paliza, subyace un plan magistralmente organizado por una pandilla de mentes brillantes. Que nos hemos decidido por lo de la somanta de palos después de pensarlo mucho y muy detenidamente.

La genialidad de la simplicidad.

—Me parece un buen plan —aprueba, dirigiéndome su mirada glacial antes de que se me ocurra algo agudo que decir—. Tan solo pido cinco minutos con él antes de que se lo lleve la policía, en el caso de que se le ocurriera aparecer por aquí.

Pobre Sebas, va a recibir más que una estera. Casi me da pena. No va a quedar de él ni para el arrastre cuando lleguen «los chapas». Seguramente los recibirá con los brazos abiertos. El muy tarugo se merece lo que le pase. Desde mi punto de vista, lo más detestable que puede hacer una persona es aprovecharse de la buena voluntad de los demás. Mentirles, estafarles, robarles y abusar de su confianza en beneficio propio, no por necesidad, sino por avaricia, soberbia y prepotencia.

¡Que se joda!

Al final va a tener razón Laura y el karma nos pasa factura a todos.

CAPÍTULO 21

Jueves, 25 de agosto
¡Huy! ¡Vaya horas se me han hecho!

Me despido de Travis y voy directa hasta el pinar. He estado en la casa unas dos horas y media o tres. Al llegar a los pinos me reciben media docena de caras largas. Les saludo con alegría levantando una mano.

—¿Te lo has pasado bien? —Noto cierto tonillo sarcástico en la voz de John—. Cinco minutos más y te hubieses quedado aquí sola.

—Mejor sola que mal acompañada —contesto; después le sonrío como una bendita.

—Bueno, ahora que ya has salido por la puerta grande y con besos de despedida incluidos... —dice Jose—, deja de darte aires y cuéntanos qué ha pasado mientras volvemos. Estoy cansado y quiero cenar. Pero sin prisa, eh. Total, dos horas más de pelarnos el culo no tiene ninguna importancia.

Ahogo una exclamación. Me dan ganas de darle un mamporro.

—La idea de entrar ahí —digo señalando la casa con un dedo— ha sido tuya, si no recuerdo mal.

—Ya, pero tú has confundido entrar con quedarte a vivir —contesta. Da media vuelta y empieza a caminar.

Reconozco que he tardado un poco, pero no me ha quedado más remedio. Tenía una misión que cumplir. Que me lo haya pasado bien con Travis ha sido una bonificación añadida e inesperada.

—Crisi lo ha hecho de puta madre. —Kiri sale en mi defensa.

—Gracias —contesto sorprendida. Aunque en realidad no sé de qué me sorprendo. Kiri siempre es amable—. Mira, John —digo, trotando torpemente tras ellos por entre los pinos mientras saco un papel del bolsillo del pantalón y lo desdoblo—. ¿A qué te recuerda esto?

—Como no pretendas que sea adivino… Con esta oscuridad no veo nada. —Sigue caminando sin pararse a mirar ni un momento. Vaya, está en modo mezquino. Pues peor para él. De repente se gira tan bruscamente que me hace tropezar con una piña—. Tenías que entrar y…

—Ya lo sé —le interrumpo de mal humor—. Me quedó muy claro cuando me enterrasteis en esa alfombra, ¿sabes?

—Tenías que entrar y salir rápidamente —continúa hablando enfadado; es la viva imagen del novio preocupado. Solo que no es mi novio. Aunque no me disgustaría—. No sabíamos si te había pasado algo. Estábamos a punto de llamar a la policía. —A medida que se va acercando, veo que tiene cara de mosqueo—. El tío ese —dice haciendo un gesto con la cabeza hacia la casa— podría haberte hecho algo.

—¿Quién, Travis? —Agito con despreocupación una mano en el aire—. No digas tonterías. Es encantador. Además —añado—, ¡estabais muertos de la risa! Os he visto, ¿sabes?

—¿Tienes la menor idea de qué hora es?

—No mucha, pero seguro que tú me lo vas decir —respondo con expresión imperturbable mientras procuro no perder de vista a los demás.

—No hemos sabido nada de ti desde hace una hora y media —dice con los dientes apretados—. Los demás estaban muy tranquilos. «Crisi siempre cae de pie, como los gatos», decían todo el tiempo, pero yo no podía estar seguro. Hace mucho que no te veo. Ya no sé cómo eres. ¿Y a santo de qué ha venido el numerito del cumpleaños?

¡Jesús!, qué temperamento.

—¿Ha sido bueno, eh? —Sonrío al recordarlo—. Me ha confundido con una pilingui. —Ensancho la sonrisa al ver su cara de pasmo—. Por cierto, Rosa —elevo la voz—, le he dicho que me llamo como tú y le he dado tu número.

—¿¡Que has hecho qué!? —exclama la traidora—. No habrás sido capaz. Esa exhibición ha sido vergonzosa. Yo lo habría hecho mucho mejor. ¡Ay, Señor!, ahora pensará que soy una patosa sin gracia alguna.

No parece que la mención a su profesión de buscona le haya afectado tanto como el numerito de canto. Me hace gracia.

—¿Y tú qué hubieras hecho? —le pregunto, dejando entrever un leve tono lascivo.

No lo pilla. Qué raro.

—Yo habría hecho lo mismo, pero muchísimo mejor. Una reverencia, por favor. ¡Y *dear president!* —dice enfatizando el *«president»*.

—¡Bueno, y qué! Fue lo primero que se me ocurrió. No recordaba su nombre —me defiendo con fingida indignación.

Estoy contenta, nada de lo que me digan me puede afectar esta noche. Seguimos caminando y me cuelgo el brazo de Juanfran; es mi chico para todo. Su apoyo siempre es incondicional. También me viene bien para no tropezar con las piedras y las piñas que siembran el camino (el apoyo, quiero decir).

Apoya a todo el mundo. Cuando se acuerda. Pero de mí se acuerda casi siempre. Le quiero. Repito, estoy contenta.

—Entonces —oigo la voz de John dos pasos por delante de mí—, ¿has averiguado algo? ¿Has averiguado si tiene la espada?

Ahora no me da la gana contarle nada. A la mierda él y la dichosa espada.

—Tiene una espada, sí —contesto envarada.

—¿Y?

—Y muchas cosas más. También tiene cuchillos, cucharas y tenedores.

Toma esa. Punto para Crisi.

—Crisi... —me reprende Rosa—, déjate de gilipolleces y contesta de una vez. Estamos cansados y tenemos hambre, ¿sabes? Son... —Gira la muñeca pero, por lo visto, no ve nada—. Deben de ser las doce y media, por lo menos.

—Contéstale, Crisi, que luego se pone muy pesadito y no hay quien lo aguante —dice Jose sin molestarse ni en volver la cabeza.

—Bueno, pues... ¿dónde está la más lista de la clase? —pregunto, desviándome del tema. Acabo de darme cuenta de que Miranda no está con nosotros.

—La más lista de la clase, como tú la llamas... —dice John y me asusto al notar lo cerca que se encuentra de mí—, ha demostrado ser mucho más inteligente que tú. A estas horas ya debe de estar durmiendo y con la tripa llena. No como tú, que te has metido en esa alfombra sin casi nada en el estómago, por no vomitarlo. ¿Quién es la más lista? —Me parece que, aparte de mezquino, también anda un poquito desquiciado—. ¿Dónde tienes los cuatro mejillones que te has zampado, Crisi? —insiste burlón—. Deben de estar a la altura de los dedos de tus pies. ¿Qué te parece eso? ¿Quién es más tonta de las dos?

La defensa a ultranza de Morticia me exacerba.

—Sí, vale, lo que tú digas —le contesto esperando mosquearlo un poquito más—. Recuérdame que la próxima vez que termine medio ahogada y deshidratada dentro de una alfombra asesina, me ponga antes como un cerdo; así, con un poco de suerte, quizá lo vomite todo para que tú te quedes tan contento. —Señalo comillas imaginarias.

—Claro, como tú eres tan lista... No como otras, pobrecitas. Sigo pensando que has hecho una estupidez. —El maduro arquitecto se inclina sobre mí y susurra enfadado—: Deberías haber salido inmediatamente. Y ahora no te encontrarías mareada y con el estómago vacío. Y nosotros no habríamos pasado un rato angustioso, preocupados por ti. ¿Qué? ¿No dices nada, señorita listilla?

Definitivamente, como siga así le doy con la primera piña que vuelva a pisar.

—Pues sí que digo. Que estás muy equivocado, como siempre. No había motivos para preocuparse y yo... —me señalo el pecho con un dedo, envalentonada por sus erróneas suposiciones— ya he cenado. Travis y yo nos hemos dado un festín. —Si un par de sándwiches de jamón y queso se puede considerar un festín, claro.

No contesta. Eso me anima. Me parece que he cruzado el foso de los cocodrilos y no me he caído dentro. ¡Qué alivio! Dispuesta a saber hasta dónde puedo llegar antes de caer en aguas embarradas y ahogarme, me atrevo a dar un paso más.

—Objetivamente hablando...

—Genial —dice sin prestar atención a mi intento de burla contra Miranda—. No vuelvas a comportarte de manera tan imprudente o no te arriendo las ganancias.

Sintiéndome como si mi padre me hubiese pegado un rapapolvo, veo que da media vuelta y se aleja con un paso que parece de todo menos tranquilo. Me quedo mirando su espalda, aturdida, sin terminar de discernir si sus suaves palabras han sido un consejo, una advertencia o una amenaza en toda regla.

Perfecto. Ahora ya no sé lo que ha querido insinuar con arrendarme las ganancias. Con lo cual deduzco que... ¡Maldición!, ¿qué ganancias piensa arrendarme?

Un montón de malas caras interrumpen mis elucubraciones. ¿Y a estos qué les pasa ahora? Me quedo en silencio, considerando que tal vez los demás no compartan la misma opinión que John. Parece que sí les ha molestado la cena con Travis. En mi defensa debo decir que si hubiese sabido la reacción que mis impulsivas palabras iban a ocasionar en el resto de mis amigos me hubiera callado. Unos cuantos pares de ojos acusadores se posan sobre mí. Si sirviese de algo, cerraría los míos y me sumiría en la oscuridad para no ver sus caras de mosqueo. Por lo visto, estos no sufren de sordera selectiva. No pensé en nada cuando Travis se ofreció a preparar un par de sándwiches. Sencillamente, no pensé, me los comí.

Muy bien. ¿Y ahora qué digo antes de que se me lancen encima como fieras salvajes en busca de sangre?

—Dejadme hablar antes de enfadaros conmigo —les suelto de sopetón como medida preventiva (aunque como no diga algo realmente bueno me da la impresión de que va a ser igual de efectivo que tumbar a un elefante con un tirachinas)—. ¿Os acordáis cuando robamos aquella cabra y la tuvimos todo un día sin pensar en que su dueño la echaría de menos? ¿Qué hicimos? —pregunto con doble intención.

—¿Qué? —pregunta Laura, desconcertada.

—La ordeñamos y todo —recuerda Kiri antes de echarse a reír—. ¿Te acuerdas, Juanfran?

—¡Coño que si me acuerdo! La muy cabrona me dio un bocado.

Pongo los ojos en blanco. Esto no está resultando como esperaba.

—Yo nunca he robado ninguna cabra —protesta mi hermano, ofendido—. ¿Por qué no me avisasteis? Nunca me llamabais para lo divertido. Quiero saber lo de la cabra esa de pe a pa.

Abro los ojos de par en par por la sorpresa. Pensaba que a mi hermano le disgustaba hacer el tonto con nosotros, no que se sintiera desplazado.

—Lo siento, cariño. —Le acaricio el brazo y le hablo con voz suave, intentando disimular mi hilaridad—: No lo sabíamos. Si lo hubiéramos sabido nos la habríamos quedado para que tú la vieras y jugaras con ella un rato. Era tan... mona. ¿Verdad que sí? —Hago la pregunta sin dirigirme a nadie en concreto, esperando que los demás contesten.

—Sí, hombre, por supuesto.

—Faltaría más.

—Nos la hubiésemos quedado hasta que... Hasta que mi madre la hubiese descubierto —dice Jose.

A la susodicha cabra la encontramos una mañana cualquiera de un domingo de invierno. Una mañana como tantas otras. Andábamos paseando sin rumbo fijo, tan aburridos que no teníamos muy claro si estábamos despiertos o dormidos. De pronto, un mundo de posibilidades se abrió ante nuestros sorprendidos ojos. Ahí estaba ella, tan guapa, tan blanca, tan rezagada del resto del rebaño. Pidiéndonos a gritos que la lleváramos con nosotros. Lo hicimos. Porque sí. Porque podíamos. Sin pensarlo mucho.

¿Acaso se piensa a los dieciséis años? Es un hecho científicamente comprobado (y si no lo es, debería) que, a la edad de la inocencia, el conjunto de células grises y terminaciones nerviosas que deberían conformar la totalidad de nuestro cerebro andan desparramadas por el resto de nuestro cuerpo. Durante este complejo proceso, una ingente cantidad de dichas células grises quedan ubicadas a la altura de nuestras partes pudendas.

Las terminaciones nerviosas, en cambio, prefieren tomar posiciones bajo la epidermis; una localización que confiere a nuestra piel una multitud de reacciones placenteras y escalofriantes cuando es acariciada. Por esa razón, el cerebro, libre de toda carga cognitiva, funciona a trancas y barrancas. No es sino hasta muchos, muchísimos años después, a la edad aproximada de la arena de la playa, que las mencionadas células retoman su camino de regreso hacia su destino primigenio. Es decir, la sección más elevada de nuestra cabeza. Por desgracia, no todo el conjunto íntegro de estos organismos multicelulares consigue arribar a su lugar y algunos terminan depositándose donde no deberían. De ahí las populares expresiones: «Estás mal de la azotea» o «Piensas con el culo».

Nos acercamos a la cabra con pasos sigilosos y risas contagiosas. Sabíamos que estaba mal, pero lo hicimos; nos la llevamos. La tuvimos todo el día en el chalet de los padres de Jose. No nos planteamos ni por un segundo qué implicaba tomar prestada una cabra. Tuvimos que darle agua y comida. Lechugas y tomates, creo recordar. Y aun así se pasó el día balando y soltando cagarrutas negras por toda la terraza del chalet, la muy desagradecida. La ordeñamos y todo, por si lo que le dolían eran las hinchadas ubres... Me estoy yendo por las ramas y mi intención al recordar el episodio surrealista de la cabra es que todos, en ciertas ocasiones, hacemos cosas sin pararnos a pensar en los sentimientos de los demás y las consecuencias que dicho comportamiento provoca. La cabra la devolvimos traumatizada y un tanto desorientada. No tuvimos en cuenta los sentimientos del cabrero, ni por supuesto los de la cabra. Y esto viene a cuento de..., de... ¡Ah, sí!, de que me he comido un par de sándwiches de jamón y queso.

Me consuelo pensando que mi propósito de hacerles recapacitar sobre las acciones que cometemos habría funcionado si no tuviesen tanta hambre y me hubiesen prestado un poquito de atención, en vez de centrarse en recordar anécdotas graciosas sobre la cabra en cuestión.

—Bueno, ya hemos llegado. —Laura suelta un suspiro de cansancio—. Tengo tanta hambre que me comería por lo menos media *pissa.*

Lo que, viniendo de Laura, equivale a estar *desfallesida.* Me remuerde un poco la conciencia. Pero no pasa nada, porque voy a volver a cenar con ellos. Por solidaridad más que nada.

Nos sentamos alrededor de la mesa de la cocina y, asaltados por el síndrome de estómago vacío por inanición, atacamos todo lo que no se menea. Con disimulo saco la foto de la espada de mi bolsillo y la dejo a un lado, esperando que alguien se interese por ella y así poder contarles mi aventura en casa de Travis. Yo picoteo aquí y allá, los demás devoran con hambre canina. Los miro y sonrío, con un poco de suerte la ingesta de calorías será directamente proporcional a sus ansias de cometer una imprudencia imperdonable con mi persona.

Me levanto, servicial, y les saco unas cervezas de la nevera. Se las abro y todo. Es enternecedor, lo mucho que me lo agradecen con la vista clavada en el plato. Resoplo. No me hacen ni caso. Pero ¿es que no se dan cuenta de lo vacías que terminarán siendo sus vidas si tratan a sus amigos de esa manera y sus amigos (o sea yo) deciden que ya está bien de tanta tontería y los mandan a tomar viento fresco?

Armada de paciencia y con el corazón en un puño por la emoción de haber encontrado la puñetera espada, le doy un golpecito a la foto, como si me importara menos que nada. Espero pacientemente a que se terminen las cervezas, aunque admito que me sorprende que no muestren un poquito más de interés.

Es lo que tiene la gusa, que altera las prioridades.

Le doy un golpe a Kiri con el codo y hago un gesto vago con la cabeza y los ojos.

Se gira, me sonríe y pone cara de circunstancias, encogiéndose de hombros.

Le doy una patada por debajo de la mesa a Kris y repito el gesto.

Me sonríe también y ataca el último trozo de pizza del día anterior.

Le vuelvo a dar otro codazo a la foto y la desplazo suavemente hacia John unos centímetros más.

¡Mierda! ¿Acaso están todos ciegos o qué?

—Oye, qué hambre tenía. —Laura coge otro trozo de pizza y ni repara en la foto.

—Si vas a la nevera, pásame una cerveza —le pide Juanfran a Carlos. Mi hermano se gira y ni menciona la foto.

—Mañana por la mañana creo que voy a salir un rato en moto. Necesito despejarme las ideas —nos informa Kris sin hacerle el más mínimo caso al papel.

John suspira con satisfacción y deja vagar la vista perezosamente por toda la mesa. Bien, por fin alguien va a decir algo.

—¿Queda pizza?

Noto cómo empiezan a rechinarme los dientes y pongo los ojos en blanco. Considero que es el momento de poner en marcha una maniobra a tono con las circunstancias.

—¡Vaya! —exclamo como quien no quiere la cosa, haciéndome la sorprendida—. Tú no puedes ver esto, Jose.

Picar la curiosidad de Jose es una táctica que no falla nunca.

—Porque tú lo digas. —Extiende un brazo y se apodera de la foto, que está debajo de su nariz—. ¿Esta es la espada del japonés? —pregunta distraídamente mientras coge la foto y la examina con regocijo.

Esa mueca me mosquea un poco, pero no hago caso. Ahora soy yo la que tiene la sartén por el mango, y si pretenden enterarse de algo van a tener que sudarlo.

—Ajá.

—¿La has visto? —se interesa Carlos.

—Ajá.

Lanzo un suspiro de alivio al tiempo que veo que en los ojos de John también brilla una sombra de diversión.

Por un momento me vuelvo a preguntar si no habrán estado tomándome el pelo. Levanto la mirada; todos permanecen con gesto serio. Demasiado serio. Estoy por preguntarles si han estado quedándose conmigo cuando la voz de John reclama mi atención.

—¿Has encontrado pruebas que demuestren la implicación de Sebas? —John deja la cerveza y me mira con seriedad.

—Ajá —contesto, convencida de que no me han gastado ninguna jugarreta.

—No sabes decir otra cosa —me increpa, nervioso.

—Supongo que sí —contesto con una sonrisita petulante.

—Perfecto, porque si sigues con tus «ajás» creyendo que nos estás tomando el pelo estás muy equivocada —dice mi hermano con una mueca burlona mientras se sienta de nuevo con una cerveza en la mano—. ¡Ha sido genial! —exclama antes de empezar a reír con ganas.

Los demás no tardan en acompañarle.

Lanzo un resoplido y espero a que se les pase el ataque de hilaridad a mi costa, procurando en todo momento hacer ver que no me hace ninguna gracia.

—¿La ha comprado el de los patos? —se interesa Kris, antes de coger la foto.

—¡No le llames el de los patos! —le riño, molesta conmigo misma. Para una vez que me estaba haciendo la interesante... No deberían reírse así de mí los muy traidores. Aunque por otra parte... me alegro de que no estén enfadados conmigo. Tenían razón. Ha sido un error por mi parte permanecer tanto tiempo en la mansión sin dar señales de vida. En fin, me he dejado llevar por la emoción del momento, pero eso no quiere decir que vaya a consentir que le falten al respeto a Travis—. Es un hombre encantador y muy amable —continúo con mi defensa personal—. Me ha tratado muy bien. No se ha enfadado por lo del allanamiento y me ha ayudado en todo. Ha sido paciente y comprensivo. Nos ha invitado a todos a su fiesta de cumpleaños y os va dejar que actuéis como prefiráis. Y además..., está muy bueno.

Veo cómo intercambian miradas y sacuden la cabeza al unísono.

—Acabáramos —dice Rosa—. Con razón no tenías ninguna prisa por abandonar la casa. ¿Y está muy bueno, dices?

Ahora la que sacude la cabeza soy yo.

—Como un tren.

Se inclina sobre la mesa con una sonrisa pícara.

—¿Como un tren de alta velocidad o como un tren de cercanías?

Me inclino yo también y susurro en voz alta.

—Como un tren de alta velocidad, con el alma y el misterio del Transiberiano.

—¡No me digas! —exclama entusiasmada.

—Te digo, te digo.

—Es de una lógica aplastante —interviene Jose—. No podemos ponerle un mote porque a ti te parece que está bueno.

—Lo está, lo está, no te quepa la menor duda. Pero esa no es la cuestión. —Me miran con cara de incredulidad—. ¡Os digo que eso no tiene nada que ver! —insisto exasperada—. Os agradecería mucho, muchísimo, que no le pusierais un mote. Me dolería. No se lo merece.

—¿Y Miranda sí? —John me lanza una de sus miradas de miel.

—Sí, Morticia se merece eso y mucho más.

—Vale, lo que tú digas —me devuelve la coletilla cruzándose de brazos—. ¿Y qué más tiene... el de los patos?

El muy grosero se queda tan ancho. Siento una oleada de indignación tan grande que no me queda más remedio que ponerle la cara de mafioso loco; que, como de costumbre, no surte el menor efecto.

—Una amiga que donde pone el ojo pone la bala y que, como no te calles, mañana te prohíbe la entrada a la mansión.

Se encoge de hombros y suelta una sonrisa abierta, como queriendo decir: «Estás para que te encierren».

Por increíble que parezca, hemos dejado las pullas de lado y nos hemos centrado en lo importante. Vuelvo a tener hambre, de modo que me levanto y cojo unos cuantos albaricoques. Me los voy comiendo de uno en uno (todos a la vez no sería un espectáculo agradable de ver) y escucho con atención el brillante plan, que viene a ser, más o menos: «Una vez en la casa y con Sebas a nuestro alcance, ya veremos lo que hacemos». Vale. Genial.

Les he contado que Travis no había salido a cenar con la excusa de que debía atender una videoconferencia de vital importancia para sus intereses económicos. Elaine no había hecho ninguna pregunta al respecto. De hecho, a ninguna mujer hay que darle más explicaciones. Lo entendemos perfectamente sin necesidad de preguntas engorrosas. La economía es la economía y punto. Les he explicado por qué el seductor y misterioso Travis no ha llamado a la policía esta misma mañana, que es cuando se ha dado cuenta del robo de la espada.

—No tiene ninguna dirección, tan solo su número de teléfono y, al intentar contactar con él, no se lo ha cogido. —Les pongo al tanto de cómo conocieron a Sebas—. Por lo visto, su marchante buscador de tesoros era un sueco que falleció en un accidente de coche. Se despeñó por un barranco. Dos semanas después del suceso o deceso, como prefiráis, Sebas se puso en contacto con ellos y se presentó a sí mismo como el ayudante del señor sueco. No recuerdo su nombre. Él es el que se encarga de contactar siempre con los McNamara. —Me levanto y me cojo una Coca-Cola; tengo la boca un poco seca con tanta cháchara. Me vuelvo a sentar ante la expectante mirada de un público entregado—. El huevo ya sabían que era una copia. Lo adquirieron porque a su mujer le gustó mucho. Los iconos son lo segundo que les vendió y lo hizo haciéndoles creer que eran originales. La daga también es una falsificación... —Levanto una mano antes de que me interrumpan—. Pero una falsificación muy cara. Convenció a Elaine de que su excesivo valor estaba justificado porque el artesano que la fabricó era el mismo que trabajaba para la casa real zarista.

—Entonces solo podemos pillarle por los iconos y la espada. —John confirma lo que todos pensamos.

—Sí, pero ¿es suficiente, verdad? —pregunto con ansiedad mal llevada.

—Más que suficiente, si tenemos en cuenta que el accidente del tal señor sueco no fue ningún accidente.

Boquiabierta me he quedado.

—¿Estás diciendo que se lo cargó? —Kiri acaba de dar un respingo—. Yo creo que eso son palabras mayores. A mí no me apetece que me tiren por un barranco. Le tengo aprecio a mi vida. Además —continúa poniendo pegas—, me considero tradicionalista. Me gustaría morirme de viejo, en una cama de hospital, enchufado a un montón de tubos y rodeado por mi compungida familia y unas cuantas enfermeras guapas. —Se para un momento a pensar antes de seguir hablando—: ¿Os acordáis de Amador, el que hacía seguros? —Movemos la cabeza de un lado a otro—. Bueno, pues Amador se metió en un fregado semejante y su mujer terminó aprovechando su seguro de vida. Lo encontraron en el maletero de su coche. Un Taunus gris que le compró de segunda mano al hermano de Isabelita Vives, que por entonces era la directora de no sé qué del Suma. Lo que pasa es que después la despidieron porque le gustaban demasiado los taninos. —Al ver nuestra cara de desconcierto, aclara—: Los taninos del vino tinto. Creo que se volvió a casar con un abogado...

—¿Quieres decir que el coche de la tal Isabelita es con el que se mató el sueco? —Juanfran parece francamente impresionado.

—¡No jodas! ¿Se mató con el coche de Isabelita? —pregunta Kiri igual de impresionado.

—Lo acabas de decir tú —rebate Juanfran.

—No, yo he dicho que el hermano...

Paseo la mirada por el conjunto de mis amigos y me doy cuenta de que ninguno de ellos presta atención a la conversación, tan solo Laura está atenta al intercambio de pareceres con cara de alucinada.

Al levantarme de nuevo en busca de otra Coca-Cola, oigo la voz profunda de John.

—Parece ser que no trabaja solo. La mafia rusa anda de por medio.

Me giro sorprendida. Pero ¿es que esa se tira a todo el mundo?

—¿Esa no es la pilingui? ¿La vecina de tu madre?

Suelta una risa y sacude la cabeza.

—No, esa es Marcia la Rusa.

—Ah, vale. —Me encojo de hombros, sin terminar de ver la diferencia.

Una vez hemos tranquilizado a Kiri de que no pasa nada, de que la policía está informada y ya han detenido a toda la banda a falta del escurridizo Sebas, lo cual esperan fervientemente hacer mañana por la noche, en cuanto reciban nuestro chivatazo confirmando que efectivamente se encuentra en la fiesta de los McNamara, la conversación ha ido derivando poco a poco a temas más jugosos. ¿De qué nos vamos a disfrazar?

—Jose —propone Rosa—, mañana tenemos que ir al pueblo a agenciarnos unos cuantos disfraces.

—Vale. ¿Y a qué hora os vais?

—He dicho vamos. Vamos.

—Yo no pienso ir a ningún lado —protesta el interpelado con contundencia—. Busca por los armarios, que algo encontrarás.

Me parece que habla medio en broma pero, conociendo a Jose, cualquiera sabe.

—Te tienes que disfrazar, ¿sabes? —insiste Rosa—. Si no vamos de compras, ¿de qué vas a ir?

—Nosotros ya lo tenemos decidido, vamos a ir de vaqueros. —Sonríe con ganas—. Solo necesitamos un sombrero y el sótano está a rebosar de ellos.

Me quedo de piedra. ¿Ya saben lo que se van a poner? Me inclino sobre la mesa, enfadada.

—La amistad es como una tomatera, ¿sabéis? Yo te riego y tú me das tomates. Si no regáis, pocos tomates vais a recoger.

—¿Por qué no me hablas en chino?, a lo mejor te entiendo un poquito más. —Noto cierto tufillo sarcástico en la voz de Jose.

—Tío, que nos tenéis que contar las cosas. Así no vamos a ningún lado. ¿Qué os parecería si mañana nos fuéramos nosotras de compras y no os dijéramos nada?

—Que no caerá esa breva —contesta Carlos en nombre de todos.

No debería extrañarme. A estos no los arrastras de compras ni aunque les fuera la vida en ello. Olvido, como siempre que me interesa, que a mí tampoco.

—A mí sí me gusta ir de compras —dice Kiri de repente—. Es divertido. Bueno, no tan divertido como echarle un polvo a mi mujer, pero a veces es divertido.

—¿El qué, echarle un polvo a tu mujer? —se guasea Rosa.

—A mí tampoco me importaría —lo secunda Juanfran.

—¿Tú también te quieres beneficiar a mi mujer?

—¡No, hombre! —exclama Juanfran antes de echarse a reír—. Me refiero a ir de compras.

—¿Estás diciendo que no te gusta?

—¿Ir de compras o tu mujer?

—Bueno —les interrumpo, dejándolos por imposibles. Es sorprendente la cantidad de chorradas que pueden soltar cuando están inspirados. Y lo que es peor, el tiempo que puede durar dicha inspiración—, me voy a dar un baño relajante en el mar antes de acostarme. Estoy muerta. —Me levanto y recojo unos cuantos platos con la intención de enjuagarlos y meterlos al lavavajillas.

—Vete a la cama, anda. Estarás agotada después de tanta tensión. Lo de la alfombra ha tenido que ser criminal. —Jose me quita los platos de las manos, me empuja con suavidad hacia la puerta y empieza a recoger con la confianza del que sabe lo que se hace. Sabe lo que se hace. En su casa recoge él.

Sonrío afirmativamente. Nuestro chico duro no es tan duro como le gusta aparentar.

Me despido levantando una mano en señal de adiós. Rodeo la mesa y salgo al salón. El silencio es reconfortante. Estoy acostumbrada a vivir sola y aunque me lo estoy pasando mejor de lo que en un principio imaginé, a veces me agobio un poco con tanta gente alrededor. Me gusta la soledad. Me gustan los sonidos del silencio. El crujir de los muebles en una habitación vacía, el rugido lejano del mar, el suave murmullo del viento, el sonido acompasado de mi respiración, el arrastre rítmico del chancleteo de mis pasos, el canto monótono de los grillos. Me relajan y me tranquilizan.

—Crisi —me llama Rosa desde la puerta de la cocina—. ¿Puedo ir contigo?

—No.

Compongo una amplia sonrisa al escucharla protestar por lo bajo antes de volver a la cocina.

Unos diez minutos después, estoy dándome un baño a la luz de la luna. Es una de las sensaciones más maravillosas que una pueda imaginar, si no tenemos en cuenta la piel de gallina, la sal en los ojos y la arena que se te pega por todo el cuerpo en el momento en que pones un pie en ella.

Continúo braceando con fuerza, aunque estoy tan cansada que no sé si estoy más muerta que viva. Me animo al pensar que cuando regrese a mi habitación y me dé una ducha calentita, caeré en la cama como una marmota dopada. Ni una bomba podrá despertarme.

Me quedo boca arriba, dejándome balancear un momento por el ondulante mar. Me doy un par de chapuzones más, me retiro el pelo de la cara y me encamino a través del agua hacia la orilla. Vaya, vaya, mira a quién tenemos aquí...

Sin dudar ni un segundo y manteniendo los ojos fijos en el oportunista intruso, alcanzo la orilla y me detengo. El corazón me late al ritmo habitual de los últimos días: a cien por hora.

A pesar de la oscuridad, puedo distinguir con claridad el lustre de su piel y el brillo de su pelo negro. No voy a acercarme, si quiere que lo haga él. Nos miramos a los ojos sin decir nada. Arrastro un pie por la arena y espero. Vale, la paciencia no es mi fuerte.

—¿Ya te encuentras de mejor humor? —digo como si me diera igual su contestación mientras me encamino hacia la escalerilla.

—He venido a disculparme. Lo único que puedo decir en mi defensa es que estaba tan preocupado cuando vi que no salías de esa casa, que perdí los nervios.

—Vale. —Hago un gesto vago con la mano, intentando ocultar mi satisfacción—. Disculpas aceptadas.

John se acerca a mí lentamente, interrumpiéndome el paso, mientras se va desabrochando la camisa a velocidad de perezoso paralítico descendiendo de un árbol. De un árbol muy alto.

Trago saliva. No hay forma de salir inmune de esta.

—No sigas. Sabes que soy inmune a este tipo de exhibiciones —miento como una bellaca.

—Ya lo sé. —Me da la razón con una sonrisa mientras deja caer la camisa al suelo.

¡Será canalla! Sabe el efecto que me causa ese torso descamisado.

Doy un paso, acercándome a él un poco más. Sí, lo sé, como los burros con orejeras.

Anulando la distancia que nos separa, pega su cuerpo al mío y me susurra con voz sensual:

—¿Sabes cómo me siento cuando estás cerca? —Niego con la cabeza. Mis cuerdas vocales han entrado en estado de coma profundo—. Como el burro con orejeras que persigue inútilmente la zanahoria.

Vale, me ha convencido.

Me estiro y le sujeto por la nuca con una mano y le hundo los dedos de la otra en el pelo mientras le miro fijamente a los ojos. Sé que voy a cometer la mayor tontería de mi vida. Esos ojos, a veces severos e implacables, a veces dulces y amables, me abren una puerta a lo desconocido. Si la cruzo ya no habrá vuelta atrás. Lo pienso durante unos diez segundos. La puerta se cierra tras de mí con la seguridad de que, de alguna manera, estamos conectados a un extraño nivel primordial. La única duda que me asalta es si él siente esa conexión con la misma intensidad con que lo hago yo.

En un acto de locura sin precedentes, cierro los ojos y me lanzo al vacío. Le beso. Es lo que tiene el amor, que te vuelve majareta.

Él me empuja hacia abajo y acabamos tumbados sobre la fría arena. Ya no me importa por dónde termine metiéndoseme. Veo que se desnuda rápidamente. Le acaricio. Bajo mis manos, sus músculos se tensan. Me abraza y me acaricia. Es entonces cuando me doy cuenta de que estoy loca por este hombre. Enamorada hasta las trancas.

Con un fluido movimiento nuestros cuerpos se unen y, aquí, sobre un lecho de arena fría y contemplando cuatro nubarrones amenazantes, sensaciones hasta ahora desconocidas me recorren desde lo más profundo de mis entrañas hasta la punta de los dedos de los pies.

—No hagas ruido si no quieres tener una pandilla de observadores —murmura en mi oído con voz áspera y un poco entrecortada—. Bajarán si creen que te pasa algo.

Por supuesto que algo me pasa, lo que ocurre es que él no se da cuenta de que cuando me toca, como hace en estos momentos, los colores son más brillantes, los aromas más penetrantes, los sabores más dulces y el corazón palpita más ligero, ajeno al dolor que vendrá a continuación.

«Ahora sí que la has cagado bien, Crisi».

CAPÍTULO 22

Jueves, 25 de agosto
Hora de hacer el ridículo

Oh, Dios mío! Que alguien se cargue a ese pobre animal moribundo —exclamo poniéndome boca abajo y tapándome la cabeza con la almohada.

—Caaasssjjjccco. Caaasssjjjccco.

Saco la cabeza de debajo de la almohada y la levanto un poco, intentando oír con claridad los lamentos del desventurado animal. Se me están poniendo los pelos de punta. Junto las cejas sobre mi nariz y escucho con atención. De repente, el silencio que por un momento me ha hecho pensar que el pobre bicho ha expirado, queda roto por un ensordecedor grito que me hace dar un respingo. A pesar de que mi intención era dormir como un muerto, ya que no siento algunas partes de mi agotado cuerpo, no me queda más remedio que levantarme a regañadientes y ponerme unos calzoncillos y una camiseta vieja. ¡Pandilla de delicados! Son incapaces de matar una mosca. Seguro que están esperando a que la naturaleza siga su curso y el animal estire la pata cuando le llegue su hora. Miro por toda la habitación en busca de un objeto contundente que sirva para mis buenos propósitos de acabar con el sufrimiento del desgraciado.

Cojo la mochila y vuelco todo su contenido sobre la cama. La sopeso. A lo mejor, si le doy un buen cachiporrazo con esto, quizá pueda mandarlo al otro barrio sin causarle ningún dolor. No pretendo hacer sufrir a un animalito desvalido, sino todo lo contrario. Tal vez le abanique con la suficiente fuerza como para morirse de la risa a causa de la impresión. Le echo a la mochila una mirada ceñuda mientras decido qué hacer.

—Caaasssjjjccco. Dios mío. ¡Cabrones!

Dejo caer la mochila y me acerco corriendo a la ventana. Suelto una risita de alivio. Parece que no voy a tener que cumplir con la ingrata tarea de ayudar a un pobre animal a cruzar al otro lado.

Vaya, me acabo de dar cuenta que desde mi habitación no se puede ver el jardín delantero y, aunque no hay nada que desee más que volver a la cama, los gritos desesperados que Kris se empeña en dar me obligan a reconsiderar mis preferencias. Como cualquier buen amigo haría en semejantes circunstancias, decido bajar al jardín y gritarle de muy malas maneras que se calle. Que los demás queremos dormir.

Dicho y hecho. Bajo las escaleras y atravieso la parte delantera del jardín dando saltitos. La gravilla se me clava en las plantas de los pies. Con las prisas no me he puesto las chanclas.

Antes de encararme con el escandaloso, tengo que decirte una cosa, pero no puedes contárselo a nadie más. Kris no grita porque sí. Grita porque ayer pasó algo de lo más desconcertante. Algo temerario. Algo en lo que nos jugamos la vida unos cuantos. Jose el que más.

El hecho es que, cuando me reuní con Jose, Rosa y Laura bajo el techado para ir de simulacro de pesca submarina, nos encontramos con una sorpresa: un gatito monísimo y pequeñísimo. Y Laura dijo: « Ayyy, un gatito». Y Jose dijo, con la ternura que le caracteriza: «Rosa, ve a la cocina y pilla una lata de atún». Y cuando Rosa regresó, dijo: «Toma, Jose». Y él preguntó: «¿Y el plato?». Y ella contestó: «¿Acaso tú me has pedido un plato?». Y a falta de recipiente, el atún terminó, en un acto totalmente desinteresado por parte de Jose, dentro del casco de Kris. Sí, lo sé, por eso te he dicho que había sido un acto temerario por nuestra parte. Temerario e imprudente. Salvarle la vida a *Nicolás* (le hemos puesto ese nombre al minino) supuso jugarnos la nuestra. Por desgracia, el mal ya está hecho. Solo una vez en mi vida me había sentido tan acobardada. El día que asistí a aquel baile de disfraces. Y, por fortuna, el látigo ni me rozó.

Por desgracia, y aunque Jose ha decidido echarle la culpa a Luci, que ya se ha marchado y no puede defenderse del desaguisado, aquí no hay nadie más que yo para enfrentar al inquisidor. Semejante perspectiva me llena de pesar y turbación. Qué desatino, por Dios.

—¿Qué te pasa? —pregunto al llegar a su lado, mostrando una capacidad de asombro digna de un premio de la academia, con calvo incluido—. ¿Estás bien?

Kris estira un tembloroso brazo y me muestra el casco, que cuelga de su mano como un pajarito muerto. Levanta la vista y me mira con expresión de profunda consternación. Le mantengo la mirada durante un momento y pienso, no sin cierto grado de espanto, en la crueldad impasible de la que soy capaz sin sentir ningún remordimiento.

Pobrecillo, no se merece esto. Lo que voy a decir a continuación no es propio de mí: voy a darle un poco de calma a su atormentada existencia.

—Cuando coja a Luciano se va enterar de lo que vale un peine. Mira que llenarte el casco de... —Olfateo con aire experto—. ¡Atún! No te apures, Kris, que eso lo limpio yo en un santiamén.

Qué bondad. Qué entrega. Qué abnegación. Yo misma me emociono al pensar en mi amistad altruista.

Alargo un brazo con determinación y le arrebato el casco sin quitarle los ojos de encima mientras él me mira con recelo; luego doy media vuelta y me encamino dando saltitos, otra vez, hasta la cocina.

Ante su aturdida mirada, echo un chorro de lavavajillas en el interior del casco y lo pongo debajo del grifo. Lo lleno de agua caliente. Ardiendo sale la muy condenada. Cojo una cuchara de palo y agito y agito el interior del casco con ansia pastelera. No para de salir espuma, pero yo creo que es normal. De vez en cuando miro a Kris de reojo. Me halaga comprobar que está tan contento como yo esperaba. De hecho, se le ve tan feliz que las lágrimas le resbalan por las mejillas y el pobre casi no puede hablar. Tan solo un balbuceo incoherente sale de su boca. Balbuceo que atribuyo a la gratitud que le embarga.

—No hace falta que me des las gracias. —Me giro y le doy unos golpecitos en la mejilla—. Tú habrías hecho lo mismo por mí. Si tuviera casco, claro, pero como no tengo…, pues eso, no vamos a preocuparnos. Bueno… —Le alargo el casco—. Como nuevo. Solo tienes que ponerlo un rato al sol. Con este calor seguro que se seca en un par de horas. ¿No tienes nada que decir? —le pregunto, con el fin de echar un poco de sal sobre la herida. Me mira con mala cara, mudo. El otro día no desapareció, pero hoy creo que va a coger sus trastos, saldrá corriendo y no le volveremos a ver el pelo nunca más—. Gracias, Crisi, por el detalle tan bonito que has tenido. Y perdona, Crisi, por haberte despertado —añado con retintín.

—Cuando coja a Luciano me lo cargo más rápido que inmediatamente —masculla con rencor al tiempo que intenta secar el casco por dentro con un trapo de cocina.

Me alejo con paso firme y la conciencia libre de toda carga, consciente de que Kris todavía no ha reaccionado. Cuando lo haga, espero que Luci no se deje ver durante una buena temporada.

Nota mental: acordarme de decirle a Jose que no vuelva a quedar con los dos implicados a la vez. Sería contraproducente para nuestra amistad.

Ya desde el salón, me giro y le chillo:

—¡Ah! Por cierto, Kris, si hay restos de atún en tu casco, tal vez haya algún gatito famélico por los alrededores.

Al menos, mientras vaya de un lado a otro buscando a *Nicolás*, no tendrá tiempo de rajarnos la garganta. Una menudencia a tener muy en cuenta.

Una vez de vuelta en mi habitación, me tumbo en la cama y estiro los brazos por encima de la cabeza. Estoy nerviosa por lo que nos espera esta noche. Por fin voy a ver al impresentable entre rejas. No me lo puedo creer. Es como aquella vez que debía recoger a una amiga a la salida de la peluquería y en vez de subirse ella al coche se subió un primo suyo, que resultó ser toda una declaración. Literalmente. Me declaró que si no le daba la cartera, conocería de primera mano la suavidad de su puño. Esta vez el puño voy a ser yo. Genial.

Cinco minutos de remoloneo y me pongo un biquini, salgo al pasillo y bajo rápidamente las escaleras. Desayunar y un buen baño en el mar, eso es lo que necesito para despejarme. Todavía tengo grabado en la memoria todo lo que pasó anoche. Y aunque es evidente que me he enamorado de John, como una colegiala, todavía no estoy preparada para que me vuelvan a dar carpetazo, así que lo mejor va a ser que lo dé yo primero. Es uno de mis lemas desde hace un tiempo: el que da primero, da dos veces.

Al entrar en la cocina veo que Juanfran y Kiri están desayunando de espaldas a mí.

—Buenos días —saludo con demasiada jovialidad.

Al oírme se giran y me hacen un gesto para que me siente.

—Hola, señorita. —Juanfran me devuelve el saludo con una sonrisa.

Antes de tomar asiento, paso junto a ellos y me pongo un vaso de leche con cacao.

—¿Habéis visto el disgusto que tiene Kris? —pregunta Kiri untando una tostada con mantequilla—. ¡Madre mía! Por lo visto, Luci ha vaciado una lata de atún dentro de su casco y el pobre chico está para que le dé un ataque.

Le dedico una mirada cansina. Pero ¿es que no se cansa de lloriquear? ¿Todavía le dura el berrinche? ¡Si le he dejado el casco como una patena!

—Ya sabéis que Kris es muy quejica —les digo antes sentarme y atacar con ansia lobuna el bollo de chocolate que tengo delante—. No me ha dado ni las gracias por haber lavado el dichoso casco. Gracias a Dios que ya no huele, si no nos habría vuelto locos con su cara de mala leche durante todo el día.

Asienten, dándome la razón.

—¡Ah!, antes de que se me olvide —dice Kiri cogiendo otra tostada—. Yo me marcho mañana.

—¿Mañana? ¿Por qué? —exclamo consternada—. Todavía faltan dos días para el domingo.

Me mira con la sonrisa puesta.

—Tú te olvidas de que yo tengo una mujer que me está esperando en Madrid. A la que, por cierto, hace cinco días que no veo. El viernes me marcho y pasaré allí un par de días antes de regresar a Alicante.

La noticia me ha pillado por sorpresa. Ya sé que tenemos que regresar. Solo que esperaba que lo hiciéramos todos juntos.

—Te echaremos de menos, cariño —le digo completamente en serio.

Kiri se encoge de hombros en un gesto risueño.

—No te pongas tan seria, chica. No nos va a dar tiempo a echarnos de menos, nos vemos casi todos los fines de semana.

Ahí lleva razón.

—¿Se lo has dicho a los demás?

—Sí, lo saben desde el día que llegamos.

No necesito poner cara de sorpresa. No me asombra lo más mínimo. Total, siempre soy la última en enterarme de las cosas.

Justo en este preciso momento veo por el rabillo del ojo a Jose y a Rosa acercarse. Él lleva un bañador de cuadritos rojos y ella va en camisón. Se sientan a la mesa, esperando que el desayuno se prepare solo. Jose se enciende un cigarro y Rosa, después de pensarlo una eternidad, se decide a ponerse un vaso de leche y coger un bollo. Le da un bocado antes de preguntarle a su marido, con la boca llena, si quiere desayunar. Jose niega con la cabeza. No parece que estén muy habladores esta mañana.

—¿Os han despertado los gritos de Kris? —Juanfran deja el café y centra su atención en ellos. Rosa asiente, Jose dice que él no ha oído nada—. Vaya pulmones se gasta el tío.

—Ya sabe que Luci ha hecho empanadilla de atún con su casco. —Le doy un codazo a Rosa y le echo una mirada significativa a Jose—. Es que este Luci… —añado, enfatizando mucho en el «Luci».

—¿Por eso gritaba tanto? —se interesa Rosa, impertérrita—. Es que a este Luci, no se le ocurre una buena. —Suelta una risita de complicidad.

Mientras llega a mis oídos el bla, bla, bla, imagino que con respecto al mosqueo de Kris, yo me entretengo en temas mucho más sugerentes. Brazos fuertes, piel suave, besos cálidos… Una vez cesa el bla, bla, bla, levanto la vista para mirar a Jose y comprobar su reacción. Seguro que está nervioso.

Jose sigue fumando con la vista clavada en el mar. Probablemente esté tramando cómo podemos salir airosos del asunto. Aunque, pensándolo bien, ya hemos salido airosos del asunto. Me fijo bien en su expresión y me parece que para él todo esto es una ridiculez.

—Rosa, ¿llevas hora? —le pregunta cuando apaga el cigarro—. Me gustaría dar una vuelta en moto de agua antes de que empecemos con el reconocimiento.

—¿Te encuentras mal? —pregunto, extrañada—. ¿Tienes que ir al médico?

Gira la cabeza y me lanza una mirada muy elocuente.

—¿Alguna vez te enteras de algo? —Suelta un suspiro—. Vives en Babia.

—A lo mejor si os molestarais en contarme algo de vez en cuando —le recrimino con un cierto deje de hostilidad—, no quedaría siempre como la reina del despiste.

Rosa me lanza una mirada sorprendida con las cejas enarcadas.

—Aquí —dice Jose señalando a Juanfran con un gesto de cabeza muy expresivo—, Don Recuérdame las cosas dos veces y tú no os enteráis de nada. —Don Despiste sonríe como si la cosa no fuera con él, pero yo le lanzo a Jose una mirada intimidatoria, que no le intimida en absoluto—. No me pongas esa cara. No soy yo el que va perdiendo neuronas por el camino. —Se encoge de hombros.

Qué lástima que un chico tan listo sea tan impertinente.

—Nene —le digo con la esperanza de hacerle recapacitar y con la prepotencia del que sabe de lo que habla—, el Señor te va a escuchar. No te vendría mal repasar el catecismo. Dos veces.

Me mira con cara de alucinado y se ríe. El muy imbécil se ríe.

—Sí —contesta entre carcajada y carcajada—, y tú me vas a dar unas cuantas clases, ¿verdad?

¡Será meapilas!

No me puedo creer lo insoportable que se pone a veces; y eso que la competencia se lo pone difícil. No lo digo por mí, ¡eh! Yo soy una chica muy discreta y muy sensible.

Recuerdo que una vez, estando sentados en una terraza, yo no recordaba cómo se llamaba la bebida que me apetecía y no se me ocurrió otra cosa que pedir un cubata sin azúcar y sin alcohol. Cualquiera habría entendido que me encontraba afectada por el típico virus de desmemoria por exceso de trabajo. ¿Qué hizo él? ¿Se mostró comprensivo? No. ¿Se mostró tolerante? No. Se descojonó, diciéndome que por qué no pedía una Coca-Cola Sin y me dejaba de gilipolleces. Pero, como el que ríe el último ríe mejor, yo le contesté...

Un chasquido de dedos me saca de mi ensoñación. Doy un respingo.

—Tú, reina de la orientación y el tropismo, ¿te has enterado de algo de lo que acabo de decir?

Sacudo la cabeza para despejarme.

—Por supuesto —miento con descaro—. Venga, Juanfran. —Me busco un aliado—. Vamos a darnos un baño y de paso hablamos de la..., de la... propuesta de Jose.

Imagino que algo habrá propuesto, siempre anda proponiendo cosas.

—¿Oye, Crisi? —Rosa llama mi atención—. ¿Has catalogado ya a Miranda? —pregunta con muy mala baba. Por lo visto, tampoco ha prestado atención a la propuesta.

Vuelvo a sentarme con una sonrisita a tono con la de Rosa.

—Pues sí. Me parece que se va a quedar con el alias de «la bruja recauchutada dotada de grandes esperanzas para la humanidad», aunque sean postizas. Después de mucho pensar creo que es lo más llamativo y singular que posee, aparte de una mente prodigiosa, que el Señor se la conserve muchos años, porque como pierda aunque sea una sola neurona se va a quedar cazando moscas.

—Pero ¿tú estás segura de que las tetas son postizas? —pregunta Kiri con interés.

—Sí, las tiene más tiesas que una i —contesta Jose en mi lugar—. Nadie tiene las tetas tan tiesas. Con ese tamaño, la ley de la gravedad ya habría hecho de las suyas.

—Yo creo que debe dormir boca arriba —conjetura Rosa con cierto sarcasmo—. Si lo hiciera boca abajo parecería un balancín.

—¿Quién parecería un balancín? —Carlos y John acaban de entrar en la cocina. Damos un respingo.

Escuchar esa voz a mi espalda me provoca el mismo efecto que los rayos de sol abriéndose paso a través de las nubes. Es emocionante e hipnótico. Y como los girasoles, vuelvo la vista, impelida por una fuerza exterior superior, en busca de su calidez.

Suspiro. Qué guapo es.

—¿De qué hablabais? —pregunta al pasar por mi lado camino de la cafetera.

—Estábamos hablando de las tetas de tu novia —le informa Mister Discreto sin cortarse ni un pelo—. Tenemos nuestras dudas. Bueno, yo no, ellos. —Nos señala con la mirada—. No saben si son naturales o postizas.

John frunce el ceño lo suficiente como para avergonzarnos. A Jose no.

—Las tetas de mi chica no son tema de conversación, pero os diré que las tiene preciosas. —Coge el último bollo y se come medio de un mordisco con cara de felicidad.

Ahogando una exclamación de espanto y, por qué no decirlo, de temor, pienso que ha dicho tetas, no tetitas. Se está refiriendo a la bruja. Seguro que habla de ella. Ayer me dijo que mis «tetitas eran como bollitos recién hechos» y ahora habla de tetas. Tetas grandes como cocas de pan de un kilo. Noto cómo un rubor nada favorecedor se extiende por toda mi cara. Antes de que pueda hacer alguna pregunta pertinente al caso en cuestión, la susodicha tetona entra en la cocina vestida con un minibiquini muy favorecedor que consigue que todas las miradas, tanto masculinas como femeninas, se giren en su dirección y parpadeen a la misma velocidad.

—¿Estabais hablando de mí? —se interesa Miranda con una sonrisa coqueta.

—No —respondemos todos al unísono.

—Sí. —El contrapunto de John es la casi confirmación de mis imaginarias dudas. Casi siempre es mejor imaginar que confirmar.

Porque vamos a ver… cuando ha afirmado que hablábamos de ella, ¿se refería a que está de acuerdo con el resto sobre sus exagerados apéndices delanteros, o se refería a que era su chica? Lo único que ha conseguido llevándonos la contraria ha sido confundirme. ¿No podía negar, como todos los demás? ¿Siempre tiene que dar la nota?

Ya con la fiesta aguada por culpa de estos dos, me levanto y le sugiero a Juanfran, con la discreción natural que me caracteriza, que deberíamos ir pensando en largarnos. Como dicen los Niños de Satanás: la playa se acaba.

Cuando hacemos amago de levantarnos, la potente voz de John nos detiene.

—Un momento, volved a sentaros que tenemos mucho trabajo que hacer.

Sigue un tenso silencio por mi parte. No sé a qué trabajo se refiere, pero conmigo que no cuente. No me toca cocinar a mí. Adopto actitud defensiva cruzando los brazos bajo el pecho y lanzo una mirada desafiante. Igualito igualito que un niño negándose a tomar papilla de frutas.

—¿Qué actividad tengo que desempeñar yo, John? —Miranda se sienta a su lado y le lanza su mirada de catedrática cutre.

¡Por favor! no me lo puedo creer. Pero ¿es que esta chica no aprenderá nunca?

—Lo mejor será que te quedes aquí descansando para lo que nos espera esta noche. Termina de leer *Guerra y paz* y después date un baño —le aconseja John con mirada arrebatadora.

¡Por favor!, no me lo puedo creer. Pero ¿es que no aprenderé nunca?

El imbécil le da una palmadita en el muslo mientras inclina la cabeza y le susurra algo al oído. Ni que decir tiene que esta actitud tan considerada llama poderosamente mi atención.

Desde mi aturdimiento pasajero, veo cómo esa mano traidora se pasea un par de veces arriba y abajo por el terso muslo, como a cámara lenta, para terminar dándole un apretoncito antes de abandonarlo a su suerte y regresar a la superficie de la mesa con la intención de coger la mitad del bollo, que todavía le queda. Parpadeo y aparto la vista. Esto no puede estar ocurriendo. Deben de ser imaginaciones mías. Es *vox populi* que poseo una imaginación desbordante. Me agarro con fuerza al canto de la silla, al tiempo que me digo a mí misma que es mejor no sacar conclusiones precipitadas, y miro hacia otro lado para controlar el disparatado impulso de levantarme y darle de cachetazos a esa mano aventurera. Con el ceño fruncido y una expresión interrogante, me repito que este comportamiento tiene que tener una explicación lógica. Que cuando ha afirmado que hablaba de ella, se refería a la conversación sobre sus apéndices delanteros artificiales. Que lo de las palmaditas ha sido para quitársela de encima porque, la pura verdad, es que prefiere estar conmigo. No quiero ni pensar en cualquier otro tipo de connotaciones. Con la vista todavía fija en su mano, le oigo hablar.

—Hay que inspeccionar todas las posibles salidas y colocar los artilugios que han preparado Jose y Kris. Jose —llama su atención—, ¿les has explicado lo que hay que hacer y cómo funcionan?

—Sí, pero no sé si estos dos se han enterado de algo. —Nos vuelve a señalar a Juanfran y a mí.

Arrugando la nariz, en un intento por disimular mi estado de turbación y desconcierto, miro a Juanfran y compruebo con satisfacción que está tan perdido como yo.

—Nos hemos enterado de todo, ¿verdad que sí? —Me levanto, cojo mi vaso y lo lavo antes de apremiar a mi compañero de desconcierto—. ¡Hala! Juanfran, que cuanto antes terminemos antes acabaremos.

—De eso nada. —Nos detiene de nuevo la voz de John—. Y no se dice así —me corrige—. Tú te vienes conmigo. Si os dejamos a vosotros dos solos terminaríais tumbados debajo de un árbol, dándole al pico, fumando canutos y riendo como dos adolescentes tontos. Juanfran —ordena mirándole fijamente—, tú con Jose y Rosa. Tú —me señala con un dedo—, conmigo. Carlos, tú con Laura. Si aparece Kris que se os una. Kiri, tú a hablar con los McNamara sobre la lista de invitados. Eso se te da bien. —Sin dejar de dar órdenes, se da la vuelta y le pregunta a Jose—: ¿Nos haces una demostración?

¡Jesús! Qué vitalidad. Ya estoy agotada solo de oírle.

Todavía no ha terminado de hacerle la pregunta, y Jose ya ha salido por la puerta. Al cabo de unos cinco minutos regresa con una especie de artilugio, tipo foco de interrogatorio destinado a intimidar al más cruel y despiadado de los asesinos, y lo coloca sobre una silla. Mete la mano detrás y trastea unos diez segundos. Se endereza y, de pronto, parece un genio loco más que un tipo normal.

—Pasa por delante, Rosa —ordena, señalando el artefacto.

—Que te lo has creído.

Me doy cuenta de que no tiene ninguna intención de moverse de la silla.

—¡Quieres levantarte y venir de una vez! —insiste su marido, impaciente—. No te va a pasar nada.

—Eso me suena —replica la otra, impasible, sin moverse de la silla—. Me recuerda algo… —Le lanza a Jose una sonrisa de superioridad—. Me recuerda aquel concurso de saltos de longitud, cuando teníamos quince años, y tú dabas la salida con un martillo. El martillo terminó incrustado en mi frente.

—¿Aún te acuerdas de eso? Fue un accidente.

—También recuerdo aquel día que, intentando arrancar una minimoto, lanzaste el codo hacia atrás con tanta fuerza que me diste en el pómulo y acabé tumbada y noqueada sobre el césped.

—¿Quién te mandó ponerte detrás de mí? Eso fue culpa tuya —se defiende Jose, sonriendo.

—Tampoco he olvidado aquella vez que te empeñaste en enseñarme con qué fuerza chupaba la barredera de la piscina y me pegaste el tubo al muslo. Lucí un chupetón de gigante durante todo el verano. O aquella otra vez que me dijiste: «Rosa, coño, te digo que estos cables no transmiten corriente. ¿Quieres sujetarlos de una puta vez?». Me dio tal zambombazo que casi me caí de culo. No pienso pasearme por delante de ese artilugio sin que antes me hagas una demostración.

—Desde luego, cría cuervos... Toda la vida ocupándome de todo y para una vez que la cosa no sale como esperaba... —se queja antes de empezar a caminar con determinación. El foco nos deslumbra con una potencia capaz de freír un huevo.

El artífice del artefacto se acerca y lo desconecta.

—Esto funciona igual que las cámaras sensibles al movimiento. Si alguien pasa por delante salta el disparador y se enciende. Simple. —Desmonta el foco y lo guarda en una mochila—. Tenemos que colocar varios. Así, si Sebas decide camuflarse con el paisaje y volver a desaparecer, el foco nos indicará por dónde ha huido y podremos pillarle. —Con una mirada triunfante se dirige a nosotros—: ¿Alguna pregunta? —¿La verdad? Son tantas, que mejor no formular ninguna. No saldríamos de la cocina en toda la mañana—. Perfecto, porque yo me quedo aquí. —Nos lanza una mirada desafiante esperando que le contradigamos mientras se enciende otro cigarrito—. No me gusta salir a sudar por los campos a las doce de la mañana. Yo he preparado los focos, vosotros los colocáis.

En cuanto tenemos todos los dispositivos a buen recaudo en las mochilas (dos en cada una; un total de ocho), subimos a nuestras respectivas habitaciones y nos ponemos el uniforme de incursión. Es decir, zapatillas con suelas de goma, camisetas negras y vaqueros. Ya de regreso en la puerta principal, nos volvemos a reunir en torno a las mochilas.

—¿Cómo quedamos cuando hayamos terminado? —inquiere Carlos mientras se cuelga su mochila a la espalda.

—Cuando los dispositivos estén colocados, nos vemos aquí. Creo que en dos horas habremos terminado —responde John.

¿Dos horas? ¿Ha dicho que tenemos que andar dando tumbos por el campo dos horas? ¿En serio? ¿No ha oído nunca la expresión «golpe de calor»?

Nos dispersamos cada equipo en una dirección, cargados con nuestras mochilas, y caminamos y caminamos y caminamos un poco más. La resistencia no es lo mío. Vamos recorriendo senderos y John hace tres paradas para colocar los focos chivatos camuflados entre las matas que crecen a pie de árbol. Para cuando creo que ya ha finalizado nuestro desgaste inútil de suelas, me doy cuenta de que nos encontramos mucho más allá de la mansión de los McNamara. Por lo visto no es tan grande como creía, si no, no me hubiese pasado desapercibida. Sorprendida por este descubrimiento, y más que dispuesta a no hacer indagaciones al respecto, me dejo caer al suelo tras un pino. Estoy, como desde que han empezado estos días de descanso y asueto, agotada.

—Oye, John —digo sin aliento—, ¿falta mucho? —Me lanza una mirada incrédula desde lo alto—. Lo digo —jadeo—, porque si quieres yo puedo esperarte aquí. No me gustaría hacerte perder el protagonismo. —Agito una mano en el aire—. Y además, ya sabes que soy muy generosa y no quiero que nadie te culpe de mi muerte. Nos vemos cuando termines.

Cierro los ojos y apoyo la cabeza contra el tronco del árbol.

Noto cómo se sienta a mi lado, con ligereza. Su respiración sin alteraciones significativas.

—Nena, estamos a menos de cinco minutos de la casa. —Su voz suena sorprendida—. ¿Tan cansada estás?

No, me gusta sentarme en un suelo lleno de pinchos y clavarme piedras en el culo por diversión.

Le agradezco el interés, pero el agotamiento no me deja hablar. Por lo visto, que una persona no corra cinco kilómetros y después se eche unas cuantas flexiones y, a continuación, si todavía permanece con vida, regrese por donde ha venido saltando y brincando cual cabra montesa como colofón a una mañana gloriosa, no entra en su cabeza.

—Que tú te pases el día en el gimnasio no quiere decir que los demás hagamos lo mismo —le espeto sin mover ni un músculo.

—No voy a ningún gimnasio —dice con cierto deje de diversión. Me doy cuenta, relativamente molesta, de que habla en serio—. Perdona —se disculpa, apoyando también la cabeza en el árbol—, no me había dado cuenta de que estabas agotada. Hemos tenido que rodear la casa de los McNamara y poner los dispositivos al otro lado. Sí que estamos un poco lejos, la verdad.

Parece arrepentido y preocupado. Le creo, aunque eso no mejore el estado antinatural de la totalidad de los músculos que conforman mi anatomía.

Abro los ojos y giro un poco la cabeza en su dirección. Nuestras caras están casi unidas. Me mira y lo miro. Después de unos segundos de miradas silenciosas, se inclina ligeramente y echo la cabeza hacia atrás en un gesto muy sutil. No quiero que se dé cuenta de mis pequeñas, pequeñísimas dudas. Nada de intercambio de fluidos corporales hasta que me quede claro quién es su chica. Me mira, extrañado, y no hace ningún comentario al respecto.

—Cuando me ayudes a recoger lo que se me ha caído podremos continuar —le digo con una sonrisa torcida.

—¿Has perdido algo? —pregunta mirando a nuestro alrededor.

—Los higadillos —respondo con una risotada.

Riéndose también, y olvidado por el momento el episodio chico-chica, se incorpora de un salto y de un tirón, nada delicado, me levanta a mí también. Después de decirme que si estoy tan graciosa no puedo estar tan cansada, me arrastra a través de los pinos. Me sujeta con tanta fuerza que mi cuerpo, apretado contra el suyo, no deja correr el aire entre los dos. Me trata como un quinceañero a su mochila y, la verdad, empiezo a sentirme como tal.

Cuando la casa aparece ante nuestros ojos me dan ganas de llorar de alegría. Le obligo a detener la marcha y me empapo de la maravillosa visión que tengo ante mis ojos. Agua. Agua fresca y cristalina de la fuente del jardín. Los chorros de agua, que danzan en el aire antes de caer con brío sobre el fondo empedrado de la fuente, me parecen una visión celestial. Me suelto de su amarre y me acerco a la fuente, como una rana a su añorado hogar. Sin pensarlo ni mucho ni poco me tiro dentro de cabeza. ¡Joder, qué bueno! ¿Cómo algo tan ordinario y habitual como darte un baño en agua fría puede convertirse en algo tan jodidamente bueno? Sentada sobre el fondo liso y resbaladizo de la fuente, dejo que los chorros caigan sobre mi cogote para descender sobre mis hombros. Joder, qué bueno, repito salpicando agua por todas partes.

John se acerca sonriendo y, al llegar a mi altura, mete las manos en el agua y se refresca la cara y el cuello. Repite el movimiento y se moja el pelo, retirándolo hacia atrás. Pequeñas gotitas brillan bajo la luz del sol al descender por su nuca. Los rizos de esa zona se le acentúan y yo, que por lo visto no tengo ninguna capacidad de pensamiento coherente ante esta mezcla de irlandés-español de uno ochenta y físico de infarto, me obligo de nuevo a desviar la mirada con esfuerzo supremo. Esta vez, para contener el arrollador deseo de levantarme y lanzarme sobre él, como haría la rana sobre la mosca.

Una vez superados estos inoportunos impulsos, que achaco a la pérdida de fluidos corporales y a la falta de alimento que tanto mi cuerpo como mi mente necesitan para regir como Dios manda, salgo de la fuente. Mientras me escurro el pelo y la camiseta, y las zapatillas y los pantalones, pienso que he cometido un error. Bueno dos. El primero es que debería haberme quitado los pantalones y haberme bañado en bragas. Ahora se me van pegando a las piernas y al culo, y es un martirio. El segundo es que debería haberme desprendido también de las zapatillas. Ahora no andaría como si estuviera toda escocida y a trompicones. No queda demasiado estiloso, la verdad.

—Venga, vamos a acercarnos y asomarnos por las ventanas —sugiero animada, al notar que el hígado vuelve a estar donde le corresponde y el ataque de flato ha desaparecido por completo.

—¿Por cuál de todas? —Me sujeta por el brazo y tira de mí con fuerza con una mano cuando se da cuenta de mi andar inseguro y desmañado, mientras que con la otra señala hacia la casa.

¡Maldición!

No me había fijado que esta mansión tiene un montón de ventanas. «Claro, idiota, la primera vez que estuviste aquí te encontrabas en estado de shock y la segunda, envuelta como un rollito de primavera en una alfombra asesina», me recrimino.

Nos acercamos a uno de los múltiples ventanales con desenfado y naturalidad. Como si tuviéramos todo el derecho del mundo a curiosear por ventanas ajenas. Caminamos hacia la izquierda y, rodeando un seto bajo de algo parecido a las adelfas, pero que no tengo muy claro que lo sean, asomamos la cabeza por encima del alféizar de la ventana y curioseamos un poco a través de la abertura de las cortinas. El rumor de voces en el interior llega hasta donde estamos con claridad. La habitación está en penumbra y, por unos segundos, nos cuesta identificar la procedencia de esas voces. Una vez con la vista acostumbrada a la oscuridad, ambos nos quedamos inmóviles y aturdidos. En el momento en que reconozco a la persona que se encuentra en esa sala suelto una exclamación. Suena a algo así como: «Uuuggg».

John alarga una mano y pone un dedo sobre mis labios. Vuelvo la vista al interior de la oscura habitación sin perder detalle de lo que allí ocurre.

Sebas está tumbado sobre un diván, estirado sobre un costado con una copa en la mano, mirando a otro tipo desde abajo e indicándole algo. El otro es alto, rubio, de ojos claros y con el pelo cortado al uno. Se asemeja bastante a un muñeco de carne y hueso, lo cual me indica que debe de ser nórdico o jugador de fútbol americano. Se acerca a un cuadro pequeño y lo descuelga de la pared. Se lo muestra a Sebas y este asiente, con arrogancia.

—Coge también ese otro —escuchamos la voz de Sebas alta y clara, al tiempo que señala una pequeña pintura de una señora bastante fea vestida de negro y una cofia blanca horripilante en la cabeza. La antítesis del buen gusto y el decoro. Me espanto solo de imaginarme con ese adefesio sobre mi propia cabeza. La voz de Sebas me devuelve al presente—. Haremos una reproducción y la semana que viene daré el cambiazo. La patosa no se enterará de nada.

Me pongo furiosa. Esa falta de respeto y esa insensibilidad hacia los demás disparan mi indignación hasta cotas desconocidas, la sangre me hierve, me entran ansias asesinas y, en fin, todo eso que siempre se siente en estos casos de ira descontrolada. Ganas me dan de saltar por la ventana y encararme con el muy desgraciado. Solo la flojera que mis piernas se empeñan en acarrear a todas partes y el brazo de John que cae como una losa sobre mis hombros me lo impide.

Me dejo caer al suelo y tiro de John para que haga lo mismo. Acerco mi boca a su oído y susurro, muy bajito:

—¿Tienes un micro? —Enarca las cejas hasta el infinito y más allá—. Que si has traído un micrófono —repito lentamente, para que me entienda.

Aunque parezca imposible, sus cejas se elevan un poco más.

—¿Qué dices?

—Un micro, un micro —le apremio nerviosa.

Sonríe y me mira con aire burlón.

—Pero ¿tú quién te crees que soy, nena? Por si lo has olvidado, me dedico a proyectar edificios, no a asaltarlos en busca de delincuentes. —Al ver mi cara de expectación, dice secamente—: No llevo ningún micro ni nada que se le parezca. Lo siento, se me ha olvidado pillar uno de la despensa.

¡Será tiquismiquis!

Chasqueo la lengua, y me digo que es una lástima. Ya que estamos en plan detectives de leyenda y tal, deberían haber pensado en micrófonos, microchips, láseres de alto alcance, gafas de visión nocturna y todos los juguetes de última generación de los que suelan rodearse este tipo de gente. Como siempre decía mi padre: «Si vas a hacerlo, hazlo bien».

Estar a un tiro de piedra de Sebas y no poder hacer nada me enfurece. Tenemos que detenerle. Como sea. Qué ganas me dan de mandar a John a que le haga un buen placaje. No soy tonta, yo seré más impetuosa pero él es mucho más fuerte.

Inclino la cabeza hacia atrás y lo miro. Me doy cuenta de que tiene los cinco sentidos puestos en la conversación que mantienen los dos estafadores. No pierde detalle de lo que están tramando. Y yo no pierdo detalle de cada una de las espesas pestañas, que enmarcan cada uno de sus preciosos ojos, que se entornan debajo de cada una de sus rectas y perfectas cejas negras. Aparto la vista, y no porque me moleste contemplarlas. Contemplar esos ojos es uno de mis principales entretenimientos. Lo hago precisamente porque me gusta demasiado.

Después de escuchar toda una serie de instrucciones por parte de Sebas y una retahíla de afirmaciones por la parte contraria, me obligo a relajarme, porque de seguir tan tiesa mucho me temo que un simple golpe podría romperme la espalda por la mitad. No sería útil. Ni agradable.

Tengo que convencer a John de que lo mejor es entrar a saco; lanzarnos sobre los intrusos a la desesperada. Si los pillamos por sorpresa puede que tengamos una oportunidad. Después de darle muchas vueltas a la cabeza tomo una decisión. Me quito su brazo de encima y me arrodillo frente a él. Le cuento a John mi plan en voz baja; él niega con la cabeza. ¿Cómo que no? Hago un gesto afirmativo con la cabeza y él vuelve a negar, dejándome con la sensación de que no quiere ayudarme. Le doy unos golpecitos en el hombro y levanto una mano, cerrada en un puño. Le muestro el pulgar, después el índice y, cuando por fin se da cuenta de que estoy contando hasta tres, alarga un brazo e intenta sujetarme por la camiseta, pero consigo desprenderme de su agarre y, levantándome de un brinco, asomo la cabeza por encima del alféizar. Antes de dar la orden de arresto falsa, ochenta kilos de veloz testosterona se abalanzan sobre mí, derribándome, con la clara intención de que cierre la boca y con la suficiente fuerza como para fundir nuestras almas. Lo de las almas lo tiene difícil, pero con las costillas creo que lo ha conseguido. El «Uhhggg» que emito al notar cómo se chafan, el sonido sibilante que emite el «contraproducente» aire al abandonar mis pulmones y un dolor punzante y agudo en mi caja torácica son pruebas concluyentes de ello. Abro los ojos y compruebo que los suyos muestran un brillo inquieto.

—¡Serás gilipollas! —exclamo todo lo bruscamente que puedo, teniendo en cuenta mi falta de fuelle.

—Vaya, vaya, mira a quién tenemos aquí —escuchamos una voz conocida que nos llega desde las alturas.

Desde esas alturas no. Desde la ventana.

CAPÍTULO 23

Jueves, 25 de agosto
¿Y qué esperabas a estas horas?

No es propio en mí meter la pata de esta manera, pero parece que estos últimos días estamos en la semana de «vamos a comprobar cuántas veces puede meter la pata Crisi, antes de perderla». Me reprendo dándome un cachete mental por ser tan lenta de reflejos. Debería haber saltado por la ventana nada más llegar. Cuando me he asomado, Sebas ya no estaba. Su acompañante y él se habían largado. Levanto una mano y sonrío, abochornada.

—Hola, Travis. —Asomo la cabeza por encima del hombro de John—. No te insultaba a ti, le insultaba a él. —Le clavo un dedo en las costillas—. Estábamos espiando a un chorizo que tú y yo conocemos muy bien. Estaba aquí hace un momento —le aclaro, todavía sorprendida por la desaparición de esos dos. Con la cabeza dándome vueltas y los músculos reducidos a una masa gelatinosa, me quito de encima a John como quien se quita de encima a un rinoceronte. Me levanto y, aunque no me disgusta la postura en que nos encontramos, le insto a que haga lo mismo.

—Me alegra saber que no me insultabas a mí. —Y agrega—: Se han marchado hace un minuto con dos cuadros bajo el brazo. —Al darse cuenta de que voy a decir algo se adelanta—: Ya sé que pretenden dar el cambiazo. No pasa nada, así obtendremos más pruebas contra ellos.

—Ven, John —digo en un tono alegre y desenfadado, como queriendo decir: «Hala, vamos a charlar del tiempo y aquí no ha pasado nada». John ya está de pie a mi lado y me mira con expresión siniestra. Intento hacer como que no me doy cuenta—. Te presento a Travis. El dueño de todo esto. —Extiendo los brazos en un gesto de abarcar cuanto nos rodea. Travis se acerca a nosotros y saluda a John con un apretón de manos a través de la ventana.

Después de dedicarme su mejor expresión furiosa, se sujeta al alféizar y, de un salto, aterriza dentro de la habitación. Se sacude las manos y saluda de nuevo a Travis. Se alejan unos pasos y, de repente, es como si se conocieran de toda la vida. Mantienen una conversación muy animada en el idioma de Shakespeare. Lo intuyo desde el mismo instante en que dejo de entenderles. Hago lo mismo. Hablar inglés, no, entrar por la ventana. Bueno, lo intento. Lo único que consigo es dar una especie de saltitos cortos tipo baile carnavalesco y rozarme los codos contra la piedra. Lo intento dos veces más hasta que, harta de hacer el ridículo, les chisto. John me mira con un gesto entre contrariado y divertido, pero no se mueve ni un milímetro. Travis, mucho más amable, se acerca a la ventana, extiende los brazos y, sujetándome por las axilas, me ayuda a entrar en la sala. Le dedico mi mejor sonrisa pastelosa y, cuando voy a sacarle la lengua al insensible, me doy cuenta de que el suelo está impoluto y yo voy de barro hasta las orejas. Mierda. Me quedo quieta en el mismo sitio escuchando su conversación. Se les ve muy sueltos con el manejo del idioma. Por regla general, lo mismo me da ocho que ochenta, así que, sin importarme lo más mínimo que continúen su conversación en inglés, concentro cada fibra de mi ser en dejar caer el peso del cuerpo de un pie a otro, cada tres segundos, para no manchar el suelo más de lo que ya lo he hecho. Me entretengo haciendo esto alrededor de sesenta segundos. Como no entiendo ni jota de inglés, y no me ha dado tiempo a aprenderlo en los últimos cinco minutos, y ejercer de espantapájaros no es lo mío, me vuelvo un poco hacia la izquierda y me intereso por los cuadros que cuelgan de las paredes. Cuadros y más cuadros. Esta sala se parece mucho a una galería de arte. De arte feo.

—Oye, Travis —les interrumpo—, pero… —No sé cómo decirlo sin parecer grosera—. Pero… ¿de dónde has sacado estos cuadros tan horrorosos? ¿No había gente más fea para elegir?

Desvía la vista y me mira.

—Son los antepasados de Elaine. Todos estos retratos que ves son sus antepasados. Se remontan a unos… trescientos años. Aquí están todos, generación tras generación —me explica con los puños apretados a los costados y fulminándome con la mirada.

—Era broma —me excuso rápidamente con una sonrisa que no termina de formarse.

Me giro de cara al jardín lo más rápido que puedo, confiando en que no haya visto mi cara de desconcierto cuando he oído lo de la familia de su mujer. Chasqueo la lengua con disimulo y me quedo en esa postura. El enigmático mundo de los pájaros, las hormigas, las flores y el estiércol sobre el césped es mucho más atrayente que encararme a la cara de guasa de John y al gesto, imagino que sombrío, de Travis. Aspiro el aroma que me llega desde el exterior y tamborileo con cierto grado de nerviosismo sobre el alféizar, cada vez más molesta conmigo misma. Esperando y deseando que de verdad, de verdad, Travis sufra de amnesia total. Hay sucesos que es mucho mejor olvidar. Como, por ejemplo, que una bocazas le haya dicho que toda la familia de su adorada y bella mujer es más fea que un pecado.

Justo cuando más entretenida estoy contemplando el enigmático y peculiar mundo de las hormigas de jardín escucho una carcajada estruendosa a mi espalda; doy un respingo y me giro. Atónita, veo a Travis reír a carcajadas. ¿Dónde está el chiste? Ya sabía yo que este hombre no era normal. Acabo de insultar a su familia y en vez de enfadarse está carcajeándose. Lo que me lleva a hacerme otra pregunta: ¿por qué no está enfadado? Lo que me lleva a contestarme a mí misma: porque la familia de su mujer le cae gorda. O tal vez... su señora sea adoptada y los de los retratos le daban mala vida. O tal vez... una idea peregrina se me acaba de ocurrir, Travis esté tomándome el pelo...

Algunas veces yo también uso el cerebro.

—Estás tomándome el pelo, ¿verdad? —le pregunto adoptando una expresión inocente y esperanzada.

—Te la debía. —Confirma mis sospechas sujetándose los costados. Ya sabía yo que esas marcas que surcan las comisuras de su boca eran de reír y no de andar dándole pasaporte a la gente que le molesta—. No sabes el susto que me dio esta niña cuando la encontré anoche en el salón grande —le explica a John—. Tenías que haber visto la que lio con tal de hacerme creer que se había colado en mi casa para felicitarme por mi cumpleaños. La creí. —Se gira de nuevo y fija en mí esos enigmáticos ojos grises—. Uno de los mejores cumpleaños de mi vida. Pero... te la debía.

Le devuelvo la sonrisa con cariño y después le sonrío a John. No parece que le encuentre la gracia. Claro, como él no estaba... Un momento... ¡sí que estaba! Detrás de las ventanas. Observando y tronchándose con todos los demás. Entonces, ¿por qué no se ríe con nosotros? En mi cerebro no paro de repetirme una y otra vez: ¿celos? Imposible. ¿Se siente desplazado? Imposible ¿No tiene sentido del humor? Probable, aunque dudoso. Me encojo de hombros y me dejo llevar por el momento *déjà vu* que estamos viviendo Travis y yo y me río con ganas.

De camino a casa vamos uno junto al otro sin decir ni una palabra. Travis me ha explicado antes de marcharnos de qué han estado hablando. John no ha dicho ni una palabra y se ha quedado serio desde que hemos abandonado la casa de los McNamara. Y yo…, bueno, yo estoy hecha polvo. Tantas emociones juntas están empezando a pasarme factura. Lo único que me apetece es llegar a casa, darme un baño en el mar, ver a los otros, y charlar y reírme un rato antes echarme una siesta. Le lanzo una mirada de soslayo y compruebo que continúa con la vista al frente.

No sé ni para qué me molesto en mirarle. Su rostro expresa todo un abanico de emociones. Ira… Rabia… Ira otra vez… Rabia…, y vuelta a la ira… Bueno, tal vez me he precipitado en mis apreciaciones y el abanico solo disponga de dos varillas. Empiezo a contar mentalmente. Uno…, dos…, tres…

—¿¡Cómo se te ha ocurrido hacer semejante tontería!? —Suelta parte de la rabia. Bien. Ahora solo falta la ira.

Gracias a Dios que estoy curada de espanto. Además, me preocupa más no darme un trompazo que los cuatro gritos que pueda dar. Las zapatillas mojadas deslizándose sobre el suelo pedregoso acaparan toda mi atención.

—¡¿Y si llegan a ir armados?! ¡¿Qué hubieras hecho si llegan a pegarte un tiro?!

¿Un tiro? Pienso con ironía. ¿Desde cuándo van armados los chorizos prepotentes? Muchas películas ve este. ¿Armados? ¿En serio?

Giro la cabeza y lo miro con cierto grado de nerviosismo.

—Bueno..., eso no entraba en mis planes, ¿sabes? Hubiera sido una putada. —Suelto una risita. Solo con pensar en pistolas y tiros me entra la risa floja. Siempre me entra la risa floja cuando me pongo nerviosa—. No lo pensé. Fallo mío —reconozco con otra risita.

—¿Te parece gracioso? —Me detiene sujetándome por un brazo.

—Bueno..., no. —Me gustaría saber por qué está tan enfadado. Total, la única perjudicada he sido yo. Mis costillas llevan grabado su nombre—. Es solo que... ¿una pistola? Bueno..., eso son palabras mayores... No pensé...

—Tú no piensas —me espeta, interrumpiéndome—. Tú no piensas nunca. Ese es tu problema. —Me fulmina con la mirada—. ¡Que no piensas!

¿Cómo que no pienso? Por supuestísimo que pienso. Pienso mucho y en muy variado tipo de cosas. Ahora mismo, por ejemplo, estoy pensando que es gilipollas.

—Mira, ¿¡sabes qué te digo!? —le replico intentando mantener la calma—. Que... —Estoy a punto de insultarle, pero una vocecita en mi interior me susurra que no lo haga. Que tal vez, solo tal vez, tenga algo de razón—. Tienes razón. No lo pensé. Lo siento.

Bueno, ya está. Me he disculpado. No ha sido tan difícil. Le dedico una sonrisa radiante esperando ser correspondida. Para nada. Sigue con su machaque verbal.

—¿Crees que con un «lo siento» lo arreglas todo?

La disculpa ha ocasionado lo que parece ser un efecto rebote. Está más cabreado todavía. Respira con dificultad. Aunque no por los motivos apropiados. Solo por ver su reacción, y porque me tiene bastante harta, añado sin ánimo de ofensa:

—Lo de la pistola es solo una hipótesis, pero tú casi me partes las costillas.

El rubor que cubre sus mejillas y el puente de su nariz no hace que me sienta culpable.

¡Que le den! ¡Que le den mucho!

—Además... —continúa con su verborrea. Por lo visto no está tan avergonzado como yo creía—. ¿Desde cuándo un tío al que acabas de allanar la casa se muestra tan amable? Por lo visto, Travis y tú os habéis hecho muy amiguitos —comenta después de un rato. Noto que su tono no es distendido, es más bien..., más bien... ¿mordaz?

—Es majo, ¿verdad? —inquiero a mi vez, sin contestar a su pregunta. No me apetece entrar en debates sobre lo amiguitos que somos o dejamos de ser. No me gusta su tono de reproche, sobre todo teniendo en cuenta... que si entré en esa casa fue porque él se empeñó.

—¿No te has preguntado por qué es tan amable contigo?

—Porque... ¿le he caído bien? —Sigo caminando sin mirarle; si lo hago, puedo ponerme muy nerviosa y darle un sopapo. No me gustan sus insinuaciones.

—¿Cómo puedes ser tan ilusa? Ese tío quiere algo. No es normal —sentencia—. Si alguien se colara en mi casa yo no sería tan comprensivo. Además, no tienes cuerpo como para que te confundan con una... —Se detiene a pensar el adjetivo más apropiado. Hace bien—. Una chica de cumpleaños feliz.

Intento hacer caso omiso de la leve punzada de irritación que me corroe por dentro. No lo consigo. No entiendo ese cambio tan brusco en nuestra relación. Hasta ahora estábamos bien. Huyyy..., mucho va a tener que esforzarse para redimirse.

—Estoy convencido de que no le engañaste ni por un momento —continúa elucubrando—. Es imposible que te confundiera con una de esas chicas. No das el tipo.

Me detengo y observo mi cuerpo con detenimiento, un poco a la defensiva. ¿Qué tengo yo de malo? ¿Cómo que no doy el tipo? Lo que ocurre es que voy hecha un desastre. Por su culpa, por cierto. Por arrastrarme de un lado a otro por el monte, en pleno mes de agosto y con un calor de mil demonios. Seguro que no opinaría igual si me hubiese quedado en casa untada con veintisiete kilos de crema facial verde y después me hubiese tumbado a dormir a la bartola en la playa. Entonces tendría buen aspecto. Aspecto de chica relajada. Aspecto de chica feliz…

La sola idea de ser una chica feliz hace que se me escape la risa.

—Eso, tú ríete, pero te repito que ese tipo quiere algo.

—¿Y qué puede querer si ya lo tiene todo? Es guapo, es rico y tiene una mujer encantadora. Y además se quieren —añado.

Da un paso hacia mí y acerca su nariz a la mía.

—Si tú no lo sabes, no seré yo quien te lo diga. El tiempo te lo dirá.

Gilipollas y ejerciendo de oráculo. Lo que me faltaba.

—Ah… Ah… ¡Ah! ¡Eso! —Levanto las cejas con incredulidad y me aguanto la risa tonta. En otras circunstancias habría saltado como si me estuvieran quemando el culo, pero puesto que el mosqueo de John es, a mi entender, consecuencia de un ataque indiscriminado de celos, me entra la risa tonta. Alargo una mano y la entrelazo con la de él. Siento cómo el calor que desprende su cuerpo calienta el mío. Es agradable. Muy agradable—. No tienes por qué sentirte… desplazado. Travis es… bueno, Travis. —Me mira y frunce el ceño—. Es guapo, pero a mí no me gusta. A mí me gustan más… —Chasqueo los dedos de mi mano libre un par de veces—. Más…, ya sabes. —Le guiño un ojo. Me vuelve a mirar, confundido. Tanto, que ganas me dan de dedicarle unos cuantos piropos insultantes. Decido ser directa—. Los celos, John. Lo celos —repito, armada de paciencia—. No tienes motivos para estar celoso.

¡Vaya! ¡Por fin! Ya se le ha encendido la luz.

—Gracias por la aclaración , pero yo no estoy celoso. —Parpadea un par de veces, como asimilando mis absurdas palabras—. Cuando digo que ese tío quiere algo, me refiero a si no estará compinchado con Sebas.

¿Qué ha dicho? Sacudo la cabeza como si me hubiese entrado agua en los oídos. ¿No está celoso? ¿Y por qué no está celoso? Debería. Yo lo estaría si Elaine le guiñara un ojo, le riera las gracias y se mostrara tan amable con él.

¡Maldita flema británica!

—¿No te has parado a pensarlo ni una sola vez? —Empieza a caminar sin soltarme la mano.

Por supuesto que lo he pensado. Mil veces. Qué sentiría el día que viese a John celoso. Lo que me gustaría. Parece que, después de todo, hoy no va a ser ese día.

—Humm... No sé. ¿A qué te refieres exactamente? ¿A que Travis también es un ladrón? —En cuanto esas palabras salen de mi boca me doy cuenta de lo disparatadas que son—. No creo que Travis tenga nada que ver con Sebas; es más, yo diría que está deseando darle una buena sesión de escopetaterapia.

Seguimos caminando en silencio. Dos minutos y veinte segundos después... suelta una carcajada insultante.

—¿Celoso? —pregunta con sorna—. ¿De Travis y de ti? No digas tonterías. ¿Tú te has mirado bien? No das el tipo. Si hubiese ido Miranda...

Qué delicado. Qué diplomático. Qué inteligente por su parte mencionarme a la bruja en estos momentos de paz y armonía. Ahora me doy cuenta del motivo por el cual algunas mujeres le dan a sus parejas con una sartén en la cabeza.

—¿Lo dices porque no me he puesto unos pechos postizos de tres kilos cada uno y se los he paseado por la cara al mejor postor o porque solo me acuesto con imbéciles, sin esperar ninguna compensación a cambio? —le interrumpo bruscamente.

Bueno, no he empezado yo, ¿no? Se lo ha ganado a pulso. Hasta ahora he sido muy... Lo suficientemente respetuosa con Miranda. Teniendo en cuenta las circunstancias, claro. No quiero decir nada... pero..., bueno..., si empezara a hablar...

—Lo digo... —Parece que no termina de encontrar las palabras apropiadas entre tanto mal genio y tanta mala uva. Y debe estar ensimismado porque, aparte de lanzarme una mirada confundida, no me ha soltado ninguna de sus frases marca de la casa—. Lo digo porque no es normal. No me gusta tanta confianza. Ándate con cuidado. Algunos tíos no son de fiar.

Le dijo la sartén al cazo.

Más feliz que una perdiz me dejo caer al lado de Rosa y Laura en la playa. Aterrizo sin mucha gracia, pero me da igual. Soy feliz. John está celoso de Travis..., John está celoso de Travis... Me lo repito una y otra vez cual cantinela infantil. Después de darle unas cuantas vueltas a la cabeza, la conclusión más lógica, teniendo en cuenta su actitud taciturna e inconfundiblemente odiosa y las circunstancias que la han provocado, es que John se ha puesto celoso de un hombre que le saca por lo menos veinte años. Lo niega, pero yo sé que es así. He estado a punto de hacerle unos cuantos mimos y carantoñas. De cualquier forma y por si acaso, me lo he pensado mejor y me he dicho a mí misma: «Déjalo que sufra, que tome un sorbo de su propia medicina». Bueno, de la mía. No sé. «Que sufra, que sufra como has sufrido tú viendo cómo le hacía arrumacos a la bruja». Aunque esta sea la única vez que vea a John ponerse celoso, ha valido la pena.

—Te veo muy contenta. —Rosa se sienta en la toalla y me mira, esperando una explicación a mi sonrisa bobalicona. No me hago de rogar. Se la doy.

Rosa y Laura me escuchan atentas y cuando termino con mi relato, me guiñan un ojo, divertidas.

—Ya sabía yo que le gustabas —dice Laura—. Solo había que ver cómo os peleabais. —Su lógica, tan similar a la de mi madre, me hace gracia. Asiento con la sonrisita tonta puesta—. No tardará mucho en *desirte* lo que siente —afirma con convicción—. Sé lo que me digo. Ese hombre está loquito por ti.

Nos quedamos charlando y riendo como si no tuviésemos ningún problema en la vida. Como si la brisa marina los hubiese arrastrado alejándolos de nuestras vidas, aunque sea por unos pocos momentos. Ni trabajo (o más bien la falta de él), ni salud (o más bien la falta de ella), ni personas indeseables (o más bien un incremento alarmante de ellas), ni nada que perturbe estos escasos momentos de relax y placidez. Solo tranquilidad y risas, como debería ser la vida en un mundo de utopía. Las vacaciones, por muy agotadoras que sean, te hacen perder el contacto con la realidad. Viene bien perder dicho contacto de vez en cuando y andar un poco a la deriva.

Le doy un empujón a Rosa que la estampa de narices contra la arena. Ignorando la mirada asesina que me lanza y, sin poder evitarlo, hago lo mismo con Laura.

Se lo merecían por lo de las galletas.

Creo que soy más vengativa de lo que pensaba.

O eso o el paseo por el campo no me ha sentado tan bien como pensaba.

Media hora después estamos sentados alrededor de la mesa comiendo espaguetis a la carbonara y una ensalada murciana. Los ha preparado Jose. No quería arriesgarse a que Miranda preparara una de sus comidas vegetarianas y saludables que, según él, le van a hacer perder la salud. Empezamos a comer o, mejor dicho, a engullir; son las cuatro de la tarde y a estas horas estamos famélicos. No entiendo por qué desde que estamos en esta casa no hemos podido hacer ni una sola comida a una hora decente. Las dos es una buena hora. Las tres es una buena hora. Hasta incluso la una y media es una buena hora. Hora *guiri*, pero buena hora. Las cuatro de la tarde es hora de merendar, no de comer. Si seguimos así vamos a engordar un montón, porque después cenamos a las mil y nos acostamos con la tripa llena. Y no solo de alimentos sólidos. Los líquidos también engordan lo suyo. Y a pesar de que tanto lo uno como lo otro me encantan, no hace falta ser física para saber que hidratos de carbono + alcohol + azúcares = *michelines* de por vida.

Nicolás va de brazo en brazo.

Tras una épica discusión, Kris, que aseguraba que el gato era suyo, porque para eso come y duerme dentro de su casco, no ha puesto ninguna pega a dejar que Rosa se quede con él (con el gato, quiero decir; el casco no lo quiere ni regalado). Para mí que tanta insistencia ha sido una argucia de Kris para apelar a los instintos competitivos de Rosa y poder endosárselo. No sería la primera vez que urde alguna artimaña similar y les endilga un animal a Jose y a Rosa. Una noche, hace años, ya se acercó como un ladrón al chalet de Jose y dejó caer un gatito recién nacido en el jardín. Lo descubrieron a la mañana siguiente y no se preguntaron hasta mucho después cómo era posible que un animal que ni siquiera podía andar apareciera de repente junto a la valla del jardín. Ciencia infusa, creo que lo llamaron. Lo criaron con biberón durante dos meses. Jose solía jactarse de que, después de semejante experiencia, ya estaba preparado para criar a un hijo propio.

Infeliz. Después de mucho pensar he tomado la decisión de no contarle a Rosa mis suposiciones. Podría mosquearse. No es un espectáculo agradable de ver. Los pollos que monta son históricos. Menos mal que solo le ocurre una vez cada diez años. Podría decir, sin temor a equivocarme, que si Satanás cometiera la imprudencia de subir a tentarla en uno de esos días, le arrancaría la cabeza de cuajo y se la echaría de comer a su perro. Saber callar a tiempo es de sabios. Empiezo a practicar. De todas formas no va a haber quien la separe del gato ni con palanqueta.

—¿A qué hora tenemos que estar en la mansión? —pregunta Kiri desde la otra punta de la mesa.

—A las nueve y media. —Se oye el grito de Jose desde la cocina. Está fregando. Creo que no recuerda que hoy no le toca a él. No seré yo quien lo saque de su error, que con las mismas me lanza el estropajo y me toca fregar a mí.

—¿Ya tenéis preparados los disfraces? —Me acomodo en la silla y alargo una mano con intención de pillar uno de esos cilindros tan nocivos para la salud.

—Sí —contestan casi al unísono al tiempo que Juanfran me da un golpe en la mano—. De eso nada, señorita, has prometido que no volverías a fumar después de casi quemar la tapicería del sofá.

No recuerdo exactamente cómo ocurrió. Semejante despiste solo cabe achacárselo al incomprensible hecho de que me quedé dormida la noche que estuve de confidencias con Juanfran. Cuando desperté, lo hice escuchando a Jose hablar sobre el comportamiento de los líquidos no newtonianos o sí newtonianos, o algo por el estilo.

A semejante conversación anestesiante, le siguieron los madereros canadienses transportando los troncos de un lado a otro por el río (también aportaron su granito de arena para amodorrarme). Creo que terminaron con las múltiples y variadas normas protocolarias a seguir en el hipotético caso de encontrarnos cara a cara con: un ministro, un embajador, un alto dignatario extranjero, un miembro de la casa real o algún miembro de la aristocracia con las que Kiri se recreó durante..., ni se sabe, fueron el último clavo del ataúd. Consiguieron lo que no consigue un ansiolítico de alta gama: que me quedara frita con un cigarro en la mano. En circunstancias normales esto no me habría ocurrido jamás, pero mi mente, adormecida por tantos datos soporíferos, se desconectó *motu proprio* y se largó al compasivo mundo de los sueños. Con el zarandeo más fastidioso que había sentido jamás en mi larga vida, Jose me despertó y, por no escuchar otra de sus impresionantes charlas sobre los efectos que las abrasadoras llamas pueden causar en el siempre inestable y débil cuerpo humano, lo cual habría supuesto un sufrimiento gratuito en el siempre sensible e hipocondríaco Kiri, prometí, en un ataque de locura, que dejaría de fumar.

Bueno, sea como fuere, la cuestión es que estoy fumándome encima. Con un pesar, un ansia y una inquietud que no sabía que se podía sentir, dejo el cigarro sobre la mesa.

—¿Ya los tenéis preparados? —pregunto sorprendida—. ¿En serio?

Vuelven a contestar afirmativamente. ¿En serio? ¿Ya? ¿Acaso son sonámbulos y se han pasado la noche deambulando por ahí mientras yo dormía? ¿Dormía? Entrecierro los ojos y pienso. Las cejas se me disparan en el momento en que los recuerdos de mis andanzas nocturnas llegan en tropel. Dormir lo que se dice dormir, no dormí mucho, la verdad. Borro la sonrisa libidinosa que pugna por aflorar. Lo consigo. Con esfuerzo, pero lo consigo.

—Tú ya tienes preparado en tu habitación tu disfraz —me informa Rosa—. Como esta mañana tardabais tanto en volver... pues... hemos bajado al sótano y hemos rebuscado entre todo lo que el señor Kellerman guarda allí. Ese sitio es como un mercadillo, o como el sótano de las torturas —añade con un escalofrío—. Encuentras de todo. No te preocupes, ya tengo preparado tu disfraz —repite.

Eso me anima.

—¿Y de qué voy a ir?

—Ya lo verás —responde en plan misterioso lanzándome una mirada de soslayo—. Vas a estar guapísima. Teniendo en cuenta que nadie puede reconocerte, claro.

Algo en su tono de voz y en esa mirada que le ha dado por poner últimamente me eriza los pelos de la nuca.

—Lo prioritario no es de qué vamos a disfrazarnos, sino que Sebas no se vuelva a escapar —indica John. Me doy cuenta de que aún está malhumorado. Vaya, pues sí que le duran los mosqueos. Seguro que es porque su disfraz es una mierda. A mí no me la pega—. El primero que lo localice que me llame y me pondré en contacto con el inspector que lleva el caso. Lo busca la Interpol, ¿sabéis? Por lo visto han estado en contacto con la policía española desde la desaparición del marchante de arte sueco. Ahora, por fin, la insólita posibilidad de que Sebas haya aparecido por aquí y puedan llegar a cogerle los tiene a todos muy nerviosos. Tu amigo Sebas —se dirige a mí directamente por primera vez desde que hemos regresado— es muy conocido en toda Europa. Por lo visto le buscan en varios países.

Pues qué bien.

—¡Ah! —exclamo aburrida. Luego lo pienso mejor y me inclino hacia delante y pongo cara de interesada. No me gustaría que pensara que paso de él—. No lo sabía.

Apoyo los codos sobre la mesa y dejo caer la cabeza en las manos. Me consuelo pensando que si un tío tan tonto como Sebas ha podido estafar y robar a media Europa y parte de Asia, los McNamara y yo no somos idiotas; hemos pecado de confiados. En el fondo me alegro de que no seamos los únicos. A mí sí me sirve eso de «mal de muchos, consuelo de tontos». Espero de corazón que esta noche sea la última que semejante imbécil vea el sol. Bueno, la luna. Y ya puestos, no quiero ni pensar que haya tenido nada que ver con la muerte prematura del señor sueco marchante de obras de arte.

—Entonces… ¿no podemos matarle y alegar defensa propia? —propongo en un arranque de inspiración con intención de relajar el ambiente. Varias miradas se vuelven en mi dirección y me observan con gesto asombrado. Tanto, que por un momento temo haber dicho una tontería—. *Jump, jump* —carraspeo incómoda ante la mirada especialmente escandalizada de Rosa.

—¿Por qué no lo has sugerido antes? Podríamos haber preparado una coartada infalible que nos asegurara el veredicto de inocentes. Ahora ya es demasiado tarde para organizarlo todo. —Parece que piensa en ello mientras mueve la mandíbula de un lado a otro, como los roedores. Da bastante grima, la verdad—. No, demasiado tarde. Otra vez será.

Ahora la sorprendida soy yo. Me temo que Rosa será como esas viejas que, si se mosquean por cualquier nimiedad, sacan al perro a pasear y le dejan cagarse en la puerta del infractor para después observar por la mirilla cómo se pringa los zapatos; luego se echará a reír pensando que se ha hecho justicia.

Tras recoger la mesa quedamos en encontrarnos de nuevo en el salón para tomar una copa antes de marcharnos para la mansión (llamamos así a la casa de los McNamara). Subo los quince peldaños que me separan de mi merecido descanso y cuando enfilo el amplio pasillo, me enciendo un cigarro. Lo necesito. Todavía no entiendo cómo se me ocurrió hacer semejante promesa absurda. Es obvio que no se puede tomar en serio. Las promesas que se hacen medio adormilada tan solo son válidas a medias. Y puesto que no me encontraba en plenas facultades mentales, la cumplo únicamente a medias, porque fumar, lo que se dice fumar, delante de Jose no lo hago. Lo hago a escondidas. Creo firmemente que si él no me ve, no incumplo mi palabra.

—¡Crisi! —¡Joder!, casi se me cae el cigarro al suelo—. Se te ha encendido un cigarro solo. —Me giro y veo a Jose tras de mí—. Yo que tú lo apagaría antes de que coja confianza y te obligue a fumártelo. No te puedes fiar de los cigarros que se encienden solos.

—Muy gracioso.

Hago una mueca de burla y a continuación le doy tal calada al cigarro que creo que el humo me va a salir por las orejas. En cuanto la preciada nicotina entra en mis pulmones, arrugo la cara un momento y noto cómo una arcada de asco me sube por la garganta. ¡Puaj! Qué asco. Esto no hay quien se lo fume. Literalmente. Un escalofrío de aprensión me recorre la columna vertebral. Vaya, pienso asombrada, un solo día sin fumar y ya lo he dejado. Genial. No sé de qué se queja tanto la gente. Dejar el vicio no supone ningún esfuerzo supremo. Pensaba que me iba a poner agresiva durante días y días y, mira tú por dónde, unas horas de abstinencia y ya me he desenganchado.

Alargo la mano y le ofrezco el cigarro a Jose.

—Pensándolo bien, voy a hacerte caso. Toma, para ti —le digo con falso aire compungido—. Esto solo lo hago por ti, ¡eh! Me debes una —añado rápidamente antes de dar media vuelta y encerrarme en mi habitación dejándolo, un tanto atónito, en medio del pasillo con el cigarro humeante entre los dedos.

A las siete y media me meto en la ducha y, como es mi costumbre desde que habito en esta casa, dejo correr el agua como si no hubiese restricciones. Lo de las reducciones de agua es un bulo. Tenemos agua de sobra, lo que ocurre es que no nos la quieren dar. Si los encargados de repartir el agua nos dijeran que tenemos agua de sobra, no nos la podrían cobrar a precio de agua de manantial sagrado. Esta es una de esas cosas tontas que te da por pensar cuando te llega la factura. La otra es pulverizar toda la casa con ella para protegerla de espíritus malignos (por eso de que te la cobran como si fuera agua bendita...). De todas formas imagino que es mi deber, como buena ciudadana, gastar toda el agua posible mientras me ducho en casa ajena.

Y de paso, el señor Kellerman les echa un cable a las compañías suministradoras del santo elemento.

Salgo del baño envuelta en una suave y esponjosa toalla y me deleito con su suavidad. Como deberían ser las de mi casa si les echara el suficiente suavizante. Las restricciones. Ya se sabe lo que pasa con las restricciones. Empiezas por controlar en gasto energético. Sigues con el precio del pan y las pastas y, al final, terminas no echándole suavizante a la lavadora; luego te consuelas pensando que si las toallas rascan un poco, secan más y mejor.

Lanzo un suspiro de satisfacción y me acerco a la cama. Sobre ella un conjunto de… ¿piel? Lo toco con dos dedos. ¿Esto es piel? ¿En agosto? Le dirijo al conjunto de marras una mirada cargada de recelo y pienso que Rosa se ha equivocado y que estas prendas no son para mí.

—¿Te gusta lo que te he preparado? —La artífice del desaguisado entra en la habitación y, de un tirón, me arranca la toalla que llevo en la cabeza. Me obliga a inclinarme y empieza a frotar y a restregarme el pelo como una peluquera en prácticas—. A ver —dice sujetándome por la barbilla y mirándome con el ceño fruncido—. Así ya estás bien. Si sigo restregando voy a dejarte calva. No hace falta que te seques el pelo. Voy a recogértelo en un moño.

—Yo no quiero ningún moño —protesto—. Sabes perfectamente que no me quedan bien. Las orejas se ven con un moño, ¿sabes?

Se encoge de hombros y empieza a sacudir la ropa.

—No se te va a ver el pelo. —Me muestra un gorro de piel con una cola de animal colgando flácidamente a un lado—. Esto te lo va a tapar.

Con los ojos en blanco, me alejo hasta el cajón de la ropa interior y rebusco un conjunto mono. Nunca se sabe cuándo puedes perder la ropa en un despiste. Y lucir bragas de cuello vuelto y un poquito cedidas podría espantar al admirador más devoto y entregado. Saco un conjuntito blanco que cumple con todos los requisitos. Sexi, discreto, cómodo y femenino.

—No busques tanto, que no lo vas a necesitar. —Rosa me quita el conjuntito ideal de las manos y lo devuelve al cajón sin miramientos. Después lo cierra de un empujón.

Noto cómo la falta de nicotina empieza a hacer mella. La agresividad que siento en estos momentos me pilla casi tan de sorpresa como cuando nos interrumpió a John y a mí en la cocina. Es más que probable que si no me explica ahora mismo qué está ocurriendo reniegue por completo de mis creencias: «Paz, hermanos», y empiece a actuar de forma inadecuada. O lo que es lo mismo: violenta y cruel.

—¿¡De qué coño estás hablando!? —pregunto con un tono de voz un pelín más elevado del que me había propuesto utilizar—. ¿No pretenderás que vaya sin bragas?

Se vuelve hacia mí y me mira como si fuera desperdigando tornillos a ojos vista.

—No, mujer, no digas tonterías —dice en plan condescendiente y despreocupado—. Vas a ponerte esto. —Levanta los brazos y me muestra el conjunto de sujetador y bragas de la señora de Cromañón.

No sé muy bien qué hacer. Si reír o llorar de impotencia. ¿En serio pretende que me ponga un conjunto de piel, que por cierto es un horror, en pleno mes de agosto? Al pensar cómo sufrirán mis partes más preciadas y mimadas me pongo enferma.

—Si crees que voy a ponerme eso es que estás más grillada de lo que pensaba.

—No seas tiquismiquis. Vas de hijo de David Copperfield —me aclara con entusiasmo—. Sebas no puede reconocerte, por eso tienes que ponerte esas ropas de hombre enano. Si te reconoce lo echarás todo a perder y se largará corriendo como un vampiro ante la visión de un ajo.

No puedo evitar preguntarme qué tiene eso que ver con la ropa interior. Tampoco puedo evitar fijarme en que ella lleva un vestidito muy favorecedor y aireado, estilo años veinte. Brazos al aire, piernas al aire, dedos de los pies al aire, espalda al aire...

—Lo del conjunto vale, pero ¿por qué esa ropa interior? —No sé ni para qué pregunto, seguro que me sale con alguna parida de las suyas y yo, como buena pringada que soy, me pondré el conjunto de la época de cuando los hombres lucían pelo en pecho.

Me mira fijamente y sin pestañear.

—A ti no hay quien te entienda, bonita. Con lo que me ha costado encontrar todas estas prendas y conjuntarlas... —Se hace la mártir. Seguro que le ha costado un ataque de risa y algunas lágrimas a juego—. Sangre, sudor y lágrimas. —Extiende el dedo índice y lo pone bajo mi nariz. Vale, tiene un padrastro, ¿y qué?—. No sabes el calor que hacía en ese sótano del demonio. Sudando y llorando de impotencia por encontrar algo que te sirviera me he clavado una astilla en el dedo y he sangrado. ¿Entiendes todo lo que he hecho por ti? —Agita el dedo con aire teatral—. Sangre, sudor y lágrimas —repite—. Y este conjunto de ropa interior tan sexi —¿sexi?— lo compré en Alicante, en una tienda de esas de..., de... regalos para despedidas de solteros. Es monísimo —dice al tiempo que levanta las braguitas y las observa por los dos lados—. Lo compré para una de mis hermanas y la muy desagradecida me dijo que me lo metiera por donde amargan los pepinos. Grosera. —Suspiro y decido tomármelo con calma. Esto nos va a llevar un buen rato. Y no creo que merezca la pena recordarle que ella va con ventilación incorporada—. Mira —persiste en su incesante cotorreo mientras yo la miro con expresión perpleja—, mira qué suaves son. Y están forradas de seda. —Me sujeta la mano y me obliga a acariciar el forro de la prenda. Vale. Sí que es suave. Pero eso no quita para que sea piel de conejo y dé un calor de mil infiernos—. ¿Vas a rechazar mi regalo? —Mira las prendas con pena y luego levanta la vista y clava su mirada de cachorro extraviado en la mía. ¡Caramba!, todo el mundo domina esa mirada menos yo.

¡Trampa! ¡Trampa! Grita mi cerebro a todo volumen. ¡Huye antes de que sea tarde! ¡Maldición! ¿Por qué siempre tengo que ser yo la pringada?

—Te cambio el disfraz —sugiero en un último intento desesperado.

—Imposible. —Me da unos golpecitos en la pierna para que la levante y empieza a vestirme como si fuera una niña pequeña. No le doy ninguna importancia. Nos hemos duchado juntas, vestido juntas y dormido juntas desde…, desde siempre. Un desatino al que voy a poner remedio ya.

—¿Por qué? —Le doy un palmetazo y me pongo yo sola la ropa interior. Espero pacientemente. A ver qué explicación se le ocurre ahora.

—Porque este disfraz es precioso. —Agacha la cabeza y lo alisa, orgullosa—. Y el tuyo es una mierda.

Si alguna vez decide dejar de ser ama de casa, en el cuerpo diplomático la esperan con los brazos abiertos.

—El de Laura… —arrastra las palabras. No parece muy complacida y una sensación de alivio me recorre de la cabeza a los pies. No seré la única que vaya disfrazada de…, de…, de… ¿cómo ha dicho? ¿David Copperfield en enano?—. En fin, es muy similar al mío.

Ahogo una exclamación de indignación. La miro atónita.

—¿No había otro vestidito de esos para mí?

—No, ya me fastidia bastante que Laura vaya vestida casi igual que yo. Vamos a parecer los dos patitos. Además, ¿qué esperabas? —Termina de ajustarme el chalequito y desaparece dentro del baño. Al cabo de dos minutos regresa con un cepillo en la mano—. Date la vuelta —ordena antes de empezar a dejarme calva de nuevo—. Te lo mereces por pasártelo bomba con uno que yo me conozco y no contarme nada.

—Pero ¡si te lo he contado todo! —me defiendo mientras intento girarme, solo para que vea lo ofendida que estoy—. ¡Ay, mi pelo! Te lo he contado todo —repito, haciendo énfasis en el «todo».

—Ayyy, además de viciosilla..., mentirosa. —Clava los ganchos en el pelo con fuerza suficiente como para atravesarme el cráneo y me encasqueta el gorro—. No me has contado las últimas novedades. La sesión nocturna de playa te la has comido. —Me da media vuelta y me mira levantando las cejas y sonriendo con superioridad—. Yo me entero de todo. De TO-DO —repite con suficiencia—. Me crie rodeada de muchos primos y hermanos. Todos chicos. Si me descuidaba, me comían viva.

Ya sabía que Rosa se había criado con cuatro primos, dos hermanos y una caterva de vecinos y, exceptuando una hermana y una prima un poco cursis, toda su infancia la pasó rodeada de chicos, jugando al escondite, haciendo guerras de piedras, disparando con la escopeta de perdigones..., batallas de arcos y flechas..., guerras de indios y vaqueros... Y si no quería, como ella dice, «que se la comieran con patatas», procuraba ir siempre un paso por delante de los bestias de sus primos. No tuvo una infancia desgraciada, pero el resultado ha sido una mezcla única y peculiar de las complejidades de ambos sexos.

¡Maldita sea! Pobre Jose. La arpía que le ha tocado en suerte. Me acerco al espejo, con miedo, mientras la puerta se abre de par en par (ya no me molesta. Estoy acostumbrándome a no tener intimidad) y entran Laura, Kris, Juanfran y Jose.

—¡Hostia, Crisi! —Jose se dirige hacia mí y da una vuelta a mi alrededor—. ¿Qué te has hecho?

—¡Yo no me he hecho nada! —grito a un paso del histerismo—. Ha sido la loca de tu mujer —la acuso, resentida.

—Anda, pues te ha dejado guapísima. Rosa, ¿por qué no te has puesto tú este disfraz? Las chicas vestidas de chicos tenéis un no sé qué que nos pone a tono en un pispas.

—Sí que estás guapa —corrobora Juanfran antes de acercarse para inspeccionarme más de cerca.

¿Ah, sí?, me pregunto más animada mientras me llevo un dedo a la boca y chisto, lo más bajo que puedo, reprendiéndoles por sus alentadores piropos. Si los oye la psicópata es capaz de volver a cambiarme el *look*. Y no para mejor.

De pronto, reparo en los disfraces de los demás. Efectivamente, el de Laura es casi una réplica exacta al de Rosa salvo por el color del vestido. El de Rosa es negro y el de Laura, verde. Jose y Kris van vestidos como siempre: vaqueros, camperas (eso solo Jose; Kris lleva unas botas guiris, y algún día le preguntaré de dónde saca semejantes esperpentos), camisa azul, el primero y camisa de cuadros, el segundo. ¿La nota discordante?: unos cinturones de cuero con unas hebillas de lo más imaginativas.

Juanfran, por el contrario, lleva puesta una especie de sotana negra y, cubriéndole media cabeza, horror de los horrores, algo que se parece sospechosamente a una mopa. Le cubre de oreja a oreja y se sujeta bajo la barbilla con una lazada. Me da la impresión de que si pudiera darle la vuelta podría limpiar el suelo. La parte de atrás de la cabeza: al natural.

Animada y envalentonada por lo que ven mis ojos, me animo a preguntar procurando no echarme a reír:

—¿De qué vais?

—Kris y yo vamos de vaqueros —contesta Jose—. Bueno, yo voy de vaquero; este va de leñador cutre. ¿Dónde se ha visto un leñador con esas botas? Si se presentase en un bosque con esas pintas duraría en caer lo mismo que un árbol.

—Eso habría que verlo, chaval —replica Kris sin inmutarse—. No creo que tú aguantaras mucho más en un rodeo.

—Puede que no sepa montar un toro, pero soy un hacha partiendo caras...

Les interrumpo antes de que nos vuelvan locas con sus pullas.

—¿Y tú de qué vas? —le pregunto a Juanfran directamente.

—De magistrado inglés.

Lo siento, de verdad que lo siento, pero me echo a reír con ganas.

A las ocho y cuarto bajamos las escaleras y, aunque me han dicho: «Estás muy bien, no seas tan pejiguera», no termino de sentirme cómoda con el disfraz que me ha tocado en suerte. Por otro lado, no hago más que preguntarme de qué irá Miranda. Seguro que ha encontrado algo que realce sus muchas virtudes, y si encima se mantiene calladita toda la noche..., triunfo asegurado. Aunque, como se dedique a tocarme las narices pienso hacerle cuatro preguntas, estratégicamente pensadas, en los momentos más comprometedores. Algo así como: «¿Tú sabes que si mezclas vinagre con sal las arrugas te desaparecen en un santiamén?», o «Sí, es fundamental hoy en día conocer el área del dodecaedro, es lo más *top* entre la gente más *cool*. Con gusto te cedo los honores, Miranda», o «Por favoooor, la capital de Madagascar, por supuesto que todos sabemos cuál es la capital de Madagascar. Anda, Miranda, que no se diga».

Atravesamos el recibidor y entramos en el salón. Todos parecen de buen humor y charlan sobre cómo, por fin, Sebas va a terminar pagando por todo el daño que ha hecho. También sienten curiosidad por la fiesta. Yo no me entero de nada. Estoy con la cabeza en otra parte. Estoy tan nerviosa que no me doy cuenta de que ya me han servido un vino y alguien me está poniendo una copa en la mano. Lo cojo como una autómata. La voz risueña de Kiri me saca del ensimismamiento

—¡Coño, Crisi! ¿De qué vas vestida?

Levanto la mirada y veo que van todos vestidos con camisas y vaqueros; tan solo los cinturones de cuero adornados con unas hebillas, que llamarían la atención de un ciego, ponen la nota discordante a su vestimenta habitual.

¡Serán cabrones!

—De cementerio de animales —espeto en un arranque de sinceridad—. Llevo un zorro muerto en la cabeza. Gatos muertos en los pies. Tanto rímel en las pestañas que parecen dos moscas muertas y… —Decido en el último momento no mencionar la parte bochornosa del sujetador y las braguitas de conejo disecado—. Como a alguien se le ocurra reírse le arranco la piel a tiras y la uso como capa. Todavía caben algunos fiambres más en el camposanto. —Les lanzo una mirada amenazadora esperando que alguno se atreva a reír.

¿Y qué esperaba? Las risas son generalizadas.

Perpleja, me doy cuenta de que yo también me estoy riendo a carcajadas. No dura mucho. La risa se me corta de golpe cuando aparece Miranda vestida con un modelito de alta costura tipo Chanel.

—Eso es trampa —la acuso sin miramientos en el momento en que se encuentra lo suficientemente cerca—. Si no te disfrazas, no puedes venir a la fiesta.

—Voy disfrazada —se defiende antes de lanzarme la sonrisa vomitiva (ella sonríe, yo vomito)—. Voy de primera dama de los Estados Unidos de América.

¿Qué? ¿De qué está hablando? Me fijo de nuevo en el modelito. Efectivamente, el vestido que lleva tiene un aire a los que solía lucir Jackie. Collar de perlas incluido. Vale, este asalto lo ha ganado ella.

Con el rostro pálido y desencajado, como si me hubieran dado un disgusto de tomo y lomo, echo la cola de zorro hacia atrás, doy media vuelta y me encamino con paso ligero hacia la salida.

—¿Nos vamos o qué? La primera dama ya está lista.

CAPÍTULO 24

Jueves, 25 de agosto
Día D. Hora H

Aunque no hay nada que desee más que darme la vuelta y largarme, me obligo a poner un pie delante del otro y enfilar el camino de entrada que conduce al porche delantero de la mansión. Ligeros escalofríos me recorren de vez en cuando. ¿Quién iba a decir que después de todo agradecería las prendas de piel? Los grandes portones de madera están abiertos de par en par y se oye el bullicio de los invitados. Hay luces por todas partes. Brillan como pequeñas luciérnagas esperando que las sigas. En las mesas del jardín, en las copas de los árboles, rodeando la arcada de la puerta... y también hay grandes macetones con flores flanqueando la entrada a la casa. Desde algún lugar, que no acabo de localizar, suena música clásica. Travis y Elaine se encuentran junto a las puertas dando la bienvenida a todos los invitados. Todo está precioso, pero yo tan solo puedo pensar en una cosa: «Así que, ¿así viven los ricos? Me encuentro en un puto universo paralelo».

Tragándome el nudo de inseguridad que de repente se ha empeñado en provocarme cierto grado de inseguridad, subo los escalones y saludo al homenajeado y señora. No van disfrazados. Prerrogativa de anfitriones. Ella lleva un vestido de noche color rosa palo, precioso, y él está para comérselo enfundado en un esmoquin negro y la larga melena recogida en una coleta.

Me pregunto si Sebas ya habrá llegado. Miro de reojo a mi alrededor con recelo, como esperando que me vaya a saltar encima de un momento a otro. «Tranquilízate, Crisi, tranquilízate», me digo por enésima vez. «Lo peor que puede pasar es que vuelva a largarse de rositas».

Después de los saludos de rigor y un guiño alentador por parte de Travis, me giro hacia el interior de la mansión y, con paso firme y determinación, atravieso la estancia y me encamino hacia el primer camarero que veo. No pienso beber mucho esta noche. Una copita de vino. Bueno dos, contando la que me he trasegado en casa. Como medida necesaria para infundirme un poco de valor y de audacia.

Con la copa en la mano y un ligero tinte desmoralizado, escudriño con la mirada todos los rincones del enorme salón. Nada fuera de lo normal. Es decir, muchos piratas, unos cuantos chinos, varias sirenas, dos o tres princesas de cuento, varios caballeros de época… ¿De qué época? Ellos sabrán. Dos curas, varios sultanes acompañados por sus sultanas… En fin, toda una gama de personajes al alcance de mi vista. Todo el mundo está aquí menos Sebas. A ese no lo localizo por ningún lado. Por más que me esfuerzo no consigo identificar, entre tanto rostro que me rodea, a la nariz prodigiosa.

Dejo caer los hombros con el ánimo por los suelos. El día ha sido horrible. Y a este paso se me presenta por delante una noche igual de miserable. Me acerco al primer camarero que veo y pillo otra copita de vino. Le doy un sorbito. Los fragmentos de conversaciones, las risas y las exclamaciones de sorpresa me están mareando un poco. Levanto la vista y, al fondo del salón, donde han colocado la barra de las bebidas, distingo un sombrero vaquero. Me abro paso entre el gentío y me acerco. El vaquero está apoyado con los codos sobre la barra. No sé quién de todos mis amigos puede ser. Da lo mismo. Todos me sirven. Con una sonrisa en la boca y la copa de vino en la mano me acerco a él. Nada más situarme a su espalda, levanto la mano libre y le doy una palmada en el culo.

—¿Qué hay de nuevo forastero?

El vaquero se gira sorprendido. ¡Vaya!, este vaquero no pertenece a mi rancho. Me termino el vino y aguanto la respiración. Ahora entiendo perfectamente la expresión «Tierra, trágame». Permanecemos así, inmóviles, durante un momento. ¿Y por qué de repente ya no se oye ni un murmullo ni una voz? Tampoco le he dado tan fuerte, ¿no?

—Perdona, perdona —me disculpo ante el vaquero flojucho—. Te he confundido con un amigo. —Dejo la copa de vino vacía en la improvisada barra de bar—. Tengo varios amigos que van vestidos igual de originales que tú. Perdona —repito.

Ahora que me fijo bien, igual igual, lo que se dice igual no van. Este chico no lleva la hebilla de cinturón que tanta ilusión le ha hecho a Kris. La camisa es azul, pero sobre los vaqueros lleva puestos unos zahones muy… chulos. ¿Chulos? ¿De verdad he utilizado ese adjetivo? ¡Por Dios, parezco una quinceañera! Que por cierto, debe de ser la edad del chico que tengo delante.

¿Cómo he podido confundir a un chico de quince años con alguno de mis amigos por muy ronca que tenga la voz? Se lo digo.

—No tengo quince años —contesta de inmediato, escandalizado—. Tengo veinticinco. Toca. —Me coge la mano y me anima a pasarla por su mejilla. Es cierto, raspa. Pero eso no quiere decir nada. He conocido chicos de doce años más barbudos—. Es porque soy rubio. Parezco más joven. —Le lanzo una mirada de escepticismo—. Bueno, vale, tengo veinte años, pero no se lo digas a nadie. Me gustan las tías mayores.

La sinceridad es un rasgo favorable, aunque a veces te den ganas de matar al franco en cuestión.

Aparto la mano y me fijo bien en todos los detalles. Alto, rubio, ojos claros, hombros anchos, facciones no demasiado marcadas... Aún le falta un hervor. O dos. O tres.

—Me llamo Pablo. —Me tiende una mano.

—Crisi —me presento.

—¿Crisis? ¿Qué crisis? —suelta el chascarrillo de turno mientras levanta un dedo reclamando la atención del camarero.

Decido sonsacarle información. Tal vez haya visto a mis amigos o a Sebas. Han desaparecido todos como por arte de magia.

—¿Has visto algún vaquero más por estos lares? —Compruebo, con horror, que no ha pillado el chiste. Me está mirando con cara de pasmo—. Que si has visto a alguien más vestido como tú. Vaqueros y camisa —aclaro al alto vaquero, corto de entendederas—. Mis amigos van vestidos igual que tú.

Niega con la cabeza y, corrigiendo su postura, coge los dos whiskies que el camarero le ofrece y me dedica un gesto cautivador. No será muy espabilado, pero es un encanto de chico. Acepto la bebida con coquetería y dejo que me invite. No es fácil pasearse por ahí con mi aspecto y encontrar un admirador. Se agradece, aunque el forofo en cuestión no sea muy avispado.

Mientras saboreo el whisky, me dedico a observarle y a preguntarme por qué un chico guapo se fijaría en alguien con estas pintas. La respuesta se cae por su propio peso. Es enterrador o taxidermista. Por un momento, la imagen de este chico despojándome de todas mis prendas consigue que me acalore. Le imagino con expresión de sumo placer, cogiendo toda la ropa y llevándosela para poder ofrecerle un digno entierro.

El golpe del vidrio sobre la barra me devuelve a la realidad. Sonrío un tanto azorada y me bebo el whisky. ¡Joder, esto quema!

—Arggg, arggg. —Me aclaro la garganta. Me preocupa el hecho de que un chico de veinte años con voz de barítono y que sabe pedir los whiskies mejor que nadie piense que no sé beber... Doy un golpecito en la barra con el dedo corazón, gesto inequívoco de los vaqueros de película cuando quieren otro, y me dirijo a él con voz ronca—: ¿Otro?

No tener que conducir tiene sus ventajas. Sin embargo, no quiero beber más. Necesito que todos mis sentidos funcionen al doscientos por cien; lo que incluye una agudeza mental rápida y una vista excelente. Ver doble no ayuda. ¡Ah!, y los pies. Uno delante del otro. No cruzados.

—No hacía falta que te lo bebieras de golpe. —La voz varonil del vaquero veinteañero atrapa toda mi atención (si fuera capaz de centrar mi atención en cualquier cosa algo más de dos segundos, claro). Me pregunto cómo es posible que un chico tan joven posea una voz tan ronca. Ningún chico de veinte años tiene ese timbre de voz, a no ser que sufra de faringitis crónica o se fume un cartón de tabaco al día. Estoy a punto de reñirle por lo del tabaco, cuando esa vocecita que últimamente se empeña en corregirme me dice que calle la boca, que mi cupo de meteduras de pata ya está cubierto por hoy. A lo mejor lo de la voz de ultratumba es cosa genética por parte de padre. O de madre. Lo cual sería desastroso. Pobres de sus hijas si algún día decide tener progenie.

—El primer chupito siempre me lo bebo de golpe —invento con una sonrisa torcida. Es eso o sacar a colación el tema «Voz profunda y cascada de un joven de veinte años».

—Así me gusta. —Sonríe—. Una chica guapa que no le hace remilgos a un buen whisky.

¿Guapa? Lo que me temía. Taxidermista.

Cojo el segundo whisky y ni se me pasa por la cabeza decirle que, después de muchos años tomando solo alguna que otra cervecita y algún que otro vinito en las comidas, hace cuatro días que me pillé una cogorza y todavía no la he soltado.

Y así, entre charlas insustanciales y otras un poco más profundas, hablamos de todo un poco. De la gente que conocemos en común, del precio de la luz, del espíritu aventurero de su perro, *Boris,* un pastor alemán al que le gusta sentarse y lamerse las pelotas delante de su vecina, y de lo maravilloso que está el jardín todo iluminado. De lo divino y de lo humano, mientras me doy cuenta de que la botella de whisky va menguando sin darnos ni cuenta.

En un momento de nuestra conversación, veo que Pablo levanta una mano y saluda a un hombre vestido de cruzado que pasa por nuestro lado. El cruzado le devuelve el saludo con una inclinación de cabeza y, cuando nota que lo estoy estudiando con curiosidad, me lanza una extraña mirada. Una mirada que expresa más que mil palabras. Sé perfectamente lo que ha querido decir: «Pero ¿tú de qué vas?». Tengo que esforzarme al máximo para no hacerle un corte de mangas. ¿Cruzado? La cara le cruzaba yo sin pensármelo ni dos veces, pero la idea de embarcarme en una pelea con un cruzado de pacotilla me resulta tan peregrina como comer una coliflor que no provoque gases. ¿Qué gano con ello? Dolor de estómago y flatulencias.

Entre traguito y traguito y en posición de investigador (codo sobre barra, cadera torcida, cigarro levemente inclinado sobre comisura boca), le pregunto al vaquero, con voz asombrosamente firme, por mi otro amigo.

—¿Has visto a un tío que va disfrazado de magistrado inglés? —le describo, más o menos, cómo va vestido.

—Solo he visto a un tío con una gabardina negra y una especie de mocho en la cabeza —responde con la voz cargada de guasa sin quitar ojo a todas las titis que nos rodean; un gesto inconsciente típico de veinteañeros (y de treintañeros y de cuarentañeros, etcétera, etcétera, etcétera)—. Pero no va de magistrado, va de exhibicionista —afirma tras un nuevo sorbo de whisky

—¿¡¡¡Qué!!!? —pregunto entre asombrada y divertida. Está claro que bien podría entrar en esa categoría—. ¿Tenía el pelo..., bueno..., el pelo que asoma por detrás del mocho... castaño-caoba? —No sé cómo definir el pelo de Juanfran. Es..., bueno..., diferente y original—. ¿No muy agraciado, pero con una personalidad arrolladora?

—Sí, es ese. Se acababa de marchar por ahí justo antes de llegar tú. —Señala las escaleras que suben al primer piso—. Iba con una morena buenorra que no iba disfrazada, aunque ella se empeñaba en gritar a los cuatro vientos que iba de Jackie Kennedy.

Atónita me acaba de dejar.

Si la bruja-bombero ha dado rienda suelta a sus dotes de seducción, el hombre mocho está perdido. Si lo conoceré yo... No en vano existe el dicho: «Tiran más dos tetas que dos carretas».

—Pero... —Dudo un momento antes de preguntar—: ¿Te ha dado la impresión de que iban hablando en plan colegas o iban..., iban... a practicar un rato la concupiscencia?

Me mira con el ceño fruncido y cara de circunstancias.

—¿Qué eres, monja?

¡Ehhh, alto, alto! ¡Eso sí que no! Replanteo mi pregunta:

—¿Iban charlando como simples conocidos, o te ha dado la impresión de que en dos minutos estarían follando en plan conejos de campo?

Lo miro de modo que no se me note que me estoy tragando la vergüenza a sorbos tan rápidos como me bebo el whisky.

—Lo segundo —responde con la cara roja como un tomate.

Malo. Muy malo. Juanfran acaba de quedar fuera de combate. Si ya de normal vive en un mundo aparte, fuera de órbita y sin cerebro, no va a estar para muchos trotes. Solo de pensar que mi amigo del alma está en una habitación haciendo vete tú a saber qué guarrerías con la bruja, se me encoge el corazón. Me obligo a olvidarme de estos dos y a concentrarme en lo que tengo por delante.

—Bueno..., Pablo, ha sido un placer, pero tengo que marcharme ya. Gracias por los chupitos. Nos vemos —añado en el último momento. Él se inclina, yo me empino, y nos damos los dos besos que mandan las buenas costumbres.

—¿Quieres que nos veamos algún día?

Qué mono..., tan jovencito y tan guapete, intentando ligar conmigo que le saco como una década.

—Eh... bueno... —rezongo. No tengo valor para decirle que no. Que no es mi tipo. Que a mí me van los morenos serios y conflictivos. De los que me roban el sueño y el aliento con cada beso que me dan—. Verás..., eh..., tengo que encontrar al exhibicionista. Su madre se ha puesto de parto —invento—. Quizá algún día nos encontremos en otra fiesta de este estilo. Me gustaría mucho.

Me siento un poco avergonzada por mentir tan descaradamente, pero... ¿cómo decirle que no me interesa?, ¿que es demasiado joven y demasiado rubio? ¿Cómo decirle que mis ovarios andan en misión de reconocimiento del terreno y están tan concentrados en su tarea que no pueden mirar a nadie más que no sea al moreno de lengua extranjera? Imposible. Imposible del todo.

—Entonces... —inquiere, ilusionado.

Lanzo un suspiro de derrota y resignación.

—Vale. Anota mi teléfono. Llámame algún día y si puedo quedamos para tomar el té o algo así, ¿te parece?

Veo, con asombro, que el chico se estira con aires de pavo real. De hecho, un verdadero pavo real no lo haría con tanta gracia. Le pide un boli al camarero y anota los números que le voy dictando. Cuando termina, se gira y me lanza una sonrisa deslumbrante.

—¿Vendrás vestida así?

Doy un respingo a causa de la sorpresa, al tiempo que intento que el whisky que me acabo de beber no me salga disparado por la nariz. Pero ¿qué le pasa a la juventud de ahora?

—No, si puedo evitarlo.

Me despido de nuevo. Esta vez sin besos. Rodeo la barra y me encamino hacia una de las paredes. He pensado que si recorro todo el perímetro del salón pegada a ellas, tendré una visión más amplia de todas las personas que conforman la flora y la fauna de esta fiesta. Maldiciendo mi altura (baja altura), me abro paso entre el gentío. Por fin consigo situarme en una de las esquinas. Me subo al canto del enorme macetero de una palmera y, apartando una palma con cuidado de no pincharme, echo el ojo por todo el recinto.

A lo lejos distingo a dos de las parejas felices. Compruebo, anonadada, que no están buscando a Sebas en absoluto. Más bien aúnan fuerzas para saquear el bar que hay instalado junto a la terraza. Con sus copas en la mano, les veo salir a la terraza y empezar a contonearse. Kris, no. Los hombres no bailan. Estoy a punto de darles un grito de indignación por su poco espíritu de equipo y su falta total de alma aventurera, cuando una nariz patricia se cruza en mi campo de visión. Entrecierro los ojos y la sigo con la mirada. Se mueve entre la multitud con soltura. Va charlando con todo aquel que se encuentra sin darse cuenta de que es observado desde detrás de una palmera.

Todavía quedan muchas horas por delante, así que decido bajarme del macetero y seguirle. Sin prisas. No me gustaría que me descubriera antes de contactar con todos mis amigos. Mientras le sigo, me pregunto dónde habrá estado todo este tiempo. La última vez que le tuve tan cerca fue en una habitación de hospital. Yo iba de morfina hasta las cejas y apretaba los dientes, intentando amortiguar el dolor que me retorcía las entrañas, mientras él me hacía el inmensísimo favor de birlarme hasta el agua del florero. Me alegré de poder confiar en una persona que se suponía que era mi amigo. Que se suponía que me quería. O por lo menos que me apreciaba. Solo de pensar en ese día me entran ganas de llorar.

¡Mierda de tío!

Con la vista fija en semejante individuo, alzo una mano, inconscientemente, y me froto la fina cicatriz que serpentea por debajo de mis costillas. Exhalo un enorme suspiro y un escalofrío de anticipación me recorre de arriba abajo. Por fin va a pagar la factura que me debe por el enorme descalabro económico que me causó. Eso sin contar con el subsiguiente tormento emocional. Solo por eso, la cuota a pagar debería aumentar a tres palizas más.

Alzo la vista hasta la galería que recorre el piso superior con la esperanza de localizar a John, a Kiri o a mi hermano. No les veo por ningún lado. La primera parte del ingenioso plan de dar la voz de alarma en cuanto veamos a Sebas se está yendo al garete. ¿A quién narices piensan que voy a avisar si han desaparecido todos? Aprieto la mandíbula con frustración. Acabo de recordar que Carlos y John se iban a reunir con Travis en la biblioteca. Por lo visto han montado allí el centro de operaciones. ¿Por qué? Porque por lo visto desde el susodicho despacho se puede vigilar todo el salón y gran parte del jardín. En otro momento hubiese subido y les habría avisado. Sin embargo, la idea de tener que cruzar otra vez la enorme estancia llena de gente… no me atrae en absoluto. Los descarto con rapidez y pienso en la siguiente opción: Kiri. ¿Dónde demonios se ha metido este? ¡Mierda! Seguro que está practicando lo que aprendió durante el curso de protocolo. Con un poco de suerte, estará encantado haciendo reverencias y recordando a quién debe tratar de usía y a quién de excelentísimo. Con roce corporal, sin roce corporal, con guantes, a mano pelada..., medias reverencias o genuflexiones completas. No creo que vuelva a verle el pelo en toda la noche.

Estoy ensimismada en mis cosas, pensando que Juanfran anda practicando un rato de sexo; Kiri practicando diálogo; las parejas desaparecidas practicando diversión sin cortapisas y Carlos y John practicando el cómodo arte de espiar desde las ventanas, cuando Sebas da rienda suelta a sus piernas y se encamina hacia el jardín. Le sigo, abriéndome paso a través de la multitud. ¿Qué otra cosa puedo hacer? Con disimulo, eh.

Al salir a la terraza, levanto la cabeza y escudriño por todas partes. Atónita, compruebo que Sebas ya no está. Ha desaparecido. Pestañeo y mi vista salta de un borrón verde a otro (ese es el color de la chaqueta que lleva puesta). Vuelvo la cabeza y recorro de nuevo el salón con la mirada. Nada. Siguiendo mi natural inclinación de no pararme a pensar antes de actuar, cruzo la terraza a toda prisa y bajo los cuatro escalones que me separan del jardín. Hay poca gente. Unas quince o veinte personas. Y ninguna de ellas es Sebas. Sumida ya en toda regla en un ataque de ansiedad de mil demonios, camino de un lado a otro sin rumbo fijo, echando rápidos vistazos a todo aquel que se cruza en mi camino. No está. Lo he perdido.

En cuanto doy por hecho, por increíble que parezca, que he perdido a Sebas, cruzo el jardín corriendo y derrapo en el último momento delante de la larga mesa del bufet libre. Por increíble que parezca, estoy muerta de hambre; el olorcito de jamón ibérico actúa como un potente afrodisíaco para mis fosas nasales. Humm, qué rico. Casi puedo saborearlo. Hace aproximadamente un siglo y medio que no le hinco el diente a esta exquisitez. El jamón sin olor, sin sabor y un tanto correoso que compro en el súper de la esquina, mucho me temo que no posee la extraña habilidad de la mutación molecular al entrar en contacto con mis papilas gustativas y convertirse en jamón ibérico.

Inspiro una buena bocanada de aire, despejándome de los últimos efluvios de alcohol, y le echo una rápida mirada a mi reloj. Las once. Bien. Todavía puedo cenar tranquilamente antes de retomar el seguimiento de Sebas. Me entretengo recorriendo con la mirada la larga mesa repleta de platos deliciosos. Me relamo. La sola idea de ponerme las botas con todas estas exquisiteces me provoca rugidos en el estómago.

Sonrío, extasiada.

—Discúlpeme —dice una voz frente a mí—. ¿Puedo ayudarla en algo?

—Un poco de jamón, por favor —contesto, tendiéndole un plato. Mientras mi mirada vaga por toda la mesa, mi mano izquierda se entretiene picoteando taquitos de queso y mi boca se deleita comiéndoselos—. No te cortes —le digo al camarero—. Llénalo a tope. Tengo varios amigos que sufren de déficit de ibéricos.

—Lo sé.

—¿Perdón? —pregunto, desconcertada, mientras elevo la mirada hacia el impertinente camarero. ¿Qué pasa, que es de dominio público que los ibéricos los vemos en fotografía?

—Bueno..., Crisi, creí que iba a tener que pintarme una diana en la espalda para que pudieras localizarme.

Salvo porque casi me caigo de culo, la respiración se me corta y los ojos casi se me salen de las órbitas, sus palabras no me han afectado en absoluto. Lo que realmente me impresiona es el largo cuchillo jamonero que está unido al corto brazo de Sebas. Demasiado estupefacta como para decir nada, dejo caer el plato de jamón (¡maldita sea!) sobre la mesa con un sonoro golpe. Lo primero que me viene a la cabeza es: «Qué desperdicio de jamón». Lo segundo: «¿Qué puñetas hace Sebas sirviendo platos, vestido de verde?».

Sobresaltada, y con las piernas temblando, le dirijo una mirada de pánico mientras veo cómo una lenta sonrisa, que me pone los pelos de punta, se forma en su cara. Antes de que me dé tiempo a reaccionar, salta por encima de la mesa empuñando el terrorífico cuchillo. Me asombro, la verdad. No me imaginaba que estuviera tan ágil. Aterriza a mi lado con la elegancia de un bailarín de ballet y, sin pensárselo dos veces, se abalanza sobre mí, me gira con una brusquedad que considero totalmente innecesaria, me agarra del brazo y tira con fuerza pegando mi espalda a su torso mientras con la otra mano me coloca el afilado cuchillo bajo la garganta. Con los ojos en blanco ante semejante exhibición intimidante y, desde mi punto de vista, a todas luces excesiva, le digo:

—¿Estarás de coña, no? —Mi pregunta le ha debido de pillar desprevenido. Afloja el agarre y aprovecho la ocasión para girar un poco la cabeza con el fin de estudiar en profundidad la nariz patricia, que mi buena pasta me ha costado. Es de categoría—. Oye, Sebas, ¿quién ha sido el virtuoso que te ha operado la nariz? —pregunto muerta de curiosidad.

En mi defensa diré que nunca reacciono de manera sensata en momentos de extrema tensión. Por lo visto, mi cerebro se niega a reconocer las evidencias y sigue actuando, durante unos minutos, como si tal cosa.

—Ernest —me corrige con los dientes apretados—. Me llamo Ernest. Eso dice mi pasaporte. Es importante que me llames Ernest.

—Tú no te llamas Ernest. No eres tan importante —le replico, en clara referencia a la obra de Oscar Wilde—. No digas más tonterías y baja ese cuchillo antes de que cortes a alguien sin querer. —Por ejemplo a mí—. Además, ¿qué crees que estás haciendo? Te hemos pillado, ¿sabes? —Hablo en plural, porque de pronto estamos rodeados de gente por todas partes. Hasta mis amigos están situados todos justo frente a nosotros. A buenas horas mangas verdes...—. Bueno..., Sebas —continúo con retintín—, con esto acabas de ganarte unos cuantos años más a la sombra. Y no de un castaño precisamente. Robo. Falsificación. Suplantación de personalidad. Allanamiento de morada... —Eso me lo invento, pero da igual—. Intimidación. Secuestro. Intento de homicidio... ¿Quieres que siga?

Podría haberme callado. Podría haber lloriqueado un poco. Incluso podría haber suplicado y haberme humillado un ratito. ¿Lo he hecho? No. He hecho lo que hago siempre que me pongo nerviosa. Hablar y hablar sin pararme a pensar en las desagradables consecuencias.

—Siempre me has caído mal. —Pega su boca a mi oreja. No tiene que esforzarse mucho. Tenemos la misma altura. Bueno, me saca cinco centímetros pero en situaciones de alta tensión emocional esos pequeños detalles carecen de importancia—. Cuando te vi ayer espiándome por la ventana sabía que aparecerías por aquí, y me prometí a mí mismo que era la última vez que interferías en mis planes. Siempre tenías que estropear todos mis planes.

Hago memoria intentando recordar sus planes. ¿Planes? No había planes por ningún lado. Que yo sepa, lo que ocurrió fue que le conocí. Nos hicimos amigos. Me ofreció montar un negocio a medias. Él ponía los conocimientos y la experiencia y yo ponía la pasta. Y *moi*, la pardilla, se fio de él. Y *moi*, la pardilla, se quedó con los ánimos por los suelos y sin un puto duro.

—Eras insoportable. No había manera de lidiar contigo. Siempre poniendo trabas a todas mis ideas.

Pero ¿qué dice este inútil? ¿Acaso me está poniendo como paradigma de la conflictividad?

—Sabes que nunca podrás salir de aquí, ¿verdad? Que te juzgarán por asesinato como hagas un mal uso de ese cuchillo.

—¿Y qué más da? Un muerto más o menos no me asusta. —Su voz ha adquirido un tinte desquiciado que me hiela la sangre y no me gusta ni un pelo.

Miro a mis amigos con desesperación antes de cerrar los ojos con fuerza; un acto reflejo para soportar la cuchillada. «Piensa, Crisi. Piensa en otra cosa. No pienses en que tienes un arma afilada a cinco centímetros de tu garganta y la empuña un desequilibrado. Deja volar la imaginación y relájate. Tatarea algo. Eso siempre te ha ayudado: Allá en el rancho grande, allá donde vivíííííía. Había una rancherita, que alegre me decía, que alegre me decíííííía... Me voy a hacer unos calzones, como los que uuuusa el...».

Ay, Dios. Ay, Dios. Esto no funciona. Nunca debería haberme metido a detective novato. Me noto la cara roja y las manos me sudan. Rezuman tanta humedad, que me las restriego por los pantalones con disimulo. Las manos sudadas no dan buena imagen.

—La única razón por la que aún respiras es porque ese grupo de ahí delante me mataría antes de poder largarme. —Al mover la cabeza, también mueve un poco el brazo. Ocasión que aprovecho para mover el cuello y colocar la cola de zorro entre el cuchillo y mi tierna garganta mientras le doy mentalmente las gracias a Rosa por obligarme a ponerme semejante esperpento—. ¿Y a ese qué le pasa?

La cara de pasmo que pongo expresa a la perfección la vergüenza ajena que siento en estos momentos. Kris está deleitando al personal con su versión particular de la grulla espasmódica. Le miro entre furiosa y orgullosa. Mira que hacer el ridículo de esa manera por mí.

Un segundo después veo, con asombro, que Rosa da un paso al frente con decisión. Le agradezco con toda mi alma su buena intención, pero no creo que ella sola pueda hacer nada.

—¡Oye, tú, cagueta de mierda! —vocifera como una vendedora ambulante anunciando a los cuatro vientos los productos que le quedan—. ¡¿A que no tienes lo que tienen los hombres y la rajas de una puñetera vez?! —Por un momento no reacciono, solo me quedo mirándola con cara de idiota. Pero ¿qué dice esta insensata? ¿Qué pretende con esa actitud tan..., tan... insensata?—. ¡Venga! —continúa animando al desequilibrado del cuchillo—. ¿A qué esperas?

—¿Te quieres callar de una vez? —grito, haciendo caso omiso del cuchillo—. No hace falta que me ayudes. Gracias.

Me lanza una mirada de impaciencia y sigue echando pestes por la boca y animando a Sebas.

Bueno, ¡se acabó! Es oficial. Ya no somos amigas.

—Por lo que se ve, tu amiga es de las mías. —Sebas parece encantado.

Estoy muerta. Inevitable e irremediablemente muerta.

Y es ahora, en este preciso instante, cuando Rosa se da por vencida y se calla, cuando el miedo se apodera de mí. No es un miedo normal tipo: «Córtame solo las puntas» y cuando sales de la peluquería pareces un caniche trasquilado. No. No es ese tipo de miedo. Es un miedo paralizante. De ese que no te deja pensar. Testimonio vivo de los estragos que puede causar un loco con un cuchillo en la mano en mis funciones neuronales.

Rezando para no perder la poca dignidad que me queda y terminar llorando como una magdalena, lo que ya sería el puntillazo del mal gusto, me da por preguntarme que por qué le he hecho caso a Rosa y me he dejado convencer para ponerme este disfraz tan atroz. Cuando el forense me vea con estas pintas pensará mal de mí. ¿Qué mujer en su sano juicio sale de su casa vestida de esta guisa? Ayyyy, Señor, ¿y cuando vea la ropa interior, qué? Me moriré de la vergüenza...

Soltando una maldición, abro los párpados lentamente y fijo la mirada en el puñado de amigos que me observan, impotentes, desde la distancia. Se miran unos otros sin saber qué hacer ni qué decir. De pronto pienso en mi madre. En el sufrimiento que le espera. En mi hermano, que por muy insensible que sea, se va a llevar un disgusto de los que marcan para toda la vida. En mis amigos, pobres, que por muy pesados que se pongan a veces, no se merecen el mal trago que les voy a hacer pasar.

Los farolillos, que ya no parecen tan festivos, iluminan el ambiente tan tenuemente que casi no puedo distinguir sus facciones. En sus desdibujadas caras puedo apreciar el desconcierto, la impotencia y la ira. Si miro de reojo, puedo distinguir a Travis. Se encuentra de pie junto a los escalones de la terraza. Tiene mala cara y empuña un rifle. Eso me tranquiliza. Si yo me voy, Sebas se viene conmigo. Perdón, retiro lo dicho. No me apetecería que Sebas me siguiera allá donde fuera. Lo que me faltaba, tener que aguantarle también en…, en…, en el paraíso. Yo pienso ir al paraíso, cualquier otra opción es inaceptable. Giro de nuevo la vista hasta John y reprimo, con esfuerzo supremo, la tentación de llamarle a gritos. ¿Qué ganaría acrecentando su angustia?

Me dispongo a ponerme histérica, pero en el último momento decido no hacerlo. Al fin y al cabo no es la primera vez que me encuentro ante semejante tesitura. De hecho, esta es la tercera vez que me veo las caras con el Ángel de la Muerte (Sebas no, el otro, el de verdad. El de la capucha negra. El de la guadaña. El terrorífico).

La primera vez fue hace muchos años. Un cúmulo de circunstancias desafortunadas que desembocaron en una peritonitis que, a su vez, culminó en una septicemia generalizada. Ahí sí me asusté. No a causa de la mortal infección. En ese momento yo desconocía ese hecho.

Una noche, estando tumbada en mi cómoda y solitaria habitación de cuidados intensivos, sumida en un grado indecente de drogadicción, se cernió sobre mi maltratado cuerpo una cucaracha gigante con alzacuellos. Tardé diez interminables y agónicos segundos en identificar al indeseable bicho como lo que en realidad era: un cura. Lo miré aliviada, relajé el cuerpo y sonreí beatíficamente. Me alegré muchísimo de su visita. Me encontraba todo el día tan sola... De pronto, y sin previo aviso, entró la enfermera de guardia. «Padre Luis, ¿cuántas veces tengo que decirle que no administre la extremaunción a los moribundos sin el permiso de los familiares?», recriminó al cura, enfadada. ¡Joder, con la enfermera!, casi me mata del susto en cuanto me di cuenta de a quién se refería con eso «del moribundo». La segunda vez que vino a buscarme el Ángel de la Muerte fue el verano pasado. Como ya había adquirido cierta experiencia me lo tomé mejor. De hecho, no se pareció ni de lejos a la primera vez. Un cirujano encantador, y por lo visto muy competente, se me acercó, me expuso los hechos a los que me enfrentaba sin tapujos y me dijo que si yo confiaba en él, él confiaría en mí. Lo miré durante un segundo y asentí. Los dos cumplimos con nuestra parte del trato.

Es obvio que mi cupo de buena suerte ha quedado cubierto de sobra. De esta no salgo. Menudo chiste, me libro de dos sucesos mortales de necesidad y el idiota de Sebas va a terminar de rematar la faena.

Con un suspiro de resignación, cierro los ojos y espero. Y pienso y deseo con fervor que ojalá haya alguien esperándome al otro lado de la pasarela que separa esta vida de la otra. La vida terrenal que conocemos, de la vida espiritual, que me es totalmente ajena. No me entusiasma la idea de entrar en un mundo desconocido sin alguien a mi lado. Lo mismo que no me adentraría en el Amazonas sin un guía, me niego en rotundo a entrar en el mundo de los seres incorpóreos sin un buen orientador. Una cosa es que aprecie la soledad a este lado, pero otra muy distinta es la soledad forzosa frente a lo desconocido.

Con los labios apretados suplico en silencio: «Por favor, por favor, que alguien me espere. Por favor, por favor, que sea un espíritu bueno y amable. De esos que vienen acompañados por montones de querubines y serafines mientras de fondo suena una música clásica y suave de arpas. No necesito un guía cruel. Para eso, mejor me quedo sola. Por favor, por favor…».

Justo cuando más concentrada estoy en mis justas peticiones, algo cálido, acogedor y tan intangible como el reflejo de la luna en el mar me envuelve como una manta. Irradia paz y tranquilidad. Levanto la mirada de modo instintivo, pero tan solo veo un cielo oscuro y estrellado. Y, sin embargo, noto una presencia a mi lado. Haciendo un esfuerzo, echo la cabeza hacia atrás y escudriño alrededor todo lo que mi cuello me permite. Nada. Sebas vuelve a tirar de mí, asegurándose una posición desde la que procurarse una visión perfecta de todo el que le rodea. No quiere que nadie le pille por sorpresa. Siento su aliento entrecortado en mi nuca. La tensión emanando de su cuerpo. Las ondas de su locura me golpean como las olas de un mar embravecido. Miro al frente intentando localizar a mis amigos. El jardín ya está abarrotado de gente. Oigo voces de espanto y algún que otro gimoteo. A mi derecha, una mujer vestida de Afrodita (es guapa y lleva una túnica de esas blancas, lo cual me lleva a pensar que va de Afrodita) llora a lágrima viva. Me conmueve tanta aflicción y me siento un poco culpable a la vez.

Acabo de caer en la cuenta de que mis amigos no están donde deberían. Es decir, no están en absoluto. ¡Se han largado! Vuelvo a girar la cabeza. La sensación de que esa presencia incorpórea sigue a mi lado no me abandona. Es algo cálido y conmovedor. Es como un baño de agua caliente envolviendo mi cuerpo en una gélida noche de invierno. Noto una ligera brisa en la mejilla. Su respiración, tan cerca, que si girase un poco la cabeza podría darle el beso de afecto y cariño que tanto deseo. Sé quién es. Es, en esencia, bondad e inocencia. Su olor, mezcla misteriosa de mar y alhelíes, consigue que me relaje, mientras su voz, suave como un suspiro, me susurra al oído: «Siempre contigo. Y ahora, ¡corre!».

Los latidos de mi corazón se disparan. Vuelvo a mirar alrededor, con recelo, buscando a ese ser de luz que solo yo puedo oír y sentir. Me llega un inesperado estruendo de sirenas y, sin pensarlo ni mucho ni poco, inclino la cabeza y muerdo la muñeca de Sebas con todas mis fuerzas mientras le incrusto un codo en las costillas. Aprovecho el afloje de su brazo para empujarle con ímpetu hacia atrás y corro. Corro como no he corrido en mi vida. Miguel me ha dicho que corra y yo corro como si me fuera la vida en ello. No quiero ni pararme a pensar en las connotaciones que supone hacerle caso a un espíritu. A un fantasma. Me da igual.

—¡¡¡Crisiiiii!!! —escucho el grito de rabia de Sebas a mi espalda.

No me paro. Estoy en modo velocista y pienso seguir corriendo

—¡Crisi, al suelo! ¡Tírate el suelo! —La orden de John llega demasiado tarde. Mis pies, tan aficionados al punto de cruz, se me han cruzado y caigo en plancha sobre el mullido césped. Por la periferia de mi visión veo cómo, con una heroicidad increíblemente estoica, la mayoría de mis amigos salen desde detrás de los setos y se abalanzan sobre mí. ¡Mierda!, pienso antes de cubrirme la cabeza con los brazos.

¿Qué más puedo decir excepto que ha sido una *melé* perfecta? Brazos, piernas y torsos han formado una cúpula protectora sobre mi cuerpo. Abro los ojos y parpadeo. Deslizo la mirada a través de miembros humanos y allí, a tres metros de distancia..., ¡vaya!, me asombro. ¿Solo he recorrido tres metros? Para mí que había sido más. Una sonrisa de satisfacción se dibuja en mi cara. Jose acaba de darle a Sebas el tan deseado y esperado puñetazo. Contraigo el gesto al escuchar el sonido del golpe. Lo más seguro es que la nariz no haya sobrevivido. ¡Qué lástima! Tendrá que volver a operársela. Parece que Kris también se ha quitado la espinita; la contundente patada que acaba de soltar lanza a Sebas dos metros más allá. Entonces, si Jose y Kris no están ejerciendo de barrera humana, y Miranda, Rosa y Laura están encantadas de la vida charlando con los policías que acaban de llegar, ¿quién leches pesa tanto?

—Oye —susurro con voz ahogada—, ¿os podéis levantar?

—Supongo que sí —responde mi hermano, no muy convencido.

Poco a poco, el peso va disminuyendo a medida que cuatro tíos se van incorporando. Cinco minutos después y con la cabeza dándome vueltas, estamos todos de pie en medio del césped. Aspiro una bocanada de aire veraniego y les miro agradecida por... ¡Anda!, me siento confusa. Parece que están heridos. Van llenos de sangre. Me palpo el cuerpo con cuidado en busca de la herida, pero ni me duele nada ni encuentro lesión de ningún tipo. No me lo puedo creer. Milagrosamente y contra todo pronóstico he salido ilesa. Yo, Crisi, la de los accidentes a la carta, estoy ilesa. No tengo ni un rasguño. Los demás no pueden decir lo mismo. Kiri luce un profundo corte en un brazo. Juanfran lleva la ceja partida. A John se le está empezando a hinchar un pómulo y un ojo, y Carlos se sujeta con fuerza el hombro.

Perpleja, me pregunto qué habrán estado haciendo antes de lanzarse sobre mí tan bruscamente.

Sin poder contenerme, me encaro con ellos y pregunto:

—¿Qué habéis estado haciendo para estar tan magullados? Se supone que teníais que estar al loro. Si no llega a ser por... —Me callo de golpe. Casi se me escapa. Casi les cuento lo de mi experiencia extrasensorial con el espíritu de Miguel. Cambio de tercio—. ¿Vosotros habéis visto u oído algo? —pregunto bajando la voz.

Me miran con cara de sorna. John, no. John se acerca y me pasa un brazo por los hombros en plan protector. Y después me mira con cara de preocupación. Y se agacha y me da un beso en la frente. Y... parece que hasta aquí llegan todas sus muestras de afecto. Y me deja con ganas de más.

—¿Te parece poco todo lo que hemos visto hasta ahora? —Carlos me señala con un dedo antes de lanzarse sobre mí y abrazarme con inusitada desesperación. Sé que algo grave le pasa en el otro brazo en el momento en que se queja y me suelta para volver a sujetarse el hombro.

—¡Carlos! —le digo en tono admonitorio—, ¿cómo pretendías ayudarme si te dedicas a ir jugando por ahí hasta dislocarte el hombro?

—¡De eso nada, señorita! —exclama Juanfran indignado ante la mirada de dolor de mi hermano—. Esto —dice señalándose el corte de la ceja, que no para en su incesante goteo—, nos lo hemos hecho cuando te hemos salvado.

—Cuando Sebas te ha lanzado el cuchillo... —empieza a decir Kiri.

—Un momento. ¿Qué cuchillo? —le interrumpo levantando una mano.

Cuatro pares de ojos me miran con genuino asombro.

—¡Ah, sí!, se nos ha olvidado decirte que Sebas empuñaba un cuchillo jamonero y lo tenía colocado bajo tu garganta. —La ironía de Carlos es tal que me borra la preocupación de un plumazo. No estará muy mal del hombro si se permite el lujo de ser tan borde.

—Sí, se quedó en la gloria cuando te lo lanzó por la espalda —añade Kiri—. Chica, se me ha puesto el pelo blanco por tu culpa. En mi vida he pasado tanto miedo —dice antes de empezar a reírse con la risa tonta que nos suele dar cuando nos ponemos nerviosos.

Un escalofrío de aprensión me recorre la espalda al recordar el episodio del maldito cuchillo.

Encojo los hombros, a modo de disculpa, e insisto:

—Ya, pero eso no explica vuestras magulladuras.

—Esto es lo que pasa cuando nos lanzamos todos a una sobre ti para protegerte. —John se aclara la garganta y a mí se me descuelga la mandíbula—. Verás, nos hemos escondido tras árboles y arbustos esperando la ocasión propicia para reducir a Sebas. Cuando se te ha ocurrido la idea de morderle y salir corriendo y hemos visto que te lanzaba el cuchillo —dice haciendo un gesto con la mano que los abarca a los cuatro—, hemos salido corriendo para intentar interceptar el arma antes de que te alcanzara.

—Ah...

—Yo he conseguido darle con un brazo —aclara John. Bajo la vista a su brazo y doy un respingo cuando veo la sangre que le chorrea por el antebrazo, hasta terminar empapándole la mano. Me llevo una de las mías al pecho y pienso en lo que podría haber sucedido si no se hubiesen interpuesto en la trayectoria del cuchillo a tiempo—. Al desviarlo, el cuchillo ha rozado a Kiri y le ha provocado esa herida. —Señala el corte que tiene Kiri en el brazo.

—Ah...

—Al apartarlo, le he dado a Juanfran, sin querer, con el codo y le he partido una ceja. —Le toca el turno a Kiri de dar explicaciones.

—Ah...

—Y yo, al echarme hacia atrás, le he dado un cabezazo a John en la cara. Por eso tiene el pómulo hinchado y seguramente se le pondrá un ojo a la funerala. —Juanfran sonríe antes de unirse a las carcajadas de Kiri.

—Ah... ¿Y tú? —le pregunto a mi hermano todavía con la mano en el pecho, pero con una sonrisa formándose en las comisuras de mi boca—. ¿Cómo te has hecho lo del hombro?

—Ha sido al caer sobre ti —explica antes de posar su mirada en mí y componer esa expresión tan familiar, y tan querida y odiada a un tiempo—. Sacándote las castañas del fuego. Como de costumbre. Me debes una, enana.

—De eso nada. Ese no es mi problema. Habértelo pensado antes de lanzarte sobre mí a lo bestia.

—Lo será la próxima vez que alguien te amenace y necesites que te rescate. Ya me llamarás entonces, ya. ¿Y qué haré yo? —Mi hermano se hace el ofendido.

—Carlos... —Elevo una mano hasta su mejilla y le acaricio—. ¿Te he dicho alguna vez que te quiero?

Me encanta hacer eso delante de la gente. Siempre se incomoda.

—No sé ni por qué me molesté en rescatarte de aquellos desaprensivos cuando eras una niña. Siempre has sido un problema. —Su voz ha ido bajando de tono y en su mirada veo todo el cariño y todo el miedo que ha pasado este último rato—. Y para que lo sepas, yo te quiero más.

—Hablando de problemas —interviene John—, parece que Sebas se está espabilando.

Nos giramos y clavamos la vista donde ha caído Sebas después del par de contundentes golpes que ha recibido. Es entonces cuando me doy cuenta del caos absoluto que reina a nuestro alrededor. Las sirenas de los coches de policía pitan sin parar y la gente se arremolina en torno a Sebas. Unos le insultan y otros, más comedidos, solo pretenden verle bien la cara mientras los agentes tratan de transmitir mensajes de calma y señalan que, por favor, se disperse todo el mundo, que allí no tienen nada que ver y que la función ya se ha terminado. Junto al cuerpo magullado de Sebas se ha posicionado un policía. Ahora que le veo ahí tumbado, me asaltan imágenes de él sujetando el cuchillo y colocándolo bajo mi barbilla. ¿Quién hubiera imaginado que sería capaz de semejante barbaridad? Seguro que cuando dé con sus huesos en el trullo conocerá de primera mano lo que es que te intimiden. Aunque no me alegro, sí siento alivio al saber que semejante idiota no volverá a hacer daño a nadie más durante una buena temporada.

—Por poco tiempo —dice John con una sonrisa traviesa—. Parece ser que Travis va a cobrarse su momento.

Efectivamente, Travis se ha acercado y, sin importarle los aspavientos del policía, sujeta a Sebas por la pechera y después de incorporarle le da otro puñetazo en toda la cara; luego le deja caer de nuevo y se sacude las manos en los pantalones del traje. Da media vuelta y, con una sonrisa de satisfacción en la cara, regresa al interior de la casa haciendo oídos sordos al incrédulo policía.

Yo miro fascinada todo cuanto ocurre. Nunca había vivido una experiencia semejante. Ha sido horrible y reveladora a un tiempo. A veces divertida (el disfraz de David Copperfield enano ya no me disgusta tanto. Ahora me parece una anécdota graciosa. Por cierto, ¿dónde está el gorro?), a veces desquiciante, a veces espantosa y a veces terrorífica. Y sobre todo, he tenido contacto directo con el espíritu de un ser muy querido. ¿O no?, quién sabe. De cualquier forma, ha sido una experiencia extraordinaria y especial. Me siento agradecida y feliz. Muy feliz. Es una pena que no pueda compartir mi vivencia con nadie. Que no pueda contarles a mis amigos que Miguel está bien. Muy bien. Que, después de todo, sí que ha estado aquí con nosotros. Bastantes veces los he dejado con la boca abierta. Si se lo contara, pensarían que estoy como una cabra.

Mientras nos encaminamos hacia Sebas (yo también quiero despedirme de él con una concluyente bofetada de adiós), miro con disimulo en todas direcciones. Incluso levanto la vista al cielo y escudriño todas y cada una de las estrellas más brillantes. Hago una profunda inspiración intentando volver a captar ese aroma tan peculiar. Huele a mar y a alhelíes. Pero, en fin, nos encontramos junto al mar y el jardín está atestado de flores. No pasa nada, sé lo que he oído y nadie va a decirme lo contrario.

Justo antes de llegar junto a Sebas hago una pausa. Necesito aclararme las ideas. El corazón empieza a latirme desbocado y noto el vello de los brazos y la nuca erizarse. Y de pronto vuelvo a sentir esa sensación de calidez y bienestar. Ese perfume único. Esa voz reconfortante. Me invade la alegría y el orgullo por haber sido la elegida. La sensación de afecto y cariño es tan grande que una punzada de dolor me atraviesa el pecho. Me permito volver a echar un vistazo alrededor. «Siempre contigo», eso es lo que he oído. Le creo. Y eso que yo no soy de creerme cualquier cosa.

CAPÍTULO 25

Viernes, 26 de agosto
Hora de relajarse y disfrutar

Hablar con la policía después de despedirme de Sebas no nos lleva mucho tiempo. La visita al hospital para suturar las distintas heridas de todos mis amigos y recolocar el hombro de Carlos, unas cuatro horas más.

Sin embargo, no me importa. Aún nos falta tiempo para hablar de todo cuanto ha ocurrido esta noche. Las horas pasaban veloces mientras, animados, nos quitamos la palabra de la boca unos a otros; por primera vez en meses me siento bien. No parezco yo misma. A pesar del mal trago me muestro entusiasta y llena de vida. Parpadeo, asombrada, y pienso: «¡Eh!, soy yo. He vuelto».

Rosa me da un golpe en el brazo para llamar mi atención.

—Alucinada te has quedado con mi técnica disuasiva, ¿eh? —pregunta, toda ufana ella.

—Sí, descansada te has quedado, hija mía —le contesto después de fulminarla con la mirada—. ¿Cómo se te ocurre hacer semejante tontería?

—A eso se le llama Conducta Inversa Inducida. Me lo enseñó Mariaje.

—¿A ti también te ha tratado Mariaje? —la interrumpo sorprendida.

—¿Tú me ves cara de pirada o qué? —Me lanza una mirada socarrona—. La conozco desde el colegio; es íntima de mi hermana Mamen... —Levanta la dichosa manita—. Pero no te dije nada para que no estuvieras poniéndome la cabeza como un bombo a todas horas. —Lo sabía, sabía que era una cabrona—. Bueno, no me mires con esa cara y escucha. Por lo visto, animas al trastornado a hacer algo y él va y hace justo lo contrario.

—Justo ahí está el quid de la cuestión, en la palabra trastornado —le contesto con una sonrisa maliciosa en la cara—. ¿O acaso estabas segura de lo que iba a hacer? Tal vez... te dirigías a él con conocimiento de causa. ¿De trastornada a trastornado?

Consigo permanecer tres minutos seria ante su cara de espanto antes de echarme a reír.

Todavía andamos luchando contra la risa nerviosa cuando una enfermera asoma la cabeza por una puerta y nos agua la fiesta haciéndonos callar con un sonoro chistido de advertencia. «Por favor, bajen la voz, estamos en un hospital, aquí hay enfermos».

¿A quién se lo cuenta? Todos y cada uno de mis amigos son prueba viviente de eso. Hasta Jose y Kris han terminado lesionados. Jose tiene la mano rota, un metatarsiano sin desplazamiento. Kris se ha torcido un tobillo, esguince de tercer grado. Es la primera vez que golpean a alguien y, claro, la inexperiencia se paga. Sebas ha amenazado con denunciarles, pero los demás aseguramos que eso se lo habían hecho estampándose contra un árbol que se interponía en su camino hacia la barra del bar. Les han hecho la prueba de alcoholemia y ha dado negativo. El chisme de soplar debía de estar roto.

Sobre las cinco de la mañana reciben todas las altas médicas. Telefoneamos a Travis (y solo porque insistió mucho en que le diéramos un toque cuando acabásemos en el hospital) y le esperamos sentados en las escalinatas de urgencias. La similitud con las de mi propia casa resulta extrañamente reconfortante. Al cabo de quince minutos le veo llegar. Ha venido a recogernos con un todoterreno tipo camión del ejército de salvación. El pobre se queda sin habla cuando ve el panorama que tiene delante. Muy despacio y con deliberada cautela, ayuda a todo el mundo a subir al coche; luego clava sus increíbles ojos en mí y frunce el ceño en gesto interrogatorio. Le contesto con un encogimiento de hombros, como queriendo decir: «No preguntes, ya deberías saber que están locos».

Durante el camino de regreso no paro de pensar en todo lo ocurrido. Sebas, el cuchillo, las heridas de mis amigos, agentes por todas partes, Miguel… A estas alturas de la madrugada, son las… seis de la mañana, todavía sigo muy confusa. No entiendo, ni entenderé nunca, cómo una persona puede pasar de ser un listillo a convertirse en un estafador. Y de ser un estafador a un ladrón en toda regla. Y de ser un ladrón a dar un salto definitivo y acabar siendo un asesino en ciernes. Tenía una vida. Imagino que una familia. Tenía un montón de cosas con las podría haber sido feliz. Y el muy atontado lo ha tirado todo por la borda. Debo de ser un poco lenta, porque no termino de digerirlo. Lo mejor va ser que no le dé más vueltas y me olvide de él para siempre.

Aparto mis pensamientos de quien no se los merece y me centro en quien sí. Tres o cuatro veces he estado a punto de contarles a Rosa y a Laura lo que oí. Lo que sentí. Aunque cada vez estoy más convencida de que Miguel actuó como ángel de la guarda. Estoy segura de que, en el improbable caso de que

Sebas se hubiese salido con la suya, Miguel hubiese sido el tan rogado y deseado acompañante y guía en el otro mundo que tanto supliqué en silencio. Al final, ni he dicho ni diré nada. Será mi pequeño gran secreto. Y no hace falta añadir que, por supuesto, a este no pienso olvidarlo jamás.

Abro los ojos y el sol entra a raudales por las ventanas. Debe de ser tardísimo. Me levanto con una vitalidad inusual en mí. Me propongo tomar un desayuno de los que no se salta un caballo. Me pongo el camisón de espía de tirantes, bajo las escaleras trotando y no me tropiezo con nada. Increíble. Estoy contenta y me siento bien. Me siento hasta guapa. Paso por delante de una cristalera y me fijo en mi reflejo. Le lanzo una sonrisa a mi imagen. Sí, me encuentro guapa. Entro en la cocina y me miro en la brillante superficie de la encimera. Sigo estando guapa. Me acerco hasta la nevera de acero pulido y, de nuevo, mi reflejo me dice que estoy guapa. Será cosa de las endorfinas. ¿Endorfinas? ¿Alguien ha dicho endorfinas? ¡Póngame tres kilos de endorfinas! Son un chollo. Mejor que cualquier tratamiento de belleza en el spa más exclusivo. Mejor que un viaje por el Caribe. Mejor que meterte un chute de..., de..., de lo que sea que se chute la gente. Mejor que perder al *strip-poker* frente a un montón de tíos buenos con ganas de marcha. Endorfinas. Se las recomiendo.

Nos quedan dos días y voy a aprovecharlos al máximo. Relax, buen humor, baños, risas, y puede que incluso me anime y me pegue algún que otro revolcón con el hombre de mi vida. Suelto una risa de felicidad y miro la hora. Son las dos de la tarde y ni un alma a la vista. Todo el mundo sigue durmiendo. Me acerco a la nevera dando tumbos y saco el tetrabrik de leche. Lleno un vaso y lo pongo a calentar en el microondas. Me giro y vuelvo a la nevera en busca de algo que no huela a rancio y que se pueda comer; nos marchamos pasado mañana y las existencias ya escasean. Escondido tras unas latas de cerveza encuentro un paquete de panecillos. Lo saco y lo abro. Me llega un ligero tufo a humedad. Cojo uno, lo olisqueo con cautela, y después empiezo a agitarlo de un lado a otro en el aire para que se oree y deshacerme de ese desagradable olor antes de meterlo en la tostadora mientras canturreo: «Te he echado de menos, en todo este tiempo he pensado en tu sonrisa y en tu forma de caminar, te he echado de menos».

—¿Qué tal tiempo hace por ahí arriba? —El corazón me da el pequeño saltito que suele darme y una sonrisa me cruza la cara.

—Hola, John —saludo, antes incluso de girarme—. ¿Quieres uno? —Señalo el panecillo—. Huelen un poco a humedad pero... —Me callo al ver su rostro. Va vestido con una camiseta blanca y unos vaqueros viejos, lleva el pelo alborotado, barba de un día y tiene un ojo negro, y al muy condenado le sienta bien el luto. No lo he visto tan guapo en mi vida—. ¿Te duele? —pregunto, recuperada de la impresión.

Me mira de arriba abajo y entrecierra los ojos cuando el sol le da de lleno. Los vuelve a abrir al tiempo que una sonrisa arrebatadora se forma en su rostro. Vuelve a entrecerrar los ojos y da un paso hacia mí. Y, por más que me he repetido una y mil veces que no debo poner cara de idiota cuando estoy en su presencia, sé que le estoy mirando con ojos soñadores y expresión ausente. Parpadeo.

Debería llevar un cartel colgado al cuello que dijera: «Cuidado. No acercarse demasiado. Peligro de obnubilamiento extremo».

—Tengo que hablar contigo, Crisi. —Su tono de voz me baja la moral a la altura de las baldosas del suelo. No me gusta ni medio pelo—. Verás, tengo que marcharme dentro de una hora.

Se acerca y me abraza mientras baja la cabeza y me mordisquea el lóbulo de oreja.

¡Malditas endorfinas! ¿Pues no van y huyen como ratas despavoridas de un barco que se hunde? ¿Y... ha dicho que se va? ¿Cómo que se va?

Me trago el nudo de decepción que se me ha formado en la garganta mientras me separo de él y giro la cabeza. Contemplo el mar azul, calmo y brillante hasta el horizonte. Hay que ver qué rápido se puede pasar de la más absoluta de las euforias al más radical de los desánimos.

Tanto altibajo emocional no puede ser sano.

—¿Y eso? —Compruebo asombrada que mi facilidad de palabra ha regresado con el mismo ímpetu de hace años.

—Problemas con el último proyecto. El señor Yamamoto quiere que regrese con él para supervisarlo y de paso acompañarle. Me reuniré con él en Londres. Confiaba en poder recuperar la espada, pero por ahora es una prueba en la investigación y no se la van a entregar todavía. Acabo de regresar de la comisaria. Ya he declarado ante el inspector. Lo siento. Tengo que marcharme. —Genial. Otra vez va a hacer mutis por el foro.

Apoyo la cadera sobre el canto de la encimera y me cruzo de brazos con aire relajado.

—Pues buen viaje, entonces —digo, intentando aparentar serenidad y comprensión—. Tú te lo pierdes. No es culpa tuya ser un imbécil. —Eso me ha salido sin pensar. Rectifico rápidamente—. Quiero decir no es culpa tuya que tu jefe sea un imbécil.

John suelta un resoplido y se acerca de nuevo a mí.

—¿Crees en las almas gemelas, Crisi? —suelta de sopetón.

Hago una pausa a modo de suspense, pero la verdad es no sé qué quiere que diga. Nunca me lo había planteado. Bueno, sí he pensado alguna vez en ello y no, no creo en las almas gemelas. Ni en los flechazos. Ni en el amor a primera vista. Ni en todas esas zarandajas.

—Humm... —Me encojo de hombros. Me doy cuenta de que me está mirando fijamente.

—Yo no había pensado nunca en esas cosas. Pero después de esta semana..., sí, creo en las almas gemelas. —Sigue con la vista clavada en mí y parece que pretende hacer una lectura exhaustiva de mis pensamientos. Menudo chasco se va a llevar como consiga averiguar lo que pienso.

Como permanece callado y la paciencia no es mi fuerte, al final hago la pregunta del millón.

—Bueno, ¿y quién es tu alma gemela?

Como diga que es Miranda me da un soponcio.

—Tú.

Me tomo la sorprendente noticia con elegancia. Es decir, no me pongo a dar saltos y volteretas como una animadora, ni agito pompones rosas como un molinillo gigante al tiempo que grito a todo pulmón: «Dame una C, dame una R, dame una I, dame una S, dame una I. ¡¡¡ Sí, sí, sí. CRISI!!!».

—Pero... si tú y yo no hacemos más que discutir. ¿Estás seguro de que no te has confundido de nombre y has querido decir otro? Por ejemplo... ¿Miranda?

—No, no he cometido ningún error. —Atisbo un amago de pequeña sonrisa detrás de su expresión seria.

—¿Seguro?

—Seguro.

—Pero ¿seguro, seguro?

—Seguro. No lo es.

—Y yo sí.

—Sí, tú sí.

—Pero ¿tú estás seguro de eso? —insisto. No es que pretenda ser pesada, es que necesito que no quede ninguna duda al respecto.

—Seguro —contesta, sonriendo.

Vaya, no sé qué decir. Me ha pillado desprevenida, como siempre. Para mí que lo hace aposta.

—Quería decírtelo antes de marcharme. —Sonríe de nuevo—. No quería que volvieras a pensar mal de mí.

Yo... ¿pensar mal?

—Y... ¿desde cuándo sabes que soy tu alma gemela?

—Pues... —Levanta la vista al techo y piensa—. Creo que desde siempre.

—Vaya. —Estoy perpleja—. Eso es mucho tiempo. ¿Y por qué nunca me lo habías dicho?

—Creo recordar que no me hablabas.

—¡Sí te hablaba! —protesto, indignada.

—Hablar mal de mí no es lo mismo que hablarme a mí.

—En eso llevas algo de razón —concedo a regañadientes.

—Y cuando le preguntaba a Carlos por ti, siempre me decía que estabas saliendo con alguien.

—Entonces le habrás preguntado de uvas a peras —le contesto, sorprendiéndome por el ramalazo de rencor que me atraviesa. Bueno, es normal, ¿no? Mi alma gemela deja pasar el tiempo como quien ve llover y yo, mientras tanto, haciendo el canelo con otros.

—¿Te pasa algo? —susurra al tiempo que me acaricia la mejilla con suavidad.

—No. Cosas mías. —Me separo un poco y lo miro a la cara. Quiero grabar en mi mente cada rasgo, cada expresión, cada pequeña arruga de alrededor de sus ojos color miel, su hermosa sonrisa, la barba de un día que le oscurece el rostro sin restarle atractivo, el pelo moreno y ligeramente ondulado en la nuca... Y el sol iluminando la estancia, y los pájaros trinando en el jardín, y el aroma de la lavanda, y el rugido del mar en la distancia. Intento conservar todos los detalles posibles para poder recordarlo todo con nitidez cuando me encuentre sola en mi casa. Carraspeo—. ¿Y... cuánto tiempo dices que vas a pasar en Japón?

—Unos dos meses.

Dos meses es mucho tiempo. Tiempo suficiente para olvidar quién es su alma gemela. No me gusta. No me gusta nada.

—¿Y seguro que ella no es tu alma gemela?

—No, no lo es.

—¿Seguro?

—Seguro.

—Vale.

—Bien. —Se acerca y me encierra en un abrazo. Sus abrazos son lo que más voy a echar de menos. Son cálidos. Son tiernos e incitantes. Son posesivos y reconfortantes...—. Miranda también regresa con nosotros —susurra en mi oído—. Ella se queda en Londres.

¡Ay, qué susto!, casi que pierdo el equilibrio y todo.

El hecho de que la bruja regrese con él en el mismo avión, aunque solo hasta Londres, me ha provocado un ligero nerviosismo. Inseguridad, creo que lo llaman. Necesito urgentemente otra buena dosis de confirmación.

—Oye, ¿no estarás quedándote conmigo, verdad?

Niega con la cabeza y sonríe de nuevo.

Me separo de él y lo miro a los ojos. Por experiencia, sé que si miras a los ojos de los mentirosos... Ay, está bien, no lo sé por experiencia, lo oí una vez en un programa de la tele. Bueno, tanto da, los mentirosos suelen girar la vista hacia la izquierda mientras te están soltando la milonga. ¿O era hacia la derecha? Vaya, ahora no estoy segura de hacia dónde desvían la mirada.

Ahora sé, exactamente, para qué se inventaron los detectores de mentiras. No tienen nada que ver con querer pillar al malo. Ni con hacer que la verdad resplandezca. Ni siquiera como un entretenimiento para los programas de la tele. No, nada de eso. Se crearon para mujeres celosas que están esperando que sus maridos metan la pata para pillarlos y después cantarles las cuarenta en el momento en que pongan un pie dentro de casa. Y aunque me siento tentada de salir corriendo y comprar un trasto de esos en la primera tienda que vea, no me queda más remedio que someterle a un test de «verdad y mentira» casero.

«Pero ¿en qué estás pensando, Crisi?», me pregunto a mí misma, escandalizada. Es tu alma gemela. Una no duda de su alma gemela. Se supone que deberías estar dando botes de alegría en vez de calentarte la cabeza con hipotéticas mentiras. Como se dé cuenta de tus pequeñas dudas lo vas a estropear todo. Cállate, ¿vale? ¡Bah!, a la mierda, lo voy a intentar por muy incoherente que sea. Soy una mujer con problemas de equilibrio emocional, me puedo permitir el lujo de ser incoherente.

—¿Cómo se llama tu madre? —pregunto, clavando mis pupilas en las suyas.

—¿Qué?, sabes perfectamente cómo se llama mi madre.

Se ha escaqueado. Pero aún falta una hora para que se marche al aeropuerto. Lo intento más sutilmente.

—¿Cuántos años tienes?

—Pero ¿a qué vienen esas preguntas? Conoces mi edad.

Le quito el ojo de encima y sus pupilas siguen fijas en mí. Ni derecha ni izquierda. Eso no me da ninguna pista. Vaya, no es tan sencillo como decían en aquel programa. Por lo visto, detectar mentirosos requiere cierta destreza. Debería haberle emborrachado. Dicen que los borrachos nunca mienten.

—¿Has escalado alguna vez el Himalaya?

—¿Quieres venir conmigo a Japón? —pregunta de repente.

Muevo los ojos tan rápido como puedo. De arriba abajo y de un lado a otro. Está claro que ha descubierto mi juego y pretende pillarme en un renuncio. Lo hago en repetidas ocasiones, hasta que empiezo a marearme. Eso me sucede últimamente muchas veces (mover los ojos como Marujita Díaz no, marearme).

Nota mental: hacerme una revisión de glucosa en cuanto vuelva a mi casa. Y de triglicéridos, GGT y GOT y… magnesio.

—Crisi, deja de hacer eso. —John me sujeta la cabeza con ambas manos—. Te vas a marear. Sé a lo que estás jugando. Te repito la oferta. ¿Quieres venir conmigo a Japón? Así comprobarás que me marcho solo. Y a mí me encantaría que me acompañaras.

Está bien, cabe la posibilidad de que no esté mintiendo. Pero en mi defensa diré que no estoy acostumbrada a fiarme de cualquiera que me diga que soy su alma gemela.

—Gracias, pero no puedo —digo, recuperada ya la confianza en mí misma y con la firme convicción de que John no miente—. Tengo responsabilidades, ¿sabes? No puedo largarme a Japón a la primera de cambio y dejar tirada a la Pepi. Me necesita. ¿A quién gritaría si yo me largo? —bromeo intentando levantarme el ánimo.

John asiente con una sonrisa.

—Regresaré en dos meses, ¿de acuerdo? —Toma mis manos entre las suyas, se agacha y roza sus labios contra los míos. Saboreo la leve caricia, la última que recibiré en mucho tiempo. Hago un esfuerzo y dejo que se separe de mí, lo miro y le sonrío; luego veo cómo vuelve sobre sus pasos y se marcha.

Nunca más. Nunca más voy a volver a enamorarme. Se pasa demasiado mal. Evidentemente la gente se enamora todos los días, algunos incluso a cada hora. Yo pensaba que ya estaba vacunada contra eso. ¿Quién habría imaginado que en cuatro días iba a perder el seso?

Me aferro a la esperanza y al buen humor.

—Oye, John —le grito desde la otra punta de la cocina—. ¿No cambiarás de opinión en el avión y te llevarás contigo a Miranda a Japón y os dedicareis a tener Miranditos, genéticamente dotados con su inteligencia y tu sentido del humor, verdad?

Se gira, niega con la cabeza y me mira esbozando una minúscula sonrisa.

En fin, no es el primer novio… Porque es mi novio, ¿verdad? No me ha pedido salir ni nada de eso, pero es que eso ahora no se lleva. Suena un poco ridículo. Pero me ha dicho que me quiere. Y que soy su alma gemela. Y que me llamará cuando regrese de Japón. Eso quiere decir algo, ¿no? ¡Eso significa mucho! La gente no va por ahí diciendo «te quiero» sin ton ni son. Un momento, me parece que… Recuerdo sus palabras, una por una, y un «te quiero» no aparece por ningún lado. Repaso de nuevo. No, ni remotamente ha dicho las palabras mágicas. Pero lo del alma gemela tiene que significar algo, ¿no? Porque lo del alma gemela sí que lo ha dicho. Seguro. ¿Seguro?

Con la moral por los suelos, me quedo mirando el panecillo mohoso que aún sostengo en la mano. De pronto lo encuentro bastante repugnante. Sí, ya lo sé, solo es un panecillo que tostado y untado con una gruesa capa de mantequilla y mermelada perderá ese sabor a humedad que desprende. Entonces… ¿por qué, de repente, siento como si me hubieran estafado en la tienda de la esquina?

Roto los hombros en un intento por relajarme. Me noto un pelín tensa. Me acerco al microondas, esforzándome por no pensar en nada que no sea en las vacaciones. Saco el vaso de leche y le echo el suficiente cacao como para sufrir un subidón de colesterol. Meto el panecillo en la tostadora y dejo que se queme un poco con el fin de quitarle el desagradable olor a moho. Tampoco viene mal para achicharrar a cualquier bacilo nocivo para la salud.

Con el desayuno colocado sobre una bandeja, salgo a la terraza y me acomodo en una de las sillas. Le doy un bocado al pan tostado y, después de saborearlo con precaución, me lo trago. Está bueno. Y además, lo que no mata engorda.

—Hola, señorita. —Veo a Juanfran cruzar la cristalera y salir a la terraza con una taza de café en la mano. Le saludo con un gesto—. ¿Preparada para ir a comisaria? —Se sienta a mi lado con cansancio—. Estoy hecho polvo. Solo de pensar en la mierda de tarde que vamos a pasar hablando con el comisario ese, me dan ganas de salir corriendo.

—La verdad es que preferiría quedarme tomando el sol... —Me encojo de hombros—. Pero si hay que hacerlo, cuanto antes empecemos antes terminaremos.

De pronto recuerdo que hace un día, aunque bien podría haber pasado un siglo, también utilice mal esa expresión y John me corrigió. Me atraviesa una punzada de dolor. ¡Por el amor de Dios!, ¿a quién quiero engañar? Estoy fatal. Y eso que no hace ni diez minutos que se ha marchado.

Ya no pienso en Sebas. Lo he borrado de mi mente. Me da igual recuperar lo que me robó. Aunque Travis me dijo anoche, mientras íbamos charlando en el coche, que iba a contratar a un buen abogado para reclamarle lo que me estafó. Que iba a alegar no sé qué de abusar de alguien con sus facultades mentales mermadas. Que mi firma en aquellos momentos no sería válida. No sé, no me acuerdo, tenía la cabeza como un bombo y no me enteré de nada de lo que me dijo. Asentí y le contesté que lo que él decidiera me parecería bien.

—Llamaré a Jose y le preguntaré si le parece bien que nos acerquemos todos juntos —propongo con pocos ánimos—. Con la mano escayolada no podrá conducir.

—Perfecto. John, Miranda y Kiri ya han declarado. Kiri ya se ha marchado a Madrid.

—¡Ah!, no lo sabía. Vaya, no me he despedido.

—Da igual. —Da otro sorbo a su café—. La semana que viene nos veremos en casa de Jose y Rosa.

Asiento con la cabeza. Por alguna razón no tengo ganas de hablar. Solo tengo ganas de terminar con todo esto de una vez y volver a mi casa. Echo de menos a mi madre. Echo de menos a mi gata. Echo de menos a Mari Luz y a los Niños de Satanás y, por extraño que parezca, echo de menos mi trabajo y la rutina diaria. Debo de estar como una cabra.

—¡Buenos días! —La vitalidad de Rosa me deprime. Comprobar que Jose y Laura andan tan agotados como yo, me sube el ánimo—. ¿Preparados para pasar la tarde declarando? Yo no sé qué tienen los hombres de uniforme que le alegran a una el día.

Le hago una mueca de desagrado. Vale, no estoy en mi mejor momento, pero debo señalar que acabo de sufrir un súbito bajón de endorfinas y eso pasa factura al más plantado.

—¿Creéis que Kris ya estará despierto? —se interesa Jose de repente—. Porque si está levantado podríamos acercarnos en un momento a la comisaria a prestar la puta declaración y después ir a picar algo por ahí. Mira que me jode perder la tarde encerrado en una comisaría por culpa de tu socio.

Me vuelvo hacia Jose con sentimiento de culpabilidad.

—Lo siento. No pretendía haceros pasar por esto.

De pronto caigo en la cuenta de que nada de esto es culpa mía. Yo vivía feliz en la ignorancia hasta que esta panda de marrulleros decidió meterse a detectives. Me contengo para no poner los ojos en blanco; ayer nos sentimos como héroes y fue una sensación muy agradable.

Dado que todavía tenemos que ducharnos y recorrer unos cuantos kilómetros en coche antes de sentarnos delante de la autoridad competente, dejamos toda la casa manga por hombro y salimos escopetados hacia la comisaría que nos indicaron anoche. Va conduciendo Rosa. Llegamos sobre las tres de la tarde. Al entrar en el pequeño recinto todos los ojos de los policías que allí se encuentran, es decir, dos pares de ojos, se vuelven en nuestra dirección. Un señor de mediana edad, vestido de civil, sale a nuestro encuentro. Va enfundado en un traje marrón a conjunto con unos zapatos de cordones cómodos y bastante usados. Me doy cuenta de que es él quien lleva la investigación. Nos hace pasar a un despacho destinado específicamente a pequeños interrogatorios. Lo sé por el tamaño de la sala. Casi no cabemos todos.

Una hora después hemos contestado a las pocas preguntas de rigor que el buen hombre tenía que hacernos. Ha empezado muy serio y ha terminado, a todas luces, hasta las narices de nosotros. Cuando nos hemos levantado para largarnos de allí, ha respirado aliviado. Jose es un hacha poniendo a la gente nerviosa. Lo ha mareado tanto que al final creía que el árbol se había movido solo y Jose no había tenido más remedio que partirse la mano contra él. Y cuando le ha preguntado por Sebas, ha contestado con ligero tono beligerante: «¿Qué quiere que le diga de ese mindundi?». «La culpa la tiene la sociedad en la que vivimos». «Hemos creado una sociedad donde el más ladrón, el más espabilado, se sale con la suya, y los demás, los ciudadanos responsables, somos los que tenemos que rendir cuentas de nuestros actos». «Pero ¿qué país de mierda hemos creado?». «No es justo, ¿me oye? No es justo». Al final el hombre asentía con la cabeza y le daba la razón en todo. Cuando nos hemos despedido y le hemos preguntado si teníamos que volver, ha dicho con cara de espanto: «¡No, por Dios! Ha sido un placer conocerles y perdonen las molestias». ¡Bien! Todo parece indicar que Jose, a pesar de llevar una mano escayolada, no ha perdido facultades y puede seguir desconcertando a cualquiera en un santiamén.

Nos vamos derechos hacia el coche, pillo el asiento del copiloto y Rosa enfila la carretera de vuelta. Decidimos que nos dirigimos hacia la casa rústica, *typical, typical;* con un poco de suerte nos pondremos morados por cuatro duros.

Llegamos al restaurante casi sin darnos cuenta. Los cinco que van embutidos en la cajonera trasera están consiguiendo que el recorrido se nos haga muy ameno. No han parado de discutir todo el camino a grito pelado. Perdón, han estado intercambiando opiniones en un tono de voz un poco elevado: Que si nos vamos hoy. Que yo no quiero. Que para una vez que salgo de vacaciones quiero aprovecharlas. Que para qué has tenido que enrollarte con el comisario como las persianas. Que si habríamos terminado mucho antes si hubieses permanecido callado. ¡Que te crees tú eso! Que la próxima vez hablas tú. Que si falta mucho. Que estoy muerto de hambre. Que como no os calléis ahora mismo paro el coche y os bajáis todos. Que qué bien se está sin Miranda. Que mira que era lerda, la pobre. Que no entiendo por qué decís eso, a mí me gustaba; aunque ya sabía que ella solo quería pillar cacho, pero lo que de verdad le van son los tíos con pasta. Que eso lo dices porque tú también querías pillar cacho. Que... por cierto... ¿las tetas son naturales o postizas? Que de eso no hablo, pero yo, para mí, que de naturales tienen lo mismo que la naranjada en polvo; aunque están de puta madre. Que cómo es posible que prefiráis pechos artificiales a pechos naturales. Que quién quiere sobar dos huevos fritos. Que mira que podéis llegar a ser superficiales y capullos. Que mira quién habla. ¡Que te calles! ¡Que no me da la gana!

—Ya hemos llegado —anuncia Rosa elevando la voz para hacerse oír por encima del griterío.

—¡Joder!, qué bien. Tengo un hambre que te cagas —exclama el fino de mi hermano.

Antes de abandonar el aparcamiento, y fiel a su costumbre previsora, Jose repasa que todas las puertas del coche estén cerradas. Por lo visto piensa que Rosa no sabe cerrar puertas. Una vez satisfecho, nos encaminamos con paso ligero hacia el interior del restaurante. Nos sentamos a la misma mesa que el primer día y pedimos de todo un poco.

—Bueno... —digo dejándome caer en una silla. De pronto se me ha metido el cansancio en los huesos y estoy para el arrastre—. Yo todavía tengo que pasarme por casa de Travis para ultimar lo del abogado que se ha empeñado en buscarme.

—Disimula cara mula —dice Rosa antes de tragarse una cerveza de golpe—. ¡Jesús, qué bueno está! La cerveza —nos aclara al ver la cara que le pone Jose—, me refería a la cerveza.

—¿Vais a venir conmigo?

—Lo siento, pero no —contesta Kris antes de llenarse la boca de ensaladilla—. Me parece que después de lo de ayer no tendrá muchas ganas de volver a vernos.

—Ya, me parece que montamos un buen pollo. —Juanfran se apunta a la ensaladilla.

—Hubo un momento en que creí que se liaba a tiros con esa escopeta que tiene. Y no apuntaba precisamente a Sebas.

—¿Qué dices? —protesto—. Eso no es cierto. Le habéis caído todos muy bien.

—¿De verdad? —pregunta Laura, escéptica—. Pues yo tuve la *sensasión* de que algo oscuro y tenebroso le *crusaba* por la cara cada *ves* que nos miraba con esos ojos tan fríos.

—Eso son imaginaciones. Venga —insisto—, acompañadme y así después volvemos todos juntos a casa.

—Como nos reciba con la escopeta al hombro, me oyes —dice el gracioso de Jose—. No puedo pegarme con nadie más. —Eleva el brazo escayolado y me lo enseña.

—¡Por el amor de Dios, no va a pegarnos ningún tiro!

—Eso ya lo veremos —contesta entre bocado y bocado, impertérrito.

Lo cierto es que desde que dejamos anoche a Travis no he vuelto a verlo ni a hablar con él. A lo mejor sí que está mosqueado por algo y no le hace gracia que vayamos a su casa. Miro a Jose y a los demás, que están comiendo tan tranquilos. ¿Ya no van a decir nada más? No parecen preocupados en absoluto.

—Si quieres que se le pase el mosqueo, vas a tener que volver a cantarle el cumpleaños feliz. —Carlos se echa a reír a carcajadas. Al ver mi cara de sorpresa exclama—: ¡Mira que puedes llegar a ser crédula!

—Habla con propiedad —interviene Rosa, aguantándose la risa—. Tonta de remate. Eso es lo que es.

La santísima madre de todos los corderos y la madre que los parió a todos se quedó descansada —me sale la vena poética que llevo dentro—. ¡Serán... borricos! ¡Qué coño! ¡Serán cabrones!

Cuando terminamos de comer nos dirigimos sin pérdida de tiempo a casa de Travis como un misil guiado por rayos láser. Tenemos ganas de acabar con todo este embrollo de una vez y volver para poder tumbarnos a la bartola.

Al ver la fuente del jardín tengo que hacer uso de toda mi capacidad de concentración para apartar los recuerdos que me trae. Pero al pasar junto a ella, me detengo y no puedo evitar meter la mano en el agua.

—Crisi, ¿quieres andar de una vez? —protesta Carlos—. No tengo ganas de estar aquí todo el día.

—Lo siento, lo siento. —Parpadeo saliendo de mi ensoñación y, reacia a abandonar mis recuerdos, empiezo a caminar con paso lento hasta la puerta principal. Dios, parece que ha pasado un año desde que me bañé en ella y John se encontraba a mi lado, refrescándose después de la caminata que nos habíamos dado.

—Señorita. —Juanfran chasca los dedos frente a mi nariz—. ¿Dónde estás?

—Aquí, ¿dónde quieres que esté si no? —Sonrío, pero noto que la sonrisa no me llega a los ojos. Sigo pensando en John.

Mis pensamientos se interrumpen bruscamente cuando la puerta principal de la mansión se abre y aparece Travis para recibirnos. Recorremos el tramo que nos separa y le saludamos con efusividad. Me sonríe y me abraza. Me levanta un poco la moral. Pero solo un poco.

—Pasad. —Nos hace un gesto para que entremos—. Elaine nos espera en la terraza trasera. Ha preparado algo de merendar. Los españoles merendáis, ¿no?

Asentimos. Yo, por lo menos, estoy dispuesta a comerme todo lo que Elaine haya preparado. Por educación. No es culpa suya que todavía tengamos la tortilla de patatas en el gaznate. Además, como dicen por ahí... comer y rascar...

Cruzamos la casa hasta la terraza posterior y, antes siquiera de llegar a sentarnos, la mitad de los pastelillos de crema que hay sobre una bandeja desaparecen como por encanto.

—¿Os apetece un café? —Elaine esboza una sonrisa en la boca.

—Para mí no, gracias, no me gusta el café —le contesto con la boca llena de hojaldre y crema mientras los demás asienten con la cabeza—. ¿Puedo tomar otra cosa? Para que el pastelito no se encuentre tan solo.

—¿Un té, entonces?

Niego con cara de asco.

—Un licor de hierbas no me vendría mal. Es digestivo.

No sé de qué se ríe Travis. Tengo razón. Es digestivo.

—Bueno, contadme cómo ha ido todo —nos anima Travis, sentándose con nosotros.

—Travis, cariño —nos llega la voz de Elaine desde la cocina—, me temo que no tenemos licor de hierbas.

—No importa, querida. Sirve dos whiskies, por favor. —Me guiña un ojo con picardía—. Crisi y yo recordaremos los viejos tiempos.

Repito su gesto antes de meterme otro pastelito en la boca.

Por regla general no nos gusta estar sentados de tertulia en casa ajena, pero esta vez hacemos una excepción. Travis nos bombardea a preguntas y nosotros aguantamos y respondemos al aluvión con la esperanza de terminar cuanto antes. Es cansino repetir lo mismo una y otra vez.

—Bien. —Me da unas palmaditas en la pierna cuando termina con el interrogatorio—. Y ahora os toca a vosotros. ¿Queréis preguntarme algo?

—No —responde Rosa—. No quiero saber nada más del jodido Sebas hasta el día del juicio. Del Juicio Final no, eh, del otro.

—No.

—No.

—Yo sí quiero preguntarte algo. —Levanto la mano como si estuviera en clase.

—Tú dirás —dice girándose y clavando su mirada color acero en mí.

—¿Me invitas el verano que viene a pasar una semana con vosotros?

—Eso está hecho.

CAPÍTULO 26

Viernes, 26 de agosto
Va siendo hora de pensar en volver

De regreso a casa decido que lo primero que voy a hacer va a ser bajar a la playa y darme un baño. Pero no un baño normal, no. Va a ser un baño de esos que nadas y nadas y nadas hasta quedar tan agotada que cuando sales del mar, las piernas y los brazos te tiemblan y los oídos los tienes tan llenos de agua que no puedes oír ni tus propios pensamientos. Es la mejor terapia del mundo contra la autocompasión. Dejar que el mar te rodee por todas partes, cerrar los ojos y dejarte llevar por esa maravillosa sensación de ingravidez.

—¿Le apetece a alguien bajar a la playa conmigo? —propongo nada más entrar por la puerta.

—No, gracias, vamos a tirarnos en el salón a ver una peli de acción —contesta Kris camino de la cocina.

—O de amor —sugiere Laura.

—O una comedia —dice Rosa, dirigiéndose a toda prisa a la filmoteca del señor Kellerman.

—¿No dices nada, Jose? —Me sorprende que Jose no dé su opinión sobre un tema tan espinoso como la peli a elegir.

—Confío en Rosa. Siempre se sale con la suya. No sabe bien Kris con quién se la está jugando —me contesta, con una seguridad absoluta, antes de dar media vuelta y dirigirse al piso superior.

—Nena —me llama mi hermano desde el salón. Levanto una mano y me acerco a él—. He pensado que en vez de quedarme hasta pasado mañana, yo me marcho para la playa de San Juan esta misma tarde —dice alegremente—. Me gustaría pasar un par de días con mamá. ¿Te apetece volver conmigo?

Por un momento dudo, pero al final niego con la cabeza.

—No, me quedo un par de días más. —Y añado con una sonrisa maliciosa—: Ahora que por fin se ha largado la bruja y podemos estar un poco tranquilos... ¿quieres que me marche?

—Vale. Si cambias de opinión, salgo en media hora. —Se acerca a mí y me abraza con fuerza—. Pero me gustaría que me acompañaras, así podremos estar los dos con mamá. Hace mucho que no pasamos unos días los tres juntos.

—¿Y de quién es la culpa? —le pregunto en plan bromista, pero haciéndole ver que es él el que no aparece nunca por Alicante.

Una ligera nube de cargo de conciencia le cruza el rostro. Se disipa tan rápido que no sé si lo he visto o me lo he imaginado. ¿La ameba con remordimientos? Antes se hiela el infierno.

Subo a mi habitación a paso ligero, me pongo un biquini, cojo una toalla y vuelvo a bajar a toda prisa. Al pasar por delante del salón compruebo que Rosa se ha salido con la suya y están todos viendo una comedia.

—Juan Francisco —oigo que ordena—, acércate a la cocina y tráete unas Coca-Colas, ¿vale, cariño?

Ha intentado arreglarlo con la coletilla cariñosa, pero ha sido una orden en toda regla. Si la conoceré yo.

Paso de largo y bajo las escaleritas asesinas, que tan buenos recuerdos me traen. Extiendo la toalla y, antes de que me dé tiempo a meterme en el mar, suena el tono mortuorio de mi móvil. Lo primero que pienso es que tengo que cambiarlo por una melodía más alegre (me gusta mucho esa del cuerno que suena como si fueras de cacería). Lo segundo, ¿quién puñetas me llama a estas horas?

Miro la pantalla y pestañeo varias veces. Por favor, no me lo puedo creer. Es la bruja en persona. Metafóricamente, claro. Si aparece de repente a mi lado, me largo para la playa de San Juan en lo que canta un gallo.

—Sí… —contesto con recelo.

—Crisi, ¿eres tú? —escucho su voz de falsete con paciencia y hastío.

—No, soy su hermano —contesto, aguantándome la risa—. Deja tu mensaje y se lo haré llegar tan pronto como la vea.

—Ya veo que sigues teniendo un sentido del humor envidiable. Me alegro por ti. Con sentido del humor es más factible superar los trances problemáticos.

Parpadeo un par de veces más y sacudo la cabeza como un perro de aguas.

—¿En qué puedo ayudarte, Miranda? —le pregunto en un tono de voz contenido. Sí, me tengo que contener mucho para no soltar un alarido de frustración.

—No te preocupes, no necesito nada —exclama alegremente—. Solo llamaba para despedirme de ti y decirte que si me necesitas para algo, puedes contactar conmigo a través de John. ¡Me marcho con él a Japón!

El chillido que lanza me hubiese dejado sorda si no fuera porque he dejado caer el teléfono al suelo.

Si estuviésemos en una de esas películas de cine negro de mafiosos, yo ahora llamaría a mi lugarteniente y le daría una serie de instrucciones concretas donde los elementos principales serían un bloque de hormigón y los pies de Miranda. Rápido. Limpio. Eficaz. Ella desaparecería para siempre y él, el traidor mentiroso, vendría corriendo hasta la puerta de mi local de juego y prostitución y suplicaría por su vida; entonces, magnánima como soy, le daría unos golpecitos cariñosos en la mejilla y le diría con voz dulce y engañosa: «¿Crees que yo podría haber hecho algo así? Jamás. Tu felicidad está por encima de todas las demás cosas. Incluida la mía propia». Y, a continuación, él me miraría a los ojos con una expresión de amor tan arrobada..., tan..., tan maravillada, que después de unos segundos me contestaría: «¿En qué estaría yo pensando, largándome con Miranda a Japón cuando te tengo a ti, mi alma gemela, aquí?».

La cruda realidad es que esto no es una mala película, sino la cruda realidad. Así que, después de dejar caer el teléfono sobre la arena, me siento sobre la toalla y no me molesto ni en cortar la llamada. Mi cerebro va tan lento que tardo unos segundos en procesar sus palabras. ¿De verdad ha dicho que se va a Japón con John? ¿Con mi John? ¿Con mi puñetera alma gemela? Al imaginármelos sentados juntos en ese maldito avión, siento cómo el corazón se me encoge y el negro vacío, que en tantas ocasiones ha amenazado este último año con engullirme, resurge de sus cenizas.

Confusa, bullendo de rabia y furiosa hasta extremos que rayan la peligrosidad, cojo el teléfono y, sin pararme a pensar, tecleo con ímpetu asesino el número de John. ¡Como se haya largado a Japón con la bruja, me oye! ¡Vamos que si me oye!

Espero. Uno, dos, tres tonos. Al cuarto tono descuelga y escucho su voz.

—¡Vaya, Crisita, qué sorpresa!

—¿Es cierto que Miranda se va contigo a Japón? —pregunto sin más preámbulos.

—Sí...

Cuelgo antes de dejar que suelte una sola mentira más por esa boca de mentiroso que tiene.

¡Seré idiota! No sé si me siento más indignada que humillada. Más furiosa que consternada. Lo que sí tengo claro es que la conmoción que me ha causado esta traición no va a poder conmigo. Este tipo de situaciones ya no van a hundirme. Como dice mi madre: yo me crezco ante la adversidad. Y me voy a crecer mucho. ¡Será por adversidad!

Me levanto con lentitud, aprieto los puños con rabia y me digo a mí misma: «¡Nunca más! Esta es la última vez que confío en un hombre. Primero Sebas y ahora John. Se acabó».

—¡¡¡Carlos!!! —grito como una arrabalera mientras subo las escaleritas, que tan malos recuerdos me traen, de dos en dos. Sí, los recuerdos ya no son agradables. Son horribles. Son espantosos. Ojalá no hubiera venido a estas vacaciones de mierda—. ¡Carlos! —vuelvo a llamarle a gritos en el momento en que le veo—. Espérame. Me voy contigo.

—¿Qué? —Se detiene a media zancada—. ¿Has cambiado de opinión?

—Sí. —Le hago una señal desde lejos—. Espérame quince minutos. Me vuelvo contigo.

Me mira durante unos segundos, intentando adivinar mi repentino cambio de parecer.

No, por favor. Necesito diez minutos a solas para serenarme y actuar con normalidad mientras mi mente asimila esta pesadilla.

¡Maldita sea! ¡Maldita alma gemela de mierda!

Miranda, bruja más que bruja, al final te has salido con la tuya. Vale. Tú ganas, yo pierdo. ¿Pierdo?, me digo a mí misma mientras meto la ropa en la maleta de cualquier manera. «¿Tú no pierdes nada, Crisi. Ella gana un imbécil y tú te quedas más feliz que una perdiz?». ¿Quién desea un alma gemela traicionera y ruin? Yo no, gracias.

Mierda. Estoy haciendo un equipaje que es una verdadera mierda. «Respira hondo, Crisi. Respira. No te olvides de respirar. Si no respiras te mueres». De repente siento cómo la magia se ha desvanecido. Siento cómo las lágrimas me empañan los ojos. Siento cómo los pulmones se me quedan sin aire. Siento cómo las extremidades se me agarrotan y siento la angustia, que se abre paso hasta mis entrañas con la suavidad de un machete. Me dejo caer con cansancio en el borde de la cama y hundo la cabeza entre las manos. Respiro hondo, intentando controlar el doloroso latido de mi corazón. Miro la hora y veo que han pasado bastante más de los quince minutos que le he pedido a Carlos. Me levanto, cansada y confusa, y moviéndome como en un sueño bajo las escaleras y me despido de mis amigos.

Esta vez ha sido un fiasco. Es posible que la próxima vez que conozca a alguien, sí sea mi alma gemela. ¡Será por almas gemelas!

Consigo hacer todo el trayecto de vuelta sin ponerme a llorar, y hasta mantengo con Carlos una conversación animada y todo. Aunque he de reconocer que, como no lleguemos pronto, voy a hacerle un agujero a la tapicería de tanto rascar con la uña. Efectos secundarios de un disgusto de órdago.

—Cuando quieras hablamos de lo que te ocurre —dice Carlos mientras aparca frente a mi casa.

—Hablaré contigo de mis sentimientos cuando tú me abras también tu corazón —replico, insolente.

Carlos sacude la cabeza y masculla algo en inglés. ¡Será insolente!

Enfadada, me niego en rotundo a que me ayude con las maletas y, con la fuerza inaudita que infunde la mala leche, arrastro el maletón yo sola los tres pisos sin pararme a descansar ni una sola vez.

—Hola, *Mimosina*... —canturreo nada más abrir la puerta.

En el mismo instante en que me saluda con un reproche felino y me agacho y la cojo entre mis brazos, todas mis defensas caen al suelo como un castillo de naipes y lloro. Lloro como si quisiera rellenar los pantanos de todo el país. Lloro con aterradora determinación. Mi llanto es tan desgarrador, y por lo visto tan escandaloso, que Mari Luz ha debido de oírme desde su casa y, utilizando su llave, acaba de entrar y se me acerca, asustada y preocupada.

—Pero... ¿qué te ha pasado, cariño? —Me abraza y me acuna, consiguiendo el siempre indeseado efecto rebote. Mis llantos se agudizan y suben de decibelios. Una adolescente enajenada frente a su ídolo no armaría tanta traca como yo en estos momentos.

Tres ataques de hipo más, y ya me encuentro en condiciones de despotricar contra el enemigo.

—Verás, Mari Luz —empiezo a hablar entre hipos esporádicos y convulsiones inconscientes—, la vida es una mierda.

—Sí, cariño, sí. Y... —me anima a que siga hablando.

—¿Cómo que y...? Ya está. Te lo acabo de resumir. La vida es una mierda. —Nuevo ataque de hipo incontrolado.

—Y es una mierda por... —Hace un gesto amable con la cabeza.

—¿Y yo qué sé? —le contesto, impaciente, sorbiendo por la nariz de manera muy poco femenina. Cuando se pone obtusa, se pone obtusa del todo—. ¿Crees que tengo todas las contestaciones guardadas en una manga? ¿Crees que si lo supiera no intentaría ponerle remedio? ¿Crees que si tuviera la capacidad de desentrañar la irracionalidad del sentido de la vida no vendería la exclusiva y me haría rica?

—Por supuesto, por supuesto —me da la razón como a los tontos—. Y todo esto es por...

—Te lo acabo de decir. Porque la vida es una mierda. ¿No me escuchas o qué? —Me da un cachete. Fuerte—. ¡Ay! —Me llevo la mano a la coronilla.

—Se acabó. Ahora mismo me vas a contar lo que te pasa o te juro que llamo a tu madre.

Maldición. Otra que echa mano de la amenaza infalible.

Se lo cuento. Se lo cuento todo con pelos y señales. Cuando termino de narrar mis desventuras, Mari Luz es, como de costumbre, una gran ayuda para mi autoestima.

—Naciste lela. Eres lela. Y te morirás lela.

En cuanto consiga articular cuatro palabras seguidas le contesto algo borde. Seguro.

—Gracias, Mari Luz. No sé qué haría yo sin ti.

Sin dejarse intimidar por mis crueles palabras, se levanta, tironea de mí y me arrastra hasta el baño. Me resisto con ganas, pero ella me arrastra con más fuerza aún haciendo uso, sin ningún reparo, de su superior fortaleza física.

—Lávate la cara y cámbiate de ropa, que tú y yo nos vamos a la farmacia a comprar un test de embarazo —me ordena mientras me mete la cabeza en el lavabo y abre el grifo.

Me revuelvo como una anguila enganchada a un anzuelo y la miro con una mezcla de hostilidad y cariño, a la que añado un ligero toque irónico.

—¿No crees que debería esperar un mes para eso?

—¿Y tú no has oído hablar de los test del día después?

Estupefacta acaba de dejarme.

Me lavo, me visto, me peino, me da un ligero ataque de ansiedad, y me vuelvo a peinar. Damos un paseo de un kilómetro hasta la segunda farmacia más cercana a nuestra casa. En la primera, la farmacéutica es amiga de mi madre. No conviene darle motivos para chismorrear antes de hora. Regresamos con la solución a uno de mis problemas metido en una bolsa y paramos por el camino a tomarnos un helado. No tengo prisa.

Los disgustos pueden esperar un rato. Aplacar las ansias de helado, no.

Ya es más de medianoche cuando entramos por la puerta de mi casa. Nos sentamos en el sofá (solo tengo uno) y leemos y releemos el prospecto con calma unas cuantas veces. Al final nos metemos en el cuarto de baño. Juntas.

—Venga. Haz pis —me ordena señalando la taza del váter.

—Ni lo sueñes. No pienso mear delante de ti.

Mi audacia parece que la ha sorprendido, pero se ha recuperado enseguida y no parece tener intención de abandonar el baño.

—Mira lo que tengo. —Mete la mano en el bolsillo del pantalón azulón que lleva puesto y saca el móvil. Me lo muestra con gesto amenazador. ¡Qué graciosa! Qué piensa, ¿darme con él en la cabeza?—. Tengo a tu madre en marcación rápida. Los niños pasan mucho tiempo con ella. O vacías la vejiga o la llamo en dos segundos.

La amenaza echa por tierra toda mi chulería. De hecho, casi me hago pis encima del susto.

—Vale —refunfuño.

Nos sentamos en el suelo y esperamos impacientes. Yo también espero asustada y, por qué no decirlo, un pelín ilusionada.

—Positivo —dice Mari Luz de pronto.

—¿Qué?

—Positivo.

—Vaya por Dios.

—Positivo, positivo —repite alegremente.

—Maldita sea.

—Positivo, positivo, positivo. —Se levanta, sin aparente esfuerzo, y empieza a bailotear—. Positivo. ¡Qué alegría! ¡Voy a ser tía!

Está tan contenta, que su alegría es contagiosa y, por fin, me levanto y me uno a ella en sus saltitos y exclamaciones de placer. La dicha me embarga inesperadamente. Un Niño de Satanás para mí sola. Vaya, quién lo iba a decir. Ten cuidado con lo que deseas, Crisi, me digo a mí misma con sorna.

Aguanto durante toda la noche las ganas de llamar a mi madre. Los malos tragos, cuanto antes se pasen mejor. Aunque me acuesto tardísimo, me despierto al alba. Miro las llamadas perdidas que tengo en el móvil: treinta desde ayer por la mañana. Todas de John. ¡Tendrá morro!, cómo se nota que usa móvil de empresa y no le cuesta ni un duro. Estoy nerviosa y debo ir a ver a mi madre y a mi hermano y comunicarles la grata noticia. Joder, se van a pillar un mosqueo de los buenos. Pero no puedo permitirme ningún tipo de derrotismo. En parte porque estoy muy contenta con mi inesperado estado de..., bueno, de eso (no me atrevo ni a pensarlo por si me impresiono antes de tiempo y me vuelvo a meter en la cama para no salir jamás), y en parte porque si mi hermano atisba cualquier síntoma de inseguridad, se lanzará sobre mí como el león sobre su presa. No sé por qué, pero tengo la corazonada de que no va a hacerle ninguna gracia ser tío soltero.

Me levanto, me ducho con prisas y me pongo una camiseta color negro ala de mosca, una faldita vaquera y las chanclas negras. Me recojo el pelo en una coleta alta y bajo dispuesta a enfrentarme al mundo. Y aunque ese mundo se reduzca a dos personas, no me resta mérito alguno.

Bajo corriendo los tres pisos que me separan de la calle y recorro a toda prisa las cuatro manzanas de distancia que hay hasta el chalet de mi madre. Al llegar a la verja me estiro la camiseta, nerviosa, y me pertrecho detrás de unas gafas de sol enormes que me ha prestado Mari Luz.

Abro la puerta y recorro el sendero de piedrecitas amarillas que me separan de la puerta principal a pasitos cortos. Teóricamente, soy una persona adulta, dueña de mis actos y de mi vida, que no le debe explicaciones a nadie y que no necesita el consentimiento de nadie para hacer lo que le venga en gana. Teóricamente. La práctica es otro cantar. Rodeo la casa y paso de largo la ventana de la habitación de Carlos. Llego a la puerta de la cocina; a través de las cortinas de una de las ventanas, veo a mi madre preparando el desayuno para Juan y David. Van en pijama y charlan y ríen animadamente. Los niños la ayudan en todo y parecen dos niños normales, no los pequeños demonios que son.

—Buenos días, mamá —saludo mientras doy un paso y entro en la cocina.

—Pero bueno, ¡qué sorpresa! —Deja la jarra de zumo sobre la mesa y se acerca, como a cámara lenta. Los pies se me han clavado al suelo y, de pronto, me pregunto por qué en vez de tener el don de la visualización, no poseo la cualidad de la bilocación. Ahora mismito podría estar en el punto más alejado del planeta y mi madre le daría la bofetada a otra—. ¿Qué haces tú por aquí tan temprano?

—Iba a llamarte hace una hora, pero no quería despertaros. No sabía a qué hora os levantabais.

Sin decir ni una palabra, me sujeta por la barbilla, me hace girar la cara de un lado a otro y con la otra mano me quita las gafas de sol. Lanza un largo suspiro y su expresión se endurece.

—¿Quién ha hecho llorar a mi niña y por qué?

—Vas a ser abuela —le suelto de sopetón.

—¿Qué? ¿A quién ha dejado embarazada el inútil de tu hermano?

Casi me echo a reír. Se va a llevar tal alivio cuando se entere de que esta vez el culpable de sus disgustos no es mi hermano, que me dan ganas de reír. Pero no puedo hacerlo. No estaría bien. Un momento. Sí que puedo. Estoy contenta. Claro que puedo reírme.

—Me temo que esta vez el disgusto te lo voy a dar yo.

Me mira confusa. Parpadea. Se lleva una mano al pecho. Vuelve a parpadear y, justo cuando creo que le va a dar un soponcio, pero no sin antes soltarme un guantazo, lanza un grito y me abraza.

—Ay, qué alegría, hija mía. Creía que nunca iba a tener un nietecito. Ven, ven, siéntate —me apremia—. Así que por fin te has lanzado. Y sin paracaídas, por lo que veo. —Buena metáfora—. Tenemos muchas cosas que contarnos. Ayyy, estoy tan contenta. —Me vuelve a abrazar—. ¿Y John? Porque es de John, ¿no? —Hago un gesto afirmativo—. Qué susto, hija. Por un momento pensé que... Bueno no sé qué pensé, pero me he dado un susto que *pa qué*.

Y más que te vas a asustar. Trago saliva antes de hablar.

—John se ha largado a Japón con otra. Una bruja. Que con su pan se lo coma y que le aproveche.

—¿La bruja o el pan?

—¡Mamá! —protesto—. Estoy muy mal, ¿sabes? Me dijo que era su alma gemela y, sin embargo, al cabo de dos horas ya tenía los billetes para largarse a Japón con otra.

—Pues le habrán costado una fortuna. Para que luego llegue a Japón y se dé cuenta de su error. Lo veo embarcándola en un carguero de vuelta.

Mi madre tiene muchísima imaginación y durante todo el desayuno no paramos de pensar en una y mil formas de torturas varias. A cada cual más original y cruel. Atónita, escucho cómo va desgranando toda una serie de martirios y congojas que, sinceramente, me asustan. No sabía que tenía esa vena sádica. Cuando la he reprendido, me ha contestado que a su niñita no la hace sufrir nadie y queda impune. Que si algún día se tropieza con esa psicóloga de pacotilla le arranca todos los pelos del cuerpo, uno a uno. Aunque lo que más me llama la atención es que de John no ha dicho ni pío. Supongo que uno de dos no está mal. John siempre ha sido su ojito derecho.

O igual es que no quiere hablar mal del padre de su nieto, o nieta.

Justo en ese momento entra Carlos en la cocina y nos ve tan animadas charlando sobre cunitas, sabanitas, faldoncitos, ecografías y partos sin dolor. Saluda a los gemelos con una sonrisa y se apoya en la mesa. Mientras nos escucha, calibrando nuestra conversación, su rostro va adquiriendo un tono verdoso hasta que, con la cara descompuesta, nos pide silencio alegando que vamos a traumatizar a los gemelos.

—Y por cierto, ¿quién está embarazada?

—¡Tu hermana! Vas a ser tío, cariño. —Mi madre se levanta de un salto y se cuelga de su cuello.

No tengo muy claro si por la alegría o para sujetarlo antes de que se lance sobre mí.

—Eso es genial, nena. —Se deshace de nuestra madre y me abraza contento. O por lo menos lo parece, pero…—. ¿Se lo has dicho ya a John?

Durante unos instantes, me debato entre decirle lo que opino de su amigo del alma o callarme. Mi teoría es que en el término medio se encuentra el equilibrio.

—John no lo sabe, todavía; y no quiero que lo sepa hasta dentro de un tiempo… Nueve meses o así —farfullo mientras resurge el resentimiento—. No estamos juntos y no lo estaremos jamás. No quiero ni una pregunta. No quiero que le digas nada. Haz lo que te pido y seguiremos siendo hermanos.

Carlos me mira con gesto severo y yo me muerdo los labios, nerviosa. Su boca se curva y veo que su sonrisa destila rabia y curiosidad. No me importa. Me preocupa más el hecho de que se largue en el primer avión que salga para Oriente y se empeñe en traer a su amigo a rastras. Para algunos temas es bastante neandertal. Levanta las manos y se las pasa por el pelo con frustración. Luego se acerca a la cafetera y se sirve una taza de café. Después lanza un hondo suspiro y se gira. Golpea la pared tan fuerte que nos hace dar un respingo. Y por último se sienta con nosotras a la mesa.

Vale, superada la exhibición del macho alfa todo vuelve a la normalidad.

—¿Y qué cojones quieres que haga entonces? —pregunta, frustrado.

—Nada —contesto, encogiéndome de hombros—. Estar ahí cuando te necesitemos. Nada más.

Hace un gesto afirmativo con la cabeza y un ademán con la mano para indicarme que me acerque a él. Mientras me aproximo, le oigo rezongar por lo bajo:

—No me odies cuando tengas delante de ti a un hijo desdentado y a un más desdentado padre de la criatura.

¿Qué digo? Es muy neandertal.

Me marcho de casa de mi madre y doy un paseo hasta la mía contenta e irritada, contenta y nerviosa, irritada y nerviosa, tratando de poner en orden mis pensamientos. Entro en el jardín de mis apartamentos y me siento un momento en el banco bajo la jacaranda. Miro el móvil y compruebo que tengo diez llamadas perdidas de John. Las borro y dejo el teléfono en modo silencio.

No me interesa lo que tenga que decir.

Epílogo

Y hasta aquí hemos llegado...

Llueve en la playa de San Juan. Es una suave llovizna que me recuerda que ya estamos en otoño y empapa la arena formando ligeros agujeritos, que limpia el ambiente y llena mi alma de sensaciones placenteras. Hoy, por fin, puedo decir que estoy tranquila y soy un poco más feliz, pero no más rica.

No sé por qué pensé que, una vez detenido Sebas y con la correspondiente denuncia presentada, recuperaría lo que me robó a velocidad de la luz. Por lo visto los engranajes de la justicia giran con lentitud y son inmunes a las facturas que causan estragos en mi organismo. En mi embarazado, delicado y sensible organismo. No me importa, he pensado devolverles la pelota y no pagar el IBI de este año. No tienen ni idea de con quién tratan.

Además de los inevitables dolores de cabeza y las noches de insomnio, he intentado darle tiempo al tiempo, procurando que mi vida vuelva a la normalidad sin pensar en John nada más que unas ciento veintiocho veces al día. Por lo visto, a él le ha costado un poco menos que a mí, porque han transcurrido las semanas y las llamadas han pasado de treinta a veinte, de veinte a diez, de diez a cinco y, desde hace un mes, no he vuelto a recibir ninguna. Ya no ha vuelto a llamar.

Durante este tiempo de soledad y melancolía me ha costado mucho reconocer que nada dura eternamente excepto la tierra, el cielo y el amor incondicional que siento por este ser aún por nacer. Y además, he estado muy ocupada como para pensar en John más de las ciento veintiocho veces al día. He cambiado el tono del móvil. Ahora llevo ese del cuerno de caza que me gusta tanto. He pintado la habitación de color crema y, por fin, le he añadido unas cuantas hojitas verdes a los dibujos de árboles secos que cuelgan de la pared. En uno de ellos, dejándome llevar por un momento de nostalgia, también he pintado dos cerezas rojas. Mi madre se ha puesto como loca de alegría, dice que esos cuadros eran un reflejo subconsciente de mi estado anímico. Para mí que está totalmente equivocada, pero si ella es más feliz pensando eso…

En cuanto a mi trabajo en El Triunvirato, resulta chocante lo satisfecha que me siento. Se lo he achacado al cambio hormonal. Nadie en su sano juicio puede sentirse feliz sirviendo mesas todo el santo día.

Ya han pasado dos meses y medio desde que regresamos de las vacaciones y todos mis amigos saben que estoy…, que voy… a tener un bebé (vale, ya lo he dicho); de John, para más señas. Como de costumbre, la noticia ha suscitado diferentes reacciones.

—¡Será cabrón!

—¡Ya te advertí que tú no estabas hecha para aventuras pasajeras! Si montas un circo te crecen los enanos.

—Guay, ¿no?

—Chica, a la vecina de mi prima le ocurrió lo mismo. Que su novio se fuera a Japón no, lo otro. Y luego terminó casándose con…

—Qué alegría, preciosa. Otro gordito.

—Ay, qué maravilla para los gemelos. Así podrán ejercer de hermanos mayores…

Y así, uno tras otro mientras yo esbozaba sonrisas forzadas y amargas y se me ponían los pelos de punta. Supongo que es lo que tiene tener amigos, que todos y cada uno de ellos se entrometen en tu vida, exponen su opinión y ayudan en lo que buenamente pueden. Porque en realidad, ¿qué es la amistad? ¿Estar rodeada de personas que te quieren? No, no es eso. Mi madre me quiere, pero no es mi amiga. ¿Tener compañía? No, tampoco es eso. Un gato o un perro te hacen compañía y no son tus amigos. Difícil concepto el de la amistad. Una serie de personas que te rodean constantemente. A las que quieres. Que te pueden volver loca y, a la par, levantarte el ánimo con solo unas palabras. Un buen día quieres estrangularlos y al siguiente te los comerías a besos. Tienen la facultad de hacerte reír y llorar a su antojo. Despiertan en ti sentimientos encontrados. Necesitas su compañía y al rato te preguntas por qué estás tardando tanto en darles con la puerta en las narices. Poseen una capacidad inaudita para hacerte sufrir y, sin embargo, sin ellos te encuentras perdida. Pueden hacerte reír hasta conseguir que tu vida sea mejor, y te preguntas por qué. Pueden incluso echarte una mano desde el más allá cuando más los necesitas. A veces frustrantes, a veces perturbadores, a veces chalados, siempre amados y codiciados. La vida siempre es mucho más dura y trágica sin amigos.

Camino cabizbaja, con una mano metida en el bolsillo del uniforme rosa de camarera y cargando con una regadera. Levanto la cabeza y veo un pajarillo beber de un charco que se ha formado en el centro de una de las mesas de la terraza de El Triunvirato. Con una sonrisa, me detengo y le observo mientras pienso que es una pena que todo el techo no esté lleno de goteras; me ahorraría el trabajo de regar las macetas. Me quedo mirándolo en silencio, perdida entre el repiqueteo de la lluvia y los recuerdos, hasta que una mano se posa sobre mi hombro.

Me giro sin hacer ruido y veo a mi madre.

—Hola, mamá. —Me llevo un dedo a los labios pidiéndole silencio.

—Cariño... —En su rostro se refleja la impaciencia y la ansiedad que siente por mí—. Esto no puede seguir así. ¿Cuándo vas a decirle a John que va a ser padre?

—En Navidad —contesto, después de tomarme un momento para pensármelo.

—Muy oportuno. Bonito regalo.

—¿Quieres algo más, mamá? Tengo que terminar de regar las plantas antes de ir a casa.

Mi madre no está de acuerdo en que tarde tanto en dejar caer la bomba.

—¿De verdad no piensas hablar con él?

—¿El mar es profundo y oscuro?

—Ni idea, pero a lo mejor te tiro de cabeza y compruebo cuán profundo puede llegar a ser.

Me mira cabreada; luego da media vuelta y se va.

Mentira, no me ahogaría en la vida, me quiere demasiado. Y mentira también que no pienso en John. He estado tentada de mandarle como mil mensajes e insultarle un rato, pero como hacer eso sería mezquino y ahora soy una persona madura y una futura madre responsable, solo le insulto en la privacidad de mi casa. Sin megáfonos ni nada. Mira si he madurado.

Sigo trabajando sin dejar de darle vueltas a la cabeza. Lo cierto es que en algún momento tendré que armarme de valor y llamarle. No es culpa mía no haberlo hecho antes. La ocasión idónea parece que se niega a aparecer. Entre el trabajo. La infección de oídos de *Mimosina*. Pintar la habitación. Hacer cábalas sobre dónde voy a colocar la cunita. Las sonrisas tontas que esbozo cada dos por tres. La subida del IVA. El misterio del Universo. ¿De dónde voy a sacar tiempo para llamar a John?

Vacío la primera regadera y entro en la cafetería. Cojo una rebeca y me la pongo. A mediados de noviembre hace frío y no me encuentro muy bien.

He pasado una noche de vomitonas, a mi entender absolutamente gratuitas, que no se la deseo a nadie (bueno, a Miranda sí). Mi humor es como mínimo tormentoso. Solo con pensar en ensaimadas y magdalenas, un dolor agudo me sube por el esófago y no para quieto hasta que me obliga a salir disparada al cuarto de baño a vomitar absolutamente nada. Incluso de pensarlo noto que empiezo a ponerme blanca. Trago saliva convulsivamente una y otra vez. Me acerco a la barra y me sirvo un vaso de agua fresquita. La bebo a sorbos lentos, enfurruñada ante la perspectiva de otro ataque de náuseas. Lleno la regadera de nuevo y salgo a la terraza con la intención de terminar cuanto antes y marcharme a casa. Me agacho ante el primer ficus y...

—Bonito culo.

Doy un respingo, ahogo una exclamación y la regadera casi se me cae de las manos. Me giro dispuesta a soltar el guantazo de mi vida. Ya estoy harta de aguantar ese tipo de libertades. Me quedo inmóvil con la mano en alto al ver quién es el grosero. Bajo la mano y me miro la palma con incredulidad. Vuelvo a levantar la vista y acierto a decir:

—¡John! ¿Qué..., qué haces tú aquí?

El miedo y la angustia me invaden (esta angustia es distinta a la anterior, pero angustia al fin y al cabo). Miro detrás de él buscando a su acompañante. No hay nadie. Lo observo con atención; una insensatez por mi parte, ya que su proximidad es lo más doloroso y dulce que he sentido en los últimos meses. Sus ojos color miel están clavados en mí y una sonrisa enigmática cruza su hermoso rostro. Siento un nudo en el estómago. La vocecita que habita en mi interior no parece darse cuenta de la inseguridad que me provoca cada vez que me dice: «Se ha enterado de todo y ha venido a quitarte a tu niño. Si le hubieras contado la verdad, ahora no estaría tan enfadado. Comentarías tu estado por teléfono y se alegraría por ti. Y no, no hace falta insultarle».

Creo que tengo fiebre, arritmias cardíacas y los buitres vuelven a hacer de las suyas en mi tripa. Me estoy encontrando fatal por momentos.

Pero ¿qué hace aquí? Todavía no es Navidad. Es demasiado pronto. Ay, Dios, ¿y si ha venido a comunicarme su próximo enlace? Con la bruja.

Ahora ya empiezo a estar cagada del susto. Todo se está torciendo. Y, para empeorar más las cosas, doy media vuelta y sin decir ni una palabra salgo corriendo al cuarto de baño a vaciar un rato las entrañas. Me quedo sentada en la taza, con la esperanza de que cuando salga se haya marchado ya. No es que pretenda pasar de él, es que no es el momento oportuno para mantener la conversación que tenemos pendiente.

—Crisi —me llama desde el otro lado de la puerta—. ¿Estás bien?

Bien, bien, lo que se dice bien, pues no, la verdad. He tenido días mejores en los cuales la boca no se me contrae hacia abajo y unos nubarrones negros danzan alegremente sobre mi cabeza. Respiro hondo y, en un acto temerario por mi parte, abro la puerta y me encaro con él.

—Ven, tenemos que hablar. —Le hago un gesto para que me siga de nuevo hasta la terraza.

No hay nadie. Mejor. Más intimidad.

—¿A qué has venido? —le pregunto nada más sentarme.

Toma asiento frente a mí y me mira a los ojos.

—A por mi chica.

Intento procesar sus palabras, pero hoy debo de estar muy espesita porque no entiendo nada. ¿Es que no ve que aquí no está Miranda?

—Hace dos meses que no quiere saber nada de mí —añade con gesto serio al ver que no le contesto.

—Algo le habrás hecho —le digo con retintín, maldiciendo no poder meterme entre pecho y espalda un buen lingotazo de lo que sea.

—Que yo sepa, lo único que le dije es que era mi alma gemela.

Eso, tú echa sal sobre la herida.

—Es que esas cosas no se deben ir proclamando a la ligera.

—Ya lo sé. Por esa misma razón solo se lo he dicho a una persona en toda mi vida. —Su voz denota tristeza.

Un momento. ¿De qué coño está hablando? A mí también me lo dijo.

—¿A qué te refieres? —pregunto con cautela y una débil chispa de esperanza.

—A que solo te lo dicho a ti. A que te he dejado demasiado tiempo para pensar. A que la paciencia se me ha terminado. Y a que no me fui con Miranda a Japón. Ella fue con Yamamoto. Él se prendó de su cuerpo nada más conocerla a través de Skype durante el vuelo a Londres; y ella de su patrimonio, nada más enterarse de quién era. Una historia de amor que durará toda la vida mientras él siga sin entender nuestro idioma.

Lo miro, confundida, y veo que esboza una sonrisa radiante.

Durante un rato permanecemos en tenso silencio.

Vale, ahora que por fin he conseguido descifrar sus palabras me doy cuenta, horrorizada, de que me están entrando pensamientos homicidas.

—¡¿Cómo has podido dejar que creyera que te habías marchado con ella?! ¡¿Así tratas a tu alma gemela?!

—Si te pillo en mal momento, me voy y ya hablaremos en otra ocasión.

¿Habla en serio? Se va a marchar después de los dos meses que me ha hecho pasar. Agacho la cabeza, avergonzada, y le digo:

—Quédate, tengo algo que decirte, y luego si quieres te puedes ir.

Se produce un silencio absoluto y entonces, para mi sorpresa, John se levanta, rodea la mesa y me insta a que haga lo mismo y, sin más preámbulos, me da un beso que consigue que las piernas me flojeen y me entren ganas de cantar el aleluya.

—¿Cuándo pensabas decírmelo? —Sigue abrazándome y una sonrisa arrebatadora le cruza la cara.

Eh... ¿de qué habla? Entre la emoción y la histeria no consigo hilar un pensamiento coherente. De pronto se me enciende la bombilla.

—¿Cómo lo sabes? ¿Quién te lo ha dicho? —Lejos de avergonzarme, lo miro acusadoramente.

—Tu madre. Hace dos meses; de hecho, el mismo día que tú se lo contaste. —¿Mi madre? ¿Mi madre, la traidora?, me pregunto anonadada. La misma madre que decía todo el tiempo: «No te apures, cariño, John solo lo sabrá cuando tú lo consideres oportuno». ¿Esa madre?—. Media hora después me llamó Carlos. —Me abraza más fuerte y sonríe al ver la cara de pasmo que pongo—. A los dos días me llamó Rosa. Y después de Rosa fue Juanfran. Luego Jose. Y a continuación fue Kiri... —Poco a poco va nombrando a todos nuestros amigos—. En una semana ya había hablado con todo el mundo. Hasta tu amiga Mari Luz y la Pepi me dieron un toque de atención.

—¿Todos?

Mis pensamientos deben de reflejarse en mi cara, porque John sonríe y después suspira.

—Kris, no. Fue el único que no llamó para darme el parte. ¿Y por qué no lo hizo? ¿Acaso no le importa mi futuro? Debería haberle llamado también. Ya hablaré yo con él muy seriamente.

Levanto la vista y me quedo mirándole, embobada. En el fondo de mi alma deseaba que esto ocurriera. Y ha ocurrido. No me lo puedo creer. Trago con dificultad el inmenso nudo de agradecimiento que me oprime la garganta. Esto es real. Estoy aquí, con John. Es él quien llena mis pensamientos (unas ciento veintiocho veces al día). Es a él a quien quiero a mi lado. Es su voz la que consigue que el corazón me lata más deprisa. Es el aroma de su cabello del que quiero impregnarme cuando me despierte. Es su sonrisa la que me levanta el ánimo. Son sus lágrimas las que quiero enjugar. Son sus abrazos los que me consuelan. Podría dormirme en la placidez de uno de sus abrazos. En resumidas cuentas: es mi alma gemela.

—Y... ¿ahora qué? —Me acerco y le doy un ligero beso en los labios mientras el eco de las palabras de Pink Floyd se abren paso en mi cabeza: «No hay sensación comparable a este vuelo embelesado, a este estado de placidez» (aunque en otro contexto, claro).

—Ahora, cariño... —me susurra al oído antes de estrecharme entre sus brazos—, nos vamos a ir a casa. Todavía queda mucha fruta por probar en ese frutero. Y después me vas a sacar de una duda que me corroe desde hace dos meses.

Deshace el abrazo y empieza a tirar de mí, como de costumbre. Yo también deseo recuperar el tiempo perdido. Sentir de nuevo sus caricias, sus susurros, sus hermosos ojos fijos en mí mientras nos dejamos llevar por el momento. En fin, volar por fin. Volar ya sin miedo.

Pero ahora la curiosidad me mata.

—Espera. —Le doy un tirón del brazo para que se pare—. ¿Cuál es esa duda que te corroe desde hace dos meses?

—¡Ah!, sí, cuando lleguemos a casa te lo digo. —Se gira y me mira de una manera que hace que un espasmo de deseo me recorra de arriba abajo.

—No, ahora —insisto.

—¿Cuál es esa palabra tan «de verdad» que sabías en japonés?

P.D. Naturalmente, en una historia de amor todavía más convencional lo suyo habría sido que me dijera, entre besos apasionados, que me ama con todo su corazón. Pero... no lo ha hecho. Me consuelo pensando que no importa, que yo soy de la opinión de que el amor se demuestra con hechos, más que con palabras.

—Oye, John. —Le doy otro tirón. Lo siento, debo saberlo—. Pero... ¿tú me quieres?

Se gira y permanece plantado frente a mí, inmóvil, observándome, con esos ojos brillantes y de mirada intensa, mientras yo, cada vez más nerviosa, empiezo a mirar en todas direcciones. Al final me responde con voz suave:

—Si pienso en ti más de ciento veintiocho veces al día, ¿es amor? Si deseo estar a tu lado mañana, tarde y noche, ¿es amor? Si me gusta contemplarte desde los pies de tu cama mientras duermes, ¿es amor? Si es tu sonrisa la que me levanta el ánimo, tus lágrimas las que quiero enjugar y tus abrazos los que me consuelan, ¿es amor? Si cuando estoy contigo, los colores son más brillantes, los aromas más penetrantes, los sabores más dulces y el corazón palpita más ligero, ¿es amor?

Vale, me ha convencido.

Beso apasionado.

Piel de gallina. Corazón desbocado. Inevitable.

Agradecimientos

Escribir un libro no es tarea fácil, pero tener la oportunidad de editarlo es todavía más complicado. Si hoy *Un puñado de amigos y dos cerezas* es una realidad, es gracias a la ayuda desinteresada de muchas personas.

Para empezar mi más sincero agradecimiento a Antonio de Marco por su ayuda, su paciencia y sus consejos. Te debo una cesta navideña, o un viaje al Caribe. Aunque tu increíble experiencia no tiene precio.

A todos y cada uno de los miembros de mi inmensa familia, incluidos los que no tienen tiempo ni para mirarse al espejo. Han leído, opinado, criticado, y no me hubiera importado que también se hubieran callado de vez en cuando.

Un agradecimiento especial a todos y cada uno de aquellos que han aportado su granito de arena para hacerme el trabajo más llevadero y, de paso, ahorrarme un montón de soponcios. Sí, Andrea, hablo de ti. Gracias por todo el esfuerzo que has invertido en la carátula, pese a estar saturada de trabajo.

Y de ti, Manuel Pulido, por presentarte en mi casa, cámara en mano, dispuesto a perder el tiempo en el sueño de una amiga.

Y a Belén Santander, por ser la primera que leyó el borrador y me animó a seguir, con su apoyo y su entusiasmo.

A todos y cada uno de esos blogs, tan llenos de buena gente, que impulsan el placer de la lectura solo por su amor a la palabra escrita. Gracias de todo corazón.

Y, por supuesto, mi más sincero agradecimiento a todos los *conejillos de indias* que pillé para obligarlos a leer, y no murieron en el intento.

Y a mis amigos, porque sin ellos este libro no habría sido posible.

Y a mi marido, por su paciencia infinita.

Y a mi hijo, por ser quien es.

Y, cómo no, a mi papi. Espero que tu ascenso a ese lugar mágico fuera como siempre habías imaginado. Quizá ahora estés dándote un baño en tu amado Mediterráneo. Échanos un ojo de vez en cuando y saluda a los abuelos de nuestra parte.

Y no, no me olvido de mi maravillosa editora, Ana Lozano, ni de todo el equipo de Suma de Letras del grupo editorial Penguin Random House. Gracias, mil gracias por ser geniales, ayudarme, aconsejarme y hacer realidad los deseos que se meten en una botella.

Este libro
se publicó en España
en el mes de septiembre de 2016